고독과 순결의 노래

A.J.크로닌 / 최봉식 옮김

지성문화사

고독과 순결의 노래

제 I 부

I

지금까지 한번도 만나 본 적이 없는 엄마는 우선 그 푸른 눈과 지치고 수심에 찬 듯한 얼굴부터가 내 어머니와 닮은 데라곤 없어 보였다. 하지만 마음 속에서는 차츰 엄마가 이해되어가고 있었다. 나는 엄마의 손을 꼭 쥔 채 아치형으로 된 역 현관을 지나 거리의 밝은 한길로 나섰다. 엄마는 윈톤에서부터 완행열차로 여행하는 동안 3등차 칸에 마주 앉아 내내 창밖을 내다보면서 침묵을 지키고 있었지만 초라한 회색옷에 큼직한 연수정 브로치를 달고 엷은 털가죽 목도리, 귀까지 푹 내려 쓴 까만 모자 차림으로 가끔 파리라도 쫓는 듯한 손짓으로 눈 언저리를 손수건으로 닦기도 했다.

그러나 엄마는 일단 기차를 내리자 기분을 고친 듯 웃음을 지으며 나의 손을 꼬옥 쥐었다.

"너는 착한 애니까 이제 울지 않겠지? 로버트, 집이 멀지 않으니까 걸어갈까?"

나는 엄마의 마음을 거스르지 않으려고 걸을 수 있다고 대답했다. 역전에서 손님을 기다리고 있는 단 한 대뿐인 마차 곁을 지나 우리는 큰길을 터벅터벅 걷기 시작했다.

엄마는 내 주의를 딴 데로 끌려는 듯 길거리의 큰 건물들을 가리키며 하나하나 설명하기 시작했다. 길바닥이 아까부터 아래위로 흔들리고 있었다. 내 머리 속은 아일랜드 해협의 거친 물결이 아직도 출렁거리고, 바이퍼 호의 추진기소리로 귀도 조금 멍멍해 있는 것 같았다. 이윽고 엄마는 길에서 조금 들어가 철대포 두 대와 깃대가 서 있는 번쩍번쩍하는 화강암 기둥의 아름다운 건물 앞에 오자 자랑스럽게 말했다.

"이게 리븐포드 시청이야. 레키 씨가…… 아빠가 여기 위생과에 근무하고 계시지."

'아빠라니?' 나는 흐릿한 머리로 생각했다. 그 사람이 엄마의 남편이며 우리 어머니의 아버지인가 하는 생각이 겨우 떠올랐다.

언제부터 내 걸음걸이가 이상해졌는지 엄마가 걱정스레 쳐다보았다.

"큰일 났어. 오늘은 전차가 없어요."

하고 엄마는 말했다.

내 생각보다 훨씬 나는 피로해 있었고, 겁을 먹고 있었던 것 같다. 9월 오후의 짙은 잿빛 구름으로 덮여 침침하게 흐린 거리는 온갖 소음으로 가득 찼다. 이곳은 지금까지 살아왔던 페닉스 테라스의 우리 집의 열어젖힌 창으로 들려오던 길거리의 마차의 잡음보다 훨씬 시끄러웠다. 탕탕 하는 요란스러운 해머소리가 조선소에서 들려왔고, 해어진 장갑을 낀 손가락으로 엄마가 가리키는 보일러 공장에서는 엄청난 불꽃과 증기가 올라오고 있었다. 거리는 전차 선로를 바꾸는 공사가 한창이었다. 길모퉁이에 왔을 때 작은 회오리 바람이 먼지를 몰고와 울어서 부어오른 내 눈에 들어가 다시 눈물이 나게 했다.

마침내 우리는 이런 소음과 혼잡을 지나서, 연못과 원형 음악당이 있는 넓은 공원을 거쳐 나무들이 많은 언덕 아래의 아주 쾌적해 보이는 조용한 교외로 들어섰다. 나무들과 푸른 밭이 있고, 고풍으로 보이는 작은 구멍가게와 시골집들이 드문드문 있었다. 말에게 마시게 하는 커다란 물통을 옆에 놓아둔 대장간이 있는가 하면 페인트를 칠한 철책으로 아담하게 둘러서 화단을 만들고, 현관 색유리 근처에 금빛 글자로 '헬렌즈빌'이라든가 '글리넬' 따위의 으시대는 이름을 써 붙인 새 별장들도 있었다.

우리는 이윽고 드럼벅 길 중간에 있는 노란 레스 커튼이 쳐진 로몬 뷰라고 쓰여진 집 앞에서 발을 멈추었다. 그 집은 높은 회색 사암(砂岩)벽을 담장으로 두 채로 나뉘어져 있었다. 이 조용한 마을의 집들 중에서 외관으로만 보아도 가장 소박한 집이었다. 입구와 창은 화강석이 붙어 있었으나 그 외에는 거친 그대로의 상태여서 어딘지 초라한 느낌이었다. 그래도 앞마당에는 노란 국화가 나 보란 듯이 피어 있어 그 초라함을 감추어 주고 있었다.

"자, 여기야 로버트." 엄마 미시즈 레키는 가까스로 도착했다는 안도감으로 목소리를 높이면서 아까처럼 환심을 사려는 듯이 말했다.

"날씨가 좋은 날은 벤('벤'은 스코틀랜드어로서 산을 말한다. 여기에서는 벤 로몬을 가리킴)이 아름답게 보인단다. 여긴 참 좋은 곳이다. 드럼벅 마을도 바로 저기고, 리븐포드는 연기에 그을은 거리지만 주위에는 멋있는 시골 풍경이 있단다. 자, 눈물을 닦고 이리 들어와, 착한 애니까."

갈매기한테 비스킷을 던져 줄 때 손수건을 흘려 버린 것이 생각났지만, 나는 뒤를 따라 집 옆을 돌아갔다. 미지의 것을 겁내는 기분 때문에 다시금 심장이 뛰기 시작했다.

아침에 윈톤 선창에서, 더블린에서 이웃에 살고 있던 미시즈 쳐프만이, 엄마에게 나를 데려다 주기 전에 헤어지는 키스를 하며 말한 이야기가 아직도 내 귀에 울리고 있었다.

"이제부터 너는 어떻게 될지 몰라, 가엾은 녀석."

뒤꼍에서 엄마는 발을 멈추었다. 18, 9세쯤 되는 청년이 막 파헤친 화단에서 무릎을 꿇고 일하고 있다가 우리를 보자 흙손을 든 채 일어났다. 그 둔중한 모습은 하얀 얼굴과, 숱이 많은 검은 머리털과, 근시의 눈을 껌벅거리고 있는 큼직하고 두꺼운 안경 때문에 한층 강조되고 있었다.

"또 그런 짓을 하고 있니, 마덕."

엄마는 부드러운 말투였지만 꾸짖는 표정이더니 나를 앞으로 떠밀며,

"얘가 로버트란다." 하고 말했다.

마덕은 양쪽 구석에 쇠로 만든 빨랫줄 기둥이 있는 자그마한 뒤꼍 밭을 등에 지고 아직도 물끄러미 나를 바라보고 있었다. ──한쪽은 대황밭, 또 한쪽은 '달팽이 퇴치'를 위해 재가 뿌려진 회색 용암의 작은 동산이었다. 잠시 있더니 그는 굉장히 거만스럽게 입을 열었다.

"아, 그래요? 이게 그 아이야, 마침내 오셨구먼."

엄마도 고개를 끄덕였으나 슬픈 빛을 눈에 띄웠다. 그러자 마덕은 곧 흙투성이의 거치른 큰손을 우스꽝스러운 모습으로 나한테 내밀었다.

"잘 왔어, 로버트. 아무 걱정할 필요 없어. 내가 곁에 있으니까."

그는 큰 얼굴에 진지한 표정을 짓고 엄마쪽으로 돌렸다.

"이건 원예장에서 얻어 온 탱알이야, 엄마. 한푼도 주지 않았어."

"그건 좋지만 너……."

엄마도 돌아보며 말했다.

"손을 씻어, 아빠가 돌아오시기 전에. 이런 걸 들켰다가는 또 야단맞을 테니까."

"이제 다 끝났어. 곧 집에 들어갈 거야."

하고 마덕은 또 무릎을 꿇으려다가 다시 안심시키려는 듯, 뒤꼍에서 나를 데리고 가는 엄마에게 말했다.

"감자도 삶아 두었어요, 엄마."

우리는 설거지 대가 있는 데로 해서 부엌으로 들어갔다. ──이곳은 기분 나쁜 장식이 붙은 마호가니 가구와 괘종시계의 시끄러운 소리가 반향되고 있었으며, 니스 칠한 바둑무늬의 벽지를 발라 거실로 사용하고 있는 부엌이었다. 걸상에 앉아 쉬라고 나에게 일러놓고, 엄마는 긴 핀을 모자에서 뽑더니 그것

을 입에 문 채 베일을 벗었다. 그리고 모자와 베일을 핀으로 한데 꽂아 외투와 함께 커튼으로 칸막이한 장에 걸고, 도어 뒤에 있는 파란 칸막이 천을 쳐놓고는 용기를 주는 듯한 조용한 얼굴을 나한테 돌리던 엄마는 다 헐은 갈색 리노륨 위를 분주하게 움직이기 시작했다. 그러는 동안 나는 거의 숨도 못 쉴 정도로 굳어져 이 낯선 집안에서 취사용 난로 곁의 말털모직 걸상 끝에 앉아 있었다.

"정식 식사는 밤에 하도록 했어. 내가 나갔었으니까. 아빠가 돌아왔을 때 울거나 하면 안돼. 아빠에게도 몹시 슬픈 일이었으니까 말야. 더구나 아빠는 아빠로서 걱정거리가 많으니까── 시청에서도 책임이 무거운 일을 맡아 계시니까 말이야. 또 내 딸애 케트도 곧 돌아올 때가 됐어, 국민학교 선생님이지 ……네 엄마한테도 들었겠지만."

내가 아랫 입술을 헤벌린 채 멍한 얼굴을 하자 엄마는 황급히 말을 이었다.

"아아, 알고 있어요. 너만큼 컸으면서도 어머니 집안 사람 모두와 만나는 건 처음이니까 당황하는 건 당연해. 그리고 또 한 사람이 있지."

엄마는 열심히 일을 하면서도 어떻게든지 나를 심심치 않게 해주려고 애쓰고 있었다.

"큰 아들 아담이 있어. 윈톤 보험회사에 근무하고 있는데 훌륭하게 하고 있지. ──이 집에 살고 있지 않지만 틈만 나면 온단다. 그리고 아빠의 어머니, 지금은 친구 댁에 가서 안 계시지만…… 절반쯤은 여기서 살고 계셔. 그리고 끝으로 우리 아버님──너한테는 증조할아버지가 되시는 거어 씨란다── 이 어른도 주욱 여기서 살고 계셔."

내 머리 속은 본 적도 들은 적도 없는 이런 친척들로 혼들혼들했으나 엄마는 엷은 미소를 띄며 말을 이었다.

"어느 집 아이나 다 증조할아버지가 계시는 건 아니니까 말야, 큰 명예지. 너는 그저 할아버지라고만 부르면 돼요. 식사준비가 되거든 2층에 계시는 할아버지께 갖다 드려요. 인사드리고, 그리고 내 심부름도 해주고."

엄마는 5인분 식사준비를 하면서 익숙한 솜씨로 가운데 장미꽃을 그린 계란형의 까만 옷칠을 입힌 헌 쟁반을 내어 그 위에 홍차를 넣은 흰 유리잔과, 쨈, 치즈, 그리고 빵 세 조각을 곁들인 접시를 놓았다.

그것을 보자 나는 이상한 생각이 들어 쉰 목소리로 물었다.

"할아버지는 아래층에서 함께 식사하시지 않나요?"

엄마는 대답이 곤란했던 모양이다.

"음, 할아버지 방에서 하시지."

엄마는 쟁반을 나한테 들려 주었다.

"잘 가져 가겠니? 계단 맨 꼭대기까지 가는 거야. 떨어지지 않게 조심해야 한다."

쟁반을 받아들고 나는 익숙하지 않은 계단을 떨면서 올라갔다. 가파른 계단과 기름에 절어 미끈거리는 융단이 매우 곤란했다. 엷어져 가는 오후의 햇살이 한 가닥 높은 천정 창에서 흘러 들어오고 있을 뿐인 어두운 계단을 다 올라가 상자모양으로 된 물탱크 앞까지 오니 도어가 두 개 있었다. 가까운 것부터 밀어 보았다. 잠겨져 있었다. 다음 것을 조금 밀었더니 곧 열렸다.

들어가니까, 어딘가 괴상하고도 재미있는 아주 복잡한 방이었다. 한쪽 구석에 있는 높은 놋침대는 더덕더덕 기운 이불이 올려져 있고, 비뚤어진 구슬장식 같은 것이 붙어 있었으나 난잡하게 흩어진 채로였다. 난로 앞에 있는 곰가죽 깔개는 온통 주름투성이고, 물이 튀긴 채로인 마호가니 세면대에도 수건이 구겨져 있었다. 내 눈은 맨틀피스 위에 해체된 부속품을 곁에 꺼내 놓은 채 널려져 있는 흑대리석의 고급 탁상시계에 이끌렸다. 먹다가 남은 음식 찌꺼기와 담배 연기가 한데 엉켜 고약한 냄새로 코를 찔렀다. 오래 써 온 방 특유의 온갖 잡동사니가 섞인 냄새였다.

헤어진 녹색 융단으로 만든 슬리퍼를 신고 형편없는 홈스펀 옷을 입은 증조할아버지는 녹슨 난로 곁에 큼직한 말털 모직 의자의 잔해(殘骸)에 깊숙이 걸터앉은 채, 황록색 천을 씌운 낮은 테이블 위에서 원본(原本) 옆에 펼쳐진 두껍고 좁다란 종이 위에 열심히 펜을 놀리고 있었다. 한쪽에는 수많은 단장이 걸려져 있고, 또 다른 쪽에는 신문지를 찢은 점화용(點火用) 종이조각 상자와 담배를 금방 담아 피울 수 있게 한 점토제(粘土製) 파이프 걸이에 금속 뚜껑의 파이프가 여러 개 걸려 있었다.

그는 골격이 크고 보통보다 큰 키에 70쯤 되었을까, 혈색 좋은 얼굴에 아직 얼마쯤 빨간 빛깔이 남아 있는 머리칼을 칼라 뒤에 기운 좋게 흩날리고 있었다. 사실 그것은 그 타는 듯한 빛깔이 조금 가시어진 빨간 털이었으나 아직 세지는 않아, 광선 작용의 결과로 금발로도 보이는 이상한 빛깔이었다. 정연하게 다듬은 턱수염과 콧수염도 같은 빛깔이었다. 눈 흰자위에도 묘하게 노란 반점 같은 것이 있었으나, 맑고 또렷한 눈동자는 파래서 예민해 보였다. 그것은 엄마 눈처럼 엷은 푸름이 아니고, 번개 같은 남성적인 푸름으로서 물망초가 깜짝 놀라 눈을 뜬 것 같은 매력 있는 푸름이었다. 그러나 얼굴 중에서 가

11

장 눈에 띄는 것은 코였다. 코는 크고 빨개서 흡사 둥근 뿌리 같았다. 나는 겁을 먹은 채 바라보는 동안 이것과 비교할 수 있는 적당한 것이 있다면 잘 익은 큼직한 딸기 이외에는 없다고 생각했다. 완전히 같은 빛깔인데다가 맛있는 딸기씨의 구멍 같은 작은 구멍까지 콧등 가득히 송송 나 있었던 것이다. 코는 그의 얼굴 전체를 차지하고 있는 것처럼 보였다. 이런 괴상한 코는 여태까지 본 적이 없었다.

그러고 있는 동안 그는 쓰던 것을 멈추고 펜을 귀에 꽂더니 천천히 나를 돌아다보았다. 의자의 망가진 스프링은 대신 가장자리에 하도롱지를 쑤셔 넣고 있었으나, 그의 몸무게가 이동함에 따라 마치 우리 두 사람의 대면극 개막을 알리는 신호라도 하는 듯이 음악적인 소리를 내었다. 둘은 아무 말 없이 서로 얼굴을 바라보고 있었으나, 순간적으로 내 초라한 모습에 생각이 미치자 나는 그 코의 매력도 잊어버렸다. 아무렇게나 만든 상복에다 한쪽 양말은 미끄러져 내려가 있었고 구두끈도 돌려져 있었다. 게다가 얼굴은 눈물에 얼룩지고 창백한데다 숨길 수 없는 빨간 머리털의 초라한 모습을 그가 보고 있다는 생각에 얼굴이 새빨개졌다.

아직도 입을 다문 채 그는 종이를 한 옆으로 밀어 놓더니 신경질적으로 그러나 힘차게 책상 위의 빈자리를 손가락으로 가리켰다. 나는 쟁반을 거기에다 놓았다. 그는 거의 나한테서 눈을 떼지 않은 채 재빨리, 그러나 일종의 무관심한 표정으로 먹기 시작했다. 치즈도 잼도 구별 없이 집어서는 빵과 함께 먹고는 마지막으로 빵가루가 가득 떨어진 홍차도 단숨에 들이마셨다. 그리고 구레나룻을 닦고, 자연스럽게——흡사 식사라는 것이 담배나 혹은 더 즐거운 것을 위한 서곡이기나 한 처럼——손을 뻗쳐 파이프에 불을 붙였다.

"그러니까, 네가 로버트 샤넌이냐?"

그의 목소리는 조심스러웠으나 우호적인 데가 있었다.

"네, 할아버지."

내 대답은 긴장되어 있었으나 증조할아버지의 '증조'는 빼라는 주의는 기억하고 있었다.

"여행은 좋았니?"

"네, 좋았어요, 할아버지."

"음 음, 다 좋은 배니까. 아더 호도, 바이퍼 호도. 세관에 있을 시절에는 나도 항구에서 자주 보았지. 아더 호는 배 옆구리에 하얀 선이 쳐 있지. 그걸로 두 배를 분별할 수 있거든. 너, 장기 둘 줄 아니?"

"모릅니다, 할아버지."

그것은 아무래도 좋다는 듯, 그러나 친절하게 그는 고개를 끄덕여 보였다.

"곧 배우게 돼, 여기에 있게 되면. 너 주욱 있는 거지."

"네, 할아버지. 쳐프만 아주머니가 나는 다른 데엔 갈 데가 없다고 하셨어요."

문득 나는 어떻게 해서든지 그의 동정을 받고 싶다는 마음이 솟아, 내 무서운 곤경을 털어놓고 싶은 참을수 없는 충동을 느꼈다. 아버지가 폐병으로 죽었다는 것, 그것은 이미 아버지의 여자 형제를 둘이나 빼앗아 간 집안의 무서운 병이라는 것——그리고 어머니에게도 그것이 감염되어 놀랄 만큼 빠른 속도로 그 생명을 빼앗아 간 일——그리고 나한테도 그것은 몰래 작은 손길을 뻗치고 있다는 사실을 증조 할아버지는 알고 있을까.

그러나 할아버지는 무엇을 생각하는 듯, 담배를 두어 모금 피우고 나서 입술을 삐뚤게 해 가지고는 나를 찬찬히 보고 있다가 곧 화제를 바꾸었다.

"너는 여덟 살이던가?"

"네, 아직 만 여덟 살은 아니예요, 할아버지."

나는 되도록 스스로를 어리게 보이고 싶었으나 할아버지는 용서 없었다.

"사내아이라면 자기 힘으로 무어라도 하지 않으면 안될 나이군 …… 그러나 아직 이제부터지만, 너 산보는 좋아하니?"

"별로 멀리까지 가본 적은 없어요, 할아버지. 노는 날 퍼트라슈에 갔을때도 있었지만, 그때는 자이안트 코즈웨이(아일랜드 북단 강 속에 튀어나온 현무암 허구리)까지 걸었어요. 돌아올 때는 조그만 기차를 탔지만요."

"그래? 그럼 언제 한번 산보를 가자. 너하고 나하고 말이야. 그래서 스코틀랜드의 공기가 얼마나 건강에 좋은지 보도록 하자."

여기에서 그는 말을 멈추었으나 처음으로 무엇인가 생각하는 투로 말했다.

"네가 나하고 같은 빛깔의 머리털이라는 것은 즐겁군. 거어 일가의 빨간 머리털이다. 너의 어머니도 같았어. 가엾게 세상을 떠났지만."

나는 울컥 뜨거운 것이 솟구쳐 참을 수 없게 되었다. ——그리고 거의 습관처럼 확 울음을 터뜨렸다. 1주일 전 어머니의 장례식을 치른 뒤, 어머니라는 말을 듣기만 해도 반사작용이 생겨 동정을 받을 때마다 언제나 이렇게 되는 것이었다. 그러나 지금의 경우는 아주 달랐다. 풍만한 가슴으로 안아주는 미시즈 쳐프만의 애정이나, 성 도미니크 교회의 샨리 신부가 퍼붓듯 쏟아주던 담배냄새 짙은 위로의 말 대신 할아버지의 비난하는 듯한 표정을 의식하자 나는 당황했던 것이다. 급히 울음을 그치려고 하니까 목이 메어 기침이 나왔다. 자꾸자꾸 기침이 나와 마침내는 옆구리를 누르지 않으면 안되었다. 여태까지 이렇게 심한 발작을 일으킨 적은 없었는데, 아버지의 가장 심할 때의 기침과 흡사했다. 나는 오히려 그것을 자랑스럽게 느꼈으므로 기침이 그치자 기대하는 눈으로 할아버지를 바라보았다.

그러나 그는 한마디 말도 위로해 주지 않았다. 잠잠히 조끼 주머니에서 양철통을 꺼내 뚜껑을 열더니 속에서 '오드 펠로우'라는 크고 넓적한 박하과자를 골라 내었다. 틀림없이 나를 주려니 생각하고 있었는데, 놀랍게도 주는 것이 아니라 자기 입 속으로 조용히 털어 넣었다. 그리고 엄격한 어투로 분명하게 말했다.

"내가 참지 못하는 것은 우는 아이다, 로버트. 네 눈물주머니는 눈에 퍽 가까운 모양이야. 침착하지 않으면 못써."

그는 귀에서 펜을 뽑아 들고는 가슴을 쑥 내밀었다.

"이 나이 되도록 나도 온갖 고통스러운 일과 싸워 오지 않으면 안되었어. 그 따위에 졌더라면 이렇게 살아 남을 수 있었겠니?"

할아버지는 좀 과장스러운 연설을 시작할 듯했으나, 마침 그 순간 아래층에서 벨소리가 찌르릉 찌르릉 울렸다. 그는 곧 입을 다물고——실망한 모양이었으나——그만 아래층으로 내려가라는 듯 파이프를 저어 보였다. 그가 다시 글 쓰기를 시작했으므로 나는 빈 쟁반을 집어들고 얼굴이 빨갛게 된 채 문쪽으로 주춤주춤 물러났다.

2

아래층에는 아버지 레키 씨, 케트, 그리고 마덕이 벌써 돌아와서 엄마와 함께 식탁에서 나를 기다리고 있었다. 내가 나타나자 갑자기 모두 입을 다물고 방안이 조용해진 것으로 보아 지금까지 내 얘기를 하고 있었던 모양이었다. 외아들은 대개 그렇지만 나도 몹시 수줍음을 타는 편이다. 더구나 현재의 환경에서는 한층 더할 수밖에 없는 것이 우리 어머니와 여기 아빠와의 사이에 깊은 도랑이 있었다는 것을 어렴풋이나마 알고 있었기 때문이다. 아빠는 잠깐 사이를 두다가 다리를 절름거리며 내게 와서 손을 꽉 잡고 몸을 숙여 이마에

키스했다. 그때 나는 다시 어리둥절해지고 말았다.

"너를 만나서 기쁘구나, 로버트. 여태까지 만나지 못한 것을 무척 유감스럽게 생각한다."

그의 목소리에는 화를 낸 기미는 없었으나 감정을 억제한 어떤 것이 있었다. 울면 안된다고 나는 스스로 다짐하고 있었으나 케트가 허리를 굽혀 딱딱하게, 그러나 성의껏 키스를 해주었을때는 도저히 참을 수 없게 되고 말았다.

"자, 앉아요."

엄마는 내 자리를 마련해 주며 일부러 쾌활하게 말했다.

"벌써 여섯시 반이야. 배 고프지?"

모두가 자리에 앉자, 식탁 상좌에 있던 아빠가 눈을 감고 식사 기도를 드렸다. 여태까지 들어 본 적이 없는 길고 묘한 기도였고 성호(가톨릭 기도 의식)를 긋지 않았다. 기도가 끝나자 아빠는 자기 앞에 놓여 있는 김이 모락모락나는 타원형 고기접시의 코온비이프를 얇게 썰기 시작하고, 엄마는 반대편 자리에서 감자와 양배추를 모두에게 나누었다.

"자……."

아빠는 맛있는 데를 준다는 시늉으로 말하면서 고기를 덜었는데 동작이 빈틈 없이 빨랐다. 마흔일곱이 되는 아빠는 몸집이 작고 별로 볼품없는 남자로서 갸름한 얼굴에 혈색도 나쁘고 눈이 작았다. 까만 콧수염을 기름으로 뻐죽이 세우고, 머리칼은 대머리를 감추기 위해서 납작하게 빗고 있었다. 표정에는 자기가 착실하고 근면한데도 불구하고 세상에서 인정받지 못한다는, 아니면 정당한 대접을 받고 있지 못한 것을 감추고 있는 사람들의 얼굴에서 볼수 있는 그 조용한 체념의 빛이 새겨져 있었다. 풀이 잘 먹은 얕은 칼라에 까만 넥타이를 하고 좀 이상스러운 놋단추가 달린 감색 사지의 우스꽝스런 양복을 입고 있었다. 그리고 번쩍거리는 채양이 있는 해군 사관 제모를 닮은 모자가 뒤쪽장 위에 올려져 있었다.

"그 양배추도 고기와 같이 먹어, 로버트."

아빠는 몸을 앞으로 숙여 내 어깨를 두드렸다.

"영양분이 많으니까 말이야."

이렇게 여러 사람이 보고 있으니까, 자루를 뼈로 만든 튼튼한 나이프와 포크는 내가 여태까지 쓰던 것보다는 훨씬 길고 미끄러워 손 움직이기가 힘이들어 진땀이 날 지경이었다. 더구나 양배추는 원래 좋아하지 않는 데다가 쇠고기의 작은 조각은 엄청나게 짜고 힘줄투성이었다. 우리 아버지는 미식가였

15

으므로 페닉스 크레센트의 우리 집 식탁에는 최상의 음식 이외에는 오르지 않는다고 말하고 있었고, 퇴근하는 길에는 비싼 제리라든가, 명산지의 귤이라든가 하는 따위의 특별 진미를 잘 사다 주었다. 사실 멋대로 어리광부리는 아이로 자라 입은 무척 사치스러워져 있었던 것이다.

그래도 나는 아빠의 기분을 나쁘게 해서는 안된다고 생각해서 맛도 없는 양배추를 억지로 꿀꺽 삼켰다.

내 주의가 다른 데로 가 있는 것을 보고 아빠는 식탁 끄트머리의 엄마한테로 눈을 돌려, 걱정스러운 어조로 아까 중단했던 얘기로 되돌아 갔다.

"미시즈 쳐프만은 무슨 요구 같은 것은 하지 않았소?"

"네, 그런 건."

엄마는 목소리를 낮추어 대답했다.

"배 삯이라든가, 꽤 돈도 썼겠지만. 머리 좋은 선량한 사람 같았어요."

아빠는 가볍게 한숨을 쉬었다.

"그런 착실한 사람이 아직도 세상에 있다고 생각하면 살 맛이 나. 마차 탈 일은 없었소?

"네…… 별로. 짐도 없었으니까요. 애 입을 건 모두 작아진 것뿐이구요. 그리고 사람들이 다 집어가 버린 모양이었어요."

속에서 무슨 격동이 솟아오르기라도 한 것처럼 아빠는 허공을 물끄러미 바라보며 중얼거렸다.

"사치에 빠진 생활이었으니까 아무 것도 남지 않는 게 당연하지."

"아니, 여보. 그렇게 계속 병을 앓지 않았어요."

"그렇지만 너무 상식이 없었지. 왜 보험에 들지 않은 거야. 확실한 보험에만 들어 있었다면 무어라도 감당할 수 있었을 텐데."

그의 작은 눈이 우울한 빛을 짙게 뿌리면서 접시 것을 열심히 먹고 있는 나한테 쏠렸다.

"그래그래, 착한 애니까, 로버트. 이 집에서는 무엇이라도 함부로 버려서는 안된단다."

식탁 맞은편에 앉아서 그런 얘기 따위에는 흥미 없다는 듯 창밖의 황혼을 퉁명스럽게 바라보고 있던 케트가 응원이라도 하는 듯한 따스한 미소를 나한테 보냈다. 그녀는 스물한 살로 우리 어머니보다 겨우 세 살 아래일 뿐인데, 어머니와는 전혀 닮지 않은 데에 나는 놀랐다. 어머니는 예뻤는데 케트는 통통한 생김새로, 엷은 푸른 눈에 광대뼈가 높고, 거칠른 벗꽃빛 피부였다. 그

머리카락은 거어 일가의 빨간 털과, 레키 일가의 까만 털의 꼭 중간쯤이 되는 듯한 특색 없는 빛깔이었다.

"학교는 다니고 있지?"

"응."

상대가 말을 걸어 준 것만으로 나는 빨개졌다. 입을 여는 것이 무척 힘들었다.

"크레센트의 바티 선생님께." ·

케트는 아 그래, 하는 식으로 끄덕여 보였다.

"좋은 학교야?"

"응, 아주. 교리 문제든, 일반 과목이든, 대답을 잘하면 바티 선생님은 장안의 병에서 과자를 꺼내 주시곤 했어요."

"리븐포드에도 훌륭한 학교가 있어, 너도 꼭 좋아질거야."

아빠가 기침을 했다.

"존 국민학교의…… 너희 반에 넣으면 좋지 않을까?"

케트는 창에서 눈을 돌려 아빠의 얼굴을 똑바로 쳐다보았다—— 반항적인 화난 표정이었다.

"존 국민학교는 조그많고 형편없는 학교가 아니예요? 얘도 우리가 다 다닌 아카데미에 보내는 게 옳아요. 아빠의 사회적 지위로 보아서도 그럴 수밖에 없잖아요?"

"음……."

아빠는 눈을 감았다.

"그것도 그렇지만…… 2학기까지는 안될거야…… 그건 10월 14일이지? 무슨 문제를 내주어서 애한테 몇 학년 실력이 있는지 시험해 보는 게 좋을거야."

케트는 가볍게 고개를 저었다.

"지금은 애가 굉장히 피로해 있어요. 곧 재워 주어야 해요. 누가 같이 자죠?"

졸음이 오고 있었으나 깜짝 놀라 나는 눈을 깜박이면서 엄마를 보았다. 엄마는 다른 걱정거리 때문에 이 문제는 미리 생각할 수 없었다고나 하는 듯이 조용히 생각에 잠겨 있었다.

"너하고 함께 자기는 벌써 너무 크고, 케트…… 네 침대는 너무 좁고 마덕…… 게다가 녀는 늦도록 공부하고 있으니까. 어때요, 할머니 방에 재우면, 안

계실 동안만 말이에요."

아빠는 그 제안을 고개를 저어 반대했다.

"어머니는 그 방을 정확하게 세를 내고 사용하고 계시니까 의논도 없이 무리한 짓을 할 수 없어. 그리고 또 곧 돌아오실 테니까."

그때까지 마덕은 잠잠한 채 음식을 자세히 조사하기도 하고, 탐정처럼 빵조각을 열심히 검사하기도 하고, 때로는 접시 곁에 놓은 교과서를 집어들고 냄새라도 맡는 듯 얼굴 가까이까지 들고 가기도 하면서 멍청히 식사만 하고 있었다. 그러다가 이 때 급히 아는 척하는 얼굴로 눈을 들었다.

"할아버지 방에 보내면 되잖아. 지극히 간단하지 뭐."

아빠는 할아버지 소리가 나자 잠깐 얼굴을 찌푸렸으나 그래도 곧 찬의를 표했다.

이것으로 얘기는 끝났다. 나는 절반 잠들어 있는 상태였으나 이 새로운 사태, 즉 2층에 있는 괴상하게 생긴 무서운 인물에게 자신을 결부시키는 슬픈 운명의 사슬과 이 새로운 환경에 대한 두려움이 겹쳐 내 심장은 조여들었다. 그러나 나는 거기에 반항하는 것이 무서웠고, 더욱이 케트가 의자에서 일어났을 때는 눈을 뜨고 있을 수 없을 정도로 피로에 지쳐 있었다.

"그럼 가요, 도련님. 목욕물 더웠을까, 엄마?"

"더웠어. 그렇지만 설거지를 하지 않았으니까 너무 많이 쓰지 않도록 해라."

좁다란 욕실에서는 케트가 옷 벗는 것을 도와주었다. 내가 발가벗으니까 케트는 이상하게 얼굴이 새빨개졌다. 오래 써서 노랗게 변색되고 에나멜 칠한 것이 꺼칠꺼칠한 욕조에는 미지근한 물이 6인치 가량 들어 있을 뿐이었다. 케트는 몸을 굽혀서 수건과 질이 나쁜 노란 비누로 몸을 씻어 주었다. 머리는 끄덕거려지고 눈은 무거워 이제는 눈물도 나지 않았다. 케트가 수건으로 몸을 닦아 주고 낮에 입었던 셔츠를 또 입혀 주었다. 욕실 도어의 자물쇠가 짤깍 소리를 내었다. 둘은 계단을 올라갔다. 그리고 안개와 파도와 배의 진동과 터널의 굉음 속에서 몽롱히 나타나 손을 내밀어 나를 받아 준 것이 할아버지인 것을 겨우 알았다.

3

할아버지는 잠을 험하게 잤다. 코를 크게 골다간 털부스러기를 집어넣은 울퉁불퉁한 매트리스 위를 뒹굴며 나를 벽에 밀어부치기도 했다. 그래도 나는 푹 자다가 새벽녘에 괴상한 꿈을 꾸었다. 아버지가 길다란 흰 잠옷 바람으로 항상 사용하던 녹차 흡입기로 숨을 들이 마셨다 내쉬었다고 하고 있는 꿈이었다. 그 흡입기는 빨간 고무관이 붙은 작은 놋탱크인데 모든 약이 듣지 않게 되었을 때 아버지가 사업할 때의 친구이던 사람이 권해 준 물건이었다. 가끔 아버지는 한 차례 쉬고 나서 갈색 눈에 장난스러운 빛을 띄곤 곁에 서서 두 손을 꽉 잡고 아버지 얼굴을 들여다보고 있는 어머니에게 웃으며 농담을 하곤 했다. 이윽고 의사가 들어왔다. 조금도 웃음 없는 얼굴을 한 반백의 노인이었다. 그러자 잠시 후 천둥 같은 소리가 나는가 싶더니 꺼먼 깃털을 휘날리며 까만 큰 말이 별안간 방안에 뛰어들어 내가 슬픔과 무서움에 얼굴을 가리고 있는 틈에 어머니와 아버지는 그 말을 타고 달려가 버리고 말았다.

흠뻑 땀에 젖어 눈을 뜨니 어느덧 아침 햇살이 방안에 흘러 들어오고 있었다. 어느새 옷을 갈아입은 할아버지는 창턱에 서서 덧문을 말아 올리고 있었다.

"깨었냐?"

그는 돌아보았다.

"좋은 날씨다. 이제 일어나도 좋은 시간이야."

일어나 옷을 주워입으니까 그는 벌써 케트가 출근했다는 것, 마덕도 윈스톤의 스카리 칼리지에 가는 기차시간에 맞추어 가버렸다는 말들을 들려 주었다. ——마덕은 그 학교에서 체신청 사무원이 되기 위한 공부를 하고 있는 것이다. 이제 아빠가 출근해 버리면 우리가 아래층으로 내려가는 시간이 되는 것이었다. 할아버지가 아빠는 저런 멋장이 제복을 입고 있지만 시청 위생검사관에 지나지 않는다고 일러주었을 때는 나도 조금 놀랐다. 아빠는 일생 소원이 수도국의 감독이 되는 것이었는데, 현재의 일은—— 할아버지는 조금 괴상한 웃음을 지었다—— 시민 모두가 쓰레기통이나 변소를 깨끗이 하고 있나를 조사하고 다니는 게 계원이었다.

이 때 현관 문이 쾅 하고 닫히는 소리가 났다. 엄마가 계단에 와서 우리를 불렀다.

"두 분 다 안녕하셔요?"

하고 엄마는 피로한 얼굴에 자기도 동료의 하나라는 듯 엷은 웃음을 피우며 인사했다. 흡사 우리를 심한 장난꾸러기 국민학생으로나 여기는 그런 투였다.

"안녕하지 않고, 한나. 고마워."

할아버지는 공손히 인사말을 받고 식탁 상좌인 아빠 걸상에 앉았다. 이 아침식사는 이내 나도 알게 되었지만, 그가 자기 방에서 나와서 먹는 유일한 식사이며, 듬뿍 먹어 둘 기회이기도 했다. 부엌에는 난로의 불꽃이 기분 좋게 타고 있었다. 마덕의 자리는 빵부스러기와 국물들로 얼룩져 있었다.

엄마가 세 개의 컵에 코코아를 넣고 까만 큰 주전자에서 끓는 물을 따라 주는 동안 따스한 친근감이 우리 세 사람을 잡아맸다.

"아버님, 어떨까요?"

하고 엄마가 말했다.

"오늘 아침엔 로버트를 함께 데려가 주시지 않으시겠어요?"

"좋지, 한나."

할아버지는 정중히 자신만만한 소리로 대답했다.

"아버님이 열심히 도와주시는 건 알고 있어요."

그는 노인 귀에만 들리게 말하고 있는 듯했다.

"좀 어려울는지도 모르지만요, 처음 얼마 동안은."

"무슨 소리를!"

할아버지는 컵을 두 손으로 들어올렸다.

"처음부터 쓸데없는 걱정할 필요 없어!"

엄마는 예의 슬픈 듯한 절반 눌러 감춘 것 같은 미소를 띠우며 물끄러미 할아버지를 바라보고 있었다. 그것은 그녀의 특유한 표정으로서 고개를 조금 흔드는 시늉과 같았으나, 할아버지께 대한 애정의 표시라고 나는 생각했다. 아침식사가 끝나자 엄마는 잠깐 부엌을 나가더니 곧 할아버지의 단장과 딱딱한 네모진 모자와 어제 쓰고 있던 서류를 들고 돌아왔다. 그는 색이 바랜 헌 모자에 조심스럽게 솔질을 하고 나서 서류를 잡아맨 불그스레한 테이프를 다시 꼭 잡아맸다.

"아버님만한 실력이 있으시면 이런 일은 안하셔도 좋으실 텐데요, 아버님. 그렇지만 아무튼 도움이 되니까요."

할아버지는 수수께끼 같은 미소를 띠우며 식탁에서 일어나더니 으시대며 모자를 썼다. 그리고 엄마가 현관까지 우리를 배웅해 주었다. 여기에서 엄마는 할아버지 가까이 가서 제법 걱정이라는 표정을 지으며 가만히 의미 있게 그의 푸른 눈을 들여다보았다. 그리고 작은 목소리로 말했다.

"그럼, 약속해 주시지요, 아버님."

"이 봐 또! 너만큼 안절부절 못하는 여자는 없어!"

그는 엄마를 애정 깊은 미소로 돌아보고는 내 손을 잡고 한길로 나갔다.

이윽고 둘은 전차 종점에 도착했다, 빨간 전차가 기다리고 있었으나, 차장은 파란 불꽃을 튀기면서 머리 위의 전선에 접선시키고 있는 중이었다── 당시는 이런 일도 아직 신기한 시대였다. 할아버지는 나를 데리고 전차의 제일 앞자리로 갔다. 전차가 느슨한 경사를 점점 속도를 더해서 내려가, 아침 공기를 꿰뚫고 리븐포드 방면으로 달려가기 시작하자 나는 한층 힘주어 할아버지 손을 움켜 쥐었다. 할아버지는 얼마나 기분 좋으냐는 식으로 나를 옆눈질해 보았다.

"표를 찍으세요. 손님 여러분, 표를 찍으세요."

나는 차장이 가위로 찰까닥 소리를 내며 가까이 와서 가방 속 잔돈이 짤그랑거리는 소리를 듣고 있었으나, 할아버지는 눈앞을 바라본 채 단장에 턱을 고이고 머리카락을 바람에 흩날리며 일종의 황홀경에 빠져 있어서 호소하는 듯한 내 눈이나 차장의 독촉도 전혀 눈치 채지 못하는 듯했다. 마치 조각처럼 몸을 움직이지 않고 무엇엔가 완전히 몰두해 있는 것 같은 모습이었으므로 이상하게 여긴 차장이 우리 곁에서 발을 멈추었다. 그러자 할아버지는 가만히 앉은 채 태연한 얼굴에 친목과 암묵의 양해를 의미하는 표정으로 알고 있지 않느냐는 시늉으로 장난스럽게 한쪽 눈을 찡긋해 보였다. 차장은 문득 빙긋 웃더니,

"으응, 당신이었군요, 댄디 할아버지."

차장은 조금 머뭇거리다가 그냥 지나갔다.

나는 할아버지의 이 멋진 제스처에 놀랐다. 잠시 뒤 전차는 시청 앞 큰 거리에 닿았다. 할아버지는 위엄 있는 태도로 전차를 내려 입구에 짧은 옥외 계단이 있는 '변호사 단칸 메칼라'라는 이름이 거의 다 지워진 큼직한 놋간판을 단 낮은 건물쪽으로 데리고 갔다. 현관 양쪽에 있는 창에는 절반쯤 망사 같은 막이 걸려 있고 한편에는 엷은 금문자로 '리븐포드 주택협회', 다른 한편에는 '로크 생명보험회사'라는 간판이 걸려 있었다. 할아버지는 이 사무실에 들어가자 가장 겸허한 것 같은 태도를 짓고 있었으나 번쩍번쩍하는 드레스를 입은 여사무원이 불친절하게 접수 창구로 얼굴을 내밀고 "메칼라 씨는 블레어 시

장과 오담중이니까 기다려 주십시오" 했을 때 나한테는 우습게 보이도록 얼굴을 찡그렸다. 할아버지는 구질구질하게 지껄여대는 여자에게는 참지 못하여 언제나 그런 얼굴을 해보인다는 것을 그 후 얼마 안되어 나도 알게 되었다.

그러고 나서 5분쯤 있으려니까 안쪽 문이 열리고 부유하게 보이는 까만 수염을 기른 남자가 모자를 쓰면서 응접실을 빠져나갔다. 그는 주위를 휘둘러 보다가 할아버지를 보고 비난하는 듯이 눈썹을 찌푸리며 우리 앞에서 발을 멈추었다.

"그러니까 얘가 그 아인가?"

"그렇습니다, 시장님."

할아버지는 대답했다.

블레어 시장은 뚫어지라고 나를 노려보고 있었다. 마치 내 일신상 일을 내 자신보다도 더 잘 알고 있는 사람처럼.

나에게 관계 있는 사건, 저 무섭고 부끄러운 사건을 마음속으로 생각하고 있다는 것을 환하게 알 수 있었으므로 나는 부끄러움에 몸이 떨리는 것을 느꼈다.

"너는 아직 네 또래의 아이들과 사귀지 못했겠지."

시장은 상당히 온화한 목소리로 나한테 말했다.

"네."

"우리 집 아이 가빈이 좋은 놀이상대가 될 게다. 나이도 너보다 몇 살 위가 아니니까. 언제 한번 놀러 오너라. 바로 가까운 드럼벅 거리에 있으니까."

나는 머리를 숙였다. 나는 아직 만나지도 않은 가빈과 같이 놀고 싶지 않다는 대답은 할 수 없었다. 시장은 잠깐 어떻게 할 것인가 망설이듯 턱을 쓰다듬고 서 있다가 또 한번 고개를 끄덕이더니 그대로 가버리고 말았다.

메칼라 씨는 가까스로 틈이 나서 우리를 불러들였다. 그 사무실은 고풍이기는 하지만 마호가니 책상과 내 구두가 파묻힐 것 같은 빨간 융단과 맨틀피스 위의 은컵과 둔한 녹색 벽 위의 액자에 든 찌푸린 얼굴의 사진 등이 있는 훌륭한 방이었다. 회전의자에 걸터 앉은 메칼라 씨는 얼굴도 들지 않고 말을 걸었다.

"많이 기다리게 했군요, 댄디 씨, 일은 됐소? 그렇지 않으면 어느 여자아이 한테라도 쫓겨서……."

그는 얼굴을 들어 내가 있는 것을 깨닫자 흡사 내가 모처럼의 농담을 방해했다는 듯 입을 꾹 다물고 말았다. 그는 50쯤 되어 보이는 당당한 체격의 빨간 얼굴 빛을 한 남자로 깨끗이 면도를 한 데다가 머리를 짧게 깎고 검소한 옷을 입고 있었다. 수북한 모래빛 눈썹 아래의 눈은 친근미가 없고 찌르는 듯 예민했으나 그 배후에는 호인을 연상케 하는 무엇인가가 있었다. 그는 할아버지가 넘겨 준 서류를 받아들고 잠깐 훑어보면서 칭찬하듯 원래 두툼한 빨간 아래 입술을 쭉 내밀었다.

"이건 좋은데, 댄디. 당신은 참으로 훌륭한 솜씨를 가졌어. 흡사 동판인쇄 같군. 필사에 이만한 솜씨가 있으니까 다른 일도 무척 잘할 수 있을 텐데."

할아버지는 웃었지만 웃음소리에는 어딘가 좀 과장된 듯한 울림이 있었다.

"일의 계획은 사람에게 있고, 그 성패는 하늘에 있는 것입니다. 나는 당신이 시켜 주는 일에 감사하고 있어요."

"그럼, 악마로부터 몸을 잘 지켜야지."

하고 메칼라 씨는 책상 위 수첩에 무엇인가 적어 넣었다.

"이것도 여태까지 것과 함께 달아 두지요. 레키군에게."

하면서 그는 혀로 뺨을 불룩하게 만들었다.

"수표로 지불할 테니까, 월말에는. 전에 말하던 아이가 온 게로군."

그는 의자에 비스듬히 몸을 눕히며 시장보다도 더 예민한 것 같은 눈으로 가만히 나를 바라보았다. 그리고 그는 자기 판단과는 다르지만 사실은 인정하지 않을 수 없다는 듯, 아니 자기 눈앞을 스치고 간 저 일련의 무서운 사건의 결과로서 무섭게 비참한 기형이라도 데리고 오는 것이 아닐까 생각하고 있었던 것을 은연 중에 비치듯 이렇게 중얼거렸다.

"이만하면 꽤 훌륭한 아이구먼. 하기는 이제부터 고생은 하겠지만——. 내가 잘못 보는 게 아니라면."

그리고 잠시 무엇을 생각하고 있다가 이윽고 주머니의 잔돈 속에서 1실링을 꺼내더니 그는 그것을 책상 너머로 할아버지께 건넸다.

"애한테 레모네이드를 사줘, 댄디. 그럼 이것으로 실례. 미스 글레니가 다음 일거리를 내줄 테니까. 나는 바빠서 정신이 없단 말이야."

할아버지는 굉장히 기분 좋아하며 사무소를 나오자 흡사 산들바람이라도 들이마시듯 가슴을 부풀렸다.

입구의 돌계단을 내려서더니 그는 내 주의를 거리 반대쪽으로 쏠리게 했다. 그곳에는 여러 가지 것을 파는 여자 둘이 바구니를 들고 행상하고 있었다. 젊은 쪽은 단단한 체격으로 거무튀튀한 얼굴에 집도 없이 떠돌아다니는 스코틀랜드의 집시들에게서 잘 볼 수 있는 타는 듯한 오렌지빛 머리를 하고 짐을 머리에 얹어 걸을 때마다 허리가 흔들렸지만, 두 팔을 위로 올렸기 때문에 풍만한 가슴이 한층 씩씩해 보였다.

"저것 봐."

할아버지는 감동한 듯 소리를 질렀다.

"맑은 상쾌한 가을날, 얼마나 즐거운 광경이냐!"

나에게는 그의 말이 이해되지 않았다── 사실 솥을 두른 두 집시 여자 따위는 한푼어치 가치도 없어 보였다. 그보다는 조금 전 변호사 사무소에서 본 무엇인가 의미 있는 듯한 시선에서 아직 모르고 있던 굴욕감 같은 것을 느낀 나는 깊은 상념에 빠지고 말았다. 어째서 모두들 나를 신기하게 여기는 것일까? 왜 나를 보면 모두들 고개를 흔드는 것일까?

나는 이해할 수 없는 것이었지만 이유는 간단했다. 편견에 가득 찬 이 작은 스코틀랜드 마을에서는 '누구라도 좋아하지 않을 수 없는' 인기 있고 아름다운 처녀였던 우리 어머니가 휴가 중에 만났을 뿐인 객지 사람 우리 아버지 오윈 샤넌과 결혼하여 완전히 세상에서 창피를 당하고 말았다는 얘기가 가득히 떠돌고 있었기 때문이다. 더블린 사람으로 사실 가정적인 환경도 좋지 않고, 홍차 수입상사의 별로 대단치도 않은 자리에 있던 아버지는 씩씩한 미남이라는 것 이외에는 아무 것도 취할 데가 없었던 것이다── 결혼에 이은 불행한 몇 년 간은 전혀 문제시되지도 않았다. 그러나 아버지의 죽음과 함께 이어진 충격적인 어머니의 죽음은 당연한 벌로 보였고, 이번에 내가 의지할 곳 없이 레키가의 현관에 나타난 것은 의심할 여지 없는 하느님의 섭리의 증거로 생각되고 있는 것이다.

할아버지는 옛 길로 가기로 했다. 거기로 가니까 못이 보이는 곳으로 나가게 되어, 반 시간쯤 지나자 꼬불꼬불한 길을 돌아 뜻밖에 드럼벅 마을로 빠질 수 있었다. 전날 엄마와 함께 그 끄트머리를 돌아간 마을이다── 마침 정오의 사이렌이 먼 공장에서 음악적으로 울려 왔다.

아름다운 곳이었다. 느긋한 오르막 언덕으로 된 숲 아래 냇물은 마을로 흐르고 거기에 돌다리가 두 개 걸려 있었다. 우리는 '알아맞추기 놀이 봉지'와 드롭과 캔디 따위를 늘어놓은 위에 '티바이 민 담배 판매소'라고 간판을 내건 작은 상점 앞을 지나 이내 베틀로 베를 짜고 있는 농가의 열어젖힌 문 앞을 지났다. 길 저쪽에 대장장이가 꾸부리고 앉아 가죽 앞가리개에 말굽을 안고 흰 말굽을 넣고 있는 것이 보였으며, 그 뒤의 컴컴한 대장간에 빨간 불꽃이 활활 타올라 뿔이 타는 기분 좋은 냄새가 조용히 떠돌고 있었다.

할아버지는 누구하고라도 다 아는 사이인 모양으로 대구를 구워 파는 손수레 행상과, "대황(大黃), 대황제리. 4 반 스톤(1 스톤은 약 14 파운드)에 1 페니." 하고 외치며 팔러 다니는 여자까지 알고 있는 모양이었다. 마을의 길거리를 거닐면서 무척이나 정중한 인사를 주고받고 하였으므로──할아버지는 틀림없이 정말 훌륭한 사람이라고 나는 생각했다.

"안녕하시오?"

마구(馬具)집 주인에게 인사한다.

"안녕하셔요, 댄디 씨."

빨간 얼굴의 뚱뚱한 사내가 드럼벅 암즈 정(亭) 돌계단 위에서 와이셔츠 팔을 걷어올린 채 서서 유난히 친절하게 인사하니 할아버지는 발을 멈추고 모자를 뒤로 젖히며 기다리고 있었다는 듯 이마를 닦았다.

"네 레모네이드를 잊어버려서는 안되지."

그가 암즈 정에 들어가 있는 동안 나는 문 옆의 따스한 돌계단에 걸터앉아 하얀 병아리들이 먼지투성이 마당에 떨어진 잡곡알을 침입자다운 모습으로 황급히 쿡쿡 쪼고 있는 것을 바라보았다. 그때 마을의 졸린 듯한 한낮의 평화와 과자집 여주인 미스 민이 회색 창 그늘에서 나를 바라보고 있는 것을 의식했다. 그 여자의 까만 모습은 유리창의 요철로 흐릿하게 조금 비뚤어져 있으므로, 물통 안에서 헤엄치고 있는 작은 바다의 괴물처럼 보였다.

조금 있으니까 할아버지가 레모네이드를 담은 컵을 가져다 주었다. 혓바닥 위에서 슈웃 소리를 내는 그 뭐라고 말할 수 없는 맛에 자꾸자꾸 침이 나왔다. 할아버지는 다시 조금은 서늘한 듯한, 어두컴컴한 가게 안의 점심 휴식에 모인 사람들 사이로 들어가 우선 먼저 두툼한 유리잔을 아주 익숙한 솜씨로 기울여 마시고 나더니, 이번에는 다른 패들과 무언지 쉴 새 없이 으시대며 얘기하면서 거품이 오르는 큰 컵으로 고급 황금색 액체를 계속 마시고 있었다.

그때 나는 술집 건너편의 풀밭에서 테돌리기를 하고 있는 두 소녀의 떠드는 소리와 동작에 문득 주의를 기울였다. 혼자서 외로웠고, 할아버지도 아직 당분간은 일어설 차비를 차리지 않을 것 같아서 나는 일어서서 슬금슬금 멀리 돌아 풀밭 가장자리 가까이로 갔다. 낯선 사내아이라면 별로 관심도 없었겠지만, 바티 선생의 학생은 대개가 여자아이였으므로 나는 여자아이라면 안심하고 가까이 갈 수 있었다.

작은 쪽 여자아이는 상대가 멀리서 열심히 테돌리기를 하고 있는 동안 자기는 테돌리기를 쉬고 벤치에 앉아 있었다. 그 아이는 나하고 같은 또래로 어깨에서 끈으로 잡아 맨 타탄 체크의 스커트를 입고 혼자서 열심히 노래를 부르고 있었다. 그 아이가 노래를 부르고 있는 동안 나는 가만히 벤치 끄트머리에 앉아 무릎의 긁힌 상처를 들여다보고 있었다. 소녀가 노래를 그치자 침묵이 흘렀다. 그러자 내가 바랐던 대로 그 아이는 친근한 얼굴로 질문이라고 하려는 듯 내쪽을 바라보았다.

"너, 노래 부를 줄 아니?"

억울하지만 나는 고개를 저었다. 노래라면 전혀 부를 줄 몰랐고 겨우 알고 있는 노래란 아버지가 가르쳐 준 오해받아 죽은 아름다운 여성에 대한 노래뿐이었다. 나는 갈색 눈을 하고 흰 이마에서 까만 머리털을 반원형 빗으로 뒤로 틀어넘긴 이 소녀가 좋았으므로 대화가 여기에서 그치면 어떡하나 하고 마음이 조마조마했다.

"그 동테는 쇠로 만든 거니?"

"그럼 물론이지. 그런데 왜 동테라고 하니? 우리는 바퀴라고 한단다. 그리고 미는데 쓰는 이 막대기는 갈고랑이라는 거야."

금방 다른 지방 아이라는 것이 탄로나고 말았다. 나는 그 무지가 부끄러워져 우리쪽을 보며 테를 돌리고 있는 다른 소녀쪽을 슬쩍 바라보았다.

"쟤는 네 언니니?"

소녀는 방긋 웃었는데 그것은 따사로움과 정다움이 엉겨 있었다.

"루이스는 사촌이야. 애드필란에서 놀러 와 있어. 내 이름은 알리슨 키이트. 엄마하고 저기서 살고 있어."

그는 마을에서 조금 떨어진 숲에 싸인 멋진 지붕을 가리켰다.

또 못 맞추었다는 사실과 그 훌륭한 저택에 산다는 데 억압을 느낀 나는 루이스가 껑충껑충 뛰면서 가까이 오자 더욱 긴장했다.

"안녕!"

썩 멋있게 동테를 세우며 루이스는 잠깐 숨을 헐떡이다가 옆눈으로 나를 보았다.

"너 어디서 왔니?"

그는 열두 살쯤 되어 보였으나, 긴 아마색(亞麻色) 머리는 일부러 재듯 뒤로 바짝 넘긴 그의 앞에서 나는 알리슨에게 좀더 훌륭하게 보이고 싶어졌다.

"더블린에서 왔어, 어제."

"더블린? 어쩌면!"

그는 노래를 부르듯 말했다.

"더블린은 아일랜드의 서울이지."

그는 잠깐 말을 멈추었다가,

"거기에서 태어났니?"

나는 고개를 끄떡해 보였다. 이 여자 아이의 시선에 호기심이 들어나 있음을 뜨겁게 의식했다.

"그럼 아일랜드 사람이구나?"

"아일랜드 사람이면서 스코틀랜드 사람이야."

나는 좀 자랑스럽게 말했다.

그러나 루이스는 놀라기는커녕 가엾다는 듯한 표정으로 나를 보았다.

"두 쪽 나라 사람이란 있을 수 없어. 그런 일이 어떻게 있을 수 있니? 참 이상해."

문득 무엇인가 깨달은 것처럼 루이스는 마치 경찰과 같은 무서운 의혹의 눈으로 나를 보았다.

"어느 교회에 나가고 있니, 너?"

나는 오만한 미소를 흘렸다——그런 것에는 전혀 모른 척하고.

'성 도미니크 교회야'라고 대답할 생각을 했으나, 문득 루이스 눈 속에서 반짝 빛나는 것 같은 것을 보자 원시적인 방위본능이 눈을 떴다.

"보통 교회야. 큰 탑이 있지. 내가 살고 있던 페닉스 크레센트 바로 가까이에."

나는 당황해서 그런 화제를 피하려고 갑자기 뛰어일어나, '바르 더 윌키이즈'를 하기 시작했다——내가 할 수 있는 유일한 재주로서, 뒤쪽으로 세 번 공중을 넘는 것이다.

얼굴을 새빨갛게 해가지고 원래대로 바로 서니까 루이스는 조금 어쩔 줄 몰라하는 눈을 가만히 나한테 보내고 있었으나, 그 태도에는 어떤 비난도 따르지 못할 냉혹하고 노골적인 것이 있었다.

"어쩐지 네가 가톨릭 신자 같은 느낌이 들어."

그녀는 미소지었다.

나는 점점 빨개져서 더듬더듬 말했다.

"도대체 어째서 그렇게 생각하는 거야?"

"나도 몰라. 그렇지 않다면 다행이지만 말이야."

압도당하여 나는 가만히 내 구두를 내려다보고 있었으나, 알리슨 눈에 어딘지 내 괴로움이 반영되고 있는 것을 느끼고 다시금 아프리 만큼 가련한 마음이 되고 말았다. 루이스는 여전히 미소를 머금은 채 그 긴 머리카락을 뒤로 걷어 올렸다.

"너 계속 여기 머물거니?"

"응."

나는 굳어진 입술을 억지로 벌렸다.

"가르쳐 줄까——3주만 있으면 나 아카데미에 갈 거야."

"아카데미! 그럼 내 학교네, 알리슨. 어쩌면, 참 다행이야. 네가, 내가 생각했던 것 같은 아이가 아니어서. 아카데미 안에서 그런 아이가 하나라도 있을 턱이 없지. 그렇잖니, 알리슨?"

알리슨은 땅을 내려다 본 채 고개를 저어 보였다. 나는 눈두덩이가 따끈 따끈 아파오는 느낌이었다. 그러자 루이스가 다시 껑충 껑충 뛰며, 이것이 마지막이라는 듯 유쾌한 웃음소리를 내었다.

"자, 우리 점심 먹으러 가야지."

그는 시치미를 떼고 테돌리기 동테를 집어들더니 나한테 조숙한 동정을 쏟으며 급소를 찔렀다.

"그런 비참한 표정을 짓는 게 아니야. 네가 말한 게 사실이라면 아무 일도 없잖아. 가자, 알리슨."

둘이 헤어져 갈 때 알리슨은 어깨너머로 가만히 뒤돌아 보았으며 그 얼굴에는 슬픈 듯한 동정이 넘치고 있었다. 그러나 내 기분은 별로 내키지 않았다. 이 무서운 예기치 못했던 파국에 완전히 압도당하고 말았던 것이다. 억울함에 얼어 가지고 나는 점점 작아져 가는 둘의 모습을 망연히 바라보고 있었으나, 이 때 할아버지가 길 반대쪽에서 나를 부르고 있었다.

뛰어서 가 보니까 할아버지는 눈을 빛내며 모자를 한 옆으로 비스듬히 쓰고는 빙긋빙긋 웃고 있었다. 둘이서 로몬 뷰쪽으로 걷기 시작했을 때 할아버지는 제법이던데? 하는 듯이 내 등을 두드렸다.

"레디들에게 꽤 인기가 좋았던 모양이지, 로버트. 그 애가 키이트의 딸애가 아니든?"

"그래요, 할아버지."

나는 우물쭈물 대답했다.

"부잣집이야."

할아버지는 속물근성을 그대로 보이며 만족스레 말했다.

"할아버지는 레윌핀다 호의 선장이었어…… 죽기 전에 말이지. 어머니는 별로 건강하지 못하지만 상당한 미인이지. 피아노도 제법 잘 치고…… 거기에 저 딸애는 공작새처럼 노래를 부르고. 왜 그러니 너?"

"아무 것도 아니예요, 할아버지. 정말 아무 것도 아니예요."

그는 나를 보고 고개를 흔들었으나, 별안간 휘파람을 불기 시작했기 때문에 나는 당황하고 말았다. 할아버지는 휘파람을 여간 잘 부는 것이 아니었다. 맑은 음색으로 멋있게 불었다. 집 가까이 오자 이번에는 콧노래를 부르기 시작했다.

오오 우리 연인은
빨간 장미를 닮아
6월에 마악 피기 시작한……

그는 정향나무 꽃을 물고 비밀 얘기라도 하듯이 나한테 속삭였다.

"조금 아까 한잔 한 것 엄마한테 말할 필요 없어. 여간 잔소리장이가 아니니까 말이야."

4

아마 엄마는 처음 얼마 동안 가족 외에는 누구와도 나를 멀리 해 둘 작정이었던 모양이다. 나는 자주 밤까지 아빠를 못 보는 때가 있었는데, 이것은 아빠가 '매연(煤煙)조사'라든가, '우유 품질 검사' 따위가 있어 점심식사하러 돌아올 수 없었기 때문이었다. 일에 대한 아빠의 태도는 참으로 열심이고 모범적이어서 밤이 되어도 곧 쉬는 일은 거의 없고, 항상 구석 의자에 걸터앉은 채 연관(鉛管) 부설이라든가, 불량식품에 대한 보고서를 들여다보고 있었다. 외출이라면 매주 목요일 밤 한번 리브포드 주택협회의 사무회의에 출석하는 일뿐이었다.

마덕은 대학에 다니고 있기 때문에 하루의 반나절은 집에 없었다. 돌아오면 되도록 오랜 시간 동안 우물쭈물 저녁식사를 했다. 그리고 나한테 얘기를 걸고 싶어했지만 식탁 가득히 책을 펴놓고 어쩔 수 없다는 태도로 책장을 그냥 넘겼다.

케트는 점심 먹으러 수업에서 돌아오지만 묘하게 잘 사귀어지지 않고, 밤에도 가족의 모임에 참여하는 적은 거의 없었다. 친구인 베시 유잉을 방문하기 위해 외출하지 않을 때는 자기 방에 들어앉아 학술 노트에 손질을 하든가,

독서를 하든가 하는데, 그럴 때면 큰소리를 내어 방문을 닫기도 하고 이마를 이상하게 부풀리기도 해서 심중의 고민을 분명하게 나타내곤 했다.

아카데미의 학기가 시작하는 것을 기다리는 동안 내가 점점 할아버지 손을 따르게 되어진 것은 극히 당연했다. 필사를 하는 일 이외에 할아버지에게는 일다운 일이 없었으므로 표면상 나를 성가신 존재로 취급은 하고 있었으나 내가 조심스럽게 나타내는 친애감을 굳이 경멸하거나 멀리하는 일은 없었다. 날씨가 좋은 날 오후에는 대개 나를 데리고 드럼벅의 풀밭으로 나가 '말리스' (황토로 만든 공굴리기)라고 하는 공놀이에서 자기가 이기는 것을 보여 주는 것이었다. 할아버지는 뛰어나게 잘했으며 상대하는 것은 두 친구인데, 그 하나는 마구상의 버그로 이미 30년이나 이 마을에서 마구상을 하고 있는 뚱뚱하면서 성미가 급한 신사이고, 또 하나는 피터 디키라고 하는 원래 우편배달부 출신인 몸집이 작은 참새 같은 사나이로 배달로 걸은 거리를 합하면 지구를 반 바퀴 돈 셈이 된다고 나한테 말한 적이 있다. 지금은 하늘의 혜성에 깊은 관심을 가져서──그 혜성이 언제 지구와 충돌할는지 모른다고 겁내고 있었다. 할아버지의 공은 갈색 체크가 있는 엷은 핑크였다. 그가 눈에 조용히 비꼬는 듯한 미소를 떠우며 최후의 볼을 눈 높이만큼 올려서 무섭도록 지기 싫어하는 버그 씨가 '세게 남겨' 놓고 있을 때 '백의 총 쓰러뜨림'을 하는 것을 바라보는 것은 얼마나 멋진 일이었던가!

또 어떤 날은 할아버지가 나를 시립도서관에 데리고 가기도 하고, 리븐포드 소방서의 연습 구경을 데리고 가기도 했으며──여기에 대하여 그는 상당히 신랄한 비판을 했다── 한번은 보트 빌려 주는 집의 파킨 씨가 외출하고 없을 때 공유지 못에 무료로 뱃놀이를 간 적도 있었다.

아무튼 일요일에는 이상하게 내 위(胃)는 빈 것 같은 느낌을 주곤 하는데, 또 다른 일정(日程)이 기다리고 있었다. 일요일은 엄마도 여느 날보다 일찍 일어나 아직 침대에 있는 아빠한테 홍차를 가져 가고 고기 굽는 그릇에 고기를 넣고 나서 아빠의 줄무늬 바지와 연미복을 꺼낸다. 이윽고 옷을 갈아입을 때가 되면 모두가 허겁지겁 소동을 벌인다. 케트는 속치마 바람으로 계단을 올라갔다 내려갔다 하고, 엄마는 빨아서 줄어든 장갑에 손가락을 끼우느라고 고생을 하고, 마덕은 시간이 다 되어서야 바지에 와이셔츠를 걸친 채 푸석푸석한 머리를 계단 손잡이에서 쑥 내밀고,

"엄마 내 깨끗한 양말은 어디 넣어 두었지?"

하고 떠드는가 하면── 한편 아빠는 딱딱한 칼라로 목덜미를 스치며, 현관에

서 시계를 손에 들고 조마조마해 하며,

"곧 종소리가 울릴 것 같은데."

를 되풀이하는 것이다.

이런 때 나는 이런 선량한 사람들에게 자신이 성가신 존재가 되면 안된다는 것을 느꼈으므로 방해가 되지 않도록 할아버지 방에 틀어박혀 있었다. 그러면 멀리서 종소리가 조용한 아침 공기를 애무하는 듯 울리기 시작한다. 그 달고 끈덕진 종소리는 항상 내 고독감을 한층 더하게 했다.

할아버지는 교회에 전혀 가지 않았다. 가려는 생각도 않는 것 같았고, 더구나 변변한 옷도 없는 것이다. 다른 식구들이 시장이나 시의회의원들이 예배하러 가는 녹스힐 국립교회에 가버리고 나면 그는 나를 보고 자아, 하고 눈짓으로 일종의 신호를 하는 것이었다. 그것은 바로 이웃에 집을 가지고 있는 미시즈 버섬리라는 여자 친구한테 아침 방문을 가기 위해 '잠깐 빠져나가는' 것이니까 따라와도 좋다는 신호였다.

미시즈 버섬리는 돼지고깃간 과부인데 예전에는 지방순회 극단의 중심배우였던 적도 있어서 〈황제의 신부〉 중 조세핀 역을 했다는 얘기다. 나이는 50쯤 될까, 뚱뚱하게 살이 쪄 있었고 갈색 머리를 아이론으로 지지고 다녔다. 또한 큼직한 얼굴에 사람 좋아 보이는 작은 눈을 웃으면 보이지 않게 되어 버리며 뺨에는 가늘고 빨간 혈관이 떠보였다. 가끔 나는 쥐똥나무 생울타리에서 그가 노란 고양이 '미카로'를 데리고 뜰을 왔다갔다하는 모습이랑, 갑자기 발을 멈추고 어떤 포즈를 취하며 무엇인가 큰소리로 대사를 외고 있는 것을 들여다본 일도 있었다. 한번은,

"그래, 조상의 푸른 무덤을 위해 싸워라! 고국의 흙을 위해 싸워라!"

하고 외치는 것을 분명하게 들은 적도 있었다.

리븐포드는 그녀가 태어난 고향은 아니었다. 출생도 신분도 애매했으며, 나중에 학교 친구에게서 들은 바로는 실제로 무대에 선 경험은 없고 서커스를 따라 돌아다녔을 뿐으로 배에 문신이 있다는 얘기였다. 미시즈 버섬리의 일은 언제 다시 얘기할 기회가 있으리라. 지금은 다만 그의 환대방법이, 이웃 레키 일가의 스파르타식 절약과는 딴판으로 대조를 이루고 있다는 것만 말하면 충분하다. 할아버지와 미시즈 버섬리가 앞방에서 커피를 마시고 있는 동안 나한테는 우유와 샌드위치를 내주었다. 나는 그가 담배를 피우고 있는 것을 보고 크게 놀랐다——여자가 담배를 피는 것을 그때까지 나는 본 적이 없었다——오늘에 이르기까지 그 펑퍼짐한 녹색 곽에 인쇄되어 있던 담배 이름이 기억

에 새겨져 남아 있을 정도다. 그것은 '야생 제라늄'이라는 이름이었다.

일요일 오후, 아빠가 칼라와 넥타이를 끌르지도 않은 채 거실 시원한 안쪽 소파에서 낮잠을 자고, 마덕이 케트와 함께 주일학교로 가르치러 가버리면, 할아버지는 또 나한테 신호를 보내어 식후의 안식에 잠든 것 같은 마을쪽으로 함께 슬슬 나간다. 공원으로 되어 있는 풀밭 앞 오솔길을 꼬부라지면, 그는 다르림풀 원예장의 당산사나무 울타리 밖에서 시치미를 뗀, 그러면서 무슨 목적이라도 있는 듯한 모습으로 발을 멈춘다.

그곳은 아름다운 농원으로서 '원주 Ａ 다르림풀'이라는 페인트가 벗어지기 시작한 문패가 걸려 있고, 케일 양배추, 당근 따위가 줄을 지어 싹을 내고, 과일나무에는 배, 사과가 주렁주렁 열려 있었다. 할아버지는 우선 사람의 그림자가 없는 소로를 살피고 나서 울타리 위에서 조심스레 들여다보고는 이번에는 억울한 듯 혀를 찼다.

"음, 자식이 없구먼!"

그는 돌아보면서 은근한 미소를 띠우며 모자를 벗어 그것을 나한테 주었다.

"울타리에서 조금 따오너라, 로버트. 문까지 가는 시간이 절약되니까 배를 따오는 거야. 그놈이 제일 맛있어. 머리를 숙이고 가야 한다."

나는 낮은 소리로 일러주는 대로 울타리를 기어 들어가 익은 배를 모자에 하나 가득 땄다. 할아버지는 그동안 소로 한가운데 서서 조심스럽게 주위 경치를 바라보며 콧노래를 부르고 있었다.

둘이서는 턱에 물을 줄줄 흘리며 먹기 시작했다. 그는 엄숙한 어투로 말했다.

"다르림풀이면 틀림없이 나한테 최후의 과일이라도 주지. 내 일이라면 무엇이라도 한다는 사내야. 좋은 친구지."

나는 우울한 아이임에는 틀림없으나 할아버지와 친구가 되어 있노라면 그 동안만이라도 커다란 위로를 얻었던 것을 부정할 수가 없다. 다만 불행히 우리의 원정의 즐거움이 때때로 실패하는 때도 있어서, 그것이 나한테 충격을 주기도 하고 당황하게도 만들었다. 어디에서나 정중한 인사를 받고 환호로 영접받는 할아버지가 마을의 일부 소년들에게서는 믿을 수 없을 만큼 조소를 받는 것이었다.

우리를 못견디게 군 것은 가빈 블레어 같은 아카데미 학생들은 아니고(이것은 한길 저쪽에 있는 것을 할아버지가 가리킨 것으로서 나는 확 빨개지며 부정했지만), 다리목에 모여서 제각기 모자로 피라미를 잡으려고 물에 들어갔다 나왔다 하는 마을의 악동들이었다. 우리가 지나가노라면 이 아이들은 버릇 없이 이쪽을 향해 떠들어대는 것이다.

"건달패 거어! 아, 저기 온다! 어디서 얻었니? 그 큰 코!"

나는 창피해서 얼굴이 새파랗게 질렸으나 할아버지는 배후에서 덮쳐오는 엄청난 합창에도 아랑곳 없이 머리를 뒤로 쓱 제끼고 당당하게 걸어갔다. 처음에는 나도 못들은 척하고 있었다. 그러나 나중에는 뒷걸음을 치기보다 호기심이 더 강했다. 나는 큰 눈을 들어 할아버지께 물었다.

"어디서 그런 코 얻었어요, 할아버지?"

그는 흘깃 옆눈으로 나를 보았으나 태연히 자랑스러운 소리를 내었다.

"이건 말이다. 줄루전쟁(1879, 아프리카 동남부에 사는 줄루족과 싸워 영국이 애먹은 전쟁)에서 얻어 온 거야."

"아 그래요, 할아버지?"

그때까지의 창피스러움은 자랑스러움과 무지한 악동들에 대한 분노가 홍수처럼 밀려와 한꺼번에 흘러내려 가버렸다.

"그 얘기를 해줘요, 할아버지."

그는 엄숙한 표정으로 나를 보았다. 기분이 내키지는 않는 모양이었으나 내가 흥미를 가지니까 전혀 마음이 끌리지 않는 것도 아닌 성싶었다.

"그렇다면, 로버트."

그는 말했다.

"나는 허풍을 치는 인간과는 다르지만……."

큰 수송선은 아름다운 여자들이 울면서 전송하는 손짓을 뒤로 하고 항구를 떠나 더글맥더걸 대령이 이끄는 스코틀랜드의 정예연대 '백마'는 명예의 군기를 휘날리며 몰래 불모(不毛)의 해안에 상륙하고 있었다. 할아버지는 마타벨르족에 대한 과감한 돌격의 공으로 급속도로 승진하여 대령의 오른팔이 되었으며 연대 '백마'가 연락이 끊어졌을 때 포위당한 수비대로부터의 연락병으로 발탁되었다. 밤의 어두움을 타 두 손에 단총을 들고 입에 단도를 문 채 할아버지가 바위 또 바위의 벌판을 기어가고 있을 때 나는 숨도 못 쉴 정도였다. 그가 마악 적의 전선을 돌파하려고 할 때 때마침 달이—— 오오 반역자 달이 ——! 구름 사이에서 빠져나왔다. 부족의 일대가 그에게 와락 덮쳐왔다. 빵 빵 빵! 그러자 불을 뿜은 두 손의 단총도 탄환이 떨어졌다. 그는 단도로 닥치는 대로 휘둘렀다. 주위에는 피투성이가 된 꺼먼 적병들이 무수히 쓰러졌다. 그는 유유히 휘파람을 불며 밤을 지새워 애마를 달렸다. 오오, 그 심야의 질주야말로 처참을 극한 서스펜스다. 배후에는 날래기 비길 데 없는 줄루족이 좇아오고 있다. 화살이 획획 날아온다. 그러나 마침내, 출혈로 실신 직전이 되면서도 할아버지는 말 목을 껴안고 부대까지 돌아온 것이다. 군기의 명예는 살아난 것이다.

나는 큰 한숨을 쉬었다. 홍분과 찬탄으로 내 눈은 번쩍번쩍했다.

"큰 부상을 입었군요, 할아버지."

"음, 그랬던 모양이야."

"그럼 그때 그런 거예요? 코가 그렇게 된 것은."

그는 엄숙하게 고개를 끄덕이고 옛 생각이 그리운 듯 그 거대한 코를 어루만졌다.

"이건 말이야, 로버트. 독을 칠한…… 화살이…… 바로 맞은 거야."

그는 햇볕을 막듯 모자를 깊숙이 고쳐쓰고 나서 회상조로 말을 끝맺었다.

"여왕님이 친히 발모랄 궁전에서 훈장을 주실 때 가엾게 됐군, 하였을 정도지."

나는 새로운 존경과 애정에 몰려 그를 주시했다. 놀랄 만한 영웅인 할아버지! 둘이서 드럼벅 암즈 정에서 로몬뷰로 돌아오는 동안 내내 나는 할아버지의 손을 꽉 잡고 있었다.

우리가 집에 들어가니까 엄마는 현관에서 10월 초하룻날, 오후 편으로 마악 도착한 엽서를 보고 있는 참이었다.

"할머니가 내일 돌아오신대요."

엄마가 나를 보고 다시 말했다.

"너를 만나는 것을 즐겁게 생각하고 계신대, 로버트."

그 소식이 할아버지에게 묘한 영향을 주었다. 그는 입을 다물고 다만 엄마한테 무슨 못먹을 것이라도 삼킨 것 같은 묘하게 찡그린 얼굴을 보이고는 바쁘게 계단을 올라가기 시작했다.

엄마는 얼굴을 들어 위로라도 하려는 듯한 어조로 말했다.

"계란을 곁들일까요, 저녁 진지에는 아버님?"

"좋아, 한나. 괜찮다."

줄루 전쟁의 용사는 늘어진 것 같은 목소리로 말했다.

"그 소식을 듣고는 식욕도 나지 않는다."

그는 2층으로 올라갔고, 나는 그가 우울하게 의자에 몸을 내던지는 스프링이 삐걱거리는 소리를 들었다.

할아버지의 반응이 어쨌든간에 나는 기대에 차 있었다. 이튿날은 토요일이었는데, 마차의 발자국소리를 듣자 나는 창턱으로 달려갔다.

나는 흥분 속에 할머니가 머리를 숙이며 한쪽 손으로 소중하게 지갑과 까만 장식용 구슬이 달린 케이프를 들고 다른 손으로 긴 고무구두에 걸리는 스커트를 집어올리며 조심스레 마차에서 내리는 것을 가만히 보고 있었다. 마부는 기분이 나쁜 모양이었다. 할머니가 돈을 줄 때도 마부는 두 손을 공중에 쳐든 채로 있었다. 그러나 결국 패배를 인정한 듯 단념하고 여행가방을 들여왔다. 할아버지는 아직 시간도 안되었는데 슬그머니 산책하러 나가 버리고 없었으며, 케트와 마덕이 맞이하였다. 현관쪽에서 엄마의 부르는 소리가 났다.

"로버트, 어디 있니? 이리 와 증조할머니의 짐을 받아 드리렴."

나는 달려나가 집안이 떠들썩한 속에서 가벼워 보이는 짐을 들어 계단쪽으로 옮겨 놓으며 흘깃 그러나 겁먹은 눈으로 할머니를 쳐다보았다. 할머니는 펑퍼짐한 발을 한 큰 여자로, 할아버지보다도 컸다. 길고 단단하게 생긴 온통 깊은 주름투성이의 노란 얼굴이었으나, 흰 프릴로 가장자리를 돌린 까만 모자를 써서 그 얼굴은 기품 있게 보였다. 아직 검은 머리칼 한가운데로 가리마를 탔고 주름이 많은 윗 입술 끝에 사마귀가 있었는데, 거기에서 오는 오글오글한 수염이 나 있었다. 여행중의 얘기들을 엄마와 하고 있을 때 튼튼해 보이는 변색한 이빨이 조금씩 보였는데, 그것은 어딘지 방해스러운 것같이 느껴졌으며 까작까작하는 작은 소리를 내었다.

2층에 올라가니까 그 비밀스러운 도어가 열려 있었으므로 나는 할머니가 아래층에서 차를 마시며 쉬고 있는 동안 입구에 가방을 놓고 올라앉아 오래 참고 있던 호기심을 만족시켰다. 그 방은 잘 정리되고 청결했으며 장뇌(樟腦)와 밀렵의 냄새가 나고 있었다. 두 장의 삼베로 무늬를 넣어 짠 깔개가 니스칠한 방바닥에 타원형의 섬을 이루고 있었고, 그 깔개 사이에 두꺼운 진홍빛 새털이불을 덮은 꾸부러진 다리의 단단한 마호가니 침대가 놓여 있었는데, 번쩍 번쩍하는 침실용 변기가 그 밑에 숨겨져 있었다. 한쪽 구석에 재봉틀이 있고, 창턱에는 커버를 씌운 흔들의자가 사람을 그리워하는 듯 놓여 있었다. 위엄있게 위협하는 듯 석판화가 석 장 주위 벽에 걸려 있는 것도 보였다.

'삼손이 신전을 파괴하는 그림' '홍해를 건너는 이스라엘 민족' '최후의 심판'이었다. 방문 가까이에 묘비 같은 음산한 흑단틀 속에는 아브라함이 사무엘 레키를 가까이 불러 놓고 남은 사무엘의 사랑하는 처에게 깊은 슬픔을 준 것을 찬양한 〈행복한 날〉이라는 제목의 시가 걸려 있었다.

할머니는 슬금슬금, 그러나 또렷한 발걸음으로 한 계단 한 계단을 꼭꼭 밟으며 올라왔다. 나는 그동안 정신 없이 자석에라도 끌린 듯, 굳이 좋아서라기보다 본능에서 마치 심해의 해수(海獸)에게 매료당하였다. 유순하게 따르는 작은 물고기 같은 상태로 거기에서 어물어물하고 있었다. 할머니는 무슨 이상은 없는가 하고 방안을 둘러보며 의자를 좀 건드려 보기도 하고 재봉틀을 발로 시험해 보기도 하면서 그동안도 계속 맑은 그러나 쏘는 듯한 눈으로 나를 관찰하고 있었다.

그러다가 그는 완전히 만족했다고는 할 수 없다는 시늉으로 고개를 저었으나, 이번에는 손가방을 열어·안경집·성경책, 그리고 약병 몇 개를 꺼내더니 그것들을 침대 곁 레스 냅킨을 덮은 작은 테이블 위에 꼼꼼하게 올려 놓았다. 그리고 나서 나를 돌아보면서 시골 사투리 그대로의 악센트로 말을 걸었다.

"내가 없는 동안에도 넌 착한 애였지?"

"네, 할머니."

"그래 나도 기쁘다."

이번에는 아까의 근엄한 어조보다 훨씬 온정 있는 투로 말했다.

"정리하는 일을 도와주었으면 좋겠는데, 하루라도 비우면 누군지 모르지만 쓸데없이 휘저어 놓는단 말이야."

내가 짐을 풀어서 짐을 꺼내 놓으니 그는 개켜 놓았거나 세탁해 놓은 옷가지들을 모두 깊숙한 장에 집어 넣었다. 그리고 나에게 플란넬 천조각을 주면서 청결은 경건 다음가는 미덕이야 하며 난로의 놋붙이를 닦게 하고, 자신은 장에서 털로 만든 먼지털이를 꺼내 가지고 맨틀피스 위의 사기로 만든 개를 털기 시작했다.

내가 일하는 것에 만족한 할머니는 엄한 태도를 다시 누그러뜨리며 의미심장한 얼굴로 나를 보았다.

"너는 정말 착한 애야, 뭐가 어쨌든. 자, 할머니가 좋은 걸 주지."

그는 작은 장의 왼쪽 서랍에서 '인피리얼'이라는 이름의 박하 드롭스를 한 옴큼 집어내더니, 그 중에서 한 알은 자기가 집고 나머지는 나에게 주었다.

"빨아 먹어, 깨물면 안되는 거야."

하고 그는 주의했다.

"빨면 오래 가니까."

그는 위로하듯 내 머리를 쓰다듬었다.

"너는 이 할미 아이가 될 것 같다. 내 방에서 같이 사는 거야. 차 마실 때는 밖으로 데리고 나가 줄 테니까."

약속대로 할머니는 그날 거의 종일, 나를 곁에 두고 가끔 나하고 얘기를 하며, 자기의 신상 얘기까지 들려주기도 했다.

그녀는 시골 양가 출신으로 오늘까지 묵고 온 집 조카는 에이셔에서 감자 농장을 경영하고 있었다. 그녀의 남편은 리븐포드의 보일러 공장의 작업시간계 주임으로 '성자'라고 까지 일컬음을 받았는데, 그녀는 남편의 덕분으로 하느님의 은총을 알게 되었던 것이다. 평생 잊을 수 없는 어느 날 그녀의 남편이 구내를 걸어가고 있을 때 4톤이나 되는 철재가 이동식 기중기에서 머리 위로 떨어진 것이다. 가엾은 사무엘! 그러나 그는 하느님 곁으로 불려 간 것이었고, 마샬형제 회사도 크게 아량을 베풀어 주었다. 그녀는 일생 동안 회사에서 연 4회의 연금을 받게 되었다. 이리하여 고맙게도 아무의 신세도 지지 않고 생활비와 방세 등도 충분히 지불할 수가 있었다.

오후 네시가 되자 그녀는 나한테 얼굴과 손을 씻으라고 일렀다. 그리고 30분 후 우리는 드럼벅 마을로 나갔다.

이미 그때는 할머니의 근엄하고 기독교적인 정신이 나한테도 영향을 끼친 모양으로, 또 그의 칭찬을 받고 싶은 일념에서 나는 진지한 구식 신사답게 크게 고개를 끄덕이며 대답하는 그의 버릇까지 그럴싸하게 닮아 있었다. 완전히 '성장'한 그의 곁을 걸어가노라니까 나는 내가 제법 한몫의 인간이 된 것 같은 엄숙한 기분이 되어 오는 것을 느꼈다. 그날은 꽤 더웠는데도 그는 돌아왔을 때와 꼭 같은 외출용 새 옷을 입고, 금과 진주조개 손잡이의 깨끗이 접은 길다란 우산을 홀(笏)이라도 든 것처럼 휴대하고 있었기 때문이다. 누구 한 사람 할머니를 흠보지 않았다.

"잊어서는 안돼, 로버트."

할머니는 말 구유통과 대장간 사이에 있는 전에 할아버지와 함께 왔던 그 작은 과자집 가까이 왔을 때 나한테 주의시켰다.

"얌전하게 있지 않으면 안돼. 미스 민은 내 친구로 같은 모임에 나가는 사람이니까. 차를 마실 때 달그락 달그락 소리를 내지 말아라. 그리고 상대방이 말을 걸어왔을 때만 말을 하는 거야."

언젠가 미스 민의 녹색 물든 낮은 유리창에 얼굴을 대고 신기하게 들여다 보고 있던 내가 이렇게 빨리 그의 손님이 되는 영광을 얻으리라고는 꿈에도 생각지 못했다.

할머니가 현관문을 미니까 찌렁하는 소리가 나며 열렸다. 나는 할머니 바로 뒤에서 박하와 아니스 열매가 든 봉봉과 향기 좋은 비누와 수지(獸指)초 같은 냄새가 나는 작은 동굴 모양의 즐겁고 어두컴컴한 방으로 발을 들여놓았다. 미스 민은 허리가 구부러진 작은 몸집의 여자로, 까만 능직 옷을 입고, 철테 안경을 이마에 얹은 채 뜨개질을 하면서 카운터 저쪽에 앉아 있었다. 우리가 들어서자 너무나 천만 뜻밖이란 듯이 애정과 놀라움이 섞인 소리를 질렀다.

"어마! 당신! 아직 안 돌아온 걸로 알고 있었는데."

"나야, 나. 그렇게 놀랄 일이 아니야."

할머니는 친구를 불시에 습격한 것이 기뻐서 뜻밖의 장난말도 하며 미스 민에게서 마음으로부터의 큰소리로 인사를 받자 곧 그것을 잘 받아 넘기기도 했다.

그리고 나서 미스 민은 류머티즘 때문에 절름거리는 발을 끌며 우리를 가게 안으로 안내하여 민첩하게 홍찻잔과 접시를 둥근 테이블 위에 올려놓고 물주전자를 불에 얹었으나 그러는 동안도 줄곧, 할머니가 킬마닉 체재 중에 참석한 '집회'에 관한 얘기에 완전히 귀를 기울이고 있었다.

"그렇지요."

하고 미스 민은 얘기가 끝나자 체념이라고도, 치사라고도 느껴지는 투로 한숨을 쉬었다.

"그럼 유익하잖고요. 나도 달게티 씨의 얘기는 듣고 싶었어요. 그렇지만 나보다도 당신이 들어서 좋았어."

그는 차를 넣으며, 할머니가 없었던 동안의 소식을 낱낱이 얘기하기 시작했다. 어느 집에 아이가 난 것, 장례식, 그리고 당시의 나에게는 무슨 소리인지 몰랐으나, 누구누구도 임신중이라는 얘기가 많았다. 그러나 이렇게 온갖 얘기가 한차례 끝나고 나니까 잠깐 의미 있는 듯한 침묵이 왔는데, 무언가 두 사람 다 미식가라 가벼운 요리를 먹고 나서, 이제 진짜 식욕이 자극되어 본격적인 요리를 먹게 된다는 표정으로서 슬쩍 내쪽을 바라보았다.

"애, 상당한 미소년이구면."

미스 민은 노골적으로 말했다.

"케이크 하나 더 먹어, 아주 영양이 많은 거니까."

그런 특별한 배려에 나는 기분이 좋지 않을 수 없었다. 미스 민은 이미 내 몫으로 비스킷을 한 접시 주었고, 키가 작은 나에게 테이블에 자라도록 일부러 걸상에 방석을 하나 더 올려 놓아 주기도 하였다. 이윽고 내가 홍차를 마시지 않고 있는 것을 보자, 굉장히 무거운 아령을 쳐들고 있는 표범가죽을 입은 장사의 테르가 붙은 '철천수(鐵泉水)'라는 이름의 탄산수 병을 갖다 주었다.

"이거 마셔."

미스 민은 친절히 말했다.

"할머니하고 나한테, 날마다 뭘하고 있었는지 얘기해 주렴. 대개 할아버지와 함께 있었겠지."

"네, 그래요. 언제나 할아버지와 함께 있었어요."

의미 있는 듯한 실망한 듯한, 시선이 두 사람 사이에 교환되었다. 그러자 마음속의 불길한 예감을 감추는 듯한 어조로 할머니가 물었다.

"그래서, 늘 뭘하고 있었니?"

"여러 가지예요."

나는 비스킷을 다시 하나 집으며 오히려 자랑스럽게 말했다.

"버그 씨와 볼링을 하고, 줄루족 토벌 얘기도 하고, 다르림풀 씨 농원에서 과일을 따고…… 할아버지는 미리 다 말해 두었었어요. 그래서 나를 울타리 밑으로 기어들어가게 했어요."

둘이 다 열심히 듣고 있었으므로 나는 기분이 좋아서 할아버지에게 최대의 찬사를 보내면서 드럼벅 암즈 정에 간 것이랑 큰 거리에서 할아버지가 칭찬하고 있던 두 집시 여자 일까지 모두 말해 버렸다.

얘기가 끝나자 잠깐 침묵이 흘렀으나 그동안도 할머니는 동정어린 눈으로 가만히 나를 보고 있었다. 곧 이어 어떤 나쁜 일이라도 알지 않으면 안된다고 결의를 굳히기라도 한 듯 극히 신중하게 그러나 단호히 더블린 시대의 내 생활을 알아내려고 옛날 일까지 파고들기 시작했다. 얘기 붙이는 방법이 여간 교묘하지 않아서 어느 틈엔가 나는 아무런 양심의 부끄러움 없이 어릴 때의 얘기를 자세히 말해 버렸다.

얘기가 끝나자 두 여성은 이상하게 침묵하며 서로의 얼굴을 쳐다보았다.

"음음."

한참 만에 미스민이 억누르는 듯한 소리로 말했다.

"당신도 이제 사정을 다 알게 됐군요."

할머니는 신중한 표정으로 고개를 끄덕이고 나서 나를 흘깃 돌아보았다.

"로버트야. 밖에 나가서 잠시 놀고 있을래? 할머닌 민 할머니랑 좀 얘기가 있으니까."

나는 미스 민에게 인사를 하고 나와 점점 불안스러워지면서도 말 구유 곁에 서서 할머니가 나오기를 기다리고 있었다.

돌아오는 길에 할머니는 입을 열지 않았으나 무척 가엾다는 듯 내 팔을 잡고 있었다.

집에 돌아오자 곧 자기 방으로 데리고 가서 문을 잠그고 케이프를 끌렀다.

"로버트."

그는 말했다.

"나하고 같이 기도하자."

"네, 해요, 할머니."

나는 완전히 흥분된 목소리로 열심히 대답했다.

할머니는 마치 가슴이 찢어지는 듯 내 손을 잡아 무릎을 꿇게 하고, 점점 어두움이 짙어오는 방안에서 내 곁에 털썩 무릎을 꿇었다. 신뢰와 헌신을 다한 그녀의 기도는 오로지 내 행복을 비는 것이었다. 나는 흥분해서 얼굴을 불안스레 찌푸리고 있었으나 그래도 그 기도의 확고부동한, 하느님께 1 대 1로 직면하는 어조에 감동하여 할머니가 죄 있는 자에게는 용서를 자기 자신에게는 끊임없는 인내를 간구하면서 내 일을 부드럽게 '주님'께 빌어 주었을 때는 눈에 가득 눈물이 넘쳤다.

기도를 끝내자 할머니는 밝은 얼굴에 미소를 띠우며 일어나서 덧문을 내리고 가스등에 불을 붙였다.

"네가 입고 있는 그 옷이라니, 로버트…… 어째서 그리 흉하니? 학교에 가면 모두들 어떻게 생각할는지 모르겠구나."

그녀는 나를 가까이 불러 천이 낡아 헤어진 데를 비난하는 듯 엄지손가락으로 짚어 보였다.

"내일부터 재봉틀로 아주 빨리 만들어 줄게. 그 서랍에서 줄자를 가지고 오련?"

내가 가만히 서 있는 동안에 할머니는 여러 각도에서 내 몸을 재고, '웰든의 가정재봉사'에게서 받은 하드롱 종이 지형에 몽당 연필에 침칠을 하며 숫자를 적어 넣었다. 그리고 장문을 열고 혼자 중얼거렸다.

"좋은 사지 페티코우트가 있었는데, 어딘가 있을 텐데, 그거면 꼭 좋을 거야."

할머니가 열심히 뒤지고 찾고 있을 때 방문에 노크 소리가 났다.

"로버트야."

할아버지 목소리였다.

"잘 시간이야."

할머니는 장에서 얼굴을 돌렸다.

"로버트는 내가 채워요."

"그렇지만 늘 나하고 잤는데."

"아니예요. 이제부터 나하고 자요."

잠시 침묵이 흘렀다. 할아버지 음성이 다시 도어 저쪽에서 들렸다.

"잠옷이 내 방에 있어."

"여기에도 잠옷 하나쯤 있어요."

또 침묵, 그것도 패배의 침묵이었으나 이윽고 퇴각해 가는 할아버지의 슬리퍼 소리가 났다. 나는 깜짝 놀랐다. 그것이 파랗게 질린 얼굴에도 나타난 모양으로 할머니의 태도는 전보다도 더 부드럽게 무척 나를 감싸주는 듯한 면을 보였다. 그리고 내 옷을 벗기고, 물병에서 물을 따라 얼굴과 손을 씻어 주고는 플란넬 잠옷을 입히고 침대에 눕혀 주었다. 할머니는 내 곁에 앉아, 마침내 이제부터 불쾌한 일에 직면한다는 듯이 내 이마를 쓰다듬어 주었다.

"가엾은 녀석."

할머니는 착 가라앉은 한숨을 쉬었다.

"너도 각오를 하지 않으면 안된단다. 할아버지는 전쟁에 나가지도 않았어요. 일생 동안 이 윈톤주를 50마일 밖에도 나간 적이 없으니까."

할머니는 무엇을 말하려는 것일까. 도무지 믿을 수 없는 일이라 나는 눈을 크게 떴다.

"성격상 나는 남의 욕 같은 건 하지 못하지만……."

하고 그녀는 이었다.

"그러나 이것은 네 장래와도 관계되는 중대한 의무이니까."

그렇게 말하는 할머니 소리에 내 전존재는 반항하여 그녀의 말에 귀를 기울이지 않으려고 했다.

그러나 말소리는 또박또박 용서 없이 내 귀로 날아 들어왔다.

"무얼해도 모두 실패뿐이고…… 근무처에서는 쫓겨나고…… 보세창고의 수세계(收稅係)……등. 몇 년 동안 그렇게 살다가 가엾게 부인을 죽게 하고, 그러고는 마시기 시작해서…… 보면 알지, 얼굴과 코를, 교제하고 있는 친구들도…… 버그는 두 번이나 파산했고, 디키는 구빈원(救貧院)에 한 발 들여놓고 있고…… 자기도 한푼 재산도 없이…… 내 아들 신세를 지고……."

"아니야, 아니야."

나는 두 손으로 귀를 막고 얼굴을 베개에 짓누르며 소리 질렀다.

"알리지 않을 수 없었어, 로버트."

그녀는 이불을 똑바로 덮어 주었다.

"저 사람은 한창 자라는 아이에게는 좋은 감화를 주지 않으니까. 울지 마. 이제부터 네 시중은 할머니가 들어 줄게."

그녀는 내가 진정할 때까지 끈기 있게 기다리다가 이윽고 일어나며 자기도 피곤하다고,

"일찍 자고 일찍 일어나는 게 좋은 거야."

하고는 옷을 벗기 시작했다.

그지없이 비참한 기분이었지만 나는 어쩐지 매혹당한 것같이 할머니쪽을 바라보지 않을 수 없었다. 먼저 까만 모자 벗는 일부터 시작됐다. 아직 백발이 섞이지 않은 다갈색 머리다발 위에 얹혀 있는 작은 까만 보닛, 기고 가슴에서 금시계를 끌러 정성스레 태엽을 감아 맨틀피스 위 못에 걸었다. 다음에는 어깨를 따뜻하게 감싸고 있던 솔이었다. 잠깐 쉬었다가 이번에는 꽉 낀 긴 소매의 까만 옷 앞 단추를 끌르더니 이것도 벗어서 흔들의자에 걸었다. 그 다음은 속치마로, 이것은 아마 넉 장은 되는 흰 삼베의 좁다란 천인데, 끄트머리를 테이프로 묶고 있었다. 이것을 벗은 할머니는 몸을 감싼 새까만 콜세트 속에 쏙 들어간 채 몸을 일으키니까 겨드랑 밑까지 보였다.

여기에서 할머니는 벗는 것을 중지하고, 왼손을 거의 마법사같이 재빠르게 놀려 의치를 뽑았다. 그것은 마치 요술을 하는 듯한 재빠른 동작이었는데 그러는 순간 얼굴이 쭈글쭈글 무너지고 말았다. 그때까지의 엄격했던 용모가 호감이 가는 부드러운 모습으로 바뀌었다. 그 의치를 침대 옆 물이 든 컵에 넣고는 하얀 나이트캡을 쓰고 리본을 턱 아래에 꼭 매자, 그 때문인지 얼마만큼 얼굴의 엄격스러움이 원래대로 돌아간 것 같았다.

이번에는 스커트를 밀어내려 벗을 차례가 되었는데, 몇 번이나 같은 짓이 페티코우트 전부에 대해서도 되풀이되었다. 할머니가 입고 있는 페티코트의 수는 소년시절의 나를 크게 당혹시킨 것 중에 한 가지가 되었다. 먼저 까만 알파가 하나, 그리고 흰 무명이 석 장, 크림빛 플란넬이 두 장…… 그런데 이 때 할머니 표정이 확 굳어졌다. 그리고 엄격한 표정으로 나를 보았기 때문에 이 포착하고 싶은 궁극의 신비는 결국 해결보지 못하고 말았다.

"로버트! 벽쪽을 보고 있어."

그대로 하자 또 페티코트를 벗는 소리와 콜세트의 찍 하는 소리와 그 밖의

소리가 들렸다. 그리고 가스등이 꺼지자 할머니는 내 곁으로 들어왔다. 그녀는 잠버릇이 없는 조용한 사람이었으나, 이내 나한테 밀어 붙이는 다리는 몹시 찼다. 깜깜한 가운데 모로 누워 나는 겁나는 눈으로 침대 곁 테이블에서 허옇게 웃고 있는 할머니의 의치를 자세히 바라보았다. 튼튼한 용수철이 붙은 푸르티티한 빛의 구식이지만 굉장히 탄탄한 아래위 한 벌의 의치였다. 할아버지는 이런 의치를 가지고 있지 않았으나, 그러나 나는 오오, 얼마나 마음으로부터 할아버지 곁으로 가고 싶었는지 갑자기 안절부절 못할 지경이 되었다.

5

고풍스러운 회색 석조의 아카데미(집에서 다니는 중학교)는 네모난 높은 시계탑, 닳아빠진 돌계단, 길고 습기 찬 복도, 백묵가루와 학생과 가스등 냄새로 숨이 콱 막힐 것 같은 더운 교실을 지닌 채 백 년도 넘게 그 어두컴컴한 아치형 통로는——내 기억으로서는 하메른(독일의 한 작은 도시로 한 피리부는 사람이 피리소리로 쥐떼를 이끌어 내가지고 베젤강에 모조리 쓸어넣어 쥐의 해독에서 마을을 구했다는 전설이 있다)의 동산 입구에도 비길 수 있는 입구를 큰 거리쪽으로 향해 드러내고 있었다.

드디어 그 입구로 들어가지 않으면 안될 아침이 다가오자 나는 불안과 흥분으로 가슴을 두근거리며 눈을 떴다. 할머니는 옷이 다 되었다고 알려 주었다. 그리고 나를 깜짝 놀라게 해주려고 옷을 다 만들어서 창 가의 종이 위에 펼쳐 놓고 만족스러운 얼굴로 나를 데리고 갔다.

기대하고 있던 새 옷을 보자 나는 깜짝 놀라 무어라고 해야 좋을지 말이 막히고 말았다. 그것은 녹색이지만 짙은 수수한 녹색이 아니고 화려하고 현란한 올리브색이었다. 할머니가 만들고 있을 때, 이 천이 재봉틀 위에 놓여 있는 것을 본 적은 있었으나 아무 것도 몰랐기 때문에 나는 안감일 거라고 생각하고 있었던 것이다.

"입어 봐."

할머니는 만족스러운 어투로 말했다.

저고리는 너무 커서 나를 통째로 삼켜 버리고 헐렁헐렁한 바지는 무릎 아래에서 절단한 긴 바지같이 축 늘어졌다.

"좋다 좋아, 썩 좋구나."

할머니는 여기저기를 두드리고 당기고 했다.

"넉넉하군. 커서도 입을 수 있게 만들었으니까."

"그렇지만, 할머니 이 빛깔은?"

나는 나약하게 항의했다.

"빛깔이라니!"

그녀는 핀을 입에 문 채 그렇게 말하고 흰 실밥을 뽑았다.

"빛깔이 어떻다는 거니? 멋진 천이야. 이것은 아주 좋은 거야. 절대로 변하지 않을 테니까."

나는 안절부절 못하게 되었다. 소매쪽을 자세히 보니까 희미한 줄 무늬가 작은 소용돌이를 이루고 있다. 오오, 세상에 장미무늬라니, 할머니 패티코트에는 아름다울지 모르지만 내가 입을 수 있는 건 아니다.

"오늘 아침엔 아직 입던 옷을 입어도 괜찮지요, 할머니."

"무슨 소릴! 그것은 걸레 만들려고 어젯밤에 다 잘라 버렸어."

할머니가 자신이 만든 것을 하도 자랑스럽게 떠들어대니까 나도 절반 이해하며 방을 나왔으나, 곧 마덕이 그런 내 기분을 땅바닥에 내동댕이쳐 버렸다. 계단 중간에서 나와 마주치자, 그는 손을 눈 위에 대고 일부러 놀란 시늉을 하며 난간에 기대서는 낄낄거리며 웃어제낀 것이다.

"봄이 왔구나. 봄이 왔어! 드디어 봄이 찾아왔다!"

부엌에서는 엄마가 이상하게 잠자코 있었으나 오트밀을 건네 주었을 때 특별히 친절한 듯한 태도도 나를 안심시키지는 못했다.

나는 풀이 죽어서 추운 회색 아침 거리로 나갔으나, 전체적으로 칙칙한 그 스코틀랜드의 겨울풍경 속에 한 점 묘하게 봄기운이 도는 느낌을 의식했다. ──그것이 내 자신인 것이다. 모두들 나를 돌아보았다. 내성적인 나는 창피스러움을 견딜 수 없어 큰 길을 피해 공원쪽의 길을 택했다. 그쪽 길은 조용하기는 했으나 돌아가는 길이기 때문에 결국 학교에는 지각하고 말았다.

복도에서, 어딘지 몰라서 한참 어정대다가 가까스로 2학년 교실을 찾았다 ── 나는 케트의 추천으로 이 학교에 편입되도록 되어 있었던 것이다. 칸막이 벽을 열고 내가 들어갔을 때는 두 학급이 합반을 하고 있었다. 그리고 달그리슈 선생은 교단에 서서 벌써 첫 시간을 시작하고 있었다. 나는 아무에게도 발견되지 않게 조용히 빈자리에 들어가려고 했지만 선생님이 불렀다. 나중에 알았지만 이 선생은 언제나 폭군인 것은 아니었다. 굉장히 기분 좋은 날도 있어서 그럴 때는 무진장으로 재미있는 지식을 우리에게 집어넣어 주시기도 했다. 그러나 작열하는 마귀가 마음속에서 화를 내고 있는 것처럼 기분이 나쁘고 무서운 날도 있었다. 공교롭게 오늘은 콧수염 끝쪽을 잡아물고 있는 듯한 모습으로 보아서 극히 기분이 좋지 않구나 싶어 나는 어쩔 줄 몰랐다. 필경 혼이 날 거라고 각오는 하고 있었다. 그러나 선생은 화를 내지 않았다. 다만 교단을 내려와서 고개를 갸우뚱거리며 천천히 내 주위를 빙빙 돌 뿐이었다. 교실 안의 아이들은 모두 긴장하고 흥분해서 자세를 똑바로 가졌다.

"어라!"

겨우 선생님은 입을 열었다.

"신입생이로군. 그래서 새 옷을 입었다는 게로군. 기적의 시대는 아직 끝나지 않은 모양이군."

잘되었다는 듯 킥킥 웃음소리가 주위에서 일어났다. 나는 가만히 있었다.

"자, 그런 얼굴은 하지 말고, 그건 어디서 샀니? 큰 거리의 밀러 상회인가 그렇지 않으면 협동조합 매점인가?"

나는 입술까지 새파랗게 되어 모기소리만큼 말했다.

"저희 집 증조할머니가 만들어 주신 겁니다."

교실에 온통 폭소가 터졌다. 달그리슈 선생은 핏발이 선 눈을 꼼짝도 안하고 여전히 내 주위를 돌아가고 있었다.

"썩 눈에 잘 띄는 빛깔이다. 그리고 아주 잘 어울려, 너는 아일랜드계인 모양이군."

다시 교실 안이 웃음판이 되었다. 주눅이 들어 버린 내 눈에는 주위가 연극 무대처럼 보여졌다. 그 웃고 있는 얼굴, 얼굴, 얼굴이 원형극장 전체 속에서 쌀알같이 조그맣게, 그러나 분명히 보인 것은 웃지 않는 두 학생이 있다는 것이었다.

앞 줄의 가빈 블레어는 선생님을 차가운 경멸의 눈으로 보고 있었다. 알리슨 키트는 교과서 뒤에서 그 갈색의 걱정스러운 눈으로 나를 가만히 지켜보고 있었다.

"질문에 대답해. 너는 성 패트릭(핀란드의 사도로 가톨릭교의 수호성인. 온 섬의 주민을 개종시켰다)의 제자냐, 아니냐?"

"모릅니다."

"모른다고."

그 차가운 듯한 말투는 과연 놀랐다는 신중한 빛을 띄우고 있었다. 온 교실이 떠들썩하고 걸상 위를 뛰어다니며 야단이었다.

"얘는 샴록크(아일랜드 국화로, 세잎 클로버. 성 패트릭이 삼위일체를 설명하기 위해 사용했다고 한다)의 화한을 받고 우리 앞에 별안간 나타났는데, 마음을 흔드는 저 민요 〈녹색의 옷〉(녹색은 아일랜드를 상징하는 빛깔)의 산 모델이 분명하다, 그런데 얼굴을 붉히고, 성수가 지금도 이마를 적시고 있는 것을 인정하려고 하지 않는다."

이렇게 말하면서 갑자기 선생님은 돌아보더니 차가운 눈으로 교실을 조용하게 했다. 그리고 나한테 평상스러운 목소리로 말했다.

"어때, 너희 어머니도 내가 가르쳤는데, 좀 재미있었지. 지금 생각하면 별로 소용은 없었던 것 같지만 말이야."

"저 자리에 앉아라."

창피를 겨우 누르며 나는 비틀거리는 몸을 자리에 앉혔다.

이것으로서 고통이 끝나 주었으면 하고 나는 속으로 빌었다. 그런데 천만에, 그것은 시작에 지나지 않았다.

휴식시간이 되자 나는 와자지껄 떠들어대고 놀려대는 한 패에 포위당했다. 이미 여느 녀석들과는 다른 사람이라고 표를 찍혔으나 짐승들 중의 한 변종으로 취급된 것이다.

놀려대는 패 중의 대장은 버티 제미슨과 허미슈 버그였다.

"녹색은 녀석의 빛깔! 청색은 녀석의 어머니다."('청색'에는 비열하다는 뜻이 있다) 이 놀림은 달그리슈 선생보다 노골적이었으나 같은 계통이었다. 한 노파의 불행한 패티코트가 인종적 종교적 증오를 여지없이 불러일으킨 것이다. 점심시간이 되자 나는 좁은 변소 속에 틀어박혀 대황 잼을 발라 종이에 싼 빵을 무릎 위에 얹은 채 손도 대지 않았다. 그러나 들켜서 억지로 밝은 바깥으로 끌려 나갔다.

그날 오후에는 교련이 있었는데, 의용병 출신인 현역 상사였던 수위가 실내체육관에서 지휘하는 것이었다. 내가 다른 애들과 같이 저고리를 벗고 있으려니, 버티 제미슨과 허미슈 버그가 협박할 것 같은 모습으로 다가왔다. 버티라는 놈은 앞이마가 툭 불거진, 성격이 거칠은, 밤낮 여자아이 뒤를 좇아다니며 소리를 지르는 장난꾸러기였다. 그 아이가,

"나중에 혼내줄 테다."

했다.

"왜 그래?"

나는 말을 더듬었다.

"더러운 가톨릭 새끼니까 말이지."

다음 한 시간 나는 불길한 예감에 떨면서 '올려' '무릎 굽혀' 따위를 하고 있었다. 교련이 끝나고 수위가 나가 버리자, 나는 강의실로 다른 아이들과 함께 와자지껄하며 들어갔다. 큰 아이들은 거의 거기에 있었는데 내가 밀리며 채이며 쫓기니까, 제미슨이 팔을 잡아 뒤로 비틀어 올렸다. 달아나려고 하다가 나는 미끄러져 넘어졌다. 그것을 보자 허미슈 버그가 가슴 위에 올라타고 머리를 마룻바닥에 짓눌렀다.

"해치워 버려, 버티."

하고 몇 아이가 소리를 지른다.

"속까지 아주 들어내 버려."

이 말이 제미슨에게 재미있는 것을 생각해 내게 만들었다. 내 머리카락을 움켜 잡고 있던 손을 늦추더니 그는 다른 아이들과 눈짓을 하며,

"누구, 나이프를 안 가졌니? 속도 바깥처럼 파란가 어떤가 보자."

"안돼 버티, 안돼."

하고 나는 소리쳤다. 두려움으로 심장이 뛰어서 말도 못할 정도였다. 그때 갑자기 종소리가 울렸기 때문에 모두들 할 수 없이 나를 일으켜 세웠다. 복도까지 나가가지고 거기에서 정렬해서 교실에 들어가게 되어 있었는데, 달그리슈 선생은 한 손으로 종을 잡고 서 있다가 머리카락이 흐트러진 먼지투성이의 나를 노려보았다.

"어떻게 된 거냐, 이건?"

다른 아이들이 내 대신 대답했다── 아첨하는 듯한 이구동성으로,

"아무 것도 아닙니다, 선생님."

하고. 그러자 다람쥐같이 얄밉게 건방진 허키가 뒤쪽에서 큰소리로 말했다.

"모두들 샤넌의 새 녹색 옷을 감탄해서 보고 있었던 거예요, 선생님."

달그리슈 선생은 떫은 표정으로 고소했다.

그 1주일 동안 나는 싫도록 인생의 비참함을 맛보았다. 나에게 가해지는 박해는 끝이 없었다. 수업이 끝나면 학교 바로 곁에 있는 성 에인젤 교회 반대쪽에 언제나 폭력학생 일단이 몰려 있었다. 그때까지 이 건물에 발도 들여 놓은 적이 없는 나한테 불경이라고 할는지, 하여간 뛰어들어 가거라, 그리고 죄를 용서받고 자선통을 빼앗고, 신부 발톱이든지──그 밖에 어디라도 키스

를 하고 오라는 성화였다. 이 패들은 인정 사정도 없어서 이쪽에서 죽을 판 살 판 부딪쳐 가도 그들을 당해 낼 수는 없어 항상 무참하게 당할 뿐이었다.

그들을 피하기 위해서 나는 언제나 경계하여 왔다 하면 도망칠 준비를 하고 멀리 돌아서 사람들이 적은 길을 골라 다녔다——특히 보일러 공장 앞을 지나는 공원 길로 많이 다녔는데, 그러나 여기도 안전하다고는 할 수 없었다 ——예의 놀랄 만한 옷을 입고 있었으므로, 젊은 직공들이 공장 안에서,

"여! 파란 반바지! 너희 엄마는 네가 밖으로 돌아다니는 걸 알고 있니?"

하며 떠들어대는 것이다. 그들이 하는 말에 악의는 없었지만 그러나 그 당시의 나는 완전히 겁에 질려 있었으므로 유머와 욕하는 것과의 차이를 분별하지 못했다. 그리하여 점차 깊은 절망에 빠져 숙제는 틀리고 교실에서는 노트를 더럽히고, 흡사 바보 같은 짓만 하고 있었다. 한번은 달그리슈 선생으로부터 일어서서 배운 시를 낭송하라는 지명을 받았으나 내가 너무 꾸물 꾸물하고 있으니까 선생이,

"뭘 기다리고 있는 거냐?"

하고 소리 질렀다. 나는 멍한 채 얼떨결에,

"네, 내 푸른 옷이에요."

하고 대답해 버렸다. 모두들 놀라 어리벙벙해서 일순 조용했다. 이윽고 와아 하고 무서운 폭소가 터졌다.

나는 이 이상 참을 수 없게 되었다. 그날 밤 나는 할아버지 방으로 뛰어들어 갔다. 순간, 예의 그 독특한 그리운, 곰팡내 같은 내가 무척 좋아하는 냄새가 후욱 코를 찔렀을 때——느닷없이 내 눈에서 눈물이 쏟아져 나왔다. 할머니에게 넘겨진 이후, 우리 사이는 완전히 두절되어 있었다. 이쪽은 벌써부터 화해할 준비가 되어 있는데도 나하고 얼굴이 마주치면 할아버지는 언제나 못 본 척 차가운, 어떻게 해볼 수 없는 경멸에 찬 미소를 띄우며 지나쳐 버렸다.

내가 더듬더듬 변명을 할라치면 무관심한 투로,

"좋아하는 사람하고 자는 게 좋아."

하고 대답할 뿐이었다. 그런데 오늘 밤은 할아버지도 철학적이라고 할까, 조금 감상적인 태도로 걸상에 앉은 채 아무 것도 안하고 있었다.

"할아버지."

나는 울기만 했다.

그는 슬쩍 돌아보았다. 내가 잘못 보았을까? 그렇지 않으면 내 모습을 보고 그의 눈은 정말 빛난 것일까? 잠깐 사이,

"돌아올 줄 알고 있었어."
하고 할아버지는 그 한마디 뿐이었다. 그리고 이윽고 이런 말을 덧붙였다.
"옛 동무는 새 동무보다 낫다."

6

가까스로 진정하고 할아버지 무릎에 올라 앉자—— 기쁜 화해의 증거였다
—— 나는 완전히 내 마음속을 털어놓았다. 할아버지는 아무 말 없이 조용히
듣고 있었다. 이윽고 의연한 자세로 담배가 끼어 있는 파이프를 파이프 걸이
에서 벗겼다.
"꼭 한 가지 밖에 방법은 없어."
모든 일에 통달한 그런 목소리로 말했다—— 며칠이나 죽을 고비를 거쳐온
만큼, 나는 그 냉정한 논리를 얼마나 기쁘게 생각했는지 모른다.
"문제는 네가 그럴 생각이 있느냐 없느냐 하는 것에 달렸다."
"해요, 해요."
나는 정신 없이 소리 질렀다.
"해요, 해요, 해요."
그는 파이프에 불을 붙이고 나서 천천히 두어 모금 빨았다.
"어느 놈이냐, 제일 세고…… 단단하고 고집 센 놈이, 너희 클라스에서?"
그것은 잠깐 생각하는 것으로 충분했다. 그 질문에는 단 하나 밖에 대답은
없었다. 주저 없이 나는 말했다.
"가빈 불레어예요."
"시장 아들이냐?"
나는 고개를 끄덕여 보였다.
"그럼 말이야——."
할아버지는 입에서 파이프를 떼었다.
"그 가빈 불레어와 권투를 하는 거다."
나는 멍청해져서 할아버지를 쳐다보았다. 가빈은 놀리는 아이들 패에는 끼
어 있지 않은 것이다. 그는 이 소동 따위는 경멸해서 상대도 하지 않았다. 사
실 학교에서 나한테 말을 건 것도 두 번 밖에 없었다. 그는 우수한 학생이었

다. 영리하지만 잘 사귀려 들지 않고, 클라스의 수석으로 달그리슈 선생에게
도 귀염을 받고 있었다. 어떤 스포츠라도 제일 잘했고 버티 제미슨 따위 한
손으로라도 때려 눕힐 수 있는 것은 누구나 인정하고 있는 터였다. 나는 그런
것을 할아버지께 설명하려고 했다.

"겁나니 너?"
하고 그가 물었다.

나는 가빈의 날씬한 몸매와 작지만 단단한 턱과, 맑은 잿빛 눈이랑을 생각
하며 머리를 떨구었다. 여태까지 읽은 소설의 용감한 소년과는 정반대로 나는
겁이 났다.

"나, 시합 같은 것은 할 줄 모르는 걸요."

"내가 가르쳐 주지. 1주일이면 가르칠 수 있어. 문제는 몸이 크냐 작으냐가
아니고 정신이다."

그는 어깨를 으쓱했다.

"뭣하다면 달그리슈에게 편지를 써서 아이들을 주의시켜 달라고 부탁하는
방법도 있어. 그러나 그런 짓을 하면 한층 더 모두들 너를 경멸할 것이 틀림
없지. 이것은 어떻게 조절하느냐 하는 것이 문제인데, 그러기 위해서는 그 애
들 중에 제일 센 놈을 때려 눕혀 버리는 거야. 어디, 한번 해볼 테냐?"

나는 몸을 떨었다. 그러나 이상한 것은 이렇게 닦달을 받을 바에야 하고 나
한테도 어떤 결심이 생긴 일이었다. 아마 자살자가 높은 빌딩 꼭대기에서 뛰
어 내릴 때의 심정 같은 것이리라. 나는 꿀꺽 침을 삼켜 넘기듯 후딱,

"응."
하고 대답했다.

그날 밤 엄마를 도와 식기를 닦아 놓고 나서부터 내 트레이닝은 시작되었
다. 할머니한테는 우리 계획을 절대 비밀로 한다는 약속이었다. 할아버지는
나에게 주먹을 내밀고 내 구두 밖에 안 보일 정도로 꽉 아래로 숙이는 답답
하고 부자유스러운 자세를 취하게 했다. 그리고 자기도 같은 모양을 하고 나
와 마주 보고,

"왼쪽으로부터 쳐 들어와."
하고 명했는데, 나는 몹시 당황해서 시키는 대로 했기 때문에 정통으로 할아
버지의 횡격막을 찔러 버렸다. 할아버지는 몸을 꾸부리고 허덕이면서 걸상에
고꾸라졌다.

"아, 할아버지."

나는 깜짝 놀라 소리 질렀다.

"난, 아프게 할려고 그런 게 아니었어요."

할아버지는 썩 기분이 나빠졌다. 그것은 결코 아프게 해주었기 때문이 아니라, '허리띠 아래'라고 알려진 데를 비겁하게도 일부러 노렸기 때문이었다. 가까스로 숨을 돌이킨 할아버지는 반칙에 관해서 엄하게 설명하고 나서 이번에는 다리를 단련시킨다고 밖으로 데려나가 저쪽 변두리까지 달음박질을 왕복시켰다.

그리고 계속 며칠 동안은 훌륭한 방위기술을 숙달시키려고 할아버지는 노력을 아끼지 않았다. 그는 나한테, 제임스 메스라든가, '신사'인 짐이라든가, 턱은 부숴지고 한쪽 귀는 흔들흔들 떨어졌으면서도 82라운드까지 물고 늘어진 '도살자' 빌리의 피비린내 나는 감격적인 얘기를 들려주었다. 그리고 피부를 단련시키기 위해서는 물을 절대로 마시지 말 것, 혹은 가능한 적게 마실 것을 명령했다. 또 무엇보다 좋아하는 점심시간의 치즈조차 희생하여 나한테 넘겨 주고 눈앞에 선 채 내가 천천히 먹는 것을 보고 군침 방울을 수염에 흘리곤 했던 것이다.

"뭐니뭐니 해도 치즈야, 몸에 스태미너를 기르는 것은."

그런 할아버지의 말을 의심할 생각은 없었지만 나는 심한 가슴앓이로 고민했다.

토요일 오후가 되면 할아버지는 나를 공동묘지로 데려가 자기 친구들을 만나게 했다. 내가 다들 보는 앞에서 권투 준비태세를 취해 보일라치면, 할아버지는 은근히 앞으로 닥칠 일전(一戰)의 이유를 설명했다. 마구상 집주인이 무례한 목소리로 웃는 것을 나는 들었다.

"당신의 그 떠들썩하던 이상 따위는 어떡한 거요, 거어? 인간이란 상호협조라는 등 밤낮 말하더니 이제는 싸움을 붙일 작정인가?"

"마구쟁이 씨."

할아버지는 경직된 어조로 대답했다.

"살아가기 위해서는 때로 일전을 불사할 필요가 있는 거야."

이것으로 버그 씨는 조용해져 버렸지만, 그러나 만에 하나도 내가 이길 공산은 없다고 생각하고 있는 것은 환히 알 수 있었다.

숙명의 날은 밝아 왔다. 할아버지 방으로 들어갔더니 엄숙하게 악수해 주었다.

"잊지 마라."

하고 그는 내 눈을 들여다보며 말했다.

"다른 건 다 좋아…… 그러나 겁내는 것만은 못써."

나는 확 울어 버리고 싶어졌다──그렇게 할아버지의 치즈를 먹었으면서도, 엄마 치마폭만 좇아다니던 어렸던 때의 버릇을 아직 벗어나지 못했던 것이다. 그것보다도 곤란한 것은 나한테 대한 박해가 조금도 덜해지지 않았는데, 가빈이 최근 내 편을 드는 것 같은 태도를 보여 왔다는 것이다. '개구리 뛰기'를 하고 있을 때 어깨를 난폭하게 찔렀다고 해서, 버티 제미슨을 찰싹 때린 일이 있었고, 한번은 교실에서 지우개가 없어서 곤란해 있는 나를 보고 가만히 제 것을 빌려 준 적도 있었다. 그러나 이미 할아버지와는 약속해 버렸고, 설사 어떤 일이 있다 하더라도 뒤로 물러설 수는 없다. 시간은 할아버지가 방과 직후인 네 시로 정해 놓고 있었다. 나는 하루 종일 몸을 떨면서 가빈의 침착한 여념 없는 영리한 얼굴을 지켜 보고 있었다. 그는 핸섬하고 음푹한 까만 눈과, 자존심 강해 보이는 짧은 윗입술을 하고 있었다. 확실히 고지(高地) 지방의 얼굴이었다. 아버지는 파스 출신이고, 죽은 어머니는 인베라리의 캐멜가 집안이었기 때문이다. 오늘은 아마 저녁 때, 이미 다 큰 누나와 외출할 모양으로 블레어가 대대의 전통인 까만 타탄 체크의 킬트(스코틀랜드 고지 지방의 남자와 군인이 입는 짧은 세로 주름의 스커트로, 그 집안에 전해져 내려오는 무늬가 있다)에 멋있는 가죽 스포란(정장 때 킬트 앞에 다는 가죽 주머니)을 늘어뜨리고, 까만 가죽구두를 신고 있었다. 한번인가 두 번, 그의 눈이 묘하게 호소하는 듯이 보였을 것이 틀림없는 내 눈과 마주쳤다. 나는 자꾸 마음이 무거웠다. 더욱이 거의 그가 좋아지기 시작하고 있었다.

그래도 나는 그와 싸우지 않으면 안된다.

학교의 높은 회색탑에 있는 헌 시계가 네시를 쳤다. 최후까지 나는 달그리슈 선생에게 남아 있을 것을 명령받았으면 좋겠다고 생각하고 있었으나, 그 희망도 헛것이었다. 다른 학생들과 함께 교실을 나와 운동장으로 가니까, 가빈이 큰 걸음으로 등에다 가방을 늘어뜨리고 걸어가고 있었다. 마침내 결행할 때가 왔다. 비참한 실패자로서 할아버지한테로 가는 것이 싫다면 하는 생각이 마구 나를 채찍질했다. 별안간 나는 달려가서 쾅 하고 가빈을 쳤다. 그가 휙 돌아보자 나는 두 주먹을 겹쳐서 마치 행렬에서 촛불을 들고 있는 것 같은 포즈로 쑥 내민 채 그의 눈앞에 버티어 섰다.

"이 브로크를 넘어뜨려 봐."

나는 음산한 소리를 내었는데 이 말귀는 상대가 곧 깨닫지 못할 때 리븐포드에서 사용되고 있는 싸움 거는 말인 것이다. 그러자 금방 다른 아이들 사이에서 경악과 기대가 교차한 환성이 올랐다.

"싸움이다! 가빈과 샤넌이다. 쌈이다!"

가빈은 뺨을 홍조시켜 가지고——아름다운 살갗이 금방 빨갛게 된다——벌써 우리를 둘러싸고 원을 그리고 있는 아이들을 성가신 듯 휙 흘겨보았다. 설사 상대가 약자라고 하더라도 도전은 받아 맞서지 않으면 안된다. 그는 손바닥으로 내 겹친 주먹을 찰싹 때려 떼 놓았다. 곧 또 나는 주먹을 겹쳐 팔꿈치를 두 옆구리에 붙였다.

"이 브로크에 침을 뱉어라."

가빈은 교묘하게 침을 뱉어 내 주먹 저편에 날렸다. 나는 관례대로 계속했다. 다리가 후들후들했으나 벗어지려는 구두로 자갈을 깐 운동장 바닥에 꾸불꾸불한 금을 그었다.

"자, 이걸 넘어 봐."

가빈이 점점 화내는 것을 보고 나는 무서웠다. 그는 아무렇지도 않게 그것을 뛰어 넘었다.

전신의 뼈가 흐물흐물했다. 이제 최후의 행동이 남아 있을 뿐이다. 둘러 서 있는 아이들은 조용해지고 말았다. 나는 바싹 마른 입술로 속삭이듯 말했다.

"덤벼, 얼간이."

그는 주저 없이 콱 내 가슴을 찔러 왔다. 가슴의 뼈가 어쩌면 이런 공허한 소리를 낼까——마치 종이로 되어 있는 느낌이다! 스스로 얼굴이 새파랗게 질려 있는 것을 확실히 알았다. 그러나 이미 후퇴는 용납되지 않는다. 나는 덜덜거리는 이를 악물고, 내가 좋아하는 가빈에게 덤벼 들어갔다.

할아버지가 가르쳐 준 것 따위는 다 잊어버리고 있었다. 내 마른 팔은 휘두를 때마다 괴상한 원을 허공에 그렸다. 내 타격은 몇 차례인가 가빈에게 명중했으나 그것은 매 번 팔꿈치라든가 관골이라든가, 또 특히 킬트의 4각 금단추라든가, 제일 단단하고 저항력 있는데 뿐이었다. 이 가공할 단추라는 것이 썩 몹쓸 것으로 나를 격심하게 격분시켰다. 그에게 타격을 줄 때마다 상대보다 내가 훨씬 더 상하는 것 같은 느낌이다. 그런데 반대로, 그의 타격이란 내 가장 아픈 급소에만 명중하는 것이다.

그는 나를 두 번 넉 다운시키고 와아 하는 갈채를 받았다. 그때까지의 나는 내가 그렇게까지 화를 낼 수 있으리라고는 생각지도 못했다. 이 야비한 갈채 덕분으로 나도 그것을 발견할 수가 있었다. 그렇다. 확실히 모든 인간 중에,

가장 야비한 것은, 같은 인간끼리 싸우거나 괴로워하거나 하는 것을 구경거리라고 좋아하는 일이다. 그런 실제의 적에 대한 격렬한 분노가 뼈 속에서부터 끓어 올랐다. 빙글빙글 웃고 있는 그의 얼굴을 흐릿하게 보자 나에게도 내 진가를 보여 주리라 하는 기분이 맹렬하게 솟아났다. 나는 자갈 위에서 일어나자 다시 가빈에게 덤벼 들어갔다.

그가 내 앞에서 쓰러졌다. 죽음과 같은 침묵, 이윽고 가빈이 일어나자 다람쥐라는 별명이 붙은 꼬마 허키가 소리를 질렀다.

"미끄러졌을 뿐이야 가빈. 해치워 버려! 해치워 버려!"

가빈도 이번에는 한층 신중했다. 자꾸만 빙빙 돌면서 내 공격 따위 받을 것 같지 않았다. 둘 다 피로해져서 허덕허덕 증기 기관차 같은 거칠은 숨소리를 내고 있었다. 나는 완전히 흥분해서 온몸이 확확 달아오르고, 피부에는 눅눅한 차가움이 사라져 있었다. 보니까 어떻게 된 셈인지 그의 한쪽 눈이 보라빛을 띄운 채 꽉 닫혀 있다. 나는 놀랐다. 정말 내가 이 호쾌한 상대에게 저런 상처를 입혀 버렸단 말인가. 이윽고 몽롱한 안개와 혼란을 통해서, 누군가의 목소리가 꿈속처럼 내 귀에 들어왔다. 상급생인 큰 학생이었다. 그들 무리가 체육관쪽으로 가다가 발을 멈추고 있었던 것이다.

"놀라운 일이다! 푸른 반바지가 싸움을 하고 있다!"

환희에 이은 광희! 나는 할아버지의 이름을 더럽히지 않았다. 내가 염려하고 있던 것처럼 겁장이가 아니었다. 나는 또다시 친애하는 가빈을 향해, 포옹이라도 할 듯한 자세로 달려 들어갔다. 이번에는 잘 응수하고 있다가 별안간, 그러나 고의로는 아니고 그가 번쩍 머리를 쳐들었다.

상대의 머리가 정신이 없어지도록 호되게 내 코를 들이받았다.

코피가 쏟아졌다. 입 속으로 뜨뜻미지근한 짠 맛이 난다고 느꼈을 때 피가 콧구멍에서 냇물처럼 쏟아져 저고리 앞쪽을 가득히 흘러 내리는 느낌이었다. 어이! 이 작은 몸뚱이에 이렇게 많은 피가 있으리라고는 생각지도 못했다. 기분은 조금도 나빠져 있지 않다. 두 다리는 내 것 같은 느낌이 아니었으나, 머리는 점점 또렷해 왔다. 조금 현기증을 느끼면서 나는 또 한번 가빈 금단추에 주먹을 질렀다. 눈부신 빛, 떠드는 소리, 하늘의 꽃불……. 혜성이었을 것이다, 분명히! 나는 아직도 팔을 휘두르고 있었으나 누군가가 나를 말리려하고 있는 것을 느꼈다. 또 한 사람 큰 학생이 역시 가빈의 목을 잡고 있었다.

"자, 이것으로 충분해. 너희들. 악수해라, 멋진 싸움이었어. 뛰어가서 누구 체육관 열쇠를 가져 와. 이 자식, 돼지처럼 피를 흘리고 있어."

나는 목덜미에 커다란 차가운 열쇠를 의식한 채 운동장에 반듯이 눕혀져 있었는데, 가빈은 더러웠지만 걱정스러운 얼굴로 곁에 꿇어앉아 있었다. 내 옷은 피로 질척질척했고, 큰 학생들은 출혈이 멎지 않아 걱정하고 있었다. 이윽고 가늘게 찢은 손수건을 소금물에 담구어 코를 막으니까 다행히 피가 멎었다.

"가만히, 20분 가량 누워 있으면 돼. 그러면 걱정 없어."

그들은 가버렸다. 동급생들도 차차 흩어져 가고 남은 것은 가빈뿐이었다. 텅텅 빈 운동장에 둘만 남아 버렸다. 그곳은 두 사람 발로 더럽혀지고 형편 없이 짓밟혀 흐트러진 전장터였다. 나는 꿈이라도 꾸고 있는 것 같이, 그의 얼굴을 쳐다보고 미소 지으려고 했으나 코는 마개가 끼워 있고 얼굴은 피로 굳어져 있어서 뜻대로 잘되지 않았다.

"움직이면 안돼."

가빈이 친절하게 말했다.

"머리를 부딪칠 생각은 없었어. 그건 반칙이었어."

나는 그렇지 않다고 고개를 저을 작정이었으나 잘못하면 또 피가 나올 것 같았다. 그래도 겨우 웃는 얼굴을 만들었다.

"미안해, 눈을 못 뜨게 해줘서."

그는 감겨진 눈을 가만히 만져 보다가 곧 빙긋 웃었다. 그 따스하고 아름다운 미소는 태양빛처럼 내 가슴 깊숙이 쏘여 들어왔다.

코에서 늘어진 손수건 끝에 피가 흐르지 않게 되자 가빈은 조심스럽게 그것을 뽑아냈다. 그리고 나를 도와 일으켜 주었다. 둘은 말 없이 함께 드럼벅 길로 터벅터벅 걸어갔다.

할레례성은 아직 하늘에 빛나고 있었다. 자기 집 앞까지 오자 가빈은 발을 멈추었다.

"그런 꼴로 집에 갈 수 없어. 잠깐 들어가서 씻고 가는 게 좋을 거야."

나는 그의 뒤를 따라 주춤주춤 유리에 시(市)의 문장(紋章)이 붙은, 시장 저택 표시인 두 개의 등불 사이를 지나 양쪽이 관목으로 꽉 찬 깨끗이 청소된 차 돌리는 데까지 따라갔다. 정원은 웅장하고 훌륭하게 손질이 되어 있었다. 저쪽에서 노인이 손수레 곁에서 일을 하고 있었다. 우리는 저택 뒤쪽으로 돌아 밖에 수도전이 있는 큰 차고 앞으로 갔다. 둘이서 더러워진 얼굴과 손을 씻고 있으려니까 깨끗한 옷을 입은 식모가 어떻게 된 건가 하고 창밖으로 내다 보고 있더니, 이윽고 갈색 드레스의 부인이 바삐 뛰어나왔다.

"너희들 다쳤니!"

나온 것은 가빈의 누나인 이미 어른인 줄리아 블레어로서 어머니가 죽은 후 집안 일 전부를 도맡아 보고 있는 사람이었다. 처음엔 이상하다는 듯 바라보았으나 나중에는 아무 질문도 하지 않았다. 그리고 나를 가빈 방으로 데리고 갔다── 가빈 혼자서 쓰는 예쁜 방으로, 사진과 낚시 도구와, 그 밖에 자신이 만든 세공들이 빙 돌려 온갖 장식이 놓여 있었다. 여기에서 가빈 누나는 피에 젖어 끈적끈적하는 내 옷을 벗으라고 해서 식모가 기분 나빠하는 얼굴로 가져 가 하드롱 종이에 싸고 있는 동안, 가빈의 멋진 회색 취드옷을 나한테 입혔다.

"너의 어머니를 나는 잘 알고 있어요, 로버트."

하고 그녀는 부드러운 엄마 같은 목소리로 말했다.

"언제든지 가빈한테 놀러 와요……."

그는 잠깐 돌아보았으나, 가빈은 눈 치료 때문에 부엌쪽에서 시간이 걸렸다.

"둘이서 아주 사이가 좋을 때 말이야."

아래층으로 내려가니까 현관에서 내 옷을 싼 꾸러미를 건네 주면서 그녀는 어른스러운 진지한 얼굴을 빨갛게 했다.

"가빈의 그 옷은 돌려 주지 않아도 좋아요, 로버트. 이제 작아져서 입을 수 없으니까."

그는 현관 돌계단 위에서 내가 저녁 어스름 속으로 사라져 가는 것을 꽤 오랫동안 바라보고 있었다.

나는 로몬뷰로 가는 길을 천천히 걷고 있었다. 이제서야 갑자기 목이 아파 오는 느낌이었다. 온몸이 아프고 머리는 혼들혼들하고 끌고 가는 발도 겨우 옮겨 놓는데 지나지 않았다. 피로감이 심해져 갈수록 기분은 완전히 우울해졌다. 가빈의 대저택이 나를 때려 눕힌 것이다. 그러한 묘한 허탈감은 그 후의 내 생활에도 나타나, 외견상 이 이상의 성공은 없다고 생각되었을 때조차 갑자기 나를 엄습하여 금방 마음을 어둡게 만드는 것이었다. 지금 한 일도 완벽이라는 입장에서 볼 때 점점 불만스럽게 여겨졌다. 결국은── 만약 큰 학생들이 말려 주지 않았더라면…….

가까스로 문 앞까지 왔더니 할아버지가 혼자서 나를 기다리고 있었다.

둘 다 오랫동안 입을 떼지 않았다. 할아버지의 눈이 내 파랗게 질린 긴장한 얼굴을 감싸 주었다. 그 목소리는 부드러웠다.

"이겼니?"

"아니, 할아버지."

나는 말을 더듬었다.

"진 것 같애."

할아버지는 아무 말 없이 나를 방으로 데리고 가서 자기 의자에 앉게 했다. 나는 갑자기 소리 질렀다.

"나, 무서워하지 않았어…… 시작하고 부터는……."

할아버지는 나에게 싸움의 양상을 조금씩 조금씩 얘기하게 했다. 나는 할아버지의 흥분을 이해할 수가 없었다. 내 얘기가 끝나자 무언가 굉장히 감격한 모양으로 악수를 해주었다. 그리고 일어서서, 내 불행의 증거품이 들어 있는 하드롱지 꾸러미를 집더니 난로 속을 향해 힘껏 집어던졌다. 예의 녹색 옷은 좀처럼 잘 타지 않아 온 방안을 연기로 꽉 차게 했다. 그러나 마침내는 다 타버렸다.

"봐, 이래야 하는 거야."

하고 할아버지는 말했다.

7

그 후로는 겨울 같은 날씨가 몇 주간 계속되어 지독한 서리와 길고 어두운 밤이 닥쳐 왔는데, 그동안 견해의 차이와 특권에 대한 불평에서 발단한 증조부와 증조모 사이의 불화 반목은 나라는 인간의 소유권에 대한 침묵의 투쟁으로서 더욱 표면화됐다.

할머니는 나의 옷이 바뀌어진 것을 몹시 언짢아했다. 내 뺨을 때리고 또 밤에도 함께 침대에 누워서 배은망덕한 비열함에 대하여 길다랗게 설교를 하고 나서, 만약 '할머니 아이'로 있고 싶거든 훨씬 착한 행실을 하지 않으면 안된다고 타일렀다. 내 건강은 전부터 상당히 나빴지만, 여기에 대한 할머니의 걱정은 더욱 깊어져 재채기를 한번만 해도 폐렴에 걸리지 않았나 해서 떠들어댔고 자기 손으로 조제한 쓴 박하와 감기약을 멋대로 먹이는 것이었다. 그런 일은 있었을 망정 나는 전보다 행복했다.

학교에서는 싸움한 것이 크게 효력을 발생했다. 아마 싸움 그 자체보다도 내 큰 출혈 때문이었겠지만, 어쩌면 이것은 역사적으로 될 염려가 있었다. 왜

냐 하면 이제 학생들이 온갖 사건을 여기에 관련시켜서, '샤년이 코피를 흘린 날'의 사건이라든가 나중이라든가 하고 말하고 있었기 때문이다. 그것은 어쨌든 회색 옷에 깨끗이 몸단장을 하고 있었으므로(여기에 대해서는 미스 줄리아 블레어에게 감사하고 있지마는) 나는 이제 조소를 받지 않게 되었다. 사실, 버티 제미슨이나 그 패들은 나에게 경의를 표해서, 실력 인정으로 사양한다는 그들답지 않은 태도를 취하기 시작한 것이다. 가빈이 내 친구라는 것을 인정하지 않는 아이는 이미 하나도 없었다.

가빈은 앞에서 내가 잠깐 비친 대로 다른 아이들과는 별로 친하지 않았으나, 그것은 뭐 남보다 유복하다든가 우쭐해서라든가 하는 따위가 아니고──그의 아버지는 유서 깊은 잡곡상이었다──그 자신의 성격과 기질에 의한 것으로서──사실, 내부생활에 이유가 있는 것이었다. 웬만한 유희나 스포츠면 무엇이라도 잘할 줄 알았지만 그것도 별로 하지 않았다. 보통 사람이 생각조차 할 수 없는 취미와 오락을 따로 가지고 있었기 때문이다. 멋진 그의 책상에는 작은 새와 곤충과 야생 식물 따위의 채색 그림이 꽉 차 있고, 그 밑에 이름이 인쇄되어 있는 박물책이 많이 들어 있었다. 또 작은 새알의 훌륭한 수집도 있었다. 한쪽 벽에는 낚시꾼 모습으로 큰 물고기를 안고 있는 그의 사진이 틀에 넣어 걸려 있었다── 아버지가 낚시 선수라서 자주 가빈을 로몬 호수에 데리고 갔는데, 작년 가을 그는 아직 아홉 살도 안되었는데 13파운드의 연어를 낚아 올렸던 것이다.

그러나 이런 비범한 취미도 그 내적인 소질, 그 정신적인 본질에 비하면 완전히 무에 가까웠고, 거기에 대한 적당한 말은 도저히 발견할 수가 없다. 그는 말수가 적은 스파르타적인 엄격한 소년이었다. 그 야물게 다문 입, 작지만 단단한 턱은 인생에 대하여 태연히 "나는 결코 굴복하지 않는다."고 말하고 있는 듯했다.

싸움한 다음 금요일 방과 후, 그는 나를 기다리고 있다가 말도 없이 그저 부끄러운 듯한 미소를 띠우며 나와 보조를 맞추어 큰 거리를 걷기 시작했다. 몇 주간이나 뒷길만을 살금살금 걷고 있었던 나는 이 버젓하고 떳떳한 걸음걸이에 스스로 가슴이 울렁거리는 느낌이었다. 둘은 그의 아버지 창고에 반시간 가량 들러서 짐마차 마부인 톰 드라인이 피부병이 다 나아가는 말에게 약 먹이는 것을 보고 있었다. 마침 우리가 말먹이와 곡물푸대와 보리가루·콩·보리 따위의 푸대가 가득 쌓이고 흰 앞치마 같은 것을 두른 인부들이 일하고 있는 저장실에서 마악 나오려고 하는데 블레어 시장이 손짓으로 불렀다.

"너희 둘, 친해진 모양이구나."

하고 말하며, 우리에게 올림퍼스의 신과 같은, 뜻을 이해할 수 없는 당당한 미소를 보이며—— 우리가 '메뚜기'라고 하는 맛있는 메뚜기콩을 가득 주었다.

우리는 둘이서 '메뚜기'를 먹으며 어둑어둑해 오는 저녁의 거리를 돌아오다가 나는 가빈에게 딱딱한 말투로 저런 아버지가 있다니 얼마나 멋있고 얼마나 행복하냐고 말했더니 그 말에 가빈은 좋아하면서 얼굴을 붉혔다. ——이것이 내가 할 수 있는 최대의 알랑거리는 말이었다. 이윽고 로몬 뷰의 문까지 와서 발을 멈추더니 그는 자기 구두를 내려다보며 가만히 포도 언저리를 찼다.

"봄이 되면, 나 새집을 찾으러 갈 생각이야……. 윈톤 산에…… 거기 가면 온갖 새알이 많아, 너 같이 안갈래……."

오오, 선택받은 기쁨이여! 멀리 윈톤 산까지 가는 데 가빈의 동행자로서 선택받은 것이다! 그리고 온갖 새알! 그날 밤은 그 일만 생각하느라 거의 잠을 이루지 못했다. 오싹오싹하는 경이에 찬 새로운 길이 눈앞에 펼쳐지기 시작하고 있다…….

그러나 잠깐 얘기가 이런 즐거움으로 옮기기 전에, 아무래도 나는 레키 일가의 최후의 일원으로 나를 소개한 어떤 방문객의 일을 적어 놓지 않으면 안 된다.

1월 초순 경이었는데, 저녁 때 언제나처럼 우편함을 보러 갔던 엄마는 천사로부터 편지를 받기라도 한 듯 기뻐서 소리쳤다.

"아담한테서야."

그는 모두가 저녁 식탁에 모인 부엌으로 그 편지를 가지고 들어왔다.

"토요일 한시에 온대. 바쁜 여행인 모양이야. 사업 때문이래."

아빠가 손을 내미니까 엄마는 마지못해 편지를 넘겼다. 편지는 모두의 손에서 손으로 돌았다. 다만 이 편지에 별로 중요성을 두지 않는 듯한 할아버지와 여전히 이마에 음산한 주름을 짓고 있는 케트만은 아무렇지도 않은 얼굴을 하고 있었다.

나는 나대로 엄마가 어릴 때의 아담 얘기를 하기 시작하면 웬지 자꾸 흥분되었다. 아담은 어릴 때 구슬치기를 해서 잘 이겼으며, '무엇을 해도 빈틈 없는 머리'를 하고 있었다는 것, 아직 열세 살이 될까 말까 할 무렵 자전거를 사가지고 금방 10실링 남겨 팔았다는 것, 그리고 4년이 지나서 이렇다 할 연줄도 없었는데 메칼라 씨 사무소에 근무했다는 것, 벌써 그날 저녁 때는 아르바이트로 로크 보험회사 수금을 하고 돌아다녔다는 것, 돈은 모두 저금해서 아직 스물일곱 밖에 안되었으면서 보험업에 독립해서 갈레드니어 보험회사와 로크 쌍방의 대리점이 되어 윈톤의 피더리티 빌딩에 사무실을 두고, 1년에 적어도 4백파운드 혹은 그 이상 수입이 있고——엄마도 여기에서 숨을 죽였지만——그것은 아빠 이상의 실수입이라는 것이었다.

엄마는 또 자랑스럽게 아담의 선물을 나한테 보여 주었다. 샛노란 금브로치로——본인인 아담의 말로는——굉장한 돈이 되는 물건이라는 것이었다.

토요일 한시 몇 분 전, 한 대의 자동차가 집앞에 와 닿았다. 오해를 살 인상이나, 쓸데없는 희망을 독자에게 주지 않기 위해 한마디 하지만——그것은 아담의 것은 아니었다. 그렇다 하더라도——번들한 자동차이기는 했다. 초기의 아가일형으로서 빛깔은 멋진 빨강에 청사자 마크가 있는 작은 놋 라지에타가 붙어 있고, 높고 큰 차체에 훌륭한 좌석, 그리고 뒤에도 도어가 달린 차였다.

아담은 자신에 찬 미소를 띄우며, 목에 갈색 모피가 달린 오버 차림으로 들어왔다. 새벽녘부터 일어나 준비하며 기다린 엄마를 포옹하고, 아빠와 힘껏 악수를 하고 그는 우리에게도 각기 적당한 인사를 했다. 머리가 까맣고 중키였으나 슬슬 비만하기 시작하고 있었다. 추운 데를 차로 온 탓인지 깨끗이 면도질한 뺨은 붉은 빛깔로 물들어 있었다. 그는 엄마가 부지런히 아낌없이 구어 낸 스테이크와 칼리플라워와 감자를 향해 앉더니, 새로운 아가일 자동차 공장의 공동경영자인 케이 씨가 알렉산드리아로 가는 도중, 윈톤에서 차를 태워주었다고 설명했다. 둘은 50마일을 두 시간에 달려온 것이다.

모두가 삥 둘러싸고 아담이 혼자 맛있는 것을 먹고 있는 모습을 보고 있는 동안——우리는 셰파드 파이(잘게 다진 고기를 으깨어, 감자를 거죽으로 해서 구운 파이 요리)의 점심을 한 시간 전에 먹고 났다——그는 여기에 오기 전 30분 가량 거리에 들러 이미 메칼라 씨와 보험계약을 끝내고 오는 길이라고 얘기했다. 아빠를 닮아서 작지만 그의 밝은 갈색 눈이 익살부리듯 웃으며 내 눈과 마주쳤다. 나는 기뻐서 얼굴을 빨갛게 물들었다.

엄마는 현관 방으로 가만히 가서 아들이 새로 맞춘 모피 목도리가 붙은 오버를 자세히 만져 보고 나서 돌아와 황홀해 하며 아담의 식사 시중을 들었다.

"한 가지 의논할 게 있어요."

하고 아담은 자기 얘기를 끝내고 나서 어머니한테로 웃는 얼굴을 돌렸다.

"할아버지의 생명보험 말인데."

"그거야, 아담."

휴식시간을 연장하고 있던 아빠는 걸상을 식탁 곁으로 끌고 왔다. 그 음성에는 신뢰와 경의가 뭉쳐 있었다.

"슬슬 기일이 다가와요."

아담은 세상물정을 다 아는 듯한 목소리로 말했다.

"2월 17일…… 4백 50파운드, 계약대로 어머니한테 지불할 수 있습니다."

"상당한 금액이구나."

아빠가 속삭였다.

"큰 액수지요."

아담도 동의했다.

"그렇지만 훨씬 더 늘릴 수도 있어요."

연막에 싸이면서도 한 발 더 가까이 나오는 아빠에게 그는 설명을 계속했다.

만약 지금의 계약을 계속한다면——수속은 내가 곧 해드리지만——75세의 만기나, 혹은 그 전에 돌아가시면 총액은 이자 합쳐서 대략 6백 파운드는 됩니다.

"6백 파운드!"

아빠는 같은 소리를 되풀이했다.

"그렇지만 그렇게 한다면 지금 현금에 손댈 수는 없지."

아담은 어깨를 으쓱했다.

"그겁니다. 로크 생명보험은 은행과 꼭 같이 안전하니까요. 두 번 없는 찬스입니다. 어때요, 어머니?"

엄마는 무척 기분이 내키지 않는 표정으로 두 손을 혼들혼들 저어 보였다.

"전에도 말했지만…… 나는 아버님을 미끼로 해서 돈벌이 같은 거 하고 싶지 않아…… 싫다, 그런 방법은…….

"또 그러신다, 어머니는."

하고 아담은 응석섞인 미소를 띄웠다.

"그런 건 벌써 다 얘기가 돼 있는 것 아니예요. 할아버지도 식사에 방 값에 그만한 건 내도 좋을 거예요. 그리고 이 보험의 시초를 생각해 보세요. 할아버지가 옛날에 내기 시작했을 때엔, 먼젓번 카슬 생명에 불과 월 5실링씩으로 들어 있었을 뿐 아니예요. 더구나 내가 로트 생명에 입사했을 때는 그것도 계약이 끊어져 카슬 생명에서는 파묻혀 버린 채 있었어요. 만약 내가 캐내 가지

61

고 개인적인 호의로 메칼라 씨를 설득해서 그것을 토대로 할아버지의 생명보험을 갱신하지 않았다면 앞에 것은 아직 그대로 돼 있었을 뿐일 거예요."

엄마는 한숨을 쉬었을 뿐 말은 하지 않았다.

"너희쪽 수수료는 내야지, 기한 연장이라도?"

아빠가 신중하게 질문했다.

"네, 그건 당연하지요."

하고 아담은 웃었지만 전연 감정을 상하게 한 것 같지는 않았다.

"장사는 장사니까요, 세계 어디에 가더라도."

가만히 잠깐 생각하다가 이윽고 아빠는 신중한 투로 명확하게 말했다.

"음…… 좋다, 아담. 연기하도록 하자."

아담은 그러면 그렇지 하는 식으로 끄덕여 보였다.

"그 편이 현명해요."

그는 발 아래 있던 가방을 열고 접어 놓았던 서류를 꺼냈다.

"이게 계약 증서입니다. 여기에 둬 둘 테니까요, 어머니. 17일까지 할아버지 서명을 받아 둬 주세요."

"그래, 아담."

엄마 말소리에는 비난이 섞인 듯한 것이 남아 있었다.

이 일로써 아담은 장사를 잘한다는 강한 인상을 나는 받았지만 지금의 대화 내용은 전혀 알 수 없었다. 그리고 나서 아빠가 시청으로 가고, 아담은 2시 30분 급행으로 돌아가기까지 조금 시간이 남았으므로 나하고 둘이서 잠깐 얘기했다.

"역까지 전송해 줄 테지, 로버트."

그는 이쑤시개를 물고 일어났는데 그 작은 눈에는 친밀감 넘치는 미소를 띠우고 있었다.

"너한테 조그만 선물을 하나 주고 싶어. 처음 만난 기념으로 말이야. 어때 이건?"

그는 시계줄 끝에 달린 지갑에서 반 파운드 금화를 손가락으로 집어내 보였다.

"금화야…… 조폐국에서 갓 나온…… 아주 필요한 거니까. 가지고 있는 자식들은 온갖 욕을 하지만, 너도 어릴 때부터 돈의 가치를 알아두는 것도 나쁘지 않아, 로버트. 오해하면 안돼. 나는 거기 어디의 구두쇠하고는 다르니까. 번 돈은 잘 쓰고 싶은 거야…… 맛있는 걸 먹고, 좋은 옷을 입고, 근사한 호텔에 들고, 모두들에게 치켜 받고. 이게 내가 하는 방식이야 그걸 다른 사람들은 어떡하는가…… 저, 할아버지를 봐…… 돈이라면 한푼도 없다. 지붕 아랫방에서 빵과 치즈뿐, 반 온스의 담배조차 자기로서는 살 수 없다……."

그는 여기에서 문득 말을 끊고 시계를 보더니 빙긋 웃었는데, 순간 나도 끌려들어 무심코 미소를 짓지 않을 수 없었다.

현관방에서 기다리고 있는 동안 나는 생활의 엄숙함과 중요함에 대하여 나도 아담의 사고방식에 동감을 느끼고 있었다. 그러자, 주머니에 금화를 쩔렁거리며 고급 식당에 들어가서 귀족처럼 비이프 스테이크를 명령하면 급사들이 내 명령에 따라 분주히 뛰어다니는 그런 기분 좋은 상상을 했다. 그리고 나는 그 멋있는 반 파운드 금화로 사줄 선물을 생각하니 기뻐서 몸이 떨렸다.

"가방을 들고 가 주지 않을래?"

아담은 엄마한테 오버를 입혀 받으며 나를 보고 소탈하게 말한다.

나는 기뻐서 어쩔 줄 몰라하며 손가방을 집어들었으나 속은 책이나 서류라고는 느껴지지 않는 덩어리가 들어 있는 듯, 생각보다 무거웠다. 엄마는 또 아담에게 키스했다. 둘은 집을 나와 역으로 향했으나 아담의 경쾌한 발걸음에 뒤지지 않으려고 나는 가방을 번갈아 들면서 거의 달음박질을 하듯 겨우 그를 따라갔다.

"자, 그럼 선물로 뭘 사줄까?"

"뭐라도 좋아요."

나는 숨을 헐떡거리며 공손히 대답했다.

"아니야, 그건 안돼."

아담이 말했다.

"뭔가 가지고 싶은 게 있을 거야, 너도."

얼마나 멋있는 친절인가! 얼마나. 멋있는 인정인가. 나는 기분이 좋아져서 한껏 가지고 싶은 것을 골랐다. 벌써 공원 연못에는 4인치나 얼음이 얼어 '안전도'에 달하고 있었으나, 나는 학교에 오가는 길에 멀거니 서서는 스케이트를 타고 있는 사람들을, 그런 행복을 맛보지 못하는 처지의 선망의 눈으로 바라보곤 했던 것이다.

"스케이트가 있으면 아주 좋겠는데 큰 거리 랑그란드의 쇼윈도에 있어요."

"아니! 스케이트라고! 글쎄 그건 좀 어떨까. 스케이트는 여름에는 못하는 것 아니냐, 그렇지?"

나는 덜컹 실망했으나 그러나 그렇게 말하는 그의 논리는 인정하지 않을 수 없었다.

"풋볼이 좋아."

그는 말을 이었다.

"다만 곤란한 건 다른 아이들에게도 사용하도록 해야 하는 건데. 모두들 차고 찢고 없애 버리고 하니까 말이야. 볼은 정말 네 것이 될 수 없거든. 어떠냐, 포켓 나이프 같은 건?"

아담은 길 건너편 쪽에서 인사한 사람에게 마주 인사하며 또 다음 말을 꺼냈다.

"아니야, 그건 손을 베곤하지. 위험하다. 생각해봐, 무슨 다른 걸."

땀범벅이 되어 그의 뒤를 한쪽 어깨가 당기어 쓰러질 정도로 몸을 기울이며 그를 따라오는 동안 나는 가방 무게로 금방 죽을 것같이 느껴졌다.

"나는…… 나는 모르겠어요."

"그럼 어때?"

그는 무엇을 생각하며 입을 열었다.

"뭐, 소용되는 걸 선물하면, 어머니도 기뻐하실 거야. 응? 그것 말이야."

그의 말투는 열을 띠면서 빨라졌다.

"이제 생각났는데, 여기 마침 적당한 게 있군!"

"네, 고맙습니다."

나로서는 하여간 이 짐을 가지고, 어떻게든 살아서 역까지 도착하고 싶은 생각뿐이었다.

아담은 시계를 들여다보았다.

"반까지는 꼭 2분 남았군. 자 빨리 가자. 가방을 들이받치면 안된다."

그가 먼저 앞으로 가기 때문에 뒤에서 나는 끙끙거리며 역 계단을 올라갔다. 열차는 벌써 폼에 들어와 있었다. 아담은 1등의 끽연차에 뛰어오르더니, 내가 울상이 되어 내미는 가방을 받아들고 차 안으로 들어가버리고 말았다. 그러더니 차창으로 손을 내밀어 흠뻑 땀이 밴 내 손바닥에 놋쇠로 단단하게 만들어진 캘린더를 쥐어 주었다. 그것은 천연의 금궤같이 조작한 것으로, 엄마의 브로치처럼 빛났다. 요일을 돌리는 손잡이가 붙어 있었는데, 훌륭한 글자로 '항상 성의있는 로크 생명보험회사'라고 새겨져 있었다.

"자."

아담은 왕관의 보석이라도 넘겨 주듯 말했다.

"어때, 멋있지?"

"네, 정말 대단히 감사합니다."

나는 깜짝 놀란 듯한 소리로 대답했다.

차장이 호루라기를 불었다. 그는 가버렸다.

나는 아담에게 감사하면서도 어딘지 석연치 않은 기분으로 역을 나왔다. 새로 내 것이 된 이 선물과 오늘 하루 종일 떠들썩했던 일에 좀 어리둥절해 있었다. 집에 돌아와서 2층에 올라가 나는 바삐 할아버지께 지금 받아 온 기념품을 보였다. 할아버지는 이상하게 눈썹을 들어올리며 가만히 그것을 보고 있었다.

"이거 금 아니야, 할아버지?"

"금이라니?"

하고 그는 말했다.

"아담이 준 거라면 놋쇠임에 틀림없다."

할아버지는 그리고 나서 입을 다물었기 때문에 나는 새겨진 글자를 한번 더 읽어 보았다.

"할아버지, 이거 뭐, 할아버지 보험과 관계있는 거예요?"

할아버지는 금새 놀랄 만큼 얼굴을 빨갛게 했다. 그것은 감정을 상하게 하거나 모욕당했을 때 본노에 떠는 그런 표정이었다. 그리고 별안간 놀랄 만큼 큰소리로 대답했다.

"그런 엉터리 같은 놈 얘기를 다시는 내 앞에서 꺼내지 말어. 만약 그러지 않는다면 목을 비틀어 줄 테다."

잠깐 침묵이 흘렀다. 할아버지는 의자에서 일어나더니 굉장히 흥분한 모양으로 왔다갔다 했다. 이윽고 의분에 타는 장중한 어투로 뇌까렸다.

"캘린더라, 최악의 죄악이다…… 용서할 수 없는 부정이다…… 비열 행위다!"

할아버지는 처음에는 불쾌하게, 다음에는 비꼬아서 그리고 최후에는 체념한 듯한 투로 몇 번이나 이 격언을 되풀이했다. 그리고 이윽고 화냈던 것을 후회하는지 어쩔 줄 몰라하는 내 모습을 돌아서서 바라보았다.

"너, 스케이트 타러 가고 싶은 거지?"

내 마음은 한층 가라앉았다.

"나 스케이트 구두가 없는 걸요, 할아버지."

쯧쯧! 금방 그렇게 실망하면 못써, 한번 해볼까, 모든 건 시험해 보는 거야."

할아버지는 사람 없는 틈을 보아 수채 뒤쪽의 지하실에 내려가서 헌 못, 볼트, 도어 손잡이, 그리고 녹슨 스케이트 따위——로몬 뷰에서 거듭 말하지만 어떤 물건이라도 절대로 버리는 일이 없는 것이다——오랫동안에 걸쳐 모아진 물건들이 가득 차 있는 나무상자를 꺼내 왔다. 그리고 내가 맨발로 마루에 쪼그리고 앉아 있으니까 의자에 걸터앉아 파이프를 문 채 열쇠를 갖고 제일 작은 스케이트를 내 구두에 달아 보려고 열심히 끙끙거리고 있었다. 그것이 잘 안되는 것을 보았을 때 내 실망은 참으로 컸다. 그러나 이제는 다 틀렸구나 싶었을 때, 상자 밑창에서 케트가 어렸을 때 쓰던 나무 스케이트를 할아버지는 찾아냈다. 얼마나 큰 기쁨인가! 비틀어서 내 구두에 붙여 보니까 꼭 맞지 않는가. 물론 가죽끈은 없었지만 할아버지한테 튼튼한 끈이 많이 있었으므로 그것은 문제 없었다. 할아버지가 스케이트를 달아 주자 나는 구두를 신고 할아버지와 함께 용약 연못으로 달려갔다.

얼마나 유쾌하고 황홀한 광경인가. 길이 반 마일, 폭이 4분의 1마일이나 되어 보이는 빙판에는 눈부신 푸른 하늘 아래서 미끄러져 오고 미끄러져 가고, 비틀거리는 사람들의 모습으로 가득하고, 모두 발랄하게 움직여지는 혼잡한 가운데 서로 충돌하고 뒹굴고 또 일어나곤 했으나, 그 하늘을 향해 끊임 없이 얼음의 고동치는 소리와 스케이터들의 환성이 솟아올랐다.

할아버지는 내 구두에 스케이트를 달고 나서 여러 가지 과학적인 설명을 늘어놓으며 참을성 있게 균형을 잡는 방법을 가르쳐 주었다. 그리고 내 곁을 몇 번이나 따라 걸으며 손을 잡아 주고 부축해 주고 하면서 겨우 혼자서 미끄러져 나갈 때까지 보아 주었다. 그리고 나서 물러가 언덕에 있는 버그 씨와 피터 디키 씨랑 어울려 파이프에 불을 붙여 가지고 내가 얼음을 지치는 것을 지켜 보고 있었다.

비로소 몸이 겨우 움직이는데 매혹되어 나는 얼음 위를 미끄러져 나갔다. 별로 사람이 오지 않는 연못 한쪽 구석에서는 잘 지치는 몇 사람이 오렌지를 하나 두고(이것이 회색 얼음 표면에 아름다운 홍일점으로 빛나고 있었다), 그 주위에서 피규어의 연습을 하고 있었다. 미스 블레어도 그 속에 있었고, 놀란 것은, 알리슨 키이트와 어머니가 둘 다 썩 훌륭하게 타고 있는 일이었다. 이윽고 알리슨이 이쪽으로 와서 자기 팔을 십자로 끼고서 두 손을 잡았다. 나는 서투른 시늉으로 연못 가장자리를 알리슨에게 끌려 미끄러지는 리듬에 맞춰 도는 동안 점점 요령을 터득하게 되었다. 고맙다고 인사하니까 알리슨은 미소 짓고 조금 머리를 젓더니 그대로 화살처럼 어머니와 오렌지가 있는 데로 달려갔다. 연못을 한 바퀴 도는 동안에도 그녀는 한번도 입을 열지 않았다.

그리고 나서 한참 만에 할아버지는 여느 때같이 수수께끼 같은 미소를 띠우며 나를 언덕쪽으로 불렀다.

"재미있었지?"

"네에 할아버지 멋있었어요. 굉장히 멋있었어요."

그날 밤 나는 졸음 오는 머리로 아까의 생각을 정정했다…… 나 까딱거리며 뛰어다니는 급사 같은 것, 결코 원하고 싶지 않은 거야. 그 헌 스케이트에 할아버지의 끈만 있으면 그렇게 즐거운걸! 연못에서 가빈을 만나지 못한 것은 퍽 유감스러웠다. 응, 할아버지 내일은 착한 애가 될께요. 나, 은혜를 몰랐던 것 용서하서요. 이제부터는 꼭꼭 기도도 할 거니까요. 그렇지만 지금은……지금은 굉장히 졸려요.

8

그 해는 봄이 빨리 찾아와서 자유에 현혹되어 꿈속에서도 맛볼 수 없었던 기쁨에 한껏 취한 소년 앞에 집 앞 세 그루 밤나무가 그 하얀 새털 같은 꽃을 피워 올렸다.

4월 15일. 할머니는 언제나처럼 몇 달 동안 에어셔의 친척집에 가서 지내기 위해 떠났다——앞에서도 말한 것처럼, 할머니는 거의 1년을 2분해서 가을과 겨울을 리븐포드에서 봄과 여름의 '해가 길어지는 달'을 킬마넉에서 보내는 것이다.

할머니와 나와 단 둘이서 올리는 엄숙한 기도는 그 후에도 주욱 계속되었다. 여기에서 꼭 강조해 두고 싶은 것은 내 미묘한 입장을 처리하는데 있어서 할머니만큼 스스로를 억제할 수 있는 사람은 없었다는 사실이다. 어진 사람의 인도로 들어간, 작은 인원이지만 격렬한 종파의 열렬한 신자로서 할머니의 신앙은 맹목에 가까운 것이었으나, 그러나 한번도 그것을 나한테 강요하려고는 하지 않았다. 그 태도는 끈기 있게 기대를 걸고 견디는 올바른 한도를 결코 넘는 것은 아니었다. 가장 심한 행동이라고 해도 겨우 일요일 점심 후 나를 자기 방으로 데려가서 무릎 앞에 앉혀 놓고 성서 구절을 읽히는 정도였다. 내가 읽어내리는 사울과 다윗의 전쟁 얘기(기원 전 천년 경, 다윗은 사울의 뒤를 이어 국도를 예루살렘으로 정하고 약 40년간 이스라엘 왕이 된다)에 하나하나 고

개를 끄덕이며 할머니는 창가의 배 밑창 같은 의자를 조용히 저어가며, 졸음
오는 듯한 날개소리를 파리가 내고 있는 그 창에서 드럼벅 공동묘지를 향해
걸어가는 신앙 깊은 사람들의 행렬을 보며, 할아버지가 좋아하는 팍팍하고 물
렁한 과자가 아니고 잇새에서 언제까지나 좋은 소리를 내는 동그랗고 단단한
눈깔 사탕을 후물거리고 있는 것이었다.

나에게는 이 두 사람의 기호의 정반대의 특징이 증조부모 사이의 차이를
교묘하게 상징하고 있는 것같이 느껴졌다. 가끔 할머니는 내게 읽는 것을 중
지시키고 올바르게 사는 방법이라든가, 변비의 위험이라든가에 대해서 잠깐씩
설교를 하기도 하고, 또 무엇보다도 사탄에게는 단호하게 저항하지 않으면 안
된다는 것을 훈계하기도 했다.

사탄·마오앙·루시퍼(반역의 천사) 또는 '그리스도의 적'이라고 부를 때도
있지만 이런 것들은 할머니에게 있어서는 항상 '옳은 사람'에게 이를 악물고
틈을 노리고 있는 '육체를 갖춘 적'이었다. 또 실상 할머니의 준엄한 신학이
모르는 사이에 소년시절의 내 교육을 보강한 결과 악마는 내게 있어서 두려
운 현실성을 가지기 시작했다.

그런 겨울 밤, 할머니가 복음활동으로 외출한 다음에는 '고양이'라고 불리우
는 돌로 만든 더운 물통을 침대 속에 넣는 것이 내 일이었다. 그리고 여덟시
가 되어도 아직 돌아오지 않을 때는 혼자 옷을 벗고 침대에 들어가라고 일러
주었다.

2층 계단은 언제나 컴컴하고 게다가 할아버지도 교회에 가는 것은 아니지
만 종종 외출하고 없을 때가 많았다. 나는 그 어두운 어둠이 속삭이는 소리가
들리는 침실에 누워 있으면, 주위의 침침함 벽과 삐그덕거리는 판대기가 위협
하듯 압박해 와서 움츠러든 전신의 신경은 아무래도 나 혼자 있는 것 같지가
않은 느낌이 들었다.

악마가 있다. 그 악마는 할머니 옷장에 숨어서 이쪽이 잠깐 방심했다가는
막 달려 들려고 기다리고 있는 것 같았다.

나는 몸을 오그리고 숨도 제대로 쉬지 못할 정도로 괴로운 긴 시간을 보내
다가 마침내 이 이상 견딜 수 없게 되면, 타고 난 겁장이에 한 가닥 섞여 있
는 용기를 불러일으켜 나는 후닥닥 일어나서 그 무서운 옷장과 마주 섰다. 창
밖 가로등에서 들어오는 흐릿한 불빛에 비친 하얀 작은 모습으로 무릎을 덜
덜 떨면서, 떨리는 목소리를 짜내어 악마를 쫓았다.

"나오너라, 악마야."

한 후에 나는 성호를 세 번 긋고 옷장 문을 확 열었다. 그러자 순간 심장이 탁 멎었다…… 그러나 거기에는 아무 것도 없었고, 있는 것은 다만 할머니 옷가지들 뿐이었다. 훅 한숨을 내쉬고 나는 몸을 돌려 침대 속으로 기어 들어갔다.

할머니는 이런 매일 밤의 싸움 따위를 알 까닭이 없었지만 그래도 내 부드럽고 순진한 정신을 자기 나름으로 잘 교육시켰다고 생각하고 만족해 있었던 것 같다. 새로운 보닛을 쓰고 칼마넉으로 떠날 때, 할머니는 6펜스짜리를 내 손에 쥐어주고 약 먹을 것을 억지로 약속시킨 다음 '인내'라는 것에 대해서 거듭 자세히 설교 훈계하고 나서 속삭이듯 말했다.

"내가 돌아오면 말이야, 아주 좋은 일이 너를 기다리고 있을 거니까, 두고 봐."

그때의 내 마음은 할머니에게 대한 애정이 샘처럼 넘치고 있었다. 그런데 묘한 것은 할머니가 없어지자, 무언가 휴우 마음이 놓이는 기분이 되고, 더구나 엄마가 나를 부엌 안쪽의 커튼으로 칸막이한 작은 방의 임시 침대로 옮겨 주었을 때 그 기분은 한층 강해졌다. 아아, 커튼을 친 이 작은 한쪽 구석의 감미로운 나의 자유여! 이것이면 거의 나 혼자만의 독방이라고 해도 좋은 것이다!

할아버지도 역시 해방된 느낌인 모양이었다. 그리고 맨 먼저 착수한 일은 할머니가 나를 위해서 두고 간 큰 약병을 집어 들고 묘한 미소를 띄우며 창에서 조용히 쏟아버린 일이다. 그러자 금방 아래 화단의 고사리가 노랗게 되어 말라 죽어 버렸다.

마덕은 그것을 할아버지의 나쁜 습관 때문이라고 완전히 착각하고, 얼굴을 찡그리며 마구 불평을 늘어놓았다.

그것은 그것대로 좋아서 로몬 뷰의 일가는 회색대지가 다시 살아나는 기적 속에서 잠깐 동안의 평온을 찾아내고 있었다.

2층이 평화롭게 되어 마음이 누그러진 할아버지는 마구상 버그를 골굴리기에서 이기기 위해서 날마다 휘적휘적 공원으로 갔다.

아빠는 멋있는 흰 커버를 제모에 씌우고 있었는데, 어느 일요일 오후 일부러 나를 정수장까지 데려가서 방범용 빨간 못이 솟아 있는 울타리 저쪽의 큰 저수지와 깨끗한 관사를 보여 주었다.

정수장 관장이 은퇴하면 이 관사에 살고 싶은 것이 아빠의 염원인 것이다.

엄마도 시름이 덜어졌는지 수지계산을 맞추는 자잘구레한 끝없는 가계의 잔돈 셈을 그만두고 말았다.

아침이 되면 마덕은 솜털 수염이 난 턱을 면도질하면서 소리도 명랑하게 '내가 사랑하는 것은 시골의 아름다운 처녀'를 노래하는 소리가 귀에 들렸다.

다만 케트만은 뭐가 불만인지 수액의 흐름이 빠르다든가 새들이 짚을 물고 집안에 날아온다든가, 멀리 스눗디 농장에서 종마가 멍청하게 울고 있다든가, 하는 그런 일에도 화를 내고 있었다.

나는 내 행복을 말하기 전에 섬세한 애정을 다해서 케트라는 이 수수께끼에 탐색의 손을 벌리지 않으면 안된다.

열어 제긴 창에서 뒷뜰의 라일락 향기가 스머드는 가운데 우리는 즐겁게 점심 후의 디저트를 먹고 있었다. 엄마는 먹다 남기는 것을 아주 싫어해서 큰 접시에 뒹굴고 있는 스튜로 한 건포도 남은 것 세 개를 스푼으로 걸어 올렸다.

"누구, 이거 먹겠니?"

엄마는 그렇게 묻고,

"피를 증가시키는 좋은 거야, 몸에는."

하고 덧붙인다. 그리고 뭔가 생각에 잠겨 있는 케트쪽에 내밀어 보았으나 대답이 없으므로 이번에는 마덕 접시에 놓아 준다. 그러자 용수철에서 튕기는 것같이 케트가 이마에 퍼런 줄을 세우고 불처럼 빨개져 가지고 자리를 일어선다. 그리고 히스테리컬하게 소리지른다.

"난 이집에선 손님취급이야. 나도 벌고 있어요…… 돈도 꽤 집어넣고 있어…… 그런 냄새나고 더러운 애들을 하루 종일 가르치며. 나는 이제 누구하고도 절대로 말을 하지 않을 거니까. 절대로."

그가 방을 뛰어나가자 깜짝 놀란 엄마가 뒤쫓았으나 이윽고 쫓겨와서 머리를 흔들면서 탄식한다.

"케트는 괴상한 애야."

마덕은 포도 따위 양보한다고 했지만 이미 늦어버린 일이다. 엄마는 만병에 잘 듣는 약이라면서 차 준비를 해 가지고 그것을 방에 뛰어 들어가 버린 케트에게 갖다 주라고 나한테 명한다.

나한테 이 심부름이 돌아온 것은 내가 그를 화내게 하지 않을 것이라고 생각했기 때문이다.

갔더니 케트는 침대에 몸을 던지고 기분 좋은 자기 연민의 무드에 잠겨 울고 있었다.

"모두 나를 싫어하고 있어. 한 사람 남김 없이."

그는 홱 침대 위에 바로 앉아서 눈물로 얼룩진 얼굴로 나를 바라본다.

"말해 줘, 응? 나 아주 못났니?"

"아니야 케트, 아니야…… 절대로 그렇지 않아."

나는 깜짝 놀라 문득 거짓말을 해버린다.

"너희 어머니는 나 같은 것보다 훨씬 예뻤어. 정말 미인이었어."

그는 가엾게 머리를 흔든다.

"그리고 내 이름 아주 싫지……? 케트라니 누가 케트 따위 여자를 달 밝은 밤의 산보나…… 바닷가의 음악회에 데려갈 턱이 있어? 만약 내가 모르는 청년하고 같이 있을 때 나를 보거든 아이렌이라고 부르는 거야. 자, 약속해."

나는 온순하게, 그러나 좀 놀라며 약속했다. 케트는 다른 면으로 말한다면 뛰어나게 이성적이었고, 국민학교에서는 평판 좋은 양심적인 교사였고, 뜨개질도 썩 잘하고, 바느질도 잘하고, 부인협회 회원이기도 했다.

그 놀랄 만한 스코틀랜드인 특유의 성질——'고집 셈'도 완전하게 보이고 있다.

가난한 학생의 머리를 '이' 한테서 지키기 위해, 지독히 깨끗한 그가 가끔 제 몸에서 이를 집어내 가지고, 욕실에 들어갈 때마다 서서 옷을 털고, 혐오 때문에 얼굴이 새파래지면서도 고집을 세워 불평 한마디 내뱉지 않는 것이다.

세상에서는 모두 케트를 '훌륭한 아가씨'라고 칭찬하고 있다.

내 이빨이 튼튼한 것도 케트 덕분이다. 그것은 지난달, 이가 아프기 시작했을 때 그가 두말 시키지 않고 리븐포드의 치과의사 스트랑 씨에게 나를 데리고 갔기 때문이다.

또 빈약한 장서 중에서 〈아이반호우〉와 〈용감한 리워드〉(영국 소설가 킹스리의 전기소설) 따위 좋은 책을 빌려 준 것도 케트였다.

그런데, 이 책장이라고 하는 것은 내가 생침을 삼키며 정신 없이 읽은 적이 있으니까 말인데 최후의 장에서 주인공인 흑의의 미남자가, 그때까지 거들떠 보지도 않던 백의의 젊은 순결한 여성 앞에 무릎을 꿇고 더듬더듬 무엇인가를 속삭이는, 이러한 내용의 책이 몇 권이나 있는 것을 나는 알고 있는 것이다……

"아냐, 안돼 로버트."

하고 케트는 그때까지의 얘기를 단절하듯 한숨을 내쉬며 말한다.

"어디에 가나 모두 형편없는데 뿐이니까."

71

아래층으로 내려가서 나는 엄마에게 케트는 이제 안정되었다고 얘기했다. 그러나 사실은 그렇지 않다. 케트는 그러고 2주간 동안, 종이를 찢어가지고 용건을 휘갈려 쓸 뿐 가족 누구와도 말하려고 하지 않는 것이었다.

거기에, 친구인 베시 유잉과는 대판 싸움을 해버리고, 그 때문에 마음씨 고운 베시는 밤늦게 찾아와서 엄마와 둘이 부엌 옆에 서서 가만가만 얘기했다.

같이 여학교에 다닐 때부터 케트의 기질을 잘 알고 있는 베시는 녹스힐 양가의 인테리 처녀다.

그는 오랫동안 지방의 전화국에 근무하고 있지만 매주 토요일 밤이면 푸르고 빨간 구세군 제복을 입는다.

가냘프고 빈혈증이지만 예쁜 부드러운 머리를 하고, 천사 같은 성질로 부엌에서 만나든지 하면 마덕에게 특별한 눈길을 보내는 것이다.

그런데 나는 베시가 어머니에게 진지한 투로 얘기하는 것을 들었다.

"정말 이에요, 레키 아주머니. 난 걱정하고 있어요. 이렇다 할 뭐 열중할 일이 없기 때문이에요. 어떻게 우리가 권해서, 이를테면 만돌린을 배운다든가, 아니면 하다못해 벤조 같은 거라도……."

일러바치기장이인 나는 이 얘기를 가지고 할아버지 방으로 뛰어 올라갔다.

"할아버지! 할아버지! 케트가 벤조를 배우는 모양이야."

할아버지는 금빛 수염을 조금 비꼬듯 비틀며 나를 바라본다.

"그 따위 악기 같은 걸로는 걔에게 아무런 도움도 되지 않아."

나는 망연히 할아버지를 쳐다본다. 아마 케트는 훌륭한 방에서 피아노 공부라도 하지 않으면 안된다고 말할 작정인 모양이다.

맥킬로프 형제상회의 철곽에 든 그랜드 피아노다. 그러나 아무래도 상관없다고 나는 머리를 흔들고는 다시 뛰어 나간다.

다만 달리기 위해서 달리는 것이다. 나는 누구의 심부름이라도 한다.

미시즈 버섬리의 심부름을 해주면, 수고 값으로 방긋 웃으며 그야말로 이빨 속에서 군침이 흘러내릴 것 같은 쇠고기의 토스트 샌드위치를 준다.

잠자리도 없는 아이, 거의 누구에게도 인정받지 못하고 미지의 대양 해안기슭을 방황하는 것과 같은 불안정한 스스로의 입장도 잊어버리고 나는 행복한 것이다. 가빈을 사랑하고 또 사랑받고 있으므로 행복한 것이다.

가빈과 나는 마침내 둘이서 가까운 산의 답사를 시작했다. 큰 마음먹은 원정으로 전에 할아버지와 소풍간 것 따위는 흡사 어린애 장난 같은 것이었다. 가빈은 쉬지 않고 열심히, 그의 수집에 빠져 있는 단 한 가지의 표본, 윈톤의 작은 새들 중에서도 가장 희귀한 가슴이 까만 물떼새 알만을 찾았다. 그리고 산 밑 숲을 빠져나갈 때 몸을 꾸부려 살피면서도 그는 끈기 있게 나한테 가르쳐 주었다. 당산사 나뭇가지를 헤치고 얼핏 보아서는 잘 모를 설마하는 곳에 흔한 작은 새집을 발견하고 작은 목소리로 속삭인다.

"큰 개똥지빠귀야. 알이 다섯 개."

나는 눈을 빛내며 짚과 찰흙으로 밥그릇처럼 깨끗하게 만들어 새집을 들여다 보았더니 안에는 따스한 금방 깨어질 것 같은 반점 있는 파란 알이 들어 있었다. 그는 수완 있게 '알을 들어내는' 기술을 가르쳐 주었다. 그리고 나에게 숲 사나이의 선서라는 것을 시켰다.

"한 둥지에서는 절대로 알 하나밖에 꺼내지 않는다."

그렇게 말을 시키고 나서 그는 작은 얼굴이 분노에 새파래지며, 둥지에서 알을 모조리 '약탈해서' 어미새를 '이주'케 해버린 악동들 얘기를 했다.

이윽고 둘은 드럼벅 산에 기어올랐다. 처음 간 곳이지만 마치 봄비가 뺨을 어루만지는 듯한 차갑고 기분 좋은 미풍이 불고 있었다. 눈 아래 저 멀리에는 하얀 길이 레이스처럼 테를 두르고, 작은 기선을 몇 척 띄운, 희미하게 빛나는 넓은 은띠 같은 크라이드 강 하구에서 둘로 갈라져서 넘실 넘실 펼쳐진 멋진 광경이 있었다. 리븐포드의 거리는 다행히 안개에 가리워지고 그 안개 속에서 낙타혹 같은 성암(城岩)의 둥근 등이 내밀고 있었다. 장난감 같은 드럼벅 마을의 집들이 멀리 역시 우리 발 아래 웅크리고 있었다. 푸른 풀밭이 서쪽을 향해 몇 개나 펼쳐져 있었는데, 이 풀밭을 눈으로 쫓고 있는 동안, 흐르고 있는 흰 구름 위에 파랗게 쑥 솟아 있는 큰 산 모습을 발견하고 나는 거의 경외하는 듯한 가까운 감동의 엄습을 받았다.

"저것 봐 가빈, 저것 봐!"

나는 그의 곁에 바짝 다가앉아 날카로운 소리를 지르며 산을 가리켰다.

그는 엄숙하게 끄덕여 보였다.

"벤 로몬(르몬드산)이다!"

나는 아무리 보아도 싫증나지 않았으나 다시 그의 독촉으로 앞으로 걸어나가다가 거치른 땅 움푹 들어간 데에 세워진 흰 페인트 칠한 농가 앞을 지났다. 안채를 싸고 마구간이랑 헛간이 사각형으로 서 있다. 마당에는 우유랑 짚 냄새가 나고, 벌써 타는 듯한 노란 꽃을 피운 금작화 무더기가 뒤켠 가득히 우거져 있었다. 앞을 지나가려니까 대장 까마귀가 머리 위를 선회하고, 꿀벌이 황금색 집속에서 붕붕거리고 있었다. 그 근방에는 황소들이 모두 같은 방향으로 그늘에 드러누워 우물우물 반추(反芻)하고 있었는데, 물끼 머금은 커다란 눈으로 우리를 곁눈질하며 다만 귀만을 픽픽 움직여 덤벼오는 파리를 쫓고 있었다.

목초밭 끄트머리까지 와 가지고 우리는 다시 높은 산을 향해 열심히 올라가기 시작했다.

가빈이 안내해 준 그 고원은 거의 텅텅 빈 황무지로서, 들새가 바쁘게 울어제끼고 곳곳이 늪이 되어 있기도 하고 석회암이 몇 개씩이나 높이 치솟아 있기도 했다. 몸을 굽혀 빨간 야생란이랑 해면상(海綿狀)을 한 습지 텐닝카 사이를 연신 살피며 나가려니까, 바로 머리 위 하늘을 달리고 있는 양털 같은 구름을 헤치고 가는 느낌이 들었다. 가빈은 때때로 발을 멈추고 무슨 희귀한 것이 있으면 아무 말 없이 손가락으로 가리켰다. 곤충에게 찰싹 달라붙어 잡아먹어 버리는 모전(毛氈)이끼와 확 흥분될 것 같은 향기를 내뿜는 하얀 밀봉란 따위였다. 한번은 살모사가 우리 앞을 꾸불꾸불 가로질렀는데 엉겁결에 내가 소리를 지르려고 하자 가빈이 구두 뒤축으로 뱀 머리를 짓밟아 버리고 말았다. 우리는 녹초가 되면서 오른 '바람바위'라는 펑퍼짐한 바위 위에서 도시락을 먹었다.

한달 동안을 두고 가빈은 예의 그 새알을 자기의 기술과 결의 전부를 쏟아넣어 찾았다── 그러나 아무 수확도 없었다. 어느 날 오후, 여태까지보다 훨씬 멀리까지 갔다가 실망하고 돌아오는 길에 나는 골풀이 우거진 늪 곁에서 가빈에게서 좀 뒤떨어졌다. 이상하게도 내 호기심은 이 고원의 늪지와 그 물속에 우글거리고 있는 생물에게 쏠렸다. 나는 꾸부리고 앉아 두 손으로 올챙이를 건져 올렸다. 그러자 꿈이라도 꾸는 듯 내 눈은 그 근처 이끼 위에 아무렇게나 흩어져 있는 지푸라기에 딱 고정되었다. 알이 세 개, 그 지푸라기 위에 놓여 있었던 것이다. 모두 불그레한 반점이 있는 금록색 큰 알이었다.

생각 없이 내가 큰 소리를 질렀기 때문에 지평선에 뚜렷이 떠오른 가빈의 작은 까만 모습이 문득 움직임을 정지했다. 그는 피로해 있었다. 그러나 내가 정신 없이 손 흔드는 것을 보고 터벅터벅 나 있는 데로 다시 돌아왔다. 말을 못하고 나는 다만 그 이끼를 가리켰다. 겁이 나서 그의 얼굴을 볼 수는 없으나 문득 그가 몸을 긴장시키며 움직이지 않았기 때문에 마침내 목표했던 가슴 까만 물떼새의 집을 찾은 거라는걸 알았다.

"이거야."

그는 구두 위에까지 차는 물에 들어가 알을 하나 가지고 나왔다. 둘은 늪

가에 앉아 우선 그 알이 썩지 않았는가 실험하기 위해 세심한 주의를 기울여 가만히 물에 띄워 보고 나서, 알을 푸우 불더니 그것을 내 손에 얹어 주었다.

"봐, 예쁘잖아?"

"정말 예뻐."

나도 황홀했다.

"마침내 찾아서 다행이야."

"자 가빈, 받아."

"아니."

그의 눈앞에 있는 나머지 알 두 개를 찬찬히 바라보고 있었으나 거기에 손 댈 바에는 차라리 죽음을 택할 것이라는 사실을 나는 잘 알고 있었다.

"그건 네 거야, 내 것이 아니야."

"아니야 가빈 , 네 거야."

"아니야, 네 거야."

그는 태연하게 고집부렸다.

"네가 발견했으나, 발견한 사람이 가져 가는 거야."

"나는 찾아낼 수 없었어, 네가 없었더라면."

나는 항변했다.

"네 거야, 절대 네 거야."

"네 거야."

그는 쉰 듯한 소리를 내었다.

"네 거야."

하고 나는 소리를 질렀다.

"네 거야."

그는 입속으로 말했다.

"네 거야."

나는 금방 울음이 터질 것만 같았다.

우리는 필사적으로 똑 같은 소리를 되풀이하고 있다가 나는 드디어 알 게 뭐냐 싶어서 정말 실토해 버렸다.

"가빈, 내 말을 믿어 주지? 이건 예쁜 알이야. 그러나 나는 필요 없어. 나는 새알 같은 것 하나도 모으지도 않았고, 너는 그렇게 많이 모았잖아. 내가 열심인 것은 개구리·올챙이·잠자리 따위야. 네가 이 알 받아주지 않는다면 나는…… 나는…… 나는 이걸 내버릴 거야."

내 공갈에 마침내 납득이 된 그의 얼굴을 마주 보았을 때 그 회색 눈은 기쁨이 넘쳐 있었다. 그리고 떨리는 목소리로,

"나, 받아 둘께, 그럼 로버트. 그렇지만 거저는 안돼. 그렇다면 불공평하니까. 알 대신 나도 교환으로 뭘 주지…… 내가 가진 것 중에서 네가 마음에 들 만한 것으로."

그는 희귀한 알을 채집 상자 속의 솜에 싸면서 나를 보고 빙긋 웃었다. 절반쯤 감은 속눈썹 아래 그의 내성적인 어딘가 우울한 것 같은 그의 미소를 보고 나는 가슴 하나 가득 기쁨이 찼다.

그날 밤 나는 그의 방에서 회귀한 것을 얻어 가지고 돌아왔다. 언젠가 가빈에게 가르침받아 조작할 수 있게 된 뒤부터 가지고 싶어 못견디었던 것이다. 그것은 놋쇠로 된 헌 현미경으로 전에는 그의 누나 줄리아의 것이었는데, 소녀시절 윈튼 고등학교에서 박물학시간에 사용했던 것이다. 모양은 단순했지만 접안 렌즈와 대물 렌즈가 두 개씩 있고, 고정 초점식이기는 하나 스미스와 백 상회 마크가 뚜렷이 붙어 있었다. 아무리 사소한 것이라도 블레어 시장은 최고급품이 아니면 사지 않는 것이다. 현미경에는 초보용 슬라이드 몇 장 하고, 페이지가 노랗게 되고 곰팡이 핀 책이 한 권 달려 있는데 그 책 제1장에는 〈한 방울의 물속에서 무엇이 보이는가〉, 제2장에는 〈파리 날개의 구조〉라는 제목이 있었다.

나는 그 현미경을 할아버지 책상 위에 얹어 놓고, 할아버지가 몰래 바라보고 있는데도 관계치 않고 열심히 슬라이드를 조사하기 시작했다. 가빈과 친해진 다음부터 할아버지는 나한테 다소 냉담해져 있었다. 할아버지처럼 금방 '화내는 사람'을 본 적이 없다. 마음속으로는 내가 산에 다니는 것을 인정하고 있는 것 같았지만 자기가 동행할 수 없으니까 멸시하는 듯한 비난하는 태도로 나오고 있었다. 그러나 지금은 호기심에 정신 없이 서 있었다.

"뭔가 괴상한 걸 가지고 온 모양이구나, 로버트."

새삼스레 로버트 따위로 부르는 것을 보면 나한테 대한 기분이 신통치 않다는 것을 알 수 있었다. 그래도 내가 열심히 설명했더니 이윽고 할아버지는 내 곁에 와서 함부로 조절 나사를 돌리며 현미경이라면 충분한 지식을 가졌다는 듯 눈을 이 신비한 기계에 착 붙였다. 현미경이 할아버지를 사로잡아 버린 것을 나는 알았다.

저녁을 먹고 올라가 보니 열중한 표정으로 아직도 현미경에 달라붙어 있었다.

"이건 놀라운 물건이다."

그는 소리 질렀다.

"보이지, 치즈 속에 작은 동물이 우글우글하고 있는 것이."

이리하여 미지의 세계로 날개치려고 하는 할아버지와 나에게 있어서 빛나는 경험의 새로운 시대가 시작되었다. 곧 우리는 미스 줄리아 불레어의 색 바랜 입문서를 졸업해 버렸지만 이윽고 할아버지는 제2의 헉슬리(19세기 영국의 유명한 생물학자)나 된 것처럼 도서관에 가서 더 무게 있는 저서——브럭키의 《초등 생물학》이라든가, 스티드의 《수중식물의 생태》라든가 그 중에서도 가장 우수한 그란트의 《못 속의 세계》 따위를 빌려왔다. 내가 학교에 가 있는 낮에 할아버지는 부근에 있는 연못을 찾아다니고 밤에 내가 숙제를 끝낸 다음 둘이서 마주 앉아 마법의 렌즈 속에 잘못 들어온 생물들을 책의 삽화와 대조해 보는 것이었다. 나타난 아메바가 그림과 같다는 것을 알았을 때랑 유충의 선회에 눈이 둥그래졌을 때의, 우리의 흥분을 상상해 주기 바란다. 그러면서 나는 아직 만 아홉 살이 되어 있지 않아 곱셈 구구조차 다 외고 있지 못했던 것이다.

아아, 나는 새로운 생명의 신비로움에 완전히 빠져 있었다. 새 둥지에는 날개털이 갓난 새끼새가 꽉 차서 목을 뽑아 먹이를 요구하고 있다. 망아지는 밤 숲 앞밭에 서 있고, 스놋디 농장의 목초장에는 새끼양이 어미양 곁에서 울고 있다. 그때까지 내가 읽은 여러 가지 책 중에서 막연하게 밖에 이해되지 않는 한 마디가 있었다. 그것은 '생식'이라는 두 글자였다——렌즈를 통해 본 미생물 속에는 단순한 분렬에 의해 번식되는 것도 있지만 다른 것들은 모두 둘이 합체한다는 훨씬 복잡한 과정을 거쳐서 번식하는 것이다. 나는 당황하면서도 스스로 위대한 발견의 입구에 서 있는 것을 느꼈다. 누가 이 미지의 비밀을 가르쳐 주려는가, 아마 버티 에미슨 밖에는 없을 것이다. 가빈은 1주간쯤 러스에 가 있었다. 마침 제 철이었으므로 로온 호로 올라오는 봄의 연어를 낚으러 그의 아버지가 가만히 데려간 것이다. 나는 매일 밤 제미슨이나 그 친구들과 함께 걸어서 집으로 돌아오는데, 드럼벅 토올 가까운 그의 집 앞까지 오면 너는 아직 어린애니까 데려갈 수 없다면서 나 혼자 놔두고 저희끼리 세탁장 안으로 어울려 들어가서는 문에 자물쇠를 채우고 창을 닫아 버리는 것이었다. 내가 외로운 기분으로 서 있으려니까 온갖 소리와 킥킥대는 웃음소리만이 어두울 것이 틀림없는 그 세탁장 안에서 들려온다. 이윽고 모두가 공연히 부끄러워하는 얼굴로 나왔을 때 버티가 선심이나 쓰는 듯한 어조로 내일 밤에는 너도 넣어 줄께 하는 것이었다.

　나는 기뻤다. 그래서 슬라이드를 들여다보기 위해서 책상 앞에 앉았을 때 나는 할아버지께 그 얘기를 했다.

　"뭐라고!"

　할아버지는 별안간 펄쩍 뛰어 일어나더니 주먹으로 책상을 쾅 치는 바람에 귀중한 현미경이 넘어졌다.

　"가면 못써, 그런 세탁장 같은 데 간다면 내 시체를 넘고 가거라. 안돼, 절대로 안돼."

　이튿날 저녁 때 학교에서 나오니까 밖에 할아버지가 기다리고 있었다. 할아버지는 내 손을 잡고, 제미슨이 옆으로 빠져나가려고 하니까 더러운 자식이라는 듯 넘어질 뻔할 만큼 제미슨의 따귀를 갈겼다. 버럭버럭 화를 내는 할아버지에게 끌려가면서 나는 봄이 되어 오니까 뭔가 괴상한 알지 못할 일이 튀어나오는구나 하고 곰곰이 생각하지 않을 수 없었다.

9

　그래도 아직 봄은 계속되고 있었다.

　드럼벅의 길을 계속 끝까지 걸어가면 작은 집들이 늘어선 좁은 거리로 나오는데, 그곳은 시원치 않은 이름이 붙어 있어 위로는 시장으로부터 역장·소방서장을 거쳐 시 위생주임 레키에 이르기까지 이곳 명사와 관리들이 살고 있는 앞 도로의 점잖은 품위를 다소 일그러뜨리고 있었다. 이 거리에는 기계 조립공과 기사가 몇 사람 살고 있었는데 보일러 공장에서 일하는 관계상 노동으로 더럽혀지기 때문에 주택거리로서는 약간 옥(玉)의 티로 되어 있었다. 다행히 이 패들은 공장 기적소리로 잠자리에서 일어나 아침 다섯시에는 나가지만 점심 때와 저녁 때에는 깨끗한 포도에 어울리지 않는 징박은 구둣소리를 내는 것이었다. 그러나 모두 때묻은 무명 작업복과 더러워진 손과 얼굴 그대로이기 때문에 예를 들면 레키 씨의 흰 제모와 번쩍번쩍하는 놋단추와 비교한다면 말할 수 없이 걸맞지 않게 느껴지는 것이었다.

　그들은 노동이 격심한 만큼 임금을 많이 받기 때문이겠지만, 사람들이 모두 온순하고 하나같이 남에게 거슬리는 일 없이 인생을 즐기는 방법을 터득하고 있었다. 매주 토요일 오후에는 시의 풋볼팀의 홈그라운드인 벅해드 공원으로, 기대에 가슴을 두근거리며 가는 사람들 틈에 그들의 화려한 체크 무늬의 캡이 섞여 있는 것이 보인다. 또 모두 단정하게 깨끗한 옷을 입고, 기차로 윈톤 시까지 나가서 고기 든 파이식사를 하기도 하고, 하루 저녁을 '팔레스 연예장'에서 보내는 적도 종종 있었다. 맑게 개인 일요일 저녁 때랑은 몇 사람씩 어울려 가까운 거리를 산보하는 모습도 보이는데, 그런 그룹 중에는 썩 훌륭하게 아코디언이나 하모니카로 즉흥곡을 연주하는 사람도 있었다—— 로몬뷰에 처음 왔을 무렵 어두움과 잠든 할머니의 큰 숨소리에 잠 못이루고 뒤척거리고 있을 때, 담배 냄새와 사람을 놀리는 듯하는 명랑한 음악이 바람에 실려와서 내 기분을 북돋우기도 하고 미소짓게도 해주어 아직 보지 못했지만 세상은 역시 평화스럽구나 하고 퍽 안심한 적이 자주 있었다.

그런 보일러 공장 직공 중에 지미 닉이라는 사내가 있었는데 나한테 호의를 보이기 시작했다. 나이는 30쯤 되어 보이는 조금 가냘픈 몸매로, 어깻죽지가 꽉 쩨인 사람이었으나, 굵은 손은 언제나 축 늘어뜨리고 큰 눈도 어딘지 우울해 보였다. 그런 슬픈 듯한 모습을 하고 있는 것은 몹시 꾸부러진 다리 탓이라고 나는 비상한 직관으로 간파했는데, 그 다리는 완전한 타원형으로서, 두 다리 사이로 햇빛이 보일 정도였다. 걸음걸이로 그것을 가능한 한 감추려 하고 있었으나, 그 흉한 모습은 아무리 해도 눈에 띄었다. 점심을 마치고 달음박질로 학교에 가노라면 이 꾸부러진 다리의 직공은 가끔 나를 불러 세워 가지고, 온통 못투성이인 손으로 턱을 쓰다듬으며 스파니엘개처럼 말을 나누고 싶어하는 눈으로 나를 보는 것이었다. 수염은 날마다 깎는데 성장이 빠른 탓인지 언제나 턱과 볼이 연독이라도 오른 것같이 파랬다.

"어때, 잘 있니?"

"잘 있어, 고마워 지미."

"댁에도 다 편안하셔?"

"응, 고마워, 지미."

"레키도, 다른 사람들도?"

"응."

"마덕은 곧 시험이지?"

"그런가 봐."

"할머니는 아직도 안 돌아오셨어?"

"응."

"할아버지, 공원에서 봤지. 지난 일요일에."

"그래?"

"건강하구나."

"응."

"오늘은 날씨가 참 좋군."

"응. 좋은 날씨야."

대화는 이것으로 끊어졌다. 지미는 잠시 가만히 있다가 이윽고 포켓에 손을 집어넣더니 1페니 동전을 꺼내 가지고 빙글 웃는 낯으로,

"한 가게에서 다 쓰지 않도록."

하고, 옛날부터 리븐포드에서 쓰여지고 있는 농담을 하며 그것을 나한테 주었다. 나는 동전을 덥석 잡고 한쪽 발로 폴짝폴짝 뛰면서 내달았는데, 그는 가만히 선 채 뒤에서 큰소리를 질렀다.

"집의 식구들한테 안부 전해."

나는 마음속 깊이에서, 지미의 호의를 시장이나, 미스 줄리아 블레어나, 그 밖에 나한테 친절하게 해주는 마을의 다른 사람들과 마찬가지로, 그가 우리 어머니를 알고 있었다는 사실에 의한 것으로서만 생각하고 있었다——사실, '너의 어머니를 알고 있었다'고 하는 말은, 단조 악보 속에 되풀이 반복되면서 이상하게 마음 따사로워지는 악구(樂句)처럼, 내 소년시절을 통하여 때론 별안간 뛰어 들어와서는 항상 내 기분을 위로해 주고, 세상 사람들과 인생에 본래부터 겸비되어 있는 선의에 대한 일종의 신뢰감을 일으키게 하는 것이었다.

그러나 언제나 나는 반드시 티바이 민 가게에 뛰어 들어가서는 핑크 무늬의 봉봉이 든 유리병을 사는 데 정신이 없어 지미가 어째서 이렇게 관심을 가지는지 그 이유 따위는 제대로 생각할 겨를이 없었다. 언젠가의 아담의 반 파운드 금화 때문에 나도 어딘지 모르게 사람은 신용할 수 없는 것이라는 느낌을 맛보고 있었다. 그렇기 때문에 만약 1페니라도, 금방 써버리지 않으면 틀림 없이 누군가한테 들켜서 빼앗겨 버리고 말거나, 혹은 밤에 바지를 벗을 때 떨어뜨려 침대가 있는 작은 방에서 번쩍거리는 리노륨 위를 굴러 가서 아빠한테 발각되면 아빠는 '저금해 준다'는 둥 그럴싸한 구실로 가져가 버릴 것이 틀림없다. 더욱이 내 몸은——어리고, 영양분 모자라는 동물 같은 이 육체는 견딜 수 없을 만큼 당분에 주려 있는 것이다. 들판이나 숲에 사는 짐승들도, 어떤 종류의 소박한, 얼핏 보아서 별로 중요하지 않은 음식물이라도 결핍

되면, 아무리 다른 먹이가 많이 있더라도 죽어 버린다는 얘기다. 유년시대의 만족하지 못하는 식욕, 식후의 그 견딜 수 없는 기분을 상기하면, 미스 민이 제공해 준 자로서 한껏 위로받지 않았더라면 나도 죽어 버렸을는지도 모른다고 생각한다.

5월의 마지막 토요일, 내가 지미를 만난 것은 우연이 아니었다. 그는 사실, '둑소로' 모퉁이에서 나를 기다리고 있었는데, 그것도 감색 양복에다가 엷은 다갈색 구두, 빨강과 까망의 체크 캡이라는 '모양낸' 모습이었다.

"어때, 풋볼 시합 구경 안 갈래?"

내 심장은 갑자기 쾅 울렸다. 가빈은 아직 저희 아버지와 러스에 가고 없고, 그래서 그날도 심심해서 못견딜 판이었는데 이것은 뜻밖에 굴러떨어진 길보였기 때문이다. 풋볼시합! 구경하러 가리라고는 생각치도 못했던 어른 스포츠!

"자, 가자."

지미 닉은 그렇게 말하고 다갈색 구두로 원을 그리며 걷기 시작했다.

벅헤드 구장의 둘러쳐진 그물에 배를 착 갖다붙인 채 나는 지미랑 지미 친구 일행과 함께 서서, 빛깔도 화려한 유니폼이 푸른 잔디 위를 달리고 어울리고 하는 것을 목소리를 높여서 응원했다. 리븐포드 팀이, 최대의 숙적인 이웃 시의 팀 애드필란 클럽과 한창 일전을 벌리고 있었다. '잼 처먹기쟁이'라고 경멸당하고 있는 애드필란 선수들처럼 엉터리고 짐승이고 살인자인 것이 또 있을까. 아무튼 이 패들은 아이들에게서는 정말 잼 빈 병을 가져오게 해서 입장시켜 주는 판인데, 그것을 나중에 클럽에서 고물상에 팔아 현금으로 바꾸어 가지는 비열한 관습을 가지고 있었다. 그러나 고맙게도 역시 정의가 이기는 것이었다. 리븐포드에 개가가 오른 것이다.

시합이 끝나자 지미와 나는 백년지기나 된 듯이 아주 사이가 좋아져서 돌아왔다. 이윽고 헤어지는 갈림길까지 왔을 때 아직 흥분이 식지 않고 가슴에 피가 끓고 있었는데 지미는 온종일 짐스럽게 가지고 있던 종이 포장을 내밀었다. 얼굴을 새빨갛게 하고 갑자기 목이 쉬어져 있다.

"이거, 너의 집 케트에게 전해 줘, 내가 주더라고 하고."

나는 어리벙벙해져서 찬찬히 얼굴을 쳐다보았다. 케트! '너의집' 케트! 케트가 우리와, 우리의 아름다운 새로운 우정과 무슨 관계가 있다는 것일까.

"괜찮아."

그는 점점 **빨개졌다**.

"그냥 그 사람 방에 갖다 놔 주기만 하면 되는 거야."

그는 종이 꾸러미를 안고 서 있는 나를 두고 돌아서서 가버리고 말았다. 로몬 뷰에 돌아왔으나 케트의 모습은 보이지 않았다——마덕 혼자 부엌에서 교과서를 펴놓고 무어라고 중얼거리다가 신음소리를 내다가 하며 있었다—— 그래서 지미가 시킨 대로 나는 그 큼직한 종이 꾸러미를 케트 침실로 가지고 가서 위에 올려놓았다. 나는 아직 특별히 케트가 부르지 않을 때 케트 방에 들어간 적이 없었으나 지금은 호기심도 있고, 또 특별한 사명으로 특권을 부여 받은 것 같은 느낌도 들었기 때문에 천천히 앉아서 거울 옆의 로션이랑 크림 병들을 두루 살펴보았다. 거기에는 팜플렛 몇 권이 놓여 있었다. 나는 그 것을 집어 보았다. 〈정형수술 없이 하는 미안술〉〈마담 볼소바 미용법——바 스트를 아름답게 하는 12장〉, 그리고 또 하나, 수수께끼 같은, 그러나 호기심 을 불러일으키는 제목의 〈젊은 여성이여! 왜 벽꽃(댄스 파티에서 상대가 없어 창 가에 앉아 있는 여성)이 되는가?〉가 있었으나——더 자세히 들여다보려고 하고 있는데 도어가 열리고 케트가 들어왔다.

그녀의 가는 주름 투성이인 살갗이 노여움으로 새빨개졌다. 금방 예의 이마 의 힘줄이 불룩히 솟아올랐다. 그래서 나는 금방 당황해서 재빨리 소리질렀기 때문에 가까스로 살아난 셈이었다.

"아아, 케트. 나 케트한테 깜짝 놀랄 걸 가져온 거야."

그녀는 주저했으나, 귀까지 새빨개져 가지고 눈은 아직 골이 나 있었다.

"뭔데?"

그녀는 의심하는 듯한 목소리로 물었다.

"선물이야, 케트!"

그리고 나는 옷장 위의 종이 꾸러미를 가리켰다.

그녀는 믿을 수 없다는 듯이 노려보고 있더니, 이윽고 본정신이라고는 생각 할 수 없는 목소리로,

"알았어, 로버트. 아무 말 없이 숙녀의 침실에 들어오면 절대 안돼요, 절대 로."

하고 좀 나무라고, 종이꾸러미 있는 대로 가더니 그것을 들고 내가 보는 앞에 서 끌렀다. 속에서 나온 것은 고급 초콜렛이 3파운드나 들어 있다. 리본으로 맨 예쁜 상자였다. 확실히 케트는 여태까지 이런 훌륭한 선물을 받은 적이 없 었을 것이다. 나는 내가 가지고 왔다는 자랑스러운 얼굴로 그 초콜렛 상자를 들여다보며 축하의 말을 했다.

"굉장하네, 케트. 지미가 보내 준 거야. 그 사람 오늘 나를 풋볼 시합에 데려다 줬어. 왜 그 지미 닉 말이야."

케트의 얼굴은 가관이었다──기쁨과 놀라움과 실망이 묘하게 한데 엉켜 있었던 것이다. 그녀는 약간 오만한 투로 말했다.

"흠, 그런 사람한테서! 돌려 보내 줘야지, 이런 거."

"안돼, 케트. 그렇게 하면 지미가 감정이 상할 거 아냐. 그리고……."

나는 꿀꺽 침을 삼켰다.

케트는 뜻밖에 미소 지었다. 참으로 그런 드라이한 짧은 미소라도 지으면 그는 놀랄 만큼 애교 있는 얼굴이 되는 것이다.

"그럼 좋아, 너 하나 먹어. 그렇지만 나는 손댈 수 없으니까 말이야."

허락이 떨어졌으므로 나는 주저 없이 이게 웬 떡이냐고 물기 많은 오렌지 크림을 재빨리 하나 입에 집어 넣었다. 말할 수 없는 맛이 금방 혓바닥 하나 가득 퍼졌다.

"맛있니?"

이번에는 케트가 침을 삼키며 이상한 소리로 물었다.

나는 소리가 안 나오는 대답을 우물우물했을 뿐이었다.

"이게 다른 사람이라면 좋지만 말이야, 지미 닉 따위가 아닌!"

하고 케트는 소리질렀다.

"어째서."

나는 충성스러운 듯한 어조로 물었다.

"지미같이 훌륭한 사람 없어요. 시합 구경하고 있을 때, 친구들과 같이 있을 때를 케트도 보았음 좋았을걸. 그리고 리븐포드의 센터 하프를 알고 있단 말이야."

"그러나 하층계급 사람 아니니──펑 보일러 공이란 말이야. 새까맣게 돼서 일하는 사람이야. 거기에다 조금 한다는 얘기고."

조금 한다는 것은 위스키를 가리키는 방언이라는 것을 알고 있었으므로, 나는 이런 경우 할아버지가 잘 쓰는 말시늉을 그대로 흉내내어 대담하게 소리쳤다.

"그렇다고 해서 남한테 방해나 지장을 주는 일은 없잖아, 케트."

"그야 그렇지만……."

케트는 다시 빨개지면서 곤란한 듯 말했다.

"그 사람 다리 말이야."

"걱정 안해도 돼요, 케트, 다리 같은 것."

나는 진지하게 말했다.

"다리도 중요하지 뭐니. 신경 쓰지 않을 수 없어, 특히 외출할 때랑 말이야."

나는 낙심이 되어 잠깐 사이를 두었다가 말했다.

"누구 다른 사람 좋은 사람 있어?"

"그래…… 있어."

케트의 눈은 꿈꾸듯 '왜 벽꽃이 되는가?'라는 팜플렛을 넘어, 로맨틱한 어딘가를 헤매어 갔으나, 나는 그가 방심한 듯한 기회를 보아서 초콜렛을 하나 더 입에 집어 넣었다.

"물론 결혼신청은 많이 받았지, 적어도 꽤 많은, 하여간 여러 사람한테서. 뭐 자랑하는 건 아니지만 하지만 내 얘기는 말하자면 내 이상이야. 깨끗한 사람으로 머리색이 까만, 품위 있고 말 잘하는 남자…… 스프라울 목사님 같은 사람, 이를테면 말이야."

나는 어안이 벙벙해서 케트를 바라보았다. 목사님이라고 하면, 배가 뚱뚱하고, 시인 같은 머리를 한 우뢰 같은 소리를 내는 아이가 넷이나 있는 중년신사다.

"아니 케트, 나 같으면 지미쪽이 훨씬……."

나는 거기에서 문득 말을 끊었는데 나 같은 것이 목사님을 이러쿵저러쿵 말할 자격이 없다는 것을 깨닫고 얼굴이 빨개졌다.

"괜찮아."

케트는 썩 관대한 어투로 말했다.

"초콜렛 하나 더 먹어요. 마음대로 먹어. 나한테 체면차리지 말고. 나는 이런 걸로 입을 더럽히고 싶지 않으니까. 사실을 말하자면 연애같은 거 생각만 해도 속이 메슥거려. 그래 속이 메스꺼워 져. 여자쪽이 언제나 손해 보니까. 그거 속이 딱딱하니? 물렁물렁하니?"

"딱딱해, 케트."

나는 성실하게 대답했다.

"맛있는 과자야. 케트도 이런 거 아마 지금까지 먹어 보지 못했을 거야. 집어 줄게 하나 먹어 봐 자, 자."

"싫어, 싫어. 꿈에도 먹고 싶지 않으니까."

케트는 그렇게 거절했으나, 억지로 내가 떠미니까 방심한 듯이 받더니, 생각을 달리했는지 입 속으로 쑥 집어 넣었다.

"굉장히 맛있지, 케트?"

나는 기세 좋게 물었다.

"나, 누구한테라도 매수당하고 싶지 않아. 로버트, 하지만 정말 맛있긴 맛있네."

"하나 더 먹어."

"글쎄, 나 먹으면 명치가 쓰리는 것 알지만. 하지만 모처럼이니까. 네가 제일 먼저 먹은 오렌지 크림을 찾아봐."

침대에 걸터앉은 채, 그리고부터 반 시간에 우리는 둘이서 윗줄에 나란히 줄지어 있던 초콜렛을 다 먹어 버렸다.

"그럼 지미한테는 뭐라고 하면 좋아?"

나는 이윽고 한숨을 쉬었다.

"핑크색 리본을 상자에 깨끗이 감으며 케트는 문득 웃음을 터뜨렸다. 이 묘한, 우울한 화 잘 내는 처녀가 아무런 꾸밈도 없이 웃어댄다는 것을 보는 기분은 참으로 이상했다.

"우리는, 어쩌면 꼭 같은 위선자일까, 로버트. 적어도 나는 그래. 제법 큰 재산 있어 보임직한 과자를 먹으며 그 사람 흉을 보다니 말이야. 뭐라도 사실대로 말하는 게 좋아. 초콜렛은 아주 맛있었다고 아주 고맙다고 그러더라고. 그리고 이제 이런 일은 없었으면 좋겠어."

나는 계단을 한꺼번에 3단씩 뛰어내리며 지미에게는 최소한 케트가 말한 앞부분만 전하고자 결심했다.

IO

여름방학이 다가오자 이윽고 황금색 보리를 열풍이 파도치게 하는 7월이 되었다. 나는 가빈과 함께 살수차 뒤를 좇아 드럼벅 마을 뜨거운 도로의 젖은 먼지 속을 맨발로 달렸다. 또 그와 함께 가세크 산 꼭대기까지 올라가서 그곳에만 살고 있는 월귤나무 열매들을 땄다. 집에 가져 왔더니 엄마는 아주 기뻐하면서 언제나 쓰고 있는 대황쨈보다 훨씬 맛있는 쨈을 만들어 주었다. 그리고 수차장(水車場) 못에도 가빈과 함께 가서 평생 처음 수영이라는 것을 했는데 찬물을 두 팔로 첨벙첨벙하며 저쪽 깊은 모퉁이로 헤엄쳐 건너가서, 작은 폭포 아래 머리를 푹 잠그었더니, 떨어지는 물이 입으로 코로 막 들어가곤 했으며 재빠른 물고기들이 모래에서 뛰어나와 발가락을 건드리기도 했다. 나는 막 소리를 지르며 너무 좋아 큰소리로 웃어 제꼈다. 물이란 이렇게 멋있는 것일까. 물은 내 마음에서 슬픔의 최후의 혼적까지를 씻어내 주는 것 같았다. 못에서 올라와서는 뛰고 춤추고 하다가 마침내는 풀밭에 몸을 내던져, 타는 듯하는 황홀에 빠져서 빛나는 하늘을 바라보았다. 기쁨이여! 깨끗하게 맑은 따사로운 이 공기의 빛, 이 나무들의 푸르름, 그리고 자신의 내부에 눈뜨는 이런 힘, 호흡을 하는 기쁨, 살고 있다는 무상의 환회!

나는 이런 이교도적인 생활에서 너무도 행복했다. 고원의 황무지 바람이 내 머리에서 '신(神)'을 휘날려 보내 버리고 만 것이다. 할머니에게서 온 엽서 따윈 거들떠보지도 않았다. 이제 나는 어두컴컴한 집안에서 악마에게 나오라는 소리도 하지 않게 되고, 마지못한 기도도 적당히 해두고 금방 잠들어 버리는 것이었다. 아아, 이미 나는 하나님의 은총을 배반한 것이다. 그리고 하늘에 계시는 하느님은 나한테 새로운 갖가지 불행을 준비하고 있었다.

그 첫째는 가빈이 나를 두고 가버린다는 소식을 알려 왔을 때였다. 여름이 오면 그의 아버지는 매년 페스샤의 넓은 토지에 붙은 작은 별장을 빌려, 거기에서 낚시질이랑 사냥을 하게 되어 있었다——나중에는 이것도 비행이라고 해서 사냥 즐기는 시장이 규탄받은 낭비의 하나였다——가빈은 물론 거기에서 히이드 꽃의 빨강과, 먼 산들의 남색에 둘러싸여 방학을 보내는 것이었다.

미스 줄리아 블레어로부터 몇 번인가 나도 같이 가자고 말이 있었으나, 그러나 나의 옷차림과 거기까지 가는 기차비와 그 밖의 여러 가지 냉혹한 현실이 그런 친절을 받아들일 수 없게 만들어 버리고 말았다. 가빈과 나는 역에서 안녕을 하고, 둘 다 남이 의심할 정도로 눈을 빛내며 특별한 식의 악수로 영원한 우정을 맹세했다. 그것은 서로 강철 같다고 정한 엄지손가락을 밀교의 서약처럼 엮어 감는 독특한 악수였다.

역에서 집으로 돌아오느라고 큰 거리를 걷고 있으려니까, 청천벽력이라고나 할까——문득 내 앞을 막아서는 것이 있었다. 쳐다보았더니, 교회 참사의원 로크의 키 큰 흑의(黑衣) 모습이 거기에 우뚝 서 있지 않은가. 파닥파닥 바람에 흔들리는 우산에 기대어 선 채, 로크는 뚫어지게——마치 내가 현미경으로 미세한 생물을 바라보듯——눈 한번 깜빡하지 않고 까만 뱀 같은 까만 응시로써 나를 그 자리에 자지러져 꼼짝 못하게 만들어 버렸다.

여태까지는 어떻게 잘 피해 왔었지만, 로크는 시내에서도 유별나게 눈에 띄는 인물의 하나였다. 아직 젊고, 사실 이 관할 구역에서는 가장 젊은 교회 참사의원이었다. 매부리 코에 이마가 하얗고, 몸은 말라 있었으나——로마와 스코틀랜드 신학교에서의 뛰어난 학력은 그의 날카로운 지성을 증명하고도 남음이 있었다.

성 엔젤 교회의 주임신부로 취임하자, 복잡한 인종문제의 관리로 골치를 앓고 있던 그 교구를 정상화하기 위해서 상당한 노력을 기울였다. 폴란드인, 리투아니아인, 슬로바키아인, 아일랜드인 등등의 이민이, 보일러 공장에서 지급하고 있는 높은 임금을 따라 여러 시기에 리븐포드로 몰려 들어와 있었다. 로크 신부는 이들의 조잡하고 무식한 패들을 재빨리 통제하는 일이야말로 무엇보다도 큰 무기라고 깨달았다. 그는 이 무기를 사용하는데 주저하지 않았다. 그의 성질과는 닮지도 않은 격렬한 태도로써 그들을 향해, 설교단에서는 위협적으로 질타하고 교회 현관에서는 비꼬인 혹평을 퍼붓고 거리에 나가서는 공공연히 그들의 잘못을 호통쳤다. 1년 동안에 그는 완전히 신자들을 길들여, 보일러 공장주 마샬 형제의 우정을 획득하고, 이윽고는 이 시를 좌우하는 자유주의적 분자들로부터도 마지못한 듯하게나마 존경을 얻게 되었다——'가톨릭 신자'라면 타기와 모멸의 대상인 스코틀랜드 소도시에서 이것은 용이한 일이라고 할 수 없다. 또 이상한 것은, 그는 단순히 일반에게 뿐 아니라 교구의 칭찬까지 받고 있었다. 교회 참사의원 로크 신부는 공포였다. 그렇다. 이야말로 바로 성스러운 공포였다. 신이여, 그에게 축복과 저주 있기를! 그때 나한테 말을 걸었을 때의 어조는 온순했으나 상대가 상대였으므로, 단둘이 마주친 내가 떤 것은 무리가 아니었다.

"넌 로버트 샤넌이지."

"네, 신부님."

그렇다, 이 '신부님' 앞에서——완전히 내 정체가 드러나 버린 셈이다. 그는 조금 미소 지었다.

"그리고 가톨릭 신자일 테지?"

"네, 신부님."

그는 펄럭거리고 있던 우산을 접기 시작했다.

"너의 일로, 더블린의 동료인…… 샬리 신부한테서 편지를 받았었는데…… 네 일을 잘 부탁한다고 써 있더군."

그는 나를 쏘아보았다.

"너, 일요일에는 미사에 오고 있을 테지?"

나는 고개를 떨어뜨리고 말았다. 가톨릭 교회에 대하여 헌신을 맹세한 나에게는 신자의 낙인이 분명하게 이마에 찍혀 있는 것이다. 그런데 리븐포드에 와서부터는 가족 중에 나 하나만이 가톨릭 신자라는 것과 이 혼자만이라는 수줍음 때문에 나는 한번도 미사에 참석하지 않고 있었다.
　"음!"
　어떻게 된 셈인지 우산은 좀처럼 잘 접히지 않았다.
　"너는 물론 첫 영성체를 했을 테지?"
　"아닙니다, 신부님."
　"그럼, 첫 고백은?"
　부모가 병중에 있었으므로 그 극히 중대한 의무도 다하지 못하고 있었던 것이다. 나는 대지가 입을 벌려 내 치욕을 삼켜 주었으면 좋겠다고 생각했다.
　"아닙니다, 신부님."
　"안되겠는 걸. 샤넌의 이름에 수치를 주는 비참한 태만이라고 보아야겠는 걸. 해야 할 것은 즉시 해두지 않으면 못써, 로버트. 즉시 곧장 말이야."
　왜 그는 빙긋 빙긋 웃고 있는 것일까. 왜 나를 호통치지 않을까. 내 눈은 아까부터 이미 눈물로 흐려지고 있었다——가빈이 가버렸다고 생각하니 곧 이렇게 되어 버린다! 그리고 나는 지나가는 많은 사람들의 구경거리가 되고 있는 것도 깨달았다. 마침 점심 때라 사람들이 많이 지나다니는 것이다. 이런 데서 신부한테 붙들린 것은 뜻밖의 재난이다. 금방 이상한 화제가 되어 소문은 튕겨 사방팔방으로 퍼지고, 더구나 학생들에게는 학교의 체면을 더럽혔다는 둥, 로몬 뷰의 우리 집에서도 뭐라고 뭐라고 떠들어대게 될 것이다.
　"첫 영성체의 수업이 내달 수도원에서 시작된다. 화요일과 목요일 네시부터야. 아주 편리한 시간이지. 원장인 엘리자벳 조세핀 수녀님이 담당하시지…… . 너도 오게 되면 그분은 좋아하실 거야."
　로크 신부는 강인한 까만 눈으로 미소를 지어 보였다.
　"올 테지, 로버트?"
　"네, 신부님."
하고 나는 굳어진 입술 사이로 우물우물 대답했다.
　"음, 너는 착한 애야."
　우산을 접는 솜씨가 무척 서툴어 보였으나 그런대로 신부는 만족한 모양이었다. 적어도 그는 그것을 어여삐 바라보며, 내 의무를 재빨리 말하는 동안도 스틱처럼 휘두르기 시작했다. 그리고 마지막으로 한 가지 훈계를 했다.

"그리고 또 한 가지 말이야, 로버트. 너처럼 가톨릭 신자가 아닌 가족들 사이에 살고 있으면 좀처럼 쉬운 일은 아니지만 가장 중요한 일 한 가지가 있어. 그건 말이야 금요일에 고기를 먹으면 안되는 일이야. 이것은 교회의 엄한 규칙이니까 잊어버리지 말도록 해…… 금요일에는 고기를 먹지 않을 것."

엄하기도 한 동시에 부드럽기도 한 그 눈이 헤어질 때 번쩍 빛나는 것 같더니 신부는 벌써 가버렸다.

신부를 잘못 만났다는 생각에 멍청해진 채 나는 반대 방향으로 어슬렁어슬렁 걷고 있었다. 스스로의 죄의 무게에 짓눌리고 억눌려 단죄받은 기분이었다. 모처럼의 푸른 하늘도 새까매진 것 같았다. 신부의 명령을 무시해 버리려는 생각은 한 순간도 머리에서 떠나지 않았다. '안돼, 안돼, 그의 눈이 아직도 노려보고 있다. 교회와 속세에 대한 그 무서운 세력을 가지고 바로 가까이 무섭게 버티고 서 있는걸. 명령을 어기다니 도저히 있을 수 없는 일이다.' 할머니가 정성들여 키워 준 내 영혼의 포도원도 흡사 폭풍우를 만난 듯 형편없이 되어 버렸다. 나는 나의 출생의 불운이 마침내 엄습해 온 것을 느꼈다. 이미 내게 남아 있는 것은 고난과 복종 밖에 없었다.

이윽고 로몬 뷰의 뒤켠에 와 닿자 갑자기 정신이 들어 식은 땀이 이마에 솟아났다. 오늘은——바로 오늘은——그 금요일인 것이다. 더욱이 내가 제일 좋아하는 비프 스튜 냄새가 근방에 풍기고 있지 않은가. 나는 신음했다. 오오, 하느님, 로크 신부님! 어떡하면 좋습니까? 나는 주저 주저하면서 부엌으로 들어가 케트와 마덕이 이미 자리잡고 있는 식탁으로 향했다. 그렇다. 걱정하고 있었던 대로 엄마는 내 접시 하나 가득 쇠고기 스튜를 놓아 주었다. 그것도 양이 다른 때보다 더 많고, 냄새도 어느 때보다 더 맛있어 보였다. 나는 가물 가물해지는 듯한 눈으로 그것을 바라보았다.

"엄마."

가까스로 나는 퉁명스러운 목소리로 말했다.

"나 어쩐지 이 스튜, 오늘 생각 없어."

그러자 곧 의심스럽다는 듯이 모두의 시선이 집중되었다. 엄마는 왜 그러냐는 듯 나를 찬찬히 본다.

"왜, 어디 아프니?"

"아니, 모르겠어. 좀 머리가 아픈 것 같긴 하지만."

"그럼 고기국하고 감자라도 먹어라."

고기국——아아, 그것도 안되는 것이다. 나는 핏기 없는 미소를 띄우고 고개를 흔들었다.

"나, 아무 것도 안 먹는 게 좋을 것 같애."

엄마는 무엇인가 분명하지 않을 때의 버릇으로 가볍게 혀를 찼다. 앞으로 며칠 남지 않은 학교로 돌아가기 전에 엄마는 나한테 글레고리 약방의 가루약을 한 봉 먹게 했다. 부엌 뒤쪽을 지날 때 나는 큰 빵을 한 조각 몰래 바지 포켓에 집어 넣고 학교에 가는 도중 어적어적 썹었다. 그러나 오후 내내 내 배는 비어서 꼬르르꼬르륵하는 괴로운 소리를 내고 있었다.

그날 밤, 가족이 모두 모여 식사를 할 때 엄마는 어지간히 나를 위로하듯, 동시에 선행을 하는 듯한 부드러운 표정으로 레키 씨 접시에서 냉육요리 한 점을 내 접시에 덜어 놓아 주었다——그 당시 아빠는 언제나 저녁식사에 소위 '영양식'을 하고 있었다. 엄마는 좀 미안스러운 듯 모두를 돌아보았다.

"로버트는 오늘 좀 몸이 불편한 모양이야."

나는 가슴이 조여드는 느낌이었다. 깨끗하게 국물이 엉겨 굳어진 속에 보이는 다져 넣은 고기를 나는 무표정하게 바라보았다. 왜 정직하게 바른 말을 하지 않았을까? 아니, 안된다. 절대로 안된다. 그런 소리는 할 수 없다. 내가 가톨릭 교회에 인연지어진 진작부터의 묘한 비극적인 얘기는 이 집에서는 문제가 안될 만큼 불쾌한 화제였다. 가만히 뚜껑을 덮어 묻어두는 것이다. 새삼스레 그것을 꺼낸다면 2층 할머니 방의 그림에 있는 삼손의 무서운 파괴와 비교될 혼란과 파멸이 틀림없이 내 몸에 덮쳐 올 것이다. 아빠의 얼굴을 생각하는 것만으로도……

그러나 이 때 나를 도와 준 것은 아빠였다.

"이 녀석, 익지 않은 열매를 먹었군 그래."

별안간 아빠는 기분 나빠하는 소리를 냈다.

"어서 데려가 재워요."

아빠는 냉육요리를 접시에서 자기 접시로 옮겨 버렸다.

나는 익지 않은 열매가 있는 나무 가까이에도 가지 않았다. 그러나 그 말을 감수하고 시키는 대로 저녁도 안 먹은 채, 커튼으로 칸막이한 내 작은 방으로 들어갔다.

일요일이 되자, 아직 아무도 일어나기 전에 어두컴컴한 현관을 몰래 빠져나와 일곱시 미사에 대가느라고 뛰어갔다. 제일 뒤쪽 자리에 앉아, 헌금통이 돌아왔을 때는 얼굴을 가리고 있었다. 그것은 훌륭한 교회였다. 퓨진(19세기 영국 건축가로서 국회의사당 건축에도 관여했다)의 건축물이라고 나중에 알았지만

──간소한 고딕 양식으로 멋진 취미의 스테인드글라스, 잘 배치한 높은 백 대리석 제단, 위엄을 갖춘 일련의 높은 장식들에 의해서 참으로 '경건한'느낌 이 넘치고 있었다. 그러나 오늘 아침은 숨을 헐떡이며 기도를 하고 있어도 아무 위로도 되지 않았다. 로크 신부가 설교단에 올라갔을 때 내 무릎은 부들 부들 떨리기 시작했다. 아마 신부는 신앙을 고백할 용기를 가지지 못한 이 불신의 배교자인 나를 책망하는 설교를 할 테지. 아아 살았다.…… 그런 것은 아니었다! 그렇더라도 신부의 통고는 내 마음의 평화에 있어서는 굉장히 파괴적이었다. 다음 주간은 사순절(카톨릭에서 부활제 전 40일 동안 행하는 **齊戒** 기간) 주간이다. 수요일과 금요일과 토요일은 절식과 금주의 날이므로, 이런 날 육식을 하는 의지 약한 불신자에게는.하느님은 은혜를 내려주시지 않을 것이다──이런 의미의 설교였다. 나는 눈을 깜박깜박하면서 다만 망연히, '수요일, 금요일, 토요일'을 입 속에서 되풀이하면서 집에 돌아왔다. 하느님의 법칙을 어기는 것은 악임에 틀림없다. 그렇더라도 이 불가능한 행위로 자신을 몰아넣은 것은 저 신부에 대한 공포였다.

수요일은 운이 좋았다. 엄마는 그날이 '세탁일'이라고 해서 거기에 신경을 쓴 때문인지 내가 점심시간에 학교에서 책을 정리하지 않으면 안된다고 우물 우물 이유를 갖다 댔더니 조금도 의심하지 않고 솥에 몸을 꾸부린 채, 네가 빵에 젬을 발라 가지고 가라고 건성으로 대답했다. 그러나 금요일에도 같은 수법을 썼더니, 이번에는 엄마 기분이 달라져 더운 점심을 먹으러 오라고 엄하게 명령했다. 낮에 나온 것은 잘게 썰은 고기요리였는데, 부엌을 나가는 모습으로 보아, 엄마가 돌아올 때까지 깨끗이 다 먹어치우지 않았다가는 좋지 않을 것 같은 느낌이 들었다.

오오, 하느님, 어째서 이렇게 괴로워하지 않으면 안될까요? 이단으로 몰려 율법이 금하는 바싹 구운 돼지 허리 고기 앞에 세워진 텁석부리 유대인이라 고 해도, 지금 나 같은 괴로움을 받지 않았을 것이다. 나는 필사적인 기분으 로 마덕쪽을 홀깃 보았더니 그는 맛있게 입을 놀리며 호기심어린 눈으로 나를 주시하고 있었다. 마덕은 요즈음 집에서 공부중이고, 케트는 국민학교가 방학 준비를 하기 때문에 늦어져서 식탁에는 마덕뿐이었다.

"마덕!"

나는 허덕이며 말했다.

"이 고기를 먹으면 나는 심한 소화불량증에 걸려."

나는 재빨리 접시를 집어들고 고기를 전부 그의 접시에 옮겨버렸다.

그는 놀란 눈으로 나를 보았다. 그러나 원래가 대식가인 그는 별로 사양하지 않고, 다만 수상하다는 듯,

"흡사 채식주의자 같구나, 요즈음."

했을 뿐이다. 눈치챘을까? 그것은 알 수 없다. 나는 몸을 떨며 몸을 굽혀 가지고, 고기국물이 묻은 것을 피하면서 조심해서 감자만 건져 먹었다.

이튿날은 마침내 도리가 없어지고 말았다. 기운은 없어지고, 배는 고프고, 짜낼 만한 구실은 이제 한 가지도 없었다. 나는 점심시간이 돼도 로몬 뷰에는 돌아갈 생각도 하지 못하고, 축 늘어진 모습으로 항구쪽을 콜타르와 기름 냄새를 맡으며 헤매고 다녔다. 저녁 때 다리를 질질 끌다시피 해서 집에 돌아갈 때도 배가 고파서 실신할 것만 같았다. 미칠 것 같은 괴로움으로 점심 때 집에 오지 않은 이유를 뭐라고 엄마한테 말해야 하나 하는 따위의 걱정은 잊어버리고 말았다. 다만 무작정 먹을 것 생각뿐이었다.

미시즈 버섬리 집 문 앞까지 오니까, 아주머니는 편지를 들고 서 있었다. 우체통까지 달려가서 편지를 넣어 달라고 했다. 우체통까지 문제가 아니었다. 축 늘어져 있기는 했지만 나는 이 친절한 아주머니의 부탁을 거부할 수가 없었다. 나는 꽤 먼 모퉁이까지 가서 빨간 우체통에 편지를 넣었다. 돌아오니까 아주머니가 열어 제낀 창에서 손짓으로 나를 불렀다. 나는 눈을 빛냈다. 그러나, 언제나 심부름 값으로 주는 크고 따스한 토스트 샌드위치를 주려고 한다.

나는 금빛으로 알맞게 탄 두꺼운 샌드위치를 들고 집 뒤 바위산으로 비슬비슬 올라갔다. 그 고소한 냄새를 맡는 것만으로 기절할 것 같다. 적당한 자리에 앉아 입을 벌리니 벌써 이빨 새에서는 침이 돌고 있었다.

순간, 오오 무자비한 신이여, 나는 보았다. 샌드위치 속에 다져 넣은 고기! 이것은 엄연한 고기다. 언젠가 철도 육교에서 현란한 빛깔로 큰 소가 하나하나 병 속에 들어가는 것을 그린 포스터가 붙어 있었지!

완전히 1분간, 나는 망연해서 작은 두 손에 잡은 이 소를——고기라는 죄의 유인물을, 화석이 된 것처럼 찬찬히 노려보고 있었다. 그러나 이윽고, 와하고 한번 울고는 나는 덥썩 그것을 물어 뜯었다. 이빨로 찌르고 찢고 하며 마구 먹었다. 아아, 그만 나는 복수의 천사도 로크 신부도 다 잊어버렸다. 간이 알맞은 고기국물까지 죄 많은 입술로 빨아 먹었다. 육욕적인 기쁨으로 손가락을 핥았다. 그리고 최후의 한 입까지 다 먹어치우고 만족과 승리의 커다란 한숨을 가슴 밑창에서 후우 뿜어냈다.

그러나 나는 내가 한 짓을 깨닫고 몸을 떨었다. 죄, 지옥에 가는 죄. 공포에

찬 침묵. 이윽고 격렬한 회한의 물결이 자꾸자꾸 엄습해 왔다. 신부의 까만 눈이 내 눈앞에서 반짝반짝 빛나고 있었다. 이제 더 이상 참을 수 없다. 나는 솟아나는 눈물과 함께 2층 할아버지 방으로 뛰어 올라갔다.

II

할아버지는 내가 뛰어들어갔을 때 의자에 앉아 과학자같이 현미경을 들여다보고 있었다. 그리고 그 아주 과학자연한 자세대로 가만히 내 말을 끝까지 잠자코 듣고 있었다. 고마웠던 것은 내 얼굴을 보지 않았던 것이다. 나는 눈물을 닦고 할아버지가 일어서서 해어진 녹색 슬리퍼를 끌고 방안을 왔다갔다 하기 시작하는 것을 바라보았다. 할아버지 곁에 있으니까 무언지 이제 안심이다 하는 기분이 들었다. 로크 신부가 아니고 할아버지가 종교상의 내 장례를 결정해 주면 정말 좋은데 말이다.

"금요일 문제를 해결하는 것은 극히 간단하지. 내가 한마디 엄마한테 해주면 그 얘기는 끝나는 거야. 그렇지만 말이다."

하고 할아버지는 고개를 젓고 모처럼의 내 기쁨을 지워 버리고 말았다.

"그건 아주 시작일 뿐이야. 아무래도 이런 일이 생기리라고 생각하고 있었어, 얼마 전부터. 이 집에서 네 입장은 좀 복잡하지. 그건 부정할 수 없어……모두 네 자신에게 달렸는데…… 너의 에미도 묘한 유산을 남기고 갔구나."

할아버지는 잠깐 입을 다물더니 수염을 쓰다듬으며 슬쩍 나를 보았다.

"음, 가장 간단한 해결 방법은 다른 사람들과 행동을 같이하는 거야. 모두와 함께 녹스힐 교회(여기서는 프로테스탄트 교회)로 가는 일이지."

어찌 된 셈인지 나는 또 뜨거운 눈물이 쏟아졌다.

"안돼요, 그런 일은 할 수 없어요, 할아버지. 누구라도 타고난 대로 살아가지 않으면 안되니까, 어떤 어려운 일이라도."

할아버지는 그런 식으로 계속하여 여러 가지로 지상의 왕국에 대하여 설명하면서 얘기를 그치지 않았다.

"할머니도 네가 녹스힐 교회에 나가면 얼마나 더 귀여워할지 몰라. 그렇게 하면 뭐라도 해줄 거야, 틀림없이."

"안돼요. 할아버지, 나는 할 수 없어요."

할아버지는 묘한 얼굴을 하고 입을 다물어 버렸다. 이윽고 그는 나한테 웃음을 보였으나, 그것은 예의 냉담하게 웃는 얼굴이 아니라, 좀처럼 보이지 않는 여유 있는, 마음이 따스해지는 미소였다. 그리고 한 발 앞으로 나오더니 내 손을 꼭 잡았다.

"좋았어, 로비 녀석!"

그는 별로 많이 남은 것 같지도 않은 통 속에서 박하사탕을 두 개나 집어 억지로 내 손에 쥐어 주었다. 어째서 찬의를 표해 주는 것인지, 그리고 어째서 이렇게까지 해주는 것인지 나에게는 이해되지 않았다. 할아버지가 나를 '로비 녀석'이라고 부르는 것은 좀처럼 없는 일이고, 최고의 경의를 표하는 것이었기 때문이다.

"내 자신의 입장도 분명히 해 두지 않으면 안되겠군."

그는 위엄을 갖추어 으시대며 의자에 앉더니, 자기도 사탕을 한 알 집었다.

"나는 어디까지나 종교의 자유를 옹호한다. 자신이 믿고 있는 것을 간섭받지 않는 한, 인간은 자기가 원하는 것을 믿어서 좋다. 이런 말을 해도 지금의 네 머리로서는 무리일 테지만. 다만 나는 만약 네가 녹스힐에 나가게 된다면 즉각 너를 의절해 버리겠다."

할아버지가 파이프에 불을 붙이고 있는 동안은 냉정한 침묵이 흘렀다.

"나는 카톨릭을 부정하는 것은 아니야. 다만 역대의 교황은, 이것은 좀 별문제지만. 그래, 그 교황들을 인정할 수는 없다…… 독을 묻힌 반지라든가, 그런 따위를 사용한 저 부르주아가 사람들은 온전한 인간이라고도 말할 수 없으니까. 그러나 그것은 그렇다치고 뭐, 네가 나쁘다는 건 아니야. 너도 할머니와 마찬가지로 전능한 신을 믿고 있는 것이다. 다만 할머니는 초나 향으로 그 하느님을 예배케 해주지는 않지만. 그러나 나는 허락한다. 그렇게 하는 네 권리를 나는 옹호한다. 그리고 잊지 말아야 할 것은 진주를 뿌린 문이라든가, 그 밖에 우리가 들어가는 문이라면, 할머니가 찬송가를 부르고, 성경을 소리 높여 읽으며 들어가는 것과 마찬가지로 너도 미사와 제복으로 충분히 들어갈 수가 있다는 사실이다."

나는 일찍이 할아버지가 이렇게 분격하는 것을 본 적이 없었다. 다른 사람의 요설을 경멸하는 할아버지는 남이 한마디라도 떠드는 것을 보면 "싫증난다"고 곧 외면해 버리는데——오늘따라 웬일인지 스스로 당당한 장광설을 늘어놓고 있는 것이다. 그리고 반 시간에 걸쳐 격앙된 연극조로 설교를 하는 것이다. '자유' '아량' '관용' '자유사상가' '불후의 유산' '인간의 존엄' 따위 훌륭한 문자로, 불을 뿜을 듯한 열변을 토하는 것이었다. 너무 멋있는 과장된 표현을 하느라고 몇 번인가 앞뒤가 모순된다고 느낀 것은 어쩌면 내가 잘못 들은 것인지는 모르지만── 이를테면 보편적인 사랑의 덕을 찬양한 다음, 주먹으로 쾅 테이블을 치고,

"우리는 ──."

이것은 할아버지와 나를 말하는 뜻이지만──,

"저 헌 빗자루의"

이것은 할머니를 가리킨다.

"눈을 뜨게 해주는 것이다."

라고 했을 때랑, 내가 잘못 들었던 것일까.

그럼에도 불구하고 할아버지의 연설은 전체적으로 나에게 위로를 주었다. 다음 금요일이 돌아오자 엄마는 잠자코 마음을 써서 나한테는 야채만의 요리를 주었고, 또 아빠가 없을 때는 삶은 계란을 하나 곁들여 주었다. 8월 2일부터는 할아버지의 권유로, 아무에게도 말하지 않고── 나는 성 엔젤 교회 내의 작은 수도원에 다니며 첫 영성체의 준비를 시작했다.

나는 엘리자벳 조세핀 원장수녀를 선생으로 하는 작은 클라스에서, 학생이라고는 예일곱 명의 여자 아이와, 사내아이는 나 이외에 안젤로 안토넬리라는 아이스크림 상점을 하고 있는 이탈리아인의 아들뿐이었다. 그는 아름다운 아이로 복숭아 같은 살결과 크고 까만 애원하는 듯한 또렷한 눈을 하고, 부드러운 갈색 곱슬머리였다. 흡사 무릴료(17세기 스페인 화가 아이들에게 둘러싸인 성모상 등, 아름다움이 특징인 그림을 그렸음)의 그림에서 빠져나온 듯한 아이였다. 물론 당시의 나는 그런 화가 이름 같은 건 몰랐지만, 다만 그가 나를 열중시킨 것과 키가 작고, 또 나이가 한 살 아래였기 때문에 곧 여러 가지를 돌봐주게 되었던 것을 기억하고 있다.

수업은 교회의 조용한 황혼 무렵 〈십자가를 지신 주님〉을 그린 스테인드 글라스 창 아래의 제단 앞에서 자주 있었으며, 때로는 수도원의 깨끗이 정돈된 방을 사용하는 적도 있었다. 그러나 제일 많이 한 것은 기후가 따뜻했기 때문에 정원 잔디밭 위였다. 여기에서 우리들은 산매화나무 그늘 잔디 위에 둘러앉고, 수녀님은 책을 무릎에 놓고 수도복 넓은 소매에서 여유 있게 손을 내보이며 정면의 의자에 앉았다. 높은 담으로 둘러싸인 정원은 조용하기 그지없어 번잡한 거리에서 백만 마일이나 떨어져 있는 것 같은 느낌이었다. 가끔 다른 수녀가 한 사람 흰 수건으로 얼굴을 가리고 묵주(黙珠)의 기도를 외면서

통로를 왔다갔다 하는 것이 보였다. 그 수녀의 느슨한 수도복이 담담하고 기품 있게 흔들리는 것이었다. 살찐 비둘기가 몇 마리 우리 바로 곁을 겁도 없이 뽐내듯 걷고 있었다. 이 조용한 속을 꿀벌이 흰 산매화 근방에 졸음 오는 듯한 날개 소리를 내며 덤벼들었으나 오렌지 꽃을 닮은 향긋한 향기를 뿜는 그 꽃은 이 속세를 떠난 장소와 자신을 하느님의 신부라고 보고 있는 경건한 수녀들과——모두 오른손 무명지에 금반지를 끼고 있었지만——이상하게 잘 조화되고 있는 느낌이었다. 바람에 흔들거리는 나뭇가지 사이로 교회의 돌 십자가가——두 팔을 원으로 싼 앤드루의 십자가가 하늘을 배경으로 뚜렷이 솟아 있었다.

그럴 때 선생님은 자기 입술에 집게 손가락을 대고 모두를 조용하게 만든 다음 그 지시대로 우리가 정숙해져서 눈을 동그랗게 뜨고 바라보면 어린 예수님의 얘기를 해주는 것이었다.

그것은 지금 생각해도 순진한 순간으로, 그 전에도 나중에도 나는 이런, 평화 이런 조용한 행복감을 맛본 적이 없었다.

엘리자벳 조세핀 원장수녀는 이미 상당한 나이로 얼굴에도 주름이 잡히고 꽤 엄격한 분이었다. 교사로서도 우수했다. 옛 팔레스티나 얘기를 손에 잡힐 듯 들려 주었다. 우리는 숨을 죽이고 들으며, 가난한 마구간과 거기에 눕혀 있는 '하느님의 아들'의 모습을 완연하게 눈앞에 떠올릴 수 있었다. 거기에 '성가족'이 나귀를 타고——더욱이 가엾은 나귀다!——해로데에게 박해를 당하여 도망가는 장면도 눈앞에 떠올랐다. 내가 어두운 과거를 지니고 있는 탓이겠지만, 수녀님은 나한테 특별한 관심을 보이는 것 같아 나는 또 그것이 자랑스러웠다. 내가 지체 없이 척척 대답하는 것을 칭찬해 주었을 때는 더욱 그랬다. 로크 신부가 놀랄 만한 온화한 표정으로 보러 왔을 때 나한테 시선을 보내면서 수녀원장과 둘이서 이마를 모아 무엇인가 말을 하고 있었다. 그런 일이 있은 후로 수녀님은 한층 친절하게 대해 주었다. 그리고 스카프라리오 (흰 수도복 어깨 위에 소매 없이 걸치는 옷)랑, 성모자를 그린 작은 그림을 주기도 했는데, 나는 와이셔츠 밑에 소중히 간직해 두었다. 나는 마음으로부터 예수님을 사랑하게 되었는데, 예수님은 내 곁에 나를 완전히 신뢰하고 앉아 있는 꼬마 안젤로하고 닮았다고 생각했다.

나는 엘리자벳 조세핀 원장이 말해준 것같이 틀림없이 예수님은 영성체 때 혓바닥 위에 놓이는 떡의 모습이 되어 나타나는 날이 올 것을 일념으로 기다렸다.

이윽고 원장님은 잘못된 영성체의 무서움에 대하여 얘기하고 경계하기 시작했다. 거기에는 여러 가지 참혹한 예를 인용했다. 경솔하게도 '공복재(空腹齋)를 깨뜨리고' 제단 앞으로 나가기 전에 포켓에서 빵조각을 씹고 있었던 소년 얘기도 나왔다. 그리고 칫솔에 묻은 물방울을 먹었다는 불성실한 아이 얘기도 나왔다. 이런 것들도 물론 나쁜 예였지만, 세 번째 얘기를 듣고 나는 소름이 끼치고 말았다. 한 소녀가 어처구니없는 호기심으로 혓바닥 위의 떡을 몰래 포켓 속의 손수건에 싸버린 것이다…… 나중에 보니까 손수건은 피에 젖어 있더라는 것이다!

나의 교육 과정을 할아버지만큼 깊은 관심으로 지켜 보는 사람은 한 사람도 없었다. 맨 처음 할아버지는 원장 엘리자벳 조세핀 수녀가 미인인가 하고 물었다. 거기에 대해서는,

"아뇨."

하고 대답하지 않을 수 없었다. 손수건이 피로 물들었다는 얘기를 해도 할아버지는 눈썹 하나 까딱하지 않는다.

"그건 이상하다."

할아버지는 조금 생각하고 나서 그렇게 소리쳤다.

"나도 너하고 같이 성체를 받아 보자, 꽤 재미있을 것 같으니까.

"안돼, 안돼요! 할아버지."

나는 파랗게 질려서 소리 질렀다.

"그런 짓하면 벌 받아요. 대죄예요. 그보다 먼저 고해성사를 하지 않으면 안돼요…… 로크 신부님께, 지금까지 평생 해 온 나쁜 일을 모조리 말하는 거예요.

"그건 말야, 로버트."

할아버지는 부드러운 목소리로 말했다.

"상당한 시간이 걸리지 않니."

7월도 마지막이 가까워졌을 때 원장 선생이 몸이 좀 불편해서 그 대신으로 산매화 곁의 걸상은 싱싱한 윤나는 뺨을 한 젊은 수녀 시스터 시실리아('시스터'는 보통 수녀를 부를때 쓰는 말)에게 인계되었다. 정숙하고 다정한 기질인 사람으로 원장보다 훨씬 재미있게 가르쳤다. 그 푸른 눈은 '하느님' 얘기를 해줄 때 먼 곳을 동경하는 듯한 표정이 되었다.

그리고 무서운 얘기로 우리를 겁내게 하는 일은 하지 않았다. 나는 무척 좋아져서, 집에 뛰어드는 즉시 할아버지한테 보고했다.

"새 선생님이 오셨어요, 할아버지. 젊은 수녀님이에요. 그런데 굉장히 예뻐요."

할아버지는 곧 대답을 하지 않았다. 언제나 보아 온 대로 수염을 비틀고 있을 뿐이었다. 이윽고,

"음, 아무래도 내가 의무를 게을리하고 있는 것 같군, 로버트. 내일은 내가 수도원에 데려다 주지. 그 시스터 시실리아라는 사람을 꼭 만나고 싶으니까."

"그렇지만, 할아버지."

나는 애매한 어조로 말했다.

"남자는 여자 수도원에 못 들어가는 게 아닐까 몰라."

할아버지는 계속 수염을 쓰다듬으면서 예의 온화한 자신만만한 미소를 나한테 향해 보냈다.

"어쨌든 두고 봐."

약속대로 이튿날 오후가 되자 할아버지는 옷을 깨끗이 손질하고, 구두를 닦고, 똑바로 모자를 쓰고, 상아 손잡이가 달린 단장을 들고 나와 함께 수도원으로 갔다. 도착하자 접수 보는 젊은 수녀가 조금 주저하는 것 같더니 할아버지의 당당한 태도에 위압당한 듯 우리는 곧 면회실로 안내받았다. 할아버지는 모자를 발 아래 놓고 마치 교회의 기둥처럼 막대기 같은 자세로 의자에 앉았다. 그리고 이 방이 마음에 들었다는 것, 분위기에도 무관심은 아니라는 것을 알리려고 나한테 고개를 끄덕여 보였다. 그리고 맨틀피스 위의 유리상자에 든 파란 옷의 흰 성모상쪽으로 경건하게 탐색하는 듯한 눈을 보냈다.

시스터 시실리아가 들어오자 할아버지는 일어서서 썩 정중한 절을 했다.

"갑자기 찾아와 뵙게 된 실례를 용서해 주십시오. 이 말씀을 드리는 것은 난, 이 어린 손자의……."

하면서 불쌍하다는 듯 손을 내 머리 위에 얹고,

"일생의 행복에 관한 일이 무엇보다 염려스러워서 말입니다. 나, 알렉산더 거어라고 합니다."

"네, 거어 씨군요."

시스터 시실리아는 조금 애매하게 중얼거렸다. 그는 금역에 들어앉은 수녀가 아니라 교사라는 직책으로 할아버지 같은 관록 있는 방문객 접대는 거의 해본 적이 없는 것이었다.

"앉으십시오."

"감사합니다."

할아버지는 한번 더 절을 하고, 시스터 시실리아가 먼저 앉는 것을 기다려서 자기도 앉았다.

"우선 먼저 정직하게 말씀드리지 않으면 안되겠습니다만 나는 이쪽과는 종파가 다르다는 것입니다. 여기에 있는 우리 손자 신변의 특별한 사정에 대해서는 아마 이미 알고 계시리라고 믿습니다만."

손을 또 머리 위에 얹고,

"어쩌면 모르실는지도 모르겠습니다만, 얘를 이쪽으로 부탁 드린 것은 사실은 나입니다만."

"참 장하신 일입니다, 거어 씨."

할아버지는 조금 곤란한 듯한 표정을 지었다.

"그 칭찬을 받을 가치가 있다면 좋겠습니다만, 그게, 내 동기라는 것이 적어도 처음에는 세상에 흔한 시시한 이유였습니다. 그래도 마담——아니, 시스터라고 불러야 하지요."

할아버지는 거기에서 말을 끊었으나 시스터 시실리아는 약간 당혹해서 고개를 갸우뚱했다.

"그렇지만 시스터, 얘는 여기에 나오기 시작하고부터——특히 시스터가 클라스를 담당하시게 되고부터 내 자신 감동했습니다만,…… 시스터 입에서 나오는 아름답고 더욱 소박한 진리에 점점 이끌리게 되어서 말씀입니다."

시스터 시실리아는 감사로 얼굴이 빨개졌다.

"물론."

할아버지는 다시 슬픈 듯, 그러나 과연 사람의 마음을 흔드는 것같은 말투로 말을 이었다.

"나도 청정한 일생을 보내 오지는 못했습니다. 세계를 주름잡으며 떠돌아다녔습니다. 의외의 일이 여러 가지 있어서……."

나는 입을 딱 벌린 채 할아버지가 곧 또 줄루 전쟁얘기를 꺼내지 않나 하고 어쩔 줄 몰라하며 그 얼굴을 흘깃 보았다.

"여러 가지가 있어서 말씀입니다, 시스터 시실리아, 무서운 유혹에 직면하기도 했습니다만. 한 사람도 애정을 바쳐 주는 사람도 없이, 악마에게 매혹당한 아아, 용서해 주십시오!——가엾은 사내에게 있어서 이것은 참으로 저항할 수 없는 유혹이었다고 생각합니다. 어떤 남성이라도 그 생애에, 정숙한 여성의 애정을 차지하지 못하는 것처럼 비참하고 큰 손실은 없으니까 말씀입니다."

할아버지는 한숨을 쉬었다.

"무례한 말이라고 생각되지 않으십니까…… 평화를 찾는 나머지…… 그만 이렇게 찾아 뵙고 싶은 생각이 든 것을?"

나에게도 시스터 시실리아가 깊이 감동한 것은 잘 알 수 있었다. 그 싱싱한 뺨은 여전히 새빨갛고, 물기 머금은 눈을 할아버지의 영혼에 깊은 관심을 나타내고 있었다. 그는 두 손을 마주 잡고 속삭이는 듯하는 소리를 냈다.

"참 좋은 말씀이셔요. 선생님이 진정 회개하고 싶은 생각이시면 로크 신부님이 그야 기쁘게 협력해 주실 것이에요."

할아버지는 코를 풀었다. 그리고 참으로 유감이라는 듯 머리를 혼들었다.

"신부님은 훌륭하신 분입니다. 보통 이상으로 훌륭하십니다…… 그런데 좀 동정심이 없으신 것 같아서요. 아니, 만약 좋으시다면 로버트와 함께 이쪽 클라스에 나오게 해주신다면 얌전하게 앉아서 말씀을 들었으면 하고……."

시스터 시실리아의 얼굴에는 마치 맑은 연못에 그림자를 던진 구름 같은 의문의 파문이 싹 스쳤다. 그러나 그는 무엇보다도 할아버지에게 실망을 주지 않도록, 감정을 상하지 않도록 마음을 쓰고 있는 것 같았다.

"그러시다면, 아이들의 마음이 흩어지지 않을까 싶습니다만, 거어셰. 그렇지만 무슨 좋은 방법이 있을는지도 모르겠어요. 저 원장 수녀님께 꼭 여쭈어 보아 두겠습니다."

할아버지는 매력이 담긴 미소를 듬뿍 지어 보였다. 그렇다, 거듭 말해 두자. 저런 코를 하고 있으면서 어쩌면 이렇게도 매력이 있을까 하는 그야말로 어이없을 만큼 상냥한 미소였다. 그는 일어서서 시실리아와 악수를 했다. 아니 흡사 허리를 굽혀 공손히 키스라도 하려는 듯한 악수였다. 할아버지는 차마 그렇게까지는 하지 않았지만, 시스터 시실리아의 얼굴은 할아버지가 돌아간 나중까지 새빨갰고, 수업 중에 '방탕한 아들' 얘기를 하면서도 그 진지한 눈은 물끼를 머금고 있었다.

수업이 끝나고 나와 보니까 할아버지는 아주 기분이 좋아서 스틱을 휘둘렀다가, 콧노래를 불렀다가 하며 수도원 밖에서 나를 기다리고 있었다. 집으로 돌아오는 길에서도 나를 보고 훌륭한 여성이라는 것이 교육상 얼마나 영향력을 가지는가에 대해서 연설을 늘어놓고, 그 사이사이에 콧노래를 부르다가 별안간,

"유쾌! 유쾌하다!"

하고 감탄사를 내뿜기도 했다. 나는 할아버지의 말을 어떤 불안을 섞어서 듣

고 있었다. 그것은 이 몇 주간, 할아버지가 지금 말하고 있는 여성이라는 문제로 내 자신 걱정스러운 개인적인 궁지에 몰려 있었기 때문이었지만, 이 일에 관해서는 나중에 다시 얘기할 작정이다. 그렇더라도 시스터 시실리아와 수도원 면회실의 정연한 품위 있는 정숙함이 할아버지에게 그렇게도 멋있는 인상을 준 것을 생각하니 무척 기뻤다.

할아버지는 다음 방문 때까지 일부러 1주간을 두고 나한테,

"이제 그 정원도 각별히 아름다워졌겠지."

하면서 어느 맑게 갠 날을 택했다. 벌써 할아버지는 나하고 나란히 잔디밭에 앉아 있는 자신의 모습을 상상하고 있는 것이다. 그리고 자주, 미시즈 버섬리를 방문할 때처럼 장시간 거울을 향해 앉아 수염을 손질하며 여느 때보다 정성들여 모양을 내는 것이었다. 보통 때도 결벽하리 만큼 속옷은 청결히 하고 있었지만 이날은 손수 풀을 먹여 대림질한 제일 좋은 와이셔츠를 입었다. 단추 구멍에는 물망초 작은 가지까지 꽂았는데, 그 밝고 발랄한 푸른 빛은 할아버지의 눈과 썩 잘 조화되었다. 이윽고 내 손을 잡더니 쭉 가슴을 폈다. 우리는 힘차게 수도원을 향해 갔다.

그런데 아아! 면회실에 모습을 나타낸 것은 시스터 시실리아가 아니고, 황달이 겨우 나은, 여느 때보다 엄격한 모습을 한 원장수녀 엘리자벳 조세핀이었다. 할아버지는 실망천만이 되었고, 잔디밭에 나가 수업을 받도록 원장 선생이 성급히 나를 방에서 내보냈으므로 예의 호탕한 미소도 차디차게, 아직 봉오리인 채 시들어 버리고 말았다.

조금 후에 잔디밭에 앉아 있으려니까, 현관 문이——힘센 손으로 닫히는 소리가 들렸다. 그러자 나무들 사이로 할아버지가 층계를 내려가 수도원 앞을 걸어가는 모습이 보였다. 멀어서 분명하게 알 수는 없었지만 무언가 당황하고 몹시 기운이 빠져 있는 것 같았다. 요행히 간단한 수업이 끝나고, 원장 선생이 오늘은 그만이라고 해서 문을 나왔으나 할아버지는 밖에 없었다. 그날 밤 할아버지의 단추 구멍에 꽂혀있던 물망초는 이미 사라져 버렸다.

가엾은 할아버지! 나는, 이것으로 회개하는 것도 그만이 아닐까 하고 걱정했다.

이달 마지막 목요일인 예수 성체 축일도 며칠 남지 않아 현재의 나는 고민과 행복이 절반 섞인 흥분상태에 있었다. 영성체의 감격을 맛보기 전에 첫 고해성사의 엄한 시련을 견디지 않으면 안되는 것이다. 로크 신부가 이 일로 몇 번인가 얘기해 주러 왔다. 그 얘기하는 태도는 조심스러웠으나, 그동안 나는

자연(自然)이 의심할 줄 모르는 아이들을 위해 준비한 무서운 함정을 어렴풋이나마 깨닫기 시작했다. 양성간의 성이라는 막연한 인식이 나에게도 평생 처음으로 생겨진 것이다. 신부의 입에서 '순결'이라는 말이 조용하기는 했으나 결연히 나왔다. 이윽고 안개 속에서 갑자기 나에게 나는 죄를 짓고 있다는 실감이 확 닥쳐 왔다. 오오, 하느님, 나는 무슨 죄를 지었을까요. 최악의 용서받을 수 없는 죄다. 이런 일은 절대로 신부에게 말할 수 없다.

그러나 그것은 고백하지 않을 수 없었다. '정확하지 않은' 고해에 대한 죄는 '정확하지 않은' 영성체에 기인하는 죄보다도 훨씬 무거운 것으로 되어 있다. 나는 우울해진 기분으로, 아무래도 나의 더러운 비행을 고백하지 않으면 안된다는 결론에 이르렀다── 아아, 이제는 피할 수 없다는 것을 알게 되는 괴로움…….

마침내 운명의 시각이 다가왔다. 〈십자가를 지신 예수님〉을 표현한 스테인드 글라스 창 아래로, 나는 어찌할 바를 모를 창피스러움에 진땀을 흘리면서 로크 신부가 기다리고 있는 컴컴한 고해실로 비실비실 들어갔다. 드러내 놓은 무릎을 굽혀 나는 마루바닥에 쿵 하는 소리를 내며 꿇어앉았다. 그리고 그대로 울음을 터뜨리고 말았다.

"신부님, 신부님, 나를 용서해 주셔요. 나는 큰 죄를 지었어요. 너무 부끄러워요."

"무슨 일이니, 애?"

가려진 곳에서 엄숙한 목소리로 친절하게 격려받자 더욱 나는 슬펐다.

"해서 안될 말을 지껄인 거니?"

"아니에요, 신부님. 더, 더 나쁜 짓이에요."

"뭔데 그러니?"

이렇게 되자 나는 이제 일사천리로 나갔다.

"오오 신부님, 나는 할머니하고 같이 잤어요."

내 귀에 들린 것은 저 신비로운 격자창 그늘의 명랑한 웃음소리였을까. 그렇지 않으면 그것은 내 울음소리의 메아리에 지나지 않았던 것일까.

12

예수 성체 축일은 왔지만 아침 하늘은 뿌옇게 흐려 마치 십자가에서 내려온 예수의 유해 같은 회색이었다. 나는 부엌의 벽장 같은 작은 방 짚 메트리스위에서 자는 둥 마는 둥 하며 밤을 새웠다. 조금 잠드는가 싶으면 어린 아기 예수님이 내 곁에서 쌔근쌔근 잠들어 있는 꿈을 꾸기도 했다. 예수님은 예쁜 머리를 내 베개에 얹고 부드러운 뺨을 내 뺨에 갖다대고 있었다. 깜짝 놀라 눈을 뜨고 제발 이 꿈이 죄가 되지 않기를 빌지 않을 수 없었다. 요즈음 나는 작은 일로 온갖 고민을 하고 있었다. 옷 갈아입을 때 '외설스러운 짓'은 하지 않았던가. 십자가 위의 예수상이나 성모 마리아상이나, 그 밖의 것을 '불순한' 눈으로 바라보지는 않았던가. 나는 눈을 감고 입을 다물어 혹시라도 잘못 죄를 범하는지도 모른다고 떨면서 나날을 보냈다. 단순히 '바르게' 뿐만 아니라 완전무결한 영성체를 하고 싶다고 필사적으로 바라고 있었기 때문에 나중에는 하늘로부터의 징조 같은 것을 구하는 버릇까지 생겨 버렸다. 하늘의 한쪽을 바라보고는 스스로 자신에게,

"성 요셉의 얼굴을 닮은 구름을 보면 멋진 영성체를 할 수 있다."

고 생각하기도 하고, 또 가만히 옆눈으로 쳐다보며 하늘의 구름 속에 아버지 같은 옆얼굴이나, 아니 그 수염만이라도 발견하려고 애쓰기도 했다. 또는 길거리에서 돌멩이 세 개를 주워다가 하나하나를 삼위일체의 위격으로 삼아, 이돌 중의 하나라도 거리 모퉁이 가로등에 맞으면 틀림없이 멋있는 영성체를 하게 되는 것이라고 스스로 정한다. 그러나 틀렸을 때! 그것은 성스러운 것을 모독하는 행위라는 공포에서 나는 당황하여 그만두고 말았다.

그러나, 오늘 아침은 이상하게 평화스런 기분으로 집안 식구들이 식사다, 물을 다오, 구두를 닦아야지 하고 일상생활에 법석을 떠는 가운데서——나만은 오늘 아침이야말로 이 가슴에 '하느님의 아들'을 받아들인다는 감미로운 기쁨에 넘치는 영광에 선택받았다고 생각하니, 마음은 사랑과 비밀스러운 놀라움으로 넘치는 것이었다.

어제 저녁 때 이미 입은 잘 씻어 두었다. 아침은 걸렀지만은 아무도 말할 사람이 없었다. 정말 엄마는 할아버지한테서 비밀을 듣고 알고 있을까. 엄마도 무리하게 먹이려고는 하지 않았다. 내가 맨발로 2층에 올라갔더니 할아버지는 나를 따라 교회에 갈 준비를 하고 있는 참이었다. 완전히 흥분해 있어서,

그가 말하는 '의식'에 늦는 따위는 꿈에도 생각할 수 없는 일이었다. 할아버지는 금방 화끈 달아오르지만 언제까지나 꽁하게 가지고 있는 성품이 아니기 때문에 엘리자벳 조세핀 원장에게 쫓겨난 따윈 깨끗이 잊어버리고 있었다. 나는 이미 '큰'아이기 때문에 흰 옷을 입을 것까지는 없다고 수도원에서 정해져 있었다. 고마운 조치였다.——그러나 흰 양말과 구두는 꼭 신지 않으면 안된다. 그렇다고 그리 쉽게 손에 들어올 수는 없는 노릇인데 이것을 어떻게든 마련해야 하는 일이 할아버지 두 어깨에 걸려 있었다. 물론 돈이 있을 까닭은 없었는데, 나는 어떻게 마련했는지 전혀 알 수 없었다. 내가 물어 보아도 할아버지는 어깨를 움츠려 보였을 뿐이었으므로, 나를 위해서 큰 회생을 했다는 것을 이쪽에서 짐작할 도리밖에 없었다. 나중에 전당표가 발견되었다. ……응접실에 있던 파란 화병을 전당잡힌 것이었다.

그러나 그런 일은 어쨌든 나는 새로 산 구두와 양말을 신이 나서 신었다. 그리고 할아버지와 함께 집을 나와 곧 교회에 도착했다. 커다란 제단은 백합 꽃으로 장식되어 있었는데, 맨 앞줄에 자리를 차지하고 앉은 나에게는 그것은 아름답고 당당하게 보였다. 내 곁에 흰 세일러복을 입은 안젤로, 그리고 반대쪽에는 여섯 명의 여자아이가 참석했다.——그 중의 한 아이가, 조화의 흰 화환을 단 흰 베일 아래서 흥분한 모양으로 킥킥 웃고 있는 것을 보고 나는 화가 치밀었다. 우리 바로 뒷자리에는 첫 영성체 하는 아이들의 집안 사람들이 앉아 있었다. 할아버지도 그 중의 한 사람으로——안토넬리 부처 옆, 안젤로의 백부와 누가 가까이 있었는데——아까부터 무릎꿇는 것을 잊어버리기도 하고, 성수(聖水)를 찍어 성호 긋는 것을 빼먹기도 하는 실수를 범하기는 했지만 꽤 흥미를 가지고, 더구나 다행히 그리 거만하게 버티고 있지도 않은 것 같았다. 하여간 나는 할아버지가 와 준 것이 기뻤고, 또 남의 일에 신경을 써 주고 있는 듯한 것도 알 수 있었다. 문득 나는 할아버지가 몸을 굽혀서 미시즈 안토넬리의 장갑을 주워 주고 있는 소리를 들었다. ……아니, 장갑이 아니고 기도서였는지도 모른다.

종소리가 울리고 미사가 시작되었다. 나는 충실히 거기에 따라 '영성체 준비'의 기도를 따라하며 오로지 이 미사가 지금까지의, 그리고 이 앞으로의 미사와는 전혀 다른 미사가 되는 순간을 고대고대했다. 눈깜짝 할 사이에 시간은 흘렀다. 나는 몸이 떨리는 것을 느꼈다. 그때 "주여, 내 앞에 주를 모시기에 당치 못하오나"가 시작되었다. 마침내 마침내 온 것이다. ……나는 내 가슴을 세 번 치고 떨리는 다리로 일어서서, 안젤로와 여자아이들과 함께 제단 난간까지 나갔다. 회중의 시선이 모두 우리에게 쏠리고 있는 것을 의식하며, 나는 로크 신부가 아름다운 제의를 입고, 성배(聖杯)를 손에 들고 나오는 것을 보자, 어떻게 된 셈인지 머리 속이 빙글빙글 돌아 '예배송'을 생각해 내려고 해도 입에서 나오지 않았다. 서투른 실수는 하지 않도록 바라며 눈을 감고 머리를 쳐들어 수도원장이 가르쳐 주던 대로 떨리는 입술을 열고 마음속으로 최후의 기도를 속삭이며 다만 '예수'라는 소리를 냈을 뿐이었다.

성체(聖體)에는 놀랐다. 훨씬 눅진하고 뭔가 초자연적인 떡으로 생각하고 있었는데, 혓바닥에 놓여진 것은 몹시 크고 버석버석했다. 나는 입이 말라 있었으므로 씹어서 목구멍을 넘기는 데도 큰 힘이 들었다. 나는 내 자리에 돌아오자 더욱 얼굴을 빨갛게 하고 화끈거리는 관자놀이께를 두 손으로 짚으며 가까스로 입의 것을 씹어 넘겼다. 그러나 내 몸에는 아무 이상이 일어나지 않았다. 별로 하느님의 은총이 내린 것 같은 느낌도 없었고 영혼에 이렇다 할 변화도 나타나지 않았다. 실망감이 확 파도처럼 밀려 왔다. 내 것은 '바르지 못한' 성체였던 것일까── 아니, 절대로 그럴 까닭은 없다. 나는 자꾸만 저 무서운 생각으로 끌려 들어가려는 마음을 누르고, 열정을 다해서 온 마음을 기도서에 돌렸다. 감사의 기도를 외고 있는 동안 가까스로 마음이 가라앉았다. 그래서 얼굴을 드니까 옆에 앉은 안젤로의 웃는 얼굴이 보이고, 뒤에 있는 할아버지의 기침소리가 들렸으므로 더욱 안도의 기분이 되었다. 이것으로 끝났다는 자랑스러운 느낌이 전신에 스며 퍼졌다. 나는 회중과 함께 미사 끝의 기도를 외웠다.

교회 밖에 나오니까 태양은 벌써 찬연히 빛나고 있었다. 잠깐 수녀님들과 미소를 교환한 뒤, 나는 할아버지와 안토넬리가의 사람들에게 붙잡혀 축하 인사를 받고 악수를 받고 했다. 할아버지는 이 이탈리아인의 가족과 벌써 친한 친구가 되어 있었고, 이탈리아인 쪽에서도 할아버지가 좋아진 모양으로, 아니 완전히 좋아져 버린 모양이었다. 할아버지는 나를 안토넬리 부처와 벌써 어른이 다 된 딸 클라라와 50쯤 되어 보이는 햇볕에 탄, 귀머거리인 때문에 조용하게 멀뚱해 있는 안젤로의 백부 비탈리아노에게 소개했다. 모두들 나를 보고 빙긋빙긋하고 있었으나, 까만 눈에 까만 앞머리를 드리우고, 귀에는 작은 금 귀거리를 달고, 녹색 빌로드 드레스를 입은 뚱뚱한 미시즈 안토넬리는 어머니다운 미소를 띄우고,

"이런 좋은 동무가 우리 안젤로에게 생겨서."

를 되풀이하고 있었다. 그리고 역시 머리는 까만 편이고, 아주머니보다 키가

작은 대머리가 되기 시작한 안토넬리 씨는 별안간 주먹을 만들어 한쪽 손바닥을 딱 치고는 할아버지한테 커다란 정렬적인 눈을 돌렸다. 그것은 안젤로의 눈과 꼭 같았는데 다만 눈 아래가 느슨하게 늘어진 것이 다를 뿐이었다.

"거어 선생."

하고 그는 열심히 그러나 조심성 있게 말했다.

"부디 부탁드리고 싶습니다만, 애들은 벌써 아주 친한 친구가 돼 있고 해서
……만약 지장 없으시다면…… 아침식사를 저희 집에서 같이 해주실 수 없겠습니까?"

할아버지는 즉석에서 승락했다. 안토넬리 부처는 아주 기뻐했다. 우리는 같이 걷기 시작했다. 안젤로와 나는 앞에 서고 할아버지와 다른 사람들은 뒤를 따랐다.

안토넬리 일가는 가게 2층에 살고 있었다. 가게는 엷은 황록과 빨간 페인트칠을 하고, '리븐포드 고급 아이스크림 경영자 안토니 안토넬리'라는 번쩍거리는 금문자 간판이 높직하게 붙어 있었다. 열대를 연상케 하는 이 화려한 색채는 2층에까지 계속되어 카펫은 강렬한 빛깔이고 벽걸이는 황록의 호사한 빛깔이었다. 안토넬리 일가는 아주 신앙이 깊어서 온갖 곳에 아름다운 색채의 종교화가 걸려 있었고, 술 장식이 붙은 맨틀피스 양쪽에만 종교와 관계없는 그림이 두 장 있었다. 그것은 강렬하게 빛나는 푸른 바다의 눈부신 카프리와 나폴리 풍경이었다. 그뿐 아니라 불을 뿜고 있는 베수비어스 화산의 그림까지 걸려 있었다. 핑크와 흰색의 화려한 옷을 입은 인형 같은 작은 조상(彫像)이 벽에서 불룩 나온 금빛 선반에서 나한테 미소를 보내고 있었다. 나는 이런 이국적인, 아니 이런 신비로운 냄새에 찬 집에 들어가 보기는 처음이었다. 이상한 요리냄새가 코를 자극했다. 과일 향기랑, 맵고 신 쏘는 듯한 독한 냄새와 양파와 토마토와 끓는 기름과, 젖은 톱밥 냄새, 거기에 지하실에서 올라오는 아이스크림의 달콤한 향기 등이 뒤섞여 있었다.

미시즈 안토넬리와 클라라가 뭐라고 흥분된 소리를 내며 아침 식사준비에 바빠하는 동안, 안젤로는 내 손을 잡고 조심조심 2층 복도 끝으로 내려갔다. 도어가 반쯤 열려 있는 방은 나중에 백부님 방이라는 것을 알았지만, 그 앞에까지 가자 그는 재미있는 게 있다는 표정으로 발을 멈추었다. 나는 얼핏 아코디언을 보았을 뿐으로 벌써 흥분하고 있었다. 진주 조개로 '올페오 올가네트'라는 이름을 자개로 박은 진짜 아코디언이 벽에 걸려 있는 것이다. 그러나 거기에 이은 다음 광경에 나는 완전히 놀라고 말았다.

"니콜로, 니콜로."

하고 안젤로가 가만히 불렀다.

그러자 빨간 저고리를 입은 원숭이 한 마리가 침대에서 뛰어 내리더니 파닥파닥 마루를 달려 안젤로의 팔 속으로 뛰어들어갔다. 조그만 깨끗한 원숭이는 슬픈 듯한 눈과 작은 주름투성이의 걱정스러운 얼굴을 하고 있었다. 어른이 된 후에 갓난 어린애 얼굴이 이와 흡사한 것을 나는 자주 경험했지만, 원숭이는 놀라고 걱정스러운, 그리고 항상 기분이 좋지 않은 표정을 하고 있는 것이다. 안젤로는 이뻐서 못견디는 듯 쓰다듬어 주며 나한테도 같은 유쾌한 특권을 부여해 주었다.

"쓰다듬어 줘 봐, 로비. 물진 않으니까. 내 동무라는 걸 벌써 다 알고 있어. 그렇지, 니콜로. 니콜로는 그리고 벼룩도 없어, 한 마리도 없어. 이건 비타 큰아버지 거야. 큰아버지는 이 세상에서 제일 귀여워 하고 있어. 이건 우리집 마스코트라는 거야. 우리가 처음에 리븐포드에 왔을 때는 아주 가난했어. 큰아버지는 아코디언을 들고 니콜로를 끌고 거리를 돌았대. 그래 가지고 돈을 많이 번 거야. 그런데 우리가 부자가 되니까, 가까스로 부자가 되니까, 큰아버지는 아코디언을 켜며 다니고 싶어하는데 어머니가 시키지 않는 거야. 남 보기 흉하고 이제 그런 짓 안해도 되는데 뭐하고 말이야. 그래서 니콜로는 그냥 귀염둥이, 소중한 애완물로 기르고 있을 뿐이야. 큰아버지가 여기 데려왔을 때는 세 살이었어. 지금은 벌써 열 살인데 원숭이로서는 아직 젊다는 거야."

그때 미시즈 안토넬리가 우리를 불렀다.

썩 기분이 좋아진 나는 원숭이를 안고 가는 안젤로를 따라 다들 모여 있는 방으로 들어갔다.

"아, 안돼요, 니콜로는."

미시즈 안토넬리는 우리가 들어가는 것을 보고 말했다.

"오늘은 안돼, 안젤로. 이렇게 훌륭하신 손님들이 와 계시니까."

"그렇지만, 엄마."

안젤로는 우겼다.

"오늘은 내 첫 영성체 날이잖아?"

"그럼, 좋아."

미시즈 안토넬리는 비타 큰아버지를 못마땅한 듯 흘긋 보았으나 큰아버지는 흰 이빨을 내보였다.

안젤로가 식사기도를 끝내자 모두 자수 식탁보를 친 식탁에 앉았다. 우리 집 아침상에서는 구경을 하지 못한 음식이 가득 얹혀 있었다. 몇 개씩 큰 접시에 담은 고기와 라이스, 토마토 소스로 익힌 마카로니, 치킨, 파이, 고기 혓바닥의 요리, 올리브, 정어리와 과일이 한 접시, 거기에 '축 안젤로'라고 쓴 큰 아이스 케이크 주위에는 키가 큰 포도주 병이 몇 개 놓여 있었다.

할아버지는 클라라와 미시즈 안토넬리 사이에 자리잡고 앉아 완전히 들뜬 기분으로 요리를 마구 처치하고 있었다. 식탁 상좌에는 안토넬리 씨가 빛나는 얼굴에 웃음을 띠고 있었다. 우리가 동석한 것을 만족하고 또 영광스럽게 여기고 있는 모습이었다.

"포도주를 조금 드시지요, 거어 선생. 조금만. 아주 좋은 술입니다. 나폴리에서 온 프라스카티(이탈리아의 백색 포도주)입니다."

차례차례 글라스에 포도주가 따라졌는데, 가족들 사이에는 신세지고 있는 위치인 듯한 우울하게 가만히 미소 짓고 있는 비탈리아노 큰아버지 잔에까지 따라졌다. 할아버지는 자리에서 일어나 건배를 제청했다.

"우리들 두 아이를 위해서 행복하고 신성한 이 기회에."

모두들, 우리 아이들까지―― 라고 하는 것은 안젤로와 나한테도 조금 따라져 있었으므로―― 함께 건배했다. 포도주는 달고, 뱃속까지 따스해졌다.

"프라스카티는 괜찮으셨습니까? 거어 선생."

염려스럽다는 듯 안토넬리 씨가 말했다.

"썩 좋습니다."

할아버지는 진심으로 대답했다. 그리고,

"아주 신선하고."

하고 덧붙였다.

"그렇습니다. 그렇습니다. 아주 신선합니다. 맛있고 신선하고, 자 한잔 더, 거어 선생."

"아 고맙습니다, 안토넬리 씨."

원숭이는 안젤로 무릎에서 좀 무료한 모양인 것 같더니 쑥 손을 뻗쳐 바나나를 집어간다. 나는 요술에라도 걸린 것처럼 보고 있으려니까 원숭이는 혼자서 껍질을 벗겨 먹기 시작했다.――그것이 흡사 작은 사람 모양 그대로였다. 안젤로는 나를 보고 자랑스럽게 끄덕이더니 속삭이듯 말했다.

"이따가 온갖 재주를 보여 줄게."

"한잔 더 드시지요, 부인."

하고 할아버지는 권했다.

"그리고 아가씨도, 클라라 양."

둘 다 글라스에 손을 덮고 사양했으나 할아버지는 이 두 부인에게 아주 성공을 거두고 있었다. 그리고 그는 또 자기 잔을 가득 채우고, 잠깐 무슨 소리를 해서 클라라를 웃겨 놓고, 진지한 어조로 공동묘지 길의 시장집이라든가 그 밖의 명사들의 집, 그리고 최근의 사교계 동향에 대해서, 아까부터 하고 있던 얘기를 미시즈 안토넬리에게 또 지껄이기 시작했다. 확실히 아주머니는 설사 간접적이라고 하더라도, 그런 상류 사람들과 긴밀한 관계가 있는 것으로 알고 아주 놀란 모양이었다.

웃음소리는 점점 더 커졌다. 할아버지는 이번에는 클라라를 연인 얘기로 놀리기 시작했다.

"옛날 사람들과 비교하면 요즈음 젊은 사내들은 전혀 돼먹지 못했어요."
하고 그는 아는 척하고 내뱉었다.

할아버지와 안토넬리 씨가——,

"이탈리아를 위해서!"

"스코틀랜드를 위해서!"

하고—— 건배를 교환하기 시작하자 안젤로와 나는 이제 식탁을 떠나도 괜찮다는 허락이 내렸다. 우리는 니콜로를 데리고 비탈리아노 큰아버지 방으로 들어가서 '약하게'라고 썩어 있는 음전을 눌러 가만히 아코디언을 켜기 시작했다. 곡목은 네 개 있었는데, 〈스코틀랜드의 풍년초〉, 〈신의 병사는 전진하라〉, 〈국왕만세〉, 〈마리아님, 오늘은 화관을 장식하셔요〉였다.

니콜로도 음악을 잘 알았다. 〈스코틀랜드의 풍년초〉를 썩 좋아하는 모양으로, 귀에 익은 곡이 흘러 나오자 우리에게 보이려고 춤추고 뛰고 했다. 그러나 제가 주목받고 있는 것을 깨닫자, 그것이 저쪽 방에서도 보지 못하면 자극이 되어 더욱 열을 올려 복도를 뛰어가는가 했더니 금방 또 모자를 가지고 껑충거리며 돌아왔다——. 그것은 할아버지 모자였다. 그리고 그 모자를 쓰고 멋쟁이 신사답게 여기 저기를 뽐내며 걷기도 하고 때로는 그것을 벗어 절을 하기도 했다. 우리가 큰소리로 웃으니까 원숭이는 완전히 신이 났다. 그래서 뭐라고 지껄이며 모자를 꼬리로 집어들어 털썩 머리 위에 떨어뜨렸다가 몸 전체로 써버렸다. 그런가 하면 짐짓 화난 소리를 지르고 모자에서 나와 그것을 온 방안을 차고 돌아다니다가 한번 공중회전을 하더니 이번에는 몸을 뭉쳐 모자 속에서 자는 시늉을 하는 것이었다.

안젤로와 내가 우스워 뒹구는데 도어가 열리고 비타 큰아버지가 들어왔다.

그의 융통성 없어 보이고 무뚝뚝한 얼굴은 몹시 기분 나빠 있는 것 같았다. 그는 니콜로를 집어 안더니 쓰다듬어 주고 나서 방구석에 있는 바구니에 넣었다. 그리고 할아버지 모자를 주워들고 소매자락으로 먼지를 털면서 뭐라고 이탈리아어로 말했다. 안젤로는 내쪽을 바라보았다.

"아무리 귀머거리지만, 방안이 너무 시끄럽대. 그리고 오늘 같은 경사스러운 날에는 더욱 그렇다고 하는 거야……. 조용히 앉아 찬송가나 부르면 좋을 거라는 거야."

안젤로는 자기 말로 덧붙였다.

"비타 큰아버지는 아주 신앙심이 깊어."

"또 무슨 다른 얘기도 했어?"

"음 음……. 너희 할아버지는 벌써 세 병이나 포도주를 마셨대……. 혼자서. 그리고 테이블 밑으로 클라라와 손을 잡고 있다는 거야."

그래서 풀이 죽어진 나는 안젤로와 나란히 마룻바닥에 앉았다. 비타 큰아버지는 명연주가란 듯한 손짓으로 아코디언의 핸들을 돌리기 시작했다. 우리는 노래를 불렀다.

오오 마리아님
오늘은
꽃으로 관을 장식하셔요
천사의 여왕이여
5월의 여왕이여……

비타 큰아버지는 우리가 노래를 끝내니까 빙긋 웃고는 무어라고 말했다. 안젤로가 통역했다.

"하느님의 은총(恩寵)을 받고 있는 것이 얼마나 굉장한 일인지, 절대로 절대로 잊어서는 안된대. 설사 이 자리에서 푹 쓰러져 죽는 한이 있더라도, 죽임을 당하더라도, 가루가 되게 몸이 썰어지더라도 그런 것은 문제가 아니다. 곧 바로 천당에 가니까."

그러는 동안 아래층에서 나를 부르는 소리가 들렸다. 이제 돌아갈 시간이었다. 할아버지는 현관에서 헤어지는 인사를 하고 있었는데, 몇 번이나 안토넬리 부처와 악수를 하고 아버지라도 되는 듯한 모양으로 클라라 허리에 손을 돌려,

"아니, 정말, 너의 아버지라고 해도 될 노인이니까 이만한 특권은 허락돼도 좋을 거야."
하고 떠들어댔다.

"안녕히, 안녕히."

모두 밝은 표정으로 미소 짓고 있었으나 단 한 사람, 마침 거기에 나타난 클라라의 연인인 타데오 제리티만은 딴판으로 할아버지가 클라라에게 키스하는 것을 보자 얼굴이 새빨개졌다.

할아버지와 나는 거리를 걸어갔다. 내 머리는 이 기념할 만한 날의 즐거웠던 일로 흔들흔들하고 있었다. 할아버지도 꽤나 감격하고 있는 모양이었다. 눈을 빛내고 뺨이 빨갛고, 몸의 균형을 잡는데 대단치는 않지만 좀 힘들어 하는 듯이 보였다.

은총을 받고 있다. 비타 큰아버지의 말이 하느님의 말씀처럼 가슴을 울려왔다. 아직 뱃속에 남아 있는 프란스카티가 별안간 나를 새하얀 법열경으로 흥분시켰던 것일까. 나는 확신을 가지고 있다. 훌륭한 영성체, 그렇다, 아마도 완전무결하다고 해서 좋은 영성체를 한 것이다. 그때 또 할아버지가 무슨 길다란 연설이라도 늘어놓을 것 같은 예감이 들었다. 그러나 나도 오늘만은 스스로를 어떻게 할 수 없어 할아버지를 앞질러 버리고 말았다. 나는 감정이 겪해지는 대로 할아버지의 손을 꽉 잡았다.

"할아버지, 나 아주 예수님이 좋아…… 그렇지만 잊어버리면 안돼. 할아버지도 좋으니까."

13

8월에 들어서자, 우리는 곡식을 베어낸 다음의 타버린 밑 그루와 먼지를 뒤집어 쓴 생울타리의 사이에 쓸쓸히 남겨졌다. 가끔 드리워진 나뭇가지가 살랑거리도록 제멋대로 부는 바람은 너무 풍작에 치진 대지의 항의인 양 울적한 한숨을 내뱉을 뿐이었다. 리븐포드의 상류인사들은 대부분 가족들을 데리고 해변으로 갔다. 텅텅 빈 거리는 어쩐지 낯선 땅같이 보이고 마케트 광장에서 내 발소리의 메아리를 들을 때랑은 사람의 그림자도 없는 돌바닥 포장도로와 성벽을 배경으로 한 지붕 풍경이 흡사 포위당한 거리 같은 환상을 일으키게 했다.

가빈은 아직 돌아오지 않은 채였고, 진지한 그의 엽서를 받을 때마다 나는 점점 그가 돌아오는 날을 손꼽아 고대하는 기분이 되어갔다. 사실 이 침체기에는 기록할 만한 극적인 사건 따위는 없었다. 그러나 우리 집안은 표면상 평온했지만 그 밑바닥을 살피면 피로에 지쳐 있었다. 그런데 별안간 격동을 일으킬 만한 힘을 가진 물고기같이 온갖 사건이 완만히 움직이고 있었던 것이

매일 저녁 때가 되면, 나는 여름방학 숙제——'스코틀랜드의 여왕 메리'에 대한 긴 작문——을 착수하기 전에 한숨 돌리기 위해 밖으로 나가는데, 그러면 꼭 지미 닉이 일부러인 듯한 무관심한 태도로 집쪽에 등을 대고 우리 마당 돌담에 앉아 있었다. 입에는 하모니카를 물고 조용히 침착하게, 그러나 사람들의 주의를 끌 만한 곡을 불고 있는데 곡명도 출처도 모르니까 나는 그냥 〈지미 곡〉이라고 부르고 있었다. 누구나 금방 흥얼거리고 싶어지는 멜로디인 것이다. 그는 내가 가만히 곁에 앉아도 하모니카를 그치지 않았다. 이 때는 그래도 우리 주위의 노랗게 마른 풀에 밤이슬이 내리고, 타버린 들판을 건너 가까워오는 안개가 원군같이 나지막이 기어들어오기 때문에 가까스로 소생하는 기분이 되는 것이었다.

일곱시가 조금 지나자 케트가 친구인 베시 유잉네 집에 가기 위해서 현관을 나왔다. 여느 때의 그 밝은 회색 레인코트를 입고, 모자는 쓰지 않고 뒤로 깃을 세우고 손을 포켓에 찌르고 있었다. 벌써 1주간 이상이나 그는 우리 두 사람에게는 눈도 돌리지 않고, 나한테만 잠깐 차갑게 거의 모를 정도로 아는 체 했을 뿐이다. 지미도 아무 동요 없이 하모니카를 움직일 뿐 케트가 지나가는 것을 전혀 모른 척하고 있었다. 다만 하모니카 소리가 케트의 모습이 안 보이게 되면서부터 더욱 커져서 그 뒤를 쫓아 거리를 흘러 가는 것이다. 막연하게 나는 스페인풍의 저고리나, 발코니나 등의 화려한 무대효과야 없었지만, 이것은 틀림없이 세레나데——스코틀랜드 풍의 완만하고 집요하고 완강한 세레나데라고 생각했다.

어느 날 밤 뜻밖에 이것은 자신의 본심이 아니라는 듯한 싫은 표정을 보이면서 케트가 발걸음을 멈추었다. 그리고 내쪽을 무섭게 노려보았다.

"너는 집에 가서 숙제하지 않으면 안되잖아?"

내가 대답하려고 하니까 지미가 입에서 하모니카를 떼고 손목을 강하게 흔들어 고인 물을 뿌렸다.

"아, 애는 뭐 나쁜 짓을 하고 있지는 않습니다."

케트는 할 수 없이 그에게 눈을 돌렸다. 그러나 몹시 화를 내고 있는 눈치

였다. 화가 났다면 케트는 여러 가지 일로 화가 나 있었다. 지미가 집요하다는 것, 그리고 저는 서 있는데 그는 침착하게 앉아 있다는 것, 그것만으로도 화가 났다. 그 중에서도 가장 화나는 일은 자기가 화를 내고 있다는 사실이었다. 그러나 먼저 눈을 내리깐 것은 케트쪽이었다. 입은 열지 않았다.

"좋은 밤이군요."

하고 지미가 말했다.

"비가 올 것 같아요."

케트는 가시가 돋힌 투로 말했다.

"그럴 것 같군요. 한 소나기 왔으면 좋겠는데."

또 침묵이 되었다.

"나를 이런 데 붙잡아 두고 날씨 얘기를 하자는 거예요?"

그러나 케트는 걸 기분은 보이지 않았다. 예쁘지 않은 얼굴은 흐려 있었으나 한 발을 용감하게 앞으로 내밀고 포켓에 꽂은 두 손은 흡사 싸울 차비라도 차리고 있는 듯 그렇게 알 수 있을 정도로 꽉 쥐고 어둠 속에서 있는 그를 보고, 나는 비로소 케트가 미끈한 다리와 예쁜 발목이랑 상당히 균형 잡힌 몸집을 하고 있는 것을 깨달았다. 아마 지미도 느꼈을 것이다. 지미는 건성 예의 곡의 몇 절 불고는 또 하모니카를 뽑아 뿌렸다.

"지금 생각하고 있던 참이었어요. 산보라도 하기에는 좋은 밤이라고."

"정말! 그렇지만 어느 쪽으로 가실 작정이세요."

"아, 아무 데라도 좋습니다. 어디라도 좋습니다."

"고맙습니다. 정말 고맙습니다."

케트는 무뚝뚝하게 머리를 제꼈다.

"정말 말을 잘하셔. 그렇지만 나는 이제부터 친구 유잉네 집에 가는 참이어요."

케트는 한 발 내디디었다.

"나도 그 쪽으로 갑니다."

지미가 일어나서 먼지를 털며 말했다.

"슬슬 그 집 앞까지 같이 갑시다."

케트는 당황해서 싫다 소리도 못하고 있었다. 얼굴을 새빨갛게 해 가지고 골이 난 모양이었다. 그러나 둘이서 걸어갈 때 따로 떨어져 걷긴 했으나 케트가 별로 불쾌하게 생각하고 있지 않는 것을 보고 나는 아주 이상한 생각이 들었다. 점점 어둠이 짙어 오고 있는 것은 지미의 다리를 위해서 썩 다행한 일이었다.

혼자 떨어져 남은 나는 이것이 마지막이다 생각하며 습기 차고 상쾌한 밤 공기를 크게 들이마셨다. 그리고 쫓기는 듯 집에 뛰어들어가 부엌에 앉아서, 더덕더덕 기운 란도셀에서 교과서를 꺼냈다. 마덕은 벌써 열심히 숙제를 하고 있었으나 페이지는 별로 넘기지 않고 머리 비듬만 긁어내고 있었다. 나는 가끔, 마덕은 정말 공부를 하고 있는지 의심스러울 때가 있었다. 그는 학생다운 지식욕을 보인 적은 한번도 없고, 한번인가 두 번 책 속에 감춘 종자의 카탈로그를 본 적이 있는데, 이것은 원예에 관한 일에만 몰래 열을 올리고 있는 증거였다. 온 종일 침착하지 못하고, 교과서를 밀어놓은 채, 크게 트림을 한다든가(그는 흡사 타조같은 튼튼한 위통을 가지고 있으면서 '담석증' 때문에 괴로운 걸 꾹 참고 있다고 말하는 것이었다) 거울 앞에 가서 턱 여드름을 짜낸다든가, 뜰에 가서 겁에 쫓기는 망아지같이 허둥거리기도 했다. 또 때로는 무의식중에 본심을 나한테 보이는 적도 있었다.

"화란에서는 튤립을 몇 평방 마일씩 재배하고 있단 말이야. 어때, 몇 마일이나 몇 마일이나 하나 가득 튜울립!" 지금은 바로 윗구석 의자에 조용히, 흡사 말탄 사람같이 그의 아버지가 똑바른 자세로 걸터앉아 있었다. 우체국 시험을 다음 달로 앞두고 이 불행한 청년을 몰고 가는 아빠의 채찍은 한층 엄해 갔다. 사실 채찍이라고도 쓸 것 같은 서슬이었다. 마덕의 장래를 위해서뿐만 아니라, 위생주임의 위신을 보아서도 마덕은 합격할 필요가 있었던 것이다. 세상에 업신여김을 받으며 불만을 짊어지고 온 사내의 집념으로써, 시장과 메칼라 씨와 비굴한 질투의 대상인 시의 의무관으로 그의 상관인 라이어드 씨를 향해——아니, 시민 전체를 향해서 아빠는 소리치고 싶은 것이다.

"우리 아이가, 우리 둘째 아들은…… 관리가 됐습니다"하고. 나는 식탁의 마덕 건너편에서 가만히 내 교과서를 방해가 안되게 폈다. 할아버지가 머리카락같은 가는 글씨로 이름을 써 준 내 교과서는, '상하지 않도록' 하드롱지로 커버를 하고, 엄마 손으로 꿰매어져 있었다. ——어떤 물건이라도 이 집에서는 건사를 잘해야 하고 절대로 낭비해서는 안되는 것이었다. 3개월 전부터 나는 윗 클라스로 올라가 있었다. 새로 온 교사인 대머리에다가 만사에 느린 착실한 싱거 선생은 나한테 대해서 친절하기도 했고, 또 여러 가지 격려도 해주었다. 달그리슈 선생의 포학에서 해방된 나는 이제 노트를 잉크로 더럽히거나, 질문을 받고 바보같이 서 있거나 하는 일은 없었다. 반대로 놀랄 만큼 진보를 보이게 되었다. 사실 지금도 나만의 비밀인 설욕의 의미로 끼워 놓았던 한 장의 카드가 교과서에서 홀러 마룻바닥에 떨어져 버려, 그것이 아빠 눈앞이라 계면쩍어 얼굴을 붉혔던 것이다. 아빠는 내가 얼굴을 붉힌 것과 카드가 떨어진 것을 보고 수상쩍게 생각한 모양으로, 말없는 몸짓으로 그의 의심스러운 카드를 가져 오라고 했다.

아빠가 카드를 들여다보고 있는 동안 오랜 침묵이 계속되었다. 그것은 내 학기말 성적표로서 싱거 선생 손으로 다음과 같이 써 넣어져 있었다.

R. 샤넌

산수	1위
지리	1위
역사	1위
국어	1위
프랑스어	1위
미술	2위
석차	1위

(서명) 문학사 죠·싱거

나는 아빠가 어리둥절해 있는 것을 잘 알 수 있었다. 사실 처음에는 장난이거나 가짜라고 생각해서 홀깃 무서운 눈길을 나한테 보냈던 것이다. 그러나 그렇기에는 용지가 정식이고 달필인 서명도 있다.

나는 아빠가 이것은 진짜구나 하고 생각하고 있는 것을 분명히 알 수 있었다. 그러나 아빠는 조금도 기쁜 것 같은 표정을 보이지 않는다. 그리고 화난 듯한 얼굴로 카드를 돌려 주었으므로 나는 아직 캥기는 기분으로 다시 교과서로 돌아갔다.

부엌은 조용하고, 다만 재깍재깍하는 시계소리와, 페이지를 넘기는 소리와, 아빠의 의자가 삐걱거리는 완고한 소리. 거기에 잊어버리고 있었지만 엄마의 뜨개질 바늘소리가 들릴 뿐이었다. 엄마는 방금 들어와 아담의 어깨걸이를 뜨기 시작하고 있었다. 엄마가 뜨개질을 한다면 언제나 아담의 것이었다.

아홉시에는 케트가 돌아와서 부엌쪽에는 얼굴도 보이지 않고 현관에서 바로 제 방으로 가버렸다. 아니, 아니! 어쩌면 내가 잘못 들었을까. 그는 확실히 〈지미의 곡〉의 1절을 홍얼거리고 있었던 것 같았는데.

반 시간쯤 되어서 엄마가 의미 있는 듯이 내 얼굴을 보았다. 나는 교과서를 치우고 나서, 무엇에 부딪히거나 해서 아빠의 신경을 건드리는 일이 없도록 주의해서 걸어 커튼으로 칸막이한 작은 방 침대에 들어와 옷을 벗기 시작했다. 나는 몹시 배가 고팠다. 저녁을 먹고 나서 몇 년이나 지난 것 같은 느낌이 들어, 대황 잼을 묻힌 큰 빵이 굉장히 먹고 싶었다. 그 하얀 빵, 아아 먹음직스러운 하얀 빵, 엄마한테 말하면 틀림없이 주겠지만 이런 시간에 그런 걸 조른다는 것은 말이 안된다. 나는 꿇어 앉아 기도를 하고 나서 곧 잠자리에 들었다. 그러자 엄마와 아빠가 주고받는 말소리, 페이지를 넘기는 소리, 욕실에 물꼭지가 흔들리는 소리, 머리 위의 발소리랑——얇은 커튼을 통하여 나를 안전하게 감싸주고 있는 이 집의 조용한 고동이 들려왔다.

가끔 나는 어두컴컴한 천정을 바라보며 눈을 뜨고 있기도 하고 마덕이 2층으로 자러 가기까지 자는 둥 마는 둥 하고 있을 때가 있다. 그럴 때는 부엌에 남은 아빠와 엄마가 침실에 들어가기 전에 오랫동안 낮은 목소리로 무슨 얘기를 나누는데, 그 가만가만히 하는 소리가 내 귀에까지 들리는 것이었다. 애드필란 위생협회…… 쓰레기처리에 관한 강연을 아빠에게 의뢰해 왔다…… 오늘 쇠고기는 얼마했지?…… 뭐가 그렇게 비싸!…… 올해는 바다에 가는 것도 그만둬야겠어…… 그 돈은 주택조합으로 돌리는 게 좋아. 그리고 엄마가 부드럽게 항변하면, 좋아, 명년에 아담이 '성공하게' 되면…… 그렇지 않으면 아빠가 수도국쪽으로 영전이라도 한다면…… 그러기까지는 어떡하든 절약이다…… 절약…… 절약.

그러나 나는 이제 조금도 놀라지 않는다. 아빠의 검약에는 익숙해져 있다. 날마다 더해 가는 것같이 보이는 이 불붙는 듯한 절약에 대한 정열은, 그의 머리 속에서 한층 더 묘한 절약계획을 세워 그에게 쉴 새 없는 체념의 금욕자적 풍모를 부여해서 엄마에게도 끝없이 가사와 요리의 절약법을 강요하는 것이다. 엄마는 드날드 선생이라든가 브루스 같은 '좋은' 상점에서 물건을 사고 싶어하는 편으로, 그런 상점의 큰 쇼윈도는 그녀에게는 끊임없는 유혹인 것이다. '재료'만 있다면 그녀는 훌륭한 요리사이며——엄마가 만드는 팬케이크는 여간 맛있지 않다. 엄마는 우리에게 맛있는 요리를 만들어 주기를 즐겨했다. 그러나 까만 가죽지갑을 잠깐 들여다보고는 단념하고 보리 수프로 하자면서 나한테 가까운 다아간 가게에 가서 1페니의 소뼈다귀를 사오게 해서 "그리고 말이야 조금 살을 붙여 달라고 하는 거야", 그리고 역시 구멍가게인 러간 가게에 들러 순무우와 당근 '두 가지를' 반 페니어치씩 사오게 하는 것이다. 가엾은 엄마!…… 전 월요일, 현관 방의 '가스등걸이'에, 새 백열 맨틀을 끼우려다가 부숴트렸을 때도(언제나 이 것은 까다로웠지만) 엄마는 실제로 눈물을 흘렸을 정도인 것이다.

오늘 밤, 나는 피로해 있었기 때문에 곧 잠이 오기 시작했다. 슬슬 잠에 끌려 들어가면서 내일은 아마 할아버지와 안토넬리가를 방문하게 될 것이라고 생각했다.

가빈이 없는 몇 주간, 나는 꼬마인 안젤로 안토넬리와 자주 놀았다. 이런 축 늘어진 계절에는 무슨 할 일이 있다는 것만으로 즐거웠는데 안젤로는 내가 놀러가면 언제나 이쪽이 감격할 만큼 기뻐해 주었다. 그는 명랑하고 친절하고 물기 머금은 귀여운 눈으로 사람 마음을 끌어서 마치 여자아이 같았다. 안마당을 뛰어 놀 때도 내 손을 쥐고 놓지 않았는데, 내가 돌아올 때가 되면 언제나 울고 마는 것이었다.

안젤로는 클라라와 열두 살이나 차이가 있기 때문에 마음대로 응석을 부리고 있었다. 그래서 정답고 부드러운, 그리고 그에게 다시없는 아버지에게 장난감이다 과자다 과일이다 하고 조르면 언제든지 그것은 충당되었다. 가게에는 마음대로 출입하고 초콜렛 비스킷 통을 뜯고, 배 통조림을 열어제끼고 하는 것은, 내가 로몬뷰의 우리 집에서 냉수 한 그릇 얻기보다도 훨씬 쉽고 아무렇지도 않았다.

"엄마, 멜론 한 조각 줘."
"아빠, 레모네이드가 먹고 싶어."

하는 그의 어린애다운 목소리가 진종일 주위를 괴롭혔다. 한번 그는 빙글빙글 하면서 나한테 얘기했는데, 한밤중에 어머니를 깨워 햄 에그를 만들게 한 적조차 있었다는 것이다. 그러면서도 식사 때 나온 음식을 깨끗이 다 먹는 일은 없다── 항상 언짢은 표정을 짓고 있는 것이었다.

가끔 나는, 여기에 없는 가빈의, 진지하고 차가운 정열과 결연한 침묵, 유약한 것, 부질없는 것에 대한 경멸 같은 것을 생각하고 내심 공연히 불안을 느끼는 적이 있었다. 그러나 어릿광쟁이고 제멋대로 하는 것은 있지만 안젤로에게도 사랑스러운 면이 있었고, 거기에 그 썩 재미있는 원숭이가 있어서 우리는 언제나 그놈하고 놀았던 것이다. 그리고 안젤로의 어머니가 나더러 늘 놀러와 하고 말해 주기도 했다.

미시즈 안토넬리는 남편이── 이 사람은 무엇이든 아내가 시키는 대로 하고 있었지만——한 재산 만들어 주었으므로 이제는 리븐포드에 처음 왔을 당시의 가난했던 때에 모두들에게서 경멸받았던 집안을 다시 뒤집어 놓겠다는 야심을 가지고 있었다. 귀여운 미인인 클라라는 아버지가 큰 가구 운송회사를 경영하고 있는 타데오 제리티와 약혼을 하고 있었다. 놀러 가면 아주머니는 언제나 나한테——학교의 우등생이고, 더욱이 가톨릭 신자인 나에게도——방긋방긋 친절하게 대해 주었고, 날마다처럼 찾아가는 할아버지에게도, 포도주랑 케이크를 내놓으며 기분 좋게 접대해 주었다. 그것은 우리가 드럼벅 거리의 상류지역에 살고 있다는 것과 아빠가 시청 관리였기 때문이었다. ——이것이 외국인 눈에는 중요하게 비치는 것이다.

정직하게 말해서 나는 가끔 할아버지가 술에 취해서 열심히 귀를 기울이고 있는 클라라와 미시즈 안토넬리를 상대로 '자랑을 늘어 놓고 있을' 때는 좀 걱정이 되는 적도 있었다. 미시즈 안토넬리는 사람이 보고 있지 않는다 싶을 때 난처한 표정을 짓는 적이 있었고, 그 얼굴이 너무 무서워 순진한 나조차 아주머니는 정말 면도칼이라도 들고 나오지 않을까 하고 겁이 날 정도였다. 그런데도 할아버지는 도무지 그런 것도 느끼지 못하는 모양으로 온화한 바람을 돛대 가득히 안은 버선처럼 태평스레 여전히 도도하게 지껄여대고 있는 것이었다.

그럴 때 나는 안심하고 안젤로와 밖으로 뛰어나가서는 공원에서 악단 연주를 듣기도 하고, 연못에서 보트를 젓고, 비타 큰아버지와 함께 교회 강복식에 참여하기도 했다. 가족에게 그리 좋은 눈으로 보여지고 있지 않은 이 괴짜, 겸손하고 소박한 비타는 하루의 절반은 귀여워하는 원숭이 시중을 들고 나서 절반은 기도를 하며 살고 있는 것이었다.

그 달도 마지막에 가까웠다. 어느 날 밤, 나는 엄마가 시키는 대로 현관방 가스등을 '작게'하고 있는데 케트가 여느 때보다 늦게 돌아왔다.

"로비니?"

현관쪽은 불빛이 하늘하늘하고 있을 뿐 어두워서 그는 조금 당황한 것 같았으나 그래도 말소리는 따스하고 몹시 친절한 듯했다.

"응, 케트."

내가 머리 위의 가스등걸이에 손이 닿게 하느라고 올라가 있던 의자에서 내려오니까 그는 내 팔 밑으로 손을 돌렸다.

"착한 애야."

나는 기뻐서 얼굴을 상기시켰다. 벌써 훨씬 전부터 케트는 나한테 특히 부드럽게 대해 주고 있었다.

"저 말이야, 로비."

케트는 잠깐 말을 끊고 웃음소리를 내고는 갑자기 이어서 말했다.

"우스워 죽겠어…… 지미 닉이 나를 글쎄 애드필란 축제에 데려가 준다는 거야."

그녀는 터무니없다는 듯이 또 웃었다.

"물론 난, 둘이서만은 갈 수 없어. 그런 숙녀답지 않은 짓 할 수 없으니까 말이야. 그 사람도 그건 인정하고 있어. 그래서 말이지……, 그 사람…… 즉 우리…… 만약 네가 가고 싶으면 같이 데리고 가 준다는 거야."

가고 싶다면! 훨씬 전부터 애드필란 시가 낙원 같은 매력을 가지고 있다는 것은 나도 모를 리 없었고, 또 꿈에 그리지 않은 바도 아니다!──그 시에는 한 해 한번씩 온갖 구경거리와 화려한 오락장이 개설되어 이 지방 사람들의 인기를 독차지하는 것이다.

"무척 가고 싶어, 케트!"

나는 작은 소리로 속삭였다.

"그럼 그렇게 결정하자."

케트는 또 내 팔을 꽉 잡아 주고는 계단을 올라가다가는 갑자기 무슨 생각이 난 듯 가볍게 돌아보았다.

"네 동무 가빈이 돌아왔어. 역에서 나오는 걸 금방 봤어."

가빈이 돌아왔다! 마침내…… 예정보다 하루는 빠르다. 그럼 내일은 틀림없이 만나게 될 것이다. 그렇게 생각하니까 애드필란에 간다는 일과 겹쳐 기쁨이 가슴 가득히 차올랐다. 나는 숨이 가빠졌다. 그리고 즐거운 기대에 부풀어 현관 도어를 절반쯤 열어 어둠 속의 밖을 내다보았다. 별은 보이지 않고 하늘은 완전히 흐려 있었으나, 살랑살랑 시원한 밤바람이 즐거운 약속을 갖다 주듯 불고 있었다. 오오, 인생이란 이렇게 멋진 것인가!

14

이튿날 아침 나는 일찌감치 집을 나섰다. 안젤로에게서 빌려 온 책 몇 권을 돌려 주기로 약속했기 때문에 되도록 빨리 처리해 버리고 즐거운 기분을 가지고 싶었던 것이다. 그런데 공동묘지 길을 달려가다가 가빈이 로몬뷰쪽으로 오고 있는 것과 딱 마주쳤다.

"가빈!"

그는 한마디 말도 없이 내 손을 힘껏 쥔 채, 스스로는 마음이 약한 탓이라고 경멸하고 있는, 마음으로부터 우러나오는 미소를 열심히 억누르려 하고 있었다. 별로 커진 것 같지는 않지만 새까맣게 타고 전보다도 탄탄해진 느낌이었다. 그 모습, 내 눈을 바라보는 그의 회색 눈을 느끼고 나는 가슴속까지 뜨거워지는 듯했다. 헤어져 있는 것이 얼마나 외로웠던가. 나는 무작정 그것을 말하고 싶었다. 그러나 그것은 금물이다. 평정하고 강인하게, 필요불가결한 것 이외는 절대 지껄여서는 안된다.

"너의 집에 가는 길이었어."

그는 이렇게 일찍 나온 까닭을 말하면서 먼 윈톤의 산들을 가만히 바라보았다.

"같이 바람바위에 올라가자고 말이야. 독수리가 있어, 산지기 사람이 아빠한테 말했어. 해가 완전히 뜨기 전까지 바위에 올라가 있으면 독수리를 덮칠 수 있어. 도시락도 두 사람 분 가지고 왔어."

보니까 그는 륙색을 뒤에 지고 있었다. 독수리…… 가빈…… 산에서의 하루……. 내 가슴은 뛰었다.

"멋있는데! 그렇지만 그 전에 이 잡지를 안젤로네 집에 돌려 주지 않으면 안돼."

"안젤로?"

그는 그렇게 반문했으나 잘 이해가 되지 않는 것 같았다.

"안젤로 안토넬리 말이야."

나는 당황해서 설명했다.

"왜 그 꼬마 이탈리아인 말이야. 네가 없는 동안, 걔하고 좀 놀았어. 우리보다 훨씬 꼬마지만……."

그의 눈 속에 불신과 불쾌의 표정이 떠오르는 것을 보고 나는 말을 뚝 끊었다.

"리븐포드에서 내가 알고 있는 이탈리아인이라면 저 아이스크림 집 밖에 없어. 그 집에는 아코디언을 메고 원숭이를 끌고 다니며 돈을 얻고 있는 사람이 하나 있었지."

내 귀는, 비타 큰아버지와, 니콜로와, 그 집 사람들에 대한 모욕적인 말을 듣자 타는 듯 뜨거워졌다.

가빈은 거기에다 또 덧붙였다.

"너는 설마, 그런 집 아이하고 친하게 지내는 건 아닐 테지?"

"안젤로는 나 한테 아주 잘해 주었어."

나는 묘하게 애매한 소리로 말했다.

"안젤로라구."

그는 점점 자존심이 상한 듯, 경멸하듯 웃으며 그 이름을 입 속에서 중얼거렸다.

"자, 바위로 가자. 그동안에 있었던 얘기는 바위에 올라가서도 할 수 있으니까."

나는 고개를 숙인 채 완고하게 포도를 내려다보고 있었다.

"이걸 돌려 주기로 약속한 거야. 《스페어》하고, 《그라픽》하고, 그림 든 《런던 뉴스》지야."

나는 칼칼하게 마른 입술로, 이것이 안토넬리 일가에 대한 설욕이 된다 생각하고 잡지의 변호를 했다.

"번데기에서 성충이 되기까지의 모기의 멋있는 사진이 이번 호에 실려 있어. 매주 토요일에는 안토넬리 아주머니가 이탈리아 친척한테 보내 주기 때문에 말이야. 우편선이 늦으면 안되거든. 나한테 맨 먼저 보여 주는 건 안젤로의 호의야."

가빈은 얼굴빛이 새파랗게 됐다. 말소리에도 긴장과 질투의 빛을 숨길 수 없었다.

"물론, 네가 그런 원숭이 놀림 친구하고 노는 게 좋다면…… 그야 뭐 네 맘대로지. 나는 다만 지금부터 바람바위에 가려고만 생각하고 있을 뿐이니까. 너도 가고 싶다면 같이 가자는 거야. 가기 싫으면 안젤로한테 가 봐."

그는 내 얼굴을 보지도 않고 입술을 부들부들 떨며 거만한 차가운 이마를 하고 잠깐 동안 기다리고 있었다. 내 가슴은 찢어지는 것 같았다. 그것은 엄청난 오해다. 제발 이해해 줘, 하고 소리치고 싶었다. 그러나 아무리 생각해도 그 쪽이 무리라는 생각이 들어 나도 그와 마찬가지로 굳어지고 말았다. 나는 잠자코 아무 말도 하지 않았다. 그러자 다음 순간 그는 바람바위쪽으로 가버리고 말았다.

나는 완전히 풀이 죽고 말았으나, 별안간 싸움을 한 듯한 기분에 잠시는 막연했으나 거리쪽으로 발을 옮겨 놓았다. 잡지를 돌려 주고 곧 쫓아갈 생각이었다. 그러나 아이스크림 상점에 가 보니까 안젤로는 나보다 훨씬 더 큰 슬픔에 부닥치고 있었다.

"니콜로가 병이 들었어. 아주 많이 아파."

그는 흐느껴 울며 다음과 같은 경위를 얘기해 주었다. 모두 클라라가 나빴던 것이다. 클라라 때문이다. 밤이 되면 성 엔젤 교회에 기도하러 가느라고 자주 몇 시간씩이나 집을 비우는 비타 큰아버지는 요즈음처럼 무더운 밤에는 자기가 없는 동안도 시원하게 해주려고 니콜로를 가운데 마당에 내놓아 주는 것이 습관이었다. 그러나 언제나 창문을 열어 놓고 만약 비가 오든지 하면 니콜로에게 배수통이 사다리 구실을 할 수 있으니까 곧 방으로 타고 올라가도록 배려를 하고 있었다. 그런데 이틀 전날 밤, 무서운 뇌우가 칠 때 클라라는 커튼이 젖지 않게 하기 위해서 온 집안의 창문을 닫아 버렸다. 비타 큰아버지는 교회에 갔고 가게는 닫혀 있었다. 가엾게도 니콜로는 억수같이 쏟아지는 폭우 속에 한 시간이나 내버려 둔 채였다. 비타가 열시 반에 돌아와 보니까 원숭이는 흠뻑 젖어서 마당 구석에 몸을 웅크리고 있었다는 것이다.

나는 안젤로를 따라 2층으로 올라갔다. 온 집안이 상심에 잠겨 돌아가고 있었다. 부엌에서는 미시즈 안토넬리가 헝클어진 표정으로 뜨거운 물에 적신 수건을 짜고 있고, 클라라는 거실 소파에서 얼굴을 파묻은 채 드러누워 있었다. 비타 큰아버지 침실에서는 안토넬리 씨가 큰 눈에 비통한 빛을 띄고 서 있고 곁에는 비타가 와이셔츠 소매를 걷어붙이고 니콜로 위에 꾸부리고 서서 열심히 간호하고 있었다.

원숭이는 침대에 누워 있었다.——예의 제 바구니 속이 아니라 비타의 큰 침대 한가운데에 버젓이 베개를 베고 드러누워 있는 것이다. 최고급 모직 조끼를 입고 털수실이 붙은 부드러운 나폴리식의 모자를 쓰고 있었다. 그 작은 격정스러운 얼굴은 지나치게 넓은 침대에 혼자 누워 있는 탓인지 여느 때보다 한층 걱정스럽게 보였다. 우리를 불안스럽게 바라보면서, 가끔 이빨을 달그락 달그락하다가 몹시 몸을 떨기도 했다. 비타 큰아버지는 무슨 자극성 있는 고약으로 원숭이 가슴을 문질러 주고 있었다. 그렇게 간호를 하면서 비타는 쉴 새 없이 계속 지껄였다. 그것은 혼잣말이기도 하고 원숭이 보고 하는 소리이기도 했다. 그러나 주로 그 책망하는 듯한 소리는 안토넬리 씨에게 향하고 있었다. 나는 흘깃 안젤로쪽을 바라보았더니 그도 나와 마찬가지로 이 광경의 엄숙함에 눌려 울음을 그치고 있었다. 그는 작은 소리로 통역해 주었다.

"비타 큰아버지는 말이야, 하느님 생각을 하지 않은 벌로 우리 집 사람 모두에게 심판을 내리신 거라고 생각하고 있어. ……아버지는 장사 일에만 열중하고, 엄마는 노는 일에만, 클라라는 사내 일만 생각하고 있은 벌이라는 거야. 그리고, 자기와 니콜로가 집에 먹을 게 없었을 때 1페니 1페니씩 벌어서 집안 재산의 토대를 쌓았다고 하는 거야. 만약 니콜로가 죽는다든지 한다면……. 이건 울고 있을 때 한 말인데, 이 집에는 절대로 절대로 다시는 운이 돌아오지 않는대."

미시즈 안토넬리가 재빨리 김이 나는 수건을 담은 그릇을 들고 들어와 공손히 그것을 침대 곁의 비타에게 내밀었다. 클라라는 유령처럼 가만히 들어와서는 울어서 빨개진 눈으로 물수건을 대고 있는 비타 큰아버지를 조용히 바라보고 있었다.

그렇게 해주어도 니콜로에게는 별 효력이 없는 모양이었다. 그러자 갑자기 언제나 성인처럼 겸손한 비타가 두 손을 번쩍 쳐들더니 성급하게 무엇인지 재빠르게 지껄여댔다. 안젤로가 내 귀에다 대고 속삭였다.

"저건 말이야, 니콜로를 의사에게—— 시에서 제일 훌륭한 의사에게 진찰받도록 하지 않으면 안된다. 악하고 죄많은 클라라가 가서 의사를 데려오지 않으면 안된다고 하는 거야."

클라라는 거기에 거역하여 무엇인가 지껄였다.

"클라라는 말이야, 원숭이한테 어느 의사가 오겠느냐는 거야. 수의사를 불러오겠다는 거야."

나는 비타 얼굴이 험악하게 변하는 것을 보고 수의사로서는 안된다고 하는 것을 곧 알았다.

"그래."

안젤로가 나한테 끄덕여 보였다.

"아무래도 의사가 아니면 안돼. 돈은 얼마는 주어도 상관없어. 집에 있는 돈을 다 주는 한이 있더라도 아까울 것 없어. 시에서 제일 유명한 의사를 불러 오라는 거야."

클라라는 울면서, 그것으로 꺾이어 모자를 쓰고 안토넬리에게서 돈을 많이 받아 가지고 나갔다. 우리는 모두 의자에 둘러앉아 원숭이를 지켜 보면서 의사가 오기를 기다렸다. 다만 비타만은 침대 곁에 꿇어 앉아서 묵주를 들고 입술을 움직이고 있었다.

30분쯤 지나서 클라라가 혼자 돌아왔다. 비타가 뛰어 일어나 무엇인가 몇 마디 힐문하자 클라라는 또 울기 시작했다. 비타는 갑자기 무섭게 큰소리를 한마디 지르고 모자를 움켜 쥐고 뛰어나갔다.

"클라라는 네 집이나 돌아다녀 보았지만 하나도 와 주지 않더라는 거야. 비타 큰아버지는 자신이 나간 거야."

아마 한 시간 가량 우리가 병실에서 기다리고 있으려니 이윽고 입구의 도어가 열려 모두 깜짝 놀랐다. 비타 큰아버지였다──. 뒤에서 누가 따라오는 발소리를 듣고 우리는 안도의 한숨을 내쉬었다.

의사가 들어왔다. 갈브레이스 박사라는 분으로, 조그맣게 염소수염을 기른 바짝 마른 초로의 신사로 시내에서는 실력 있다고 일컬어지는 의사였으나 엉뚱한 태도 때문에 별로 인기는 없었다. 귀머거리이며 문맹인 비타가 이 신경질쟁이인 의사를 어떤 수단으로 설득했는지 그것은 못내 수수께끼였고 거기에 이상한 것은 이 의사가 돈이 욕심나서 와 준 것은 아니라는 사실이었다.

의사는 곧 우리 모두가 방에서 나가 주었으면 하는 표정을 보였다. 그리고 곧 원숭이쪽을 향했다. 그리고 니콜로의 열을 재고, 목을 짚어 보고, 전신을 진찰하고, 목구멍을 들여다보고, 그리고 나서 짧은 목제 청진기를 한참 동안이나 가슴에 댔다. 원숭이는 아주 얌전하게 겁 많은 눈으로 완전히 신용한다는 듯 의사를 바라보며 스푼을 사용하지 않고도 곧 입을 열어 보였다.

갈브레이스 박사는 염소수염을 문지르며 이상한 흥미와 동정으로써 환자를 보고 있었는데 방안에 가득한 사람들을 완전히 잊어버린 것 같았다. 모두들 그 면밀한 진찰에 감동하여 그의 일거일동을 가만히 주목하고 있었다──. 안젤로가 나한테 속삭였다.

"비타 큰아버지는 저 선생님을 굉장한 의사라고 생각하고 있어."

이윽고 의사는 처방전을 두 통 썼는데, '닉 안토넬리 귀하'라는 이름을 쓰면서 입술은 재미없어 하는 고소로 비뚤었다. 그리고 작은 까만 가방을 덮고 이렇게 말했다.

"약은 네 시간마다 먹일 것. 침대에 따스하게 눕혀 놓고, 아침 저녁으로는 더운 찜질을 할 것. 식사는 영양 있는 유동식(流動食). 이건 전형적인 북아프리카 산 원숭이군. 유감이지만, 이 종족은 체질적으로 가슴이 약해. 이 원숭이는 양쪽 페염에 걸려 있어. 그럼."

의사는 돌아갔다. 비타 큰아버지가 한길을 줄곧 따라가면서 얘기했으나 사례는 한푼도 받으려고 하지 않았다. 나는 거기에서 의사의 흥미가 순수한 과학적이었다는 것을 깨달았다. 그것은 이미 현미경을 향했을 때, 내 가슴을 홍분시키고, 또 후일 내 인생에 있어서 극히 희귀하기는 했지만 최대한 기쁨을 갖다 준 저 이상하고 아름다운 전혀 사심 없는 감정이었다. 이 순간 나는 인종(人種)도 이상(理想)도 같다는 기분으로 가슴이 꽉 차서, 이 과묵한 스코틀랜드인 의사에 대하여 온몸이 떨리는 듯한 존경을 느꼈다. 이 일가와 같이 격하기 쉬운 남 유럽인 사이에 있어서 그의 태도는 얼마나 완벽한 것이었던가.

의사가 와 주었기 때문에 모두들 희망을 가지게 되었다. 즉시 그 지시를 실행해 옮기지 않으면 안되었다. 그래서 내가 약국에 가서 약을 사러 가게 되었다. 미시즈 안토넬리와 클라라는 찜질약 조제에 착수했다. 비타는 스스로 병아리 수프를 만들었다. 원숭이는 얌전하게 우유를 조금 먹었다. 약을 먹였더니 잠을 잘 것 같아 우리는 발소리를 죽여 가면서 방을 나왔다.

내 슬픈 경험으로 폐병의 무서움은 이미 뼈저리게 알고 있었지만 양쪽 폐렴이라고 하는 것은 무엇인지 알 수 없었다. 그리고 이튿날 아침이 되자 니콜로의 병세는 악화됐다. 원숭이는 열 때문에 자지 못했고, 몸은 불같이 뜨겁고, 큰 침대를 뒹굴면서 가엾은 울음소리를 냈다. 비타 큰아버지는 그 침대 옆에 꿇어앉아 있었다. 종일, 병아리로 만든 수프도 입에 대지 않더니 밤이 되자 호흡이 급해지고 거칠어졌다.

그 주간 내내 니콜로는 악화되어 갈 뿐이었다. 미칠 것 같은 정적이 온 집안에 드리워지고, 다만 여자들이 갑작스러운 히스테리를 일으키는가 하면, 비타 큰아버지가 난폭하게 소리 지르는 것이 들릴 따름이었다. 가빈과는 절교상태이고, 아직 여름방학중이라 나는 흡사 안토넬리 일가의 식구처럼 되어 있었다. 그리고 중태에 빠진 원숭이에게 매달린 심부름꾼 구실을 맡았다. 날마다 오후 세시가 되면 할아버지가 뽐내는 듯한 진지한 얼굴로 위문을 왔다. 그는 거실에서 기다리고 있다가 클라라든가, 또 필요하다면 미시즈 안토넬리와 동정어린 인사를 교환할 기회를 노리고, 그리고 포도주라도 한잔 얻어 마시고 호연지기를 양성하자는 생각인 것 같았다. 그러나 차가운 북서풍 바람이 슬슬 불기 시작하고 있었다. 할아버지의 과장스러운 위문의 말을 받으러 나온 것은 우울한 얼굴의 안토넬리 씨였다. 그리고 포도주 따위 그림자조차 보이지 않았다. 용태는 날마다 악화해 갔다. 가엾게도 니콜로는 이미 호흡조차 제대로 못하고 완전히 말라서 뼈와 가죽만으로 되었다. 의사는 또 왕진을 했지만 원숭이는 이미 시간문제라고 분명히 말했다. 안토넬리 씨는 파란 얼굴로 가게를 닫을 것과 바깥 길쪽에 짚을 깔도록 말했다.

토요일, 비타 큰아버지가 안토넬리를 노려보고 무섭게 입을 열었다. 안젤로의 통역에 의하면,

"이제 하느님 이외에는 니콜로를 살릴 수 없다는 거야. 그러니까 모두들 같이 기도하지 않으면 안된다. 오로지 기도로써 기적을 바랄 뿐이라고. 아버지는 로크 신부님한테 가서 니콜로를 위해서 기도와 미사를 올리도록 부탁하고 수도원 수녀들에게는 노베나(9일간의 기도)를 부탁하고, 이 집에 와서 니콜로를 위해서 기도해 주도록 부탁하라는 거야. 아아, 비타 큰아버지는 정말 엄청난 소리만 아버지한테 퍼붓고 있어."

안토넬리 씨는 물론 그런 사명을 즐기지 않는 것 같았다. 그러나 현재는 비타가 이 집을 지배하고 있고, 그리고 어떻게 된 셈인지 이상하게 원숭이의 삶과 죽음에 따라 안토넬리가의 흥망이 좌우한다는 생각이 모든 식구들의 마음 안에 깊이 박혀 있었다. 안토넬리 씨는 모자를 쓰자 슬그머니 집을 나갔다.

이튿날인 일요일 아침, 로크 신부는 성 엔젤 교회의 설교단에서 비타 안토넬리 씨를 위한 미사가 올려진다는 것을 알렸다. 니콜로라는 이름을 대주지 않는 것이 나는 좀 유감스러웠지만, 그날 오후 수도원에서 엘리자벳 조세핀 원장수녀와 또 한 수녀가 와 주었으므로 안심했다. 안토넬리가는 수도원에 상당한 기부를 하고 있었기 때문에 수녀 두 사람도 자기들 힘으로 되는 일이라면 무엇이라도 하겠다고 크게 마음을 쓴 것이었다. 우리 일동은 거실에 모여 꿇어앉아 죽어가는 원숭이에게 방해가 안되도록 낮은 소리로 '30 일간의 기도'와 '메모라레'(성모 마리아에게 드리는 기도)를 되풀이 외웠다.

그 다음날은 비가 오는 음산한 월요일이었는데, 니콜로는 숨을 거두려고 하고 있었다. ──병이 든 지 벌써 9일이 지난 것이었다. 비타 큰아버지는 아무도 방에 들여보내지 않고 혼자서 잠시도 원숭이 곁을 떠나지 않았다. 그러나 그날 아침 아홉시, 내가 가서 얼마 되지 않아 그는 우리가 모여 있는 거실로 뛰어와서 별안간 미친 사람처럼 클라라를 가리켰다.

"오오, 큰일났다!"

안젤로가 신음했다.

"이건 클라라 혼자의 책임이니까 지금 곧 3백 65차례 기도를 드리지 않으면 안된다고 큰아버지는 말하는 거야. 그것 밖에 이제 희망은 없다는 거야!"

모두 비타 큰아버지를 진정시키기 위해서 떠들썩하고 있었다. 여기에서 조금 설명을 해 두자. 이 선량하고 단순한 인물, 남국 이탈리아에서 태어난 중세기의 유물 같은 이 사람, 번잡한 큰 거리 한가운데서도 갑자기 멈추어 서서

채양이 늘어진 까만 모자 아래에서 성자와 성모가 있는 아름다운 하늘을 우러러보려고 하는 이 선량하고 소박한 인물은 이 이국 땅에서 극히 놀랄 만한 근면한 행동, 나한테 말하라고 하면 고행이라고도 할 만한 것을 스스로 하고 있었다. 앞에서도 말한 역사상 유명한 육표(陸標) '성암(城岩)'위에는 지금도 옛날 대포가 놓여 있어서 일찍이 부루우스(14세기의 스코틀랜드 왕으로, 영군을 격파하여 독립해 위업을 성취했다)와 월래이스(역시 스코틀랜드 독립을 위해 싸운 국민적 영웅)에 의해 목숨을 걸고 지켜 지금은 잊어버려진 성모유적으로 남은 강구(江口)를 지킨 옛 요새지만 그 고성 아래 성문에서 황폐한 성벽에 통하는 꾸불꾸불한 석단(石段)이 있고, 후세 사람의 호기심을 일으키는 것은 그 석단의 수가 정확하게 3백 65단, 일년의 날자와 같다는 것이었다. 비타 큰아버지의 근행이란 이것인데, 1단마다 멈추어서는 '아베마리아'를 외우며 무릎으로 이 계단을 올라가는 것이다.

10분쯤 지나서 클라라와 나는 비를 맞으며 '성암'으로 출발했다. 거만하고 마음이 바르지 못하다고 알려진 클라라, 자기를 기다리고 있는 시련과 굴욕을 생각하고 절반 실신할 것 같았다. 그러나 비타 큰아버지의 명령은 아무래도 피할 수가 없다. 비가 심해서 안젤로가 동행하는 것은 무리였으므로, 훌륭하게 속죄하도록 내가 '감시인'의 역을 맡아 입회자로서 파견되었다. 만약 안내인이나 관광단이라도 나타나게 되면 내가 곧 경고를 발할 테니까 그는 일어나서 성벽에 기대 서서 멀리 경치를 바라보는 시늉을 하면 된다는 것이다.

그런데 성터는 비에 씻겨 황량하고 관광객 따위 하나 보이지 않았다. 서로 얘기한 결과 나도 함께 근행을 하기로 했다. 그래서 둘은 나란히 '아베마리아'를 외며 쏟아지는 비 속으로 개처럼 기어 올라가니 호기심 많은 갈매기들이 덤벼들듯이 내려오곤 했다. 클라라는 그렇게 싫어했으면서도 용의주도하다고 할까 부드러운 쿠손과 작은 우산까지 가지고 왔다. 그러나 그런 준비도 해 오지 않은 나는 날아다니는 갈매기와, 쏟아지는 비와, 깜짝 놀란 월래이스와 부루우스의 망령과 전능하신 하느님이 내려다보시는 아래를, 일심 정성으로 고생하며 한 계단 한 계단 올라감에 따라 금방 온몸은 비에 흠뻑 젖고 그대로 내놓은 무릎은 빨갛게 벗겨졌다.

그래도 마침내 고행은 끝나고 둘은 꼭대기에 다다랐다. 나는 서 있을 수도 …… 아니, 주위를 살필 수조차 없을 정도였다. 마지막 고비를 넘기려는 순간 공교롭게도 클라라의 우산이 내 눈을 찔렀던 것이다. 그렇더라도 우리는 일을 해 낸 것이다. 3백 65단을 다 올라간 것이다. 둘은 스스로도 할 수 있다는 자신을 가지고 집으로 돌아왔다.

클라라가 순교자다운 태도인 것을 보고, 나는 그가 지금의 노력에 대하여 틀림없이 다소는 감사를 기대하고 있을 것이라고 생각했다. 그러나 집안에 들어서는 순간 잡자기 퍼부어진 그 폭발적인 환희, 칭찬까지는 기대하고 있지 않았다. 도어가 확 열리고 가족 전부가 와락 클라라에게 덤벼드는 것이다. 터지는 감사! 이 무슨 기쁨의 소용돌이인가! 우리가 없는 사이에 니콜로는 위기를 극복한 것이다. 후년 나는 폐염의 소퇴(消退)에 따른 놀랄 만한 병세의 변화를 이 눈으로 보고 경탄한 적이 있었다. 그것은 돌연하고, 흡사 마법이라고밖에 생각할 수 없는 것이다……. 그러므로 비타 큰아버지가 눈을 빛내며 하느님이 니콜로를 살려 주셨다고 큰소리를 지른 것도 무리는 아니다. 11시 20분이라면 꼭 우리가 고행을 끝마친 시간과 일치하지만, 그러나 나중에 생각해 보니까 그것은 클라라의 우산 끝이 내 눈을 찌른 시각과 더 가깝다고 추정되는 그 순간, 니콜로의 호흡곤란이 돌연히 나은 것이다. 가벼운 미열 증세를 보이는 니콜로는 주인을 보고 힘없이 미소 짓다가 이윽고 호흡이 순조로워지면서 깊은 잠 속으로 빠져들어갔다.

원숭이의 회복은 빨랐다——.

"니콜로가 처음으로 바나나를 먹었다."

하고 알렸을 때의 비타 큰아버지의 미소로 비뚤어진 얼굴이 지금도 눈앞에 떠오른다. 비타는 벌써 지금까지와 같은 눈에 띄지 않는 지위로 돌아가고 집안의 균형은 재빨리 복구되어가고 있었다. 클라라는 화려한 빛깔의 드레스를 몇 벌 선물 받았다. 수녀들은 상당한 돈을 받고, 로크 신부는 새로운 부제단(副祭壇)의 구성기금으로 헌금을 받았다. 의사에게는 극상의 살구 통조림이 세 상자 그날 밤중으로 보내졌다. 의사네 집 가정부가 미시즈 안토넬리에게 선생님은 이 과일을 제일 좋아한다고 일러주었기 때문이지만, 또 아무리 비싼 거라고 하더라도 보통 선물로는 거절당한다고 판단되었기 때문이다.

다만 나한테 대해서만은——높은 사람은 아니지만 크게 도움이 되었을 로버트 샤넌에게 대해서는 이상하기도 하고 이해할 수 없기도 한 냉담 밖에 보여 주지 않고, 아무런 배려도 없을 뿐 아니라 마치 무시하고 덤비는 것과 같았다. 맨 무릎으로 기어가며 적어도 그 기적의 절반을 달성시킨 것은 내 조력에 의한 것이 아니었던가. 회복기의 어릿광쟁이인 원숭이가 무척 좋아한 부드러운 파란 털벌레를 찾아 드럼버의 숲 속을 돌아다닌 것은 바로 내가 이니었던가. 그랬는데도 한 마리 인사도 없었고 한 조각 감사의 표시도 보이려고 하지 않는다. 그러기는커녕, 내가 안젤로와 같이 올라가면 이상한 눈으로 보며, 클라라와 미시즈 안토넬리와 그리고 클라라의 연인과의 사이에 교환되던 얘기는 의미 있는 듯 중단되는 것이다. 북서풍은 이전보다도 차갑게 불기 시작하고 있었다. 나는 인생의 쓴 진실의 일면을 벌써 알기 시작했다.

그리고 며칠이 지나 안젤로와 내가 이제 거의 완쾌한 니콜로를 데리고 바깥 공기를 쏘이러 마당 가운데를 돌고 있다가 문득 뭔가에 쿡 찔린 나는 비슬 비슬하면서 벽에 부딪혔다.

"그 원숭이는 가만 둬."

그것은 클라라의 연인인 타데오였는데, 복수심에 불타는 눈으로 나를 노려보았다.

"너 같은 자식이 오는 거 싫으니까 나가, 가."

깜짝 놀라서 나는 대답도 할 수 없었다. 그러나, 그래도 분노가 천천히 치밀어 올라왔다. 그래서 가기는 왜 가느냐고 생각했다. 나는 햇볕 좋은 이 마당에 안젤로와 나와 둘만이 되기를 기다렸다.

"안젤로."

하고 나는 조용히 분명한 어조로 말했다.

"뭔가 있는 것 같지? 내가 나쁜 짓이라도 했니? 말해줘, 안젤로."

그는 내 시선과 마주치기를 피하려하고 있었다. 그러나, 이윽고 머리를 들었다. 복숭아빛을 한 얼굴이 노랗게 오리발 같은 빛깔이 되었다. 그의 순진한 눈에는 독을 품은 표정이 있었다.

"우리 집에서는 이제 네가 안 좋아진 거야."

그는 목소리를 높여서 말했다.

"엄마가 너하고 놀면 안된다고 했어. 너희 할아버지는 포도주를 얼마든지 먹는 주정뱅이고, 한푼도 없으면서 초대받은 적도 없는 부자집 얘기로 거짓말만 하고 있고, 그래서 세상에서도 그렇게 큰 거짓말쟁이는 정말 없다는 거야
……."

나는 망연해서 가만히 그의 얼굴을 바라보았다. 이것이 첫 영성체 때 나란히 서 있던 그 아이인가. 내가 귀여워하고 응석을 받고, 더구나 그 선량하고 성실한 가빈, 저 사랑하는 가빈의 우정마저 희생한 귀여운 소년이었는가.

"그래."

또 그는 금속성 소리를 냈다.

"다 알아 버렸어. 너희 할아버지는 엉터리고 거지고 부랑자야. 리븐포드에

서는 누구나 다 알고 있어. 여자 꽁무니만 좇아다니는 거야, 그런 나이를 해 가지고! 그리고 제일 나쁜 것은 우리 클라라 누나 허리에 팔을 감는 거야. 나쁜 마음에서라는 거야. 타데오가 굉장히 화내고 있어……."

나는 도저히 참을 수가 없었다. 안젤로와 나 사이도 이것으로 완전히 끝이라고 무언중에 그렇게 생각했다. 나는 획 돌아섰다. 그러나, 그러기 전에 전신의 힘을 다해서 안젤로의 천사 같은 작은 코에 펀치를 넣어 주었다. 이런 천사를 때리다니 아마 용서받을 수 없는 죄악이리라. 그러나 울부짖으며 어머니 있는 데로 뛰어간 그의 일은 그 후에도 오랫동안 내 회상 중에 통쾌한 추억으로 살아 있었다. 지금도 그 목소리가 들리는 느낌이었다.

15

마덕의 시험날이 다가왔는데 화초씨 카탈로그에만 열을 올리고 있던 이 학생은 아껴 두었던 구두를 신고 외출복을 입고 현관방에 서서 엄마한테서 깨끗이 솔질을 해 받았다. 엄마는 무릎을 꿇고 그의 바지의 먼지를 터느라고, 집안 일로 빨개진 손에 브러시를 들고 재치 있게 움직이면서 야윈 얼굴에 열성스러운 표정을 띠우고 있었다. 우리를 위해서 몸이 가루가 되도록 일하는 엄마는 부엌 일로부터 바느질, 걸레질에 이르기까지 단 1페니의 돈도 세 곱으로 둘러맞추어 가며, 아침에는 맨 먼저 일어나고, 밤에는 제일 늦게 자고, 그러면서 이렇다 할 보수 따위 전혀 바라지 않는 것이다. 더 인색해 가기만 하는 아빠의 절약방침 아래서 초인적으로 살림을 이끌어 가는 엄마, 2층의 노인과 또 받아들인 비참한 소년을 위해서 친절한 마음을 쓰는 여유를 보이려고 하는 엄마……. 그러나 이 일주일 동안은 마덕의 시험 이니까 그런 찬사를 보내고 있을 때가 아니다. 마침내 운명의 날이 다가왔는데 당자인 마덕은 빙긋 웃으며 자신 있어 하는 모습이다. 전날 밤 아빠와 이마를 맞대고 의논한 모양인데, 이제 그런 것은 마이동풍이라는 투다. 그는 우리 전부를 향해 말했다.

"나는 이 이상 할 수 없어요."

과연 그렇게도 머리 비듬을 털고 있었으니까 그 비듬투성이 두개(頭蓋) 속에도 적당하게 공부는 들어가 있을 것이다. 그는 점심 값을 포켓에 넣고, 망가뜨렸을 때에 대비해서 안경을 둘, 그리고 펜, 고무, 삼각자, 즉 일체의 준비를 갖추었다. 그리고 나서 공무원 시험이 실시되는 윈톤 행 오전 9시 20분 기차를 타기 위해서 무거운 기분으로 집을 나섰다. 엄마와 나는 현관 앞에서 나와 서서 손을 흔들며, 제발 시험을 잘 보도록 마음속으로 기도하고 있었다 ·······.

날마다 마덕은 저녁 네시에 보통열차로 돌아왔는데, 아버지는 한 발 먼저 퇴근해 와서는 가슴을 두근거리며 기다리고 있었다.

"어때, 잘했니?"

"멋있었어 아버지. 정말 멋있었어요."

날이 갈수록 마덕의 자신은 점점 더해 갔다. 모두가 그의 말에 귀를 기울이고 있는데 가득 담은 저녁식사를 덥썩 먹으면서 그는 한마디씩 그날 일을 얘기하는 것이다.

"정말 놀랬어······. 오늘 시험문제는 기막히게 쉬운 거야. 몇 장이나 썼을까 ······ 공책을 한 권 더 얻고 싶을 정도였어. 다른 치들은 절반도 못쓴 놈들이 있었어······."

"잘했어······ 잘했어."

아버지는 희귀하게 칭찬을 마지못한 듯, 그러나 눈을 빛내며 말했다.

엄마는 누구 눈치 볼 필요도 없이 아버지한테와 같을 정도로 큰 고기조각을 잘라 마덕 접시에 담아 주었다. 나는 물론이고 식구들 모두가 마덕의 합격은 틀림없다고 믿었다. 이것은 나를 기쁘게도 했으나 동시에 슬프게도 했다. 그것은 이런 경우 나라면 비참하게 실패했을는지도 모른다고 비교하지 않을 수 없었기 때문이다. 뿐만 아니라 또 다른 낙심할 이유가 있었다. 거짓 우정과 망은의 결과인, 안토넬리가와의 결렬이 아직도 내 마음을 괴롭히고 있었던 것이다. 할아버지에게도 털어놓을 용기가 나지 않았다. 그러나 가장 곤란한 것은 벌써 2주간이나 가빈을 만나지 못하고 있는 일이었다. 꼭 한번 큰길에서 지나친 적이 있었지만 둘 다 입술까지 새파래져서 눈을 정면으로 똑바로 해 가지고는 금방 지나가고 말았다. 일단은 스스로 배신한 이 소년을 나는 마음으로부터 그리워하고 있었으면서도.

다만 희미한 한 점 회망의 불빛이 지평선을 비치고 있는 듯한 느낌이 드는 것은 다음 수요일날 애드필란으로 케트와 지미와 함께 구경간다는 것 때문이다. 할아버지는 옛날 이 구경을 아주 좋아해서 자주 가 보곤 했다고 한다. 그 때문인지 열심히 당시의 즐거웠던 얘기를 해주었다. 그래서 내가 기다림에 못 견디는 기분으로, 가면 정말 재미있을 거야 했더니 할아버지는 금방 대답에 힘을 주었다.

"둘이서 가자 로비, 둘이서 말이야."

지미는 마차로 두시에 데리러 올 약속이었다. 그는 시간을 정확히 지켜서 왔으나 탈 것은 달라져 있었다. 응접실 창턱에서 기다리고 있던 케트와 나는, 노란 자동차가 폭음을 내며 와 서는 것을 보고 깜짝 놀랐다.

"아담이 하는 거라면 나도 할 수 있단 말이야."

지미는 여느 때의 과묵했던 것과는 달리 새 체크 무늬 캡 아래에서 그런 소리를 하며 곧 까닭을 얘기했다. 그는 아글 공장의 기계공인 삼 라이트바디 와 친구가 되었다. 그 삼이 차를 빌려 와 애드필란까지 드라이브해 준다는 것 이다.

우리는 운전석에 앉은 삼과 악수를 했으나, 그는 눈알을 반짝반짝하며 긴장 해서 핸들을 잡고 있었다. 흡사 자기 혈관이 엔진에도 통하고 있다는 듯한 표 정이다. 삼의 말을 듣고 케트는 모자를 날려 보내지 않기 위해서 베일을 가지 러 집안으로 뛰어들어갔다. 그리고 우리는 타기 전에 황홀하게 차를 한 바퀴 돌아보고 있는데 문에서 불쑥, 양복과 수염을 깨끗이 손질하고 제일 좋은 스 틱을 짚은 할아버지가 나왔다.

"굉장하군…… 굉장한 거다."

차를 흘끔흘끔 넘겨 보며 할아버지는 그렇게 말하더니 이번에는 지미에게 엄한 어조로,

"자네는 설마 우리 손녀딸 아이를 애드필란 그 멀리까지…… 몇 시간이나 걸릴지 모르지만…… 이런 조그만 아이 하나 밖에, 어른 한 사람도 동행시키 지 않고…… 데려갈 생각은 아닐 테지."

"아니, 할아버지."

케트가 놀란 목소리로 말했다.

"아무도 할아버지를 같이 가시자고 하지 않았어요."

그러나 지미는 갑자기 거치른 웃음소리를 냈다. 그는 할아버지를 잘 알고 있었던 것이다. 나는 몇 번이나 둘이서 드럼벅 암즈 정에서 손등으로 입을 문 지르며 나오는 것을 본 적이 있었다.

"모시지요."

그는 말했다.

"많으면 많을수록 더 유쾌하니까. 자, 다들 타요."

차는 서너 차례 부르릉거리며 떨더니 덜컹덜컹 움직이기 시작하여 이윽고

드럼벅 길을 쾌적하게 질주했다. 케트와 지미는 운전대 옆에 앉아 있었는데 케트의 날개털 목도리가 예쁘게 바람에 휘날렸다. 할아버지와 나는 여유 있게 뒤쪽 큰 자리를 점령하고 있었다. 발차하자 금방 지미는 뒤로 손을 돌려 큼직한 권연을 내밀었다. 할아버지는 그것을 받아 불을 붙이더니 한 발을 쿠손에 대고 유연히 뒤로 몸을 제꼈다.

"이거 아주 멋진데, 로버트."

할아버지는 기분 좋게 말했다.

"주욱 큰 거리를 달렸으면 좋을 텐데. 모두들 우리를 쳐다보게 말이야."

그런 말을 하고 있는 동안에 차는 벌써 큰 길로 나오는 도중의 철도 육교 밑을 지나고 있었다. 이 때 갑자기 소란스러운 고함소리에 나는 허리를 일으켰다. 보니까 마덕이 역 출구에 서서 세워, 세워 하고 두 손을 흔들고 있다. 그래도 차가 그냥 지나치자 마덕은 운두 높은 모자를 벗어들고 허겁지겁 한 손을 흔들며 좇아왔다.

"아, 세워 삼, 세워요."

하고 나는 소리쳤다.

"우리 마덕이 있어요."

차는 또 한번 덜컹 하고 섰으나 서는 순간 모두들 드럼 위의 콩알처럼 공중으로 뛰어올랐다. 삼은 자기도 뛰어오르며 불만스러운 표정으로 돌아보았다. 나는 그 얼굴빛으로, 이렇게 세웠다 떠났다 해서는 승용차는 견딜 수 없다는 기분을 분명히 알았다. 두꺼운 옷을 입은 마덕이 푸우 푸우 숨을 몰아쉬며 달려왔다. 그리고 뒤의 도어를 열고 뛰어올라 쓰러지듯 좌석에 앉자마자 큰소리를 질렀다.

"나도 당신들하고 같이 가겠어."

아무도 대꾸하지 않았다. 이렇게 멋대로 덤벼 온다면 끝이 없다. 특히 할아버지가 이 침입에 대하여 싫은 얼굴을 보였으나, 삼이 다시 차를 진동시키다가 왈카 앞으로 쏠리게 하고 떠남으로써 이 난국은 해결되었다. 이윽고 차는 거리를 가로질러 달려갔다.

"어땠어, 오늘 시험은?"

나는 상쾌하게 귀곁을 스쳐가는 바람을 맞으며 큰소리로 마덕에게 물었다.

"굉장해."

마덕은 대답했다.

"썩 굉장한 거야."

그리고, 아직 숨이 가빠 헐떡이면서 입을 조금 벌리고 여느 때보다 좀 쑥 나온 것같이 보이는 귀 언저리에 저고리 깃을 세우고는 자리에 주저앉았다. 안색이 좋지 않았으나 이것은 너무 달려온 탓이리라고 나는 생각했다. 그는 별로 덥지도 않은데 모자를 가지고 부채질을 하고 있었다. 그는 무슨 말을 하려고 하는 듯 입을 조금 크게 벌렸으나 곧 닫아 버렸다.

이제는 얘기를 할 겨를이 없었다. 거리를 빠져 나오자 차는 리 브레의 경사면을 미끄러지듯 내려가고 있었다. 눈앞에는 바다까지 멀리 이어진 넓은 하구가 열리고 그 수면은 높이 떠 있는 태양을 받아 금빛으로 빛나고 있었고, 연안에는 평탄한 푸른 목초지와 모래 언덕을 꿰뚫고 하얀 리본처럼——이제부터 우리가 지나갈 길이 이어져 있었다. 서쪽 파란 안개 위에는 언제나 위엄있게 솟아 있는 산, 벤 로몬이 한층 푸른 윤곽으로 떠 있었다. 그 아름다움, 그 조용하고 몸을 떨리게 하는 기쁨! 이것을 바라보노라면 어째서 내 가슴 언저리에는 짓눌리는 듯한 슬픔이 밀려오는 것일까. 오오, 행복하지 못한 소년이여, 너는 아름다운 것을 볼 때마다 이런 아득한 사라지지 않는 아픔을 느끼는 것이다. 나는 한숨을 쉬고 날을 듯이 달리는 차 속에서 슬프고도 감미로운 황홀경에 몸을 맡겼다.

차는 완전히 기능을 발휘해 가고 있었다. 내리막길이 되면 시속 20마일에 가까운 속력을 냈다. 마을들을 달려 빠져 나가니까 그곳 사람들이 집 앞까지 뛰어나와 우리를 멀뚱히 바라보았다. 밭에서 일하고 있던 사람들은 몸을 일으켜 진기스러움에 괭이를 흔들기도 했다. 다만 그 근방의 가축들만은 우리를 분노한 표정으로 보고 있는 듯했다. 길바닥에 버티고 선 소를 피하기 위해서는 삼의 온갖 기술을 필요로 했다. 개들은 맹렬히 짖으며 차를 쫓아왔다. 닭들은 위험하다고 생각하는 순간 바퀴 밑에서 꼬꼬닥거리며 뛰어나왔다. 한번은 날개털이 획 떠올랐으나 동시에 뽀얀 먼지 바람이 차 뒤에 피어올라 다행히 살륙이 범해졌는지 어떤지는 모르게 되어 버리고 말았다. 꼭 한번 체면을 손상시킨 것은 우리 자동차의 용감한 심장도 어느 언덕배기에 올라가서는 손을 들고 움직이지 않게 되어 버린 일이었다. 그때 애드필란 시로 가고 있던 농사꾼 악동들이 야비한 큰 웃음소리를 퍼부었다.

"어이! 내려서 밀어!"

차는 네시에 애드필란에 도착했으나 구경거리는 밤이 아니면 사실상 시작하지 않기 때문에 한 시간은 빠른 셈이었다. 케트가 엄마의 부탁으로 이 화려한 유원지에 있는 부인모자 전문점에 들어가 물건을 사는 동안 우리는 보도 옆 넓은 풀밭에 작은 가게랑 텐트랑 회전목마랑이 꽉 차게 늘어 서 있는 것과 반대편 모래 해변에 바닷물이 찰싹거리는 것을 바라보고 있었다.

그러자 그때까지 한심한 얼굴로 웅크리고 있던 마덕이 별안간 자리에서 뛰어 일어났다. 그 바람에 차가 덜커덩 흔들렸기 때문에 나는 차가 떠나는 줄 알았다. 그러나 이번 폭발은 마덕의 정신에서 나온 것이었다.

"나는 자살한다."

마덕은 이 협박을 거의 절규에 가깝게 큰소리로 질렀기 때문에 모두 깜짝 놀라 일제히 그를 바라보았다. 그는 쿠손을 두 손으로 두드리며 눈알이 빠져 나오는 것처럼 떠들어댔다.

"나는 자살할 거야. 우체국 따위에서 일하고 싶지 않아. 모두 아빠가 나쁜 거야. 그렇기 때문에 자살한다. 책임은 아빠한테 있는 거야. 살인자야."

"왜 떠들고 있는 거야."

할아버지는 몸을 바로 했다.

"대체 어떻게 하겠다는 거야?"

마덕은 둔한 근시의 눈으로 할아버지와 우리 모두를 흘깃 보았다. 그러더니 돌연 푹 주저앉으며 울음을 터뜨리기 시작했다.

"떨어졌단 말이야. 시험관한테 쫓겨났단 말이야. 오늘 아침 나만 불러내 가지고 이제 안 와도 좋다는 거야. 그저 이제 안 와도 좋아. 이제 안 와도 좋다, 이것뿐야. 틀림없이 뭔가 잘못된 거야. 나는 시험을 썩 잘 보았단 말이야."

떨어졌다. 마덕이 시험에 떨어졌다——. 놀라서 아무도 입을 열지 못했다. 그의 과장스러운 오열로 우리 몸까지가 흔들리기 시작했다. 벌써 사람들이 몰려 와 있었다.

"이 봐!"

할아버지가 그의 옷깃을 붙잡았다.

"조용하지 못해."

"무슨 정신드는 약이 있었으면."

하고 삼이 중얼거렸다.

"그래, 정말이다. 무엇을 한잔 먹여 가지고 진정시켜야지."

할아버지와 지미가 마덕을 차에서 끌어 내리니까 삼이 곧 맞은편 지하실에 있는 술집 '익스플럼네이'의 회전도어를 열어 주었다. 냉기도는 술집 안으로 들어가며 지미가 뒤를 돌아보고,

"거기서 놀고 있어. 오래 걸리지는 않을 테니까."

하고 소리질렀다.

나는 "가엾는 마덕!" 하고 생각하며 거기에 좀 서 있다가 괴로운 기분으로 한길을 슬슬 걷기 시작했다. 구경거리가 늘어선 장소에는 가까운 마을에서 사람들이 몰려나와 점점 혼잡해지기 시작하고 있었다. 리븐포드에서 온 낯익은 사람도 몇 만났다. 그러다가 문득 볕에 그을은 작은, 깔끔한 모습이 눈에 띄었다. 가빈이었다.

그는 혼자서 사람들이 모인 바깥에 서서, 그다운 경멸의 빛을 띄우며 노점상이 멀뚱히 쳐다보고 있는 농사꾼에게 팔려고 떠들어대는 시계를 순금이라고 바라보고 있었다. 그러다가 가빈이 무심코 돌아보았다. 그리고 무의미하게 모여 있는 사람들 머리 너머로 우리는 시선을 마주치고 말았다. 그는 새빨개졌으나 금방 멍청해지며 그러나 시선은 딴 데로 돌리고 거기를 떠나려고 하지 않았다. 그러기는커녕 갑자기 내가 있는 쪽으로 몇 발자국 걸어와서는 사람들 틈을 떠나 윌머트의 '증기 관람차' 포스터를 열심히 들여다보기 시작했다.

나도 그 포스터에는 흥미가 끌렸다. 조잡한 인쇄인데다가 써 있는 문구도 모두 외울 수 있는 것들 뿐이었으나 나는 가빈 곁에 선 채 무표정한 얼굴을 하고 뺨에 경련을 일으키며 그 포스터를 가만히 들여다보고 있었다. —— 뺨에 경련을 일으키는 것은 신경질이 되던가 지나치게 긴장했을 때 언제나 나타나는 나의 싫은 버릇이었다. 어느 편이 먼저 입을 열었는지 그것은 모른다. 우리는 윗쪽에 관람차 상자의 그림이 그려 있는 찢어진 포스터에 똑 같이 눈을 둔 채 꼼짝 않고 서서 숨도 제대로 못 쉬고 가만히 있었다.

"그때는 모두 내가 나빴어."

"아니야, 내 탓이야."

"아니야, 로비. 정말은 내가 나빴던 거야. 네가 다른 동무를 만들었다고 질투한 거야. 너는 나 이외에는 하나도 동무를 가지지 않기를 바랐던 거야."

"너만이 동무야, 가빈. 앞으로도 주욱 그럴 거야. 맹세해도 좋아. 나쁜 건 내쪽이었어. 모두 내가 바보였던 거야."

"아니야, 내 탓이야."

"내 탓이야."

그는 최후의 숭고한 희생의 말을 내게 하게 해주었다. 그것은 둘 중 내쪽이 약자인 것을 내 자신 알고 있었기 때문이다. 포스터 따윈 이제 아무 흥미도 없어졌다. 둘 다 마음먹고 서로의 얼굴을 마주 보았다. 나는 그의 눈 속에 나와 마찬가지로 외로움에 못견디어 하고 있는 빛을 읽을 수 있었다. 절실하게 바라고 있던 이 화해의 순간, 서로를 망설이게 하던 울타리는 사라지고 예의 군은 악수보다 한층 큰 우정의 확증을 두 사람 속에서 불러일으켰다. 나는 가빈과 힘껏 팔을 끼자 그대로 그저 빙긋빙긋 웃음을 띄우며 말없이 걷기 시작했는데, 곧 군중 속으로 빨려 들어가고 말았다.

회전목마의 취주악이 울리고 관람차의 기적이 요란스레 울려 퍼졌다. 폭발하는 것 같은 '케이크 워크'(미국 흑인 사이에 유행하기 시작한 독특한 댄스)의 신호 심벌즈, '세계 제일의 대녀(大女) 쿠오레' 가옥(假屋)의 팡파레. 높은 칼라에 나비 넥타이를 한 신사풍의 손님 끌어 모으는 사내가, 텐트 밖 단 위에서 가느다란 스틱을 빙빙 돌리며 떠들어대기 시작했다.

"자아 들어옵쇼, 신사 숙녀 여러분. 들어와 보십쇼. 표범과 인간의 혼혈아입니다. 남미의 페루의 난쟁이! 세계에서 한 마리 밖에 없는 말하는 말! 자아 들어옵쇼! 들어옵쇼!"

주위의 구경거리들은 모두 활기를 띠기 시작했다. 우리는 눈이 도는 기분으로 군중을 떠밀어 제끼며 나아갔다. 나는 지미한테서 용돈으로 2실링의 백동전을 얻어 가지고 있었다. 가빈도 용돈은 많이 가지고 있었다. 그는 기차로 리븐포드에서 왔지만 갈 때는 우리와 같이 가도 좋은 것이다. 헤어질 필요는 없다. 그렇게 생각하니까 내 기쁨은 한층 더 증가했다.

우리는 야자열매 떨어뜨리기를 해서 금방 야자열매를 세 개씩 손에 넣었다. 가빈은 그 중 하나를 나이프로 구멍을 뚫어 둘이서 번갈아 맑고 달콤한 즙을 빨아 목을 추겼다. 그리고 이번에는 모리 드리(인형 떨어뜨리기) 가게와 보물 찾기와 사격장 등으로 들어갔다. 우리는 기념품이라든가, 핀, 단추 따위와 번쩍 번쩍하는 휘장과 날개 같은 것으로 온몸을 장식했다. 그러는 가운데 날이 어두워지자 아세틸렌 등이 반짝 반짝 빛나기 시작했다. 사람들은 점점 더 많아지고, 음악소리는 더욱 시끄러워지며 더 템포가 빨라졌다. 뽀오! 뽀오! 하고 관람차 기적이 운다. 한번 나는 케트와 지미가 꼭 붙어서 웃으면서 용감하게도 '케이크 워크'를 추고 있는 모습을 보았다. 그러자 이번에는 할아버지와 삼과 마덕 셋이서 목마를 타고 앉아 눈부신 불빛 아래서 시끄러운 악대 연주에 맞추어 올라갔다 내려갔다 하면서 말머리를 나란히 하여 어지럽게 선회하고 있는 것도 보였다. 마덕은 그 운두 높은 모자를 비스듬히 쓰고 궐련을 물고 있었으나 눈에는 생기 없는 기쁨 밖에 떠 있지 않았다. 그리고 가끔 목마 잔등에 벌떡 올라서서는 사람같이 보이지도 않는 금속성을 지르고 있었다.

이미 꽤 늦었다. 그래서 다들 모두 피곤해진 모양이었다. 그래도 즐겁게 자동차 있는 데로 모였다. 그 중에서도 케트가 가장 즐거워 보였다. 가끔 흠칫흠칫 지미쪽을 바라보았으나 그 눈에는 밝은 애정이 넘치고 있었다. 마덕은 올빼미같이 가빈을 노려보며 말했다.

"나한테는 아무래도 좋아. 아무래도 좋은 거야. 이런 일은 모두 나같이 머리가 좋은 사람한테는 전혀 겁나지 않은 일이니까."

그러면서도 그는 가빈의 손을 따스하게 잡아 줬다. 삼이, 이 경우 결코 없어서는 안될 삼이, 보닛 아래에서 엔진을 걸고 있는 동안 마덕과 할아버지는 곁에 서서 재미있는 곡조로 이중창을 부르고 있었다.

"제노에파…… 제…… 노…… 에파."

노래 도중에서 마덕은 당황히 어둠 속으로 달려 나가더니 그 쪽에서 오랜 시간 토하는 소리가 들려 왔다.

그리고 나서 우리의 차는 억센 빛과 소음의 소용돌이에서 빠져 나와 시원한 밤바람을 맞으며 집으로 돌아오기 시작했다.

뒷좌석에서는 할아버지가 창백한 얼굴을 한 마덕을 어깨에 기대게 하고 잠들어 있었다. 다른 쿠션에는 케트와 지미가 달라붙어 있었다. 지미의 팔은 케트 허리에 돌려 있었으나 둘 다 초생달을 바라본 채였다.

앞자리는 나와 가빈이 점령하고 있었다. 둘의 우정은 원래대로 돌아갔고, 이제는 절대로 헤어지는 일은 없을 것이다. 적어도 언젠가 그때까지는……

그러나 그 언젠가를 고맙게도 둘 다 아직 알지는 못했다. 지금은 행복했고 미래를 완전히 믿고 있었다. 끝없는 엔진 울리는 소리와 아세틸렌 램프가 열심히 타고 있는 소리 외에는 아무 것도 들리지 않았다. 삼은 무슨 생각을 하는지 아무 말 없이 운전만 하고 있었다. 차는 힘차게 어둠 속을 달리고 있다. 두 소년은 손 닿지 않는 별하늘 아래에서 어두움을, 미지의 세계를 함께 정복하자고 꿈꾸고 있었다.

"이런 걸 나는 좋아해."

가빈이 속삭였다.

나는 그가 말하는 뜻을 참으로 잘 알 수 있었다.

16

할아버지의 철학은 아마 슬픈 체험에 기인하는 것이겠지만 모름지기 쾌락의 대가는 지불하지 않으면 안된다는 것이었다. 내가 너무 잘난 척하고 있노라면,

"이봐 로버트. 그 대가는 내일이면 지불해야 돼."

하고 경고하는 것이었다. 애드필란을 다녀온 이튿날도 우리는 엄청난 대가를 치러야 했다. 여느 때보다 늦게 일어나 보니까 불길한 정적이 온 집안에 가득 차 있었다. 마덕은 아직 자고 있었으나 아빠는 벌써 출근해 버렸고 엄마는 부엌에서 일하고 있었다. 할아버지는 보통 때보다 더 빨간 코를 하고 초조한 듯 담배를 빨아대면서 나를 간섭하려고 하지 않았다. 그래서 아래층에 내려가 보니까 현관 도어가 열려 있고 할머니가 들어왔다. 나는 몰랐는데 할머니는 어제 오후에 돌아와서 오늘은 벌써 새 모자를 쓰고 비이즈 구슬을 뿌린 케이프를 걸치고 연금을 타러 보일러 공장 사무소에 다녀오는 길이었다.

"아, 할머니."

하고 나는 소리쳤다.

"언제 돌아오셨어요. 난 전혀 몰랐어요."

할머니는 기뻐서 흥분하는 내 인사는 들은 척도 않고 묘하게 긴장한 표정을 띄우며 다가왔다. 그리고 바로 내 앞에서 발을 멈추었으나 무슨 생각에 꽉 찬 음산한 눈으로 나를 보기 때문에 나는 무언지 갑자기 불안과 근심으로 가슴이 떨렸다.

"로버트, 로버트."

할머니는 따뜻했지만, 그러나 부자연스러운 소리로 말했다.

"설마 네가 그런 짓을 하리라고는 나는 믿을 수 없어."

나는 뒷걸음질로 벽 있는 데까지 물러났다. 할머니에게서 그렇게 열심히 가르침받은 신앙을 배신한 것은 아마 벌써 미스 민에게서 듣고 알고 있을 것이 틀림없다. 나도 전부터 할머니가 실망 끝에 기분 나빠하리라고는 막연하게 생각하고 있었다. 그러나 이 깊은 슬픔, 두 뺨에 번지는 노여운 빛, 광란한 것같이 섞어 문 입술이랑을 보자 나는 망연자실해서 오그라들었다.

"가까운 시일 안에 너도 기쁘게 할머니한테로 돌아올 거야."

할머니는 그 이상 아무 말 없었으나 그 하염없는 슬픈 말투는 나를 떨게

했다. 나는 멀뚱히 입을 벌린 채 할머니가 2층으로 올라가는 것을 지켜 보았다. 할머니는 도어를 노크하더니 단호히 할아버지 방으로 들어갔다.

나는 내 방으로 뛰어 들어갔다. 태어나면서부터 나한테 정해진 종교가 어째서 할머니에게 저런 어둡고 잔인한 증오를 불러일으키게 하는 것일까. 나는 거기에 대해서 뭐라고 대답해야 좋을지 모른다. 존경할 만한 모범적인 여성인 할머니는 이제까지의 생애에서 아마 세 사람 정도의 가톨릭 교도하고밖에 말을 해본 적이 없을 테지만, 가톨릭에 대한 그의 무지와 오해는 참으로 우스울 지경이었다. 그러나 지금도 그에게는 가톨릭은 증오하기에 족한 것이다. 그러므로 나의 첫 영성체를 묵인한 할아버지를 그리 간단히 용서할 까닭이 없는 것이다.

사실 그때 나는 머리 위에서 큰소리로 서로 떠들어대는 소리를 들었다. 이윽고 내가 무릎을 와들와들 떨고 있으려니까 현관 쪽에서 할아버지 발소리가 났다. 도어로 내다보니까——할아버지는 몹시 안정되지 못한 모습으로 모자를 쓰고 있는 참이었다.

"나오너라, 로비."

할아버지가 별안간 소리를 질렀다.

"아무래도 너하고 나는 나가는 게 좋을 것 같다."

밖으로는 나갔지만 나는 곧 할아버지가 걱정하고 있는 것을 알 수 있었다. 틀림없이 할머니한테서 내가 신앙을 배신한 사실로서 호되게 야단을 맞은 모양이지만, 그러나 그보다 더한 걱정의 원인이 있었던 것이다. 엊저녁 늦게까지 침실 창가에 앉아 있던 할머니는 마덕의 '추태'를 모두 보고 있었던 것이다. 그리고 자기의 의무라고 생각하여 아침식사 때 아빠한테 다 말해 버린 것이다.

할아버지는 어떤 때고간에 아빠하고는 얼굴을 마주치지 않으려고 하고 있었는데 이것은 사위가 자기를 무척 싫어하고 있는 것을 알고 있기 때문이었다. 내 기억으로는 이 두 사람이 잠시라도 같이 있었던 것은 꼭 한번 뿐으로, 그것도 엄마가 잘 추켜 세운 모양으로 아빠가 갑자기 아량을 보여서 할아버지와 나를, 신설한 리븐포드 하수관개시설 구경을 시켜 주었을 때 뿐이었다. ——그때도 결과는 참담하게 끝나 버렸다. 아빠는 자랑스럽게 여러 가지로 산화장치와 여과장치 설명을 하고 위생담당관으로서 열정을 모아서 처음에는 아무리 더러운 것이라도 이 방식을 쓰면 최후로 나오는 것은 맑은 음료수가 된다고 설명했다. 그때 아빠는 컵에 그 물을 담아서 나한테 주었다.

"시험으로 마셔 봐."

나는 그 탁한 액체를 보고 주저했다.

"나, 목마르지 않아요."

나는 더듬으면서 말했다.

그러자 아빠는 그 컵을 할아버지한테 권했다. 그날은 할아버지도 줄곧 예의 유명한 미소를 보이고 있었던 것이다.

"나는 냉수를 별로 안 좋아하니까 말이야."

할아버지는 온순하게 말했다.

"그리고 그 물은 더구나 맛있을 것 같지 않군."

"그럼, 내가 말하는 것을 믿지 않으신단 말씀입니까."

하고 아빠는 큰소리를 질렀다.

"그럴 리는 없지."

할아버지는 빙글빙글 웃는 얼굴이었다.

"자네가 마셔 보이면 말이야."

아빠는 컵을 땅바닥에 내동댕이치고 휙 가버렸다.

원래 이 두 사람은 절대로 얼굴을 마주하는 적이 없었다. 그들의 길은 교차되는 일이 없었고, 할아버지는 거리에서 아빠의 모습을 보게 되면 당장 길을 돌아가는 작전을 쓰는 것이 습관이었다. 그러나 오늘만은 충돌도 시간문제였다. 아침이 되어 냉정하게 생각해 보니, 그때는 그래서 좋을 것같이 여겨졌만 마덕의 탈선행위는 생각보다 성가시게 되지 않을 수 없었다. 아빠는 절대 금주주의였으므로 아빠에게 있어서 '음주'는 최대의 죄악이었고——또 용서할 수 없는 금전의 낭비이기도 했다. 마덕의 낙제만으로도 화가 머리끝까지 치밀어 있는 아빠의 일이라, 아들을 타락시킨 괘씸한 장본인을 벌하는데 어떤 극단적인 수법을 쓰는지 알 수 없는 노릇이었다.

집에서 상당한 거리까지 오자 할아버지는 갑자기 걸음을 멈추고 좀 흥분해서 나를 내려다보았다.

"다행히 이쪽은 이쪽대로 방책이 있으니까, 로비. 그리고 부탁하면 먹여 줄 정도는 해주는 친구도 있으니까. 이제부터 안토넬리 집에 가 보자."

나는 몹시 곤란해서 할아버지를 쳐다보았다.

"안돼요, 할아버지. 그럴 수 없어요."

"그건 왜."

"그건……."

나는 말이 막혔다. 그러나 말하지 않을 수도 없다.

나는 할아버지가 사정없이 현관에서 쫓겨나는 것을 보고 있을 수는 없는 노릇이다.

할아버지는 한마디도 대답하지 않았다. ──주책없이 열변을 토하는 버릇도 있지만 할아버지에게는 적어도 모욕을 가만히 참고 견디는 천성도 있었다. 그러나 이것은 엄청나게 큰 타격이었다. 금방 얼굴이 이상한 얼룩 얼룩한 색깔로 변했다. 그래서 할아버지는 드럼벅으로 돌아가, 마구장수나 피터 디키한테로 가리라고 나는 생각했다. 그러나 그것은 큰 잘못이고, 큰길을 자꾸자꾸 걸어서 녹스힐을 넘어서 시의 남쪽, 한번도 가 본 적이 없는 데로 나를 데리고 갔다.

"어디 가요, 할아버지?"

"짠 바닷물로 몸을 정결하게 할 참이야."

할아버지는 그렇게만 한마디 했을 뿐이었다.

할아버지는 정말 그런 것을 생각하고 있었는지, 애드필란의 바닷바람이 바닷가로 갈 생각을 일으키게 했는지, 혹은 다만 자기와 자기를 괴롭히는 모든 것과의 사이에 되도록 먼 거리를 두자고 생각했는지 나는 알 수 없다. 그러나 이윽고 우리는 녹스힐 끝을 거쳐 항구 바로 밑 하구 언덕에 나갔다. 여기는 목가적인 바닷가는 아니고 한없이 넓고 단조로운 밭 등의 연속으로, 곳곳에 푸른 해초무더기랑 평평한 바위가 점점이 보였는데, 그 바위에는 아직 어린 조개가 회색으로 달라붙어 있었다. 마침 간조 때라 그 근방의 물은 흐릿한 회색이었다. 보일러 공장의 높은 굴뚝이 아직 보이고, 조선소에서 해머소리가 울려 오고, 세탁공장 암거(暗渠)에서는 물이 넘쳐 나와 공업지대를 연상시키는 이 풍경들은 이 근방 풍경의 황량한 정취를 감하기는커녕 중대시키고 있는 것이었다.

더구나 살랑바람에는 소금기 머금은 쑵스름한 냄새가 풍겼다. 그러므로 금방 할아버지가 찾고 있던 조용함과 쓸쓸함이 우리 주위를 감쌌다. 할아버지는 털썩 앉더니 구두와 양말을 벗고 바지를 무릎까지 걷어붙이더니 젖은 모래를 튕기며 철썩철썩 얕은 물 속으로 들어갔다. 나는 회색 물결이 할아버지의 야윈 복사뼈를 조롱하는 것을 바라보고 있었다. 그러다가 나도 구두와 양말을 벗고 물이 고인 할아버지 발자국을 따라 물 속의 할아버지 곁에까지 갔다.

이윽고 할아버지가 모자를 벗었다. 나에게는 할아버지와 끊을래야 끊을 수 없는 연상을 주는 저 놀라운 모자──크고 네모진, 색이 바래고, 양쪽으로 세 개씩 공기구멍이 나 있고 얼마나 오래 썼는지 쇠처럼 단단해져 있는 것이다. 할아버지 머리는 물론이지만, 훔쳐 온 나무딸기 1파운드에 이르기까지 온갖 진품을 넣었던 적이 있는 모자, 그리고 과거 현재에 이르기까지 온갖 목적으로 쓰여지고, 또 지금도 그 모자 속에 허리를 굽혀 어쩐지 슬픈 바닷가에서 주어 올린 새조개들을 집어넣기 시작하고 있었다.

새조개는 새하얀데, 무늬 같은 홈이 파져 있고, 흔들리는 물 아래 6펜스짜리 만한 작은 구멍이 보이기 때문에 가까스로 그 소재가 알려질 뿐이었다. 또 한 가지 조개는 진주조개처럼 자홍색 광택이 나는 바위 틈새에 떼를 지어 꽉 붙어 있었다. 그것들이 뒤섞여서 모자 하나 가득 되자 할아버지는 굽혔던 허리를 폈다. 그리고,

"자, 로비."

했다——. 그것은 우울한 바다를 향해 하는 소리 같았다.

"내가 나쁜지는 몰라…… 그러나 그렇게까지 할 정도로 나쁠 까닭은 없는데 말이야."

떠올려진 해초와 나무토막이랑, 구멍 뚫린 바구니랑 배에서 내버린 짚 매트리스랑이 흩어져 있는 바닷가 마른 모래 위에서 우리는 모닥불을 피우기 시작했다. 조개를 구우면서 할아버지는 새조개 먹는 법을 가르쳐 주었다. 새조개는 불에 구어 두면 입을 벌리니까 그때 금방 소금기 있는 살을 꿀꺽 삼키는 것이다. 굴 따위보다 훨씬 맛있다고 할아버지는 말하며 무척 많이 먹었는데 그 씁쓸한 짠 맛은 할아버지의 지금 기분에 맞는 것 같아서 공연히 슬펐다. 나는 새조개는 별로 좋은 줄 몰랐으나 다른 한 가지 조개는 내 미각에 꼭 맞았다. 껍질이 아주 크게 벌어지고, 진주빛을 한 안쪽에 고기처럼 딱딱한 호도같은 맛있는 구워서 오무라든 살이 나타나는 것이다.

"접시를 설거지할 성가심도 없군."

할아버지는 완전히 다 먹어 버리고 나서, 재미없어 보이는 미소를 띄우고 그렇게 말했다. 그리고 파이프에 불을 붙이더니 팔꿈치를 짚고 누웠다. 아까부터의 생각을 계속하는지 주위 경치에 멍청하게 눈을 주고 있었다. 그러다가 짠 걸 먹었기 때문에 목이 마른 모양으로 혼자처럼 중얼거렸다.

"여기서 한잔 하면 좋겠는데."

자, 여기에서, 이제부터 일어날 일의 참고로, 할아버지 성격의 중요한 일면을 분명하게 해 둘 필요가 있다. 할아버지에게는 '음주'라는 기호가 있고, 약점이 있었다. 밤이 되면 손으로 더듬는 소리와 어둠 속에 부딪히면서 태연히

환성을 지르며 계단을 비실비실 올라오는 발소리를 들을 때도 있다. 그러나 할아버지는 주정뱅이는 아니었다. 아담이 퍼붓듯이 '주정뱅이'라고 단정하는 것은 할아버지에 대한 큰 오해다. ―― 취해서 뭐라고 떠들어대는 적은 있지만, 그러나 그동안에는 술을 마시지 않은 오랜 기간을 두고 있었고, 그리고 토요일 밤 같은 때 리븐포드 거리가 와자지껄할 때랑은 한번도 집을 나간 적은 없었던 것이다. 할아버지라는 사람은 한평생 용감무쌍한 놀랄 만한 행동이 하고 싶어 근질근질해 했지만 그 염원이 너무 지나치게 강했기 때문에 후반생애는 정말 그런 행동을 해 왔다고 믿어 버리고 말았던 것이다――. 그러나 사실은, 그 경력은 극히 평범한 것이다. 그 선조는 한때 상당히 괜찮은 시대도 있었고――선친은 두 숙부와 공동으로 글렌 내비스에서도 유명한 양조장을 경영하고 있었다. 언젠가 가족 사진 앨범을 보니까 한 청년이 엽총을 들고 세터 개 두 마리를 데리고 당당한 시골 저택 현관에 서 있는 노랗게 바랜 사진이 있었다. 엄마한테서 그게 할아버지고, 어릴 때 살던 집 밖에서 찍은 사진이라는 말을 들었을 때 내가 얼마나 놀랐는지 상상해 주기 바란다――. 엄마는 가벼운 미소와, 그리고 한숨을 섞어 이렇게 덧붙였던 것이다.

"거어가라고 하면 그 당시에는 굉장했었단다, 로비."

집안 재산을 없앤 것은 맥아(麥芽)에 부과된 세금 때문이었다. 그리고 지금은 나도 알고 있지만 그 '파산' 후 아직 젊었던 할아버지는 겸손한 리븐포드 풍습대로 할 수 없이 견습공이 된 것이다. 그러나 '손에 일을 잡으려고'는 도대체 하지 않았다. 원래가 참아 보겠다는 기분이 없었기 때문이었지만 무리하게 결혼을 시킨 데도 관계가 있다. 그러나 이 결혼을 한번도 후회한 적은 없었으나 상대는 할아버지의 인품에 반한 어느 집안의 따님으로 그 결과 금은상을 시작하게 되었다. 여기에도 실패했지만 굴하지 않고, 이번에는 계속 사무원, 농장 노동자, 가구사, 옷감 판매업, 클라이드 강 기선의 사무장으로 직업을 바꾸어, 최후에는 글렌 내비스 시대의 연줄로 할아버지가 굉장히 존경하고 있는 시인(로버트 번즈로, 스코틀랜드 시인으로서 방언시집이 유명함)과 마찬가지로 보세창고의 세금 받는 직원이 되었다.

자기 자신에 대한 환멸과 교제에 능한 지능과 또 동시에 '뜻맞는 동지' 속에서 일한 것이 인연이 되어 할아버지는 어느새 술꾼이 되어 있었으나 그래도 형편없는 주정뱅이는 절대 아니었다. 먹고 싶어한다고 해도 가끔 생각나면 한잔 하는 편으로, 결코 시종 치사스럽게 마시는 법은 없었는데 그것도 양극단이 묘하게 얽힌 특이한 성격에서 오는 것이었다. 이 성격이 또한 내 결백을 변호하기 위해서는 사자같이 맹렬한가 하면 다음 순간에는——그러나 여기에 대해서는 더 나중에 가서 다시 얘기하기로 하자.

지금 할아버지는 외롭게 기운이 빠져 있지만 이런 때 마시고 싶다는 기분이 표면에 나타난 것은 할머니로부터 배신자라는 지탄의 고배를 마신 다음이라 무리가 아니라고 생각되었다.

"그 여자가 말이야."

할아버지는 별안간 말문을 열었다.

"내가 집에 발을 들여놓았을 순간부터 내 목을 노리고 있었던 거야. 그 여자가 나한테 해준 것은 꼭 그대로 되돌려 줄 것이다. '마덕을 타락시켰다'고."

그는 거기에서 툭 말을 끊고 불쾌한 표정인 채 파이프의 젖은 물뿌리로 저쪽을 가리켰다.

"저기 봐. 아일즈 호가 오고 있다. 섬 순례를 나가는 길이다. ……썩 좋은 배구나."

우리는 만원인 유람선이 강을 내려오는 것을 바라보고 있었다. 번쩍이는 외륜, 펄럭이는 깃발, 그리고 멋부린 각도로 기울어진 빨간 두 개의 굴뚝, 연기는 날개처럼 나부끼고, 갑판에서 연주하는 '독일인 악단'의 달콤한 음악이 우리 있는 쪽으로 흘러 와서 파도가 물결쳐 와도 아직 슬프게 달려 오고 있었다. 한푼 없는 가엾은 선창가 룸펜인 풀죽은 우리는 얼마나 그 배를 타고 싶어했던지!

"처음 동안."

할아버지는 괴로운 기분을 말로 뭉쳐서 얘기하기 시작했다.

"아내가 죽은 다음 내가 르몬 뷰에 살게 됐을 땐 말이야, 저 여자도 나한테 애교를 부리고 있었지. 내 양말을 깁고, 슬리퍼를 난로 곁에 내다 놓고 하면서. 그러다가 담배를 끊어 달라고 하겠지——. 담배 연기가 싫다는 거야. 내가 거절하자 그게 시작된 거야. 그 이후 계속 나한테 반항해 왔어……. 물론 이긴 건 그 여자지. 그 쪽은 혼자서도 살아갈 만한 돈을 가지고 있겠다, 식사 때도 내려가지, 나보다 먼저 리븐포드 헤럴드를 읽는다. 토요일 밤에는 끓인 물이 준비되어 있고 아침에는 먼저 목욕을 하고 이래가지고는 내가 맥빠지는 것도 당연하지 않은가."

다른 배도 여러 척 지나갔다. 짐을 실은 평저선(平底船), 근해의 녹슨 부정기선, 항구와 '모래톱'까지 사이를 왕복하는 나룻배, 흰 굴뚝이 솟은 멋있는 인베라리 기선 '알렉산드라 여왕호'. 그리고 알로젠틴 무역을 위해 마샬 형제

회사가 건조한 우육선(牛肉船)의 하나로 엄청나게 큰 정기선이 왔다. 그 기선은 시끄러운 예인선 저쪽을 천천히 속을 알 수 없는 위엄을 가지고 지나갔는데 할아버지 말을 따라 보니까 뱃머리에 뱃길 안내꾼이 하나 서 있었다. 나는 그 배가 넓어진 강구 훨씬 저쪽으로 가서 까만 점이 될 때까지 눈물 머금은 눈으로 바라보고 있었다. 하구 앞에는 자홍색 연기 속에 바야흐로 태양이 빠지려 하고 있었다.

할아버지는 우울하게 생각에 잠겨 있었다. 마샬 기선만한 것은 다시 없다…….. 클라이드 강은 세계에서 가장 아름다운 강이다……. 로버트 번즈는 가장 위대한 시인이다……. 스코틀랜드인 한 사람이 잉글랜드인 세 사람을 이길 수 있다……. 한 손을 등에 묶여 있다고 하더라도, 그러나…… 어떤 남자라도 여자한테 이기기는 어렵다──. 꽤 오랜 시간 침묵은 계속되었다. 별안간 할아버지는 몸을 일으키더니 몰래 무엇인가 결심한 듯 한 손으로 무릎을 탁 쳤다.

"좋아! 보여 준다."

나는 깜짝 놀라 할아버지쪽을 돌아보았다. 아까부터 멀뚱해서 내가 유유히 출범하는 웅대한 광경을 머리 속에 그리고 있는 것처럼 할아버지도 역시 나와 같은 것을 생각하고 있으리라 짐작했기 때문이다. 그러나 이미 할아버지는 생각에 잠겨 있지도 않았고 풀이 죽어 있지도 않았다. 어떤 무서운 결의가 얼굴 전체를 비추어 코 근처에서 발산하고 있었다. 그리고 일어났다.

"가자, 왕자님."

할아버지는 흡사 자기 계획에 일종의 경외를 느끼기라도 한 것처럼 소리를 죽여 몇 번이나 되풀이했다.

"좋아, 멋지게 보여 준다!"

할아버지는 잠깐 멈추어 서서 교회 뾰죽탑의 시계를 쳐다보았을 뿐으로, 나를 재촉해서 급한 걸음으로 시내에 돌아왔다. 이 사이를 이용해서 또 한 가지 여기에서 설명해 두지 않으면 안될 일이 있다. 이 지방 사투리로 '보여 준다'고 하는 것은── 명료함이 결여되어 있어서 나는 별로 사용하지 않고 있지만──본래는 악마적인 유머를 섞은, 특수한 복수행위를 표현하는 말이다. 단순한 장난 정도의 것으로 지레 단정하지 않기를 바란다. 사실 '보여 준다'는 것은 가해자에게는 만족을, 피해자에게는 혼란을 주는 것이다. 그러나 닮은 점이 있다면 그만이다. '보여 준다'는 광장한 것, 전통적인 것으로 증오의 폭발인 것이다. 같은 경우, 코르시카에서라면 총을 들고 밀림 속에 숨겠지만, 리븐포드에서는 쓸쓸한 해변에 앉아 연구를 거듭한 후 실행하는 것이다.

"어디 가요, 할아버지?"

"첫째는 그 안토넬리 씨 집을 방문한다."

할아버지는 무엇이라고 형용할 수 없는 말투로 곧 다음과 같이 덧붙여서 그 말의 충격을 억눌렀다.

"뒷문으로지만 말이야."

할아버지가 안토넬리 뒷마당을 돌고 있는 동안 나는 겁을 집어먹고 길 모퉁이에 남아 있었다. 모습이 보이지 않은 것은 불과 수분 동안이었지만 할아버지가 한 군데 부상도 없이 기분 나쁜 미소조차 띄우며 다시 나타났을 때는 폭 한숨을 내쉬지 않을 수 없었다. 우리는 덮쳐 오는 어둠 속을 걷기 시작했으나 할아버지는 별로 사람들이 다니지 않는 '공원길'을 택했다.

나는 할아버지가 이상하게 비틀비틀하는 걸음걸이라는 것을 느끼고 조금 의심스러운 눈으로 쳐다보았다. 바구니를 산떼미처럼 이고 걷는 여자같이 뭔가 묘한 움직임을 보이면서 걷고 있었다. 그러다가 흡사 마술로 공중에 뜨듯 할아버지의 모자가 풀썩 올라갔다가 빙글 회전하더니 또 가만히 제자리 머리 위에 내려앉았다. 그래도 나는 짐작하지 못했다. 그러자 가느다란 꽁지가 모자 채양 아래로 삐져 나와 그것이 할아버지 머리를 닮아 뭉친 것같이 되는 것을 보고서야 나는 니콜로를 모자 속에 넣고 있는 것을 깨달았던 것이다.

나는 깜짝 놀라 입을 뗄 수도 없었다. 그때 할아버지는 내가 원숭이를 알아차리고 있다는 것을 느끼고 있었다. 그래서 경계하는 듯 옆눈길로 나를 바라보았다.

"이놈은 내 모자를 좋아해서 말이야. 넣어 둬도 조금도 싫어하지 않거든."

로몬 뷰에 도착한 것은 여덟시 조금 전으로 벌써 어둠이 깔려 있었다. 그때 나는 할아버지가 시간을 잘 맞추는데 탄복했다. 목요일 밤 일곱시 반이 되면 아빠는 주택협회 회합에 출석하는 습관이 있었다. 우리는 아무한테도 들키지 않고 할아버지 방으로 들어갔다.

니콜로는 완전히 회복되어 있었다. 그리고 우리를 잘 알고 있고——또 언제나 낯을 가리는 버릇이 있었으므로 이런 때는 아주 편리했다. 동시에 새로운 환경의 진기함에 기분이 과히 나쁘지 않은 모양이었다. 원숭이는 방 안을 돌아다니면서 이것 저것 온갖 것을 놀란 눈으로 바라보며 즐거워했다. 몹시 기분이 좋은 것도 금방 식사를 한 다음이었기 때문이리라고 나는 생각했다. 할아버지가 내밀어 준 사탕도 싫다고 받지 않았다.

할아버지는 가만히 냉정하게 원숭이를 바라보고 있었다. 동물과도 사귀지 못하고 오히려 위엄으로 대하는 편이지 일부러 친하려 드는 일은 절대 없었다. 사실, 미시즈 버섬리가 있는 앞에서는 고양이에게 아주 친한 듯 대하면서도 어둠 속에서 딱 마주치던가 하면 불쾌한 듯 그 고양이를 발로 차 내동댕이치는 것을 나도 본 적이 있다.

아홉시……. 계단에 소리가 나고 할머니가 욕실로 가는 것을 알 수 있었다. 몰래 기다리고 있던 할아버지는 용서 없이 즉각 행동을 개시했다. 나이에 맞지 않는 민첩한 동작으로 니콜로를 안아 들더니 도어를 빠져 나가 싹 모습을 감추었다. 그리고 수초 후 할아버지는 돌아왔다. —— 원숭이는 없었다.

나는 파랗게 질렸다. 마침내 할아버지의 '보여 준다'의 뜻을 확실히 알게 되었다. 그러나 나는 떨면서도 무서운 기대의 감정을 의식했다. 할아버지는 손톱을 씹으며, 할머니가 무거운 발소리를 내며 층계를 올라오는 것을 가만히 귀기울여 기다리고 있었는데 나도 그 곁에 떨리는 몸으로 앉아 있었다. 할머니가 방에 들어가는 소리, 옷 벗는 신중한 소리, 침대에 들어간 듯한 삐걱소리가 났다. 정적, 무서운 정적. 그러자 별안간 밤공기를 찢는 비명…… 또 비명…… 이어 또다시 한번.

여기에서 어떤 일이 일어났는가. 그것은 할머니 자신에게, 그리고 그 스코틀랜드 사투리 그대로 얘기하지 않으면 안된다——. 지금까지는 쉽게 하려고 내가 번역을 해왔던 것이다——라고 하는 것은 이 사투리를 쓰지 않으면 모처럼의 얘기도 절반은 그 실감이 나지 않기 때문이다. 할머니는 그 후 몇 년 동안이나 이 얘기를 주로 미스 티바이 민에게 되풀이해서, 그리고 무섭도록 진지하게 들려 주었던 것이다. 그러므로 내가 이 얘기를, '할머니가 악마를 만났던 얘기'라고 오늘날까지 기억하고 있는 것도 별로 이상하지는 않을 것이다.

그것은 다음과 같은 것이다.

"아, 티바이, '그놈'이 나한테 덤벼온 그 무서운 밤 나는 건강상태도 기분도 보통 때와 조금도 다름없었는데 나는 입고 있던 걸 벗고, 깨끗이 개켜 가지고 흔들의자에 걸고 수건을 쓰고 잠옷을 입었지. 그리고 기독교 신자답게 성경을 읽고 의치를 뽑아 놓고 촛불을 켰지—— 당신도 알다시피 나는 밤새 작은 촛불을 켜서 옆에 두거든. 그리고 머리를 베개에 얹고 언제나처럼 '구주님' 품에 안겨 편안하게 잠자려는 순간 '그놈'이 가슴께에 덤벼드는 느낌이지 뭐야. 나는 눈을 번쩍 떴지. 도대체 뭔가 하고 들여다보았더니 흔들흔들하는 촛불 속에서 가만히 나를 보고 있는 것이 다름 아닌 악마가 아니겠어.

아이구 아이구, 꿈이 아니란 말이야. 티바이 꿈 같은 거 아니라니까. 말이야. 아직 잠들지도 않았으니까. 더구나 나는 망상을 하는 여자 따위는 아니란 말야. 정말이지 꽁지도 뭐도 다 있는 악마가 이를 내밀고 후물후물 웃다가 이를 갈다가 하는데, 흡사 나를 지옥에라도 끌고 가려는 듯 있는 힘을 다하고 있는 게 아냐. 나는 말이야 티바이. 당신도 알겠지만, 쉽게 무엇에 겁내는 여자가 아니지만, 그때만은 뼈까지 떨었어. 숨은 막히고 소리도 지를 수 없고 마음속으로 '주기도문'을 외는 게 고작이었지. 시체처럼 돼서 그 악마를 노려보니까 그쪽에서도 나를 노려보지 않겠어. 그러다가 별안간 그놈이 까아 하는 소리를 내며 나를 말이라고 생각하는지 후닥닥 가슴 위에 뛰어올라 그 위에서 펄쩍펄쩍 뛰면서 야단이지 뭐야. 어때 티바이. 이제 나는 숨을 쉴 수조차 없는 거야. 그놈이 앞발 둘로 내 귓밥을 잡는가 했더니 흡사 우유 짜는 기계같이 내 머리를 잡아 혼드는 거야. 뛰고는 혼들고, 혼들고는 뛰고. 마침내 나는 완전히 숨을 못 쉬게 돼버렸어. 더구나 그러는 동안 내내 '그놈'의 눈에서는 불꽃이 튕겨 나오고 있지 뭐야. 그 무서웠던 거, 티바이, 나는 완전히 온몸에 소름이 끼치고 악마놈도 그것을 아는 모양으로 때리다가 짖다가, 할퀴다가, 마지막에는 내 머리는 온통 말 아니게 헝클어뜨리고 창피한 말이지만, 잠옷이 북 찢어져서 등이 절반 드러나고.

나도 그때 침착하게 하느님의 '이름'을 불렀으면 좋을 텐데, 그런데 그런 생각은 다 날아가 버렸단 말야. 가까스로 입에서 나온 건 흡사 모기우는 소리로,

"나가, 악마, 나가."

하고 했을 뿐이야.

그런 가느다란 소리였지만, 그래도 악마도 놀란 모양이더구만. 하여간 그놈이 무작정 때리던 시늉을 멈추고 후물 후물 이빨을 드러내는가 했더니, 언제나 침대곁 테이블 위에 얹어놓는 내 의치를 집어드는 거야. 그러고선 이거 거짓말이 아니야, 정말, 정말인데, 이번에는 침대 위에 일어서서 그 의치를 만지작거리며 나를 보고는 찡그리더니 제 입에 넣었다 뺐다 하는 거지 뭐야.

좋아, 티바이. 그 잠깐의 틈이 나를 도와 준 거야. 나는 그놈이 그 고급 의치를 가지고 장난하는 것을 보자 저런 고얀 놈 싶어 칵 피가 머리로

솟구쳐 올라 그때까지 다 죽어가던 몸을 후딱 일으켜 별안간 똑바로 앉아 그놈에게 주먹을 휘둘러 보이며 소리를 질러 줬지.

"이 악마새끼, 이 악마새끼, 하느님이 널 지옥으로 쫓아보낼 것이다."
하고 말이야.

전능하신 하느님의 이름이 그놈에게 부딪친 순간——천만에, 내 주먹 따위 힘으론 그놈에겐 아무 것도 아니야——. 금방 악마는, 몸도 얼어붙는 듯한 무서운 비명을 질렀어. 그리고 그런 금속성 소리를 지르며 침대에서 뛰어내려갔어. 다행히 그날 밤은 좀 더워서 나는 조금 바람을 통하게 하느라고 창문을 조금 열어 두었었지. 내가 손발을 부들부들 떨면서 도와 주신 하느님께 감사 드리고 있는 사이 그놈은 지옥불같이 쓰윽 방에서 사라진 거야. 나는 한참 동안이나 움직일 수도 없었어. 그렇지만 일어서서 가스에 불을 붙이고 별 사고 없이 도와 주신 하느님께 감사기도 드렸어. 나는 보았어, 그놈이 달아나면서도 내 의치를 훔쳐가지 않았고, 아무 것도 부서진 것도 없었단 말이야. 그렇지만 무섭도록 근성 나쁜 복수심 강한 놈이었어. 내 요강을 훔쳐가 버렸단 말이야.

17

다음 화요일에 여름방학이 끝났다. 케트는 또 국민학교에 나가고 나도 학교에 다니기 시작했다. 그날 일은 지금까지도 확실하게 기억하고 있다——. 그것은 할아버지를 구름처럼 둘러싸고 있던 뿌리 깊은 우울, 내가 할아버지에게서 이어받아, 성장하면서도 계속 괴로움 당하던 심적 상태, 인생이 어둡고 무가치하게 보이는 그 기분이 클라이맥스를 이루는 날이었기 때문이다.

아직도 더위가 꽤 심해 모두 축 늘어져 있었다. 할머니는 방 안에 틀어박힌 채였다. 마덕은 사람 눈을 피하고 있었다. ——그는 아무에게도 말하지 않고 다르림풀 씨네 원예장에서 일하기 시작하고 있었다.

할아버지는 친구를 방문하려고도 하지 않았다. 필경의 일이 없어졌으므로 다만 더위와 아빠의 불평을 참는 도리밖에 없었다. 그래도 내내 잔소리를 듣거나 싫은 변을 당하거나 하고 있었다. 여간한 구두쇠가 아닌 이상 할아버지의 담배를 끊게 하는 방법을 강구할 수는 없다. 할아버지가 빈 파이프를 서글

프게 만지작거리며 마지막에 그런 소리까지 하게 된 것도 그 때문이었다고
나는 생각한다.

"이 따위가 무슨 소용 있어…… 무슨 소용 있어."

그 이튿날 내가 커튼 뒤에서 옷을 입고 있으려니까 아빠는 아침식사를 하
면서 여전히 할아버지에 대한 불평을 늘어놓고 있었는데, 그때 엄마가 2층에
서 내려와 놀라고 당황한 목소리를 질렀다.

"할아버지가 2층에 안 계세요. 어디 가셨을까?"

아빠는 대답을 하지 않았으나 놀람이 어느새 분노로 변해 있었다.

"바보짓을 해도 정도가 있는 거야. 점심 때까지 돌아오지 않으면 나도 생각
이 있으니까."

곤란한 일이 생겼구나, 하고 생각했으나 아직 그때는 그처럼 큰일이 되리라
고는 알지 못하고 나는 가빈과 함께 학교에 갔다. 학교에 도착해 보니 우리는
같은 클라스였을 뿐만 아니라 자리까지 함께 앉게 되었다. 그런 일도 있었고,
또 새 교과서를 소중하게 가져 와서 엄마에게 커버를 만들어 씌워 받기도 하
느라고 그날 하루는 바쁘게 지나가 버려 다른 건 생각할 겨를도 없었다.

그런데 그날 밤 가족이 모두 저녁 식탁에 앉자 엄마의 울어서 빨개진 눈과,
아빠의 억지로 억누른 태도에서 나는 무슨 나쁜 일이 생긴 거라고 깨달았다.

"아직 아무 소식 없는 거요?"

엄마는 슬픈 듯 고개를 저었다. 아빠는 손가락으로 테이블 클로드를 치면서
흡사 할아버지 머리라도 짓씹듯 토스트를 버석버석 먹고 있었다.

침묵. 거기에 들어온 마덕이 소리를 죽이며 말했다.

"무슨 일이 일어났는지도 몰라."

아빠는 번쩍 눈을 돌려 이 불행한 청년을 노려보았다.

"가만 있어, 바보 자식. 훨씬 전에 있었을 거야, 머리를 써야 할 일은."

마덕이 쑥 들어갔기 때문에 한층 괴루운 침묵이 계속되었으나 이윽고 초조
해 하며 아빠가 또 입을 열었다.

"보통 때라도 저런 귀찮은 존재를 먹이고 있는 건 큰일이니까. 그러나 스스
로 집을 나가, 그것도 술에 젖어 있는 것이라면……."

엄마는 마침내 참지 못하고 분노로 뺨을 홍조시키며 말을 가로막았다.

"어떻게 당신이 알아요, 할아버지가 그런 짓을 하고 있으리란 것을."

아빠는 조금 당황하여 엄마의 얼굴을 물끄러미 바라볼 뿐이었다.

"가엾게. 할아버지는 돈도 한푼 가지지 않았어요."

엄마는 계속했다.

"모두들한테 짓밟히고 욕만 먹고. 술에 젖어 있다니 지나치세요. 요새 같은 그런 취급을 받는다면 자포자기가 된다고 해서 하나도 이상할 거 없어요."

엄마는 울기 시작했다.

마덕은 눈치채지 않게 과연 그렇다는 얼굴을 하고, 케트는 엄마 곁으로 가서 위로했다.

"정말이어요, 아빠."

하고 케트는 경고하는 어조로 말했다.

"무슨 수를 써야지. 돈을 안 가졌으니까 그리 멀리는 가시지 않았을 테고."

아빠는 우울한 얼굴을 했다.

"그리고 이웃에 모두 알아보든가…… 지금까지만 해도 그만하면 족하지."

그는 자리에서 일어났다.

"부원들에게도 모두 거리에서 잘 알아보도록 일러 놓았어. 그것으로 충분해, 나로서는."

아빠가 부원이라고 하는 것은 아키잠프라고 하는, 아빠의 뒷자리를 노리고 있으며 언제나 긴장해서 아빠의 오른팔이 되고 있는 키가 후리후리한 조수와 또 한 사람은 동작이 느려서 보일러 공장 직공이나 입 나쁜 젊은 사람들 한테 '급행열차'라는 별명을 듣고 있는 뚱뚱한 소년이다. 나중에 내가 잘못 알았다는 것을 깨달았지만 이 때는 이 두 사람의 협력에는 별로 기대를 걸 수가 없었다. 할아버지가 근래에 무척 비관하고 있던 것을 생각하고 어쩐지 나도 너무나 걱정이 되었다.

이튿날 아침이 되었으나 할아버지는 돌아오지 않고 간 곳조차 알 수 없었다. 온 집안에 긴장과 불안이 꽉 찼다. 점심 때까지도 아무 소식이 없었으므로 아빠는 손바닥으로 그리 세게는 아니지만 식탁을 쾅 치고 마침내 결심을 굳혔다는 듯 말했다.

"아담한테 전보를 치자!"

그렇다, 그렇다. 아담을 불러 온다. 이것은 적절한 정당한 조처다. 그러나 전보라니——그런 무서운 통신수단은 이 집에서는 전대미문의 일이고, 무엇인가 불길한 흡사 재액의 전조같이 느껴졌다. 마덕이 간다는 것을 엄마는 말리고 모자를 쓰고 머리를 안쪽으로 기울이며 스스로 전보를 치러 드럼벅의 작은 우체국으로 갔다. 한 시간쯤 있으니까 답전이 왔다.

"내일 목요일 오후 세시 도착, 아담."

이런 신속한, 이런 능률적인 처리방법에 극히 조금이지만 우리는 기운을 차렸다. 엄마는 그 전보를 언제나 아담의 것을——편지도, 학교 통지표도, 헌 월급 봉투도, 리본으로 잡아맨 머리털까지—— 모두 간직해 두는 장 서랍에 넣으며 말했다.

"역시 아담이야."

그러나 그 이튿날 아담이 도착하기 전에 무서운 사태가 벌어졌다. 내가 비참한 기분으로 어물어물하고 있으니까, 아빠가 아직 점심시간도 아닌데 시청에서 돌아왔다. 아키잠프가 함께였으나 그를 현관쪽에 기다리게 해놓고 아빠는 엄마한테로 가더니 조금 망설인 후에, 엄숙한 부드럽기조차한 표정을 띄우며 말했다.

"침착해야 해. 할아버지 모자가 발견된 거야……. 공원 연못에 떠 있더라는 거야."

모두 확 얼굴빛이 변했는데, 발견자인 잠프는 우리 앞에 가엾게 찌부러져 가지고 흠뻑 젖은 할아버지 모자를 내놓았다.

"깊은 쪽 구석에 떠 있었어요, 부인. 보트 가게 바로 맞은편에."

그는 아첨하는 듯한 주위의 말을 늘어놓았다.

"그런 데에 있다니, 나도 깜짝 놀랐습니다."

나는 충격에 가슴이 찌그러지는 느낌으로 아직 물기가 뚝뚝 떨어지는 할아버지의 유품을 바라보았다. 잠시 후 이것이 무슨 의미인지 확실히 깨닫게 되자, 눈물이 엄마 뺨을 주루룩 흘러 내렸다.

"그만 그만, 부인."

아키잠프는 진정시키려는 듯 말했다.

"아무 것도 아닐는지도 모릅니다……. 전혀 걱정하실 필요 없는 것인지도."

아빠는 그래도 부엌으로 들어가 엄마에게 차를 넣어 주었다. 그리고 애정을 담아 억지로 마시도록 권하고 엄마가 다 마실 때까지 위로하는 얼굴로 기다리고 있다가 이윽고 아키잠프와 함께 나갔다.

그날 오후, 아담이, 줄무늬 바지에 까만 저고리, 그레이 넥타이에 진주 핀을 한 복장으로 왔다. 도착하자마자, 재빨리 지휘봉을 손에 넣은 그는 테이블 앞에 앉자 능률적으로 침착하게 모든 설명을 듣고 할아버지가 우울했던 것과 최후로 말한 불길한, 내 더듬거리는 얘기까지 다 들었다. 그리고 이렇게 말했다.

"경찰에 신고하지 않으면 안되지."

그런 불길한 말에 모두 입을 다물었다.

"그러나 아담……."

아빠가 항의했다.

"내 지위로 보아서……."

"아버지."

아담은 차갑게 대답했다.

"할아버지가 투신하려는 생각이 들었다고 한다면 도저히 이것은 감추어 둘 수는 없을 겁니다. 어떻습니까. 나로서는 그렇게까지는 하고 싶지는 않습니다만, 그러나 경찰은 틀림없이 연못을 찾으려고 할 겁니다."

엄마는 전신을 부들부들 떨고 있었다.

"아담! 네가 말하는 건 설마……."

"설마 나도 할아버지가 농담이나 장난으로 모자를 연못에 띄웠다고는 생각지 않아요."

아담은 어깨를 움찔해 보였다.

"아니, 아담."

"박정한 소리를 해서 죄송합니다, 엄마. 나도 엄마 기분을 알고 있어요. 그러나 결국 할아버지는 무슨 낙으로 살아 있어야 합니까. 나 지금 곧 가서 뮤어서장을 만나고 오겠습니다. 다행히 녀석은 내 친구이니까요."

아담은 언제나 맥주나 궐련을 즐겼는데 지금도 악어 가죽 케이스에서 그 한 가치를 뽑았다. 나는 견딜 수 없는 기분으로 그가 궐련 속에 그 길이만큼 꽂혀 있는 짚을 뽑아내고 신중한 솜씨로 불을 붙이기까지 열심히 바라보았다. 그는 아빠쪽도 흘깃 쳐다보고 다시 엄마 있는 데로 몸을 돌렸다.

"잘됐지요 엄마. 참 잘된 거지요. 내가 보험 연장을 권유해 놓았으니까. 음…… 이자를 넣어서 환부금은."

그는 왼손으로 은빛 연필을 뽑아들더니 테이블 클로드에 숫자를 쓰기 시작했다.

"3푼으로 5년 하고…… 거기에 25를 더해서…… 어떻습니까, 확실히 116 파운드는 더 될 테니까."

"나는 돈 같은 거 싫어."

엄마는 울고 있었다.

"굉장히 도움이 되지."

아빠가 쉰 목소리로 말했다.

견딜 수 없는 슬픔, 다시 없는 것을 잃어버린 기분이 점점 밀려 와서 나는 가슴이 미어지는 느낌이었으나 그때 아담은 연필을 집어 넣고 일어섰다.

"주택협회 사무소에 가서 메칼라 씨를 만나고 오겠습니다. 즉시 지불하라고 하면 조금 까다롭기는 하겠지만, 그 사람한테 잘해 줄 테니까요. 아주 이리로 같이 오도록 하지요. 한번 솜씨를 부려 맛있는 저녁식사를 준비해 두지 않겠어요, 엄마……. 금방 낳은 계란에 잘게 썬 고기요리 정도. 메칼라 씨는 그런 요리를 좋아할 거예요. 응접실이 아니더라도 괜찮습니다, 이런 때는."

그리고 그는 집을 나갔다.

엄마는 온순하게 아담의 지시를 따라 부엌에서 바삐 움직였으나 그것은 흡사 바쁘게 일하는 것으로써 최악의 예상을 마음에서 뿌리쳐 버리려는 듯했다. 그녀는 스콘(호트케이크 비슷한 과자빵)을 몇 개인가 구웠다. 여느 때 같으면 조금의 사치도 참지 못하는 아빠가 팬케이크도 만드는 게 좋겠다, 계란은 반타를 써도 좋다는 등 신기하게 기분을 내는 것이었다. 일찍이 없었던——이라고 해도 좋을——호화로운 요리냄새가 집안을 진동했다. 식탁에는 제일 좋은 테이블 보가 덮이고 손님용 차 도구가 늘어놓였다.

다섯시가 되자 아담이 아주 만족스러운 듯 손을 비비며 돌아왔다.

"월요일에는 우선 연못을 뒤진다는 겁니다. 시체가 토요일까지 떠오르지 않는다면 말입니다만. 그리고 비용은 투신자 구조회에서 부담하게 됐습니다. 서장 말로는 공원 연못은 점점 위험한 장소로 된다는 거예요. 이 10년 동안에 익사가 세 건, 스케이트 사고가 한건 있었다는 겁니다. 메칼라는 일곱시 지나서가 아니면 올 수 없다는군요. 태평스러운 놈이니까요. 먼저 저녁 먹읍시다, 엄마."

우리는 로몬 뷰가 있은 이래 최고로 호화로운 식탁에 둘러앉았다. 고기·계란·스콘·팬케이크, 거기에 뜨겁고 진한 홍차다.

"이런 때는."

하고 아빠는 아주 생색내는 표정으로 일동을 둘러보았다.

"나라도 인색하게 굴 순 없지."

"할아버지는 떠오르리라고 생각해요, 아담?"

하고 마덕이 병적인 호기심으로 들뜬 목소리를 냈다.

"글쎄, 그건 알 수 없지."

아담은 아는 척하며 대답했다.

"뮤어의 말에 의하면 48시간 이내는 자연히 떠오르는 일도 때로는 있다는 구먼. 가스가 차면."

엄마는 와락 몸을 떨고 눈을 감았다.

"자연적으로 떠오를 때는 언제나 얼굴은 아래로 돼 있다더군—— 이상하지. 어떤 때는 아무래도 떠오르지 않는 고집 센 사람도 있대. 혹은 바닥에 깔린 모래라든가 수초에 묻혀서—— 저 연못에는 수초가 많으니까 말이야—— 아무리 가스 힘이라도 꿈쩍 않는다는구먼. 그런 경우에는 수은을 넣은 빵을 띄우면 시체 바로 위에서 가라앉으니까, 장소를 알 수 있다더군."

나는 도저히 견디 수 없었다. 가엾게 할아버지는 파란 수초에 엉겨, 오랫동안 물에 잠긴 채 홈빡 젖어 있다. 그런 무서운 모습을 상상하는 것조차 싫다. 그러나 그때 돌연 현관 벨이 울렸다. 케트가 도어를 열고 나가 아키잠프를 안내해 왔을 때는 모두 앉음새를 고쳤다.

"실례합니다——."

아키는 모두가 식사 중인 것을 보고 주저하면서 말했다.

"그렇지만 알려 드리는 것이 좋을 것 같아서…… 또 한 가지 증거가 나왔기 때문에."

아키는 대단히 급히 달려왔기 때문에 이마에 땀을 씻었다. 홍분은 하고 있지만 그래도 진지한 얼굴로 동정의 뜻을 표했다.

"연못 보트 관리를 하고 있는 파킹 씨가 수요일 밤늦게 보트 가게 맞은편에서 물 튕기는 소리를 분명히 들었다는 겁니다. 그래서 오늘 오후에 보트 낚싯대를 가지고 연못에 가 보았는데, 옷이 말입니다, 그것도 남자 저고리가 걸렸답니다. 그래서 경찰에 전했다는 겁니다만 지금 내가 그걸 보고 오는 길입니다. 확실히 거어 씨 것이었습니다."

내 아픈 눈에서는 새로이 눈물이 확 넘쳤다. 물론 엄마는 또 몰래 소리내지 않고 울고 있었다.

아빠는 아량을 보여 아키를 식탁에 불러 앉혔다.

"앉으시오. 같이 식사나 합시다, 아키."

아키는 공손히 걸상을 잡아당겼다. 그리고 엄마한테서 홍차 그릇을 받아들면서 낮은 목소리로 아빠에게 속삭였다.

"그 사람은 지금까지 그런 일을 잘했지요, 레키 씨."

놀랍게도 아빠는 눈썹을 찌푸렸다.

"아니 그런 소리를 한다면 곤란해, 잠프. 그럴 때가 아니야. 우리는 누구라도 결점을 가지고 있어. 저 노인도 나쁜 사람은 아니었어. 그리고 생각해 보면 제법 관록도 있었고 말이야. 스틱을 휘두르며 거리를 걷고 있을 때랑."

아빠는 몸을 앞으로 숙이며, 툭 내 어깨를 쳤으나 훌쩍훌쩍 울고 있는 나를 나무라는 것이 아니라 오히려 시인하는 듯한 부드러운 말투로 이렇게 속삭였다.

"가엾게, 로버트……. 너도 할아버지를 좋아했지."

또 현관에서 요란스레 벨이 울렸다. 일동은 깜짝 놀랐으나, 어떤 의미에서는 모두가 겁내고 있던 일이 드디어 닥쳐 왔다는 기분이기도 했다. 무서운 침묵. 확실히 그렇다는 침묵이었으나, 케트는 일어서서 또 현관으로 나갔다. 돌아왔을 때의 그는 여태까지 내가 본 적이 없었을 만큼 창백한 얼굴을 하고 있었다.

"어쩌면, 아빠."

그는 속삭였다.

"경찰관이 왔어요. 아빠를 만나겠다고."

절반 열린 도어 밖 케트 뒤 현관쪽에 얼굴이 불그레한 경찰관이 헬멧을 두 손으로 만지작거리고 있는 무서운 모습이 보였다.

아빠는 창백하지만 거만스러운 얼굴로 곧 일어서서 아담에게 손짓을 했으나 자기도 나갔다. 두 사람은 현관으로 나가며 뒷손으로 부엌문을 닫았다. 그것은 어쩌면 무대에 막을 내리고 우리에게 보이지 않으려고 하는 듯했다. 마치 자기 자신들이 부음의 사자에게 협박이라도 당하고 있는 듯, 숨을 죽이고 가만히 앉아 있는 우리 귀에는 그들이 일부러 나지막하게 속삭이는 소리라 들리지 않았다.

한참이나 있다가 아빠가 들어왔다. 잠간 모두 잠자코 있었다. 이윽고 가장 용감한 케트가 용기를 내어 물었다.

"발견됐대요?"

"아아."

아빠는 음산한 소리로 말했다. 아까보다 창백한 얼굴을 하고 있었다.

"발견됐대."

"시체 가치장에서?"

마덕이 신음하는 듯한 소리를 냈다.

"아니."

아빠가 말했다.

"애드필란의 감옥에서야."

아빠는 우리 모두를 표정 없는 눈으로 둘러보며 헤엄치듯 해서 자기 자리까지 가서 털썩 앉았다.

"스콕크 숲에 와 있는 집시들과 술을 마시고 떠들던 끝에…… 보트 가게에서 싸움을 하고 모자와 저고리를 잃어버리고…… 이 이틀 동안 어디를 어떻게 돌아다녔는지 모르지만…… 애드필란 감옥에 처넣어졌다는 거야. 주정과 치안방해와 법률모독죄로. 아담이 보석시키려고 지금 갔어."

아담과 할아버지가 거리에 모습을 나타낸 것은 슬슬 어둠이 젖어들 무렵이었다. 경찰과 함께 모자도 없이, 잃어버린 저고리 대신 헌 저고리를 단추도 채우지 않고 앞섶을 벌린 채 나타난 할아버지는 기세를 부리는 것 같았지만 어딘지 기운이 없어 보였다. 눈은 빛나고 있었으나――그것도 내심의 불안을 표시하는 것에 지나지 않았다. 나는 혼자 외롭게 걱정을 안고 응접실 창턱에 웅크리고 있다가 그런 할아버지의 모습을 얼핏 보았을 뿐으로 계단을 뛰어올라가 할아버지 방에 숨어 버렸다.

방에서 가만히 귀를 기울이고 있으려니까, 현관 도어가 열리자마자 무서운 혼란이 시작되었다. 아담이 큰소리로 비난하는 소리, 엄마가 울고 슬퍼하는 소리, 아빠의 불툭불툭 매도하는 소리랑이 한데 뒤엉겨 할아버지의 말소리는 한마디도 들리지 않았다.

이윽고 할아버지는 우울한 발소리로 가만히 2층에 올라 자기 방으로 들어왔다. 한심할 정도로 몸이 더럽혀지고 수염은 텁수룩하고 말할 수 없는 냄새를 내뿜고 있었다.

들어오자마자 흘깃 나를 보더니 그대로 방안을 왔다갔다 하며 아무렇지도 않다는 듯 콧노래를 부르려고 했으나 소리가 잘 나오지 않았다. 그리고 할아버지는 벌써 엄마가 공손히 침대 위에 얹어 놓은 찌그러지고 아직도 젖은 그대로인 모자를 집어 들었다. 한참 그것을 가만히 들여다보고 있다가 역시 아무렇지도 않다는 듯 내쪽을 돌아보았다.

"세탁하면 아직 쓰겠군. 어쨌든 참 좋은 모자였으니까."

제 2 부

I

전보다 훨씬 가지가 벌어진 밤나무 가로수가 다시 꽃을 피우고, 서쪽으로 사라져 가는 석양이 벤 로몬 뒤쪽에 화려한 향연(香宴)을 벌이고 있는 1910년 4월 어느 날 오후, 나는 흥분과 자랑스러움으로 가슴을 부풀리며 학교에서 집으로 발걸음을 재촉했다. 때로는 스스로 자기가 어디의 누구인지 알 수 없는 사람같이 느껴지는 적도 있었지만, 적어도 이것이 나라고 믿을 수밖에 없는 것이다. 바로 며칠 전날 아침도, 이른 아침의 배달을 끝내고 복스터 제빵소에서 나올 때 문득 가게에 걸린 거울에 비치는 묘한 모습의 인간을——갑자기 키가 커지고, 등이 꾸부정한 몸에 가느다란 손목과, 귀찮게 생긴 다리와, 창백하고 우울한 어린아이 같은 얼굴에 어른 코를 한 15세의 소년의 모습을 ——갑자기 얼핏 보자, 나는 문득 경악과 토할 것 같은 혐오의 정을 억누를 수가 없었다.

그러나 나는 지금 나의 굉장한 가치 밖에 생각하지 못할 만큼 부활절의 짧은 휴가의 전날인 오늘 채 5분도 안된 레이드 선생과의 회견 일로 가슴이 벅차 있었다.

제슨(Jason) 레이('제슨'은 영어 음——그리스 음으로는 '야손', 그리스 신화에서 금양모를 얻은 용사의 이름——여기서는 레이드 선생의 별명)가 다른 학생들이 다 돌아간 뒤에 나를 남도록 집게 손가락을 꼬부려 보이며 교단 있는 데로 나를 불러낸 것이다. 우리 학급의 이 주임교사는 아직 설흔두 살인 젊은 교사로 뚱뚱하고 키가 작아 몸집이 눌러도 넘칠 것 같은 활기에 차 있고, 윗입술에 비스듬히 하얀 상처가 있는데 거기에 꿰맨 자국인 듯 좌우로 작은 흰 구슬 같은 것이 늘어서 있었다. 이 상처가——언청이의 수술자리라는 것을 금방 알 수 있지만——코를 아래로 끌어내려 펑퍼짐하고 뼈가 없는 것 같은 외관을 만들고 있어 콧구멍이 넓어 보이는데다가, 부드러운 아름다운 블론드 머리카락이 푸른 눈까지를 덮고 있어 거의 튀어나올 듯한 왕방울 같은 느낌을 주고 있다. 금방 땀이 배는 촉촉한 하얀 피부를 하고 얼굴은 항상 깨끗이 면도를 하고 있다. 콧수염을 기르던가 해서 윗입술의 상처를 감추려고 하지 않는 것은, 마치 속인들의 잔혹한 호기심을 환영하면서 경멸하고 있는 것같이도 느껴졌다. 그것은 어쨌든, 일단 입을 열면 그 불완전한 발음으로 인해서 금방 언청이었던 것이 탄로나고 마는 것이다. 혓바닥 끝을 구개(口蓋) 상부에 꼭 붙이면 그 발음은 정확하게 될 수 있을 터인데, 그 때문에 경음(硬音)의 ss는 th 같이 연하게 되어 버린다. 그날도 핀다로스(기원전 4세기 경의 그리스 서정시인으로 그 시에는 과장이 많다)의 제3송가에 있는 아르고나우 타이 전설(선원 아르고의 이야기 앞에 말한 야손에게 이끌리어 금양모를 찾아 코르키스 국에 원정갔다는 회랍 전설)대목에 들어갔을 때, 선생이 정서를 담뿍 담아 '제슨(Jathon)'으로 발음하여 레이드 선생은 그런 별명이 붙어 버렸던 것이다.

"샤넌."

하고 선생은 손가락으로 책상을 톡톡 치면서 입을 열었는데 나는 존경하는 눈으로 선생을 쳐다보았다.

"너만은 수프 접시 따위들과는 전혀 다른 거야." ——수프 접시라든가, 쉰 수프를 담은 접시라든가 하는 것은 선생이 자기 반 아이들을 가리켜 하는 말이었다.

"그래서, 너한테 꼭 권하고 싶은 게 있는데 말이지……."

나는 집에 도착해서도 선생의 중대한 말에 아직도 현기증이 나는 것같은 기분이었다.

나는 혼자서 이 비밀을 가만히 안은 채 있고 싶었지만 2층에 올라가 보니까 할아버지가 열어 제낀 창턱에서 장기판을 앞에 놓고 기다리고 있었다.

"무슨 일로 이렇게 늦었니?"

할아버지는 안타깝게 물었다.

"아무 것도 아니어요."

이 무렵 나는 아주 숨기는 일이 많아졌다. 뿐만 아니라 내 눈에는 할아버지가 그 전처럼 영웅으로 보이지 않았기 때문에 오늘의 비밀도 할아버지한테 '함부로' 공개하기에는 너무도 귀중했던 것이다.

사실을 말하자면 할아버지는 요즈음 많이 변했다. 수염도 불그스레한 금빛이 퇴색하고, 조끼에도 뭐가 묻어 더럽혀진 것이 전보다 좀더 눈에 띄게 되었다. 하지만 그 태도에는 아직도 정정한 것이 있었다. 나중에는 싫어도 얘기하지 않을 수 없겠지만, 할아버지의 엉뚱한 행동이 내 목숨을 앗을 뻔한 단계까지는 아직 도달하진 않았다. 그러나 최근에, 평생의 친구였던 피터 디키가 노령이라는 달갑지 않은 명령에 붙잡혀 그렌우디의 주립 양로원에 수용되고 말았다. 이 일이, 항상 노쇠현상에서 외면하고 '죽음'이라는 말을 입에 담는 것조차도 자기에게 대한 모욕이라고 분개하고 있던 할아버지의 눈을 뜨게 하는 구실을 했다. 그렇다 하더라도 아직까지 충분히 건강했다. 그 이유는 할머니가 예에 따라 킬마녀으로 떠나자 이 때라는 듯이 은총의 휴양기간을 다시 즐기고 있었기 때문이다. 이 기간은 참으로 할아버지에게 있어서 날씨 좋은 봄날이라고 할 만한 것이었다. 그랬는데 오늘 밤 할아버지 기분이 좀 비뚤어진 것은 그렇게 좋아하는 게임을 내가 상대해 드리지 않을 것으로 알았기 때문이리라.

"어떻게 된 거야? 뜨거운 벽돌 위의 고양이처럼 뻣뻣이 서 있기만 하고."

나는 할 수 없이 할아버지 맞은편에 앉았는데 할아버지는 눈썹을 모아 장기판을 오래 들여다본 채, 다음 수를 무섭도록 오래 생각하고 나한테는 금방 꿰뚫어 보이는 함정을 준비해 가지고는 아무렇지도 않은 듯, 팔을 움직이며 담뱃재를 두들겨대기도 하고 일부러 파이프 물뿌리를 들여다보기도 하고, 콧노래를 불렀다가 하면서 그 뻔히 들여다보이는 책략을 기뻐하는 것이었다.

물론 내 기분은 게임 같은 덴 없고, 내 장래에 새로운 희망을 준 제슨 선생의 그 멋있는 제안으로 머리 속이 둥둥 울리고 있었다. 바야흐로 학창을 떠나려고 하는 대부분의 학생과 마찬가지로 나도 일생의 계획에 대해서 꽤 머리를 괴롭히고 있었다. 나에게도 '대망'이 있고, 내가 '되고자' 하는 것이 뚜렷했다. 그러나 현재의 생활환경은 이 동경을 강렬하게는 해주었을 망정 그것을 달성할 수 있는 희망은 별로 없었다.

학교에서 나는 언제나 맡아 놓고 반의 수석을 지켜 왔고 여러 선생의 신세를 져왔는데 나 개인에게 관심을 가져 주는 것은 아니었으나 모두 나를 장래에 성공할 인간이라고 예언했던 것이다. 키가 크고 마른, 언제나 체하며 항상 심한 코감기에 걸려 있는 어원 선생은 내게 작문을 잘한다는 신념을 갖게 해주었다. 이 선생은 클라스 아이들에게 내 〈해전(海戰)〉이라든가, 〈봄날의 하루〉따위 제목의 과장되고 미사여구를 늘어 놓은 작문을 예의 콧소리로 자랑스럽게 읽어 준 적이 있었다. 다음 콜드웰 선생은 한쪽 다리가 짧아 구두 뒤축에 나무를 붙이고 다녀서 학생들 사이에서는 '마개'라는 별명으로 통하고 있었다. 얌전한 초로의 여자 같은 선생으로서, 반백이 된 황제수염을 기르고 언제나 목사 같은 회색옷을 입고 고전을 정신의 양식으로 삼아 살고 있었는데 어느 날 방과 후에 나를 곁으로 불러 너는 공부만 하면 라틴어 학자가 될 수 있는 사람이라고 말해 준 적이 있었다. 그 밖에도 비슷하게 호의에 지나지 않지만 각기 각양의 조언을 해주는 선생이 여럿 있어서 나는 뭐가 뭔지 점점 혼란만

커지고 있었다.

그러나 제슨 선생이 올 때까지는 개인적인 관심으로 나를 따뜻하게 대해 준 사람은 없었다. 선생은 생물학에 관한 내 흥미를 단순한 호기심 이상의 것으로 보아 준 최초의 사람이었다. 그 동기가 된 것은 지금도 잘 기억하고 있지만 어느 여름날, 어디에라도 있는 파란 나비 한 쌍이 열어 제낀 창으로 교실에 들어왔을 때였다. 모두 거기에 정신이 팔려 공부를 중단한 적이 있었다.

"어째서 두 마리가 함께 다닐까?"

제슨 레이드 선생은 자기도 학생들과 같이 한가롭게 그런 질문을 했다.

아무도 대답을 하지 않았다. 이윽고 내가 조심스러운 소리로 말했다.

"암놈과 수놈이기 때문입니다, 선생님."

레이드 선생의 튀어나올 것 같은 그의 눈이 나한테로 쏠렸다.

"그럼 너는 나비에게도 애정생활이 있다는 건가?"

"네 그렇습니다, 선생님. 나비는 일종의 독특한 냄새로서 1마일 이상 떨어진 곳에서도 상대를 알아볼 수 있습니다. 그 냄새는 피부의 샘(腺)에서 납니다."

"얘기가 꽤 까다로운데."

하고 레이드 선생은 아직 내가 하는 말이 완전하다고는 생각되지 않는 모양으로 천천히 말을 이었다.

"그럼 나비는 어떻게 해서 그 냄새를 맡게 되니?"

"촉각 끝에 특수한 혹이 달려 있습니다."

나한테 흥미가 있는 일이라서 나는 만족하게 미소 지었다.

"그건 아직 대단치 않습니다, 선생님. 종류에 따라서는 다리로 냄새를 구별합니다."

우우 하고 조소의 소리가 일어났으나, 그러나 레이드 선생은 모두를 제지했다.

"조용하지 못해, 바보녀석들. 이 수프 접시는 조금은 학(學)이 있는 것 같은데——다른 놈들은 이렇지 못해. 자 계속해, 샤넌. 여기 있는 두 마리 나비는 서로를 보고 있는가——냄새가 아니더라도?"

"그렇습니다, 선생님."

나는 벌써 상기해 있었다.

"나비의 눈은 아주 특색이 있습니다. 약 3천 개의 따로따로 된 부분으로 성립되어 있는데, 그 각기 하나하나가 완전한 각막과 수정체와 망막을 갖추고 있습니다. 그러나 색은 훌륭하게 판별하지만, 심한 근시안이라서 보이는 범위는 겨우 4피트 정도로서……."

나는 돌연 말을 끊었다. 선생도 그 이상은 묻지 않았지만 시간이 끝나서 모두 열을 지어 나갈 때 선생은 가벼운 미소를 나에게 보냈다. 그것은 선생이 처음으로 나한테 보인 미소였지만 입 속에서 선생은 중얼거리듯 이렇게 말하고 있었다——.

"그런데 참 이상하군…… 도무지 아는 척하지도 않고 말이야."

그리고 나서부터 선생은 나한테 생물학 공부를 장려하는 한편, 물리학에서도 클라스보다 훨씬 앞서 진행시켜 주었다. 그리고 몇 달 후에는 실험실에서 콜로이드의 침투성에 관한 독자적인 연구를 시작하게 했다. 내가 선생에게 기울어진 것은 말할 나위도 없고, 교실에서 선생의 한마디 한마디를 고독한 소년은 헌신적인 태도로 완전히 받아들였을 뿐만 아니라, 가빈과 얘기를 할 때도 사색적으로 눈썹을 찡그리며 선생의 혀 짧은 듯한 발음과 가볍게 말 더듬는 버릇까지 흉내내게 될 정도였다.

1년 전에 가빈은 러치필드 칼리지로 학교를 옮겼다. 그것은 나에게도 큰 타격이었다. 러치필드 칼리지는 애드필란 인접도시에 있는데, 귀족적이고 학비가 많이 드는 기숙학교로서 일반 서민의 자제들에게는 거의 높은 산봉우리의 꽃과 같은 특수학교였다. ——교장은 옥스포드 대학 출신으로 유명한 로드스의 크리케트 클럽에 속하는 어느 팀 주장을 한 적이 있는 사람이다. 가빈은 새로 간 학교에서도 곧 인기를 얻고 있었으나, 나와의 우정은 계속 변하지 않았다. 여름 오후 같은 때, 내가 레이드 선생의 자전거를 빌려 15마일 길을 달려가 가빈이 크리케트 공을 마구 쳐서 50점이나 득점하고 있는 것을 보고 있으면 그는 선수석의 그를 둘러싸는 패들을 떠나 불쌍한 타교생인 내가 숨어 있는 운동장 잔디밭 구석까지 터벅터벅 찾아오곤 했다. 블레이저 코트에 흰 플란넬 바지인 화려한 복장으로 내 곁에 털썩 앉아 풀잎을 씹으며 입술을 꾹 다문 것처럼 해서 이런 소리를 하는 것이었다.

"요즘 그 쪽은 어떠니?"

그런 대로 우리의 우정은 한층 더 굳어져 가빈이 돌아오면 항상 함께 있었지만, 떨어져 있는 기간이 무척 길기 때문에 나는 쓸데없이 친구에게 만족하기보다 오히려 내가 좋아하는 일을 하며 시간을 보냈으나 예의 고독에 대한 병적인 경향은 더욱 깊어졌던 것이다.

혼자서 나는 근교를 몇 마일씩 돌아다녔다. 윈톤 산들에 있는 온갖 새집과 바위, 산양의 통로라는 통로는 다 알아냈다. 물이 맑은 시내에서 낚시도 하고, 강어귀 흙탕물에서는 작은 가자미와 대구새끼를 잡았다.

대풍암 앞으로 펼쳐진 토탄과 히이드 뿐인 아직 지도에도 오르지 않은 황무지의 지도도 만들었다. 그리고 산림지기와도 모두 친하게 되어 어디에라도 자유로 출입할 수 있는 특권도 얻었다. 수집도 상당한 양에 달했다. 표본 중에는 아주 희귀한 것도 있었다. 분아번식(分芽繁殖)하는 히드라든가――이것은 배란으로 번식하는 이상한 번식물이다――여러 종의 아직 분류되어 있지 않은 담수풀이라던가, 그리고 내가 확인한 한에 있어서도 북부 영국에서는 아직 발견된 적이 없는 멋있는 잠자리 등이다. 이렇게 산야를 헤매며 연구하는 덕분으로 다른 아이들이 여름 되기를 고대하고 있다가 가버리는 '해변에서의 휴가'를 갖지 못해도 나는 조금도 외롭지는 않았다. ――내 상상력은 그런 단조로운 피서지를 훨씬 넘어서 고원의 황무지를, 인적미답의 남아메리카 대초원이나, 달단 지방의 대평원으로 바꾸어서, 지평선을 바라보며 라마승의 일단을 조사하기 위해서 신중하게 나가고…… 때로는, 아아, 위기에 빠진 선교사들을 구원하려고 하는 자신의 모습에 흥겨워하는 것이었다.

그렇다. 다음과 같은 고통스러운 사실을 인정받을 것이 틀림없을 것이다. 아마 고독하게 보낸 시간이 이 정열을 키웠으리라. 이것은 어쩌면 무거운 짐을 끌고 고갯길을 올라가는 말처럼 내 특수한 천성이 곤란에 직면하여 한층 강하게 활동했다는 편이 더 적절할지도 모른다. 내게 있어서는 아주 성가신 일이었지만 하루 걸러 로크 신부 미사에 복자를 했다. 수녀들하고도 아주 친하게 지내고, 펄럭거리는 촛불 뒤에서 수도원 구내를 돌아 걸어가는 행렬 속에서 나는 향로를 흔들며 걸었다. 4순절 동안은 놀랄 만한 어려운 고행을 했다.

그리고 또 하나의 참된 양우리('참된 기독교'라는 비유)에 나를 넣어 준 데 대하여 전능하신 하느님께 뜨거운 감사를 드리며, 태어나면서부터 잘못된 종교를 믿어 거의 확실하게 길 잃은 양이 될 것이 틀림없는 세상의 불운한 아이들에 대하여 깊은 연민을 느끼는 것이었다. 만약 하느님의 은혜가 아니었더라면 나도 어쩌면 이 세상의 장로교회파(스코틀랜드 교회)라든가 회교도로서 태어났을지도 모르고, 그랬더라면 영원한 구원에 접할 기회는 없었을는지도 모른다고 생각한 나는 몸을 떨었다.

여기에 대해서 상세하게 쓰는 것은 생략하지만 종교상의 일로 내가 겪은 고난은 아직 끝난 것은 아니며 내 캘린더에는 특히 무섭던 날이 며칠 기록되어 있다.──그것도 육체적인 공포보다 박해가 정신에까지 미친 폭력적인 것이었다. 정직하게 말한다. 리븐포드라고 하는 곳은 스코틀랜드 대부분의 도시와 마찬가지로 타종파를 용납하지 않는 편협함에 있어서는 흡사 작은 베수비어스 화산이었다. 프로테스탄트는 가톨릭을 싫어하고, 가톨릭은 프로테스탄트를 좋아하지 않고 또 양자가 함께 유태교도(그 대부분 폴란드인으로서 작은 빈민가에 있는 무력한 단체였다)에 대해서는 조금도 애정을 가지지 않았다. 성 패트릭(성 패트릭은 5세기 경의 아일랜드 사도로서 수호 성인. 축일은 3월 17일)제 축일은 흰 개미자리 꽃(아일랜드는 가톨릭 나라로 흰 개미자리꽃은 국화)을 자랑하듯 휘날리며, 아일랜드인의 오랜 수도회가 녹색 장식띠를 한 취주악단 뒤에서 기를 앞세우고 큰 거리를 행진하는 것인데 청색(스코틀랜드를 상징하는 색)과 녹색(아일랜드를 상징하는 색)과의 대항은 입에 담기조차 역겨운 저주의 소리와 무수한 분규가 폭발했던 것이다. 더욱 큰 소동은 '7월 12일'로서, 오렌지당 지부(오렌지당은 아일랜드에서 결성된 비밀결사로 프로테스탄트와 영국왕 옹호운동의 행동조직), 위대하고 현명한 윌리엄 왕의 충성 신하단(영국왕 윌리엄 3세──1650~1702──는 오렌지 공으로서 17세기 말엽, 영국과 아일랜드의 왕으로 즉위)의 대행렬이 역시 악대와 기를 선두로 하여 실크햇을 쓰고, 금빛으로 가장자리를 두른 오렌지색 앞치마 같은 것을 달고 백마를 탄 한 사나이를 선두로 하여 돌아다니는데 선두의 사나이는 소리 높이 선언한다.

"교황파의 폭압과 노예의 고역과 무뢰한의 입에서 구원받아……."

그동안에도 군중은 노래하는 것이다.

> 오오, 개들이여 개들이여 성견(聖犬)들이여
> 개들이여, 성스러운 흐르는 물이여,
> 윌리엄 왕이 교황의
> 군병을 쳐부순 보인의 군사여.
> (*보인은 아일랜드의 강 이름으로, 1690년 윌리엄 3세가 여기에서 제임스 2세
> 의 군대를 격파한 결전장으로 유명하다.)

성 엔젤 교회 앞을 지날 때, 조금 모자를 벗는 간단한 행위조차 언제나 경멸과 웃음거리가 되었는데 이 싸움의 며칠 동안, 특히 '12일' 같은 때 난투법석에 끼어 들지 않았다면 나로서는 행운이었다고 할 수 있는 것이다.

그렇더라도 내가, 완전히 행복한 상태에서 '신앙'을 방어하고, 나비나 교회

를 좇아다니는 일에 정신이 팔려 있었다고는 상상하지 말아 주기 바란다. 아빠는 학교 이외의 틈나는 시간을 유용하게 쓰게 하려고 신경을 썼다. 내가 일을 할 만큼 크자, 나는 온갖 돈을 벌 수 있는 장소이면 어디고 보내졌다. 현재의 일은 매일 아침 일어나는 즉시 박스터 제빵소의 삼륜차 페달을 밟고 인적 드문 거리를 돌아 아직 잠 깨지 않은 집집에 갓 구어낸 빵을 배달하는 일이었다. 그 몇 푼 안되는 수입은, 이것도 내 생활비에 보탬이 된다면서 아빠가 가져 간다. 엄마에게도 아빠는 진지한 얼굴로 가계비는 제로에 가깝게 감축되어 있는데도 자꾸자꾸 지출을 줄여야 할 필요가 있다고 떠들었다. 요즈음은 아빠가 다달이 나가는 지불도 손수 맡아서 무리하게 깎아서는 장사꾼들을 괴롭히고, 조금이라도 싸게 산다고 몸소 가정용품을 사러 나가기도 했다. 무슨 '필수품'얘기라도 나올라치면, 더구나 그것이 싼 물건이라고 알려졌을 때 아빠는 언제나 사고 싶은 것이지만, 그러나 대개의 경우 결국은 인색한 본능에서 사는 것을 삼가고 빈손으로 들어오는 것이 고작이었으며, 그 덕분에 자신이 자랑스럽게 말하듯이 주머니에는 언제나 돈이 남아 있는 것이었다…….

　마침 이 때 할아버지가 이겼다 이겼다, 하고 환성을 올렸기 때문에 나는 종잡을 수 없는 백일몽에서 깨어났다. 내가 몽상에 빠져 있는 동안 할아버지는 내 최후의 말 두 개를 장기판에서 슬쩍 집어간 것이었다.

　"어때, 너한테 이겼어."

　할아버지는 자랑스러워했다.

　"이 거리에서 첫째 수재라는 평판인 너한테 말이다……."

　나는 황급히 일어났다. 내 눈이 기쁨으로 꽉 차오는 것을 보이지 않기 위해서다. 뭐라고 오해를 받아도 나는 상관없었다.

2

　아직 침착하지 못하고 흥분한 채로 나는 계단을 뛰어내려갔다. 밤 여덟시에는 꼭 가야 할 특별한 약속이 있지만 그때까지는 자유로운 몸이었다. 기분을 가라앉히기 위해 마티네의 활동사진이라도 보러 갈까 했으나, 그러나 내 주머니에는 한푼도 없었다. 아니, 내 주머니라기보다 마덕의 주머니라고 해야 옳을 것 같다. 나는 키가 이제 마덕의 옷을 입을 만큼 커져서 마덕의 낡은 양복을 입고 있었기 때문이다.

　부엌쪽에 들어가 보니까, 엄마가 다리미판 위에 빨래한 것들을 올려 놓고 있는 참이었다. 머리도 눈도 이제 많이 빛을 잃어버리고, 피부의 주름도 늘어났으나 엄마는 여전히 부드럽고 참을성이 많았다. 나는 멋진 얘기를 털어 놓으려고 숨이 막히는 기분으로 엄마를 가만히 바라본 채 서 있었다.

　"기다려요, 엄마."

　나는 가만히 말했다.

　"음, 조금만 더 기다려요."

　엄마도·나를 건너다 보고 예의 묘한 찡그리는 것 같은 미소를 짓는다.

　"기다리라니 뭐 말이냐?"

　그녀는 뺨 가까이 뜨거운 다리미를 가까이 대보며 물었다.

　"음."

　나는 무뚝뚝하게 그래도 신이 나서 말했다.

　"이제 곧, 나, 엄마한테 뭔가 해 드릴 수 있을 것 같애…… 큼직한 걸."

　"그것보다 지금 해주지 않을래? 조그만 일을 말이야. 케트한테 편지를 갖다 줄래?"

　"그래요, 엄마."

　나는 가끔 엄마 부탁을 받고 우표 값을 절약하기 위해 편지를 전하곤 했다. 거리 저쪽의 발롬 톨에 사는 케트한테랑, 지금은 다르림풀 씨 원예장에서 착실하게 일하며, 이미 로몬 뷰에서는 해방되어 완전히 만족하고 있는 마덕한테도 자주 갔다. 이런 편지는 엄마의 일부분이며, 소식과 전언과 권고와 요구까지가 포함된, 말하자면 정신적인 교류여서——참을성 있는 집요함으로써 가족 전부를 하나로 묶어 두려는 엄마의 끊임없는 노력으로 보내지는 것이었다.

　나는 다리미가 식을 때까지 기다리고 있었다. 이윽고 엄마는 봉한 편지를 가지고 나왔다.

　"그럼, 이걸. 팬케이크도 함께 갖다 주라고 하고 싶지만."

　엄마는 사기 항아리 뚜껑을 열고 곤란한 모양으로 속을 들여다보았다.

　"가루가 떨어진 모양이야. 그렇지만 안부 전해 줘."

　나는 드럼벅 길을 지나, 공원을 빠져서 왼쪽으로 꼬부라져, 보일러 공장의 크고 검은 건물을 삥 돌았다.

　휴일 전이었으므로 제법 조용했지만, 그래도 안쪽에는 여전히 작열하는 불이 보이고 작업은 야단스레 계속되고 있었다.

케트네 집은 거리에서도 서쪽 교외에 있어서, 옛날 톨 게이트(옛날 통행세를 받던 관문) 가까운 둥그런 푸른 언덕 위에 지어진 작은 새 집이었다. 언덕을 올라가다가 문득 나는 케트가 유모차를 밀며 편편한 뒷길을 오고 있는 것을 보았다. 깨끗한 짙은 남색 유모차로 케트는 이것을 밀기 좋아했다. 그녀는 매주 이것을 밀고 거리를 지나 상점에 들르고, 녹스힐 공원을 돌아, 가끔 자랑스럽게 멈추어 서서는 구석에 N 라고 수놓은 감색 차양을 고쳐 세워 가며 아마 몇 마일씩 걸을 것이다.

나는 발을 멈추고 나도 같은 기분으로 이끌리어 미소 지으며, 케트가 오는 모습을 바라보고 있었으나 저쪽에서는 나를 전혀 보지 못하고 있었다. 그는 전보다 좀 뚱뚱해졌고, 내내 아기한테서 눈을 떼지 않고 웃어 보이곤 했다.

"안녀하세요, 케트?"

나는 그가 거의 스쳐 지나갈 때쯤 해서 작은 소리를 냈다.

"어마, 로비 아냐?"

그의 목소리에는 따스한 환영하는 빛이 넘치고 있었다.

"아이 어쩜, 나는 통 길을 보지 않고 있었기 때문에 로비를 못 봤지 뭐야. 아기 때문이야, 로비. 거짓말로 생각할지 모르지만 말이야. 두 개째 이가 나오고 있는 중이야. 그런데 조금도 울지 않고, 이런 숙성한 애란 없어요……."

그는 또 허리를 구부렸다.

"착한 아가. 우리 착한, 착한, 엄마의 양새끼……."

아아, 케트, 그리운 케트. 당신은 무엇에도 비길 수 없는 아기를 가져 얼마나 행복한가. 그런데 모두들 이전에는 당신을 보고 만도린을 배우라고 권했으니 기막힐 수밖에.

케트의 집은 밝고 잘 정돈되어 있었고 더운물 찬물이 나오는 현대적 설비가 갖추어져 있었다. 페인트와 광택내는 약냄새가 풍기는 것은 얼마나 그가 이 집에 정성을 들이고 있는가를 보여 주고 있는 것이리라.

그녀의 결혼은 아빠의 예언과는 달리 성공이었다. 아빠는 케트의 월급이 들어오지 않게 되는 것을 분개해서, 그런 짓을 하면 자기 일생을 멸망시키고 말게 된다고 언명했던 것이다.

케트는 아기를 작은 침대에 눕히고 나서 가스 스토브에 프라이팬을 얹더니, 이윽고 쇠고기와 양파를 익히는 맛있는 냄새가 주위에 꽉 찼다.

"조금만 기다려. 같이 식사를 하고 가요."

그는 나이프로 고기를 솜씨 있게 뒤집고, 튀기는 기름을 피하기 위해서 머리를 젖히며 말했다.

"지미는 2층에서 목욕하고 있어. 요즘 잔업이 계속돼서 말이야. 그렇지 않다면 틀림없이 로비를 풋볼 시합에 데려갈 텐데."

전에는 그처럼 무뚝뚝하던 케트한테서 어쩌면 이런 멋있는 소리가 나오는 것일까!

"지미는 곧 내려올 거야. 배 고프지?"

그는 그렇게 말하며 내쪽을 얼핏 보았으나 빠른 동작으로 금방 눈을 돌렸다.

지미는 목욕으로 깨끗해진 얼굴에 젖은 머리를 찰싹 붙이고 화려한 빨간 넥타이를 매고 내려왔다.

"오, 로비군."

그 말투, 그리고 가볍게 끄덕이는 동작, 그 속에는 감수성 강한 사람에게 있어서 세상의 어떤 맹세보다 더한, 따스함과 환영의 기분이 포함되어 있었다.

우리는 곧 저녁 식탁에 앉았다. 케트가 나한테 건네 준 무척 큰 비프스테이크는 부드럽고 물기가 가득했다. 지미는 자꾸 내 접시에 보송하게 오그라든 양파를 가득 담아 주었다. 두껍게 금방 구운 버터 토스트가 나오고, 혀를 델 듯한 뜨거운 홍차도 나왔다.

케트도 지미도, 우리 집의 식사가 얼마나 빈약하고 양도 한정되어 있는가를 잘 알고 있었다. 더욱이 지미는 거듭 나한테 권해서 내가 이제는 더 이상 먹을 수 없다고 하니까 잔소리라도 하고 싶은 눈길을 나한테 가만히 돌렸다.

로몬 뷰에서의 내 소년시절은 한 가지 어처구니없는 철칙 아래 줄곧 지배되어 있었다. 생활에 꼭 있어야 할 필수품을 희생해서라도 돈을 절약해야 한다는 법칙이었다. 아아, 돈이라는 것이 없어도 될 수 있는 일이라면——맛있는 음식을 뱃속에 넣기보다 돈을 부지런히 은행에 넣을 것이 먼저라든가, 기분 좋은 것보다 품질 좋은 것이라는 스코틀랜드인 특유의 인색——우리를 해친 이 저주스러운 정신만 없었던들 얼마나 행복했을까.

나는 이런 금전문제로 고민하고 괴로움받을 때 지미 닉의 일을 생각하는 것이었다. 지미는 결코 유복하지는 않았지만, 그래도 고급 비프스테이크에 쓰던가, 잊어버려진 소년을 축구시합 구경을 시켜 주던가 하여 자기가 고생해서 벌은 돈을 언제나 유효하게 썼고, 또 더욱 의의있는 것은 그가 손대는 돈은 어떤 돈이라도 모두 깨끗해 보이는 일이었다.

모두 마지막 차를 마시고 있을 때 지미는 나를 놀리기 시작했다. 아마 나의 내성적이고 보기 싫은 우울을 단순히 동정에서 뿐만 아니라 불안한 생각으로 보아 왔을 것이다.

그는 내가 마음에 흥분을 억누르고 있다는 걸 눈치채고는 진지한 태도로 케트에게 말했다.

"이 양반은 무슨 곡절이 있는 모양이군. 이렇게 얌전하고 영리한 친구는 제일 다루기 어렵거든."

케트는 끄덕였으나, 이번에는 나를 옆눈으로 보고, 이 사람이 말하는 것 귀담아 들을 필요 없다고 하며 미소 지었다.

"이 친구는 안심이 되지 않아."

하고 지미는 말했다.

"무슨 짓이라도 해치우니까. 특히 하이 점프의 선수들이라."

최근 학교 운동회에서 내가 하이 점프에서 우승한 것을 빗대어 말한 것이다. 그 말로 나는 갑자기 마음이 밝아져 눈을 내리깔았다. 그건 지금까지의 최고 기록보다도 1인치 4분의 1이나 더 뛴 전교의 신기록이었던 것이다.

그러나 그 기쁨도 지미가 일부러 침착한 목소리로 다음의 얘기를 했을 때 확 불붙는 듯한 마음의 흥분에 비교한다면 아무 것도 아니었다.

"물론 내 의견을 듣고 싶다면 말하지만, 얘는 연애를 하고 있는 거야."

아아, 작열하는 순결한 마음의 사랑, 이 진실의 깊고 비밀스러운 느낌. 나는 여전히 눈을 내리감은 채 심장까지 확확 밀어닥치는 뜨거운 행복에 잠겨 있었다.

"그럼, 집에는 별다른 일 없는 거지."

케트는 지미의 농담을 제지하면서 물었다.

나는 당황히 엄마의 편지를 꺼내 가지고 케트에게 주었다.

"미안해요. 이걸 잊어버리고 있어서."

케트는 봉투를 뜯어 두 번 거푸 읽더니 그의 얼굴이 어두워지고, 영구히 사라졌다고 생각했던 예의 이마의 파란 힘줄이 불끈 솟아나는데는 놀랐다. 그가 지미에게 가만히 편지를 넘겨 주자 지미는 조용히 읽었다.

"이래서는 정말 너무해. 아빠는 일종의 병이야."

케트는 불쾌하기 그지없는 생각을 떨쳐 버리려고 노력했다. 지미는 나에게 묘한 시선을 잠깐 보냈다. 딱딱한 침묵이 왔다.

마침 그때 아기가 깼기 때문에 케트는 아기를 안고 우유병을 물렸다. 잠깐 나는 두 사람의 호의에 답하는 양으로 무엇보다도 소중한 이 아기를 안아 볼 허락을 얻었다.

"로비한테 잘 따르나 봐."

케트는 칭찬하듯 말했다.

"기다리고 있어. 그동안 로비한테도 애기는 생길 거니까."

나는 묘한 기분으로 미소했다. 얼마나 무서운 역설일까. 나는 사랑을 하고 있었으나, 그러나 말로는 할 수 없는 밤마다의 어떤 경험에서 나는 절대로 아이를 가질 수 없는 운명에 놓여 있다고 사실상 확신하고 있는 것을 어떻게 케트한테 알려 줄 수가 있을 것인가.

아기를 작은 침대에 눕혀 주고 나는 이제 돌아갈 시간이라고 말했다.

케트는 현관까지 배웅해 주었다. 둘만이 되자 케트는 다시 진지한 눈으로 나를 가만히 살폈다.

"엄만, 너한테 편지에 쓴 말을 안한 모양이군 그래."

"웅, 애기 없었어."

나는 웃는 얼굴로 그를 쳐다보았다.

"정말은, 나, 할 얘기가 있었는데."

"좋은 일? 그렇지 않으면 나쁜 일?"

그녀는 고개를 갸우뚱해서 물었다.

"그야 좋은 일이지. 케트…… 아주 좋은 일이라고 난 생각하는데……. 이봐 케트……."

나는 문득 입을 다물고, 얼굴을 붉히면서 안개 속에서 등불들이 반짝거리고 있는 신비스러운 밤 경치를 바라보고, 멀리서 들리는 기차의 기적소리와 메아리처럼 그 뒤를 잇는 강을 달리는 기선의 떠는 듯한 고동에 귀를 기울였다.

"그럼 좋아, 로비."

케트는 고개를 젓고 미소 지어 보였다.

"로비, 애기는 가만히 덮어 둬요. 나도 내 얘기는 하지 않고 둘 테니까."

나는 그녀와 악수를 하고, 더 자신을 참을 수 없게 되어 전속력으로 길을 뛰어내렸다. 아무리 케트를 좋아했다고 해도 최초로 알리고 싶은 기분은 되지 않았다. 또 강에서 해외로 다니는 큰 기선의 느릿한 기적이 들려 왔고 나는 너무나 큰 기쁨으로 느닷없이 몸을 떨었다.

3

　나는 한 발자국마다 가슴을 두근거리면서 급히 드럼벅길로 돌아왔다. 그리고 별안간 가슴의 고동이 높아지는 것을 느끼며 싱클레어 드라이브의 작은 길로 들어섰다. 거기에는 어린 보리수의 가로수가 소용돌이 같은 꽃잎을 펄펄 날려 포도 가득 노란 카펫을 이루고 있었다. 어릴 때는 별로 깊은 인상도 받지 않았던 잘 알고 있는 이 길에 아무런 변화도 없고, 거기에 있는 오래된 집들도 옛날에는 좋은 시절도 있었다고 하는 듯한 여느 때와 다름없는 조용한 모습을 하고 있는데, 지금은…… 아아, 지금은 그 신비롭고 우아한 이름이 감명 깊이 내 가슴에 새겨지는 것이다. 내 발이, 그 사랑하는 도로의 부드럽게 흩어져 깔린 보리수 꽃을 밟은 것은 그럭저럭 여덟시쯤이었으며, 제일 끝집의 닫아 건 덧문 그늘에 불빛이 보였을 때 내 몸의 피는 몹시 뛰었다. 마음을 누르며 가까이 가자 알리슨의 노래소리가 들려 왔다.

　마침 그녀의 연습시간인 듯했다. 성악 재능은 이 도시에서도 널리 알려져 있었지만, 그녀는 더욱 그 재능을 키우려고 열심히 달라붙어 있는 것이다. 오늘 밤은 벌써 음계나 연습곡은——멜로디를 이룰 정도는 아니었으나 새가 지저귀는 것 같은, 그것만으로도 아름다운 연습곡은 끝내고 있었다. 그리고 지금은 어머니의 피아노 반주로 단순한 스코틀랜드의 노래, 저 〈플로든의 애가〉 (플로든은 스코틀랜드 군대가 잉글랜드군에 패한 고전장——1513년)를 노래하고 있었다. 나에게는 이 이상 훌륭한 곡은 없다고 느껴지는 아름다운 노래였다.

　　　양젓을 짜면서 아침 일찍이
　　　처녀들의 노래를 들었더니
　　　지금은 다만 푸른 목장에 슬퍼하는 소리 뿐——
　　　숲의 꽃은 모두 싸우러 나가
　　　그림자도 없는데

　수정 같은 그 노래소리가 맑고 달콤하게 밤공기를 흔들며 울려 나옴에 나는 문득 숨을 죽였다. 그리고 눈을 감고 그 노래하는 아가씨를 눈가에 떠올렸다. 전에 같이 놀던 아이는 아니다. 키가 크고 어른스러운 소녀로 이제는 손을 휘젓거나 하는 일도 없는, 속에서 움터 나오는 새로운 기품을 자각하고 있는 듯 정숙하고 조심성 있게 자란 여성의 모습이다. 나는 6개월 전 그날 갑자기 감청색 짧은 운동복바지에 흰 블라우스와 밴드를 매고 길고 발랄한 다리에는 까만 스타킹을 신고 얼룩진 검은 운동화로 다른 여학생들과 같이 학교 강의실에서 복도로 나오는 알리슨을 보고 깜짝 놀란 적이 있었다. 지금까지도 아무 생각 없이 그저 활발하게 고개를 끄덕이는 것만으로 몇 번이나 그와 스쳐 지나간 일이 있었으리라. 몰려 나오는 여학생들에게 길을 비켜 주려고 내가 벽을 등지고 얌전하게 서 있으려니까 별안간 알리슨은 동무들에게 무어라고 말을 걸면서 길쭉한 목에 탐스럽게 드리워진 다갈색 머리에 손을 얹었는데, 그 무의식적인 제스처로 싱싱하게 솟아오른 가슴의 모양이 분명하게 보였다. 동시에 스쳐 지나가는 순간, 갓 운동하고 나오는 싱싱한 살갗의 냄새를 풍기며 그 흑갈색 눈에서 우정어린 녹아내리는 듯한 미소를 나한테 보냈을 때, 오오 하느님! 여태까지 사실상 거의 무시해 온 이 천사 같은 아름다운 소녀를 보는 순간——나는 새로운 사물을 향해서 눈이 떠진 것이다. 그가 지나가 버린 다음에도 장시간 나는 아무도 없는 복도벽에 기대 선 채 당황하고 황홀한 기분에 사로잡혀 사람을 취하게 하는 것 같은 뜨거운 파도가 몸 안으로 확 밀려 들어오는 것을 주체할 수가 없었다. 오오, 알리슨, 조용한 다갈색 눈을 한 알리슨, 그리고 하얀 순결한 부풀은 목, 나는 지금도 어두움과 보리수 짙은 그늘에 숨어 마지막 멜로디가 떨면서 밤하늘에 사라져 갈 때까지 듣고 있으면서 그때와 마찬가지의 환회에 사로잡혀 있는 것이다.

주위가 조용해지자 나는 머리를 가다듬고 철문을 들어섰다. 정원은 넓고, 높은 담 안은 우거진 나무숲이 그림자를 짓고 있었으나, 차 돌리는 길에서 잔디밭이 넓게 이어지고 꽤 많이 자란 석남화가 멋대로 퍼져 있었다. 알리슨 어머니는 유산으로 상당한 생활을 하고 있었으나 재산가라고는 할 수 없었으므로 이 저택은 드럼벅 거리의 별장같이 빈틈 없이 손질은 되어 있지 않았다. 현관 계단에 올라서서 벨을 누르니까 곧 쟈네트라는 나이 많은 가정부가 나와서 나를 맞아들였다. 이 사람은 미시즈 키이트 댁에 들어온 지 10년이 넘는 가정부였는데, 나이가 들어 신용받고 있는 하인 특유의 불신의 눈으로 언제나 나를 보고 있었다. 그리고 그 당시 그것을 나는 특히 나한테만 그렇게 대하는 것같이 느끼고 있었던 것이다. 쟈네트는 나를 바깥 방으로 안내했으나 알리슨은 벌써 책상 위에 책을 펴놓았고, 미시즈 키이트는 난로 옆 낮은 의자에 앉아 무릎 위에 푸른 삼베 주머니에 든 클로오드 뜨개질 감을 놓고 열심히 뜨개질을 하고 있었다.

깜깜했던 곳에서 들어오니까 눈부실 정도로 밝고 매력 있는 방이었다. ——

벽은 밝은 빛깔이고, 미시즈 키트가 그린 수채화가 액자에 들어 있고, 닫은 창에는 흰 모슬린 커튼이 걸려 있었다.

파란 히아신스 화분이 두 개 주위에 향기를 뿜고 있었고 뚜껑 열린 피아노 위에 수실 달린 비단 쇼울이 씌워져 있다. 가구에도 엷은 견직물 커버가 덮여 있다. 난로 불빛으로 베나레스산(産)인 큰 놋쟁반이 번쩍번쩍 반사하는데 그 위에는 키트 선장이 인도에서 가지고 온 상아조각이 주로 놓여 있었다. 키대로 놓여진 흰 코끼리 행렬은 정연하게 맨틀피스 위를 행진하고 있었다.

"언제나 시간은 정확하네, 로버트."

내가 눈을 깜박깜박하고 있으려니까 미시즈 키트는 나를 편하게 하려고 신경을 쓰며 말했다.

"밖은 어때, 오늘 밤은?"

"썩 좋은 밤입니다."

나는 말을 더듬었다.

"안개가 끼어 있지만 그래도 별은 보였어요."

미시즈 키트는 테이블을 들여다보고 있는 알리슨 곁으로 내가 의자를 가까이 가져 가니까 미소지어 보였다.

"너는 언제나 별을 보는군, 로버트. 너 같은 사람을 진짜 '별을 보는 사람'이라고 하는 거야."('별을 보는 사람'이란 '몽상가'라는 의미도 있다)

친절해 보이는, 혈색이 좋지 않은 그의 얼굴에 부드러운 미소가 돌고 있었다. 나는 어리둥절해 하며 알리슨과 함께 공부를 하기 시작했으나 아직도 부인이 나를 보고 있는 것을 느꼈다.

미시즈 키트는 몸이 마른 편으로 키는 크고, 나이는 30대 중간쯤, 검소한 차림새를 하고 있으나 원래 집안도 좋고, 취미도 고상하였다. 주(州)에서도 명문 출신이었으나, 남편이 죽은 후 거의 세상에 얼굴을 내놓지 않고, 오로지 딸 교육에만 전념하며 매일을 음악과 친한 친구들과의 교제로 만족하고 있었다. 그 친구들 중에는 미스 줄리아 블레어와 미시즈 마샬——이 사람은 내 어릴 때 몹시 장난꾸러기던 루이스의 어머니였다.——그리고 우리 반 선생인 제슨 레이드 등이 있었다. 미시즈 키트가 집에만 들어앉게 된 것은 아마 건강이 좋지 않은 사실이 크게 작용한 것 같았다. ——자주 나는, 그렇게 우아한 모습을 하고 있으면서 두통에 고통받고 있는 것을 보고 묘한 인상을 받았다. 그래도 주로 알리슨 때문이었으리라 짐작되지만, 그는 자기의 병약함을 감추고 어깨를 조금 움츠려 보이면서 아무렇지도 않은 듯 가볍게 농담을 하곤 했다. 딸에 대한 그의 헌신은 지나치다고 느껴질 정도로서, 알리슨의 재능을 자랑삼는 동시에 그것을 살리기에 여념이 없었다. 그러나 명석한 판단력을 가진 현명한 여성이었으므로 맹목적인 애정으로 딸을 독점하려는 따위의 어리석음은 잘 알고 있는 것 같았다. 그래서 알리슨에게 같은 나이 또래의 '잘 어울리는' 친구를 찾기 위해서 처음부터 엄격한 조사를 한 후에──이것은 정직하게 말해서 묘한 쓴 웃음으로 끝났지만──미시즈 키트는 나를 집으로 놀러오라고 불러 주었던 것이다. 나는 어릴 때도 거의 정기적으로 그 집을 찾아갔었다. 그러나 그때는 오히려 위축되어 버려 몹시 겁을 먹고 있었기 때문에 어린 알리슨과 조용하고 심심한 게임을 하고 놀았을 뿐이었다. 우리가 햇볕 비치는 잔디밭에서 인형을 꺼내와 가지고 피크닉을 하던가 금붕어에 먹이를 주고 있던가 하면 조용한 피아노 소리가 창으로부터 흘러 나오기도 하고 때로는 미시즈 마샬을 태운 마차가 알리슨 어머니와 차를 마시기 위해서 들어오기도 했다. 비 오는 날은 집안에서 노는데, 그러면 쟈네트가 수상해 하는 눈으로 버터를 바른 초콜렛 빵을 주기도 했다. 우리는 테이블에 마주앉아 창유리를 때리는 빗소리를 들으며 '문답놀이'라는 게임을 하곤 했다.

"주사위 굴리기는 옛날 놀이입니까?"

따위의 어리석은 질문과,

"네, 그것은 고대 도리아드승이 하고 있던 겁니다."

하는 식의 역시 바보 같은 답을 쓴 작은 동그란 카드로 하는 게임이었다. 가끔 루이스도 이런 놀이에 가담해서는 어느 게임이나 이겨 가지고 경멸하는 얼굴로 나를 굴복시키곤 했다. 이윽고 자라게 되자 알리슨과 나는 같이 '자습'을 하게 되었다. 그는 실리적인 아이였기 때문에 수학에는 서툴렀으나, 나는 바보같이 공상적이었으므로 수학을 잘했다. 그래서 미시즈 키트는 알리슨에게 '중간시험 종료면장(免狀)'을 따게 하려고 애를 쓰고 있었는데, 그것이 없이는 윈톤 음악학교에 입학할 수 없게 되어 있으므로 나한테 최근 정해진 날에 와서 알리슨에게 수학을 가르쳐 달라고 해왔던 것이다.

"오늘 저녁엔 지능이 느린 변덕장이 아가씨한테 뭘 가르쳐 주려고 하지, 로버트?"

미시즈 키트는 애정어린 비꼬인 투로 말했으나, 눈은 뜨개질에서 떼지 않았다.

"유클릿 기하입니다, 아주머니."

나는 딱딱하게 대답했다.

"직각 삼각형의 각변의 평방의 총합은…… 왜, 아시지요……."

"나는 몰라, 로버트. 그렇지만 로버트는 썩 잘 알겠지."

그는 웃는 얼굴을 보이지 않았으나, 그렇지만 내가 사람 앞에서 수줍어하는 것을 어떻게든 부드럽게 해주려고 애를 쓰고 있었다. 그리고 특히 내 인격 교양의 향상을 위해서 도서관에서 빌려 온 책에도 없는 훌륭한 얘기를 해주곤 하며, 언제나 은연중에 내 힘이 되어 주는 것이었다.

"이런 걸 배우지 않으면 안된다니 바보 같은 생각이 들어, 엄마."

알리슨은 불평스러운 어조로 말했다.

"모두 만들어 낸 것들이야."

"그렇지 않아요, 알리슨."

나는 빠른 말로 말했다.

"참 논리적이지. 두 점 간의 최단거리는 직선이라는 것을 인정한다면 13편의 유클릿 기하학은 자연히 술술 풀리는 거니까."

"로버트는 그러니까 이제 14편째를 쓸 거야."

미시즈 키트가 말했다.

"그렇진 않더라도 '딱정벌레의 전기' 정도는 쓰겠지."

"로버트면 수학 책을 저술할 거예요, 엄마."

알리슨은 비난하듯 말했다.

"글쎄, 지난 주 레이드 선생 시간에 로버트는 대수 교과서의 답이 틀려 있는 걸 훌륭하게 증명했을 정도니까 뭐."

둘이 방긋 웃고 있는 동안 나는 자랑스러움과 부끄러운 느낌으로 고개를 숙이고 있었는데, 알리슨이 이 얘기를 꺼낸 것을 다행으로 여겨 나는 선 듯한 목소리로 정리의 설명을 요약해서 말했다.

테이블 밑에서 무릎이 닿을 정도로 알리슨과 가까이 앉아 있으려니까 나는 그 달콤한 냄새로 정신을 잃을 것 같은 느낌이 들었다. 교과서 페이지 위에서 두 사람 손이 스치던가 하면 무어라고 말할 수 없는 전율이 내 온몸을 달렸다. 양쪽 어깨에 드리워져 가끔 성가진 듯 추스려 올리는 그의 다소 난잡한 머리털이 나에게는 굉장히 신성한 것으로 느껴졌다. 나는 그의 싱싱한 뺨을 흘깃 쳐다보기도 하며, 당황하며 얼굴을 찡그리고 연필에 침을 묻히고 있는 촉촉히 젖은 아랫입술에 눈길을 보내기도 했다. 나는 '연애'라는 말 같은 건 생각하지도 않았거니와 생각할 수도 없었다. 다만 나는 머리 속으로 알리슨도 아마 나를 좋아하고 있으리라고 생각했다. 나는 꿈속에서 살고 얘기하고 미소하고 있는 것 같았다. 시간은 믿을 수 없을 만큼 빨리 지나갔다. 어느새 아홉 시가 되어 왔다. 아까부터 미시즈 키트는 하품을 눌러 삼키기도 하고 시계를 들여다보는 것을 나는 깨닫고 있었다. 나는 마음에 생각하고 있는 것을 알리슨에게는 큰소리커녕 가만히 속삭이듯 말할 용기조차 없었다. 그러나 갑자기 떨리는 손으로 종이 조각을 집어 이런 것을 썼다.

"알리슨, 너하고만 만나고 싶어. 오늘 밤 현관까지 배웅해 주지 않을래?"

이 쪽지를 보더니 알리슨 눈에 놀라는 빛이 떠올랐다. 그는 연필을 받아 쥐더니 썼다.

"왜?"

나는 온몸을 떨면서 답을 썼다.

"얘기할 게 있어."

잠깐 생각하고 있더니 알리슨은 예의 깨끗하고 밝은 웃음을 보이며 분명하게 다음과 같이 썼다.

"알았어."

기쁨의 전율이 내 몸속을 달렸다. 미시즈 키트에게 들켰다가는 신뢰를 배신한 것이 되어 큰일 나므로 나는 그 종이쪽지를 꽁꽁 뭉쳐서 입에 넣어 가지고 삼켜 버리고 말았다. 그 순간 쟈네트가 우유와 가벼운 비스킷을 쟁반에 담아 가지고 왔다. ── 이것은 기하 공부가 끝났다는 확실한 표시였다.

그리고 십분쯤 지나 나는 일어서서 미시즈 키트에게 인사를 했다. 약속대로 알리슨은 나와 함께 현관 포치까지 따라 나왔다.

"참 좋은 밤이야."

알리슨은 조용한 눈으로 이슬 내린 밤 정원을 보았다.

"대문 있는 데까지 배웅해 줄게."

대문까지 가는 동안 나는 알리슨 몸 가까이 있다는 따스하고 숨막힐 듯한 환희를 되도록 오래 가지려고 천천히 걸었다. 알리슨은 몸을 똑바로 하고 앞을 보고 있었다. 어둡지만 익숙한 나무 그늘 옆을 지날 때 그는 잎을 하나 따서 구겨 버렸다. ── 꽃 향기가 꽉 차 있었다.

머리가 흔들흔들하고, 세계가 눈앞에서 흔들렸다. 나는 필사적으로 흐트러진 호흡을 바로 잡았다.

"나 오늘 저녁 네가 노래하는 거 들었어, 알리슨."

떨리는 소리로 그런 진부한 말을 했는데, 그것은 내 순결한 그리고 격렬한 정열을 무참하게도 회화화 해버렸고, 사실 입 밖에 낸 순간 스스로도 깜짝 놀랐다. 그러나 알리슨에게는 전혀 아랑곳 없는 것 같았다.

"음, 나 정식으로 연습하기 시작했어. 크람 선생님이 우선 슈베르트의 가곡부터 시작하라고 해서, 참 아름다운 곡이야."

슈베르트의 가곡——라인 강의 풍물, 그 언덕의 성——알리슨과 나는 작은 강의 증기선을 타고 아치로 된 다리를 지나 우아한 집 앞에서 배를 내려 작은 테이블이 놓여진 정원으로 들어간다…… 나는 이런 환상을 그에게 말해야 할 것인가. 아니, 그러기는커녕, 나는 다만 서투르게 입을 열어 '변성'한 목소리로 이렇게 말했을 뿐이었다.

"아주 많이 늘었어, 알리슨."

알리슨은 음악 선생의 얼굴을 머리에 그리기나 했던 듯 천만에, 하는 쓴 미소를 지어 보였다. 사실 그 음악 교사라는 것은 엄격하고 까다로운 올드 미스였다.

"크람 선생님은, 칭찬은커녕 굉장히 엄해."

또 침묵이 흘렀다. 대문까지 와버렸으니 나는 여기서 헤어지지 않으면 안되는 것이다. 알리슨이 이상하다는 듯 나를 가만히 올려다보는 것을 나도 보고 있었다. 온몸의 힘이 다 빠져 나가고 떨리는 듯한 열기가 가슴 언저리에 넘친다. 나는 격렬한 숨을 들이마셨다. 지금이야말로 숭고한 헌신의 순간이며 기사도가 꽃피는 순간이었다.

"알리슨……, 이건 너하고 관계없는 일이지만…… 나한테 오늘 조금 무슨 일이 있었어…… 레이드 선생이 나한테 마샬을 쳐 보라는 거야."

"로비!"

놀라움과 흥분으로 그녀는 정신 없이 나를 그렇게 불렀다. 나는 두 주먹을 꼭 쥐고, 창백한 뺨을 태우며 드디어 터뜨려 버린 이 비밀이 의미하는 바를 그가 이해해 주었다는 것을 깨달았다.

'마샬'이라는 것은 물론 대단한 것이었다. 그 이름도 함부로 붙여진 것은 아니었다. 그것은 윈튼 대학에 들어가는 장학금이었고, 1세기 전, 존 마샬 경에 의해서 창설되어 전 윈톤 주 출신자에게 개방되어 있었는데, 아주 거액의 경제적 원조——5년 간에 걸쳐서 매년 백 파운드씩 지불하고 있었다. 그것은 입신출세와 교육에 대한 열렬한 스코틀랜드인의 욕구의 표현이며, 가난한 '재능있는 젊은이'에게 기회를 주는 결정적인 기관이었다. 위인도 이 장학금을 획득함으로써 비로소 그 위대함을 세상에 나타내었던 것이다. ——일찍이 윈톤 출신으로, 세계 구석구석까지 그의 이름이 울려 퍼졌던 어느 유명한 정치

가가 죽었을 때, 그에게 바쳐진 최고의 찬사는, 중학 때 동창이었던 한 사람의,

"그렇다…… 나는 이 친구가 마샬을 획득했을 때의 일을 지금도 기억하고 있다."

고 말한 엄숙한 한마디였다.

"제대로 안되겠지만 말이야."

하고 나는 나지막이 말했다.

"그렇지만 내가 그 시험을 본다는 것을 누구한테보다 먼저 알리슨에게 알리고 싶었던 거야."

"틀림없이 멋있는 찬스를 잡을 거야."

알리슨은 훌륭하게 이렇게 단언하듯 말했다.

"로버트에게 있어서 그건 정말 대단한 거야, 합격만 한다면."

"그럼."

하고 나는 대답했다.

"천지가 뒤집히는 거지."

나는 황홀한 기분으로 알리슨을 보았다. 감상적인 말이 혀끝까지 나왔다. 그러나 그것은 입 밖에 낼 수가 없었다. 나는 우물우물하면서 몸을 바로 했다.

"휴가가 될 때까지 날이 좋으면 좋을 텐데 말이야."

하고 나는 말했다.

"그러게 말이야, 그랬음 좋겠는데."

알리슨이 대답했다.

"월요일에, 나, 가빈하고 호수에 가게 돼 있거든."

"그래?"

심장의 고동이 들리는 것 같은 침묵이 계속되었다.

"그럼, 잘 자, 알리슨."

"잘 가, 로비."

우리는 딱딱하게 그만 이별을 고했다. 언제나처럼 나는 서툴게만 하고 말았다.

그래도 드럼벅 길을 급히 걸으면서 역시 세상은 멋있는 데가 있고, 멋있는 희망에 차 있다는 느낌이 들었다.

4

그 감미로운 헤어짐으로 오늘 하루가 끝나야만 했던 것이다. 그러나 아아, 침대에 들어가기까지에는 아직 묘한 고민에 찬 행사가 남아 있었다. 게다가 오늘 밤은 나의 '라이온(사자) 다리의 밤'이었다. 여느 때 없던 감정의 흥분으로 몹시 피로해 있었지만, 나는 용서 없이 스스로를 채찍질하며 로몬 뷰를 지나쳐 2마일이나 더 가는 그 다리를 향해 어두운 시골길을 걸어갔다. 전에는 할머니가 침대에 들어가는 순서조차 상세히 써 두지 않았던가. 그렇다면 어째서 이 소년——이 로버트 샤넌의 행장을 여기서 할애할 필요가 있을 것인가. 그러나 이 책의 목적이 그의 진상을 충실하게 전하고, 그가 가엾은 라나템포라리아(Ranatemporaria), 즉 개구리를 해부하는데 쓰는 저 냉혹하고 무정한 메스로서 온갖 그의 꿈과 분투와 바보짓을 폭로해 보이는 데 있는 이상 이것은 당연한 의무가 아니겠는가.

밤이 깊어갈수록 점점 춥고 싫은 날씨가 되어 갔다. 다리까지 도착했을 때에는 비구름이 달빛을 가로막고, 돌풍이 나무 이파리들을 와글거리게 하고 있었다. 나는 내 저고리——아니 마덕의 저고리 단추를 꼭 채우고 자꾸자꾸 앞으로 나갔다. 그 다리는 리븐강이 산에 흘러 내려오는 곳을 건너게 해 놓은 오래된 다리로서 좁은 돌난간이 붙은 반원형의 세 개의 교각이 급류 위로 돌출되어 있었다. 그 난간 양끝은 풍화하여 좀 마멸되었지만, 아직도 덤벼들 듯이 하고 있는 사자의 얼굴인 줄을 알 수 있는 석상이 붙어 있었다.

완전히 혼자서 나는 높은 난간에 올라갔으나, 거기에서 한번 크게 숨을 들이마시고 나서 그 좁은 다리 난간 위를 걸어가기 시작했다. 한 발자국 한 발자국 나아가자, 저 멀리 아래쪽에서 볼 수는 없었으나 강물 흐르는 소리가 들렸다. 쭉 내뻗은 데가 가장 위험했다. 거기에서는 흡사 높은 깜깜한 낭떠러지 위에 선 것같이 느껴지고 난간도 다리도, 아니 온 세계가 혼들혼들 선회하고 있는 듯했다.

고소(高所) 공포증이라고 할는지, 나는 정말로 겁쟁이지만 이 시련은 내가 생각해 낸 가장 가공한 것이었다. 그러나 마침내 나는 해냈다. —— 끝까지 갔다가 다시 되돌아 온 것이다. 땅에 발을 붙이자 실신할 것 같아서 눈을 감은 채 나는 입을 벌리고 있는 사자 석상에 기대 섰다. 백수(百獸)의 왕이 내 모습을 재미있어 하는 것도 이상하지는 않을 것이다. 미치광이 짓, 그렇다 확실히 미치광이 짓이다. ……그렇다고 하더라도 인간이 가난으로 조소받을 때, 지나가는 알지 못하는 사람한테서 돌연히 웃음을 샀을 때, 떨면서 얼굴이 붉어졌을 때, 얼굴 가죽과 귀가 떨리는 신경질환을 가지고 있을 때, 이런 단련이 아무래도 필요한 것이다. 그렇다. 자기가 겁쟁이가 아니라는 것을 스스로에게라도 분명하게 증명하는 것이 절대로 필요한 것이다.

이것으로써 다소 마음이 안정되어 나는 집으로 돌아왔다. 집은 깜깜했다. ──이젠 현관 사이의 가스등의 아련한 불빛조차 용납치 않았다. 나는 까치발로 계단을 올라가자 욕실에 들어가서 가만히 도어의 자물쇠를 걸었다. 그리고 아빠가 한 방울의 물도 함부로 쓰지 못하게 하고 있었으므로 극도로 주의하면서 찬물을 틀었다.

물은 손가락이 얼 정도로 찼으나 옷을 벗자 나는 욕조에 들어가 가만히 움직이지 않고 이를 악물고 몸이 마비되어 감각이 없어질 때까지 앉아 있었다. 이것은 결코 용기를 보이기 위해서가 아니라 밤중에 우리를 엄습하는 수치스러운 행위에 대한 경계를 위한 것, 말하자면 기도라고 해도 좋았다.

나는 기는 것처럼 살금살금 계단을 올라갔다. 나는 이제 전에 마덕이 쓰고 있던 방을 쓰고 있었다. ──겨울이 되면 3, 4주간씩 마덕은 집에 돌아와서 자지만 그럴 때는 전에 케트 방이었던 더 큰 방을 쓰는 것이었다. 나는 얼음같이 꽁꽁 얼어서 죽을 것 같은 기분으로 그래도 에나멜 촉대의 짧은 초에 불을 켰다. 내 주위에는 학교에서 받은 상품과 뻐기는 것 같은 너절한 장정을 한 책이 몇 권인가 있고──그 가운데는 포터의 《스코틀랜드의 족장》이 적어도 세 권은 있었다.──또 귀중한 현미경과 박물 수집품이 내 손으로 만든 상자에 들어 있었지만, 그것은 모두 1페니도 안 들이고 모은 것이다.

옷장 위에는 문방구류와 도서관에서 빌려 온 《겁쟁이의 치료법》이라는 책이 한 권 얹혀 있었다.

나는 그 책을 집어 들고, '연습문제 10'이라는 데를 펼쳤다.

"편안한 마음으로 거울 앞에 서서."

하고 나는 읽었다.

"두 팔을 끼고 거울에 비친 자기의 모습을 응시하시오. 그리고 눈에 힘을 주어 겁내지 말고 자기를 가만히 보시오. 당신은 강하고 침착하고 냉정합니다."

지금 내 몸이 차가운 것은 의문의 여지가 없다.

"그리고 심호흡을 하고 완전히 숨을 내쉰 뒤 낮으나 힘찬 소리로 '줄리어스 시이저와 나폴레옹! 나는 한다! 나는 한다! 나는 한다!' 하고 세 번 되풀이

하시오."

나는 이 지시에 글자 그대로 따랐다——. 눈에 눈물이 고여 있었을 뿐 아니라 창백한 얼굴 빛에는 스스로도 약간 낙담하고 있었지만, '나는 한다'고 큼직한 글자로 인쇄되어 있는 페이지를 일부러 찢어서, 눈을 뜨면 언제나 내 시선이 부딪히는 벽 위에 핀으로 꽂았다.

내 기도는 길고 복잡하다. 다른 일에 신경이 흩어지지 않도록 극도로 정신을 집중해 가지고 유년시절처럼 막연한, 수염난 하느님을 향해서가 아니라 오로지 '구세주 그리스도'를 향해 열렬히 올려졌다. 때로 나는 회한의 생각에 쫓겨 '아버지'와 '성령'을 생각해 내어 당황히 사죄하는 적도 있었다. 그러나 '그리스도'는 그 한없는 사랑과 은총으로 내가 믿는 마음의 '보호자'였다. 그리고 '예수의 어머니' 일을 생각하면, 최근에 와서는 그 얼굴이 어쩐지 알리슨 얼굴을 닮아 왔지만 그리움의 눈물이 넘쳐나는 것이었다. 성인들의 일도 잊어버리지는 않았다. 나는 기도해야 할 새로운 성인을 자꾸 늘리고 있었던 것이다. 그리고 물론 일단 기도를 시작했다면 노하게 해서는 큰일이라는 마음에서 그 새로운 성인들을 모두 기억했다. 점차 늘어나는 내 교회 달력 속의 가장 새로운 성인은 청춘의 수호신, 안토니우스(수도생활의 첫 아버지로 일컬어지는 애급의 성자)였다.

이제는 막이 내린다. 저 큰 웃음의 기회, 작자는 뭔가 조용한 페이소스라든가, 진실을 전하려고 의도하다가 그것에 실패하든가, 어쩌면 아마 오해받든가 하는 순간 극장 안에서 종종 듣는 저 당돌한 뜻하지 않은 실소의 기회다. 그럼 함께 웃읍시다그려. 이 말라깽이로 몸을 떨고 있는 소년, 사자 다리의 고행과 얼음 같은 냉수욕으로 좀 깨끗해진 것으로 생각하고 있는 이 바보는 이번에는 또 옷장 뒤에 감추어 두었던 괴상한 도구를 꺼내지 않는가. 그 도구에는 헌 철편, 무거운 도어의 열쇠 두 개, 도어의 손잡이, 망가진 스케이트들이 한 쇠줄에 묶여 있는 것이다. 그는 익숙한 솜씨로 재빨리 이것을 방해스러운 금속이 등뼈 위에 오도록 자기 옆구리에 잡아맸다. 이렇게 하면 반듯이 누웠을 때 이것은 꿈꾸는 자세니까 곧 잠을 깨는 것이다. 이제야 가까스로 그는 온통 기워 붙인 이불 속에 들어가 모로 누워 몸을 웅크렸다. 그리고 촛불을 불어 껐다. 그는 은자(隱者)같이 허리띠를 매고 마른 목 주위에는 로사리오와 네 개의 유서 깊은 메달(그 중의 하나는 교황이 몸소 축복한 것이지만)을 걸고, 다시 다색 스카프라리오(수도사가 옷 위에 드리우는 어깨걸이)와 청색 스카프라리오와—— 핑크색과 연보라의 헬리오트로프색 스카프라리오가 있었더라면 그것도 틀림없이 걸쳤을 것이다. 그는 자기로서 할 수 있는 것을 다한 것이다. 그렇게 생각하니까 마음이 안정되어 최후의 기도를 중얼거리며 '순간적인 죽음'인 잠을 청했다.

"주여…… 제발 마샬을 획득하게 하여 주옵소서."

5

휴일 아침이 매우 일찍 즐겁게 밝았다. 월요일이지만 뿌연 하늘이 아직 첫 광채를 보이기도 전에 나는 가만히 집을 나와 리븐포드 십자로에서 톰 드라인이 오는 것을 기다렸다. 호수 근처로 배달을 가는 길에 나를 러쓰에서 내려주기로 했던 것이다.

톰은 늦게, 더욱이 기분 나쁜 얼굴을 하고 왔다. 그는 오늘 정식대로 한다면 쉬어야 하는 날이었다.──나도 오늘은 빵 배달을 쉬었다.──그러나 도매집 블레어에서는 아주 일손이 모자랐다. 나는 평편한 마차의 볶은 보리 푸대 사이로 기어올라가, 말이 조용히 따각따각하는 소리를 내는 것을 들으며 출발했다.

사람 그림자도 없는 자갈길은 아침 일찍이어서 상쾌했다. 우유를 짜 넣고 있는 여자, 2층 창의 블라인드를 열고 있는 셔츠 바람의 사나이, 반 열린 입구에서 졸리는 모습으로 매트를 털고 있는 소녀, 그런 것 모두가 먼 길을 떠나는 도중에 어울리는 명랑한 기분을 돋구었다. 나는 이제부터 가빈과 낚시질을 가는 것이다. 마샬 수험준비를 위해서 들어앉기 전에 이것이 최후의 기분 전환인 것이다.

태양은 떴으나 구름 사이에서 나타나지 않았다. 요즈음 자주 있는 조용한 은빛의 높은 흐림으로 따스함과 밝은 빛이 가득 차고 멍한 소리가 멀리에서 들려오는 듯 그 사이의 정적에는 푸른 나뭇잎 사이에서 물방울 떨어지는 소리가 주위에 충만하고 있었다. 말 등이 흡사 배처럼 채와 채 사이에서 조용하게 올라갔다 내려갔다 하는데 따라 전원의 경치는 미끄러지듯 지나갔다.── 안개낀 숲, 대정원의 일각, 안개어린 나무숲 사이의 높은 굴뚝과 테라스와 온실이 보이는 회색 석조의 대저택.

이런 큰 시골 저택 뒤켠에 오자 나는 톰을 도와 곡물 푸대와 사료 등을 내려 주었다. 톰은 '주문'대로 가져 온 적이 없다고 투덜대는 하인 사내를 달래느라고 진땀을 뺐다. 한번은 둘이서 무거운 상자를 들어 올려 보니까 그 아래 백 파운드짜리 푸대가 찢어져 속에 들었던 것이 마차 판자 위에 그대로 흘러 있었다. 톰은 제기랄, 하고 소리 지르며 머리를 잡아 뜯다가는 나를 보고 오히려 위로하듯 말했다.

"걱정하지 마, 걱정하지 마. 없어지는 게 아니니까 말이야."

러쓰에 도착했을 때는 벌써 오후가 되어 있었는데, 가빈은 마을 거리의 제일 앞머리에 있는 이정표 위에 초조한 것 같지도 않게 앉아 있었다. 그는 상류학교 학생다운 질소한 복장을 하고 있었다. 회색 플란넬 바지에 와이셔츠, 같은 회색의 찌그러진 크리켓 모자, 그것을 보충하기 위해서라기보다 오히려 자랑하기 위한 듯 러치필드 칼리지 색인 청과 백의 가느다란 밴드를 하고 있었다. 그렇게 하고 기다리고 있는 그의 고귀한 모습은──나같이 키는 컸지만 여전히 홀쭉해 가지고──되는 대로 차양이 늘어진 모자 밑에 석양에 비친 모습은 필설로도 말로도 잘 표현할 수가 없다.

다만 여기서는 둘이 잠자코 언제나처럼 힘껏 악수를 했을 때의 기쁨을 기록할 수 있을 뿐이다.

"아무래도 저녁 때까지 낚시는 안되겠는데."

짐마차가 덜그덕거리며 가버리자 가빈은 중얼거리듯 말했다.

"바람이 조금도 없고 너무 밝단 말이야."

둘은 호반의 조용한 마을을 빠져 나갔다. 스무 채 가량 있는 농가는 벽에 흰 칠을 한 모두 처마가 낮은 초가로 그것이 푸른 언덕 아래서부터 은빛으로 빛나는 로몬 호까지의 좁은 하얀 길에 이어져 있었다. 조부초(釣浮草)와 덩굴장미가 집집마다 벽을 타고 올라가, 노란 초가지붕을 가리고 있다. 조부초는 벌써 꽃이 피어서 흰 벽에 빨간 꽃이 아름다웠다. 갈색 코리 견 한 마리가 길다랗게 드러누워 하얀 먼지 속에서 졸고 있었다. 꿀벌의 달콤한 날개소리도 들린다. 안개 너머로 장난감 같은 나무다리가 보였으며, 거기에는 로프로 보트를 매 두고 있었다. 너무 아름다워서 우리는 보통 때와는 다른 조용한 시선으로 서로 바라보았다. 가빈과 나는 구름에 숨은 태양이 질 때까지 그의 아버지의 낚시집 밖에서 뒤집어 놓은 보트에 걸터앉아 예의 맹세대로 쓸데없는 소리는 지껄이지 않고 낚시도구를 손질하기 시작했다. 일곱시쯤 되니까, 낚시집지기 미시즈 글렌이 금방 구어낸 스콘(호트케이크 비슷한 과자빵)과 금방 난 계란을 삶아 진한 우유를 친 것과 홍차를 곁들인 맛있는 저녁을 준비해 주었다. 우리는 그 식사를 마치고 보트를 밀어냈다. 아직 조금 **빨랐**지만 물 위에 감도는 보라빛 미광은 저녁 어둠이 가까운 것을 알리고 있었다. 나는 노를 저어 조용하고 차가운 물 위를 저어 가다가 이윽고 노를 내리고 저쪽 높은 산 사이에 있는 거울 같은 수면으로 흘러 가도록 보트가 떠도는 대로 내버려 두었다.

햇빛이 엷어짐에 따라 보라빛은 점점 진한 자색으로 변하면서 서로의 얼굴도 잘 분간할 수 없게 되었다.

그러자 안 보이게 되어 버린 언덕에서 피리소리가, 마치 혼 밖에 다른 것은 다 없어지고 만 사람의 고독한 음성처럼 조용하게 흘러 왔다. 마음에 무슨 고민이라도 있는지 가빈의 몸이 굳어지는 것을 나는 느꼈다. 이 순간 저 피리소리를 듣는다는 것은 도저히 견딜 수 없는 노릇이었다. ── 아무리 허튼 소리를 하지 않기로 약속되어 있다손치더라도, 어두워진 것을 핑계로 갑자기 낮은 소리로 가빈이 입을 열었다.

"너는 마살을 친다고 들었는데, 로비."

나는 깜짝 놀라서 고개를 들었다.

"응…… 어떻게 알았니?"

"미시즈 키트가 우리 누나한테 얘기한 거야."

하고 가빈은 조금 괴로운 듯 입을 다물었다.

"나도 쳐 볼 생각이야."

나는 말도 하지 못하고 그를 쳐다보았다. 맞은편에 솟은 산들도 깜짝 놀란 내 낭패를 함께 하는 듯 느껴졌다.

"그렇지만 가빈…… 너는 장학금 같은 거 필요 없지 않니?"

그가 눈썹을 찌푸린 것을 어둠 속에서도 느낄 수 있었다.

"놀랬지?"

그는 몹시 당혹해 하면서 천천히 말했다.

"아버지 장사가 신통치 않아. 요즈음, 대량으로 사들인 것이 ── 이를테면 보리나 귀리 따위 말이지 ── 때로는 큰 손해를 보지 않으면 안될 경우가 있어. 모두가 생각하듯이 쉬운 건 아니야……. 내가 말하는 건 아버지를 부러워하고, 지나치게 사치한 생활을 한다고 욕하는 치들 얘기지만."

그는 잠깐 입을 다물었다.

"우리 아버지도 거창하게 구는 걸 좋아하지 않아, 로비. 그렇지만 시장으로서의 체면은 지키지 않으면 안되니까."

오랜 침묵.

"나를 위해서는 정말 잘해 주셨어. ……지금은 아버지편이 어려우니까 이번에는 내가 아버지를 위해서 뭔가 하지 않으면 안될 차례야."

나는 묵묵한 채 있었다. 가빈이 아버지를 숭배하고 있는 것은 이전부터 알고 있었고, 시장으로서의 일이 잘되어 가지 않고 있다는 소문도 듣고 있었다. 그렇다치더라도 내가 마음속으로 기대하고 있는 장학금을 둘이서 서로 다투지 않으면 안된다는 것은 전혀 뜻밖의 타격이었다. 내가 입을 열기 전에 그가 말을 계속했다.

"주(州)의 수재가 전부 경쟁하는 거니까, 하나쯤 늘어도 큰 차이는 없을 테지. 그리고 시의 명예라는 것도 있고 말이야. 알고 있지? 이 12년간 리븐포드에서 그 장학금을 탄 사람은 없는 거야."

그는 결연하게 숨을 들이마셨다.

"우리 중에 꼭 누구 한 사람이 타지 않으면 안돼."

"그 한 사람은 너야, 가빈."

나는 그가 혁혁한 수재인 것을 너무 잘 알고 있기 때문에 목구멍이 막힌 것같은 소리로 그렇게 말했다.

우리 모두 우리가 훨씬 어릴 때의 특징이었던, 그 서로 맹렬하게 양보하던 일은 이번에는 없었다. 가빈은 깊은 생각 끝에 대답했다.

"정직하게 말해서 나는 아버지를 위해서 장학금을 타고 싶어. 그리고 찬스는 내쪽에 있다고 생각해. ……이런 말 하는 건 나도 괴로워. 그렇지만 나한테도 명예는 있으니까 말이야……. 아마 고지 지방의 피를 타고난 탓일 테지만……. 그런 훌륭한 아버지를 가지고 있으니까."

그는 잠깐 말을 끊었다.

"너는 만약 장학금을 타게 되면 의사가 되려고 하니, 그렇지 않으면……"

그는 혹시 누가 듣지나 않나 하고 소리를 낮추었다.

"지금도 신부가 되려고 하니?"

나는 아직도 아까의 타격에서 헤어나지 못하고 있었으나, 그러나 이 질문은 당당한 태도로 받았다. 가빈은 이 넓은 세상에서 내가 마음을 열어 보이고 싶은 유일한 인간인 것이다.

"나는 신부가 될 수 있는 인간은 아니라고 생각해."

하고 나는 말했다.

"그리고 사실을 말하자면, 나는 의학방면의 생물학자가 되고 싶어. 그것만 생각해 온 거야. 왜 연구만 계속해 가는 의사 말이야. 물론 다미안 신부(19세기 벨기에의 가톨릭 신부로, 나병환자에게 전교하다가 감염되어 죽었다)나 아르스의 주임신부(불란서의 성인 비안네——1786~1859——의 일. 리용 가까운 아르스마을의 사제로 임명되어 농촌 개혁에 헌신하고 의료사업도 행함) 일을 생각하면, 특히 성체 강복식 같은 때 나는 모든 걸 내동댕이치고, 아름다운 소녀와 사랑하는 것조차 희생해도 상관없다는 생각이 들어."

체념과 자기 포기에 대한 감정이 큰 파도같이 나를 엄습했다.

"음, 그럴 땐, 나는 그저 어디로 가버리고 싶어. 정말 훌륭한 성인이 되고 싶다고 그것만 소원하는 거야. 곰팡이 슨 감자를 먹고 돈 따윈 쓰레기같이 보고——그러면 정말 얼마나 멋있을까——가난한 생활을 하며 제단 앞에서 희열에 잠겨 기도하며 산다. 강복식 때, 우리도 강복을 받지 않았어? 그때 일을 생각하고 내가 한 말의 의미가 어떤 것인지 가빈, 네가 이해해 준다면 좋은데 말이야."

"알 것 같은 기분이 들어."

가빈은 조금 부끄러운 듯한 얼굴을 하며 중얼거렸다.

"그렇지만…… 그 성체강복이라는 것이 네가 생각하고 있던 것 같지 않다고 한다면, 너한테는 무서운 일일 테지."

그는 다시 덧붙였다.

"내가 말하는 건, 결국 그 성체라는 것이 빵에 지나지 않는다면 어떻게 되는가 하는 거야."

"그래."

나는 동의했다.

"그야 무서운 일일 테지. 그렇지만 기도를 하면 그런 생각을 머리에서 내쫓을 수가 있어. 기도라는 건 정말 놀라운 거야, 가빈. 너한테는 상상도 되지 않을 테지? 기도를 해서 내가 얻은 것이 얼마나 많은가를, 그리고 몇 백, 아니몇 십 가지의 실례를 들 수가 있어. 왜 우유집 루아크 아주머니를 알고 있지. 음, 아빠는 불결한 우유를 팔았다고 해서 아주머니를 기소하려고 했지. 나는 아주머니가 교회에서 열심히 기도하고 있는 걸 보았는데 말이야. 그러더니 어땠어, 가빈. 아빠가 증거로 압수해 온 우유병이 파열한 거야. 그래, 시험 도중에 산산조각으로 파열해 버린 거야. 그리고 아빠는 자기도 꽤 많은 경험을 해왔지만 이런 일이 생긴 건 이번이 처음이라고 했어."

나는 다시 한번 큰 숨을 쉬었다.

"물론 야비한 목적으로 기도해서는 안돼. 마담 드 퐁파두르(불란서 국왕 루이 15세의 애인으로, 미모와 야심으로 유명한 부인)의 에메랄드 빛 눈은 굉장했다고 하지만, 넌 내가 내 눈빛을 무척 싫어하고 있는 것을 너도 알지. 그렇다고 나는 눈빛을 바꿔 주십사고는 기도하지 않아, 적어도 밤새는 말이야."

"그럼 너도 마샬에 합격되도록 기도할 참이냐?"

가빈은 좀 긴장해서 물었다.

"음…… 해야 한다는 기분이 드는군, 가빈."

나는 고개를 숙이고 말했으나 곧 뜨거운 기분이 치솟아 올라와서 덧붙였다.

"그러나 만약 내가 합격하지 못할 것 같으면 네가 합격하도록 내 기도하지. 너도 정말 훌륭하니까, 가빈. 너는 대부분의 사람들과는 전혀 달라. 집안 식구 중에도 싫어하는 사람은 있는 거니까……. 너도 알고 있지, 얼마나 모두 가톨릭 신자를 경멸하고 있는가를. 바보같이. 그렇지만 바로 얼마 전에 로크 신부가 연감을 보여 줬는데, 세계에는 가톨릭 신자 중에 공작이 32명이 있다는 거야. 생각해 봐, 공작이 32명이야……. 그런데 리븐포드에서 사람들이 하는 소리란……. 아니, 좋아, 그렇지만, 그러니까 나는 어떻게든 성공하고 싶은 거야. 다만 모두에게 본때를 보여 주기 위해서."

내 목소리에는 극적인 투가 섞였다.

"모두에게 경멸받는 인간이라도 훌륭하게 될 수 있다……. 대과학자도 될 수 있다……. 인류의 은인으로…… 그리고 과학과 종교를 화해시키고…… 아마 모든 종교를 화해시키는 일까지도."

나는 자신의 당치도 않은 착상에 압도되어 입을 다물고 말았다.

"그렇구먼."

가빈이 천천히 말했다.

"우리가 서로 장학금을 가지고 다투는 것은 정말 형편없군. 어떤 일이 있더라도 우리의 우정을 방해하는 따위는 있을 수 없어. 그러나 우리는 장학금을 획득하기 위해서 용서 없이 하는 도리밖에 없는 거야."

그는 창백한 얼굴로 미소 지었다.

"나도 조금은 기도할 줄 알아……."

어슴푸레한 밤, 어둠을 뚫고 달이 로몬 산 뒤에서 모습을 나타내기 시작하여, 이윽고 조용히 그 그림자를 호수에 떨어뜨리자, 달빛은 새까만 물과 희롱하면서 흐늘흐늘 무늬를 아롱지게 했다. 우리는 언덕 가까이로 흘러 왔으나, 그 근방은 흡사 새의 큰 날개같이 시커먼 나무들이 조용히 솟아 있었다. 아니 그것들은 그저 나무였다……. 천지창조의 첫 미광을 받아 조용하고 멋있는 땅에 생육하고 있는 나무들이었다.

문득 물고기가 뛰었다. 잉크같이 까만 물 속에서 모습은 안 보였지만 일순에 우리의 기분은 새로워졌다. 나는 어둠 속에서 가빈이 낚싯대를 만지며 속삭이듯 하는 말을 들었다.

"음, 겨우 한 마리 나타났구나."

나는 소리가 안 나도록 노를 물에 담가 조용히 보트를 언덕 가까이로 저어 갔다. 가빈이 선수에 앉은 채 오른팔을 천천히 리드미칼하게 움직이며 가만히 낚싯줄을 드리우기 시작하자 나는 문득 숨을 죽였다. 그러자 낚싯대가 번쩍이는 것과 함께 가는 줄의 희미한 빛이 은빛 동그라미를 그리며 어둠을 뚫고 멀리 수면에 떨어지는 것이 눈에 보였다.

돌연 또 아까보다 크게 팔딱하는 물소리가 났다. 깜짝 놀라 보니까 가빈의 낚싯대 끝이 잡아당긴 활처럼 휘어지고 대를 잡고 있는 그의 두 손이 격렬하게 흔들리고 있는 것이 보였다. 리일을 감는 소리가 정적을 깨뜨리는 것과 함께 가빈이 입 속에서 가만히 속삭였다.

"떨어지도록 해줘, 로비. 이놈을 보트 밑에 들여 보내서는 안되니까."

물고기는 시커먼 물 속을 미친 것같이 헤엄쳐 돌아다니다가 튀어 늘라 수면에 나오자, 보석 같은 물방울을 날렸다. 춤추듯 흔들리는 가빈의 낚싯디에서 떨어지자 나는 고기가 배 밑에 들어가지 못하도록 있는 힘을 다했다. 이제는 조용하게 하고 있을 필요가 없었다. 내가 젓는 노는 튀어 오르는 고기에 못지 않게 무서운 물소리를 냈다. 고기가 갑자기 설칠 때마다 나는 난폭하게 노를 저었다.

"잘됐어."

가빈이 숨을 헐떡이며 소리질렀다.

"연어야, 그런데 무지무지해."

그리고 조금 있다가,

"노를 올려 줘."

이 싸움에서 그의 두 팔은 떨어져 나갈 뻔했다. 그러나 자기와 고기를 잇고 있는 줄의 약함을 잘 알고 있으면서도 그는 한치도 양보하려 들지 않았다.

그는 천천히 신중하게 리일을 감기 시작했다. 달빛에 그의 단정한 모습과 결연한 젊은 얼굴이 뚜렷하게 나타났을 때 나는 타는 듯한 시선을 보내며 다음 명령을 기다렸다.

연어의 설치는 기력이 둔해지자 가빈은 조금씩 끌어당겼다.

"보인다."

가빈은 쉰 듯한 낮은 소리를 냈다.

"바다에서 갓 올라온 놈이야. 갈고랑이를 집어 줘, 이 걸상 밑에 있어."

나는 몸을 굽혀서 갈고랑이를 잡으려 하다가 젖은 걸상에 발이 미끄러져 후닥닥 쓰러졌다. 그 바람에 정강이가 벗어지고 하마터면 배가 뒤집힐 뻔했다.

가빈은 아무 말 없이, 내 서투른 짓에도 잔소리 한마디 하지 않았다. 다만 내가 몸을 일으키고 흔들리던 보트가 조용해지자,

"갈고랑이 집었어?"

했을 뿐이었다.

"응, 집었어, 가빈."

침묵, 여전히 가만히 있는 채, 그러자 아주 절박한 어조로 가빈이 속삭였다.

"바늘이 조금밖에 걸리지 않았어. 먹이가 입 밖에 나와 있다. 실패하면 단번에 그만이야. 갈고랑이를 가지고 내가 잡아당기면 몸에 찌르지 말고 아가미 밑에다 가만히 찔러 줘."

나는 걱정으로 가슴을 덜컹거리며 갈고랑이를 쥐고 보트 바닥에 무릎을 끓었다. 이제 나한테도 연어는 보인다. 굵고, 폭이 넓은, 번쩍번쩍하고 있는 놀랄 만큼 큰 놈이다. 아직 평생 이런 큰 고기를 잡아 본 적은 없었다. 갈고랑이로 찌르는 것은 위험스러운 일이었다. 아버지를 도와 갈고랑이를 찔러 본 적이 있는 가빈은 전에도 나한테 가끔 얘기하곤 했는데 이 마지막 순간에서 얼마나 연어를 놓쳤는지 모른다고 했다. 나는 몸이 떨려오고 눈앞이 캄캄해졌다.

고기가 가까워 왔다. ……점점 가까이…… 곧 손이 닿을 것이다. 나는 별안간 당황해서 이 큰 미끈미끈한 놈을 갈고랑이로 콱 찔러 주고 싶은 무서운 충동을 느꼈다. 그러나 안된다. 나는 죽은 것처럼 창백해져서 오한으로 후들후들 떨며, 가빈이 고기를 옆으로 쳐 눕히는 것을 기다려 가까스로 갈고랑이를 아가미 밑으로 집어 넣고 가만히 배 안으로 끌어 올렸다. 가빈도 옆에 와 웅크려 앉았다. 달은 선명하게 높은 밤하늘에 떠올라 보트 바닥에 몸을 꾸부려 희미하게 빛나고 있는 그 기품 있는 물고기를 무언의 환희에 젖어 함께 들여다보고 있는 두 소년의 모습을 비치고 있었다.

그렇지만 패배해 버린 이 연어를 들여다보고 있는 동안 별안간 나는 심장이 오그라드는 듯한 슬픔에 부딪혔다. 나는 생각했다.

"가빈이냐, 나냐…… 둘 중에 하나는 패배하지 않으면 안되는 것이다."

6

이튿날 아침은 늦게까지 둘 다 낚시집 침대에서 자고 미시즈 글렌이 내다 주는 아침을 먹고 나서, 가빈은 아버지의 엽도를 꺼내 가지고 낚시집 밖 밝은 태양 아래서 연어를 보기 좋게 한가운데를 쪼갰다. 그 탄탄한 복숭아빛 살, 그보다 조금 검붉은 중심부와 진주 단추 같은 등뼈 등은 이 물고기가 아주 훌륭하게 발육한 것을 보여 주고 있었다.

"제비로 정하자."

하고 가빈이 말했다.

"그게 공평하니까 말이야. 양쪽 다 6파운드는 되겠는걸. 그렇지만 꽁지쪽이 값나가는 거야."

그는 6펜스짜리를 던졌으나 내쪽이 맞았다.

가빈은 큰소리로 웃었다.

"좋은데, 삶는 시간은 20분간 만이야. 그게 제일 맛있게 먹는 방법이야."

우리는 각자의 고기를 골풀로 싸서 가빈의 자전거 짐바구니에 넣었다. 그리고 미시즈 글렌에게 인사를 한 다음 둘이 함께 자전거를 탔다. ── 가빈이 페달을 밟고 내가 뒤쪽 짐 싣는 자리에 걸터앉았다. 그리고 리븐포드까지의 길을 교대로 페달을 밟아 물고기를 나누어 가진 것같이 노력도 나누면서 집으로 돌아왔다.

로몬 뷰에 도착한 것은 꼭 점심 때였다. 내가 부엌에 들어가니까 아빠와 엄마는 식탁 앞에 앉아 있었다. 나는 학교를 결석하게 된 것을 알고 있었으나, 그러나 손에 들고 있는 화해의 선물, 엄마의 말이 아니더라도 적어도 며칠 동안은 확실히 '충분한' 이 귀중한 연어의 반쪽도 분명히 의식하고 있었다.

"어디 갔다 왔니?"

아빠는 약간 깊숙이 의자에 앉으면서 요즈음 버릇이 되어 있는 감정을 억누른, 오히려 냉담한 투로 말했는데, 그것은 몇 달 전 묘한 태도를 취하면서 아침식사의 삶은 계란을 거절하고 엄마한테 침착하게 다음같이 말한 그날 아침부터 비롯한 버릇이었다.

"나한테 특별한 요리를 주는 건 그만뒀으면 좋겠어. 우리는 모두 너무 많이 먹고 있어. 의사는 위에 부담되는 식사는 좋지 않다고 하는 거야."

"말씀드렸지요, 여보."

엄마가 입을 열었다.

"로비는 호수에 갔다 왔어요. 어젯밤에는 못 올거라고 말해 놓고 갔어요."

나는 급히 가지고 온 꾸러미를 식탁 위에 올려 놓았다.

"내 선물을 보세요. 가빈이 낚았지만 내가 갈고랑이로 끌어 올렸어요."

엄마는 파란 골풀을 제끼고 놀란 듯 기쁜 소리를 냈다.

"굉장하네, 로비."

나는 엄마의 찬사를 기분 좋게 들으면서 아빠한테서도 한마디 칭찬을 받고 싶었다. 아빠는 그 물고기를 멀뚱히 그러나 신기한 듯 황홀한 눈으로 보고 있었다. 아빠는 절대로 웃는 얼굴을 보이지 않는 사람으로 소리내어 웃는다는 것은 완전히 인연이 먼 일이었으나, 그러나 이 때만은 가벼운 미소 같은 것이 그 얼굴을 빛냈다.

"꽤 괜찮군."

아빠는 거기에서 입을 다물었다.

"그렇지만 연어 같은 걸 어떻게 한단 말이야. 너무 사치스럽지. 위가 깜짝 놀라는 게 고작이야."

그리고 덧붙여서,

"도날드슨에게 오후에 갖고 가는 게 좋아."

"아니 안돼요, 여보."

엄마의 눈이 곤혹의 빛을 띄우고, 그리고 이마에는 주름이 잡혔다.

"아무튼 몇 토막은 남겨 두도록 해요."

"다 가져 가."

아빠는 건성 지껄였다.

"요즘 연어는 귀해. 1파운드에 3실링 6펜스는 할 거야——그런 대금을 내는 바보도 있으니까. 도날드슨 씨면 적어도 반 크라운(1실링 5펜스)에 사줄 거야."

나는 어처구니가 없었다. 집의 빈약한 식탁을 화려하게 장식하려고 한 이 훌륭한 연어를 생선가게에 가져 가서 팔아 오라고! 아빠도 정말 그러는 건 아닐 거야. 그러나 아빠는 이미 다시 식사를 시작했고, 엄마는 신경질적으로 입술을 움직이며 큰 접시에 남아 있는 감자요리를 스푼으로 긁어 주면서 나한테 이렇게 말했다.

"이게 점심이다. 천천히 많이 먹어."

오후에 나는 물고기를 큰 거리의 도날드슨 생선가게에 가지고 갔다. 그리고 비참한 생각을 하며 골초에 싼 물고기를, 푸른 줄 무늬 에플론에 흰 저고리, 까만 밀집모자를 쓴 빨간 얼굴의 뚱뚱한 도날드슨 씨에게 넘겼다. 값을 따지고 물건을 팔고 하는 데는 나는 완전히 무능했으나, 그러나 아빠가 시청에 나가는 길에 벌써 '들렀을' 것이 틀림없다고 생각되었다. 도날드슨 씨는 한마디 말도 없이 연어를 흰 에나멜드 칠한 저울에 올렸다. 6파운드가 넘었다. 가빈의 어림짐작은 틀림이 없었다. 큰 몸집의 생선가게 주인은 콧수염을 쓸면서 이상한 눈으로 나를 보았다.

"네가 호수에서 잡았니?"

나는 고개를 끄떡였다.

"낚아 올릴 때까지 되게 날쳤지?"

"네."

어제 저녁의 기억——호수, 달빛, 우정, 훌륭한 투쟁을 생각하고 나는 눈을 감았다.

도날드슨은 가게 안쪽의 유리로 둘러싼 탁자 위에 있는 손금고까지 갔다 오더니 나한테 말했다.

"파운드에 반 크라운으로 쳐서 6파운드에 꼭 15실링이다. 자, 은화 15개. 레키 씨한테 내가 안부 전한다고 전해 줘."

그는 내가 가게를 나오는 것을 서서 바라보고 있었다.

아빠가 그날 밤 집에 돌아오자마자 나는 내내 주머니에서 무거웠던 돈을 꺼내 주었다. 아빠는 끄덕이며 한 손으로 은화를 받아 소리를 내며 가죽지갑에 넣었다. 어떤 돈이라도 아빠는 참 솜씨 있게 취급했다.

저녁 먹는 동안 아빠는 기분이 좋았다. 그리고 엄마한테 오는 길에 크레그혼 씨를 만난 얘기를 했다. 이 수도국 감독은 아주 쇠약해진 모양으로, 사실 많이 말라 있었는데, 소문으로는 신장결석증에 걸려 있다는 것이었다. 설사 그 병이 '목숨을 앗아가는' 데까지는 이르지 않는다고 하더라도 그의 퇴직은 요 몇 달 사이의 문제에 지나지 않는다고 믿을 만한 이유가 있었다.

크레그혼 씨가 근간 죽을 것이라고 말하고 있는 아빠의 말투는 평상시답지 않게 명랑했다. 그는 일어서면서 말했다.

"응접실로 와, 로버트. 좀 얘기할 게 있어."

우리는 창턱의 마른 풀꽃 화병 옆에 앉았다. 여느 때는 잘 쓰지 않는 방으로 레이스 커튼이 걸려 있었다. 창밖에는 녹음질은 밤나무가지가 달리는 말같이 바람에 불려 흔들리고 있었다.

아빠는 색깔 엷은 입술을 오므리고 손가락 끝을 잡아 쥐며 친절한 표정으로 나를 보았다.

"너도 이제 훌륭한 젊은이가 됐어, 로버트. 학교 성적도 좋고, 나도 무척 만족하고 있어."

나는 빨개졌다——아빠가 나를 칭찬하다니 전에 없던 일이다. 아빠는 덧붙여 말했다.

"우리가 너한테 될 수 있는 데까지 해준 건 너도 알고 있겠지만."

"그럼요, 알고 있어요, 아빠. 난 모두를 참 고맙다고 생각하고 있습니다."

"레이드 선생이 오늘 시청으로 서명해 달라고 서류를 가지고 왔던데, 둘이서 네 장래 일을 장시간 얘기했어."

아빠는 기침을 했다.

"너도 이 문제에는 무슨 생각이 있을 테지?"

내 가슴은 터질 것 같았다.

"레이드 선생님이 말씀하셨으리라고 생각하지만 아빠, 나는……어떤 일을 해서라도 윈톤 대학에서 의학공부를 하고 싶어요."

아빠는 별안간 몸이 오그라드는 것같이 쩔쩔매는 듯했다. 그는 의자에 몸을 깊숙이 고쳐 앉았다. 그리고 억지로 웃는 얼굴을 지었다.

"너도 알 듯이, 우리한테는 그만한 돈이 없단 말이야, 로버트."

"그렇지만…… 레이드 선생님은 마샬 장학금 얘기를 하시지 않았어요?"

"그 말은 들었지, 로버트."

아빠의 투명한 것 같은 뺨에 빨간 빛 한 점이 떴다. 그리고 분연히 나를 속임수에서 지켜 주기라도 하는 듯 진지한 얼굴로 나를 보았다.

"그래서 나는 선생님더러 그런 쓸데없는 소리를 해서 너한테 희망을 가지게 하다니 큰 잘못이라고 일러 주었지만 말이야. 레이드 선생은 자신의 위치도 모르는 주제넘은 짓을 하고 있어. 나는 그 선생의 급진적인 사상이 싫어. 시험 따윈 도저히 예상할 수 없는 거야——마덕이 좋은 본보기지. 더구나 마샬이라니! 그럼, 그 장학금 경쟁이란 무시무시한 거니까. 솔직히 말해서——네 감정을 상하게 할 생각은 아니지만——너한테 그런 실력이 있다고는 나는 생각되지 않는 거야."

"그렇지만 시험은 보게 해주셔요."

나는 갑자기 격정이 되어 허덕이듯 말했다.

아빠의 마른 얼굴에 '피로함'이 깊어졌다. 아빠는 나한테서 눈을 떼어 창밖을 내다보았다.

"너 자신을 위해 생각하면 나는 찬성 안해, 로버트. 네 머리 속에 온갖 나쁜 생각을 심어 줄 뿐이니까 말이야. 그래, 설사 합격했다 치더라도 나한테는 너를 한푼 벌이 없이 앞으로 5년간 좋을 대로 내버려 둘 여유는 없어. 굉장한 비용이 너한테 들었어. 이제 이 정도에서 너도 그것을 돌려 주기 시작해야 할 때가 온 거다."

"그렇지만 아빠……."

나는 필사적으로 탄원했지만 결국 기운이 빠지는 것을 느끼고 기분도 나빠졌으므로 입을 꾹 다물고 말았다. 아빠가 기회를 주기만 한다면 2배로 해서 갚을 작정이라는 것, 나는 뛰어난 사람은 못되지만 그것을 견실한 공부로 메울 작정이라는 것을 설명하고 싶었던 것이다. 이제 소용없다는 것을 알고 있었다——아빠한테는 아무리 말해야 소용없는 것이다. 우유부단한 인간은 거의 다 그렇지만 아빠도 자기 생각을 변경하지 않는 것을 극히 중요하게 여기고 있었다. 아빠의 태도에는 증오 같은 건 전혀 없었다——나를 혹독하게 취급한 적은 한번도 없었고, 사실 오늘날까지 나한테 손가락 하나 대지 않았다는 것이 항상 말하는 그의 자랑이었다. 아빠는 그의 내부에 작용하고 있는 묘한 힘으로 인해서, 자기는,

"가장 옳다고 알기 때문에 이렇게 하는 것이다."

하고 스스로 정말 그렇게 믿고 있는 것이었다.

"사실은 말이야."

아빠는 위로하듯 말을 이었다.

"네 일 때문에 지난 주 감독을 만났는데, 이번 여름 네가 그 공장에 들어가면, 스물한 살 때까지는 기술을 습득할 수 있대. 그리고 그동안도 좋은 급료가 나오고, 가계에도 보탬이 되고 말이야. 지금 같은 형편에서 본다면 너한테 이게 제일 현명한 길일 거야."

나로서는 기계공 따위 되고 싶지도 않았고, 주물공장에서 3년간 견습공 노릇은 견딜 것 같지도 않았다. 설사 아빠의 하는 소리가 옳다고 하더라도, 이 세상의 어떤 것을 가지고서도 터질 듯한 내 가슴의 아픔을 누그러뜨릴 수는 없었다.

아빠는 일어섰다.

"네가 실망하고 있는 것은 나도 잘 알아."

그리고 한숨을 쉬고 나가면서 내 어깨를 가볍게 두드렸다.

"가난한 자에게는 고를 여유가 없단다, 로버트."

나는 고개를 떨어뜨린 채 걸상에 앉아 있었다. 아빠는 이미 공장과 계약을 끝낸 것이다——엄마가 지난번 케트에게 편지한 것도 틀림없이 이 일이었을 것이다. 분기했던 내 희망과 가빈에게 한 얘기, 가슴에 그린 어리석은 계획을 생각하니 코 속에 눈물 같은 것이 흘러들었다. 나는 신음소리를 냈다.

나는 줄리어스 시이저와 나폴레옹같이 되고 싶었다. 그러나 결국 나는 나였다.

7

나날은 천천히 지나가고 나는 절망하고 있었다. 부활절 휴가가 끝나는 며칠 전의 목요일, 나는 미시즈 버섬리 집 뒤뜰의 잔디를 깎고 있었다——아빠는 1개월 1실링으로 내가 아주머니 집 잔디를 깎아 주도록 깨끗이 계약을 한 것이다. 내가 버는 작은 푼돈은 아빠에게 지불되는 게 아니라, 그런 짓은 체면에 관계되니까, 마침 미시즈 버섬리가 자기네 집과 우리가 살고 있는 집 양쪽의 소유주였던 관계상——두 채 다 그가 남편으로부터 물려받은 유산이었다——아빠가 이것을 자세하게 기장해 두었다가, 분기마다 집세로 버섬리에게 수표를 쓸 때 그것을 정확하게 빼는 것이었다.

그날 오후도 나는 일을 마치고 잔디 깎는 기계를 치우고 있으려니까, 아주머니가 나를 방으로 불러들여 찬 사과 푸딩과 홍차를 내주었다.

그녀는 설탕을 치지 않은 몹시 진한 홍차를 자기도 마시며 뭔가 비난스러운 표정으로 내 얼굴을 바라보았다. 그 전보다 뚱뚱해지고 한층 관록도 붙은, 광대뼈 근처에 가느다란 혈관이 그물처럼 보이는 얼굴은 단련된 권투선수를 연상케 하는 느낌이었으나 눈은 생생하고 입술은 유머러스하게 비뚤어져 광장히 원기 왕성함을 나타내고 있었다.

"로버트."

그녀는 이윽고 입을 열었다.

"이런 소리를 하면 안됐지만 너도 점점 물이 드는 것 같애."

"나 말입니까, 아주머니?"

나는 더듬으며 우울한 소리를 냈다.

그녀는 끄덕였다.

"네 얼굴 말이야. 날마다 길어지잖아(긴 얼굴이란 음산하고 우울한 얼굴을 의미한다). 도대체 어째서 그렇게 우울한 아이가 됐는지 몰라."

"나는 날 때부터 그래요, 아주머니."

"비참한 기분으로 있는 게 좋아?"

"아네요."

나는 푸딩을 삼키며 눈물을 참았다. 푸딩은 과즙으로 엉긴 것으로 맛있었다.

"늘 그렇진 않아요, 그저 슬프고 즐거운 기분이 한꺼번에 올 때가 있지만 말이에요."

"슬프고 즐거워, 지금도?"

"아니…… 지금은 슬플 뿐예요."

미시즈 버섬리는 머리를 혼들고 담배에 불을 붙였다. 그녀는 담배를 많이 피우기 때문에 손가락이 갈색으로 물들어 있었다——이것이 그녀를 드럼벅거리의 보수적인 주민과 구별시키고 있는 특징의 하나였다. 그녀에게는 온갖 소문이 떠돌고 있었으나, 세상의 소문 따윈 완전히 아랑곳하지 않았다. 그녀는 괴짜이고 성질이 급했으나 친절했다. 마덕의 얘기를 들어 보면, 그녀는 남편과 맹렬한 싸움을 하고는 접시를 내던지고 했다지만——마덕에게는 벽너머로 그 소리가 들렸다는 것이다——그러고는 금방 남편과 뜰에 나가서 남편 허리에 팔을 두르며 정답게 부르곤 했다는 것이다…….

그녀가 갑자기 손을 뻗쳤다.

"어디 홍찻잔을 이리 줘 봐요. 무슨 좋은 일이 있는가 어떤가 점쳐 줄 테니까."

그녀는 빈 내 홍찻잔을 손가락 사이로 돌리면서, 연기가 눈에 들어가지 않도록 담배를 입 구석쪽으로 물며 바닥에 남은 차이파리를 조사했다. 그는 굉장한 찻잔 점장이로, 해몽도 하고 손금도 보며 또 트럼프로 운을 점칠 줄도 알았다.

"썩…… 재미있어. 네 오오라(인간에게서 발산하는 특이한 분위기)는 녹색…… 미묘한 빛깔의 녹색이야. 들판과 숲 가까이에서 큰 행운을 잡는다. 그렇지만 좀더 나이가 들어야 돼. 해가 져서 그러한 데를 어물어물하고 있어서는 안돼. 너는 여성에 대해서 열렬하고 질투가 강해. 아니! 이건 뭐야. 오오 그래! 너는 스물한 살이 되면 빛깔이 가무잡잡한 아름다운 모습을 한 미인을 만나게 돼 있어."

그녀는 얼굴을 들었다.

"어때, 인제 기운이 나?"

"나는 것 같지 않아요, 아주머니."

"그 미인이란, 아주 애정이 깊은 성질이며…… 스페인 형의 사람이야……
빨간 머리 남자에게는 정신 없이 덤빈다고 나와 있어."

그러나 내가 얼굴을 붉혔을 뿐이므로 그녀는 찻잔을 놓고 하하대고 웃었다.

"아니, 정말 왜 이러는 거야, 걱정인데. 뭘 너는 우물우물하고 있는 거야."

"아니, 뭐 대단한 건 아니예요, 아주머니."

하고 나는 힘없는 소리로 말했다.

"아무래도 나한테는 말할 수 없다는 거지."

그녀는 찻잔을 치우며 일어섰다.

"왜 넌 할아버지께 의논하지 않지?"

그녀의 목소리에 조금 부끄러움이 섞인 투였다——그녀는 전부터 할아버지
를 높이 평가하고 있는 것 같았다.

"누가 뭐라고 하든 거어 씨는 정말 훌륭한 분이야."

불행하게도 나는 현재 이 견해에는 찬성할 수 없었다. 할아버지가 좋은 데
는 변함이 없었으나, 어린애 같은 걱정거리를 안고 할아버지한테 달려갈 시대
는 이미 지나가 버렸다. 그리고 나는 개인적인 고민에 대하여 굴조개같이 몸
을 도사리고, 이 연체동물이 진주 따위의 자극물과 싸우듯이 극기와 고독 속
에서 나 혼자 맞붙고 있는 것이다. 내 일을 걱정하여 슬픈 얼굴을 하고 있는
엄마한테조차 얘기 못하고 있었던 것이다——아마 내가 무엇이라고 말했다
하더라도, 다만 사태를 악화시킬 뿐이라는 것을 내가 알고 있었기 때문이다.

그렇더라도 미시즈 버섬리가 할아버지한테 '한 마디' 한 것은 사실인 모양
으로 이튿날 할아버지는 나를 곁으로 불러, 뭐가 어떻게 된 거냐고 얘기해 보
라는 것이었다.

내 얘기를 듣고 있는 할아버지의 표정은——어찌할 바를 모르며 눈 언저리
를 온통 걱정 때문에 주름투성이로 만든 표정은 잊으려 해도 좀처럼 잊을 수
가 없다. 할아버지는 많은 잘못을 범하고, 바보짓도 연출하고, 능력도 없는 사
람이지만, 인색한 점만은 절대로 없는 사람이었다——인색이 무엇인지를 이
해 못하는 사람이다. 할아버지가 모자와 스틱을 손에 들었을 때의 얼굴에는
어딘가 일종의 위엄이 갖추어져 있었다.

"가자, 로비. 둘이서 그 레이드 선생이라는 사람을 만나 보는 거다."

나는 행길을 할아버지와 함께 가는 것은 좋아하지 않았지만——할아버지의 조금 괴짜 같은 그 몸짓이 원래 부끄럼 잘 타는 내 감정을 한층 고조시키는 것이었다——그렇지만 나는 의기소침해 있었기 때문에 별로 반대하지도 않고, 한편 할아버지가 나서 보아야 별도리 없다고 생각하면서도 아무튼 함께 가기로 하고, 토요일 오후의 정적에 둘러싸인 거리들을 지나서 레이드 선생댁으로 갔다.

　중학교 선생의 대부분은 녹스힐과 드럼벅 같은 '좋은' 지구에 품위 있는 주택을 가지고 있었다. 그러나 제슨 레이는 주로 폴란드인이라든가, 노동자, 부두노동자, 그 밖에 가난한 사람들이 사는 시내에서도 결코 '좋은' 데라고 할 수 없는 '빈민거리' 가까이의 더러운 높은 건물에 살고 있었다. 깊숙한 안방에서도 더러운 가운데 뜰이 내려다보이며 바깥 창들은 청소를 하지 않아서 언제나 불투명했으나, 이것을 열어 제끼면, 리븐포드 상호협조협회라는 전당포의 번쩍번쩍하는 놋간판과, 밤마다 항구의 선술집 회전도어에서 줄지어 들어오는 재미있는 사람들의 모습도 내려다보였다. 레이드 선생은 이 집이 완전한 자유를 준다고 마음에 들어 했으나, 또 그것이 인습을 타파하려는 그의 사회주의적 사고방식과 일치한다고 하는 데에도 그 이유가 있었다.

　레이드 선생은 2년 전에 더글라스 선생이 애드필란 고등학교 교장으로 영전되었을 때 그 후임으로 온 것이다. 레이드 선생 자신 분명하게, 자기는 임시 교사라고 하고 있었으나——그는 한 군데에 오래 있고 싶지가 않았던 것이다——교장으로서도 레이드 선생의 단정하지 못한 복장과, 심상치 않은 교수법과, 화가 치밀 정도로 온순함이 없는 태도에는 분명히 좋은 인상을 받고 있지 않았다. 그런데도 레이드 선생은 아직까지 남아 있었다. 그는 재능 있는 독창적인 교사였다. 교장도 그것은 인정하지 않을 수 없었다. 거기에 과학을 전담할 뿐만 아니라, 무엇보다도 요긴한 것은 상급반 국어수업도 담당할 수 있다는 것이었다——그는 트리니티 칼리지(켐브리지 대학의 학료의 이름)의 우등 졸업생으로 문학사와 이학사 간판을 아울러 가지고 있었다. 레이드 선생 자신으로 말하면, 내가 벌써 여러 해 전에, 왜 리븐포드 같은 시골 구석에 이렇게 오래 계십니까 하고 물어 보았더니, 예의 펑퍼짐한 코와 황소 같은 눈으로 빙글빙글 웃으며,

　"전당포에 가는데 썩 편리하니까 말이야."

하고 대답했던 것이다.

　이런 대범한 태도는 그의 생활환경이 그렇게 만든, 버릴 수 없는 그의 자세

였다. 북 아일랜드의 목사 아들로 태어나 예의 가벼운 불구임에도 불구하고 성직을 지망했으나, 공부 도중에 헉슬리(19세기 영국 생물학자로 진화론을 지지 했음)의 영향을 받아 '창세기'의 신앙을 포기하고 말았다. 그 결과로서 생긴 가족과의 소원(疏遠)에 대하여는 선생은 절대로 말하지 않았으며, 오불관언이 라는 냉담한 태도였으나 수업 중에 가끔 폭발하는 인습적 행위의 멸시 따위 같은 격한 언사는 이 대변동 탓일 거라고 나는 추측했다. 선생이 처음 국어시 간에 들어왔을 때, 우리는 달그리슈 선생이 지도하던 실습방침에 따라서 교대 교대로 일어서는 주어진 과제에 대하여서 자기들의 의견을 말하고 있었다 ――그날은 〈다음 일요일에는 뭣을 할 것인가!〉 하는 제목이 나와 있었다. 선생은 털썩 의자에 앉아서 다리를 교단 위에 뻗친 채――이것이 인습에 매 이지 않는 선생의 수업 태도였지만――우리가 이야기하는 것을 마지막까지 듣고 있었다. 물론 우리는 모두 품행이 단정한 모범생다운 소리만 늘어 놓고 있었던 것이다. 그러자 선생은 진지한 소리로 말했다.

"다음 일요일인가. 그렇군, 나 같으면 침대에 드러누워 맥주라도 마시고 있 을 테지."

그런 큰소리를 하고 있었지만, 선생은 불행하고 고독한 사람이었다. 다른 선생들과 사귀지 않는 것은 공통점이 전혀 없었기 때문이다. 가끔 페비안 협 회(점진적인 수단으로 사회개선을 도모하려는 영국의 사회주의단체) 지부의 집회 에 출석하는 적은 있었지만, 유명한 '철학클럽'을 포함하여 다른 리븐포드 클 럽에는 어느 것이고 시시한 '주정뱅이 소굴'이라고 조소하며 상대하지 않았다. 여성에게도 전연 흥미가 없는 것 같았다. 나는 그 당시 선생이 거리에서 여자 와 얘기를 하거나, 함께 산보하거나 하는 것을 본 적이 없었다. 다만 열심한 음악팬이었으므로 미시즈 키트와 그 작은 그룹과는 친하게 지내고 있었다. 선 생도 싱클레어 드라이브에 있는 미시즈 키트네 집은 호감을 느끼는 모양이었 다.

아마 선생은 나한테 과학자가 될 소질이 있다고 생각한 모양이었다. 그보다 도 나한테 관심을 가지게 된 것은 두 사람 모두 공통적인 부모를 닮은 괴짜 기질 때문이라고 하는 편이 좋을지도 모르겠다. 가끔 일요일 아침 같은 때, 나를 아침식사에 초대하여 기름에 튀긴 소시지를 실컷 먹여 주었다. 선생은 말수가 많은 편이 아니고, 또 감정을 얼굴에 나타내는 일도 거의 없었다. 오 히려 감정을 감추는 편이었다. 문학에는 괴상한 취미를 가지고 있어서 나의 화려 문체를 극력 고쳐 주려고 애썼다. 선생이 좋아하는 것은 에디슨(영국 수

필가, 1672~1719), 록(경험론 철학의 시조로, 18세기 영국 철학자), 해즐릿(영국의 평론가, 1830), 몽테에뉴(16세기 불란서의 사상가, 《수상록》의 저자) 등이었다.

특히 쉴러(독일의 시인·극작가·철학자, 1795~1805)를 숭배하고 있었는데, 선생은 이 협소한 시골에서의 자신의 고립에 언급하여 가끔은 그 철학자의,

"사람이 절대로 후회하지 않고 있을 수 있는 대중과의 유일한 관계는 전쟁이다."

하는 소리를 인용했던 것이다. 그러면서도 선생의 표정 많은 눈에는 호전적인 데는 전혀 없고 애정이 넘쳐 있었으며, 그런 시선에 부딪칠 때마다 나는 당황하지 않을 수 없었다.

할아버지와 내가 어둡고 비위생적인 좁은 계단을 올라가자 레이드 선생 방에서 음악이 들려 왔다. 할아버지는 스틱으로 도어를 통통 두드렸다. 그러자 도어 저쪽에서,

"들어와."

하는 큰소리가 났다.

선생은 창가의 등의자 위에 축 늘어져 있었다. 저고리는 벗은 채, 바지가랭이를 두꺼운 양말에 끼고, 발을──자전거용 꺼먼 목 긴 구두를 신은 채── 테이블 위에 올려 놓고 있는 괴상한 모습으로. 테이블 위에는 거품이 넘칠 것 같은 맥주 컵과, 레코드와, 꽃 모양을 한 길다란 트럼펫이 얹혀 있었다. 할아버지가 예의 자못 공손한 태도로 자기 소개를 시작하자, 선생은 경고하듯 그 것을 제지하고 부디 앉아 주십사 하는 시늉으로 의자를 가리켰다. 레코드가 끝나자 선생은 급히 일어나 새 것과 바꾸고는 곧 또 등의자에 털썩 앉았다. 그리고 가끔 이마를 찌푸리면서 컵의 맥주를 마셨다. 나는 선생이 맹렬하게 자전거를 달려 마악 돌아온 참이라는 것을 알 수 있었다. ──운동이 필요하다고 느끼면 선생은 발작적으로 자전거에 뛰어 올라, 언덕을 넘고 계곡을 내려가 머리를 푹 숙인 채 미치광이같이 발을 놀려 폭포 같은 땀을 흘리며 몇마일이고간에 등뒤로 먼지를 마구 일으키며 전속력으로 광폭하게 달리는 것이었다. 그래서 무사히 돌아오면 깜짝 놀랄 만큼 음식을 먹어 치우고는 최근 런던의 필하모닉 오케스트라에 의해서 컬럼비아 레코드에 취입한 베토벤의 교향곡을 들으며 기분을 가라앉히는 것이었다. 선생은 무척 음악을 좋아해서 자신도 제법 피아노를 잘 쳤지만 자기 재능 따위는 미숙하고 아마추어의 영역을 벗어나지 못하고 있다고 겸손하여 좀처럼 치는 적은 없었다.

교향곡이 끝나자 선생은 축음기를 덮고 레코드를 앨범에 집어 넣었다.

"아, 실례했습니다."

선생은 할아버지를 공손한 말로 영접했다.

"무슨 볼 일이 있으셔서?"

할아버지는 기다렸다는 것과 선생의 환영하는 태도가 신통치 않았다는 것으로 해서 좀 기분이 비뚤어졌다. 그래서 조급한 소리로 말했다.

"정말 지장 없으십니까?"

"네, 괜찮습니다."

레이드 선생은 말했다.

"그러시다면."

하고 할아버지가 말했다.

"나는, 이 아이의 일과 마샬 장학금 일로 말씀을 드리려고 왔습니다만."

레이드 선생은 할아버지에게서 나한테로 시선을 옮겼으나 곧 책장 아래에서 맥주를 한 병 더 가지고 왔다. 그리고 병을 기울이며 흘깃 옆눈으로 할아버지의 얼굴을 보았다.

"내가 받은 명령이라는 것은, 아니 물론 나 같은 변변치 않은 평교원은 명령대로 하는 수밖에 없습니다만——애하고 장학금하고는 되도록 따로 떼서 생각하라는 것이어서 말입니다."

할아버지는 예의 기분 나쁜 당당한 미소를 흘리며 스틱 손잡이 위에 몸을 꾸부렸다. 나는 겁을 먹으며, 이제 마침내 할아버지 득의의 열변이 시작하는구나 생각했다.

"좋습니다, 선생. 당신이 그런 명령을 받으신 것은 아마 사실일 테지요. 그러나 내가 뵈러 온 것은 그것을 철회해 주십사는 겁니다. 단순히 내 이름으로서가 아니라 이성과 자유와 정의의 이름으로 철회를 부탁하고 싶다는 겁니다. 요컨대 선생, 현대와 같은 무지몽매한 시대에 있어서도, 어느 종류의 기본적인 자유는 비천한 사람에게도 허용되고 있습니다. 즉, 신앙의 자유, 언론의 자유, 위대한 조물주가 내려 주신 천부의 재능을 발전시키는 자유, 이것입니다. 그러니까 선생, 만약 이런 자유를 거부할 만큼 저급하고 비열한 도배가 있다고 한다면 나로서는 단호히 이것을 방관만 할 수는 없습니다."

할아버지의 목소리가 방안을 압도할 만큼 높아지는 것을 선생은 재미있어하며 귀를 기울이고 있더니 할아버지가 '위대한 조물주'라고 하는 데에 이르러서는 윗입술의 수술자리 상처를 경련하며 가만히 미소를 띠웠다.

"부라보! 부라보!"

하고 선생은 감복해서 소리 질렀다.

"자, 한잔 하십시오. 어르신네, 목이 컬컬하실 테지요."

선생은 맥주 잔을 할아버지한테 넘기고 말을 덧붙였다.

"웅변은 어떻든, 나는 어떻게 해야 좋을지 도시 종잡을 수가 없습니다."

할아버지는 수염에 묻은 거품을 쭉 빨아들이고는 아까하고는 다른 목소리로 곧 말했다.

"가만히 넣어 버리는 거지요. 아무한테도 알리지 말고."

레이드 선생은 고개를 저었다.

"그런 짓은 할 수 없습니다. 그렇지 않아도 나는 밤낮 다투는 일로 정신을 못 차리고 있으니까요. 그리고 원서에는 보호자의 서명이 필요합니다."

"서명은 내가 하지요."

하고 할아버지는 말했다.

레이드 선생은 이것이 마음에 걸리는 모양으로, 자리에서 일어나 부드러운 자전거 구두로 방안을 왔다갔다 하기 시작했다. 이마에 주름을 모으고, 입술에는 이미 미소의 그림자조차 없었다. 나는 그 선생을 열심히 바라보며, 할아버지가 꺼낸 말을 선생이 이리저리 마음속에서 생각하고 있는 것이 틀림없다고 생각했다. 그리고 괴로울 정도로 물결치는 기대를 숨겨 가지고 선생의 말을 기다렸다.

"음, 좋습니다."

선생은 문득 발을 멈추더니 똑바로 눈앞을 응시하면서, 겨우 입을 열었다.

"이게 잘되면 참으로 멋있다. 일체 비밀리에 하는 겁니다. 몰래 열심히 공부한다. 그 결과…… 만약 해내기만 한다면…… 교장 이하 저 난장이 레키까지 어떤 얼굴을 하는지…… 생각지도 못한 결과가 된다."

선생은 빙그르 나한테로 돌아섰다.

"만약 네가 합격한다면 누가 뭐라고 하더라도 대학에 보내지 않을 수는 없을 거다. 멋있다! 이것은 대단한 거다. 흡사 다크 호스가 더비한테 이긴다는 거다."

선생은 예의 큰 눈으로 털이라도 조사하듯 나를 차근차근 바라보았다. 나는 새빨개져서 손에 든 모자를 신경질적으로 빙빙 돌리면서 그 시선을 놓치지 않으려고 했다. 미시즈 버섬리는 내가 점점 말을 닮아간다고 했지만 나는 자신이 더비의 우승마로 비유받는 것은 싫었다. 이발료를 절약하기 위해 언제나 내 머리를 깎아 주는 엄마가 어제 완전히 빡빡 깎아 버렸기 때문에 나는 까까중머리가 되어, 어디로 보나 두뇌가 명석하다고는 보이지 않고 머리 자체도 작아져 있었다. 그러나 선생은 맨 처음부터 계속 나의 지기였다. 그리고 지금 선생의 아일랜드인의 피는 이 사건의 신선하고 흥미진진한 맛에 완전히 열을 올리고 있었다. 선생은 주먹을 공중에 휘둘렀다.

"좋아!"

흥분으로 뺨까지 홍조된 선생은 소리쳤다.

"한번 해보는 거다. 독을 먹는다면 접시까지다. 나는 그전부터 너한테는 마살을 치게 하고 싶었던 거야, 옹 샤넌. 이렇게 된다면 더욱이다. 우리 모두 조금도 눈치채게 하면 안돼. 죽을 판 살 판 해서 획득하는 거다."

이런 순간은 절대로 두 번 다시 있는 것이 아니다.──그때까지의 누를 수 없던 실망감은 씻은 듯이 사라지고──다시 열린 미래의 전망과, 레이드 선생이 나를 신뢰하고 있음이 알려진 이 굉장한 사실이──내 가슴을 노래라도 부르고 싶도록 환회로 채웠다. 할아버지는 선생에게 악수의 손을 내밀었다. 사실 우리는 흥분해서 차례로 손을 쥐어잡았다. 아아, 그것은 참으로 빛나는 순간이었다. 그러나 레이드 선생은 그 흥분을 현명하게 끝맺었다.

"바보 같은 짓을 하고 있을 수는 없어."

선생은 우리 곁으로 의자를 당겨 왔다.

"이건 너한테 있어서 어처구니없는 고행이야, 샤넌. 너는 아직 열다섯 살밖에 안됐지만, 두 살 혹은 세 살 위의 놈들하고 경쟁하는 거야. 더구나 너는 결점투성이다. 너는 무슨 일에도 먼저 돌진해 가서 적당한 추론도 하지 않고 별안간 결론에 뛰어들고 만다. 그건 너도 알고 있지. 그런 일은 절대로 그만두지 않으면 안돼."

나는 입을 꼭 다물고 눈을 반짝거리며 침묵으로써 모든 것을 이해시키자는 마음으로 가만히 선생의 얼굴을 바라보고 있었다.

"나는 형세를 잘 알고 있어."

하고 선생이 다시 자신 있는 듯 말을 이었으므로 나는 온몸이 오싹해졌다.

"금년의 예상도는, 내가 보는 견해로는 대개 이렇다. 숫자로는 예년보다 지원자가 적지만 질로 보아서는 높다. 그것도 상당히 높아. 특히 경계해야 할 놈이 셋 있다……."

선생은 손가락을 꼽아 세웠다.

"러치필드의 블레어, 애드필란 고교의 아라다이스, 그리고 집에서 교육을 받고 있는 마큐원이라는 소년이다. 블레어는 너도 알고 있지. ── 애는 제1급으로 어느 학과나 다 잘한다. 아라다이스는 열여덟인데 이번이 두 번째라서 아주 유리하지. 그러나 위험한 것은, 실제로 위험한 것은 마큐원이다."

선생은 거듭 인상을 강하게 하려는 듯 잠깐 입을 다물었다. ——그래서 나는 본 적도 없는 마큐원을 얼마나 미워했던지!

"얘는 아직 어린데, 너하고 동갑쯤일 거야. 안다쇼즈의 고전어 교사 아들인데 저희 아버지가 특히 몇 년 동안이나 공부시켜 오고 있지. 열두 살 때 벌써 희랍어를 유창하게 했다니까. 지금은 6개 국어를 하고 있어. 썩 머리가 좋아. 큰 안경을 쓰고 과연 신동답게 생겼지. 실제로 얘를 아는 사람이 하는 소리를 들으면 마샬은 벌써 그 아이 포켓에 든 거나 마찬가지라는 거야."

레이드 선생 말투의 짜릿한 쓴 맛과, 그 비꼬는 말소리 억양으로 미루어 보아 아침식사 때도 산스크리트어인가 뭔가로 토스트를 집어 달라고 아버지더러 말한다는 이 무서운 소년을 진지하게 경계하고 있는 사실을 알 수 있었다. 나는 무언으로 이를 갈 도리밖에 없었다.

"그런데 말이야, 샤넌."

선생은 좀 누그러진 투로 말끝을 맺었다.

"이쪽은 정신 바짝 차려 맹렬히 공부하지 않으면 안돼. 뭐, 너를 죽이려고 하는 건 아니야. 아니, 죽여 버리기만은 하지 않아. 매일 한 시간씩 운동시간은 준다. 일단 거의 미치광이 같은 단계에 이르면, 너도 그런 시간 필요 없다고 할 테지만, 그러나 이건 꼭 필요한 거야. 그걸로 머리를 식히는 게 좋아——어떻게 해서——시골 길을 걷는다든가——그렇지 않으면 내 자전거를 타도 좋으니——다만 펑크나지 않도록 하고 말이야. 책은 얼마든지 있으니까 빌려 준다. 침실에 둬 두는 거야. 공부도 침실에서 하는 게 좋아. 정신을 흩어지지 않게 하려면, 장식도 아무 것도 없는 벽만 있는 방이 아주 그만이야. 시간표는 내가 만들어 주지. 이십 년 동안에 나온 시험문제가 학교 내 책상에 전부 들어 있다. 문제를 이 잡듯이 해 나가자. 공부는 내일부터 시작한다…….이것으로 만사 끝났어. 뭐 묻고 싶은 게 있니?"

나는 두 눈을 열의의 불꽃으로 빛내며 전신을 격렬한 감정에 부들부들 떨면서 선생을 가만히 바라보았다.

어떻게 선생님께 감사해야 좋을까. 힘써 공부하고 싸우고, 그리고 선생님을 위해서라면 죽어도 좋다는 이 기분을 어떻게 전했으면 좋을까.

"그럼, 선생님."

나는 더듬거리며 말했다.

"저 약속합니다……"

그 이상 말할 필요가 없었다. 선생이 알아 주고 있는 것이 확실했다. 선생은 기운 있게 일어서서 나한테 빌려 줄 책을 책장에서 고르기 시작했다.

할아버지 도움을 받아 책을 집으로 가져 왔다. 나는 하늘과 땅 사이에 있으면서 마치 구름을 밟는 기분이었다.

8

6월에 들어서자마자 곧 어떤 사건이 일어났다. 그 자체는 사소한 일이었으나 내 공부를 위해서는 크게 도움되는 얘기라, 하느님이 나를 위해서 구원의 손을 내밀어 주신 거라고, 또 내가 하늘의 옥좌를 향해 쳐들어 가고 있던 기도에의 직접적인 대답으로 느꼈다.

레이드 선생 방에서 중대결의를 하고 얼마 되지 않아서였다. 내가 매일 아침의 '빵 배달'을 마치고 돌아와 보았더니, 언제나 아침 일찍이 집에 오는 아담이 새로 지은 깨끗한 양복을 입고 아침식탁에 앉아서 아빠랑 엄마와 함께 얘기를 하고 있었다. 런던발 야간급행의 일등 침대차에서 마악 내려오는 길이었다. ——아담은 회사 돈으로 공무여행을 할 때는 언제나 일등차를 타기로 하고 있었다. 윈톤에서의 일 관계로 이렇게 정기적으로 스코틀랜드에 돌아오지만 아담은 현재 런던에 살고 있었던 것이다. 카레드니아 보험회사('카레드니아'는 스코틀랜드의 라틴어)의 남부 대리인에 임명되어 있었기 때문이다. 이 전임으로 해서 급료는 오르지 않았지만, 아담의 말로는 이것은 사무상 수완이 인정받은 셈이고 출세에의 제일 코스라고 말하고 있었다. 그 당시 그는 이링(런던 교외의 주택지)의 헝거 힐에 있는 주택용 호텔에 살고 있었다.

내가 오트밀과 버터밀크의 아침식사를 들기 시작하자, 나한테 언제나 보여주는 따뜻한 인사를 하기 위해 중단했던 얘기를 그는 다시 계속했다.

"그래요, 어머니. 그 집을 보면 어머니도 틀림없이 흥미를 가질 거예요."

"어떤 집인데?"

엄마가 물었다.

아담은 빙글빙글 웃었다.

"아니, 내가 이번에 산 집이라니까……"

"아니, 너 집을 샀니?"

아빠는 리븐포드 주택협회의 임원다운, 거의 전문가에 가까운 깊은 관심을 보이며 말했다. 사실을 말하면 아빠가 무리에 무리를 거듭해서 모은 돈은 전부 이 주택협회에 걸어 두고 있는 것이었다.

"어디에 말이냐?"

"베즈워터 거리입니다."

아담은 가벼운 기분으로 말했다.

"하이드 파크가 내려다보이는 일등지입니다. 건물도 제일급이지요. 크림빛 7층 집, 마호가니 계단, 대리석 회랑, 굉장히 당당하고 대지도 거기 붙어 있거든요. 그렇지만 이런 얘기 별로 내키지 않아요."

"그럴 까닭이 있니?"

하고 엄마가 거칠게 숨을 쉬었다.

"깜짝 놀랄 만한 얘기가 아니니?"

아담은 소리내어 웃으며 또 한잔 하고 홍찻잔을 내밀었다.

"그래, 이 집은 그전부터 날마다 회사에 가는 도중 지나면서 눈여겨 보아 두었었지요. '파는 집'이라고 반년 전부터 써 붙여 있었는데, 어느 날 아침에 문득 보니까 '경매, 내주(來週)'라는 공고가 그 위에 붙어 있지 않아요. 하하하, 이건 재미있겠다……하고 생각하였지요. 어쨌든 나는 남부에 가서부터 주욱 알맞은 부동산 투자를 물색하고 있었으니까요. 그래서 다음 월요일 경매장에 들러보았지요. 훌륭한 실크햇 신사패들이 몰려 든, 어디서나 있는 풍경이더군요. 경매인도 실크햇을 쓰고 있고 말이에요."

아담은 베이콘에그를 재미있는 듯 흘깃 보았다.

"이 집은 싯가 6천파운드라는 공표를 하고 나서, 그리고 이건 우연한 사실이지만, 경매인은 내쪽을 바라보며 3천파운드에서부터 값을 붙이기 시작했어요. 실크햇 패들은 서로 값을 올려가지고, 금방 5천 5백까지 가지 뭐예요. 여기에서 한참이나 지체하고 있다가 제일 번쩍번쩍하는 실크햇을 쓴 사람한테 낙찰이 돼버렸어요. 나는 털썩 걸상에 앉아서 한마디도 입을 열지 못했지요. 패들이 자꾸 나를 끌어들이려 하고 있는 게 우습더군요. 나는 미리 조사해 뒀거든요. 은행에 2천파운드로 잡혀 있었는데 은행에서는 저당처분한다고 공갈하고 있는 걸 알고 있었지요. 이튿날 바로 그 번쩍거리는 실크햇 친구로부터 그걸 4천파운드까지 깎아 줄 텐데 어떠냐고 편지가 왔어요. 나는 그 편지를 휴지통에 집어 넣어 버렸지만. 그랬더니 말이에요."

그는 이런 식으로 돌려가면서 차근차근하게 여유 있는 투로 바로 일주일 전 그 멋진 주택의 완전한 소유자가 되기까지의 경위를 열심히 하나하나 늘어 놓았다.

"어쩌면."

엄마는 좀 허덕이는 듯한 소리를 냈다. 마음이 들뜨면서도 두려운 것 같은 느낌이 든 것이다. ── 대단한 물건이기도 했지만 그것은 엄마에게 있어서 너무나 엄청난 금액으로, 또 사실 아담이 십 여년 동안 저축한 자본의 거의 전부에 해당하는 것이었다.

"네가 그 사람들의 코를 납작하게 만든 셈이구나…… 더구나 런던 사람들을. 그런데 이제부터 그 집은 어떡할 작정이니, 거기에서 사는 거니?"

"아니, 그렇잖아요, 어머니."

하고 아담은, 천사라도 웃을 것 같은 그 순진함을 애교 있게 받았다.

"그런 집, 지금 그대로는 아무 쓸모가 없어요. 내 계획으로는 개조하는 겁니다. 여덟 개의 독립한 집을 만들어, 연 70파운드에서 1백 50파운드 집세로 세를 놓습니다. 세금과 관리인 급료를 제하고도 정확히 6백파운드는 들어옵니다. 말하자면 2할 수입이지요. 내 전문 일 이외의 첫 현물투자로서는 괜찮은 편이지요."

아빠는 완전히 긴장해서 듣고 있었다. 그리고 마른 입술을 적셨다.

"2할이라. 주택협회에선 3부밖에 지불하지 않아."

아담은 미소했다.

"개인기업이 배당률은 높습니다. 그러나 물론 개조하게 되면 돈이 듭니다. 아마 9백파운드는 들 거예요. 그 돈을 만드는 것이 큰일입니다. 하긴 이만한 유리한 물건이면 어디서라도 융자해 줄 거니까 걱정은 없지만 말이에요."

아빠의 이마에는 어느 틈엔가 엷게 빨간 기운이 돌았다. 아담에게 대한 그의 경의에는 항상 막연한 불신이 따르고 있었다. 구름을 잡는 것 같은 돈놀이에 대한 신중한 인간의 불신이었다. 그러나 지금은 막대한 수입을 올리는, 이 당당한 마호가니랑 대리석의 저택인 것이다. ── 아빠는 가까스로 입을 열었다.

"나는 전부터 벽돌집이 제일이라고 알고 있었어. 너하고 같이 가서 그 집을 볼 수 없는 건 유감이군, 아담."

"가시지 못할 것도 없지 않습니까……? 생각하시기 나름이에요."

아담은 잠깐 생각하듯 입을 다물었다.

"어떻습니까, 아버지. 어머니와 같이 한 두어 주일 동안 이번 여름에는 나 있는 데로 오시지 않겠습니까? 좋으시다면 한 달이라도 좋지요. 볼 일과 관광을 겸해서 말입니다. 내 숙소에서 주무실 수도 있습니다. 지금쯤 휴가를 얻어도 좋으실 때지요?"

"어쩌면, 아담!"

엄마는 오랫동안 대망하던 이 초대에 두 손을 마주 잡으며 소리 질렀다.

그러고 나서 긴 시간 의논이 계속되었다. 굉장히 신중한 아빠는 절대로 금방 그러자고 결심은 하지 않았지만 아담이 떠나기 전에 얘기는 결정되었다. 그래서 나는 공부의 최후단계와 장학금 시험기간 중 둘이 가버리고, 모든 감시와 속박에서 해방된다고 생각하니 뛸 듯이 기뻤다. 이런 좋은 기회가 또 있을 수 없었다.

그러고 나서의 매일은 눈깜빡 할 사이에 지났는데 한번은 내 방에서 공부하고 있자 집안에서 이상한 소리가 들렸다. 그것이 엄마의 노래소리라고 알게 될 때까지는 2, 3분간은 머리를 짜지 않으면 안되었다. —— 낮은 음성으로 음정은 틀려 있었으나 그래도 노래임에 틀림없었다. 아빠의 가장 좋은 옷은 완전히 깨끗하게 손질되어 걸려 있었고, 두 개의 여행가방은 빤질빤질하게 닦여 있었다. 어쨌든 엄마는 이리저리 맞추어서, '팔다 남은 물건'을 팔고 있는 작은 부인모자 장신구점의 미스 드비한테서 짙은 갈색 보일 천을 사와 가지고 자기 손으로 여름옷 한 벌을 꾸몄다. 그러나 엄마의 최대의 관심은 털가죽에 있었다. —— 그것은 적어도 4분의 1세기 동안은 가지고 있는 꾸깃꾸깃한 목도리로서, 그것도 봄이 되면 장롱 속에 들어갔다가 겨울이 되면서 자랑스레 끌려 나오곤 하는 것이었다. 엄마의 털가죽! 어떤 동물이 죽어서 이 털가죽이 되었는지 하나도 아는 사람은 없었다. 다만 내 머리에는 가엾은 사무엘 레키를 죽여 버린 것 같은 터무니없는 무게에 깔려 죽은 어떤 불운한 고양이의 비참한 환영이 달라붙어 떠나지 않았다. 엄마는 드레스를 만들 때 절약한 헝겊쪼가리로, 이 털가죽에 안을 대어 조금 손질해 고쳐서 최신형으로 만들었다. 나는 엄마가 그것을 가지고 뒤뜰에 나가 빨랫줄에 널어 햇볕에 쪼이면서 즐겁게 그것을 흔들고 불며 조금 남아 있는 털을 일으켜 세우려 하고 있는 것을 보았다. ……엄마는 5년 동안 하루도 쉰 적이 없었다.

엄마가 '엉뚱한 생각을 하는' 위험을 느끼면 아빠는 언제나 이런 경계의 말로. 엄마를 지상으로 끌어 내리는 것이었다.

"기차 값을 생각해 봐!"

억제를 가하지 않았다가는 엄마의 현재의 기분으로 한없는 낭비, 굉장한 지출을 보지 않으면 안되고 또 자기도 거기에 끌려 들어가 버린다고 아빠는 생각하고 있었다. 레스토랑에서 식사를 하거나 잘못하다가는 호텔에서 자게 되는 경우가 될지도 모른다고 생각하면, 아빠는 꿈속에서도 괴로움을 느끼는 것이었다. 그래서 주의를 두 배로 해서 계획을 세웠다. 여행중 필요한 식료품은 가능한 대로 보드 모자 상자에 넣어 가지고 다니고, 런던까지의 기차는 야간 3등에 앉아 가면 된다. 아빠는 조끼 포켓에, '아담 방문비용'이라고 쓴 작은 수첩을 넣고 있었다. 나는 아마 아빠는 나중에 아담이 비용을 갚아 주지 않을까 하는 희망을 가지고 있는 것이라고 생각되었다. 그 맨 첫 줄에 써 있는 것은 '기차비 2인분…… 7파운드 9실링 6펜스'였는데, 이 금액을 아빠는 몇 번이나 파산적인 지출을 하는 것 같은 지극히 우울한 눈으로 보고 또 보곤 했다. 나중에 마덕한테서 들은 바에 의하면 아빠는 온갖 수단을 다 쓴 끝에 특정관리에게 무료로 발행되는 '승차우대권'을 손에 넣었다는 것이었다.

마침내 떠나는 전날 밤, 엄마는 내 방에 와서 침대에 걸터앉더니 말없이 나를 바라보았다.

"너는 요즘 굉장히 바쁜 모양이더구나."

엄마는 부드러운 미소를 보이며 다시 덧붙였다.

"그리고, 우리가 런던에 가 있는 동안도 아마 더 바쁠 테지."

엄마는 알고 있는지 모른다. 할아버지가 한마디 흘려 주었을까. 내가 고개를 숙이고 있으니까 엄마는 말을 이었다.

"네 구두, 이제 영 못쓰게 됐더구나. 창을 갈 수도 없지. 만약 못쓰게 되거든…… 우리가 돌아오기 전에 못쓰게 되거든, 계단 밑장에 케트가 신던 아주 튼튼한 갈색 구두가 있으니까 말이야."

"응, 엄마."

나는 그 구두 얘기를 듣고 당황하는 꼴을 보이지 않으려 고개를 숙였다. 예전에 케트가 스키 탈 때 신던, 빛깔은 황달에 걸린 것처럼 노랗고, 정강이 절반까지 끈으로 얽어 올리는, 아무래도 여자구두라는 것을 알 수 있는 것이었기 때문에 나는 생각만 해도 소름이 끼치는 것이었다.

"그거면 아직 모양도 구겨지지 않았어."

엄마는 납득시키려는 듯 속삭였다.

"난 전에부터 봐 뒀어."

"이 구두도 아직 괜찮아요, 엄마."

하고 나는 말했다.

잠깐 침묵이 흘렀다.

"너는, 언제라도 괜찮기만 하구나 로비."

엄마는 부드럽게 미소 지었다. 그리고 일어서더니 내 머리를 쓰다듬어 주었다. 나가려고 할 때 그 눈이 잠깐 내 얼굴을 더듬었다. 그는 속삭였다.

"잘 되도록 해…… 로비."

9

아빠와 엄마가 출발하자마자 할아버지는 내 테이블과 책 전체를 지금까지 사용한 적이 없는 다만 양가(良家)로서의 체면상 가지고만 있던 응접실로 옮겨 주었다. 그 신성한 방 안은 지금도 분명하게 기억하고 있다. 거기에는 둥그런 대리석 난로가 있는데 그 위는 금테 틀의 거울이 붙은 장식장으로 되어 있고, 흑연으로 칠한 대나무 바구니 속에는 대왕풀 화분이 놓여 있었다. 한쪽 벽쪽으로 레이스로 덮은 작은 장이 있고, 그 위에는 일본 부채와 흑갈색 조끼가 세 개, 그리고 '애드필란 기증'이라고 쓴 유리 문진이 놓여 있었다. 중앙의 둥근 테이블에는 빨간 융단 커버가 덮여 있고, 그 위에 금테를 두른 《천로역정》한 권이 에스파르트풀의 꽃병 옆에 보기 좋게 놓여 있었다. 그 바로 곁에는 피아노와 회전의자가 있었다. 피아노 위에는 아빠와 엄마의 결혼사진이 녹색 빌로드 틀에 들어 있었다. 벽의 그림은 한 장뿐으로 〈계곡의 왕〉이라고 제(題)한 사슴의 유화였다.

창 모양으로 생긴 넓은 쪽은 나를 위한 훌륭한 서재가 되었다. 여기에서 나는 단 혼자든가, 요즈음 자주 출입하게 된 레이드 선생과 함께 앉았다. 집은 조용했고, 할아버지가 필요 이상으로 신경을 써 주었기 때문에 더욱 조용했다. 엄마는 미시즈 버섬리에게 가끔 와서 돌보아 주도록 부탁해 놓고 갔으나, 놀란 것은 할아버지는 여간 살림꾼이 아니었다. ——옛날 자취를 할 수밖에 없었던 시절에 여러 가지 요리솜씨를 익혔다면서, 특히 수프 만드는 데는 썩 훌륭한 기술이 있었다. 자기 궤도를 벗어나는 일도 없었고 실패도 없었다. 더구나 뭐라고 잔소리를 한다든가 체면차려야 할 걱정 없이 돌아다닐 수 있었으므로, 아무도 없는 집의 자유를 맘껏 즐길 수 있었다. 물론 추측한 대로 우리에게는 엄한 제약이 여러 가지로 가해져 있었다. 식시와 칼 따위의 대부분은 쓰지 못하도록 자물쇠가 채워졌고, 다른 고급 요리도구도 마찬가지로 '태웠다 가는' 큰일이라고 엄마는 남비도 집어 넣어 버렸다. 엄마는 매주 월요일에 가게에서 배달해 오는 약간의 식료품을 주로 해서, 우리의 식사에 대하여 정확한 지시를 써 놓고 갔다. 현금은 아주 조금밖에 주지 않았다. 그럼에도 불구하고 할아버지는 이런 곤란을 잘 뚫고 나갔다. 할아버지는 1주일에 두세 번, 원예장으로 가서, 마덕이 할아버지를 대하는 태도가 도무지 달갑지 않았지만, 엄마의 메뉴에는 없는 맛있는 칼리플라워라든가, 감자를 한 푸대 얻어 왔다. 이것을 할아버지가 맛있게 삶아 주었고 이것들은 모두 내가 좋아하는 것들이었다. 한번인가 두 번 할아버지는 꿈이라도 꾸고 있는 듯한 모습으로 스놋디 농장에 간 적이 있었는데, 그런 날의 다음날은 하늘에서 내려온 것으로밖에 생각되지 않는, 보일드 치킨이 저녁 식탁을 화려하게 장식하는 것이었다.

할아버지는 되도록 감추려고 하고 있지만, 내 공부에는 깊은 경의를 표하고 있었다. '책으로 배우는 학문'에는 굉장히 존경을 보이지만, 책 그 자체도 존경하고 있었던 것이다. ── 자기에게는 세 권 밖에 장서가 없었으므로 이것은 우스운 얘기였지만, 겸하여 그 세 권의 이름을 밝히는 것도 잊어서는 안될 것이다. 첫째는 로버트 번즈(19세기 스코틀랜드의 서정시인)의 《시집》으로 그 대부분을 할아버지는 외우고 있었다. 둘째는 할아버지가 되풀이 읽으며 기뻐하고 있던 다 해어진 《허지 바바의 모험》(영국 소설가 모오라의 작품 〈이스파한의 하지 바바〉, 1824년작)이었다. 셋째는 덜렁덜렁하는 빨간 표지의 책으로 첫 페이지에 더러운 부랑자가 그려져 있고 거기에 '경애하는 여러분, 나는 10년 전에 당신들 비누를 썼으나, 그 이후 다른 비누는 전혀 쓴 적이 없다'고 씌어 있는 피어스의 《1실링 백과사전》이었다. ── 내 어릴 때 할아버지는 만물박사 같은 얼굴을 하며 이 굉장한 간결한 사전을 꺼내곤 했었는데, 그 모습이 나한테는 지금도 선명하게 보이는 것이다. ──"어디, 피어스에는 어떻게 나와 있는가 한번 보자"고 하면서.

이제는 물론 이미 그런 할아버지의 전지전능시대는 지나가 버린 셈이지만, 그렇더라도 암초를 피해서 나를 잡아 주려고 하는 흥분하는 태도는 지금도 그대로 계속되어, 이를테면 방정식이라든가 라틴어의 시를 '들려' 달라고 부탁하면 기뻐하는 것이다. 이러한 최초의 1주간이 지나자 할아버지는 내 아침 배달 일을 그만두게 하고 말았다. 모처럼 머리가 맑은 제일 좋은 시간을 빼앗기고 마니까 아주 불리하다는 것을 알았기 때문이다. 우리는 이미 어쩔 수 없는 처지로 깊이 들어가 있었으므로 보기 좋게 합격하는 일 이외에는 어떻게 구원받을 길이 없었다. 나는 응접실에 들어가 새벽녘 회색빛 속에서 책을 향해 괴롭기 한이 없는 공부에 몰두하는 것이었다. 레이드 선생이 학교 수업을 완전히 면제해 주었으므로, 나는 종일 뜨겁게 타오를 정도로 고독 속에서 그 바깥 방 작은 테이블을 향해 꾸준히 혼자 공부에 힘썼다. 시간은 점점 다가왔다. 경쟁자들은 끊임없이 나보다 훨씬 더 무섭게 공부하고 있는 것이다. 그런데 합격하는 것은 한 사람뿐이다. 잠깐이라도 책에서 눈을 떼는 일이 있어서는 합격의 희망을 어떻게 가질 수 있을 것인가.

매일 밤 여섯시에는 레이드 선생이 왔다. 간단한 인사가 끝나면, 내가 얼마나 열을 내고 있는지를 가만히 바라보다가 내 곁에 앉는다. 그리고 열시까지 꼬박 가르쳐 주는 동안, 할아버지가 코코아를 넣어 오는데, 그것도 때로는 책과 종이 사이에서 돌아볼 새도 없어 우리 팔꿈치 사이에서 식어 버리는 적이 자주 있었다. 일단 결정한 내 굳은 결심은 선생의 올바른 이성, 담배와 백묵과 땀냄새가 나는 썩썩한 모습, 언제나 금방 감은 것 같은 블론드 머리를 뒤로 긁어 넘기는 그 버릇 등이 체취와 함께 흡사 피로를 모르는 생명력이라도 배어나오는 것 같은 좀 '지나치게 강한' 인간적인 따스함으로 내게 전해져 다시 새로워지곤 하는 것이었다.

이윽고 레이드 선생이 돌아가 버리면——자, 이제 어서 자자, 하면서도 내가 자지 않을 것은 잘 알고 있다.——나는 좀더 테이블에 달라붙어 피로와 맹렬한 졸음과 싸우는 것이다. 어떤 때는 잠깐 욕실에 가서 머리에 물을 뒤집어쓰는 적도 있지만, 물탱크가 지붕 바로 아래에 있기 때문에 여름에는 물이 미지근하다. 그래서 별 효과도 없으나 속에 있는 힘에 강제되어 최후의 한 방울까지 노력을 짜내기 위해서 방으로 돌아오는 것이다. 언제나 나는 다시 공부를 시작하기 전에 '내 학업은 모두 하느님께 바치겠습니다' 하고 작은 소리로 기도를 하는 것이다. 또한 졸음을 쫓기 위해서 펜 끝으로 발을 찌르기도 하고, 어떻게든 깨달아 달라고 애원하듯 둔해진 이마를 주먹으로 때리기도 했다. 시간은 소리도 없이 흘러 조용한 밤중이 되지만, 난 좀 시원해지기 위해서 저고리를 벗고, 소매를 걷어붙이고, 여전히 테이블에 달라붙어 앉아 현기증이 나는 머리를 두 손으로 받치고는 가스등 아래서 버티는 것이다.

시계가 두 시를 친다. 나는 의자에서 일어나 비틀비틀 내 방으로 간다. 언제나 나는 침대에 들어가는 순간 기절이라도 한 것처럼 잠들어 버리는 것이다. 그러나 때로는 전혀 시험준비가 되어 있지 않거나, 답할 수 없는 문제에 부딪치는 꿈을 꾸고, 몸부림치는 일도 있었다. 그리고 제일 나쁜 것은 형편없이 피로해 있으면서, 머리는 휴식을 거부하고 더욱이 부자연스러울 정도로 명쾌하게 활동해서 어려운 2차 방정식이랑, 보통 같으면 몇 장이나 계산을 필요로 하는 고등 삼각법의 복잡한 문제를 풀려는 꿈을 꾸는 일이었다.

나의 유일한 휴식시간은 오후 다섯시 경, 할아버지가 숨을 돌려야 한다며 나를 억지로 밖으로 떠밀어 내는 때였다. 가빈이 러치필드에서 돌아오는 날은 이 시간을 이용해서 달리워크의 역으로 마중 나갔다. 이 역이 그에게는 리븐포드 중앙역보다 편리했기 때문이었다. 그리고 그가 기차에서 내려서 화물차 사이를 가로질러 오는 것을 나는 크고 하얀 문이 있는 데서 기다리고 있다가 곧 그와 나란히 걸으면서 힘없는 투로 서로 얼마나 진행되었는가를 얘기하는 것이었다. 그 밖의 날은 학교 교정까지 가서 마침 알맞은 높은 담이 있었으므로 레이드 선생과 핸드볼을 하면서 놀았다. 선생은 파이브즈(볼을 손 또는 라켓으로 벽에 치는 유희) 선수로서 퀸즈 클럽의 공립학교 선수권대회에 출전한 적이 있다고 말하고 있었다. 우리가 하는 것은 코트가 좋지 않아 도저히 정식 시합이라고는 할 수 없었지만 그래도 꽤 많이 뛰어다녀야 하기 때문에 나중에는 언제나 아주 상쾌한 기분이 되는 것이었다.

거기에 또 운이 좋은 날은 알리슨을 만날 수가 있었다. 항상 나는 그가 음악 레슨을 끝내고, 모자가 없이 둥그렇게 만 에나멜 표지의 악보를 끼고 천천히 돌아올 때 드럼벅 거리 근처에서 마주쳤다. 더운 날은 가벼운 드레스를 입고 있는데 조용한 미풍 속에서는 흡사 꽃봉오리 같았다. 우리는 서로 시선은 마주치지 않고, 또 극히 흔한 인사말 밖에 하지 않았다. 그는 학교에서 있었던 일이라든가, 레이드 선생이——그는 아주 선생을 존경하고 있었다. ——그 날 말한 것이랑을 얘기하는 것이었다. 그래도 가끔 그의 그 평온함에도 불구하고 눈이 훨씬 커지고 부드러운 입술이 빨갛게 타는 듯이 보일 때도 있었다. 싱클레어 드라이브로 돌아가는 모퉁이에서 헤어지면 나는 거기에서 작은 돌을 주워 그것을 힘껏 팔매질해 버리고는 부리나케 뛰어 집으로 돌아오는 것이었다. 그리고 뺨을 빨갛게 하고서는 즉시 또 책한테 달라붙었다. 모든 일이 순조롭게 진행되었다. 그리고 지금도 테이블에 차를 날라다 준 할아버지는 세상에서 가장 훌륭한, 가장 멋있는 노인이었다.

아니, 아니, 전혀 그렇지 않다. 그리고 1주일이 지나서, 나를 지옥의 심연에 밀어 넣은 것은 할아버지라는 그 괴물이었다.

10

무덥고 조용한 오후로, 어디에서 천둥이라도 칠 것 같은 느낌이 들었다. 시험까지는 4일밖에 남지 않아, 나는 지나치게 공부하느라고 머리가 터질 만큼 신경이 초조해 있었다. 머리를 물에 담그러 갔다가 마침 서서 얼굴을 닦고 있는데 할아버지 웃음소리가 메아리처럼 들려 왔다. 나는 욕실에서 나가 계단 있는 데서 할아버지를 불러 보았으나 대답이 없었다. 잘못 들었던 것일까. 이상하다. 공부를 지나치게 했다고 하지만 환청(幻聽)일 리는 없었다. 나는 천천히 2층으로 올라가 그 소리가 들린 엄마 방의 열어 제낀 도어까지 갔다. 들어가 보았으나, 방에는 아무도 없었다. 그러나 다음 순간 별안간 미시즈 버섬리 소리가 나고, 이어서 또 할아버지의 웃음소리가 났다.

나는 놀랐으나 곧 다시 이 대낮의 정적으로서는 무슨 소리든지 벽을 통해서 들려 올 수 있다는 걸 깨달았다. 말소리는 이웃집에서 들려 오는 것이었다. 그렇다…… 나는 점심식사를 끝내자 바로 할아버지가 수염 손질을 하고 있던 것을 생각해 냈다.

방을 나가려고 발꿈치를 돌리려는 순간 또 말소리가 들렸으므로 나는 문득 그 자리에 멀뚱히 서버렸다. 당황하면서도 반신반의의 무서운 기분으로 나는 아무 것도 놓여 있지 않은 줄장미 무늬의 벽을 가만히 바라보았다. 그 벽 저쪽 방이 미시즈 버섬리의 침실인 것을 알고 있었기 때문이다. 할아버지와 미시즈 버섬리가 둘이서 거기에 있는 것이다.

가슴이 흥분과 낭패로 뛰는 것을 누르며 뿌리가 박힌 것같이 선 채 나도 모르게 귀를 기울였다. 오오, 하느님, 그런 일이 있을 수는 없다…… 나는 내 생각을 버리려고 했다. 그러나 틀림없다. 절대로 잘못 들은 것은 아니다.

발작적으로 나는 몸을 뿌리치듯 해서 그대로 집 밖으로 뛰어나갔다. 마구 뛰어가고 있는 동안 온몸이 부들부들 떨렸다. 열심히 할 것, 분투할 것, 그 밖의 모든 것이 무엇이 된다는 건가. 사람은 순수한 아름다운 연애를 하고 있어도 잘못을 저지르는 일이 있을 것이다. 그러나 그럴 때라도 최후의 순간에서 목숨이 견디는 한 저항하고, 더구나 고민의 고함을 지르며 악의 유혹을 벗어나야 하는 것이다. 거울 앞에서 수염 손질을 하고, 기대에 찬 미소를 지으며 휘파람을 불고 나가서는——아아, 하느님, 내가 사랑하고 믿고 있는 사람의 이 배신——나는 진흙구덩이 속에 처박힌 거나 다를 바 없었다.

나는 나를 괴롭히는 환상에서 달아나는 것 밖에는 생각할 수 없었으므로 어디를 걷고 있는지 알 수 없었다. 그러나 본능적으로 언덕으로 가는 길을 걸으며 원예장 앞을 지나치다가, 별안간 나를 부르는 소리를 느끼고 겨우 제 정신이 들었다. 마덕이 밭으로 통하는 입구에서 양쪽 생울타리를 깎고 있는 참이었다. 나는 서서 주저하다가 그리로 가까이 갔다.

"왜 그러니?"

그는 깎던 손을 멈추고 그을은 큰 손등으로 이마에 땀을 씻으며 나를 흘긋 보았다.

"단교경주(斷交競走 —— 많은 사람이 교외의 일정한 지역을 달리는 장거리 경주)라도 참가하고 있는 거니?"

나는 이 농담에는 대답하지 않았다. —— 사실을 말하자면 입이 열리지 않았던 것이다.

"왜 공부가 잘 안되니?"

나는 비참한 기분으로 머리를 흔들었으나, 가슴은 하고 싶은 말로 꽉 차 있었다. 마덕은 호기심 찬 눈으로 탐색하듯 나를 바라보았다.

"아, 그렇구나."

이윽고 그는 말했다.

"할아버지가 또 되게 마셨구나."

그리고 내 얼굴빛을 살폈다.

"그렇지 않니? 그럼 또 나쁜 짓이라도 시작한 거니?"

"나쁜 짓!"

가볍게 나오는 그 말에 나는 화가 나서 또 전신이 부들부들 떨렸다.

"나쁜 짓이라고는 할 수 없어, 알고 있다면! 아아, 마덕!"

나는 금방이라도 울음이 터질 것만 같았다.

"좀더 진지한 생활을 할 수 없는 걸까…… 그런 나이를 해가지고……."

"아, 역시 그렇구나!"

마덕은 상태를 깨닫고, 자기의 추리력에 은근히 만족하면서 소리 질렀다. 그는 트림을 하고서는 포켓에서 감초 뿌리를 꺼내 물어뜯으며 즐거운 듯 그것을 씹기 시작했다.

나는 창백해진 얼굴을 돌려 길을 지나가는 짐마차를 멍하니 바라보았다. 어떻게 된 셈인지 여름 풍경 속을 천천히 지나가는 이 한 대의 마차를 보고 있으려니까 인생이란 무한히 단조로운 것이고, 자신이 지금 경험하고 있는 것은 모두 몇 백 년인가 옛날에 나한테 일어났던 일의 되풀이같이 느껴졌다.

"이봐, 로버트."

마덕은 잠깐 가만히 있다가 다시 입을 열었다.

"너도 이제 그만하면 어른이 돼도 좋은 때야. 너는 머리가 좋아. 나야 옛날부터 정원이나 만지는 일 밖에 아무 것도 할 줄 모르는 바보였지만──그렇지만 너만한 나이 때는 나도 그리 편안하지는 못했어. 할아버지는 언제나 그런 식이었어. 원래가 여자를 좋아하는 근성이 있어. 아무튼 할아버지를 무척 사랑하던 할머니가 아직 살아 있을 때부터 그랬으니까."

나는 절망으로 입을 열 수도 없었다.

"그런 사람이야."

마덕은 말을 이었다.

"그렇기 때문에 그런 나이를 하고도 스스로도 어쩔 수 없는 거야. 뭐 그것 때문에 네가 화를 낼 것은 없지 않니?"

"무섭단 말이야."

나는 간신히 말했다.

"응, 그렇지만 우리로서는 어쩔 도리가 없는 거니까."

마덕은 내 태도를 웃지 않으려고 참고 있는 듯, 친구에게라도 하듯이 어깨를 툭 쳤다.

"뭐, 세상에 종말이 온 것도 아니잖니. 너도 좀 나이가 들면 이런 따위 아무렇지도 않게 되는 거야. 이리 와. 내가 이번에 만든 카네이션을 보여 줄게. 굉장한 봉오리를 맺고 있는 참이야."

그는 전지가위를 겨드랑에 끼고 문을 열었다. 잠깐 주저하다가 나는 안으로 들어가 그와 함께 서먹서먹한 기분으로 새 온실로 향했다. 온실에 들어가자 그는 봉오리를 맺기 시작한, 파릇한 젖빛 모종이 심어져 있는 여섯 개쯤 되는 화분을 보이며, 잡종을 만들어 내는데 사용한 방법을 자랑스럽게 설명했다. 커다란 솜씨 있는 손을 침착하게 움직여 그가 질그릇 화분을 간추리며 나이프로 도장지(徒長枝)를 자르고, 줄기쪽을 조심성스럽게 끈으로 묶어 주고 하는 것을 보고 있으려니까 어쩐지 기분이 누그러지는 것 같았다.

"이게 잘되면, 마덕 레키라는 이름을 붙여 줄 작정이야. 제법 괜찮지? 지금 같은 일 생각하고 있기보다 훨씬 좋아……."

그는 자기가 생각하고 있는 것을 전하려는 듯 또 내 등을 두드렸다.

마덕한테서 나오니까 훨씬 기분이 가라앉아 있었으나, 그러나 일단 물결이 일었던 감정은──이것도 내 또래의 징후의 하나인 변성(變聲)과 마찬가지로 바보 같은 일이지만—— 금방은 공부하러 돌아가게 하지 않았다. 이런 경우에 으레 하듯이 나는 큰길로 나와 힘없이 교회로 발을 옮겼다.

교회는 시원하고 조용했다. 성단에 꽃을 꽂으러 가는 엘리자벳 조세핀 원장의 어렴풋한 모습이, 조용하기만 한 회랑쪽에 희미한 소리를 내고 있었다. 성단 앞으로 들어가려던 조세핀 수녀님은 나를 발견하고 잘 왔다는 듯 미소했다. 나는 약간 어두컴컴한 속에서, 언제나 마음을 위로해 주는 높은 창 아래의 이 또한 무거운 짐을 지고 고통을 못 참아 하는 그리스도상 앞에 무릎을 꿇었다.

이제 향과 초냄새가 짙은 이 신성한 분위기에 감싸이자, 할아버지에게 대한 깊은 그리고 당연한 분노가 다시 타올라 왔다. 할아버지는 인간으로서 가장 귀중한, 유일한 미덕의 침범자인 것이다. 나는 흰 드레스를 입은 알리슨을 생각했다. 알리슨에게 대한 내 사랑, 사춘기에 있어서의 이 첫사랑은 그를 지고한 높이로 천사와 같은 것으로 높이고 있었다. 내 얼굴은 부끄러움으로 불같이 됐다. 그런 짓을 하는 할아버지를 가진 사내아이를 알리슨은 어떤 눈으로 볼 것인가? 분노가 가슴에 치밀어 올라와서 예수님이 악인들을 성전에서 내쫓은 옛일을 생각하고 할아버지에게 이 일을 얘기해 주고, 그리고 오늘을 마지막으로 인연을 끊자 결심하고 자리를 일어섰다.

집에 돌아와 현관에서 얼굴을 마주친 할아버지는 아주 기뻐하며 나를 맞아 주었다. 그 뒤에서는 굉장히 맛있는 요리 냄새가 나고 있었다.

"산보할 생각이 들어 다행이었다. 걷고 나면 훨씬 더 공부가 잘되니까 말이야."

나는 차가운 경멸의 눈으로 흘깃 보아 주었다. 대천사가 몸부림치는 악마를 쏘아보는 것 같은 일별이었다.

"오늘 오후에 뭘 하고 계셨어요?"

할아버지는 시치미를 뚝 뗀 얼굴로 미소 짓더니 태연하게 대답했다.

"늘 마찬가지지 뭐. 공동묘지에서 볼링을 하고 있었어."

아아! 더구나 거기에 거짓말까지 하고 있다. 거짓말쟁이 색광 영감쟁이!

그러나 내가 정면으로 대결하려고 하기 전에 할아버지는 현관에서 나가 버렸다.

"부엌으로 와."

할아버지는 아주 침착하게 아무런 거북스러움도 없이, 썩 생각해 주는 듯한 모습으로 두 손을 비비고 있었다.

"야채 수프를 만들었어. 너무 맛있어 뺨이 빠질는지도 몰라."

나는 부엌으로 가서 할아버지가 수도쪽으로 간 사이에 식탁에 앉았다. 머리는 흐리멍덩해 있었으나 몹시 배가 고팠다.

이윽고 할아버지가 김이 나는 국냄비를 가지고 돌아왔다. 내 기분을 가라앉히고 자기의 요리솜씨를 자랑하기 위해서 할아버지는 엄마의 에프론을 두르고 쿡모자를 쓴 셈으로, 원래면 존경할 만한 그 늙은 너구리 머리에 냅킨을 두르고 있는 것이다. 거의 모든 것을——전부라고는 하지 않지만——엉망으로 만들어 버린 이 악마도, 이런 모양을 하니까 흡사 서커스의 어릿광대, 가엾은 익살꾼같이 보였다.

나는 진한 수프에 스푼을 넣었다. 수프에는 콩과 썰은 당근과 병아리의 살코기가 가득 들어 있었다. 내가 그것을 입으로 떠 넣으니까 할아버지는 애정어린 기대의 표정으로 가만히 지켜 보고 있었다.

"맛있지?"

할아버지가 물었다.

썩 맛있다. 나는 한 방울도 남기지 않고 다 먹었다. 그리고는 자신을 증오와 모멸에 몰아 넣은, 청춘의 신성한 신뢰를 배반한, 이 바보 같은 추잡스러운 노인을 가만히 바라보았다. 드디어 정면으로 비난을 퍼부을 때가 온 것이다.

"한 그릇 더 먹어도 괜찮아요, 할아버지?"

그러나 비겁하게도 나는 기껏 그렇게 말해 버리고 말았다.

II

시험날 아침은 금방이라도 비가 올 것만 같았다. 전날 목요일 오후 레이드 선생은 나한테서 책을 다 갖다가 감춰 버리고 말았다.

"최후의 막바지까지 책과 씨름하는 건 2류 정도뿐이야."

하고 선생은 말했다.

"그런 치들만이 시험장에 들어갈 때까지 노트에 달라붙는 거야. 그런 치들은 절대로 합격하지 못한다."

배운 것만은 어느 정도 알게 된 것 같았다. 이제 이 이상은 절대로 흡수할 수 없다. 지금 상태로는 머리가 텅 비어 있었다. 그러나 내 골수에 완전히 채워져 있었다. 필사의 각오를 굳힌 마음속은 어떻든, 마덕이 물려 준 단벌 외출복을 입을 때 나는 얼굴빛은 파랬지만 극히 침착해 있었다. 옷은 팔꿈치나 엉덩이께가 번쩍거리고 있었지만 아직 괜찮은 감색 양복이었다. 구두도 깨끗이 닦아 준비를 했다. ──엄마가 걱정했던 구두도, 여기에 대해서는 나중에 꼭 한마디를 할 작정이다. 할아버지는 그 근처를 우물쭈물하고 있더니 나한테 용기를 주기 위해서 단추구멍에 꽂을 꽃을 꺾어다 주었다. 아아, 할아버지의 그 유명한 단추구멍에 꽂는 꽃! 나는 지금도 분명하게 기억하고 있다. 그것은 빗방울이 아직 남아 있는 핑크색 장미 봉오리였다.

할아버지는 그 봉오리를 나한테 줄 때, 굉장히 체하면서 조그만 네모진 봉투를 꺼냈다.

"누군가가 너를 주라고 이걸 두고 갔어."

"누굴까?"

할아버지는 어깨를 움쭐해 보였으나 그것은 마치,

"애 애, 나는 신사이니까 말이야, 네 것을 스파이하지는 않아."

하고 있는 것 같았다. 할아버지는 내가 조급하게 손가락으로 봉투를 뜯으니까, 어때, 바로 내가 생각했던 대로 되어가는구나 하는 듯한 만족스러운 표정으로, 나를 주의해 보고 있었다.

그것은 알리슨이 보낸 내 합격을 기도하는 짧은 편지였다. 나는 가슴께가 확 뜨거워졌다. ……그래서 얼굴이 새빨개지며 편지를 포켓에 집어 넣었다. 할아버지는 휘파람을 불며 아침식사 준비를 하고 있었다.

이 첫날 아침은 레이드 선생이 대학까지 함께 가 주었다. 네가 큰 도회에서 어리벙벙하면 곤란하니까 말이야, 하고 선생은 장난스럽게 변명했다. 나한테 대한 선생의 친절, 아무 것도 아까워 하지 않는 관대함은 모두가 농담의 가면을 쓰고 있지만──왜냐 하면, 흔연히 더구나 무보수로 3개월 동안이나 가정교사 노릇을 해준다는 것은 스코틀랜드의 작은 도시에서는 보통 있을 수 있는 일이라고는 아무도 상상할 수 없는 일이기 때문이다. ──또 선생의 격려와 우정과 특히 내 여의치 못한 경우에 대한 완전한 이해와──이것은 모두 생각만 해도 눈시울이 뜨거워지게 하는 것이고, 여하한 이데올로기보다 인류의 미래에 대한 커다란 희망을 안게 하는 것이다.

우리는 역에서 가빈을 만났다. 가빈은 나와 마찬가지로 조금 얼굴은 창백했으나, 그러나 침착하게 미소조차 띄우고 있었다. 그도 역시 상당히 열심히 공부하느라고 이 한 열흘 동안 나하고도 만나지 않았다. 지금에 와서는 우리 사이에 적대의식 같은 것은 전연 없고 어떤 사업의 협력자 같은 감마저 들었다. 예의 굳은 악수를 교환했을 때 나는 별안간 동지 같은 기분이 들어 가슴에 뜨거운 것을 느끼며, 레이드 선생에게 안 들리도록 낮은 소리로,

"우리 중의 누군가가, 가빈."

하고 속삭였다.

누군가라고 했으나, 지금으로서는 그것은 나라고 생각하고 있지만, 만약 그렇지 못하다면…… 하느님, 그것은 생각만 해도 무섭습니다……. 그때는 제발 가빈이기를…….

운명의 열차가 치익 하고 들어왔다. 우리가 탄 객차는 텅텅 비어 있었으나 담배와 터널 연기내가 물씬 나고, 사용하고 난 성냥알이 사방에 흩어져 있고, 판대기 칸막이 벽에는 이 선으로 통근하는 견습직공들의 노골적인 낙서가 지저분했다. 쓸데없이 지껄여서 우리가 정력을 낭비하지 않도록 하려고 레이드 선생은 우리 둘에게 《스코틀랜드 매거진》을 사주어, 우리는 거기에 흥미가 끌리는 듯한 시늉으로 나란히 앉은 좌석에서 앞에다 펼치고 있었다. 잡지는 말없이 입술을 놀리기에는 편리했다. 왜냐 하면 그러고부터 나는 최후 막바지까지 버리지 말아 주십사 하고 '하늘'에 기도를 계속하고 있었기 때문이다. 레이드 선생은 내 옆에 꼭 붙어 앉아, 빗속으로 질주해 지나가는 조선소, 늘어 서 있는 굴뚝, 가스 탱크랑을 내다보며 그 폭 있는 어깨를 의미 있듯 쿡쿡 밀며 나한테 용기를 주며, 열차가 몹시 흔들리는 때도 그치지 않고 마치 최후의 선물로 선생 자신의 체력과 정신력과 지력을 송두리째 나한테 쏟아 넣으려고 하는 것같이 보였다. 선생은 가끔 자기가 특히 좋아하는 샬로크 홈스(당시 위의 잡지에 연재되고 있던 코난 도일의 추리소설의 주인공)에 내 주의를 끌려고 때마침 생각난 듯이 노력을 하는 것이었으나 그도 실은 흥분되어 완전히 긴장하고 있었다. 그것을 억제하려고 열심히 안간힘을 쓰고 있음이 나에게도 분명하게 느껴졌다. 선생은 어떻게 하든지 나를 합격시키고 싶었던 것이다. 그 건강한 생명력 넘치는 체구의 모든 세포가 통틀어 그것을 원하고 있었다.

대학건물은 공원이 내려다보이는 시의 서쪽 높은 지대에 있었는데, 뾰죽탑이 솟아 있고, 옛날대로의 회색벽을 비에 씻기고 있었으나 꿈에서밖에 볼 수 없었던 열다섯 살 난 소년에게는 퍽 인상적이었다. 나는 또다시 버릇이 되어 버린 예의 마음이 약해지는 것에 고민했다. 중앙역에서 길모어 언덕 아래까지 우리를 실어다 준 노란 전차를 내리자, 완전히 공포에 사로잡혀서 겁쟁이가

되어 버렸다. 언덕쪽에 있는 교수들의 사택이 있는 조용한 언덕길을 올라 낮은 회랑을 돌아서 사방이 건물에 둘러싸인 굉장히 멋있는 가운데 뜰로 들어가자, 나같이 초라한 보잘것없는 소년에게 이런 신성한 영역에 발을 들여 놓을 수 있는 권리가 있을까 하고 나는 의심하지 않을 수 없었다. 그러나 그렇다고 해서 나를 함부로 경멸해 주지 말기 바란다. 이 단추구멍의 꽃과 안 포켓에 넣고 있는 작은 봉투의 편지가 나를 격려해 주고 있는 것이다. 그런데 아까부터 왼쪽 구두가 신경에 거슬리기 시작해서 흡사 절름발이 걸음밖에 할 수 없이 되어 버렸으므로 레이드 선생이 나를 보고 물을 정도였다.

"발을 다쳤니?"

나는 얼굴이 벌개졌다.

"무릎 근육이 좀 이상한 것 같습니다."

그러나 우리는 이미 전장에 와 있는 것이다. 다른 수험생들은 뷰트 강당 입구에 모여 있었다.

"수프 접시들이군!"

(레이드 선생 특유의 말로 지능정도가 얕은 학생을 가리킨다.)

우리 편인 제슨 레이드 선생은 우리를 그 패들과 떨어진 데에 버티어 서게 하고, 단연 자신 있게 말했으나 나는 선생에게 동조할 생각이 들지 않았다. 그들은 모두 힘차고 총명이 넘치는 무척 명랑한 소년들로서 마큐원이라는 아이도 거의 짐작이 갔다. 키가 작고 안경을 쓴 녀석이 그럴싸하게 기둥에 기대서서 두 손을 포켓에 찌른 채 웃고 있었다. 그렇다, 이 놈은 무서운 놈이다. 이 따위 식은 떡먹기라는 듯 웃고 있는 것이다.

그러다가 우루루 하는 낮은 소리가 일어났다. 흡사 내 가슴에서 들리는 것 같았으나, 사실은 무거운 도어가 확 열리고 소년들은 곧 줄을 지어 들어가기 시작했다. 내가 몸을 바로 하니까 레이드 선생이 별안간 굉장히 억센 힘으로 내 팔을 잡았다. 그리고 몸을 꾸부려 예의 뜨겁고 '냄새'나는 숨이 내 뺨에 스칠 만큼 얼굴을 바싹 갖다댔다.

"내 시계를 가지고 가, 샤넌. 학교의 헌 시계를 신용해선 안돼. 그리고 침착하게, 알았지?"

그렇게 말하는 선생의 목소리는 쉰 듯하고 큰 왕방울 눈으로 무섭게 나를 쏘아보았다.

"틀림없이 너는 합격이다."

뷰트 강당은 굉장히 넓고, 교회당 같은 스테인드 글라스의 창이 있고, 2층에는 파이프 오르간이 둔하게 빛나고, 주위의 벽에는 다 해어진 기가, 높은 들보에는 화려한 새 기가 주욱 걸려 있었다. 강당 위쪽에는 오늘 같은 아침이면 항상 보는 광경이 갖추어져 있었다. 노란 니스칠한 책상이 약 백 개 정도, 시험관 교단 앞에 번호를 붙여 배치되어 있었다. 나는 9번으로 맨 앞줄 중앙이었다. 가죽 표지의 노트가 몇 권, 펜, 연필, 그리고 잉크 빨아들이는 압지 등이 놓여 있었다. 나는 레이드 선생 시계를 함께 올려 놓았는데 꼭 열두시 3분을 가리키고 있었다. 주위에서 의자 삐그덕거리는 소리와 사각사각하던 소리들도 이윽고 멎었다. 색이 바랜 가운을 입은, 둔중스러워 보이는 시험관이 벌써 최초의 삼각법 문제를 나누어 주고 있었다. 나는 최후의 필사적인 기원을 모아 눈을 감았다가 떠보니까 작은 선명한 활자로 인쇄된 문제가 내 앞에 놓여져 있었다. 손에 들어 보니 제 1문은 레이드 선생의 믿을 수 없을 정도의 직감이 보기 좋게 적중해 있었으므로 나는 뛸 듯이 기뻤다. 해답은 거의 암기하고 있을 정도라고 해도 좋았다. 나는 입을 꾹 다물고 조금 떨리는 손으로 펜을 집어 첫 권째의 아직 백지인 노트를 잡아당겼다. 그러자 갑작스레 망각이 왔다…… 무엇을 썼을까. 앞으로 구부린 몸에서 간단 없이 솟아 나오는 것 이외에는 이미 아무 것도 존재하지 않게 되어 있었다.

그날 오후 늦게 가빈과 나는 리븐포드로 돌아오면서 열차가 너무 혼잡해서 시험 답안을 맞춰 볼 기회도 거의 없었으나, 다만 대수와 입체기하가 굉장히 어려웠던 것만은 서로 의견이 일치했다. 나는 몇 개 잘못을 저지른 것 같아서 걱정이 되어 우울과 피로감에 몸이 차가워졌다. 더구나 발이 차가워 왔다. 구두는 바닥에서 그냥 물이 새어들었을 뿐만 아니라 왼쪽은 완전히 바닥이 뚫어져 발가락 세 개가 쑥 빠질 정도로 구멍이 나 있었으며, 이제 이렇게 되니 솔직히 그것을 인정하는 것이 옳다. 그런데 나는 허영으로 튼튼하지만 정강이 가운데까지나 엮어 올리는 앞이 뾰족한 케트 구두보다 이 걸레 같은 구두가 좋다고 신고 온 것이다. 뻐끔 입을 벌린 데는 엄마 침대 밑에서 꺼낸 헌 모자 상자를 자른 보드지를 깔개로 해서 꽤 괜찮게 막아 두었다. 그러나 비와 단단한 포도는 그런 형편없는 속임수를 여지없이 잡아 벗겨 버리고 말았다. 십 분도 안되어 보드지에도 양말에도 구멍이 생겨 맨발로 걸어다니는 거나 마찬가지였다. 그랬으므로 빗방울이 뚝뚝 떨어지는 비옷 입은 노동자들 사이에 끼어 수증기가 꽉 찬 차 안에 걸터앉았을 때는, 머리가 띵하고 기분이 나빠져 온 것도 이상할 것은 없었다.

레이드 선생이 리븐포드 역에 마중 나와 주어 곧 나를 독점해 버리고 말았다. 선생 방에 가서 내가 카틀렛과 감자의 뜨거운 저녁식사를 하고 있는 동안 선생은 초조하고 걱정스러운 표한 목소리로 시험문제에 대해서 질문했다. 그리고 책상 앞에 앉아서 대수표(對數表)를 사용하여 일일이 해답을 내고는 그것이 끝나자 내 곁에 와서 한마디 말도 없이 쓴 것을 눈앞에 놓았다. 나는 선생의 답안과 내 답안을 비교해 보고 나서 긴장한 선생의 얼굴을 쳐다보았다.

"그렇습니다."

하고 나는 말했다.

"모두?"

"그렇습니다."

나는 신중하게 같은 대답을 했으나 선생이 무심코 긴 한숨을 내쉬었기 때문에 썩 기분이 좋았다.

이튿날 토요일은 불어와 국어와 응용화학이었다. 최후의 과목인 물리는 월요일까지 기다리지 않으면 안되었다.

나는 구두에 훨씬 두꺼운 보드지를 깔고, 최악의 경우에 대비해서 발바닥에 잉크칠을 했다. 묘한 얘기지만, 내가 가장 걱정한 것은 이 형편없는 거의 맨발이나 다름없는 발을 수험생들에게 발견당하지나 않을까 하는 것이었다. 전차 종점에서 걷고 있는데 갑자기 무섭게 비가 쏟아졌다. 가빈이 레인코트 속에 넣어 주었으나 물론 구두까지 빌릴 수는 없었다.

그러나 그런 따위는 문제가 아니다! 일단 시험장에 들어가면 그런 쓸데없는 일들은 다 잊어버리고 한눈도 팔 새 없이 열중하는 동안에 머리에서 완전히 사라져 버리는 것이었다. 나는 젖은 발 같은 것은 돌아오는 기차를 탈 때까지 잊어버리고 있었으나, 기차에 올라서는 몸이 떨려 와서 이마를 짚어 보았더니 몹시 열이 나고 있었다. 나는 혼자였다. 가빈은 누나를 만난다고 윈톤에 남았다. 기차를 타고 있는 동안 나는 창으로 머리를 내밀고 두통을 고치려고 거센 바람을 쏘이고 있었다.

리븐포드 역에 도착하자 레이드 선생의 성의에 찬 기다리는 얼굴이 내 눈앞에서 춤추듯 흔들렸다. 나는 내가 선생의 이름을 그리 더럽히지 않았다는 것을 보여 주기 위해서 웃는 얼굴을 지었다. 선생은 내 팔을 이번에는 무리하게가 아니고 감싸듯 잡더니 계단을 내려가 역마차 주차장으로 데려갔다.

"피곤해져 버린 모양이군……. 무리를 했지. 고맙게 내일은 종일 쉴 수 있는 거야."

선생은 당치도 않은 사치로 마차로 우리 집까지 데려다 주었는데 할아버지는 곧 우리 둘에게 저녁식사를 차려 주었다. 식탁에서는 말하자면 내가 주빈이었다. 식사하는 동안 나는 여느 때의 습관과 반대로 체면 없이 지껄여댔다. 너무 선생이 안타까워 하기에 불어문제를 복창하기도 하고, 오늘 쓴 국어논문을 거의 한마디 한 자 빠짐없이 되풀이하여 외우기도 했다.

"좋아, ……썩 좋아."

레이드 선생은 침착성 없이 두 손을 움직여 가며 점점 더 흥분했다.

"그런 때의 인용은 걸작이다. 좋았어…… 그걸 말한 건 썩 좋았어."

실상 선생의 입술에는 흥분한 나머지 하얗게 마른 거품이 고여 있었다. 할아버지도 함께 감동하고 있었다. 그렇게 흥분한 할아버지를 일찍이 본 적이 없었다. 내 말을 놓치지 않으려고 아무 것도 먹지도 않았다. 할아버지는 내 은인이며 보호자일 뿐만 아니라, 자기의 청춘을 다시금 나로 인해 경험하면서 다시 젊어지고 있었다. 사실 자기가 시험을 보고 자기가 합격되고 있는 것이었다. 선생이 최후로 다음과 같은 말을 했을 때 할아버지는 빛나는 얼굴로 나를 보았다.

"나중에 가서 후회할 것 같은 소리는 하고 싶지 않은데 말이야, 샤넌. 남들에게 창피를 당할 성적은 절대 아니다. 월요일 과목은 네가 가장 자신 있어 하는 거다. 하느님이 월요일까지 너를 미치광이로 만들지 않는 이상——이건 크게 가능성이 있지만——이라고 하는 것은 내 자신 이미 미치광이가 된 것 같은 느낌이니까——너는 무엇이 어떻게 됐든 95점 이하 따위 소리는 있을 수 없어. 자, 그럼 어서 가서 충분히 자고 머리를 식혀 둬."

내가 천천히 계단을 올라가고 있으려니까, 선생은 흡사 자기도 믿을 수 없다는 듯이 할아버지에게 말하고 있는 것이 분명하게 들렸다.

"어디 한 군데도 틀리지 않았습니다. 대단합니다. ……내가 예상하고 있던 것 보다 훨씬 잘했습니다."

아아, 무어라고 해야 할 기쁨인가. 나는 어리둥절해서 눈을 감았는데 문득 계단 난간을 확 잡고 늘어졌다.

이튿날 아침 일요일 일곱시 반에 나는 잠이 깨어 곧 일어나 여덟시에 교회에 갔는데——그 행동이 흡사 자동기계 같아서, 드럼벅 거리의 절반쯤 갈 때까지는 기분이 이상한 것도 깨닫지 못했다. 머리가 아직도 아파 혼들혼들하는 것 같고, 목은 말라서 칼칼해져 있고, 그리고 흐려 있기는 하지만 따스한 날씨가 될 것 같은데 한기가 들어 견딜 수 없었다. 그래도 나는 시험으로 긴장했기 때문에 신경이 날카로워진 때문이라고만 생각하고 있었다. 그리고 오늘 아침에는 아무래도 영성체 때문에 나가지 않으면 안된다. 내려 주신 하느님의 은총에 대한 깊은 감사의 뜻으로서만이 아니라, 반드시 시험에 합격되도록 해 주십사고 기원하면서 드렸던 엄숙한 맹세의 하나이기도 했기 때문이다.

교회에서 돌아와 보니까 아침식사도 거의 목구멍을 넘어 가지 않고 한기는 더 심해져 있었다.

"할아버지, 나 몹시 추워요. 우스운 것 같지만, 무슨 불이 있었으면 좋겠어."

아까부터 할아버지는 눈썹을 찌푸려 내 태도를 살피고 있었던 모양으로 얼굴에는 좀 놀라는 빛을 떠웠지만 별로 반대는 하지 않았다. 그리고 천천히 입을 열었다.

"불을 넣을 만큼은 네가 충분히 일했으니까, 곧 넣어 주지. 집에서 제일 좋은 방에 말이야."

할아버지는 응접실에 장작을 날라와 불을 지펴 주었다. 여기는 최근 우리가 꽤 빈번하게 사용했던 데지만——내가 알고 있는 한, 이 무용의 넓은 방이 잠깐이라도 사람이 들어 산 것은 뒤에도 앞에도 이 기간뿐이었다. 나는 난로 옆 의자에 앉았더니 아까보다 기분이 훨씬 좋아지고 몸이 따스하게 풀리기도 했다. 그러나 곧 전신이 타는 듯 뜨거워져 왔다.

"저녁에는 뭐가 먹고 싶니?"

할아버지는 오전 내내 방을 들락날락하면서 불을 지피고, 가끔 내 용태를 살피느라 정신 없어 했다.

"내 걱정 마세요. 아무 것도 먹고 싶지 않아요. 조금도 배가 고프지 않은걸."

"그럼, 좋도록 해."

할아버지는 무엇인가 주저하고 있더니 아무 말 하지 않았다. 다음에 방에 들어왔을 때는 모자를 쓰고, 누구한테라도 금방 알 수 있는 아무렇지도 않은 모습을 하고 있었다.

"잠깐 나갔다 올게. 별로 시간은 걸리지 않아."

할아버지는 반 시간쯤 지나서 레이드 선생과 함께 돌아왔다. 둘이 방에 들어왔을 때 나는 의자에 털썩 주저앉은 채 눈을 들었다. 레이드 선생은 화를 내면서 동시에 걱정하고 있었다.

"이 봐, 왜 이러니. 이거 어떻게 된 거니?"

선생은 여느 때와 아주 다른 무뚝뚝한 소리를 질렀다.

"일부러 병이 들려고 하는 거니 응? 그렇게는 할 수 없어. 막바지 허들에 와서 코스를 빠져 나가려고 생각한다면 큰 오해야."

선생은 야단을 치며 내 의자 곁에까지 걸상을 끌고 와서 엉터리 없는 짓은 시킬 수 없다는 듯 내 손을 잡았다.

"음, 조금 열이 있을는지도 몰라. 그렇지만 열을 재 보는 건 그만두자. 체온 계가 없으니까 말이야. 그리고 네가 쓸데없는 신경을 쓰면 안되니까. 그저 좀 감기가 들었을 뿐이야."

"네, 선생님."

나는 간신히 입을 열었다.

"내일이 되면 괜찮습니다."

"그래 줘야지. 그런 실망한 것 같은 얼굴을 하면 못써. 전에도 말했지, 초조 하지 말라고. 기운을 채려서 뭐 좀 먹어 보면 어때?"

선생은 할아버지를 돌아보았다.

"엊저녁 밀크 푸딩과 과일을 갖다 주십시오."

할아버지가 나가니까 선생은 이어서,

"아무튼 그렇게까지 해 왔으니까, 설사 너를 알콜절임을 해 가지고서라도 시험장까지는 데리고 갈 거니까. 똑똑하니, 머리는?"

"꽤 선명합니다, 선생님…… 다만 좀 흔들흔들하는 것 같습니다."

할아버지는 구운 사과와 푸딩 접시를 가지고 들어왔다. 나는 기를 쓰고 먹 어 보려고 했으나 두세 번 스푼을 입에 가져가 보았을 뿐 괴로워져서 선생을 바라보았다.

"목 있는 뎁니다. 선생님."

"목이야, 응?"

선생은 잠깐 가만히 있었다.

"그래? 하여간 좀 보자. 어디, 이리 와."

선생은 나를 창가로 데리고 가서 광선이 입 속으로 들어가도록 좀 거칠게 내 머리를 젖혔다——. 나는 애를 써서 입을 벌렸다. 선생은 잠깐 들여다보더 니 이어서 이번에는 자기의 자세를 고치며 두 손에 주고 있던 힘이 늦추어지 는 것을 나는 알 수 있었다. 나는 이거 무슨 일이 생겼구나 하고 직감했다.

"뭡니까, 선생님?"

"아무 것도 아니야…… 분명하게는 모르겠다만."

선생은 눈을 돌렸으나 그 말소리에는 힘이 빠져 있는 것 같았다.

"의사를 불러 와야겠다."

선생이 나가 버리자 나는 비실비실하면서 의자로 돌아왔다. 병이 중한 것을 스스로도 알 수 있었다. 제일 나쁜 것은 점점 흥분되어 머리를 꽉 채우는 의구심이었다. 이튿날까지도 낫지 않아 시험 보러 갈 수 없게 되지 않을까 하는 의구심이었다. 할아버지는 내 맞은편 걸상에 자세를 똑바로 한 채 꼼짝 않고 앉아 있었다.

한 시간이 채 안되어 레이드 선생은 갈브레이스 박사를 데리고 돌아왔다. 의사는 숙련된 눈으로 내 목을 들여다보더니 고개를 끄덕여 보였다.

"곧 재워 주십시오."

의사는 말했다.

12

급성 염증이 일단 가라앉고 막이 목구멍에서 떨어지기 시작하면 디프테리아는 아프지도 않고 오래 끌지도 않는다. 처음 며칠 동안은 열이 나지만, 이어 꿈결 같은 상태가 온다. 맥은 천천히 뛰고 신경은 기분 좋게 가라앉는다. 때로는 이것이 지나쳐 후두가 혹은 심장까지가 활동을 정지하는 적이 있지만, 그렇게 되면 의사는 즉각 피하주사의 필요를 깨닫게 된다. 그러나 내 경우, 그런 소동은 일어나지 않았다. 무거운 증상은 아니었으므로 갈브레이스 박사도 2주간 가지 않아서 일어날 것이라고 약속해 주었다. 몇 개월에 걸친 필사적인 노력 끝에 드러누운 채 꼼짝하지 않고, 두 손을 이불 위에 털썩 얹어 놓고, 눈은 좁은 침실 창으로 비쳐 들어와 시간의 진행을 따라 떠도는 먼지에 묻힌 채 천천히 돌아가는 태양 광선을 쫓아가며 평온하게 하고 있는 것만으로도 완전히 마음이 안정되었다.

여기에서 기대에 어긋나 절망에 몸부림치는 마음 따위를 상상해서는 곤란하다──. 그런 기분과는 훨씬 머니까. 그것보다도 희망과 신앙을 갖고 이상하게 지탱되어 온 영혼을 생각해 주기 바란다. 분명히 나는 확고한 신앙을 가지고 있는 것이다. 그것은 자신의 허약함과 그 이후 계속되고 있는 하늘 나라와의 친밀한 교제에서 생긴 것으로서 신은 그 한없는 신의로써, 신을 사랑하며 날마다 무릎 꿇고 신의 마음을 즐겁게 하고 있는 소년의 미래를 고의로 파괴하지 않는다는 흔들리지 않는 신앙인 것이다. 기적 같은 것을 바라고 있는 것은 아니고 또 신의 힘의 위대한 계시를 기다리고 있는 것도 아니라──

오로지 정의를, 조그마한 정의가 행해지기를 바라고 있었던 것이다. 시험관들이 공평한 입장에서, 내가 시험 볼 수 없었던 최종일의 시험문제에 대하여 평균점을 매겨 주는 것만으로 족한 것이다. 레이드 선생조차 그런 일도 불가능하지는 않을 것이라고 은근히 말하고 있었다. 성적이 발표되었을 때…… 나는 눈을 감고, 더욱이 자신에 찬 미소를 띄우면서 또 작은 목소리로 조용한 기도를 드렸다.

아빠와 엄마는 돌아오지 않았다. 엄마가 할아버지께 보낸 엽서로서 우리는 런던 방문은 성공적이었다고 판단했다. 엄마는 자랑스럽게, 아빠가,

"아담의 집에 돈을 집어 넣었다."

고 비치고, 그리고 이 투자로 아빠의 머리는 좀 이상해진 모양으로 덕분에 돌아올 때는 여정을 급히 변경해서 여분의 일주간을 킬마녁의 할머니 사촌 댁에서 보내게 된다고 했다. 그래서 두 분은 한 열흘 뒤에 할머니와 함께 돌아온다고 적혀 있었다. 할아버지와 나는 캘린더를 보며 계산해서 모두가 돌아오기 전에 내가 일어날 수 있을 거니까 우선 운이 좋았다고 기뻐했다.

할아버지는 썩 유능한 간호원이었다. 처음 내가 열에 떠 있을 무렵, 나는 할아버지가 밤새 슬리퍼로 방안을 왔다갔다 하며, 약을 먹여 주고, 목에 약을 발라 주고 하는 것을 흡사 베일을 통해서 보듯 의식하고 있었다. 그리고 가끔은 미시즈 버섬리의 말소리도, 도어 밖에 걸어 놓은 석탄산에 적신 시트 너머에서 들려 왔으나 이것은 버섬리 아주머니가 손수 만든 제리라든가 과자 따위를 가져 왔을 때였다. 이제 와서는 나도 아주머니를 나쁜 여자라고 생각하지 않게 되었다.

격리되어서 누워 있는 것 같았지만 찾아와 주는 사람이 없는 것은 아니었다. 갈브레이스 박사는 무뚝뚝하고 붙임성이 없고 좀 덜렁대는 편이었으나 매일 왕진해 주었다──. 박사는 내가 안토넬리가의 그 묘한 사건의 목격자인 것을 알고 있었는지 모르지만 그런 말은 한번도 입 밖에 내지 않았다. 케트는 몇 번이나 현관까지 왔다가도 애기한테 감염될 것을 겁내어 한 발도 집에는 들어오지 않았다. 마덕은 그런 주의할 필요도 없었지만, 아무튼 그가 자주 문병해 주는 것은 내게는 기쁘기도 했고, 또 만족스럽기도 했다. 투덕투덕하는 그의 구두소리와, 공연히 길게 사이를 두는 조잡한 얘기와 둔중한 서투른 재담(나한테는 뻔히 끝이 들여다보이는 것뿐이다)과, 신종의 카네이션 육성의 보고 등을 나는 목을 길게 해서 기다리게 되었다. 가빈은 물론 문병오고 싶었겠지만 이것은 할아버지가 무조건 거부하기 때문에 나는 가슴이 찢어지는 경험을

했다. 그러나 점점 쾌유해 가고 있으니까 가빈과는 이제 곧 만나게 될 것이다.

그런데 마침내 어쩔 수 없는 날이 가까워 왔다.——7월 20일, 절대로 잊어버릴 수 없는 날이다. 지금까지 나는 쓸데없는 일상적인 일과 괴로운 성장기에 있는 한 소년이 연출한 바보 같은 일 이외에 아무 것도 얘기하지 않은 것같은 기분이 든다. 그러나 이날은——이 7월 20일은 다르다. ……그것은 기억 속에 살아 있어서, 훨씬 나중에 가서도 재차 언급하지 않을 수 없는 무서운 날이다.

그것은 수요일이었고, 오전중은 전혀 아무 일 없이 지냈다. 다만 다른 점이라면 내가 옷을 갈아입고 방을 나가 겨우 뜰을 몇 걸음 걸은 일뿐이었다. 점심이 끝나자, 날씨가 썩 좋았으므로 할아버지가 뒤뜰에 접었다 폈다 하는 의자를 내다 주었는데, 나는 발 아래에 판대기를 깔고, 담요를 무릎에 덮고 앉아 따스한 햇볕을 즐겼다. 병 후의 회복기에는 사람의 마음은 잊어버리고 있던 밝은 외계에 자주 흥분되는 수가 있다. 비 온 후의 갠 하늘에 갑자기 새들의 노래소리가 들려 올 때와 같은 들뜬 기분이다. 할아버지는 집안에서 내가 앓았던 흔적을 없애려고 하고 있었다. 그런 것이 남아 있었다가는 아빠를 시끄럽게 할 뿐이고, 레이드 선생이 의사의 치료비는 책임지고 맡아 주었으니까 아빠에게 신세질 필요도 없었던 것이다.

그러다가 나는 자갈을 깐 소로에 발소리가 나는 것을 들었다. 힘차게 자갈길을 밟는 레이드 선생의 발소리다. 선생은 집 모퉁이를 돌아와서 웃는 얼굴로 풀밭에 앉았다.

"기분이 좋은 모양이군."

"네, 이제 완전히 좋아졌어요."

"다행이다."

선생은 끄덕이고 나서 풀잎을 하나 뜯어 멀리 던졌다.

잠깐 침묵이 흘렀다. 이윽고 선생은 시선을 여기저기로 옮기면서 여느 때와 다른 어조로 생각하며 입을 열었다.

"이번엔 너도 참 잘 참아 왔어, 샤년. 나 같은 사람보다 훨씬 훌륭해. 솔직히 말해서 네가 앓기 시작한 날, 나는 피눈물을 흘리고 울고 싶은 심정이었어. 그러나 우리는 실망을 넘어 가지 않으면 안돼. 이것도 살기 위해서 중요한 지혜의 한 가지야. 그런데 너는 〈칸디트〉(18세기 불란서의 계몽시대 문학자이며 철학자인 볼테르의 우의(寓意)소설)를 읽은 적이 있니?"

"아니에요, 선생님."

"그럼 빌려 줘야겠군. 그걸 읽으면 자비심 많은 신의 '섭리' 덕분으로 모두가 결국은 가장 좋은 것으로 귀착한다는 의미를 알게 된다."

나는 선생의 말을 짐작하지 못하고 가만히 그 얼굴을 바라보았다. 깊은 뜻이 담긴 것 같은 말에 나는 어리둥절해졌다. 그러자 돌연 선생이 말했다.

"마샬의 결과는 앞으로 1주일 지나지 않으면 발표되지 않지만 말이야."

선생은 잠시 입을 다물었다가 이윽고 다시 침착한 목소리로 말했다.

"그런데 나는 지금 마악 그란트 교수를 만나고 오는 길이야. 그랬더니 평점을 얘기해 주더군."

내 심장은 갈브레이스 박사의 스트리키닌으로 진정되고 있었지만, 쿵닥쿵닥 뛸 듯이 울리기 시작했다. 나는 두 손을 모아쥐고 갑자기 몸을 앞으로 내밀었으나 목이 마르고 숨이 막힐 듯한 것을 느꼈다. 그러자 그것을 깨달았는지 레이드 선생은 빠르게 황소 같은 큰 눈에 슬픔에 가까운 빛을 띄우고 내 눈을 가만히 바라보며 말했다.

"마큐원이야."

그 신동이 합격한 것이다. 언제나 그런 소년이 장학금을 타는 것이다. 하기는 그러기 위해서는 디프테리아에 걸리는 놈도 때로는 나타나지 않으면 안되지만 레이드 선생이 또 풀잎을 뜯어서는 던지며 다시 얘기를 계속하는 것을 나는 파고들듯 지켜 보았다.

"자식의 성적은 겨우 920점에 지나지 않아."

나에게는, 할아버지가 부엌쪽에서 나와 뒷마당 우리 있는 데로 오고 있는 것이 어렴풋이 보였다. 벌써 할아버지가 알고 있는 것을 나는 알 수 있었다. 레이드 선생이 오는 길로 바로 말한 것이다. 나는 갑자기 눈이 캄캄해지는 고통에 고개를 떨어뜨리고 말았다. 그래도 입술을 창백하게 나는 물었다.

"둘째는 누구예요?"

선생은 잠깐 조용했다.

"너야…… 25점 모자라는…… 더구나 물리점수는 넣지 않고서다. 나는 말이야 제발 너한테 평균점수를 주어 달라고 교수들을 설득하기 시작했어. 거의 무릎을 꿇다시피해서 부탁했어. 학교에서의 네 성적을 보아 달라고도 말해 보았다. 너 같으면 25점 아니라 95점도 딸 수 있다고 말했던 거야."

선생의 목소리가 쓴 맛을 띄워 왔다.

"아무 것도 몰랐어. 그치들은 규칙을 무시할 수가 없는 거야. 아니, 그럴 생각이 없는 거야."

나는 잠자코 앉아 있었다. 그렇더라도 아직 나에게는 내가 낙제했다는 사실이 충분히는 납득되지 않았다. 다시 어떤 하늘의 계시가 나를 위해서 준비되어 있을 것이 틀림없다. 레이드 선생은 심장이 조여드는 듯한 내 괴로움을 덜어 주려는 듯 다시 말을 이었다.

"블레어는 셋째야. 너보다 한 점 적은."

그 달빛 어린 호수의 보트에서 맹세한 두 소년.

"우리 둘 중 누군가, 우리 중에 하나는 합격되지 않으면 안된다."

순간 나는 갑자기 가빈의 슬픔이 솟아 올라, 내 처참함을 잊어버렸다.

"가빈은 알고 있습니까?"

레이드 선생은 머리를 저었다.

"아니, 아직."

별안간 할아버지가 저주스러운 목소리로 말했다. 그것은 시시한 험구를 하는 소리가 아니라, 자기도 불행을 경험한 적이 있는 인간의 소리, 조만간 알려주지 않으면 안될 비보를 본의 아니게 말하는 소리였다. 언제나 할아버지는 어째서인지 나한테 대해서 직접 동정을 표시하지 못했다. 그러므로 이 경우 내 자신의 패배의 무거운 괴로움을 아마 씻어 주려고 해서이리라.

"블레어 시장은 큰 타격이겠는걸."

나는 멍청해서 할아버지를 지켜 보았다.

"무슨 말이에요?"

"장사가 망했어. 드디어 파산이야."

나는 새로운 공포에 눌려 앞이 캄캄했다. 가빈의 아버지가 파산하고 세상에 수치를 드러내다니…… 가빈에게 있어서 마샬 장학금을 타지 못하는 것 따위가 문제가 아니다. 이 사실에 비하면 그것은 문자 그대로 아무 것도 아니다. 나는 갑자기 아버지를 올림퍼스 산상의 신처럼 숭앙하고 있던 살빛이 회고 잘 생긴 이 소년의 자존심 강한 얼굴을 생각해 냈다. 지금 금방이라도 그에게 가주지 않으면 안된다 싶었다.

나는 그래도 냉정을 잃지 않았기 때문에 내 생각을 입 밖에 내지는 않았다. 이제 모두 더 이상 할 얘기는 없는 것 같았다. 나는 할아버지와 선생이 집안으로 들어가기를 기다리고 있다가 외출 허락을 받지도 않고 몰래 골목길로 돌아 큰길로 나왔다. 아직 다리에 힘이 없고 비실비실하는 것쯤은 거의 아무렇지도 않았다. 가빈을 만나고 싶은 마음으로만 꽉 차 있었다.

그는 집에 없었다. 시장의 호장한 저택에는 사람은 하나도 보이지 않았다. 식모도 정원지기도 모습이 보이지 않는다. 시의 문장이 붙은 문등 저쪽에는 격동과 곤란의 양상이 느껴졌다. 내가 세 번이나 노크를 하니까 가까스로 줄리아가 천천히 도어를 열었으나, 이번에는 어떤 재난이 닥칠지 하고 겁내고 있는 모습이었다. 그는 떨리는 목소리로 가빈은 며칠 전부터 애드필란의 친구네 집에 가 있다고 했다. 그리고 전화를 걸더니 네시 기차로 돌아온다고 했다.

나는 그가 달리위크 역에서 하차하는 것을 알고 있었다. 하늘은 열기로 하얗다. 사람들은 와이셔츠 모습으로 저고리를 벗어 끼고 모자로 부채질을 하며 걷고 있었다. 나는 쇠약해진 다리를 재촉해서 이끌듯이 하여 애드필란에서 오는 열차가 도착했을 때 역 구내 문까지 겨우 도착했다. 그리고 여느 때의 장소에서, 빛나는 레일이 교차하고 있는 타는 듯한 먼지 저쪽으로 긴장한 눈을 보내며 기다렸다.

가빈이 오고 있다. 나는 그가 정차한 열차에서 뛰어내려 구내를 가로질러 오는 것을 보았다. 그 쪽에서는 나를 보지 못했다. 얼굴은 흰 하늘보다도 더 창백하고, 눈은 힘있게 앞을 바라보고 있었다.

차장이 호각을 불고 선명한 녹색 기를 흔들었다. 기관차가 화물열차를 천천히 구내의 다른 선으로 옮기고 있었다. 서 있는 한 대의 화차에서는 천천히 감자통을 짐수레 밑에 내리고 있었다. 그 광경이 지금도 내 기억에 생생하다.

여객열차가 지나가자 그물눈 같은 선로를 가로지르고 있는 가빈은 우울한 기분과 자기 괴로움으로만 꽉 차서 다른 선로로 천천히 들어온, 바꾸어지는 열차를 깨닫지 못하고 있는 것 같았다. 자기가 가는 방향을 보고 있지 않은 것이었다. 그는 가까워 오는 기관차쪽으로 똑바로 걷고 있었다. 나는 깜짝 놀라 거친 소리를 지르며 그에게 주의를 일깨워 주었다. 그는 내 목소리를 들었다. 그리고 기관차를 보았다. 그러나 오오 신이여! 그는 그 자리에 서 버리고 만 것이다. 한쪽 발이 포인트 사이에 끼인 모양으로 무릎을 굽혀 전신의 힘을 다해서 비틀고 잡아당기고 했다.

"가빈! 가빈!"

나는 소리 지르며 그 쪽으로 뛰었다.

흰 얼굴 속에 까맣게 보이는 그의 눈이 레일의 빛나는 선로들 사이로 내 눈과 부딪쳤다. 그는 미칠 듯이 레일을 빠져 나오려고 했으나 되지 않았다. 거기에 기관차가 돌진해 왔다. 내가 한번 더 큰소리를 지르기 전에 그의 고함 소리가 들리는가 했더니 새빨간 안개가 별안간 나를 덮쳐 왔다.

내가 의식을 돌이켰을 때 구내에는 많은 사람들이 몰려 있고 사람들 소리와 혼란으로 왁자지껄했다. 기관차 운전사가 흥분한 손으로 걸레를 비틀며 경찰관에게 자기는 책임이 없다고 설명하고 있었다. 사람들은 충격을 받은 소리들로 떠들고 있었다.

"이런 비참한 일이 있나! 얘 아버지는……."

가빈은 확실히 자살이다, 하고 모두 인정하고 싶어하는 듯했다.

나는 벽에 달라붙으며, 심한 구역질에 이를 악물고 기듯이 해서 집에 돌아와 날이 어둡기를 기다렸다. 그러나 밤이 되어도 잠이 오지 않았다. 마음 바닥에서 어두운 분노가 끓기 시작했다. 어쩌면 나는 그렇게 단순하고 바보였을까. 고통에 일그러진 내 머리는 아직 똑똑하지 않지만 의혹과 반동의 격랑에 떠밀리며 내가 생애의 위기에 세워져 있는 것을 의식했다.

이튿날은 아빠하고 엄마가 할머니와 함께 돌아왔다. 나는 혼자 침실에 자물쇠를 걸고 틀어박혀 있었는데 모두 도착한 떠들썩하는 소리가 들렸다. 할머니가 나를 부르고 있었으나 나는 대답을 하지 않았다.

그들을 피해서 집을 빠져 나와 거리를 천천히 걸어서 하늘에 선명한 윤곽을 보이고 있는 세 그루 밤나무 곁을 지나, 너무 오래 계속되는 이 세상의 아름다움에 대하여 흡사 눈가림이라도 한 것처럼 덧문을 내린 집으로 향했다.

나는 몹시 피로해서 두 손을 포켓에 넣은 채 걷고 있었는데 문득 손끝이 작은 메달에 닿았다. 옛날얘기를 그대로 믿고 있던 아직 철없는 아이 때, 수도원 어느 나무 밑에 앉아 있다가 얻은 '기적'의 메달이었다. 그러자 별안간 심한 흐느낌이 왈칵 가슴에서 목구멍으로 솟구쳐 올랐다. 나는 그 신성한 메달을 꺼내 가지고 떨면서 내던졌다. 인간을 파멸시키고 살해하고 그 행복을 깨뜨리는 따위의 신은 이제 지긋지긋하다. 지상에 신은 없다. 정의도 없다. 모든 희망은 소실됐다.

가빈은 자기 방 자기 침대에 누워 깊은 잠에 빠져 있다. ──영구히 깨어나지 않는 꿈속에 그는 눈을 감고 얼굴을 꼼짝도 않은 채 꿈속에 싸여 있다. 여전히 오만하고 의연하고 모든 것에서 멀리, 아주 멀리 떨어져 있는 것이다.

울어서 눈이 빨갛게 된 줄리아 블레어는 말없이 나한테 가빈의 구두를 가리켰다. 그 튼튼한 구두 뒤꿈치가 레일 전철기에 끼여 어떻게든 그는 발을 빼려고 거의 비틀어 제끼고 있었던 것이다. 그렇다, 그는 굴복은 하지 않았다. 그의 꿈속에서 그 용감한 심장은 절대로 꺾이는 일 없이 지금도 뛰고 있는 것이다.

제3부

I

2월 어느 날 저녁 공장문을 나오니 지면은 딱딱하게 얼어 붙었고, 가로등은 차가운 서리로 희미한 빛을 비추고 있었다. 나는 그 가로등 옆에 케트의 아들 루크가 아버지를 기다리고 서 있는 모습을 보았다. 학교에 갓 들어간 소년답게 파란 모자를 자랑스럽게 쓰고 있었다. 이 소년을 보자 갑자기 눈에 띈 세월의 흐름에 나는 깜짝 놀랐다. 한 대 얻어맞은 기분이다. 아아, 나도 자꾸 나이를 먹어, 어느덧 열일곱 살이 되어 버린 것이다.

"1페니만 줘 로비."

그는 나한테로 달려왔다. 탄탄하고, 빨간 뺨에 또렷하게 맑은 눈이 무척 사랑스러운 아이다.

나는 추워서 곱은 손으로 때묻은 노동복을 뒤져 동전을 한 닢 찾았다.

"제발(please) 라고 하지 않으면 안 준다."

"제발(please)."

"알겠니? 내가 너만 했을 때 나한테 돈을 줘 본 사람은 아무도 없었어."

나는 마치 어른 같은 소리를 했으나, 동전을 노려보고 있는 그는 그런 말에는 조금도 흥미를 가지지 않았다. 그러나 걱정할 것은 없다. 지금의 내 인생에는 이것도 위로가 되는 일인 것이다. 이 인생——그것은 이미 세월과 함께 무겁게 여러 개의 불행을 짊어지고 실제로는 끝난 것과 마찬가지지만, 이 아이에게 잔돈을 주기도 하고 토요일 오후는 풋볼 시합에 데려가서 거기에서 이 아이와 함께 열광적인 응원을 함으로써 쓸데없는 자존심 따윈 잊어버리려는 것이 요즈음의 내 생활이다.

"너희 아빠는 한 5분 있으면 나오실 거야."

나는 헤어지면서 돌아보고 그렇게 말했다.

"오늘 밤엔 너희 아빠한테서 빨리 돌아가도 좋다는 승락을 받은 거야."

"음악회에 가기 때문이야?"

그는 내 뒤에서 말하고 있었다.

나는 고개를 끄덕였으나 어두워서 잘 보이지 않았다. 얼어 붙은 채로인 공유지의 풀밭을 여느 때보다 가볍게 걸으면서, 내 마음은 그 일을 생각하자 따스하게 온기가 돌았다. 음악회가 있다는 생각만으로도 여느 때 느끼던 피로감도 사라져 버렸다. 오늘 밤은 나도 저녁을 먹자마자 그대로 식탁에서 잠들어 버리지는 않을 것이다. 생각에 열중해 있었으므로, 성 엔젤 교회의 검은 큰 건물 앞에서도 예의 도전적인 시늉을 하지 않고 지나쳤다.──여기에 오면 깜깜한 어두움 속에서도 주먹을 불끈 쥐어 흔들곤 했다.

가빈이 죽은 직후, 학교를 졸업하기 직전에 나는 로크 신부에게 불려 사계관으로 간 적이 있었다. 신부는 극히 친절한 태도로 나를 자기 방으로 안내하고, 두 손을 평상복 포켓에 넣은 채 방 안을 이리저리 걸어다니다가 나를 돌아 보았다.

"이 봐, 사넌."

신부의 까만 눈은 동정이 넘치고 있었다.

"이번 일은 모두 하느님께서 너에게 시련을 주셔서 네 갈 길을 지시해 주신 것인지도 모른다."

나는 눈을 감았다.

"공장에서 일할 작정인가?"

"네."

하고 나는 대답했다.

"아무로 그 밖에는 방법이 없는 것 같으니까."

"리븐포드 같은 작은 도시에서는 그리 찬스가 많지 않으니까."

신부는 무엇을 생각하고 있었다.

"로버트…… 혹시 성직자가 되려고 생각한 적이 없나?"

나는 빨개졌으나 눈은 역시 융단을 내려다보고 있는 채였다.

"있었습니다."

"멋있는 생활이지. 선택받은 사도로서 하느님께 봉사하는 것은 큰 기쁨이기도 하고 특권이기도 한 거야."

신부의 시선은 따뜻하게 내 몸에 머물렀다.

"나는 입으로만 약속을 하고 있는 것은 아니다. 가난한 소년을 교육시켜 성직자로 만드는 훌륭한 사업에 바쳐진 교구의 기금이 있어. 큰 기금은 아니지만. 그래서 선발되는 후보자의 수도 아주 적지. 그렇지만 네 경우는──벌써 네 얘기는 주교한테 편지해 놓았지만──너만 그럴 생각이라면 금방이라도 선발되어 내주부터 신학교에 갈 수 있는 거야."

나는 잠자코 있었지만 몹시 부끄러웠다. 내가 이 말에 금방 덤벼들 것으로 로크 신부가 생각하고 있는 것이 분명했기 때문이다. 6주전이었다면 혹 그랬을는지도 모른다. 그러나 지금에 와서는 모두가 변한 것이다. 넘칠 듯하던 내 정열도 희망도 쓴 의혹으로 바뀌어 버린 것이다.

"그런데……."

신부는 미소를 지었다.

"네 생각은 어떠냐?"

"유감입니다만."

나는 목이 막혀서 가까스로 말했다.

"전 그럴 생각이 없습니다."

신부의 얼굴에는 몹시 놀란 표정이 떠올랐다.

"넌 성직자가 되고 싶은 생각을 가지지 않았었니?"

"전엔 생각하고 있었습니다."

나는 신부를 쳐다보았다.

"그러나 지금은 없어졌습니다."

침묵이 흘렀다. 신부는 여기에서 비로소 내 절망적인 상태를 깨달은 모양이었다. 그러나 현명한 신부는 별로 불만스러운 소리는 하지 않았다. 다만 실망을 감추면서 다시 내 마음을 돌리고 싶은 듯 하느님께 몸바쳐 봉사하는 생활의 행복함을 여러 가지로 설명했다. 우선 넓은 종교적 분야로 내 눈을 돌려 성모 마리아 교회에 의해서 받을 수 있는 교양과 학문에 대해서 얘기했다. 신부는 발라드리드(대성당으로 유명한 스페인의 古都)에 있는 스코틀랜드 신학교에서 보낸 자신의 학생시대에 언급하면서 즐거운 회상에 잠기며 얘기를 진행시켰다. ──물론 희망한다면 나도 그 신학교에 들어갈 수 있는 것이다. 신학교의 건물과 스페인 풍물이랑을 손에 잡힐 듯 생생하게 들려 주면서 미소를 띄우며, 그 아래에서 자주 낮잠을 잔 포도나무를 생각해 내어, 금방 입 속으로 떨어져 들어올 것 같은 썩 맛있는 포도알로 원기를 회복한 적도 있었다고 하면서 말을 매듭지었다.

나는 황홀하여 정신 없이 듣고 있었다. 나는 로크 신부를 좋아하고 존경도 하고 있었다. 내 마음은 신부의 인품과 그 친절, 그리고 매력적인 이야기에 몹시 끌리고 있었다. 그러나 내 속에 있는 무엇인가가 그런 감정에 몸을 맡기는 것을 거부했다. 내 입술은 창백해지고 굳어졌다.

"안됩니다."

나는 필사적으로 말했다.

"저는 가고 싶지 않습니다."

꽤 오랜 침묵이 흐른 후 이윽고 로크 신부는 아까와는 다른 음성으로 말했다.

"뭐, 나는 무리하게 하라는 생각은 없다. 너 자신이 결정할 문제니까. 그러나 내가 특히 강조하고 싶은 것은 정신적으로나 물질적으로 이렇게 조건이 좋은 기회는 그리 쉽지 않다는 거야. 그리고 물론 이 일은 미결정인 채 두어둘 수는 없다만, 전능하신 하느님께 인도해 줍시사고 기도하고 이번 토요일에 다시 나를 만나러 와다오."

나는 추운 오후의 회색빛으로 흐린 거리로 나왔다. 토요일에도 사제관을 찾아가지 않았다. 로크 신부를 무시해 버린 내 자신의 대담함에는 스스로도 놀랐다. 그러나 반항의 씨앗은 내 가슴속에서 급속히 자라나기 시작하고 있었다. 만일 신이 나에게 과학자가 되기를 허락하지 않는다면, 그런 신의 의지를 따라 내가 성직자가 될 이유는 없다고 생각되었다. 아무리 어렵고 천한 일이라도 그것보다는 나을 것 같았다. ——당장 지금 형편으로는 공장에 들어가는 수밖에 없었으나 그 편이 훨씬 낫다고 생각되었다. 계획이 좌절되어 버리고 무서운 실망에 떨어져 자포자기가 되어 버린 나는 경솔하게도 운명이 줄 수 있는 어떤 최악의 것에도 감수하고 따르려고 마음 먹었다. 그리고 더욱 무엇이 어떻게 된다 해도 겁내지 않는다는 것을 보여 주고 싶었던 것이다.

오늘밤은 그러고부터 1년 반이나 지나 있었으므로 그런 기력은 벌써 없어져 버렸다. 그래도 나는 내 어떤 극적인 운명이 다가오기를 기다리는 마음이 있었다. 그러나 실상 불안만 쌓일 뿐 내 비참한 생활이 끝날 기회는 멀리 사라져 버린 것 같았다. 내게는 동경만 될 뿐, 항상 나를 피해서 지나가기만 하는 저 풍요한 빛나는 미래는 절대로 붙잡혀지지 않을 것이다.

골똘히 그런 것을 생각하고 있었기 때문에 다른 것은 볼 사이도 없이 드럼벅 거리까지 와버렸다. 그때 사람의 그림자가, 너무도 낯익은 사람의 그림자가 모퉁이의 침침한 곳에서 말을 걸며 종종걸음으로 나에게 가까이 왔다.

가엾은 엄마로부터 내게 지워진 무거운 짐—— 할아버지였다.

"오늘 밤은 좀 추운데, 로버트."

나는 낮은 소리로 인사말을 했지만 이 시간에 무슨 일로 여기에 나와 있는지 알 수가 없었다. 지난 주에는 술집 밖에서 견습공들이 몰려 있는 앞에 나서서 부인 참정권에 대해 연설하고 있는 할아버지를 보았다.

"어떠냐, 할 수 있다면 조금만 빌려 줄 수 없겠니? 큰 건 아니야, 6펜스면 돼. 우편 환증을 끊어야 하는데 말이야."

 나는 싫어서 아무 대답 없이 그냥 발을 옮겼다. 요즈음 할아버지가 반나절이나 걸려서 하고 있는 현상 문제들은——만년의 생활비를 벌기 위해서 할아버지는 부자가 되고 싶은 것이다.—— 할아버지와 같은 무능력한 사람에게는 송료만 해도 여간 부담이 되지 않는다. 할아버지는 공립 도서관 열람실에 가서, 거만한 부인사서의 코 앞에서 자기에게 부(富)를 약속하는 온갖 광고를 잘라내는 것인데——그 잘라내는 종류의 수는 여간 많은 것이 아니다. 그리고 자기 방으로 돌아와서 일일이 해답을 쓰는데, 그것은 또 가지각색이었다. 5행시의 종구가 있는가 하면 《주간가정》의 편집자가 연구해 낸 알파벳 글자로 전부의 어구를 만든 것도 있었다. 계단에서라도 붙잡기만 하면 할아버지는 비밀 얘기라도 속삭이듯 꼭 포켓에서 다 구겨진 종이쪽지를 꺼내는 것이었다.

 "얘, 제발 이거 좀 들어 다오, 로버트."

 그리고 헛기침을 한번 하고 나서 읽어 주는 것이었다.

　옛날 옛날 그 예산 취크남의 부인은
　신은 구두가 딱딱해서 걷기가 힘이 들어
　가까스로 집에까지 도착은 했지만 너무 아파 우선 한차례 쉬었다가…….

 할아버지는 의기양양하게 자기가 지은 걸작을 이렇게 신이 나서 읽어 주는 것이다.

　먼저 구두를 벗고, 그 속에 가게를 낸
　자질구레한 물건 파는 가게

 할아버지의 봉투를 흡사 눈발이 불 속에 들어가듯 빨간 포스트 속으로 떨어져 갔다. 그러나 한번도 회답이 없는 것에 화가 난 할아버지는 '5행시' 같은 것은 완전히 엉터리라고 하며, 이번에는 또 열심히 '복권'으로 전향했는데—— 가까운 도시에서 고급가구 제작을 하고 있는 사나이가 '복권'으로 천파운드나 상금을 탄 때문이었다.

 지금도 할아버지는 저녁 길을 걸으면서 듣기 좋게 복권상금에 대해서 미끼를 던지는 것이었다.

 "복권만 걸린다면 인사로 넉넉하게 줄게. 우체국은 여섯시 반까지고 내일이

마감이란 말이야."

"못 드려요, 한푼도."

나는 무뚝뚝하게 대답했다.

"그뿐 아니예요. 이제 곧장 할아버지 방으로 가셔요. 난 오늘 밤에 외출하지만 만약 또 약속을 어기고 바보 같은 짓을 하신다면 절대로 용서하지 않겠어요."

침묵. 내리 누르는 것 같은 침묵이 계속되었다. 요즈음 할아버지의 또 나쁜 점은 조금이라도 남이 비난하면 금방 신경을 날카롭게 하는 일이다. 나는 몹시 화가 났으나, 로몽뷰에 도착할 때까지 꾹 참았다. 나는 할아버지가 천천히 계단을 올라가는 것을 바라보다가──이 무렵에는 숨이 차서 어디에라도 올라 갈 때면 몹시 겁을 냈다.──방 도어가 찰깍 닫히는 소리를 듣고 나서야 부엌으로 들어갔다.

식탁에 앉아 빵에 얇게 마가린을 바르고 있던 아빠는 나를 보고 고개를 끄덕였다. 내가 세면대쪽으로 가서 세수를 하고 있는 동안 아무 말 없이 익숙한 솜씨로 오븐에 들어 있는 내 저녁식사를 내다 준 것은 할머니였다. 이 1년간 가사를 맡아보는 동안 할머니는 인품도 부드럽게 되고 훨씬 정정해 지셨다.

엄마는 죽었다. 이 집안의 중심이었던 엄마는 이제 없다. ──1년 전, 아빠가 아담한테서 돈 관계로 온 편지로 소란을 피웠던 그 겨울 밤 돌연 졸도해 버렸던 것이다. 누구 한 사람 엄마가 병들어 있다는 걸 알지 못하고 있었다. 그러나 가만히 돌이켜 보면 엄마는 흥분하게 되면 급히 손을 왼편 가슴께에 가지고 가곤 했었는데, 그런 일이 점점 빈번해지고 있었던 것이다. 마치 그것은 손가락으로 통증을 눌러 약해진 심장을 지탱하려는 듯한 모습이었다. 엄마는 그때도 방에 혼자 있었으며, 내가 들어 갔을 때 새파란 얼굴로 숨을 헐떡이며 이제 말한 것처럼 가슴을 누르고 있었던 것이다.

"엄마, 어디 아파요? 내 가서 의사를 불러 올께요."

"괜찮아."

엄마는 숨찬 소리로 말했다.

"그런 짓을 했다간 아빠 기분만 나쁘게 할 뿐이니까."

"그렇지만 이번에는 안돼요, 정말 병이 났는데……."

나는 곧 뛰어나갔으나 갈브레이스 박사를 모셔 왔을 때는 이미 엄마는 혼수상태에 빠져 있었다.

"너무 쇠약해졌습니다."

갈브레이스는 잡고 있는 손가락 끝에서 약한 맥박이 사라져 갔을 때 한마디 그렇게 말했을 뿐이었다.

"내일도 와 주시겠습니까, 선생님?"

아빠는 어물어물하면서도, 불시에 진찰비가 나갈 일에 신경을 곤두세우면서도 작은 소리로 물었다.

"아닙니다."

갈브레이스 박사는 무뚝뚝하게 잘라 말했다.

"부인은 내일까지 견디지 못할 겁니다."

나는 엄마의 몸이 아무도 지켜보는 사람도 없이 시체 가치장 석대(石臺) 위에 얹혀 있을 것을 생각하고 몸이 떨려 왔다. 그러나 모든 것은 끝났다. 아빠는 장례식이 끝난 다음 몇 주간 동안을 보내는 화환의 수를 자랑스러게 이야기하곤 했다. 그래도 엄마가 마음대로 자기를 내버려 두고 간 것이 몹시 서운한 듯했다.

"그 사람은 항상 내가 자기보다 오래 살 거라고 입버릇처럼 말하더니만."

아빠는 자주 불만스러운 듯한 얼굴로 그렇게 말했다.

뜻밖이었던 것은 아빠가 엄마 물건들을 팔아 버리지 않는 일이었다. 일요일 오후면 엄마의 몇 가지 안되는 옷들을 장에서 꺼내 가지고 브러시로 손질을 해서는 도로 집어넣곤 하는 것이 습관처럼 돼버렸다. 아빠도 엄마가 없어지자 외로워지기 시작한 것이다.

나도 내가 얼마나 엄마의 은혜를 입고 있었는지 생각 못한 것은 아니지만 날이 갈수록 더욱 그 고마움이 절실해졌다. 엄마는 항상 접먹은 식모처럼 뛰어다니며 최선을 다해서 가족을 즐겁게 해주면서 아빠의 지나친 인색을 끝까지 참아가며 요령 있는 살림으로 누구에게나 기쁨을 주려고 했다. —— 외모는 언제나 창백하고 아름답지 못했으나 누구도 따를 수 없는 훌륭한 여장부의 기백을 지니고 있었다. 물론 엄마도 완전무결한 사람은 아니었다. 돈 때문에 자주 신경질을 부리고 기분이 좋지 않을 때도 많았다. 내가 학교에 다니고 있을 때 엄마는 가끔 몇 실링 안되는 수업료를 주지 못해 교장이 교실에까지 들어와 나를 주시하면서,

"이 반 학생 하나가 아직 수업료를 내지 않고 있는데."

하고 공표해서 참을 수 없는 부끄러움을 느낀 적도 있었다. 그리고 또 할아버지의 보험료 수금원이 왔을 때나 오트밀을 태워서 못쓰게 되었을 때는 몹시

괴로운 얼굴로 속상해 한 적도 있었다. 그럴 때면 머리를 한쪽으로 갸우뚱해 가지고 머리카락을 비누물 통에 잠글 듯이 해서 체념한 듯 입술을 악물고 온 집안을 지붕에서 지하실까지 막 문질러 씻는 것이었다. 그렇지만 나는 엄마만큼 성인에 가까운 사람을 아직 본 적이 없었다. 다만 나한테도 나대로의 슬픔이 있었으므로 아직껏 사랑하고 있다는 소리를 해보지도 못했지만 엄마가 여행떠나기 전 햇볕이 비치는 마당 가운데에서 털목도리를 털면서 방긋 방긋 웃고 있던 모습을 잊어버릴 수 없다…….

"참으로 엉터리 없는 짓이다."

아빠가 마아가린 바른 빵을 조심스럽게 입에 넣으면서 엷은 미소를 나한테 보내면서 말했다.——내가 집으로 적지 않은 임금을 가져 오게 되면서부터, 아빠는 완전히 나한테 호의를 보이면서 저녁식사 때 여러 가지 얘기를 하곤 했다.

"버터 값 말이지. 1파운드가 11펜스 반. 이렇게 되면 세상이 어떻게 되어갈지 나는 종잡을 수가 없단 말이야. 다행히 이 새로운 대용품은 맛이 꽤 좋고 무엇보다도 영양가가 있으니까 괜찮기는 하지만."

할머니는 홍찻잔을 앞에다 놓고 뜨개질하기에 여념이 없어 보였다. 그녀는 아직도 정력이 넘쳐 흘러 시의 후생시설에서 추천해 온 통근하는 소녀만을 두고도 훌륭하게 집안 살림을 처리하고 있었다. 아빠의 절약은 점점 더 상식을 벗어난 상태였으나 할머니도 지지 않고 일하는 사람의 필요를 무리하게 주장했던 것이다.

"아담 녀석, 답장 하나 보내지 않고 있어."

아빠는 곤란한 얼굴로 말을 계속했다.

"이대로 내버려 둘 수 없다고 생각한다. 의논하려고 케트와 마덕을 다음 일요일날 집으로 오라고 일러두었다. 너도 그때 같이 있어 주었으면 좋겠어. 로버트."

나는 간단히 고개를 끄덕이고는 그대로 식사를 계속하면서 포크로 할머니에게 신호하자 할머니는 금방 캐비지를 더 달라는 내 뜻을 알아차렸다. 빈약한 식사였지만 배는 가득 찼다. 더구나 이렇게 나이 많은 할머니가 식사 시중을 들어주고 있는데 불평할 수도 없는 일이었다. 지금은 사실 할머니와 나 사이에는 어떤 확고한 암묵의 동맹이 맺어져 있었다. 이것도 확실히 내 진보의 증거가 될 것이다. 이것은 가득 못이 박힌 내 손과, 갈라진 손톱과, 가시지 않는 만성적인 피로와, 오새 나를 괴롭히기 시작한 기침과——이것은 담배를 먹기 때문에 더하지만 함께 비밀스러운 만족을 주고 있었다.

나는 식사를 끝내고 2층으로 올라갔다. 심부름을 하는 소피 골트는 할아버지의 저녁식사를 올려다 놓고 나서 집으로 돌아가기 전에 내 침대를 정돈하고 있는 중이었다. 그는 몸집이 작고 안색이 나쁜데다가 할머니가 만들어 준 털치마로 짧은 다리를 겨우 가리고 있었다. 나이는 열일곱쯤이고 빈민촌에서 사는 많은 아이들 중 하나였다. 눈이 조금 사시(斜視)이므로 언제나 사람을 옆눈질해서 보는 것 같은 느낌이었다. 가난함에서 오는 비굴한 그의 모습이 항상 나를 불쾌하게 하고 있었다. 더욱이 어느 날 엄마 모자를 옷장에서 마음대로 꺼내 제 머리에 얹고 거울 앞에 서 있는 것을 본 이래로 그 불쾌함을 더해 갔다.

"오늘 밤 공회당에 갈 거야, 소피?"

"안 가요. 저 같은 사람에게 입장권이 있을 턱이 있어요?"

그는 내 베개를 몇 번이고 고쳐 놓고 있다가 빈정대듯 웃으며 말을 이었다.

"요행히 아버지는 입장권을 클럽에서 구했대요. 공회당에서 아마 만나게 될 거예요."

그러고 나서 가만히 방안을 둘러보고 있다가 이윽고 내 머리 위로 눈을 보내며,

"오늘 밤은 이것으로 좋겠어?"

"좋아, 소피."

그녀는 여전히 꾸물꾸물하며 덧이불을 또 한번 털고 기침을 하고 한숨을 쉬고 나더니 비로소 나갔다.

음악회에 가는 준비 따위는 별로 시간이 걸리지 않았다. 과거 2년 간, 내 옷차림에 대한 관심 같은 건 고의적인 무관심 상태로 변해 버렸다. 셔츠를 벗고 보면, 늑골이 드러나 보이는 흰 살갗에 적흑색 상처투성이인 두 팔과 타는 듯한 빨간 머리에 언제나 창백한 얼굴을 하고 있는 것이 내 모습이었다. 나는 고집스럽게 칼라를 붙이지 않기로 정하고 있었다. 대부분의 직공들도 지금 내가 목에 두르고 있는 것과 같은 스카프를 즐겨 쓰고 있었다. 내 자신 직공인 것을 난 의식적으로 드러내며 또한 페비안주의(급격한 행동을 피해 점진적 수단으로 사회개선을 도모하려는 사회주의)를 신봉하고 있음을 조금도 부끄러워하지 않고 있는 것이다.

준비가 끝나자 나는 할아버지 방으로 들어갔다. 할아버지는 의자에 덜썩 앉

아 크고 새로운 가죽표지의 금테두리의 책을 한 손에 들고 한쪽 손으로는 쟁반 위에서 치즈를 얹은 빵을 한 조각 막 집고 있는 참이었다.

"참 굉장해, 로버트."

할아버지는 책에서 눈을 떼지 않고 우적우적 먹으면서 말했다.

"인간의 몸 안에는 32피트나 되는 장(腸)이 있으니 말이야."

보기에도 값비싸 보이는 그 책은 나한테는 엄청난 것이었으나, 벽쪽에 쌓아둔 많은 책 중의 한 권으로 한 달 전 '가정의학 백과사전 간행사 공인 대리점 판매원, 알렉산더 거어 귀하' 앞으로 급행편에 배달된 것이었다. 그 소포에는 한 다발의 안내서도 들어 있었다.

"모든 가정의 필수품으로…… 도표와 삽화 1천장 이상…… 중독증 치료법 44가지, 부인병 여드름 치료법 등 평이한 일상용어로 되었고…… 센세이셔널하고 흥미진진한 내용임, 일독을 바람…… 송금하실 필요는 없습니다. 당사 공인 외교원이 매주 찾아뵙겠습니다……."

할아버지가 시내 변두리 지역까지 호별방문으로 이 책의 판매를 시작하고, 스스로도 흥미를 가지고 의학지식의 충실을 꾀하고 있는 동안, 나는 불길한 예감에서 그 특별한 재능이 책임을 가지고 수금하기보다 그저 돈을 모으는데 적합한 것이 아닌가 하고 생각하게 되었다. 불행하게도 메칼라 씨의 일은 이미 사실상 끊어져 있었으나 노인은 여전한 능필로 가끔 다소 손이 떨리는 것은 할 수 없었지만 아직도 훌륭한 필력을 가지고 있었다. 지금도 내 눈은 테이블 위에 흐트러진 편지지 사이의 한 통의 편지를 보고 있었다.

"배복(拜復). 금번 조회하신 신원보증인 건에 대하여 우선 소생의 사위를 천거합니다. 그는 유서 깊은 이곳 리븐포드 시의 위생과장이라는 요직에 있는 사람입니다."

또 한 통은 간단하지만, 조금 사연 있는 듯한 투로 '부린'이라는 서두로 시작되고 있었다.

할아버지의 머리는 거의 완전히 하얘졌고——굳이 시적으로 표현한다면 '은발'이라고 할 수 있겠지만——또 옛날에 건강했던 체구도 꽤 수척해져서 양복도 모두 헐렁해져 버리고 말았다. 푸른 눈은 나이보다 밝게 빛나고 조금 무슨 일이 생기면 금방 안색이 변하지만, 예의 남성다워 보이던 코도 상당히 퇴색해서 전처럼 위대해 보이지도 않고——, 유감스럽지만 기운을 잃고 있었다. 요컨대 할아버지는 그의 방탕한 생활의 화려한 전성기는 지나가 버렸고, 그것은 《의학백과 대사전》 속의 항상 흥미 있는——또 풍부한 삽화를 곁들인 어느 항목 아래 발견되는 것 같으리라. 미시즈 버섬리도 이제는 그저 지나치다가 인사할 정도의 '아는 사람'으로 되어 버렸고, 여성에 관한 취미도 그렇게 흥미롭지 못한 것이 되어 버렸다. 그래도 할아버지는 자기가 늙었다는 것을 완강히 부정하려 드는 것이다. 아직도 젊다는 것을 과시하면서 가끔 자랑스러운 시선을 던지며 빈약한 늙은 가슴을 주먹으로 두드려 보이곤 했다.

"오크(떡갈나무·참나무 따위의 튼튼하고 단단한 나무)이니까 말이야, 로버트. 진짜 스코틀랜드의 오크지. 내가 만약 시의원에 당선한다면……."

다행스럽게도 그것은 농담인 것이 분명했다.

"물론 1년 이내에 나한테 시장이 되어 달라고 청해올 게 분명하지."

"할아버지……."

"음, 뭐냐."

나는 할아버지가 이상하다는 듯 책에서 얼굴을 들기까지 기다리고 있었다. 아직 초저녁이므로 기분 나쁜 모습은 보이기 싫어서 놀리는 일은 그만두기로 하고, 이 얼빠진 농담을 이용해서 어떤 약속을 하도록 재빨리 입을 열었다.

"저, 음악회에 갔다 오겠는데 말이에요. 할아버지는 정말 훌륭한 분이고 도의심이 두터운 분이니까 집 잘 보아 주셔야 해요. 집에서 나가시지 않는다고 약속해 주시지요. 내가 돌아올 때까지."

할아버지는 기분 좋게 읽고 있던 페이지에 손을 얹은 채 안경 너머로 빙글빙글 웃는 눈을 나한테 보냈다.

"물론이지, 로비. 물론이고말고. 노브레스 오브리쥬(귀족은 귀족다운 처신을 하라는 뜻의 불어)다."

이런 말을 듣고는 만족하지 않을 수 없었다. 나는 가볍게 머리를 숙이고는 찰칵 문을 닫고, '큰 창자의 여러 기능'을 탐독하는 할아버지를 남겨 두고 집을 나섰다.

2

오늘 밤 음악회는 겨울 동안 매주 목요일마다 열리는 리븐포드 오케스트라 협회가 개최하는 정기 연주회가 아니라, 새 병원 건립을 위해서 '저명인 후원' 아래 계획된 특별한 연주회였다.

큰 거리의 내가 다니던 학교 옆의 공회당까지 와 보니 벌써 많은 청중이 입구로 밀려 들어가고 있었다. 나도 그 군중 틈에 끼어 이미 후덥지근하게 달아오르고 시끄럽게 떠들고 있는 희미한 가스등이 비치는 청중석으로 들어간 나는 흥분을 누르며 일부러 뒤쪽 줄에 자리를 잡았다. 레이드 선생은 앞줄 그의 곁에 내 자리를 잡아 놓았을 테지만 그런 건 아무래도 좋았다. 나는 혼자 있고 싶었고, 오늘 저녁 내 감정을 아무에게도 보이고 싶지 않은 것이다.

훌륭한 인물이 될 기회를 놓치고만 지금에 와서는 무엇이 되고자 하는 희망도 없어진 인간의 초연한 기분으로 나는 크림색 페인트를 칠한 벽쪽의 종려화분 사이에 보조의자를 놓을 정도로 만원이 된 장내를 둘러보았다. 빽빽히 들어 찬 화려한 청중들 가운데 케트와 지미가 회장 중앙쯤에 깨끗하게 차리고 앉아 있는 모습과, 여러 사람에게 보이기를 기다리고 있는 과연 법률가다운 모습의 메칼라 씨와, 아름다운 머리, 높은 칼라, 거기에 아름다운 젊은 여성까지 동반한 버티 제미슨의 모습 등이 보였다.

두 번째 줄의 토머스 경과 마샬 부인, 시 참사의원의 일단 뒤에 레이드 선생이 일행과 함께 있는 것을 발견했다.── 알리슨의 어머니, 알리슨의 음악교사 미스크람, 그리고 또 하나는 모르는 사람이었는데 머리가 작고 철회색 뾰죽한 콧수염을 기른 노인으로, 이 사람은 '메시야'의 유명한 연출가이며 또 윈톤 올퓨 합창단의 지휘자인 토머스 박사에 틀림없었다.

때때로 레이드 선생은 누군가를 찾고 있는 듯 주위를 살피고 있었다.── 웅성 웅성하는 사람들 머리 너머로 그러한 선생의 모습을 볼 수 있었다. 또 때로는 선생은 무언가 초조한 듯 짧은 블론드 수염을 잡아 뜯고있었다. 최근에 기르기 시작한 것으로 이것 때문에 선생의 외모도 제법 돋보이게 되었지만 선생의 표정을 보고 나는 뜨거운 감동을 느끼면서도── 급히 목을 움츠리고 말았다. 선생의 우정은 감사해야 할 일이지만 그러나 나는 아무에게도 보이지 않는, 이 안전한 장소에 있고 싶었기 때문이다.

그러나 나는 발견되어 느닷없이 인사를 받았다. 소피의 아버지 골트로 '클럽'에서 받은 무료 우대권으로 입장한 모양인데, 이런 데라고는 예상하지 못했다는 듯 어울리지 않는 표정을 하고 있었다. 골트는 창백한 윤기 없는 얼굴을 한 사나이로, 머리털이 이마 위에 찰싹 달라붙고 사람에게 아첨하는 듯한 작은 눈을 하고 있었다. 나와 같은 지미의 조(組)로, 별로 기술 좋은 직공은 아니었으나 어떻게 뚫고 들어가 노조(勞組)지부의 위원이 되어 있었다. 공장에서는 자주 마주쳤으나 그는 딸이 로몬 뷰의 우리 집에 일하러 와 있다는 점에서, 우리 사이에 무슨 인연이 있다고 느꼈는지 나에게 특별한 흥미를 가지고 있는 것 같았다.

다행히 내 가까이에는 빈자리가 없었다. 내가 얼굴을 돌리는 순간 장내의 조명도 갑자기 어두워졌으므로 안심했다. 대단치 않은 박수와 함께 막이 올랐다. 내 시선은 무대로 빨려 들어가는 듯한 느낌이었다.

프로그램의 최초 몇 곡에서 벌써 시골티나는 여흥적인 여느 때의 수준을 훨씬 넘고 있어서 내 긴장감은 한층 더했다. 오케스트라는 먼저 '군함 피나포아'(당시 영국을 풍미한 길버트 작사, 리번 작곡의 유명한 희가극)의 경쾌한 발췌곡으로부터 시작했다. 다음은 지금 윈톤에서 공연하고 있는 칼로자 1좌의 유명한 단원 두 사람이 부르는 〈토스카〉 중의 2중창이었다. 시의 대성당의 오르간 연주자가 훌륭한 브람스의 협주곡을 연주하여 회장을 감동적인 분위기로 만들었다. 흥분과 열망에 불타면서도 나는 엄한 시련에 부딪쳐야 하는 알리슨을 생각하고 몸이 떨리고 있었으나 그 순간은 각일각으로 다가오고 있었다. 알리슨에게 너무 큰 기대가 걸려 있는 것이 나는 무서워져 왔다.——정식 무대에서, 더구나 이런 전문가들이 꽉 찬 자리에서 처음으로 데뷔하기에는 너무 어린 것이다! 오늘 밤 청중은 상당한 수준인 사람들이고 이 연주회는 몇 달 동안이나 '화제'에 올라 있었던 만큼 더욱 더 나는 견딜 수 없었다. 오랫동안 기다려 온 청중의 기대도 위험할 정도의 절정에 이르렀다.

마침내, 대략 한 시간 가량 지났을까 장내가 가벼운 소란의 물결을 일으켰다. 나는 심장이 한층 더 격렬하게 고동치는 것을 느꼈다. 그랜드 피아노와 그 앞에 조심스럽게 앉아 있는 반주자 외에 무대가 텅 비었다.

이윽고 조용조용 무대 한쪽에서 알리슨이 나타났다. 너무 젊고 약간 근심 띄운 듯한 그 모습에 별안간 장내는 조용해졌다. 그녀는 무대 앞쪽 푸트라이트 바로 뒤까지 걸어 나왔는데 그것은 흡사 처음부터 청중과 얘기할 수 있는 자리에 몸을 두기를 원하는 것 같았다. 무릎을 맞대고 기하공부를 하던 그 시절에 비기면 그녀는 완전히 어른이 되어 있었다. 하늘색 모슬린의 우아한 드레스가 미끈한 몸의 키를 더욱 크게 보여 주었다. 오늘 처음으로 위로 치켜올린 밤색 머리에는 역시 엷은 하늘색 리본을 달고 있다. 많은 사람의 시선을 받으며 서 있는 그녀를 바라보며 나는 깊은 비밀스러운 자랑을 느꼈으나, 그러나 동시에 질투심으로 문득 숨이 막히는 것 같았다.

그녀는 진지한 표정으로 흰 장갑을 낀 두 손으로 당시의 괴상한 유행을 따라 악보를 든 채 정면으로 청중을 향해 섰다. 그러한 그녀는 긴장한 내 눈에 안개 속에서 반짝반짝 미소를 발하고 있는 것같이 보였지만, 그녀의 태도는 완전히 침착해 있는 것을 알 수 있었다. 청중의 주의가 자기에게 쏠리는 것을 기다려 그는 반주자에게 살짝 눈짓을 했다. 그러자 피아노의 음률이 정적을 깨뜨리고 울렸다. 그는 머리를 들고 노래를 부르기 시작했다.

그것은 슈벨트의 〈실비아〉였는데, 싱클레어 드라이브의 그의 집 창밖의 보리수 그늘 어둠 속에 숨은 나를 몇 번이나 매혹시켰던 노래이다. 지금은 조용해진 홀 안에서 다른 많은 사람들과 함께라고 하지만 이 노래를 듣는 기쁨에 떨리던 내 몸은 멎어 있었다. 나는 눈을 감고, 청아하며, 달콤한 노래가 갖다 주는 즐거움에 잠기며, 이 목소리는 숨어서 듣던 나 혼자만이 아니라 이곳의 모든 사람들을 틀림없이 매혹할 것이라고 확신했다.

노래가 끝나자마자 우뢰 같은 박수가 일어났다. 알리슨은 별로 놀란 표정도 보이지 않고, 그렇다고 자랑스러운 태도도 아닌 그저 자기에게 주어진 천부의 재능을 다시 보이게 될 것을 기다리는 듯 서 있었다. 장내가 조용해지자 그는, 먼저 슈만의 〈유랑의 노래〉, 이어서 〈들어라 들어라 종달새〉를 불렀다. 그리고 정적이 깨어지기 전에 토스티의 〈마티나타〉를 부르기 시작했다.

멜바(영국의 성악가, 1859~1931)에 의해서 유명해진 이 노래는 기교적인 고음이 퍽 많아 어떤 때는 현기증을 일으킬 만큼 끌어 올려지는가 하면 다음 순간 급격히 떨어져 내려오는 어려운 곡이었다. 그것을 편안하게, 완전히 정확하게 불렀을 때 청중은 알리슨에게 완전히 굴복당하고 말았다. 전혀 음악에 무관한 사람이라도 젊음에 넘치는 이 목소리의 아름다움은 알았을 것이다. 박수는 좀처럼 그치지 않고 오히려 더 커질 뿐이었다. 내가 앉은 자리에서도 다른 연주가들은 무대 옆으로 몰려와 박수와 미소를 보내고 있는 것이 보였다. 알리슨은 몇 번인가 무대로 끌려 나왔다.

마지막에 그는 금방 눈물이 넘치는 것 같은 얼굴을 하고——정말 내 눈에 눈물이 솟아나고 있었다. ——반주자에게 끌려 무대로 나왔다. 그녀의 어머니는 처음부터 그녀가 무대에 서는 조건으로 네 곡 밖에 부르지 않는다는 약속을 하고 있었다. 그리고 이런 자선 음악회에서는 앙코르는 허락되지 않는 것이 관례였다. 그런데 지금은 그런 것은 송두리째 잊어버리고 있었다. 알리슨 자신은 말도 하지 못할 상태였다. 반주자는 여전히 그의 손을 잡고 미소 지으며 열망에 답하여 특별히 한 곡만 더 부르는 것이라고 설명했다. 다시금 맹렬한 박수가 일어났다. 청중들은 그러면 그렇지 하는 듯 자리에 앉자 장내는 물을 뿌린 듯 조용해졌다.

피아노 전주가 최초의 한 소절을 되풀이하다가 문득 멎었다. 알리슨이 몹시 파란 얼굴을 하고 주저하고 있는 것 같았기 때문이다. 그러나 그것도 순간이었다. 기분의 혼들림을 팽개쳐 버리듯 그는 두 손을 꽉 잡고, 아까의 형식적인 악보는 이제는 들고 있지 않았다.──가슴 가득 숨을 들이 마셨다. 처음 곡조가 울려 나오기 전부터 나는 그가 이 매료된 청중에게 스코틀랜드의 옛 민요를 들려 줄 것이라는 걸 알고 있었다. 그러나 고국의 민요 중에서도 내가 애송해 마지 않는 〈도운 강 언덕〉(도운 강은 스코틀랜드 서남부를 흐르고 있다)을 불러주리라고는 나는 생각지 못했다. 그런데 그가 아름다운 목소리로 소박하게 부르기 시작한 것은 바로 이 민요였다.

> 그대, 아름다운 도운의 강변이여 언덕이여
> 눈부시게 청아하게 피는 꽃과
> 새들이 지저귀고 노래하는 속에서
> 나는 어쩌하여 이렇게 피곤하고 시름에 잠기는가.

그 부드러운 가사는 나를 옛날 꿈의 세계로 이끌어 갔다. 그것은 어느 날엔가 알리슨과 내가 손을 잡고 함께 방황할 천국과도 멀지 않은 세계였다.

최후의 노래소리가 사라져 갔을 때 장내는 깊은 정적이 흘렀다. 청중은 마치 마술에라도 걸린 듯, 기침소리 하나 없었다. 그러다가 확 갈채의 폭풍이 일었다. 스코틀랜드의 소녀에 의해서 그처럼 훌륭하게 불러진 스코틀랜드의 민요가 스코틀랜드의 청중을 들끓게 한 것이다. 그가 이 작은 승리를 획득한 것은 어쩌면 젊음의 마력 때문인지도 모르고 또 어쩌면 지방사람들의 역성이 과대하게 평가한 그 목소리의 가련한 기교 때문인지도 모른다. 그것은 오로지 미래 밖에 증명할 수 없을 것이다. 그러나 지금은 모두가 일어나서 박수갈채를 하고 있는 것이다. 나도 함께 일어서서 목이 터져라 하고 열심히 성원했다.

연주회가 끝나고 사람들에게 떠밀리며 천천히 회장을 나왔다. 주위 사람들은 모두 알리슨 얘기를 하고 있었다. 이윽고 현관까지 나와 급히 달아나려고 하는데 누가 팔을 뻗쳐 나를 잡아당기는 사람이 있었다.

"어디 있었니?"

레이드 선생 얼굴은 나와 마찬가지로 기쁨에 상기해 있었으나 그 말투는 굉장히 화가 나 있었다.

"우린 모두 처음부터 너를 찾고 있었어."

"전 혼자 있고 싶었습니다."

내가 아치로 되어 있는 출구쪽으로 바라보고 있으니까 선생은 얼굴을 찡그리는 것 같았다.

"너한테는 점점 화가 나는데, 샤넌. 왜 칼라를 달고 착실한 사회의 일원으로 행세하지 않는 거야."

상식적인 생각을 경멸하고 있었을 터인데, 선생에게서 이런 소리를 들었으므로 내 입술에는 놀려 주고 싶은 미소가 떠올랐다.

"착실하려면 칼라를 달지 않으면 안됩니까?"

"그렇지. 네 그 옷차림은 남을 불쾌하게 해줄 뿐이야."

"그야 괴상한 꼴이겠지요. 그렇지만 지나친 간섭이 아닙니까?"

"바보 같은 소리. 특히 오늘 저녁이 아닌가. 토머스가 벌써 알리슨 일로 정신을 못 차리고 있어. 자 가자, 환영회가 있는 방으로. 그 사람한테 소개하고 싶은 거야."

미리 내 반대를 예측했던 모양으로 선생은 억지로 현관에서부터 떠밀어 회장과 평행이 되어 있는 복도를 따라 끌고 갔다. 선생은 대단히 기분이 좋았다. ── 음악을 좋아하고 꽤 오래 전부터 미시즈 키트와 알게 된 선생은 알리슨의 재능에 비상한 관심을 가지고 있었다. 그래서 올페스의 지휘자들이 알리슨의 첫 공연에 출석하도록 주선한 것도 선생이었다.

선생은 복도 끝까지 오자 이것으로 용서해 준다는 미소를 나한테 보였다.

"이 이상의 성공은 바랄 수 없을 테지. 자, 여기야. 이봐, 마치 체스터필드 경이 자기의 장례식에 참례한 것 같은 얼굴은 하지 마."

우리는 무대로 통해 있는 한 방으로 들어갔다. 벌써 많은 출연자와 그 친구들과 시의 관리들이 서서 얘기들을 하고 있고, 병원 건설위원회의 부인들이 홍차를 대접하고 있는 중이었다.

알리슨은 사람들이 많이 둘러선 한가운데에 서 있었다. 흥분이 가라앉은 모양이었으나 그래도 모두가 웅성거리며 지껄여대고 있는 가운데에서 아무 말 없이, 증정받은 흰 꽃다발을 꼭 껴안고 있었다. 그녀의 시선은 방안을 떠돌고 있었는데 그것은 마치 자신이 그리워하는 뭔가를 상상하고 있는 듯한 모습이었다. 그 눈이 나와 마주치자 그녀는 가벼운 미소를 띄우고 우리는 알고 있지, 하는 시늉을 보였다.

나는 딱딱한 태도를 지으며 레이드 선생한테서 토머스 박사를 소개받았다. 박사는 미소를 띄우며 자연스럽게 악수를 해주었으나, 그러는 동안도 미스 크람을 상대로 무언가 유쾌한 이야기를 계속하고 있었다. 과연 미스 크람도 오늘밤만은 레몬을 먹고 왔습니다, 하는 것 같은 얼굴을 하고 있지 않았다. 나는 미시즈 키트가 가져다 준 차를 사양했다.──목은 말랐으나 손이 떨려서 찻그릇을 들고 있을 것 같지 않았기 때문이다. 혼자 떨어져 사람들이 얘기하는 것을 듣고 있으면서도 내 시선은 계속 알리슨을 좇고 있었다.

그러는 동안 사람들 틈에 끼어 나는 자연히 알리슨 곁에 와 버리고 말았다. 넓은 무대를 바라보았던 직후라 이렇게 가까이에서 보게 되니 초조한 것 같은, 동시에 몹시 무서운 것 같은 흥분을 마음에 불러일으켰다. 그것은 어떻게 표현할 수 없는 짙은 기쁨이었다. 그녀가 칭찬받는 것을 싫어하고 언제나 자기 노래에 관해 얘기하는 것을 좋아하지 않는 줄 잘 알고 있으면서도 나는 떠듬떠듬 찬사 비슷한 소리를 입 밖에 냈다.

그녀는 자기는 기쁘지도 아무렇지도 않다는 듯 고개를 저어 보였다.

"그런데요."

알리슨은 입에 내지 않았던 그 생각을 계속하는 듯 말을 이었다.

"모두들, 올페스 합창단에서 노래를 하라고 하셔."

"솔로를?"

"응."

"그야 알리슨…… 멋있잖아."

그는 또 고개를 저었다. 동그란 젊음에 빛나는 얼굴이 놀랄 만큼 단단한 결의를 보이고 있었다.

"그것이 데뷔야."

둘 다 잠깐 입을 다물었다. 사람들은 외투나 머플러를 두르며 슬슬 돌아갈 준비들을 하고 있었다. 나는 바삐 용기가 없어지기 전에 말했다.

"알리슨. 오늘 밤 너희 집에 가도 돼?"

"응 그럼."

그는 아무렇지도 않게 대답하며 주위를 돌아보았다.

"모두들 돌아가시나 봐. 나, 엄마한테 잠깐 갔다 올께."

그녀는 미시즈 키트가 있는 데로 갔다. 부인은 비둘기색 옷에, 고풍스러운 진기한 네크레스를 한, 극히 품위 있는 모습으로 레이드 선생과 얘기하고 있었다. 나는 알리슨이 꽃다발을 어머니에게 건네 주고, 두꺼운 트위드 외투를 입은 다음, 수실이 달린 흰 솔을 머리 위에 감는 것을 바라보았다. 미시즈 키트가 나한테 여느 때 같지 않게 조금 비꼬는 듯한 냉담한 시선을 보내는 것을 느꼈다. 그것은 처음 보는 표정이었으므로 나는 새빨개져서 도어쪽으로 발걸음을 옮겼다. 알리슨은 한 사람 한 사람에게 인사를 하느라고 시간이 걸렸으나 그래도 결국 우리 둘은 함께 공회당을 나왔다.

"나, 나한테 화가 나 있어, 지금."

잠시 동안 가만히 있다가 알리슨은 깊이 생각하면서 말을 꺼냈다.

"생각해 봐. 나 그 모양으로 내 감정에 져서, 조금만 더했으면 울 뻔했어. 그래도 울지 않았기에 다행이었지만."

"그렇지만 알리슨. 첫 음악회 아냐. 조금 우는 게 오히려 더 인상적이었을 거야."

"싫어. 그랬다가는 그야말로 웃음거리지 뭐야. 나, 바보같은 짓 하는 사람 딱 질색이야."

나는 이 이상 이 문제로 다투려고 하지 않았다. 두 사람의 사고방식이 전혀 다른 것을 깨닫게 된 것이다. 침착한 성격으로, 친하기 쉽고 자제심도 있는 알리슨은 나한테 결여된 것을 다 가지고 있었다. 머리는 좋지 않을는지 모르지만, 유머도 별로 있는 것 같지 않지만 머리의 회전이 늦은 대신 실제적인 상식은 많이 가지고 있는 그녀다. 거기에 상당한 야심가로——그것도 나처럼 격렬하고 과장된 것이 아닌——자기 자신의 재능을 최고한도로 활용하려고 하는 논리적인 야심가다. 그는 성악가가 되기 위해서는 공부와 연마와 희생이 필요하다는 사실을 인식하고 굳은 결의로써 이것을 행하고 있었다. 그의 연습 모습은——이를테면, '긴' 음계를 부르고, 혹은 한 악구(樂句)를 20초간 계속할 수 있게 하기 위한 그 깊은 호흡은 그녀에게 일종의 완전한 육체적 균형을 주고 있었다. 그러면서도 그러한 평정함 아래, 이 아름다운 밤색 머리의 주노(로마신화에서 주피터의 아내. 여기에서는 기품 높은 미녀 정도의 뜻)는 자기 자신의 굳은 의지를 가지고 있는 것이었다.

"언덕에 올라가자, 알리슨."

나는 걷고 있는 동안, 한 발자국마다 싱클레어 드라이브에 가까워지고 있는 것을 의식하고 가볍게 떨면서 조금 알리슨 가까이 다가섰다.

"썩 좋은 밤이니까."

그녀는 호소하는 듯한 내 말에 미소 지었다.

"난 좀 추워. 비가 올 것 같애. 그리고 오늘 밤은 엄마가 기다리고 있어. 집으로 두세 사람 친구분을 모시고 오신다고 하셨어."

뜨거운 덩어리가 내 목구멍에 치밀어 올라왔다. 그를 위해서라면 죽어도 좋다고까지 진지하게 생각하고 있었는데, 그는 '두세 사람 친구분'을 우리 둘 사이에 계재시킨 것이다.

"너는, 나 같은 건 아무래도 좋은 모양이지."

나는 낮게 중얼거렸다.

"겨울 동안에 다른 데로 이사간다고 하는 이야기도 들리고."

미시즈 키트가 최근 싱클레어 드라이브의 헌집이 자기네들에게는 지나치게 크다는 소리를 하기 시작하고 있었다. 이제부터는 알리슨의 음악공부도 있고 하니 좀더 경제적인 생활을 할 필요도 있는 모양이었다. 그래서 그들은 겨울 동안은 여기 집을 닫고, 애드필란의 언니 집에서 살 생각을 하고 있었다.

"로버트는 흡사 애드필란이 지구 반대쪽에나 있는 것같이 말하네."

알리슨은 장난스럽게 대답했다.

"다른 사람들처럼 놀러 오면 돼잖아. 댄스 파티도 있고, 더구나 루이자 학교 동창회도 있으니 말이야."

"알고 있지 않아. 내가 댄스 못하는 거."

나는 비참한 기분으로 말했다.

"배우지 않는 건 네가 나쁘지 뭐야."

"좋아."

나는 화난 목소리로 말했다.

"너희 집에는 사내 친구들이 많이 올 거니까. 루이자의 보이 프렌드들이 모두 올 거 아니야. 그리고 네 친구들도."

"그럼, 그야 올 테지 뭐. 그리고 그 사람들은, 내가 알고 있는 누구보다는 훨씬 재미있을 테니까."

내 심장은 파열할 것 같았다. 그 분노는 별안간 자포자기로 변했다.

"안돼, 알리슨."

하고 나는 허덕였다.

"이제 싸움은 그만하자. 나는 네가 정말 좋으니까."

그녀는 곧 대답을 하지 않았다. 그러나 입을 열었을 때는 곤란한 듯한 동정적인 목소리로, 더구나 어떤 미지의 것을 향해 도전하고 있는 말투였다.

"그야 나도 네가 좋아."

그리고 더욱 낮은 소리로 덧붙였다.

"아주 좋아."

"그럼 왜 나하고 좀더 있어 주지 않는 거야."

"그렇지만 배가 고픈걸. 네 시부터 줄곧 아무 것도 먹고 있지 않은걸."

그녀는 스스로 재미있다는 듯 웃었다. 그때는 벌써 그의 집 문 앞까지 와 있었다.

"들렀다 가요. 이제 다른 사람들도 곧 올 거야. 뭐라도 먹으면서 우리 실컷 놀아요."

나는 깜깜한 속에서 입을 꾹 다물고, 밝은 빛과 많은 사람들과, 평범한 회화 따위를 생각했다. 그러나 이쪽의 완강함과 고집스러움 때문에 도저히 그들과 어울릴 수 없다는 반발을 느꼈다. 그런 분위기 속에서는 나 같은 건 명랑하게 될 수도 없고, 그럴 때 남들이 이상하게 보지 않을까 싶어 억지로 짜내는 내 웃음소리가 귀에 들려오는 듯한 느낌조차 들었다.

"너의 어머니는 나를 초대해 주지 않았어."

나는 무뚝뚝한 소리를 냈다.

"난 들르고 싶지 않아."

"그럼 어떡허겠다는 거야."

알리슨은 말했다.

그는 발을 멈추어 나무 그늘 곁에서 나를 정면으로 마주 보았다.

"난, 같이 있고 싶단 말이야."

나는 다시 작은 소리로 말했다.

"너하고 단둘이서만 말이야. 내가 하고 싶은 것이라면 그저 네 손을 잡고 있고 싶을 뿐이야. 네 곁에 있는 동안 계속……."

나는 갈피를 못 잡아 입을 다물었다. 이렇게 기분이 뒤틀리고, 욕망이 이렇게 괴롭게 혼란되어 있을 때 어떻게 자기가 생각하고 있는 것을 입으로 내어 말할 수 있을까.

그녀는 감동한 모양 같았다. 가냘픈 미소를 입술에 띄우고 있었다.

"네 손을 잡는 따윈, 금방 싫증이 날 거야."

"그런 일은 절대로 없어."

그 증거를 보여 주려는 듯 나는 손을 내밀어 그의 손을 잡았다. 순간 내 심장은 미친 듯이 뛰기 시작했다.

"오오, 알리슨."

나는 신음했다. 그녀는 손을 빼지 않았다. 일순 그녀의 입술이 살짝 내 뺨을 스쳐갔다.

"자, 그럼."

깜깜한 속에서 그는 나한테 가만히 미소를 보냈다.

"잘 자요."

그녀는 손을 뿌리치더니 솔 끝으로 턱을 누르며 현관쪽으로 달려갔다.

그녀가 가버린 다음에도 나는 한동안 득의와 실망이 교차되는 혼란한 기분에 괴로워하면서 그대로 서 있었다. 그리고 그녀가 되돌아 오지 않을까 생각했다. 그렇다면 현관 포치까지 나와 나를 불러들일 것이다. 아까는 바보같이 거절했지만 이번에는 기꺼이 들어가자. 그러나 그녀는 나오지 않았다. 차츰 가슴속의 빛도 엷어져 갔으므로 나는 외투깃을 세워, 불이 밝은 그녀의 집 창을 몇 번이나 돌아보면서 천천히 그곳을 떠났다. 길 모퉁이까지 오자 별안간 살을 에는 듯한 바람이 휘몰아쳐 왔다. 알리슨이 말한 대로였다. 비가 올 것 같이 얼어 붙는 듯 추운 밤이었다.

3

보일러 공장에서의 내 작업은 소설에서 읽는 것 같은 멜로드라마틱한 것은 못되었다. 원래 나는 손재주가 없는 편이라 상당히 힘들었다. 공장에서는 주로 선박용 엔진을 만들고 있었는데, 이것은 조선소에서 건조되는 선체에 부착시키는 물건이었다. 그 밖에 급수용 흡수용의 펌프도 만들고 있었으며, 이것은 보통 나무상자에 넣어 해외로 수출되었다. 처음 나는 주조장(鑄造場)에 배치되었다. 몇 달 동안 그곳에서의 일은 아직 가공되지 않은 주물을 스틸 브러시로 닦는 것이었다. 그것은 중노동이고 더구나 더러운 작업이었다. 지미가 항상 나한테 주의해 주고 또 여러 가지 편의를 보아 주고 있었으나, 둘의 관계가 관계인 만큼 나만을 특별히 생각할 수는 없었고, 조금이라도 그런 눈치를 보이게 된다면 공장 전체에서 미움을 살 것이 뻔했으므로 나는 몹시 어려웠다. 내 작업대는 주철을 녹여 모래가 주형에 밀려 들어가는 용선로(溶銑爐) 가까이 있었다. 때로는 열기가 대단하고, 또 바람이 심한 날은 모래가 온 공장을 날아 몹시 기침이 날 때도 있었다. 그 다음 나는 기계공장으로 옮겨졌다. 여기에서는 주형에서 나온 주물이 무수한 선반에 의해서 갈리고 닦여서 완성되었다. 그 옆은 조립공장인데, 모든 완성된 부품이 모이는 곳으로, 여기는 해머소리와 조립되는 기계 자신의 으르렁거림으로 왕왕하는 음향으로 꽉 차 있었다.

견습공은 대개 기운 찬 패가 많고, 유유히 웃는 얼굴로 생활하며, 모두가 풋 볼이나 경마팬이고, 성에 대한 태도는 대개가 문란했다. 견습 4년이 끝나면 그들의 대부분은 배 기관사가 되었다. 한편으로는 나처럼 제도공으로서 계속 근무하는 사람도 있었다. 아주 적은 숫자지만 전문기술을 더 습득하기 위해서 오는 사람들도 있었다. 그 중에는 샴의 귀족 출신 청년도 있었는데 매일 아침 때 하나 묻지 않은 깨끗한 작업복을 입고 말없이 정중한 태도로 출근하고 있었다. 그는 아마 서구문명의 혜택을 가지고 자기 나라로 돌아갈 것이다. 내 옆 작업대에는, 루이스라는 웰즈 청년이 있는데 이 친구는 썩 요령 있게 게으름도 피울 줄 아는 사람이었다. 루이스는 카디프(영국 웰즈 동남부의 도시로 유명한 항구)의 부유한 조선소 주인의 아들인데, 여기 마샬공장 평판이 특히 높았으므로 아버지 회사에 들어가기 전에 실습과정을 밟기 위해서 견습을 온 것이었다. 이 청년은 게으름뱅이인데다가 몹시 멋을 부려 어울리지도 않게 기름 바른 머리에다 화려한 보오타이에 역시 화려한 와이셔츠를 입고 있었다. 그러나 사람은 좋아 인심은 잘 썼다. 언제나 자기 작업대 위에 트렁크형을 한 큼직한 노란 담배통을 두어 두고 누구라도 마음대로 집어 피우게 하고 있었다. 억지로 리븐포드에 와 있게 된 것이 죽는 것만큼 싫었던 모양으로, 틈만 나면 윈톤으로 나가 거기에서 보디가 그릴에서 식사를 하거나 알람브라 뮤직 홀의 특별석에 자리잡고 앉은 모습을 자주 볼 수 있었다. 생활도 몹시 문란해서 하는 얘기란 윈톤에서 만난 여자 친구나 연애사건에 관한 것뿐이었다.

나는 동료 견습공 중에서 마음 맞는 친구가 없을까 하고 열심히 찾아보았다. 그러나 친구를 가지고는 싶지만 그런 기회를 만드는 것이 서투른 데다가 함부로 말했다가 거절당하는 것이 겁나 좀처럼 용기가 나지 않았다. 이래서는 안되겠다 싶어 기운찬 친구들 두셋과 같이 나가 보기도 했으나 나누는 얘기란 뭐 저쪽 엽견이 이쪽 엽견보다 실력이 있느니, 경마에 털린 돈이 얼마라는 둥 그런 소리들만 길다랗게 시끄럽게 떠들어댈 뿐이어서 나는 가만히 있을 수밖에 없었다. 누군가 교회나 음악 얘기를 하는 친구가 있었으면 싶었다. 내가 손으로 더듬으며 잡으려고 하고 있는 새로운 사상을 그 사람대로의 인식으로 열심히 응하며 좀더 명확하게 가르쳐 줄 친구가 있었으면 싶은 것이었다. 그러나 그런 화제를 꺼낼 때마다 자식 '자랑을 늘어놓는다'고 비웃을 것 같아서 당황히 입을 다물고 마는 것이었다. 루이스와 그래도 제일 친하게 지냈지만, 한번인가 두 번 그의 하숙에 차 마시러 가자고 해서 따라갔다가 여전히 여자를 농락한 너절한 얘기뿐이라서 정이 떨어지고, 번연히 거짓말임을 알 수 있는 소리를 떠들어대므로 흥이 깨지고 말았다. 내가 지미와 친척관계인 것과 말이 없고 쓸데없는 소리를 지껄이지 않기 때문에——이런 성질은 스코틀랜드에선 항상 존경받고 있었지만——나는 다른 패들한테 상당히 호의를 받았다. 그리고 나는 전력을 다해서 내 일을 하려고 노력했다. 그러나 일 그 자체가 아무리 생각해도 내 성미에 맞지 않았다. 앞으로도 몇 년이나 이것을 계속하지 않으면 안된다고 생각하면 가슴이 아플 뿐이었다.

음악회 다음 토요일, 시계가 두 시를 치자, 아빠·마덕·케트·할머니 그리고 내가 깨끗이 정리된 식탁을 둘러싸고 앉았다. 소피를 물흘려 내려보내는 데서 접시를 씻고 있었는데, 전혀 아무 소리도 내지 않고 있어 무언가 엿듣고 있는 것같이 느껴졌다.

아빠는 최근 늘 걱정스러운 표정을 하고 있었다. 그리고 야윈 것 같았다. 안색이 어둡고, 피로가 나타나고, 뺨도 홀쭉해지고 입술은 늘 초조한 듯 말라 있었다.

"4분기 계산일(1년의 각 4분기 첫날을 말한다. 집세와 세금 등을 청산하고 계약기간을 갱신하는 날)이 지나고 2주일이 된다."

아빠는 감정을 억제한 목소리로 말을 꺼냈다.

"그런데도 아담한테서는 아무 소식도 없다."

"이제 곧 소식이 올지도 몰라요, 아빠."

케트가 위로하듯 말했다.

"너는 지난번에도 그랬다. 그 집 개조가 안되게 되었을 때, 아담 녀석 빌려준 9백파운드에 대해서는 5부 이자를 준다고 분명하게 약속했는데 말이야. 그걸 벌써 반년이 지났는데도 한푼도 보내오지 않으니."

어릴 때부터 나는 항상 아담이 언젠가는 부자가 될 사람이라고 생각하고 있었다. 꼭 자력으로 성공할 것같이 여겨졌던 것이다. 그런데 요즈음에 와서 만날 기회도 별로 없어졌지만, 그의 두려움 없는 자신 속에 나는 이상한 한계가 있는 것을 깨닫기 시작하고 있었다. 아마도 그것은 자기를 '큰 인물'로 생각하고 타인이나, 자기에게 반대하는 사람의 능력을 과소평가하는 스코틀랜드의 통폐라고 할 성벽 때문이었는지는 모른다. 아담은 자기가 누구보다도 뛰어날 수 있다고 지나친 자신을 가지고 있었다. 의기양양하게 아빠를 끌어들여 함께 시작했던 예의 대저택은 켄진튼의 그의 집에 인접한 주택 주민들이 대개 부자며 세력가였으므로 셋집으로 개조된다면 모처럼 쾌적한 주택지 분위기가 깨뜨려진다고 해서 그의 권리에 대하여 격렬한 싸움을 걸어오리라고는 전혀 예상하지 못했던 일이었다. 그들의 변호사들이 세밀하게 조사한 바에 의하면 그 자유토지보유권은 아담이 생각하고 있었던 것만큼 완벽한 것은 아니었다. 자기로서 융통할 수 있는 자금은 모조리 이 투기사업에 집어 넣고, 아빠에게까지 저금 전부를 털어넣게 한 다음, 아니, 청부 건축사와 계약이 끝난 다음에야 그는 자기가 재판소의 금지명령과 파산을 의미하는 소송의 위협에 직면한 것을 알았던 것이다. 가옥은 그래도 그의 손에 남았다. 그러나 그것은 지금에 와서는 이미 그가 일찍이 농담으로 말했던 것과 같이 '무용지물'이 돼 버렸으며, 그가 공공연히 조소하고 있던 그 실크햇의 그 사람들이 결국 그보다 현명했다는 것이 유감스럽지만 분명해진 것이다.

"어떻게 된 거예요. 사고 싶다던 학교는?"

케트가 침묵을 깨뜨렸다.

"그건 틀렸어."

아빠는 우울한 목소리로 대답했다.

"아담은 그 집을 내놓지 않으니까."

"아니, 아빠, 그렇게 걱정하실 필요는 없어요. 오빠는 훌륭한 지위에 있지 않아요. 결국 돈은 돌려 보내올 거예요. 그리고 아빠는 아무 부족함 없이 살고 계시지 않아요. 좋은 월급을 받고 계시고 할머니에게는 부양료가 있고, 로버트도 상당한 주급을 받게 됐으니까요."

아빠는 여전히 창백한 얼굴인 채 화가 나서 말도 못할 정도였다.

"너는 돈의 가치를 모르니? 사람이 열심히 번 돈을 아무 말 없이 그냥 내버리기라도 할 것처럼 생각하니? ……나이가 들어서 거지꼴이 되는 건 견딜 수 없어."

"그만두세요, 아빠."

하고 케트는 위로하듯, 그러나 분명하게 말했다.

"퇴직연금도 있지 않아요. 그리고 아직 저금은 열심히 하고 계시고. 뭐예요, 이 집에는 식모까지 두고 있지 않아요. 가엾게 엄마는 식모 같은 건 한번 둬 본 적도 없었어요."

"엄마가 살아 있다면 네 그 말을 들려 주고 싶구나!"

아빠의 눈이 번쩍 빛났다. 그리고 괴로운 숨을 쉬면서 묘하게 음성을 탁 낮추었다.

"너는 믿지 않겠지만 저 처녀는 급료 이상으로 처먹고 있어. 그뿐인가, 오고 나서 제일 좋은 접시를 벌써 두 개나 깨뜨렸어. 지독한 놈이야, 아주 지독한 놈이야."

케트에게는 희망이 없다고 보고 아빠는 이번에는 마덕을 붙잡았다.

"너도 말 좀 해라. 메칼라 씨에게 가서 아담을 상대로 소송을 걸면 어떨까."

마덕은 그때까지 잘난 척하고 멀뚱히 듣고 있다가, 노동으로 늠름해진 어깨를 흔들어 보였다.

"나 같으면 변호사 신세 같은 건 지지 않겠어요."

아빠는 순간 질리는 것 같더니 곧 억지로 그것도 그렇다는 듯 한숨을 내쉬었다.

"그렇다면 나는 어떡하면 좋단 말인가, 어떡하면?"

마덕이 지껄이기 시작했다. 원래 말수가 없는 인간이었는데, 이 몇 달 동안에 무언가 좀 달라진 것 같았다.

"지금까지 이 집에서는 아무도 나한테 별로 관심을 가져 주지 않았는데요, 아버지."

나는 그가 여느 때의 '아빠'라는 용어를 사용하지 않은 것을 깨닫고 깜짝 놀랐다.

"그렇지만 말입니다. 그런 건 아무 상관없이 나는 내 길을 닦아 왔습니다. 다르림풀씨와 협력해서 화초 재배를 유쾌히 더구나 훌륭하게 잘하고 있습니다. 이번 봄 화훼 품평회에는, 내가 만든 카네이션 신종을 출품할 작정입니다. 그리고 하느님의 뜻이 계시다면."

나는 여기에서 두 번 놀라고 말았다.

"품평회에서 최우수작으로 알렉산더 금메달을 획득할는지도 모릅니다."

마덕은 큰 안경 너머로 우리 모두에게 진지한 눈으로 미소를 보냈다.

"형은 항상 나를 바보 취급해 왔습니다. 그러나, 형이 걷는 길은 내가 걷는 길이 아닙니다. 그래도 아담은 내 형이고 나도 사랑하고 있습니다. 이것이 전부에게 대한 내 대답입니다. 사랑입니다."

"무슨 소리를 하고 있는지 나는 모르겠다."

별안간 아빠가 소리를 질렀다.

"나는 내가 빌려 준 돈을 이자 붙여 돌려받고 싶은 것뿐이야."

소피가 석탄 통을 들고 들어와서 난로에 불을 붙였다. 아빠는 소피가 방에 있는 동안 가만히 있었으나 그녀가 나가자마자, 터무니없는 짓이라는 듯, 일어서서 제일 위에 있는 석탄덩어리를 꺼내가지고 석탄통에 도로 집어 넣었다. 그리고 흡사 가슴속에 끓어오르는 화를 이 이상 참을 수 없다는 듯 별안간 불이라도 난 것처럼 얼굴이 새빨갛게 되었다.

"어느 놈이고 한 놈도 내가 얼마나 고생하고 있는지 모른단 말이야. 성가신 일은 끝없이 계속되고. 우선 아담이다! 그리고 그렌우디(양로원이 있는 지명)에라도 들어가 있어야 할 2층의 영감쟁이다! 신장수술이 잘된 크레그혼만 해도 그렇다! 이래 가지고야 어떻게 할지 나도 정말 알 수가 없다."

"사랑으로써 대하는 겁니다, 아버지."

하고 마덕이 부드럽게 말했다.

"뭐!"

아빠는 버럭 소리 질렀다.

"그래요, 아버지."

마덕은 온화하게 계속했다.

"지금 말한 대로입니다. 아버지도 나처럼 전인류적인 사랑의 회열을 맛볼 수 있다면 좋을 텐데."

그는 괴상한 모습으로 일어섰다. 나는 직감적으로, 이건 마침내 마덕이 예의 당당한 두려운 선언을 터뜨리는구나 하고 깨달았다. 그는 항상 평온한 물결 사이에서 바다 배처럼 갑자기 머리를 쳐드는 것이다. 더구나 그 당돌함은 사람의 간담을 빼낼 듯 놀랍기만 한 것으로 내가 알고 있는 한으로는 사실 지금까지 세 번 있었던 것이다. 그 첫번째는 애드필란 그 축제날,

"나는 지금 자살한다"고 소리쳤던 때고, 세 번째는 아직 나중 일이지만 화훼품평회가 끝난 뒤,

"나는 이제 결혼한다"고 말했던 때다. 그리고 두 번째는 현재, 흡사 우리에게 '성령'이라도 불어넣는 듯, 이렇게 선언했던 때다.

"나는 구원받았습니다. 지금은 '신'의 군사입니다."

그뿐으로, 그리고 나서는 한마디도 하지 않았다. 그리고 아까부터 떠올린 황홀한 미소를 띄운 채 모자를 손에 들더니 나가 버렸다.

아빠는 어처구니가 없어서 그대로 부엌에 앉아 있었고, 케트와 나도 역시 놀라면서도 그를 현관까지 배웅했다. 그러자 거기에서 우리는 모든 것을 설명하는──마덕의 회심의 순수한 원천이라 할 수 있는 것을 발견했다. 베시 유잉이 바깥길을 천천히 왔다갔다 하며 그를 기다리고 있었던 것이다. 베시 유잉은 자랑스러운 냉정한 미소를 띄우며 마덕의 팔을 잡았다. 둘 다 우리에게

는 인사도 없이 무언가 다정스레 얘기하면서 사라져 갔다. 마덕의 가슴은 흡사 구세군 악대의 큰 북이라도 안은 것같이 부풀어 있었다.

우리는 아무 말 없이 꽤 오랜 시간 거기에 서 있었다.

"알았어. 그랬었구먼."

하고 케트가 말했다.

"종교라고 하면 우리 가족은 이상하게 되지."

나를 바라보는 케트의 눈 속에는 묘한 표정이 있었다.

"우리들은 모두 변해 있어. 나는 가끔 생각하는데 너는 어째서 이 집에 아직 있니?"

나는 대답하지 않았다.

케트는 내가 주저하고 있는 것을 보고 조금 웃음소리를 내더니만 곧 내 어깨에 팔을 두르고 아직도 까칠까칠하고 잔털이 나 있는 뺨에 자기 뺨을 눌렀다.

"그래, 인생이란 어려운 거야."

그는 발꿈치를 돌려 부엌쪽으로 갔으나 나는 천천히 계단을 올라가서, 옷을 갈아 입을 기력도 없어져 작업복인 채로 침대에 누웠다. 케트는 아빠와 할머니를 설득해서 바론에 가서 저녁식사를 먹기로 했다. 이윽고 나는 그들이 나가는 현관 도어 소리를 들었다. 소피는 오전 중만 일하는 날이므로 벌써 가고 없었다. 할아버지와 나만 이 집에 남았다.

오후부터는 정말 조용했다. 나는 두 손으로 머리를 고이고, 이 집을 빠져나가는 멋있는 방법과, 그 후의 전망을 이것 저것 공상하려고 애썼다.──레이드 선생이 나한테 '우울한 몽상가'라고 이름 붙인 것도 이상할 것은 없다. 그러나 조금 전에 아래층에서 일어난 장면의 회상이 수렁같이 나를 이끌어 들였으므로 현실에서는 떠날 수가 없었다. 내 머리는 바짝 마른 뼈다귀에 달라붙는 개처럼 자꾸만 그 장면으로 되돌아갔다.──영양 따위 있을 까닭이 없는데도 자꾸만 초조하게 그 생각에 달라붙어 있는 것과 마찬가지였다.

그것은 마치 겨우 남아 있는 내 환영을 모조리 부숴버리기 위한 음모 같은 것이었다. 마덕의 종교에의 회심은 과거의 내 종교적 정열을 흉내낸 것에 지나지 않았다. 아빠의 금전에 대한 집착은 우스꽝스럽고 천할 뿐이지만 이것은 이미 고칠 수 없는 고질인 것이다. 이제는 홍차에도 설탕이나 우유를 치지 않고 완두콩을 넣은 오트밀로 간신히 연명하며, 가스를 절약하기 위해서 깜깜한 속에서 잠옷으로 갈아입는 상태였다. 비누조각이나 타다 남은 초그루터기의 사용방법에 이르기까지 믿을 수 없을 정도로 점점 더 인색해지고 있었다. 집 안에서 무엇이든 망가뜨리면 모두 각자가 수선을 해야 했다. 며칠 전에도 아빠가 가죽조각과 못으로 자기 구두 밑창 바닥을 고치고 있는 것을 보고 나는 놀라지 않을 수 없었다.

오오, 신이여, 얼마나 나는 돈을 증오했던가. 생각만 해도 화가 치밀어 올랐던 것이다. 그러면서도 동시에 나는, 좋아하는 학업을 계속하기 위해서 대학에 갈 수 있는 돈의 필요성을 느끼며 매일을 보내고 있었다. 케트의 질문이 계속 귓결에 울리고 있었다. 어째서 나는 이 집을 나가지 않는 건가? 아마 내기가 약하고 용감하게 미지의 세계에 뛰어드는 것이 무서웠기 때문이리라. 그러나 또 한 가지 이유가 있었다. 애정으로라기보다 강한 책임감에서 할아버지를 내버려 두고 떠날 수 없었기 때문이다. 이 책임감은 의심할 여지없이 할머니의 혈통인 국민맹약파(스코틀랜드의 개혁교회파를 말하는 것으로서, 1638년 소위 장로제도 유지동맹에 가담한 사람을 일컬음)의 조상으로부터 나에게도 전수되어 와 있었던 것이다. 내가 이 집에서 마음을 쓰지 않는다면 틀림없이 할아버지는 무슨 재난을 받게 될 것이다. 무엇이 원인인지는 모르지만, 나는 평생 이 작은 도시에 묻혀 버리고 말 운명을 짊어지고 있는 듯한 느낌이었다.

느닷없이 알리슨 생각이 가슴에 떠올랐으나, 냉혹할 정도로 침착하던 그녀의 태도에 상처받고 있던 나는 마음으로부터 상상으로 루이스에게서 들은 연애와 여인들의 이야기로 자꾸만 생각이 달려가는 것이었다. 그런 얘기는 물론 너절한 것에 지나지 않는 것이 틀림없었으나, 그러나 나는 그가 얘기해 준 것 같은 경험을 한번도 맛보지 못한 것은 슬퍼해야 할 마음이 약한 증거라고 생각하지 않을 수 없었다. 지금까지 읽은 소설 속에서도 나 같은 청년은 남편과 헤어져 있는 아름다운 여성으로부터 항상 구애받는 남자로서 그려지고 있었다. 그것은 물론 뛰어난 여성이라고는 할 수 없으나, 대개는 매력적인 눈과 크고 풍만한 입술을 가진 귀여운 여자였다. 그렇지만 그런 여성이 리븐포드에 존재하고 있는 것일까. 무슨 엉터리 없는 수작을 생각하고 있는가 하고 나는 고소했다. 염색공장에서 일하고 있는 처녀들 가운데는 견습공들 사이에도 잘 알려진 몇 사람이 있었으나, 그 뻔뻔스러운 벌건 얼굴과, 숄을 목에 감고 나무구두를 달가닥거리고 지껄여대며 지나갈 때의 덜렁대는 말투에는 나 같은 것은 움츠러드는 건 물론이고 그 방면에 선수인 루이스조차 기가 죽어 버리는 것이었다. 나는 괴로운 한숨을 내쉬고 나서 일어나 작업복을 갈아입기 시작했다.

그때 갑자기 벨이 울렸다. 조심스럽게 울렸으나 성가신 일에는 틀림없었다. 현관까지 나가는 것이 지금은 어느 때보다 두려운 기분이 들었다.

나는 아래층으로 내려갔다. 입구에 있는 것은 단정한 옷차림을 한 중년의 낯선 여자였다. 짙은 푸른색 복장에 같은 빛깔의 부드러운 무명장갑을 끼고, 까만 모자를 쓰고 핸드백을 들고 있었다. 아마 가정부나 직업부인인 듯, 그것도 상류가정에 출입하는 부인 같았는데, 이상한 것은 그 쪽 편이 오히려 나보다도 더 쭈뼛쭈뼛하고 있었다. 그 모습이 자비스러운 밤의 어둠이 내리는 것을 기다려 가까스로 용기를 내어 이 집 현관에 다가왔다는 듯한 인상을 주었다.

"저어, 거어 씨 댁입니까?"

나는 상대가 쭈뼛거리는 태도에 조금 용기가 났으나 또다시 가슴이 덜컹 내려 앉았다.

"네, 그렇습니다."

상대는 다시 가만히 있었다. 얼굴을 붉힌 것 같았다. 어떻게 말을 꺼냈으면 좋을지 몰라 망설이는 모습으로 내 얼굴을 들여다보고 있다가 얘기를 돌렸다.

"댁은 아드님이신가요?"

"아니, 그렇지 않습니다…… 친척입니다."

말을 얼버무리며 그렇게 대답하면서 나는 무언가 분명하지 않은 미묘한 사정이 있는 것 같아, 행길에서 바로 보이는 현관 앞에서는 처리할 수 없을 것 같은 느낌이 들었다.

"좀 들어오시지 않겠습니까?"

"친절에 감사합니다."

그녀는 조심스레 품위 있는 말씨로 말하고 나를 따라 응접실로 들어왔는데, 방이 어두컴컴해서 가스등을 켜야겠다고 생각했다. 그녀는 권하기 전에 의자에 걸터앉았으며, 추운 방안을 두리번거리면서 신중하게 놓여 있는 물건들의 값이라도 따지는 듯 고개를 끄덕이고 있었다.

"참 좋은 훌륭한 방이군요. 이건 참 예쁜 그림이네요."

나는 연기를 피우며 응대하고 있었으나 그녀는 여전히 부끄러워하면서 〈계곡의 왕자〉 그림에서 눈을 떼고 찬찬히 나를 보았다.

"역시 아드님이시군요."

그녀는 조금 웃음소리를 냈다.

"그분이 말하지 말라고 하셨지요. 좋아요, 신중하게 하는 것은 훌륭해요. 그분 댁에 계셔요?"

"실례입니다만 용건을 말씀해 주시면 좋겠는데요."

나는 아무렇지도 않은 듯 물었다.

"글쎄요. 말하는 게 좋겠지요."

또다시 그는 짧은 웃음소리를 내다가 놀라서 억제했다.

"좋습니다. 나도 엄연한 미망인이에요. 이걸 보시면 알 거예요."

그는 핸드백을 열어 종이를 두 장 꺼내 가지고 나한테 건네 준다. 한 장은 틀림없는 할아버지의 필적이다. 나는 깜짝 놀랐다. 또 한 장은 '결혼중매'의 광고를 오려낸 것이었다.

당방 품위 있는 미망인. 연령 40세. 머리 검고, 적당히 살쩌고 중키. 애정이 풍부하며 예술을 이해하고 중산 정도의 재산 있음. 명랑한 성격, 신앙 돈독, 건전한 가정과 진실한 의도를 가진 신사로부터 연락 바람. 소가족 있어도 이의 없음. 신원보증서 교환. 주소 사서함 314 호 M.T

나는 아연해지고 말았다. 할아버지의 편지 같은 것은 이미 볼 필요도 없었다. 그 여자 스스로 거기에 대해서 정중하게 얘기해 주었기 때문이다.

"편지를 여섯 통 받았어요…… 그 중에서 이 댁의…… 거어 씨의 편지가 훌륭해서 첫번째로 뵙지 않으면 안되겠다 싶어서."

나는 화가 난 기분이 아니었다면 배를 움켜쥐고 실컷 웃었을 것이다. 나는 몹시 난폭하게 소리를 질렀다.

"그럼, 올라가십시오. 곧장 2층으로. 오른쪽 편 막다른 방입니다."

그녀는 편지와 신문광고 쪽지를 단정히 핸드백에 넣고 소녀처럼 겁에 질린 태도로 일어섰다.

"한 가지만 여쭤보고 싶은데요. 그분은 머리가 까맣습니까. 그렇지 않으면 금발? 첫번 남편이 까만 머리였기 때문에 이번에는 다른 편이 좋을 것같이 생각돼서……."

"네, 네."

나는 가로막고 내쫓듯이 손을 저었다.

"금발입니다. 그렇지만 올라가서 직접 보십시오. 자아, 올라가서."

그는 2층으로 올라갔다. 나는 선 채, 금방이라도 그 여자가 별안간 환멸의 무서운 소리를 지를 거라고 생각하고 있었다. 그러나 아무런 소동도 나지 않았다. 그 여자가 내려오기까지는 꼭 반 시간이 걸렸다. 내려왔을 때도 그 표정은 연막에 싸인 것 같기는 했지만 화를 내기는커녕 오히려 만족스러운 것 같았다.

"백부님은 아주 훌륭한 신사이십니다."

하고 그녀는 어딘지 모르게 갈피를 못 잡는 투로 나한테 그런 소리까지 했다.

"그렇지만 생각보다 젊지 않으셔서."

무언가 기분이 내키지 않은 모양을 하며 그녀가 나간 다음 나는 급히 할아버지 방으로 뛰어 올라갔다.

할아버지는 펜을 잡고 테이블에 앉아 복권의 번호를 맞추는데 몰두하고 있었다.

"로버트."

할아버지는 말했다.

"이번에는 당선이 확실하게 됐어. 좀 들어 줘……."

"그런데 손님은?"

나는 할아버지의 말을 가로막았다.

"응, 그 여자!"

할아버지는 경멸하는 투로 말했다.

"혼났어. 도대체 재산 같은 것도 없으면서 말이야."

나는 도저히 참을 수 없었다. 얼굴을 돌리며 웃음을 터뜨리지 않을 수 없었다. 그러자 할아버지는 조금 놀란 모양으로 안경 너머로 내 뒷모습을 바라보았으나 지극히 태연하여 마치 돌부처 같았다.

아래층으로 내려오자마자 나는 캡을 쓰고 머플러를 목에 감았다. 어두움은 짙어 오고 있었으나, 슬슬 등불이 켜질 무렵의 거리는 토요일 밤의 활기를 띠고 있었다. 나도 어쩐지 기분이 들떠 왔다. 레이드 선생 방에서는 틀림없이 음악을 듣고 있을 것이다. 그렇다, 가서 선생과 화해를 하자. 그러나 그보다도 우선 '프라이밍 하이란더'호다.

매주 토요일 오후 다섯 시에는, 포트 드랑과 런던 사이의 급행열차가 서해안 여객을 태우기 위해서 리븐포드에 꼭 2분간 정차한다. 그것은 빨강과 금빛을 한 멋있는 열차로, 침대차와 식당차가 완비되어 있고 식당차에는 갓이 있는 초불형의 전등 아래 흰 냅킨과 번쩍거리는 은그릇이 창 너머로 보였다. 이 빛나는 열차가 남부 잉글랜드의 대도시를 향해 천천히 미끄러져 가는 광경을 보는 것만으로도 피가 끓고, 언젠가는 나도 저 부드러운 장미빛 등잔 밑의 그

호화로운 좌석에 앉게 되려니 하는 터무니없는, 그러나 언제까지나 사라지지 않는 희망을 내 가슴에 끓어오르게 하기에 충분했다.

나는 얼핏 시계를 보았다. 꼭 좋은 시간이었다. 나는 어두운 길을 시내쪽으로 바삐 걸었다.

4

그해 겨울, 리븐포드 철학클럽은 전에 레이드 선생이 비꼬는 대상으로 되어 있던 침체상태에서 바야흐로 다시 일어나려고 노력하는 중이었다. 예전에는 이 클럽도 에딘버러 순회협회에 모범을 따른 훌륭한 클럽이었다. 이번에 메칼라 씨가 새 회장이 된 것을 기회로, 전에 이 철학클럽을 유명하게 했던 공개 강좌를 재개하도록 계획을 진행시키고 있었다.

아빠는 현재 이 클럽의 회원은 아니었다. 요직에 앉으려고 지나치게 조바심했기 때문에 다른 회원들로부터 호된 비난을 받은 것과 매년의 기부금을 부당한 지출로 생각하게 되었기 때문이었다.

11월 그믐께의 어느 날, 거리에서 만났을 때 메칼라 씨는 입장권을 한 장아무 말 없이 나한테 주었다. 그때까지 나는 이런 강좌가 있다는 것을 전혀 모르고 있었지만 그는 말이 없는 사람이었으므로 물어 볼 사이도 없이 그대로 가버렸다. 입장권에는 이렇게 씌어 있었다.

　공개강좌 개최
　강사 :　마크 프레밍 교수
　연재 :　마라리아 얘기
　장소 :　철학클럽 회관
　1매 1인에 한함. 11월 30일.

나는 그날 밤 비상한 흥미를 가지고 철학클럽으로 가고 있었으나, 아직 채 아물지 않은 상처를 다시 또 다치게 되는 것이나 아닐까 하는 두려움이 느껴지지　않는 것도 아니었다. 고급 까만 라사복을 입고 침착한 부유해 보이는 당당한 붉은 얼굴들 사이에, 나는 어울리지 않는 느낌을 안고 끼어들 듯 자리를 잡았다. 메칼라 씨가 전연 모르는 사람처럼 나한테 담담한 시선을 보냈을 때 나는 얼굴이 붉어졌다. 그러나 프레밍 교수가 얘기를 시작하는 순간부터 나는 제목과 강사의 그 인간적인 매력에 완전히 매혹당하고 말았다.

마크 프레밍은 윈톤 대학의 동물한 교수로서, 바싹 마른 까무잡잡한 얼굴에 다 손질한 콧수염과 밝고 쏘는 듯한 눈을 가진 40대의 사람이었다. 아마존 강 상류의 인적 미답지를 탐험하여 폐어(肺魚) 레피드사이렌(부낭이 폐의 작용을 하는 원시적인 담수어)에 대한 빛나는 연구업적을 갖고 있었다. 오늘 밤은 아마추어 상대의 강연이므로 얘기도 통속적이었다. 그러나 얘기 내용은 내 피를 끓게 만드는 과학성을 충분히 지니고 있었다.

그는 마라리아 병의 근원을 더듬어, 그 참해와 그 원인에 관한 초기의 잘못된 학설을 지적하며 이어서 이 문제에 대한 최초의 과학적 연구에 언급하여, 로날드 로스(노벨 의학상 수상자로 영국의 병리학자, 1857~1931)가 기생충을 분리하려고 시도하여 특수한 모기의 타액샘 속에 '스포로조이테'(포자가 분열하여 생기는 종충으로 포자생식의 최종 산물)를 발견함으로써 최후의 영광을 획득한 웅장하고 고심참담한 연구과정을 상세하게 얘기했다. 회장 한쪽에 준비된 흰 스크린에 프레밍은 슬라이드, 색채 현미경 사진을 환등으로 비쳐 그 기생충 발생의 균형잡힌 각 단계를 증명했다. 그리고 기생충의 생존상태, 즉 인간을 포함한 온갖 피기생물의 혈액 내에 있어서의 순환상태를 분명하게 이야기했다. 결론으로서, 광대한 지역으로부터 이를 근절하여, 다시——여기에서 그는 전형적인 예를 들어——파나마 운하의 건설을 가능하게 한 예방 조치를 요약했다.

강연이 끝나자 나는 깊숙이 숨을 들이마셨다. 여러 가지 질문하고 싶은 것이 있었지만 그것을 들었으면 교수도 내가 지금 얘기에 비상한 흥미를 가진 것을 알아 주었을 것이다! 교수는 저명인사들에게 둘러싸였고, 그 패들이 또 바보같은 쓸데없는 소리들만 지껄이고 있었으므로 나의 접근이란 불가능했다. 이윽고 교수는 자기 시계를 들여다보더니 많은 사람들의 박수를 받으며 기차 시간에 맞추어 떠났다.

과학에 대한 열렬한 사랑을 다시금 나에게 불러일으킨 이 강연의 강렬한 충격은 며칠 동안 내 마음에서 사라지지 않았다. 그 반동으로 심각한 우울증이 여기에 잇달았다. 꼬박 1주일 동안, 나는 목적을 잃어버린 자의 비참함을 견디면서 길을 갈 때에도 머리를 푹 숙이고 걸었다. 그러다가 돌연 참으로 좋은 생각이 떠올랐다. 여느 때 같으면 내 좋은 생각이란 하룻밤 자고 나면 어김없이 형편없는 것이 되어 버리고 만다. 얼핏 굉장한 것같이 보이지만, 거기에 대해 나로서 풀어헤칠 용기가 없는 논리에는 거역할 수가 없는 것이었다. 그러나 이번 것은 달랐다.──그것은 엷어진 어두움을 꿰뚫는 여명의 광선같이 각일각으로 자라났다. 나는 흥분하면서 그러나 신중히 계획을 세웠다.

다음 토요일, 나는 주급에서 5실링을 떼내어 황급히 옷을 갈아입고, 옷장 위의 물건 몇 가지를 보자기에 싸들고는 점심을 먹기 위해 부엌으로 내려갔다.

"빨리요, 할머니."

나는 웃는 얼굴을 돌렸다.

"한 시 30분 기차를 타야 하니까. 중요한 볼 일이 있어요."

방에는 할머니 밖에 없었다. 그는 스튜우 접시를 내주었으나 웃는 얼굴도 보이지 않았으므로 이것은 두 사람 사이에 얽켜 있는 우정에 비추어 볼 때 의외의 것이었다. 이윽고 할머니는 언제나 토요일에는 늦는 아빠를 기다리기 위해서 뜨개질감을 안고 앉기 전에, 묘하게 거리감을 느끼게 하는 표정을 보이며 아무 말 없이 나한테 엽서를 한 장 내밀어 주었다.

받아들고 읽어가는 동안 나는 점점 얼굴을 찡그렸다. 왜 세상 사람들은 나를 가만히 내버려 두지 않는 것일까. 그 주제넘은 엽서에는 '성 엔젤 교회 사제관'이라는 인쇄가 들어 있고, 문면에는,

"일요일 오후 네 시에 왕림해 주시기 바랍니다."

하고 적혀 있고, 끝에는 J.J. 로크라고 서명을 하고 있었다.

나는 문득 신경에 걸리기는 했지만, 얼굴을 찌푸린 채 엽서를 구겨 난로 속에 집어던지고 말았다.

할머니는 무척 바쁜 듯 바늘을 놀리고 있더니 이윽고 고개를 들지 않고 말했다.

"그럼, 너는 안 가는 거지?"

나는 강하게 고개를 저었다.

할머니는 레이스의 뜨개질을 무척 만족스럽게 계속 하고 있었다. 그래도 말은 신중히 했다.

"신부님은 찾아오실지도 모른다. 그러면 뭐라고 말해 둘까."

"없다고 하면 돼요."

나는 얼굴이 새빨개지며 중얼거렸다. 할머니는 눈을 들어 가만히 나를 보았다. 그 얼굴에는 차츰 미소가 떠올랐다.

"스튜우를 좀 더 주랴."

할머니가 친절한 투로 나왔기 때문에 나도 침착을 돌이켰다. 정직하게 말해서 그 세상으로부터의 소식은 내 과거의 열렬했던 신앙을── 나는 그렇게 보고 있었다── 되살리게 되는 약간 충격적인 것이었다. 나는 로크 신부가 정말 좋았고, 신부에게 대한 내 행동을 비열하다고 느끼고 있었다. 거기에, 종교에 대한 내 오만한 무관심도 때로 상당한 자책을 느끼고 있다. 그렇지만 이만 정도의 일로 꺾이기에는 나는 고집스러운 것이 있었다. 그러므로 그 일은 머리에서 쫓아버리고 이윽고 나는 윈튼행 기차를 타기 위해서 보자기를 안고 의기양양하게 바쁜 걸음을 나섰다.

그곳까지 가는 동안에도 마음은 뚜렷한 목적으로 희망과 생기에 차 있었다. 세시에 윈튼에 도착하자 곧 길모어 힐로 가는 녹색 전차에 타자 다시금 나는 꿈에서도 보았던 그 부동의 회색 건물과 정면으로 마주쳤다. 그때보다는 나이도 들었고, 금방 겁을 먹는 일은 없었지만, 그래도 대학 구내에 들어가 동물학 교수실을 찾아갈 때 역시 심장의 고동은 쿵쿵 빨라졌다. 이 근방의 내부는 지금도 잘 기억하고 있었다. 가빈과 함께 마샬시험을 보러 왔을 때, 이 교수실의 외관을 선망의 눈으로 열심히 바라보았던 것이다. 나는 인기척이 없는 큰 원형의 방을 잠시 들여다보고는 젖빛 유리에 '실험실'이라고 씌어 있는 방문을 노크했다. 조금 기다리다가 좀더 크게 두드려 보았다. 그래도 대답이 없어서 나는 큰 마음 먹고 문을 열어 보았다.

좁고 길다란 천정이 높은 방으로, 절반쯤 타일이 붙여져 있고, 높고 많은 여러 개의 창에서 광선이 들어오고 있었다. 낮은 실험대 위에는 현미경이 주욱 몇 줄이 줄지어 있었다. 3단 렌즈가 붙은, 번쩍번쩍하는 훌륭한 쌍안경의 현미경이었다. 각기 자리마다 2단으로 된 시험용 약장과, 아이린과 청색의 메틸병들, 무수한 알콜, 캐나다 발삼, 그 밖에 탐나는 물건들이 가득 갖추어져 있었다. 큰 전기 원심분리기가 보호철망을 두른 속에서 응응 소리를 내며 돌고 있었다. 아직 본 적도 없는 복잡한 장치가 물을 흘려보내는 사기대(臺) 옆에서 뽀르르뽀르르하는 규칙적인 소리를 내고 있었다. 자세히 보니까 방 저쪽 구석에 연한 누런 실험복을 입은 키 큰 사내가 몰모트 장 있는 데서 열심히 무엇인가 하고 있었다.

나는 보자기를 안은 채 풀마린과 강한 과일 냄새와 같은 에텔 냄새가 섞인 발삼 향기에 취하면서 그 쪽으로 살살 걸어 들어갔다. 오후의 햇빛이 이 천국 같은 방에 듬뿍 들어오고 있었다. 가까이 다가가자 실험복 사내는 절반 돌아

273

보며 수상하다는 눈을 나한테 찬찬히 보냈다.

"무슨 볼 일인가?"

"프레밍 교수를 뵐 수 있겠습니까?"

사내는 키가 크고 깡마른 50쯤 돼보였으나 신경질적인 얼굴에 거칠게 콧수염을 길르고 있었다. 코가 길고 살이 빠진 뺨에는 깊은 주름이 몇 가닥이나 새겨져 있었다. 그는 또 바구니쪽으로 가더니 교묘하게 몰모트 한 마리를 잡아 왼손 집게 손가락과 가운데 손가락 사이에 피하 주사기를 끼워 엄지손가락으로 눌러 아주 조금, 흐린 용액을 가만히 주사했다. 주사하면서 나를 보고 말했다.

"교수는 여기에 안 계셔."

심한 실망감이 몰려왔다.

"언제쯤 돌아오실까요?"

"토요일엔 거의 안 계셔. 주말에는 드라이맨 댁에 가 계시니까."

또 한 마리 몰모트가 주사를 맞고 바구니로 들어갔다.

"월요일엔 돌아오시지."

나는 완전히 낙담해서 문득 소리를 질렀다.

"저는 토요일밖에 빠져나올 수가 없어요."

사내는 주사를 마치고 주사기를 20배 묽게 한 식탄산 속에 던져 버리고는 수상하다는 듯 나를 보았다.

"나로서는 안되나? 나는 수석조수인 스미스라는 사람인데, 용건이 무엇인데?"

나는 가만히 있었다.

"일할 자리를 얻고 싶습니다."

중요한 비밀을 털어놓은 순간 심장이 크게 움직였으나 그래도 나는 용기를 내어 말을 계속했다.

"저, 여기에서 일하게 해주셨으면 해서요. 이 실험실에서 프레밍 씨 선생님 밑에서. 지난 토요일 리븐포드에서 뵈웠습니다. 전 리븐포드에서 왔습니다. 무슨 일이라도 좋습니다. ……그 몰모트에게 먹이를 주는 일만으로도 좋습니다."

조수는 냉담하게 미소 지었다.──아니 그 굳어진 둔중한 표정을 약간 누그러뜨렸다고 하는 편이 좋다.

"이놈들은 먹이를 주지 않아. 군은 지금 뭘하고 있나?"

나는 얘기했다. 그리고 빠른 말로 계속했다.

"그런데 저는 지금 일이 아주 싫어요. 나는 과학이, 특히 동물학을 아주 좋아해요. ……그전부터 그랬습니다. 벌써 몇 년 동안, 학교에서도 집에서도 그 공부를 계속하고 있습니다. 만약 여기에서 기회를 주신다면 열심히 공부하겠습니다. 무어라도 하겠습니다. 일주일에 5실링만 있으면 됩니다. 마룻바닥에서라도 자겠습니다."

나는 보자기를 끌러 보았다.

"저, 프레밍 선생님께 보여 드릴려고 표본을 가지고 왔습니다. 어떤지 보아 주십시오. 이것으로 제가 거짓말을 하고 있지 않다는 것을 알아 주시리라고 믿습니다."

사내는 그 긴 얼굴을 다시 무뚝뚝하게 해서 바로 거절하려고 했다. 그러다가 패종을 흘깃 쳐다보더니 생각을 돌린 모양이었다.

"어디 보여 봐. 살균기를 치우기까지 아직 10분은 있으니까."

사내는 앞서서 실험대까지 가서는 걸상에 앉아 내가 떨리는 손끝으로 표본을 묶은 끄나풀과 하드롱지를 잡아뜯는 것을 가만히 바라보고 있었다. 나는 물론 걱정스러워 못견디었으나, 그래도 가슴에는 열의와 희망이 파도처럼 밀려 들어왔다. 이 의심 많은 음산한 사내에게 내 순수한 학문에 대한 정열을 어떻게든 확인시킬 수 있을 것 같은 기분이 들었다. 표본은 송두리째 가지고 왔다. 그러나 비교적 흔한 것은 일부러 보일 필요는 없다고 생각했다. 곧 나의 진품인 특수한 히드라와 아직 분류해 있지 않은 선태충 종류와, 한 종류뿐인 나팔충 따위를 꺼냈다.

내가 안절부절 못하면서 설명하는 동안 그는 무거운 눈꺼풀 아래에서 하나하나를 열심히 보면서 주의해서 듣고 있었다. 한두번 끄덕이고 또 몇번은 고개를 저었다. 내가 프레파라토 상자를 여니까 비로소 그는 흥미를 느끼는 기미를 보였다. 그리고 나한테서 상자를 받아들고 슬라이드를 꺼내 가지고 한 장 한 장 밝은 데다가 비쳐 보았다. 그러고서는 현미경을 잡아당겨, 마치 음악의 명수가 바이올린을 턱에다 갖다대듯, 내가 숨을 죽이고 보고 있는 동안에 고성능 렌즈 아래에서 그것들을 조사하기 시작했다. 그의 손은 때가 묻어 더럽고, 손목은 뼈가 불거져서, 싸구려인 낡은 와이셔츠 소매 끝에 튀어나와 있었다. 그러나 긴 손가락은 믿을 수 없을 만큼 민감하게 정확성을 가지고 접안 렌즈를 조작했다.

내 귀중한 수집품을 다 보아 버리는데 놀랄 만큼 조금밖에 시간이 걸리지 않았다. 석 장의 슬라이드는 두 번 조사받는 영광을 입었다. 그것이 끝나자 그는 몸을 일으켜 듬성듬성한 콧수염을 비틀며 내쪽을 바라보았다.

"이게 전분가?"

"네."

나는 조마 조마하면서 대답했다.

나는 잎담배를 꺼내 가지고 종이에 말아 실험대 위의 분젠 등으로 불을 붙였다.

"나도 군만한 나이 때는 꼭 이런 수집을 하고 있었지."

나는 깜짝 놀라 그의 얼굴을 찬찬히 쳐다보았다. 이 사내가 이런 소리를 하리라고는 뜻밖이었기 때문이었다.

"이런 좋은 슬라이드는 아니었을지 모르지만 말이야. 그렇지만 담수조는 내가 더 잘했어. 나는 런던 공예학교의 팍스톤 야간부에 다니고 있었는데, 언제나 주말이 되면 그야말로 땀을 뻘뻘 흘리며 설리 못을 뒤졌었지. 나로서는 제 2의 큐비에(불란서의 박물학자로 실증주의적 생물학의 기초를 확립했음, 1769~1831)가 될 작정이었지. 이미 그것도 30년 이상이나 옛날 일이지만. 지금의 나를 봐. 시시한 일을 하며 나이를 먹어 버렸어. 주급 50실링으로 앓고 있는 아내를 돌보고 있어."

그는 가만히 생각에 잠겼다가 담배를 들이빨았다.

"물론 나도 뒷문으로 들어가 보려고 해보았지.——그 밖에 길이 없었으니까. 그것도 다 소용없었어. 연대장이 되고 싶으면 졸병으로 군대에 들어가서는 안돼. 나 같은 것 한평생 실험실에 달린 조수일 뿐 어떻게 움직여 볼 수가 없으니까 말이야."

나는 기가 팍 죽어 버리는 느낌이었다.

"그렇지만 내 수집에는 볼 만한 게 있다고 생각하시는 거죠. 내 슬라이드는 잘 됐다고 말씀하셨죠?"

그는 어깨를 움츠렸다.

"그건 좋아. 이가 빠진 헌 면도칼로 자른 것을 생각하면 말이야."

그는 흘깃 나를 보았다.

"어때, 잘 알겠지? 나도 스스로 해보았으니까. 그러나 지금은 전기 미크로톰(현미경 검사를 위해 잘게 써는 절단기)이라는 게 있으니까, 손재주가 있대도 별로 소용이 닿지 않아요."

"그렇지만 실험실에는 심부름하는 일 같은 거라도 있겠죠?"

나는 격정으로 몸을 떨고 있었다.

"뭐라고 하시더라도 저는 일이 하고 싶습니다. 실험실 사환이라도 상관없습니다."

그는 아하하, 하고 짤막하게 웃었다.

"군은 루씨 용액을 만들 수 있나? 30분 간에 1백 50개의 기록막을 만들 수 있나? 난할(卵割)의 4세포기에서 분세포를 분리할 수 있나? 이런 일을 정확하게 익히는 데는 5년이 걸려. 여기 실험실 사환은 60노인이야. 오늘은 류머티즘이 심하다면서 쉬고 있지만."

그의 입술에는 미소가 떠 있었으나 눈은 괴롭고 슬퍼 보였다.

"내 충고를 듣고 그런 생각은 머리에서 내쫓아 버리는 게 좋아. 나도 군이 이런 일에 적합하다는 것은 부정하지 않지만. 그러나 돈도 없고 대학도 나오지 않아서는 어쨌든 문은 열리지 않아. 그러니까 공장으로 돌아가서 그런 생각을 잊어버리는 거야. 배의 기관사도 나쁜 생활은 아니지. 원양 항로의 화물선 같은 것으로 온 세계를 보고 돌아다닌다는 건, 나 같으면 돈을 듬뿍 내고도 하겠어."

나는 대답을 하지 않았다. 그리고 기계적으로 표본을 상자에 넣고 또 종이로 싸고 끈으로 묶었다.

"너무 심각하게 듣지 말어."

그는 내가 포장을 다하고 나니까 말했다.

"군에게 좋으라고 한 소리니까."

그는 손을 내밀어 악수를 청했다.

"그럼 실례. 열심히 해보는 거야."

나는 실험실을 나와 인기척이 없는 언덕을 내려갔다.

벌써 둥그런 태양은 서산에 기울고 비둘기빛 하늘에 장미빛 무늬가 떠오르고 있었다. 전차를 타지 않고 공원을 빠져 걷기 시작했다. 상쾌한 바람이 학교에서 뛰어나오는 아이들같이 낙엽을 길바닥에 날리고 있었다. 아름다운 황혼을 나는 느끼지도 보지도 않았다. 실망과 낙담으로 말할 수 없는 분노가 내 내부에서 타고 있었다. 스미스가 한 말은 절대로 믿고 싶지 않았다. 그 따윈 모두 거짓말이다. 다음 주에 다시 프레밍 교수 본인을 만나러 오자. 내 초지(初志)를 방해하는 것은 아무 것도 없는 것이다.

그러면서도 마음속에서는 그 조수의 말에도 일리가 있는 것을 나는 알고 있었다. 성미가 까다롭고 무뚝뚝하지만 성의를 다해 말해 준 것이다. 생각하면 생각할수록 기술자로서 동물학 교수실에 들어가려고 한 처음 계획은 실제로 불가능하다는 것이 확실해졌다. 불가능한 것을 원하고 있는 동안 믿게 돼버린 것이다. 들어간다면 정당하게 학비를 내는 학생으로서의 길 밖에 없는데 그런 일은 물론 불가능하다. 제일 기분이 상한 것은 스미스가 내 표본을 간단히 처리해 버린 그 무관심이었다. 아주 조금은 칭찬을 해주었다. 그러나 어리석게도 기대가 너무 컸었기 때문에 그런 미지근한 칭찬 따위로서는 높은 회망을 땅에 내동댕이치는 것밖에 되지 않았다. 싸늘한 저녁 바람이 마음속의 불을 부채질했다. 이상하게 낙담 같은 것은 심하지 않았지만 상처받은 마음에 격렬한 분노를 느꼈다. 그리고 시의 중심지까지 오자 아직도 안고 있던 소용없는 보따리를 깨닫고 나는 문득 운명적인 결의에 사로잡혔다. 나는 또 실패한 것이다. 좋아서 못견디는 과학연구도 절대로 할 수 없는 운명인 것이다. 좋다. 그렇다면 영구히 과학과는 인연을 끊어 주자.

브래넌가를 지나 나는 아글 아케이드에 들어갔다. 여기는 아글가로 통하는 유리 지붕이 있는 상점거리로 묘한 작은 상점들이 많이 늘어 있었다. 모형 기관차를 팔고 있는 옆에 내가 목표한 가게가 있었다. 윈도 안에는 금붕어가 녹색 유리 수조에서 헤엄치고 있고, 그것을 둘러싸고 개먹이의 비스킷 봉지와 개미알이 놓여 있고, 그 사이에 쥐틀, 포충망, 고무제품, 우표 붙이는 종이 등이 잡다하게 진열되어 있었다. 윈도 위에는 '박물학 참고품 판매 및 교환상점'이라는 간판이 붙어 있었다.

가게 안으로 들어가 곰팡내를 맡으며 기다리고 있으려니까, 이윽고 번쩍거리는 까만 옷을 입고 생활에 쪼들려 보이는 작은 몸집의 사내가 안쪽 커튼 뒤에서 불쑥 나타났다.

"수집품을 팔려고 하는데요."

나는 다시 꾸러미를 끌렀다. 그러나 이번에는 초조하게 손을 놀리고 있었다. 나는 상자를 카운터 위에 놓으면서 말했다.

"이 잠자리를 보십시오."

"요즈음, 사실은 사들이지는 않는데."

사내는 목쉰 듯한 소리로 말하며, 안경을 코에 걸고 하나하나를 하얀 손으로 평가를 해가며 세밀하게 조사하기 시작했다.

"안되겠는 걸, 이런 물건은 사는 사람이 없단 말이야."

사내는 조사를 끝내고 나서 미안한 듯 말했다.

"모두 해서 17실링 6펜스면 사두겠어."

나는 분연히 사내를 노려보았다.

"그렇지만, 그 노란 잠자리만 해도 1파운드는 해요. 난, 런던의 카탈로그에 그렇게 값이 붙어 있는 걸 본적이 있어요."

"여기는 런던이 아니고 아글 아케이드니까."

사내 목소리는 거의 들리지 않을 정도로 쉬어 있었다.——몹시 감기라도 들어 있던가, 목에 무슨 병이라도 나 있는 게 틀림 없다. 그리고 태도도 무관심 그것이었다.

"그 이상은 낼 수 없어요. 그렇게 팔든지 안 팔든지 좋도록 해요."

나는 점점 참을 수 없어졌다. 여태까지 사는 값과 파는 값이 이렇게 차이가 난다고는 전혀 알지 못했다. 5년이나 걸려 수집한 것이, 깎아 질린 롱크라그에의 그 무모하고 위험한 등반과 밤늦도록 장시간에 걸친 그 신중한 채집이 겨우 17실링 6펜스란 말인가…… 고함을 지르고 싶어지는 모욕이다. 그렇지만 무슨 방법이 달리 있단 말인가.

"좋습니다. 주십시오."

가게를 나서니까 이제 짐이 없어서 팔은 가벼워졌으나 머리는 지끈거리며 아파 왔다. 녀석이 준 돈과 집에서부터 가지고 있던 5실링으로 주머니에는 1파운드 이상의 돈이 있었다. 벌써 여섯시가 되어 있어서 거리는 등불로 밝았다. 나는 배포가 커져서 실컷 놀리라고 마음 먹었다.

퀸가의 모퉁이까지 오니까 작은 레스토랑이 눈에 띄었다. 격식 차리지 않는 가게인 모양으로 윈도에는 두 개의 큼직한 한국(寒菊)엉겅퀴 사이에, 흰 생선과 빨간 고기가 식욕을 돋구듯 놓여 있었다. 나는 회전도어를 열고 들어가서 푹신한 깔개가 있고 빌로드 쿠션이 놓인 칸막이가 있는 자리에 걸터 앉았다.

자그마하면서 기분 좋은 식당으로, 고풍의 용품들이 놓여 있고 또 핑크색 갓이 씌워진 촛불형 전등으로 아늑한 조명이 되어 있었는데, 이것은 내가 수없이 감탄한 급행 '프라이밍 하이란더'호의 식당차의 그 전등과 꼭 같았다. 콧수염을 빳빳하게 세우고, 발에 까지 닿을 만한 거추장스러운 에프론을 걸친 급사에게는 몹시 열등감을 느꼈다. 그래도 나는 내장의 수프와 마슈룸이 달린 송아지 고기의 에스카롭, 그리고 나폴레옹 아이스크림의 멋있는 저녁식사를 주문했다. 그러자 급사가, 와인 리스트를 건네 주었다. 나는 안색이 달라졌으나, 그러나 결연히 목소리도 별로 떨리지 않게 캔티(이탈리아 산, 빨간 포도주) 한 병을 주문했다.

나는 천천히 식사를 했다. 이런 사치스러운 맛있는 요리는 참 오랫동안 먹지 못했다. 포도주를 입에 대니까 처음에는 혀가 오므라드는 느낌이었으나 참고 마시고 있노라니까 그 오래된 향취의 풍미와 한 모금 마실 때마다 입에서 목구멍과 가슴에 걸쳐 내닫는 듯하는 부드럽고 달콤한 것이 점점 맛있어졌다. 식당은 별로 붐비지 않고, 칸막이 좌석에는 두 사람 동반 손님이 한두 패 있을 뿐이었다. 내 맞은편에는 미남자가 하나, 코케티쉬한 작은 모자를 쓴 뚱뚱한 까만 머리의 처녀와 다정스럽게 앉아 있었다. 두 사람이 얼굴을 마주 대고 웃음소리를 내며 나지막하게 얘기하고 있는 것을 나는 괴로운 심정으로 바라보고 있었다.

계산서는 9실링이 나왔다. 당치도 않는 금액이었으나 오늘 밤의 나에게는 그까짓 것쯤 문제가 아니었다. 포도주를 다 마셔 버리고 급사에게 팁 1실링을 주었더니 공손히 절을 하는 것이었다. 나는 만족해서 식당을 나왔다.

얼마나 멋있는 밤인가! 등불은 빛나고 거리에는 와글거리는 소음들과 흥분이 있고, 포도에는 만족한, 즐거워 보이는 사람들로 넘쳐 있었다. 겨우 나도 살아 있는 느낌이 들고 망념을 팽개쳐 버린 자유의 몸이 된 것 같았다. 신문팔이한테서 《이브닝 타임즈》를 사서 밝은 조명간판 아래에서 오락란을 살펴보았다. 그 밤에는 구경거리가 두어 개 있었다. 하나는 에드워즈의 뮤지컬 코미디, 또 하나는 마틴 허비의 〈유일한 도망길〉이었는데 '오늘 밤이 마지막 공연임'이라는 단서가 붙어 있었다.

어느 쪽에도 매력은 없었다. 그랬는데 다행히 광고란 맨 아랫단에, 〈제2의 탱카레 부인〉(영국의 근대 극작가 피네로의 결작 비극)이 유서 깊은 로얄석에서 공연하고 있는 것이 눈에 띄었다. 나는 로얄석으로 가서 정면 좌석권을 사가지고 들어갔다.

읽기는 꽤 읽었고, 더블린에 있을 때 엄마를 따라가서 〈신데렐라〉를 본 기억은 막연히 있지만 본격적인 연극을 보는 것은 이것이 처음이었다. 막이 올랐을 때 나는 심한 전률을 느꼈다. 그리고 곧 열중해 버리고 말았다. 이것이야말로 내가 몇 번씩이나 마음속에 그리고 있던 세계였다. 등장하는 인물들은 모두 뛰어난 기지에 차 있고 고귀한 정신 그 자체가 순수한 백열의 불꽃 속에서 그 생명을 불사르는 것이다. 나는 한마디 한마디의 대사를 깊이 음미했다. 극장을 나왔을 때 나는 몹시 취한 기분이 되어 있었다. 나도 이 두 손으로 인생을 휘어잡고 여태까지 내가 회피해 온 그 기쁨을 경험하려고 마음먹었다. 타는 듯한 관능적인 여자의 모습이 육감을 자극하며 몇 사람이나 눈앞에 떠올랐다.

연극이 끝난 것은 아직 이른 시간이었다. 열시 반밖에 되어 있지 않았다.

거리에는 훨씬 사람들이 줄어들어 제임스 광장을 향해 걸으니 거의 사람들의 그림자가 없는 길도 있었다. 거기는 시 중앙에 위치하는 작은 광장으로 우체국 건물과 큰 백화점이 양쪽으로 서 있었다. 그 백화점 윈도에는 밤새 조명이 되어 있는 모양이었다. 루이스가 의미 있는 듯한 미소를 띠우며 제임스 광장 얘기를 몇 번인가 비친 적이 있었다. 나는 침착성을 잃고 광장 넓은 포도를 왔다갔다 하기 시작했다. 몇 사람의 여자들이 내 주위에서 어슬렁어슬렁 하고 있다가 때때로 버스라도 기다리는 듯 멍청한 모습으로 발을 멈추기도 했다. 그 중에 한 사람은 금시 터질 것처럼 뚱뚱했다. 날개로 장식한 큰 모자를 쓰고 코끼리 같은 다리에는 엮어 올리는 장화를 신고 있었다.

"오, 착한 도련님."

그 여자는 옆을 스치고 지나가며 어머니 같은 투로 나지막하게 불렀다. 또 하나는 키가 크고 마른 타입이었다. 신비스러운 베일을 쓰고 까만 복장을 한 여자였다. 약간 꾸부정해서 천천히 걷고 있었다. 가끔 기침을 했는데, 품위 있게 손수건으로 입을 눌렀다. 그녀는 나한테 피로한 듯한 웃는 얼굴을 보였으나 그 미소는 소름이 오싹 끼쳤다. 나는 겁을 먹고 발을 멈추었다. 내가 일찍이 상상하고 있던 아름다운 환상의 여자와 조금이라도 비슷한 것은 하나도 보이지 않았다. 광장 한가운데로 가면 혹시 찬스가 있을지도 모른다고 생각했다.

나는 길을 가로질러, 동상이 늘어서고 통로가 종횡으로 나 있는 작은 유원지로 들어갔다. 거기는 한층 어두운 로맨틱한 느낌이 들었다. 그리고 산보하고 있는 사람들도 훨씬 많았다. 거기 어두컴컴한 데가 아주 좋을 것같이 느껴져서 나는 중앙통로를 흔들흔들 걸어 들어갔다. 여자가 하나 다가왔다. 모습이 젊어 보이고 어둠 속에서도 요염한 느낌이었다. 스치고 지나갔다가 나는 발을 멈추고 돌아보았다. 여자쪽에서도 발을 멈추고 돌아보았다. 내가 자기한테 기분이 끌린 것으로 알고 여자는 머리로 유인하는 동작을 보이면서 저쪽으로 천천히 또 걷기 시작했다.

피가 혈관 속에서 현기증이 나도록 끓기 시작했다. 나는 순간 발을 멈추었다. 쫓아갈 것인가, 그렇지 않으면 여자가 공원을 한 바퀴 돌고 올 때까지 기다릴 것인가. 통로는 한 줄로 되어 있으니까 틀림없이 다시 이 길을 돌아 나올 것이다. 나는 통로 한쪽에 놓인 벤치에 몸을 떨면서 앉았다. 나 혼자인 줄 알았는데 벤치에는 다른 사람도 앉아 있었던 모양으로 남자가 말을 걸었다.

"담배 있소, 젊은 친구?"

나는 주머니에서 담뱃갑을 꺼냈다. 어둠 속에서도 그것은 부랑자 늙은이인 것을 알 수 있었다.

"고마워."

노인은 말했다.

"성냥도 가졌나?"

어두운 공원의 낙엽진 나무 아래에서 나는 얼른 성냥을 그어 담배에 불을 붙여 주었다. 두 손으로 싼 불꽃이 일순 노인의 추한 모습을 그대로 드러낸 얼굴을 비쳤다. 그리고 꺼졌다.

나는 장시간 딱딱한 벤치에 앉아 있었다. 나머지 담배도 모두 그 영감에게 주어 버렸다. 그러고 나서 무거운 다리를 이끌고 역까지 걸었다. 다리가 몹시 피로해서 서 있지도 못할 지경이었다. 그래도 가까스로 마지막 열차는 탈 수 있었다.

차 안에는 나 혼자뿐이었다. 나는 걸터앉은 채 눈앞의 칸막이를 찬찬히 바라보고 있었다. 결국 인생이란 완전히 멸망해 버리지 않는 것은 절대로 없는 것이다. 나는 그 수집품을, 내 유일한 재산을 팔아 버리고 말았……. 이런 일을 위해서.

문득 나는 어떤 장난꾸러기 승객이 칸막이 벽 판자에 구멍을 뚫어 놓은 것을 발견했다. 절망과 공포에서 완전히 지쳐 버려 있었으나, 그래도 무어라고 말할 수 없는 호기심으로 일어서서 그 작은 구멍에 눈을 갖다 댔다.

그러나 그 찻간은 비어 있었다. 이쪽과 똑 같이 사람 하나 없었다.

5

그 해 겨울은 습기 차고 비오는 날이 계속되었다. 나는 이제는 선반(旋盤)을 한 대 맡게 되어 있었으므로 모든 것을 체념하고 앞으로도 공장에서 일할 작정으로 기계에 흥미를 가지려고 노력했다. 그러나 마음은 아직도 동요하고 있어 실패를 거듭했고, 지미도 나를 귀찮은 존재로 생각하기 시작한 것도 알 수 있었다.

12월 중순 어느 날, 그는 얼굴을 찌푸려 가지고 쇠 연결봉을 손에 들고 내 작업대로 왔다.

"이 봐, 로비."

그는 기분 나쁜 소리를 냈다.

"좀더 똑똑히 하지 않으면 곤란해."

나는 귀까지 빨개졌다. 그에게서 이런 투의 말을 듣기는 처음이었기 때문이다.

"왜, 내가 뭘 잘못했어?"

여덟 시간이나 헛일을 하고 있는 거야. 재료는 물론이고."

그는 그 강철 철봉을 내밀었다.

"2번 X에 구멍을 내도록 일러 놓지 않았어? 그런데 모두 4번에다 해 놓았으니 다 못쓰게 돼버렸단 말이야."

내 부주의로 실책을 저지른 것을 나는 인정했다. 그러나 잘못했다는 느낌 대신에 어두운 분노가 치밀어 오르는 것을 의식했다. 나는 그대로 가만히 땅바닥을 내려다보고 있었다.

"큰 차이가 있는 건 아니잖아. 그만한 걸로 회사가 파산할 정도도 아닐 테고."

"그런 말 버릇이 어디 있어."

지미는 날카롭게 대답했다.

"분명히 말해 두지만 말이야. 이제 적당히 그 고상한 꿈은 버리고 자기 일에 정성을 쏟아 주면 좋겠어."

그는 흥분해서 2, 3분간 설교를 하고는 그것으로 노여움도 가라앉은 모양으로 떠나기 전에 무뚝뚝한 목소리긴 했지만,

"저녁이라도 먹으러 와, 이번 토요일에."

하고 말했다.

"고마워."

나는 창백해서 입술이 굳어졌다.

"가지 않아도 좋다면, 나, 가고 싶지 않아."

그는 일순 가만히 서 있다가 그대로 가버렸다. 나는 지미에게보다도 나 자신에 대해서 굉장히 화가 났다. 그의 말이 정당한 것은 나도 잘 알고 있었다. 겨우 분노를 누르며 서 있는데 골트가 옆 작업대에서 다가왔다.

"꽤 당한 모양이구만. 저 친구 그런 소리하는걸 좋아하고 있지."

골트는 윗사람이 하는 일에는 무조건 골을 내는 편으로 지금 다가온 것도 무능한 직공이 같은 무능한 직공에게 품은 동정임을 나는 알았다. 그는 벌써

이틀이나 면도를 하지 않아서 단정하지 못한 얼굴을 하고 있었다. 나는 더욱 참을 수 없어졌다.

"괜찮으니까 가만 있어 줘."

그는 감정이 상한 모양으로 가버렸다.

"비싸게 노는 것도 적당히 해. 이제부턴 너한테 친절하게 해줄 때엔 잘 생각해서 해야겠어."

나는 다시 일을 시작했다. 그러고부터 며칠 동안은 나는 애써 신중하려고 했다. 그러나 어느 한 가지도 잘되지 않았다. 도구를 잘못 사용했기 때문에 강철 끝에 엄지손가락을 깊숙이 찔려 버리고 말았다. 상처로 균이 들어가 화농해서 보기 싫게 부어올라 할머니가 찜질을 해줄 정도였다. 나는 지미가 어색한 모습으로 이쪽을 보며 무엇인가 말하려고 하고 있는 것을 느꼈다.

"꽤 아플 것 같군."

그는 마침내 입을 열었다.

"좀처럼 잘 안 낫는 모양이지?"

"괜찮아."

나는 냉담하게 대답했다.

"조금 곪힌 거니까."

나는 화농한 상처의 고통이 오히려 기쁠 정도였다.

기분은 겨울 날씨같이 암담해 있었다.

알리슨은 애드필란으로 가버렸다. 그녀는 내가 가끔 보내는 정열이 넘치는 편지에 정확하게 답장을 보내왔으나 긴 편지는 한번도 주지 않았다. 그녀에게서 편지가 배달되면 내 가슴은 숨이 막힐 듯이 부풀었다. 편지를 들고 내 방으로 가서 도어를 잠가 걸고 떨리는 손으로 그것을 뜯었다. 그녀의 글씨는 크고 뭉툭해서 한 줄에 세 마디 밖에 씌어 있지 않았다. 타는 듯한 내 눈은 금방 두 페이지를 읽어 버리고 말았다. 그녀는 지금 두 가지 새로운 노래를 열심히 연습하고 있었다. 슈벨트의 〈소야곡〉과, 슈만의 〈바치는 노래〉다. 어머니와 루이자와 함께 애드필란 하우스 전용의 링크에 스케이트를 하러 갔다. 토머스 박사가 두 번 찾아왔다. 모두가 학교의 축제 댄스 파티를 손꼽아 기다리고 있다. 어떻게 해서든지 그 파티에 올 수 없는가. 나는 몇 번이나 되풀이해서 읽었다. 내가 찾고 있는 것은 그런 것은 아니었다. 즉시 나는 책상 앞에 앉아, 마음 전부를 쏟아 열렬한 비난이 가득 찬 답장을 썼다.

크리스마스 1주일 전, 루이스가 점심시간에 훌쩍 나 있는 데로 왔다.

"저 말이야, 샤넌. 이번 토요일에 애드필란에서 좀 괜찮은 댄스 파티가 있는데 같이 안 갈래?"

나는 애써 아무렇지도 않은 얼굴을 하려고 치즈가 든 샌드위치를 한 입 집어 넣었다.

"나는 별로, 댄스를 할 줄 모르는데."

"괜찮아 뭐. 추지 않음 어때?"

그는 웃는 얼굴을 보였다.

"나도 언제나 그러는걸."

"아무래도 못갈 것 같은데."

사람 좋은 그는 나를 설득하려고 열심히 늘어놓았다.

"이번에는 굉장한 거야. 신부감을 고르는 날이 될 거야. 예쁜 처녀들이 잔뜩 올 테고, 굉장한 뷰페(무도회나 원유회 때 먹기 위한 대 식탁)도 있고 말이야. 표를 두 장 얻어 뒀어. 정말이야, 꼭 가야 해."

결코 감정을 겉으로 나타내지 않는다고 결심하고 있었지만 나는 견딜 수 없는 기분에 굴복하고 싶었다. 그러나 야회복도 없고 댄스도 할 줄 모르는 내가 그런 데를 간다는 것은 얼마나 부질없는 노릇인가. 친절한 그의 태도, 그보다도 댄스를 흡사 인생에 있어서의 다른 즐거움과 마찬가지로 당연한 것으로 알고 있는 그의 구김살 없는 태도가 나를 아프리 만큼 괴롭혔다.

"성가시다니까…… 내버려 둬줘."

그는 깜짝 놀라 나를 찬찬히 바라보다가 이윽고 어깨를 한번 움츠려 보이더니 그대로 가버렸다. 나는 금방 자신이 부끄러워졌다. 그날은 온종일 몸에 한기와 구토증을 느끼며 선반 기계에서 눈을 떼지 않았다.

토요일 저녁 때, 나는 애드필란행 다섯시 통근열차를 탔다. 그리고 두 시간 가량, 12월 질풍이 몰아치는 해안의 보도를 헤매었다. 외투깃을 세우고 빈 터에 있는 음악당 뒤에서 바람을 피하고 있으려니까, 문득 가빈이 생각났다. 그 기뻤던 축제일, 둘이서 영구히 헤어지지 말자고 맹세한 것이 여기였다. 세월은 그러고부터 별로 많이 흐르지는 않았다. ……그런데 한 생애가 다 지나간 것 같다. 지금은 이미 가빈은 없고, 기뻤던 나는 희망과 용기에 차서 둘이서 세계를 정복하자고 맹세한 그 자리에 비참하게 떨면서 서 있는 것이다.

여덟시 가까이 되자 공회당으로 걸어갔다. 무도회에 오는 지방의 상류계급 인사들을 구경하려고 모여든 얼마 안되는 군중 속에 끼어 나도 바깥 포도에서 기다리고 있었다. 진눈깨비가 내리기 시작했다. 이윽고 마차와 자동차가

속속 들이닥쳤다.

　주로 일하는 사람들인 구경꾼 속에 숨어서 나는 웃으며 떠들고 들어오는 즐거운 듯한 사람들을 바라보고 있었다. 여자는 이브닝, 남자는 연미복에 흰 넥타이 차림이었다. 루이스도 점잖게 모양을 내고 머리털을 번쩍거리며 들어 갔다. 그 뒤, 바쁜 걸음으로 계단을 올라가는 레이드 선생의 늠름한 모습을 보고 나는 깜짝 놀랐다. 조금 있다가 마침내 알리슨과 어머니의 모습이 나타 났다. 둘은 루이스와 마샬 부인 등 많은 사람과 함께였다. 알리슨이 순백 드레스를 입고 얼굴은 부드러운 활기에 넘치면서, 루이스와 무슨 얘기를 하며 좁다란 융단을 밟고 들어가는 뒷모습에 내 심장은 고동을 멈추고 말았다. 그녀의 모습이 보이지 않게 되자 곧 회장 안에서는 오케스트라의 최초의 선률이 은은히 내가 있는 곳까지 들려 왔다. 심장이 찌그러질 것 같은 느낌이었다. 나는 두 손을 포켓 속에 찌른 채 재빨리 그곳을 떠났다. 45분 가량, 기차를 기다려야 했다. 나는 역 가까이의 번잡한 거리의 생선 프라이집으로 들어갔다. 점심을 먹었을 뿐이었으므로 2페니의 감자 프라이를 주문했다. 어두컴컴하고 좁은 가게 벤치에 등을 꾸부리고 앉아 기름진 감자에 초를 쳐서 손가락으로 집어 먹었다. 술이라도 마셔 취해 버리고 싶었다. 맨 밑바닥까지 타락해 버리고 싶었다.

　월요일 아침이 되어 나는 공장에서, 루이스가 작업장으로 들어갈 때 얼굴을 마주쳤다. 묘한 충동에서 나는 발을 멈추고 사과는 아니지만 그에게 미소를 보냈다.

　"루이스, 잠깐."

하고 나는 말했다.

　"지난번엔 참 미안했어. 토요일 밤엔 재미있었어?"

　"아!"

그는 범상한 태도로 대답했다.

　"나쁘진 않았어."

　"사실은."

나는 얼굴에 가득 미소를 지었다.

　"나 말이야, 어떤 여자하고 특별한 약속이 돼 있어서——윈톤에서 만난 젊은 과분데 말이야. 그래서 너와 동행하는 것이 곤란했거든."

　그의 얼굴이 서서히 밝아졌다.

　"왜 그렇게 말하지 않았어, 바보야 너는."

나는 소리를 내어 웃고, 보아라는 듯 끄덕였다.

"운이 좋은 놈이야."

그는 부드러운 듯 나를 보았다.

"애드필란에서는 그런 재미란 도통 없었거든. 몹시 품행방정한 패들 뿐이었어. 가지 않은 편이 현명했어."

이 어리석은 거짓말이 잠시 나를 즐겁게 했으나, 그것은 잠깐 뿐이었다. 나는 전보다도 더 자기 속으로만 틀어박혀 사람을 피하며 고독 속에서 득의양양해 있었다. 케트가 집으로 초대해 주어도 언제나 무슨 핑계를 대고 사양했다. 레이드 선생도 거의 만나지 않았다. 한번 거리에서 마주쳤을 때 선생은 이상한 미소를 띄우고 나를 보았다.

"나는, 너를 위해서 가만히 있는 거야, 샤넌."

"뭔데요?"

나는 깜짝 놀라 물었다.

"너를 혼자 두어 두는 거 말이다."

나는 그대로 헤어졌다. 할 말이 없었던 것이다. 몹시 피로해 있었고 어떤 것도 다 귀찮기만 했다. 이상하게도 꼭 한 사람 의지할 수 있는 것은 할머니 뿐이었다.──아마 그 바위 같은 의지의 견고함에 이끌린 모양이다. 할아버지가 자기를 지탱하는 뿌리도 없는 바다 위를 떠도는 짚이라면, 할머니는 자기가 태어난 고향인 대지 그 자체 같은 농민의 혈통에서 깊이깊이 영양과 힘을 흡수하고 있는 존재였다. 밤늦게 식탁을 가운데 놓고 할머니와 마주하고 있노라면, 그는 에어셔의 아버지 농장에서 지낸 '처녀시절'을 생각해 내고는 조금씩 조금씩 얘기해 주는 것이었다.──치즈를 만들고, 밭에서 곡식을 베고 있는 사람들에게 갓 구운 빵을 갖다 주기도 하고, 밤에는 헛칸에서 바이올린에 맞추어 댄스를 하고 있는 감자 캐는 사람들을 바라보기도 했다고 한다. 점점 나는 할머니의 '농부다운' 어떤 버릇들을 알게 되었다.──이를테면 수프에서 콩을 골라내어 접시 주위에 빙 돌려 놓았다가 나중에 후추와 소금을 쳐서 먹는 습관 따위가 그것이다. 시골에서 쓰는 속담도 잘 알고 있었고(이를테면 '사탕무우는 류머티즘의 근원'이라든가, '5월이 다 갈 때까지 나사옷을 벗지 말아라' 따위), 또 아직도 '약초'를 즐겨 달이기도 했다. 그의 기억력, 특히 가족의 생일에 대한 기억은 굉장했다. 그리고 아직도 뜨개질 바늘을 사용해서 정교하고 복잡한 무늬의 레이스를 짤 수가 있어, 그것을 모자나 깃에 달면 언제까지나 싱싱한 느낌을 주었다. 몇 번씩이나 자기 집안은 장수한다고, 어머니는 96세에 돌아갈 때 까지 몸도 건강했고 정신도 맑았다는 것을 되풀이 얘기하는 것이었다.

그리고 자기는 이 기록을 꼭 깨뜨려 보인다고 뽐내 보이기도 하고, 한숨을 쉬면서 할아버지나 친구 티바이 민 등이,

"어쩌면 그렇게 쇠약해져 버렸는지 모르겠다."

하고 자주 말했다.

크리스마스가 바로 다가왔다. 거리의 상점은 호랑가시나무와 색색종이 테이프로 화려하게 장식되었다. 그러나 이 축제 시즌도 로몬 뷰에는 조금도 변한 게 없었다. 할머니가 자정예배(성탄절의 대축일에 행해지는 3회 예배의 첫번째 것)에 나가고, 케트가 과일 푸딩을 보내오고, 할아버지가 내버려 두면 취해버리는 것이 고작이었다. 그런데 나는 크리스마스 이브가 가까워짐에 따라 점점 초조와 불안을 느끼기 시작했다. 이것과 싸우기 위해 공립 도서관에서 빌려 온 책에 한층 깊이 몰두했다. 밤에는 언제나 굉장히 피로해 있어서 읽기 시작했는가 하면 곧 꾸벅꾸벅 졸다가 퍼뜩 눈을 뜨곤 했다. 그러나 음산한 겨울 동안 대개의 일요일은 반나절을 침대에 드러누운 채 체홉, 도스토예프스키, 고리끼 등 러시아 소설가의 작품을 탐독하고 있었다. 로맨틱한 문학에 대한 소년시절의 취미는 다시 어두운 사실적인 것으로 변해 오고 있었다. 데카르트, 흄, 쇼펜하워, 그리고 베르그송에 이르기까지 조금씩 공부하여, 몹시 어렵기는 했으나 그래도 때로는 겨울 햇빛 같은 엷은 광선처럼 느껴지는 인식을 얻는 것으로써, 더욱 자신의 독선과 신학에 대한 불손한 태도를 증진시키고 있었다.

나는 비꼬인 냉소로써 신의 계시(요한 묵시록을 가리킴. 신약성서의 총결산이라고 할 만한 예수의 재림을 증명한 것)의 구조 전체를 붕괴시켰다. 세계가 하룻밤 사이에 창조되었다든가, 남자가 흙으로 만들어지고 여자가 남자 갈비뼈로 만들어졌다는 것은 과학자로서, 학식 있는 사람으로서 도저히 믿을 수 없는 것이다. 악마같이 웃고 있는 뱀 곁에서 이브가 사과를 먹고 있는 에덴 동산 따위는 결국 아름다운 동화에 지나지 않는다. 모든 과학적 증명이, 생명의 기원은 그런 사고와는 전연 다른 것을 지적하고 있는 것이다. 원생물질에서 떨어져 나와 떠돌던 물질들이 몇 백만년인가가 지나, 서서히 냉각해 가는 지구 상의 대양과 늪이나 못에서의 콜로이드 모양의 복합물에서의 발달, 즉 이러한 원형질의 생물이 양서류(兩棲類)와 파충류를 거쳐서 조류와 포유류로 변해가는, 무한히 긴 진화, 참으로 놀랄 만한 그 주기(周期)가——얼마나 불쾌한 사

상인가——원숭이와 나를 피부 한 겹 아래에서 실질적으로는 형제로 만들고 있는 것이다.

혼란에서 깨어 환멸을 느낀 나는 영혼의 위로를 아름다움 속에서 구했다. 도서관에서 위대한 화가들의 작품집을 빌려서, 그들의 걸작인 원색 복제화를 연구했다. 이윽고 나는 인상파의 화가들을 발견했다. 색채와 형태에 대한 그들의 새로운 사고방식이 나를 열중케 했다. 공장에서 돌아오는 길에 나는 자주 발을 멈추어 서서, 푸른 밤나무들이 던지는 자색 그림자와, 로몬 산 저쪽 저녁 하늘에 흔들거리는 엷은 레몬빛 광선의 줄무늬를 오랫동안 바라보기도 했다. 어리석고 불건강한, 청춘기의 '불안감'에 몹시 괴롭힘을 당하고 있던 나는 이 산이 무언가 불길한 상징처럼 생각되었다. 그것은 나에게 있어서, 인생으로서 도달할 수 없는 것을 표현하고 있었다. 그래서 나는 정상에까지 올라가는 것이 불가능하다면 적어도 경멸을 다한 도전적 태도로써 기슭에 서 있어도 좋다고 결심했다.

신앙에 의한 광명이라든가, 기타 모든 것을 무시하면서도 나는 크리스마스 당일이 되자 굉장히 비참한 기분이 되었다. 전날 밤은 케트네 어린애한테 선물을 가지고 바론으로 갔다. 그 아이에게 주는 양말 속을 꽉 차게 하는데 도움을 주자는 것이었지만 내심에서는 크리스마스 만찬에 초대받고 싶었던 것이다. 그러나 가 보았더니 식구들이 모두 외출하고 없어서 꾸러미를 도어 손잡이에 매달아 놓고 돌아와 버렸다. 크리스마스 카드를 보내 준 것은 몇 사람 안되었는데 그 중에는 수녀님한테서 온 것이 한 장 있었다. 그것을 보니까 자연히 미소가 솟았다.——진정한 미소로서 타의는 없었으나——그러나 우월감도 나를 행복하게는 만들지 못했다. 한 시 가까이 되었지만 아래층의 음산한 식사에 얼굴을 내밀고 싶지는 않았다. 나는 모자를 집어들고 집을 나왔다.

거리를 여기저기 돌아다녔으나 회색의 거리에는 사람들도 별로 없었다. 리븐포드에는 제대로 된 식사를 할 수 있는 식당 같은 것도 없었다. 마침내 나는 화가 나서 직공들이 자주 가는 작은 술집으로 들어갔다. 그리고 맥주를 한잔 마시고 치즈의 샌드위치를 먹었다. 이런 냉랭한 식사를 한 뒤라 아무 즐거움도 없는 집에 돌아가는 것이 더 한층 싫어졌다. 내 방에는 난로 하나도 없었던 것이다.

공립 도서관은 두시부터 세시까지 열려 있었다. 오늘이 보통 일반의 휴일이 아니기 때문에 이 정도로 사정을 보아 주는 모양이었다. 도서관 안에는 난방이 되어 있었다. 나는 거의 한 시간을 거기에서 보내고 또 책 한 권을 빌렸다.

그리고 집으로 향했다.

차가운 안개가 내리고 있는 거리는 서서히 어두워지고 있었다. 차펠가를 지나는데, 이쪽으로 오는 키가 큰 흐릿한 모습에 처음에는 못 알아보았으나, 바로 곁에서 똑똑하고 우산 끝으로 포도를 두드리는 소리를 듣는 순간 누구인지를 알아보고 나는 깜짝 놀랐다.

"아니, 샤넌 아닌가?"

로크 신부의 말투는 친밀했다.

"겨울 동안, 땅속에라도 들어갔는가 했지."

나는 아무 말 없이, 신부라고 해서 뭐, 겁낼 건 없어. 결국 이 사람도 인간에 지나지 않고, 특별히 신비로운 힘을 받고 있는 것도 아니니까, 하고 스스로 타이르며 태연하게 서 있었다.

"난 지금 드럼벅 톨에 있는 환자를 위문가는 길인데, 너도 그 쪽으로 가겠지?"

"네, 집에 갑니다."

신부님은 잠깐 가만히 있다가

"지난 주에 낸 내 엽서는 아마 안 들어간 모양이지? 우체국은 엽서는 책임을 지지 않는 모양이야. 나한테 지금 손님 한 사람이 와 있는데, 브라질에서 온 남미 신분데 말이야. 네가 박물학에 흥미를 가지고 있는 것을 알기 때문에 그 사람을 만나보는 것도 재미있을 것 같아서 말이야."

"저, 박물학에는 취미가 없어졌습니다."

"음?"

나는 보지 않고도 신부의 눈썹이 치켜 올라감을 느꼈다.

"박물학도 벌써 그만이야. 그렇게 모두 그만둬 버리면 나중에는 어떡할 작정이지?"

나는 고개를 숙인 채 걸었다.

"뭐냐, 가지고 있는 건?"

신부는 내가 끼고 있는 책을 뽑아 들었다.

"《카라마조프의 형제》군. 나쁜 책은 절대 아니지. 알료사(도스토예프스키의 《카라마조프의 형제》에 나오는 중요인물 중의 하나로 신앙심이 두터운 소년)한테 네가 관심을 가져 주기 바라고 싶군. 뭔가 신의 은총을 마음속에 지니고 있는 소년이야."

신부는 책을 돌려 주었다. 몇 분 동안 우리는 말없이 걸었다.

"샤넌, 무슨 일이 있었나?"

신부의 말투의 변화에 나는 깜짝 놀랐다. 나는,

"은총을 잃어버렸다."

든가,

"부활절에 교회에 안 왔느냐?"

는 둥, 그런 일로 꾸중받을 것으로 알고 있었는데 그 부드러운 말소리에 내 눈은 물기를 머금었다.——다행히 이미 날이 어두워져 있었다.——눈물어린 내 눈은 보지 않았을 것이다.

"별로 아무 일 없었습니다."

"그럼 왜 전처럼 교회에 안 나오나? 네가 나오지 않아 모두들 궁금해 하고 있어. 특히 수녀들과 내가 말이야."

나는 있는 힘을 다 쥐어짜서, 이 이상 겁을 내거나 가만히 있거나 하기만 해서는 안된다고 결심했다. 그리고 내 마음에 어떤 변화가 일어났는지 그것을 말해 주고 싶었다.

"저는 이제 신을 믿을 수 없게 됐습니다. 그래서 그런 것도 모두 다 집어치웠습니다."

신부는 말없이 내 말을 듣고 있었다. 아무 대답도 없이 서로 오랜 시간 걷고만 있어서 나는 문득 그의 얼굴을 몰래 쳐다보았을 정도였다. 그의 얼굴은 야위고 피로한 빛이 떠 있었다. 지금까지 전연 생각지도 못했던 일에 나는 충격을 받았다.——신부라도 자기의 슬픔을 짊어지고 있는 것이다. 그리고 나도 그 슬픔을 크게 해주고 있는 한 사람이라고 생각하니까 몹시 양심이 아파 왔다. 갑자기 신부는 똑바로 앞을 바라보며 자기 자신에게 말하듯 입을 열기 시작했다.

"너는 이제 신을 믿지 않는다. 이성의 승리를 획득했다. ……과연 네가 그것을 자랑스럽게 생각하고 있는 것도 이상할 것 없지."

신부는 잠깐 사이를 두었다.

"그런데 너는 신에 대해서 무엇을 알고 있는 거지? 아니, 그렇다면 나도 신에 대해서 뭘 알고 있나? 대답은, 아무 것도 모른다고 할 수밖에 없는 거야. 신은 절대로 알 수 없는 것, ……이해할 수 없는 것, 상상력과 모든 감각의 인식에서 무한히 초월하고 있는 것이다. 우리는 신의 모습을 알 수도 없고, 우리에게 대한 신의 태도도 인간의 말로서는 설명할 수가 없다. 그러니까 샤넌, 지성으로서 신을 알려고 하는 것은 미친 짓이야. 헤아릴 수 없는 것을 헤아릴 수는 없다. 신에 대해서 우리가 범하고 있는 최대의 과오는, 오로지 믿어야 할 것인데 항상 이것을 비판하고 있는 것이다."

신부는 잠시 입을 다물었다가 이윽고 다시 이었다.

"왜, 기억하고 있지? 언젠가 대양 해저 5마일에 사는 생물 얘기를 했었지. 영원의 밤이라고 할 암혹 속에서 눈도 없이, 손으로 더듬으며 살고 있는 생물, 다만 가끔 가냘픈 인광 밖에 보이지 않는 곳에 서식하고 있는 생물 얘기를. 만약 그런 생물이 빛을 찾아 수면까지 올라왔다면 즉각 파열해서 죽어 버릴 수밖에 없다고. 신과의 관계에서 말한다면 그것이 우리의 모습이야."

신부는 또 잠깐 쉬었다.

"무엇보다도 큰 죄는 말이야, 지력(知力)을 내세우는 거야. 네가 뭘 생각하고 있는지 나는 잘 알고 있어. 모든 것을 단세포라는 말에 연관시킬 테지. 원형질의 화학구조도 너라면 정확하게 설명할 수 있을 거다. ……그래, 아주 단순한 물질이야. 그렇지만 말이야, 이런 물질을 총합해서 생명을 부여할 수가 있겠는가? 그것이 되기까지는 샤넌, 겸양과 신앙 속에서 살아가는 길밖에 없어."

이번에는 내가 대답을 하지 않았다. 벌써 그의 목적지인 드럼벅 길 모퉁이까지 와 있었다. 나와 헤어져 다리쪽으로 꼬부라질 때 신부는 안개 속에서 나한테 마지막 시선을 던졌다.

"네쪽에서는 신을 찾고 있지 않겠지만 로버트, 그러나 신은 너를 찾고 계시는 거야. 그리고 너를 발견해 내겠지. 언젠가는 반드시 발견되게 될 거다."

나는 혼란한 마음으로 로몬 뷰쪽으로 천천히 걸음을 옮겼다. 내가 믿는 바를 끝까지 주장한 것으로써 나는 자랑을 느껴야 옳았다. 스스로의 신념을 관철하는 용기를 가지는 것은 상당한 일이었던 것이다. 그런데 나는 동요와 공포를 느끼고, 더구나 마음속은 심한 수치심으로 괴로워하고 있었다.

만약 로크 신부가 직업적인 비상한 수단을 써서, 악마의 간계라든가 그런 따위 온갖 문구를 늘어 놓았더라면 나는 틀림없이 내가 올바르다고 생각했을 것이다. 신부쪽에서 한마디라도 서투른 소리를 했더라면 그 쪽은 완전한 패배였을 것이다. 말구유에 누워 있는 아기 예수라든가 그런 센티메탈한 비유를 써서 내 감정에 호소라도 했더라면 눈물은 흘렸을는지 모르지만 절대로 신부를 용서하지는 않았을 것이다.

그런데 신부는 내 마음속으로 들어서서 결코 놀라거나 떠들지 않고 나의 어리석은 신념을 깨우쳐 준 것이다. '신'이라는 지고(至高)한 존재가 실제로 있다면 어떻게 할 것인가? 감히 신을 무시한다는 것은 조그마한 개의 규조(珪藻——수중에 살고 있는 현미경적 단세포로 된 식물), 가까스로 선회하고 있는 윤충(輪虫)에 지나지 않는 나는 얼마나 보잘것없는 존재일 것인가. 그리고 그 벌은 얼마나 무섭고 괴로울 것인가——무엇보다도 괴로운 것은 신을 부정한 자신을 스스로가 알고 있는 일이다. 그렇게 생각되는 순간 나는 무릎을 꿇고 무조건 겸손한 마음으로 기도에 몸을 맡기고 싶은 불가항력적인 욕구를 느꼈다. 그러나 나는 부들부들 떨면서 완강히 이를 거부하고 무의식중에 걸음을 빨리하고 있었다. 로몬 뷰의 윤곽이 보여졌을 때 나는 견딜 수 없는 슬픔에 굴복할 수밖에 없었다. 그리고 마음속으로 신음했다.

"오오 하느님…… 만약 신이 존재하신다면…… 당신은 얼마나 훌륭한 크리스마스를 나한테 주신 것입니까!"

6

5월이 되자 늦은 서리가 내리고 잇달아 눈이 녹기 시작하여 어디나 진흙바다가 되어 버리고 말았다. 그래도 봄 휴가가 되기 2주일 전 어느 날 저녁 눈이 녹기 시작한 진흙투성이 길을 터벅터벅 걸어서 집으로 돌아오던 나는 생울타리에 꽃봉오리가 맺히기 시작한 것을 보고 문득 내 몸속에서도 무언가 봄의 입김이 싹트는 것을 느꼈다. 알리슨은 집에 돌아와 있었다. 그리고 휴가 동안에는 둘이서 아든케풀에 소풍갈 약속까지 하고 있었다.——나는 마음으로부터 이 소풍을 고대하고 있었다.

집에 도착해서 부엌에 들어서자 나는 곧 무언가 공기가 이상한 것을 깨달았다. 할머니가 어딘가 체념한 듯한 모습으로 식탁을 향해 앉은 곁에서 아빠가 그 어깨에 손을 얹고 열심히 달래고 있었다.

"저녁은 네가 꺼내 먹어라, 로버트."

아빠는 몸을 일으켜 의미 있는 듯한 가라앉은 눈으로 흘깃 나를 보면서 말했다.

"소피가 그만두고 가버렸어."

이 소리를 듣고도 나는 별로 중대한 일이라고는 느끼지 않았다. 그랬기 때문에 도시락을 내려놓고 세수를 하고 다시 들어왔다. 그리고 오븐에서 뚜껑이

덮인 뜨거운 요리를 꺼내고 있으려니까 할머니가 내쪽을 바라보며 아빠가 한 말을 다시 과장해서 말했다.

"그렇게 잘해 줬는데도 한마디 말도 없이 나가 버리다니, 정말 그런 법이 어디 있담!"

"곧 또 어디서 다른 아이를 하나 구해 올 테니까요."

아빠는 상냥한 목소리로 말했다.

"어쨌든 그 계집애는 낭비가 심하고…… 또 되게 먹었거든요."

"나 혼자서는 일을 다할 수는 없어."

할머니는 항의를 그치지 않았다.

"로비하고 나하고 조금씩 도와 드리죠."

아빠는 웃는 얼굴로 열심히 말했다.

"내 침대쯤은 내 손으로 치울 수 있어요. 사실을 말하면 나는 집안 일을 여간 좋아하지 않아요."

식모한테 드는 비용이 줄어들어 내심 좋아하고 있다는 것과, 다른 식모 채용을 되도록 늦추려고 하는 아빠의 속셈을 나는 잘 알 수 있었다.

식사가 끝난 다음, 나는 2층 내 방으로 올라가는 김에 할머니 대신 할아버지한테 빵과 치즈 코코아를 들고 갔다. 도어 핸들을 돌려 상을 들고 들어가니까 할아버지는 어깨에 외투를 걸친 채 불기운이 약한 난로 곁의 의자에 앉아 있었다.

"고마워, 로버트."

할아버지는 부드럽고 조심스러운 어조로 말했다.

"소피는 어디 갔니?"

"그만 뒀어요."

나는 상을 할아버지 앞에 놓았다.

"아무 말도 없이."

"음, 그래."

할아버지는 놀란 듯 조금 감정을 상한 표정으로 얼굴을 들었다.

"정말 큰일이구나. 요즈음 사람들은 무슨 일을 저지르는지 알 수가 없단 말이야."

"좀 곤란하지요."

"정말이야."

할아버지는 고개를 끄덕였다.

"그 아이는 착한 아이로 생각하고 있었는데. 일 잘하고 건강하고."

할아버지의 안정된 기분을 보자 나는 마음을 놓았다. 가끔 이렇게 편안한 기분일 때도 있어 그 시간에는 옛날과 같이 인생을 달관한 것 같은 평온함으로 돌아가 있는 것이다. 오늘 밤의 할아버지는 날씨가 좋지 않아서 그런지 어딘가 좀 아픈 것같이 보였다. 나는 선 채, 할아버지가 빵을 코코아에 적셔서 천천히 먹고 있는 것을 보고 있었다.

"다리는 좀 어떠세요?"

나는 물어 보았다. 요즘은 걸을 때 왼쪽 다리를 잘 쓰지 못하고 있었다.

"괜찮아, 썩 좋아. 조금 삐었을 뿐이니까, 아무튼 나는 몸이 여간 단단하지 않으니까 말이야, 로버트."

이튿날 아침 공장에 가니까 소피의 아버지 골트가 이상한 표정을 짓고 나를 보고 있는 것을 느꼈다. 우리는 새로 발전기를 만들고 있었는데, 골트는 가끔 벤찌나 줄을 빌리러 오기도 하며 내 가까이에서 우물쭈물하고 있었다. 그러다가 지미가 작업장 저쪽 구석으로 간 틈에 나한테 말을 걸었다.

"일이 끝난 다음 잠깐 만났으면 좋겠는데."

나는 수염이 엉성한 채로, 광택 없는 눈만 멍청히 빛나고 있는 혈색이 나쁜 그의 얼굴을 기분 좋지 않게 바라보았다.

"무슨 볼 일인가요?"

"이따 얘기하지. 저쪽 술집으로 와 주었으면 좋겠어."

거절을 할 새도 없이 지미가 왔기 때문에 골트는 가버렸다. 나는 당혹과 곤란을 느꼈다. 도대체 나한테 무슨 볼일이 있다는 것일까. 나는 가기는 뭘하러 가느냐고 스스로에게 타일렀다. 그러나 여섯시 5분 전이 되자 불안과 호기심에 이끌려 공장문 정면에 있는 술집으로 들어갔다. 가니까 골트는 큰 톱밥을 뿌린 길고 좁다란 술집 구석의 작은 테이블 앞에 걸터앉아 있었다. 가게 안에는 거의 손님이 없고, 아직 불도 켜져 있지 않았다.

그는 비굴한 미소를 띄우며 나한테 인사했다.

"자네는 뭘할 텐가?"

나는 딱딱하게 고개를 저었다.

"난 바빠요. 도대체 무슨 일인데 그래요?"

"우선 한잔 하고 보지."

그는 술을 주문했다. 술이 오니까 말을 꺼냈다.

"우리 소피의 일인데."

나는 분연해서 새빨개졌다.

"그런 거, 나하고 아무 관계 없잖아요."

"없을는지도 모르지."

그는 생각하는 얼굴로 위스키를 마시면서 그 눈은 내 주위를 찬찬히 살펴보고 있었다.

"그렇지만 이것이 세상에 알려지면 창피한 일이니까 말이야."

흡사 찬물을 얼굴에 뒤집어 쓴 것 같았다. 나는 당황해서 뭐가 뭔지 몰랐으나 그 협박에 오싹해서 얼음 같은 것이 등골을 지나간 느낌이었다.

그는 턱을 쑥 내밀어 다른 걸상을 가리켰다.

"거기 앉아. 그렇게 거만하게 서 있지 말고. 한잔 더 할 때까지 좀 앉아 줘야겠어."

그는 잠깐 입을 다물었다가 또다시 작은 야비한 눈으로 탐색하듯 나를 보았다.

"무슨 불만은 없을 테지?"

"마시고 싶건 마시구려."

나는 중얼거렸다.

"건배."

두 잔째 술이 왔을 때 그렇게 말하며 그는 잔을 들었다.

그러고부터 반 시간 후 나는 창백하게 된 얼굴로, 몸이 굳어지는 노여움과 비참함으로 안절부절 못하며 드럼벅 길을 돌아갔다. 싱싱한 밤나무들에서는 새싹이 움트고 있었으나 지금 나에게는 그런 것도 눈에 들어오지 않았다. 집에 오자 나는 계단을 올라가서 할아버지 방으로 들어갔다. 뒷손으로 도어를 닫고 할아버지 앞에 마주 섰다. 내가 들어온 것을 보고 할아버지는 편지를 손에 들고 일어났다.

"봐, 로비."

할아버지는 원기 있게 정신 없이 기뻐하는 소리를 냈다.

"지난번 현상문제에서 받은 가작상이다. 연필 한 상자와 또 '당선작'을 실린 책이야."

"뭐예요, 할아버지. 그런 책 따위!"

나는 참을 수 없는 괴로움으로 할아버지를 밀어 제치고 책이랑 편지 등을 테이블에서 쓸어 버렸다.

할아버지는 쑵쓸한 표정으로 나를 바라보았다.

"왜 그러니?

"아직도 시치미를 뗄 작정이세요."

분노라기보다 주체할 수 없는 기분으로 내 목소리는 눌려버린 듯 꽉 쉬어 버렸다.

"그렇게 약속을 해 놓았는데…… 내 걱정만으로도 꼼짝 못하겠는데…… 아 아, 이제는 도저히 참을 수 없어."

"뭔지 도통 알 수가 없구나."

할아버지는 열심히 고개를 저었다.

"그럼 생각해 보세요."

나는 할아버지한테로 달려들어 잡아 흔들었다.

"생각해 보세요. 어째서 소피가 가버렸는가를."

할아버지의 눈은 멍청한 표정을 띄우고 입으로는 같은 소리만 되풀이하고 있었다. 그러다가 환히 얼굴이 밝아지는 것 같았다. 고개 젓는 것을 그치고, 여태까지와는 딴판인 표정으로 내 얼굴을 찬찬히 보았는데, 그것은 이미 의심 이 가거나 수상해 하는 표정이 아닌 마치 꼭 성자와 같은 모습으로, 바위에서 샘물을 솟아나게 하려는 모세처럼 오른손을 높이 쳐들고 있었다.

"로버트, 맹세하고 말하는데, 우린 옛날부터 가장 친한 친구가 아니었니? 그 이상은 말할 필요가 없다. 절대로."

"네에?"

나는 화가 나서 숨이 막힐 지경이었다.

"그런 거 내가 신용할 줄 아세요? ……여태까지 실컷 속여 놓고!"

할아버지는 곤란한 얼굴이 되었다.

"할아버지는 말이에요. 꼼짝할 수 없는 처지에 빠져 버렸어요. 나도 이제는 몰라요."

나는 휙 등을 돌려 난로 앞 깔개 위에 시선을 떨어뜨리고 있는 할아버지를 남겨 놓고 방을 나와 버렸다. 저녁식사를 들면서 나는 이 새로운 걱정거리의 결과를 이리저리 생각해 보았다.——어떤 순간에는, 사소한 일르 느껴지지만 다음 순간에는 끝없는 불행뿐이라는 생각도 들었다. 그때 골트를 달래가지고 ……아니, 그의 술값을 계산해 주고 얘기 매듭을 지은 것은 잘못한 짓이 아닐 까 하는 우울한 기분이 들기도 했다. 그런 짓을 한 자체가 죄를 인정한 것과 마찬가지가 아닌가. 그렇다고 해서 공연히 단호한 태도로 나가다가는 저쪽에 서 어떤 수단을 쓸는지 모를 일이다. 아아, 아 이런 비참한 꼴이 어디 있단 말인가! 나는 사랑이라는 것을 열렬한 불꽃이 튀는 아름다운 것으로만 꿈꾸고 있었는데 이런 불결하고 창피한 일이 번번이 나를 조롱하는 것이다.

한 시간쯤 지나서 내 방으로 올라갔더니 할아버지가 편지 한 장을 들고 계단에서 나를 기다리고 있었다. 그리고 당당히 거의 승리를 확신하는 것처럼 그 종이를 내밀었다.

"이것으로 만사는 좋아질 거다, 로버트."

할아버지는 화해를 구하는 절반 웃는 얼굴을 나한테 돌렸다.

"시민들에게 대한 공개장이야, 읽어 보렴."

마지못해 나는 그 장문의 서한을 읽었다. 그것은 '리븐포드 헤럴드신문 주필'에게 보내는 것으로,

"배계…… 부당한 중상이 소생에게 던져지고 있습니다만…… 소생은 우리 시민 여러분께 호소하는 바입니다. ……조금도 숨김 없이…… 깨끗한 생활은 백합같이 순결하며…… 진정한 여성의 존경자로서……."

"정말 요점이 딱 들어맞지."

할아버지는 열심히 내 얼굴을 들여다보았다.

"다음 주 신문에는 꼭 시간이 맞겠지."

"글쎄요."

할아버지의 눈이 내 눈과 마주쳤다.

"대신 내가 전하고 오지요."

"음, 고맙다."

할아버지는 떨리는 손으로 내 어깨를 쳤다.

"나는 말이야, 네 기분을 상하게 하는 따위 일은 결코 하지 않는다, 로비. 절대로 그런 짓은 하지 않는다. 설마 할 때의 친구야말로 진정한 친구라고 하지 않니."

나는 억지로 웃음을 만들었다. 할아버지는 그것을 보고 안심한 모양이었다. 진심을 다해서 내 손을 잡았다.

할아버지는 다리를 끌면서 자기 방으로 들어가는 줄 알았더니 갑자기 무엇을 생각한 듯 도어에서 얼굴을 내밀었다.

"로비."

진지한 목소리였다.

"우리 여편네는 말이야, 썩 멋장이 여자였어."

아아, 무엇을 또 생각하고 있는 것일까. 이 10년 동안 할아버지가 아내 소

리를 입 밖에 내는 것을 나는 들은 적이 없었다. 나는 내 방으로 들어갔다. 그리고 시민 제씨에게 보내는 할아버지의 공개장을 북북 찢어 버렸다.

그 이튿날 골트가 작업이 끝난 다음 다가왔다. 이것은 예기하고 있었기 때문에 나도 그 반격을 받아들일 준비는 하고 있었다. 그런데 뜻밖에도 그의 태도는 여간 다정하지가 않다.

"오늘 밤에 바쁜 일 없을 테지. 같이 그 술집에서 한잔 어때. 그렇게 뺄 것도 없잖아."

나는 주저했다. 그러나 두 사람 사이에 무언가 얘기가 끝맺어진다면 나도 기분이 풀려질 거라고 생각했다. 그래서 둘은 먼젓번 술집으로 들어갔다.

술집에서 골트는 톱밥에 발을 묻고 앉아 그의 유일한 화제인 '인권'에 대해서 계속 떠들어댔다. 집요한 능변가로서──조합의 모임에서도 그의 '변설의 재능'은 공인되어 있었다.──뻔한 약간의 과장된 문구를 언제나 자랑스럽게 몇 번씩 되풀이하는 것이었다. 그에 의하면 노동자는 어느 곳에서나 고용자에게 착취당하고 밥이 되고, '짜낼 때까지 짜내어진다'는 것이다. 인민은 궐기해서 자기들 손으로 정권을 장악해야 한다는 것이다. '대중은 향상하고 상류계급은 몰락으로'가 그의 슬로건이었다. 나를 향해 '동지'라는 새 용어를 쓰고 감격한 어조로 '자유의 여명'을 얘기했다.

"그러면 이제 슬슬 중요한 문제로 들어가야겠는데."

그는 유감스럽지만 할 수 없다는 듯이 머리를 흔들어 보였다.

"이래 뵈두 나는 말이야, 가장 강한 적한테에서도 공명정대한 인간이라고 존경을 받을 정도야. 그러나 내 권리는 끝까지 주장해야지. 소피는 당연히 변상받을 권리가 있다는 사실, 이것만은 잊어버리면 곤란해."

나는 가슴이 두근거렸다. 훨씬 나중에 가서 우연한 기회에, 할아버지는 그저 소피 허리에 손을 돌렸을 뿐이었다는 것을 알았을 때──늙은 종마(種馬)가 최후로 한번 뻗대어 본 것일 테지──그렇게도 쉽게 희생되었던 것이 분해서 못견디었다. 그러나 이 때는 나는 그저 멍청해서 골트의 얼굴을 들여다보고 있었을 뿐이었다.

"자네도 부인하지는 않을 거니까 나는 만족해."

그는 내가 무언으로 있는 것을 그렇게 해석한 모양이었다.

"이것으로 자네도 근본은 정직하다는 걸 알았어. 그러면 말이야, 아주 깨놓고 하지. 5파운드만 내 봐. 5파운드로써 모든 것을 물로 씻어 아주 깨끗이 해버리자구. 이게 내 조건이야. 이 이상 적당한 얘기는 없을 줄 아는데.

나는 아연실색해서 멍청히 그를 바라보았다.

"나한테는 그런 돈이 없어요, 거꾸로 달아매고 흔들어 봐도."

"자네네 집에는 돈이 많잖아."

하고 골트가 비난하듯 말했다.

"자네가 낼 수 없다면 내가 레키한테 직접 담판하지. 그 사람은 노랭이지만, 소문이 거리에 퍼지기보다는 돈으로 내는 게 좋다는 걸 알 테니까 말이야."

도대체 나는 어떡하면 좋단 말인가.

나에게도 이 사내가 가장 공략하기 쉬운 성으로서 나를 택한 마음은 충분히 알 수 있었다. 그리고 또 만약 나한테서 돈을 뺏어낼 수 없다면 문제를 아빠한테 끌고 갈 것도 또한 틀림없었다. 아빠는 최근 할아버지 일을 몹시 불평하여 또 그렌우디 양로원에 집어 넣는다는 으름장을 놓고 있는 형편인 것이다.

"조금 시간적인 여유를 주었으면 좋겠는데요."

하고 나는 최후로 그렇게 말했다. 골트는 아주 관대하게 대답을 했다.

"한 주일만 기다리지, 동지. 그만하면 괜찮겠지."

나는 자리를 일어났다. 그리고 나가려 하니까 그는 그의 특유의 장난스러운 얼굴을 하고 내 팔을 잡았다.

"누군가가 그러는데, 자네를 좋은 사람이라고 말하더군."

나는 모욕으로 머리가 혼들혼들 하는 기분인 채 집으로 돌아갔다. 오래 전부터 나는 인생의 지표를 찾아, 모든 인간은 동포라고 하는 빛나는 사상에 마음 끌려서 온갖 회합에도 나가고 팜플렛을 뒤져 읽으며 '고민하는 인류'라는 말을 깊이 생각하고 있었다. 우리 노동자들은 일치단결하여 적의에 찬 하늘 아래로 앞으로 앞으로 행진하고 있는 것이다.

짓밟혀 있는 가난뱅이에게도 고귀한 정신이 있음을 지금까지 골트만큼 격렬하게 역설한 사람은 없었을 것이다. 그러나 그 자신의 빈궁은 나태와 무기력의 결과이다. 더구나 지금, 스스로 고귀함을 증명할 좋은 기회가 생기자 그는 그것을 이용하여 남을 짓밟으려 하고 있는 것이다.

그러고부터 며칠 동안 나는 돈을 구할 방법에 대해서 온갖 궁리를 하였다. 그런 얘기를 들어 줄 만한 사람은 하나밖에 없었다. 조립공장에서는 그 주말까지 골트가 주욱 나를 감시하고 있었고, 나는 나대로 지미의 모습을 엿보고 있었다. 요즘에 이르러 지미와의 사이는 전보다 좋아져 있었다. 내가 '일에 정성을 들여' 이전보다 열심히 하고 있는 것을 지미도 깨달은 모양이었다. 나는 몇 번 조금만 노력하면 얘기를 걸 만큼 되어 있었으나 막상 그 단계에 가서는 마지막 용기가 꺾어지고 마는 것이었다. 그러나 토요일 점심 전 골트의 시선이 마침내 집요해진 것을 깨닫고 나는 조립공장 주임한테로 갔다.

"지미."

나는 초조하게 느끼며 말했다.

"돈을 좀 빌려 줄 수 없을까?"

"무슨 걱정거리가 있구나 하고 생각했지."

그는 담배 피우던 것을 내던지고 웃는 얼굴로 나를 돌아보며 동시에 주머니에 손을 집어 넣어가지고 잔돈을 한 움큼 꺼냈다.

"얼마가 필요하니?"

"당신이 생각하는 것보다 좀 많아."

나는 꼴깍 침을 삼켰다.

"그렇지만 꼭 돌려 줄 거니까."

"얼마 필요하냐니까."

그는 여전히 웃는 얼굴이기도 했으나, 좀 의심스러운 듯 같은 말을 되풀이했다.

"5파운드인데."

그는 웃는 얼굴을 거두고 믿을 수 없다는 듯이 나를 바라보았다.

"아니 뭐라구. 돌지 않았니? 나는 또 2실링이나 그 정도로 알고 있었지."

"급료 중에서 틀림없이 돌려 줄 거니까 말이야."

"뭐 하는데 그런 돈이 필요하니?"

"그건 말할 수 없어. 그런데 꼭 필요해."

그는 내 얼굴을 이상하다는 듯 보고 있었다. 그리고 손에 들고 있던 잔돈을 짤랑짤랑 주머니에 도로 집어 넣었다. 그 표정은 차갑고 비난과 실망을 나타내고 있었다. 그는 고개를 가로 저어 보였다.

"너는 요즘 가까스로 자리를 잡는다고 생각했는데, 여기는 스코틀랜드 은행이 아니야. 나도 겨우 먹고 살 뿐 쩔쩔매는 생활이니까."

나는 이 준렬한 거절에 몹시 굴욕을 느끼며 퇴각했다. 어떤 괴로움도 불평 한마디 없이 참을 수 있지만 손톱만큼이라도 경멸하는 말을 듣고는 견디지 못한다. 그리고 나서 작업 중 나는 머리를 낮게 해서 골트가 보내는 집요한 눈길을 피했다. 그리고 종업 기적이 울리자 재빨리 그를 앞질러 통용문을 향해 뛰어가서 집까지 절반은 달음박질을 했다.

일요일 하루는 그런대로 조용하게 보낼 수 있었으나 다음 1주간, 골트는 인정 사정 없이 물어 뜯을 듯 성화였다. 처음에는 나도 우물 쭈물하고 있었으나 이윽고 아무래도 이 일은 처리하지 않으면 안된다, 내 채무나 마찬가지다, 하고 생각하게 되었다. 그래서 어떻게 해서든지 이 일에서 피하고 싶다고 필사적으로 생각했다.

나는 원래 극단적인 성격이라 어릴 때 한 일들도 모두 정복이냐 죽음이냐는 식의 강렬한 것뿐이었다. 지금의 경우도 예외는 아니었다. 나는 '보기 좋게 골트에게 줘 버려' 가지고 여봐라는 듯 광기스러운 만족을 맛보고 싶었다. 실제로 나는 내가 그 돈을 빚지고 있는 것이다. 무슨 짓을 해서라도 반드시 갚지 않으면 안되는 빚이라고 생각하고 있었다. 골트가 이 환상을 더욱 조장시켰다. 그는 경찰서에 고소한다고까지 떠들기도 했다. 나도 이제는 이 사건에서 벗어날 수 없는 것이다. 소피가 내 방의 청소를 하고 있을 때 터무니없는 생각에 고민한 것을 생각해 내어 더욱 죄책감에 박차를 가했다. 나도 할아버지 못지않는 나쁜 인간이 아니었던가.

토요일이 또 다가왔으나 나는 어떻게 해야 할지 몰랐다. 박해자의 손을 피하려고 했으나 골트는 문간에서 기다리고 있었다. 그는 최후 통첩을 보냈다. 다급한 음성으로 경마의 마권 집에 아무래도 갚지 않으면 안될 빚이 있다고 했는데 거짓말 같지 않았다.

"오늘 밤에 그걸 가져 오지 않으면 말이야."

하고 그는 말했다.

"큰일이 벌어지니까 말이야."

그와 헤어져 돌아오는 동안 나는 울적해서 견딜 수 없는 기분이었다. 남의 짐까지 짊어지다니 죽기보다 싫은 것으로 생각됐다. 이제 내가 할 수 있는 일을 하는 것이다. 이 이상은 도리가 없다.

집에 돌아오니까 할머니가 매우 만족한 모습으로 계단을 내려오고 있었다. 두 손에는 성서를 들고 있었다.

"할아버지가 너를 만나고 싶다는구나."

하고 그는 2층을 턱으로 가리켜 보였다.

"아침부터 아무래도 상태가 이상해서 말이야. 잠깐 같이 있으면서 이걸 읽어 줬지."

최근에 와서 할머니는 그런 기특한 일을 하도록 변하고 있었다.── 할아버지가 눈에 띄게 건강이 쇠약해지고부터 그는 지금까지의 적의를 버리고 이제는 친절한 시중을 들어주게까지 되었다.

나는 현관 방에서 조금 주저하다가 곧 2층으로 올라가 도어의 손잡이를 돌렸다. 단정히 옷은 입고 있었으나, 조용히 침대에 누워 있는 할아버지는 기분이 좋지 않은 것 같았다. 나는 무어라고 말을 하지 않으면 안되었다.

"어디 편찮으세요?"

할아버지는 미소 지었다.

"좋은 책을 너무 많이 읽은 탓일 거야. 《하지 바바》라도 조금 읽으면 나을 텐데 말이야."

그리고 무슨 생각을 떠올리는 듯 나를 조용히 보았다.

"오늘도 풋볼을 보러 가니?"

"시합이 없어요."

할아버지는 그러고 나서 아무 말도 하지 않았다. 무엇이 필요하다는 것도 아니었다. 그러나 같이 있어 주었으면 하는 눈치인데도 나는 퉁명스러운 표정으로 점심 먹으러 아래층으로 내려와 버렸다. 언젠가 나는 이제 할아버지와는 아주 인연을 끊겠다고 말한 적이 있었는데 지금이야말로 나의 그 말을 지킬 작정이었다.

점심을 먹고 나니까 비가 내리기 시작했다. 나는 두 손을 주머니에 찌른채 창밖을 내다보며 방 안에서 우물쭈물하고 있었다. 이윽고 입을 꾹 다문 채 계단을 올라갔다.

나는 할아버지 방의 불이 잘 타오르게 해주면서 장기를 세 판 '나프'(다섯장 가지고 하는 트럼프 놀이)를 몇 번 했다. 이 게임에서 우리는 성냥 내기를 하는데, 이것을 시작하면 할아버지는 굉장히 열중했다. 의자에 걸터앉고, 나는 사르탄 궁전의 하지의 모험(페르샤의 풍속을 그리고 부랑자의 모험을 테마로 한 모라 작〈이스파한의 자미 바바〉, 1824)을 읽어 주었다. 이것을 읽으면 언제나 할아버지는 재미있어서 웃는 것이었다. 네시가 되었으므로 차를 준비하고 더운 토스트에 흘러 내릴 정도로 버터를 발라 주었다. 차를 마시고 나자 할아버지는 담배에 불을 붙이고 눈을 절반 감은 채 의자 등에 기대고 있었다.

"이렇게 있으니까 옛날 같구나, 로비."

나는 욱 화가 치밀어 싫은 소리라도 한마디 해주고 싶었다. 이렇게 할아버지가 침착하게 있으니까 할아버지의 좋지 않았던 행실이 한층 용서할 수 없는 것으로 여겨지는 것이었다.

나는 할아버지에게 못견딜 만큼 화가 났다. 그러나 걸터앉은 채 졸고 있는 것을 보니까 나에게는 내가 어릴 때 친절하게 해준 여러 가지 추억이 떠올랐다. 물론 그것은 전부가 친절한 마음에서 나온 것은 아니고 일부분은 할아버지의 성격의 자연발로였던 것이다. 원래 조금 감정의 노출이 심한편인 데다가 훌륭한 성격 배우였으므로 남에게 은혜를 베푸는 역이 아주 마음에 들었던 것이다. 그러나 그런 것을 모두 인정한다고 하더라도 이 만년에 이르러 운명이 시키는 대로 방치해 둘 수는 없는 것이다. 할아버지에게는 그렌우디 양로원 생활 같은 것은 절대로 견딜 수 없을 것이다. 나도 피터 디키를 문안하러 거기에 가 본 적이 있었다. 할아버지 같은 사람이 그런 곳에 보내진다면 그야말로 마지막이다.

나는 한숨을 쉬고 일어났다. 방을 나오면서 할아버지가 의자에 걸터앉은 채 편안히 잠들어 있는 것을 보자 다시 화가 났다.

그날 밤 나는 가빈이 준 현미경을 꺼냈다.——내가 가진 것으로서 조금이라도 값어치가 있는 것은 그것뿐이었다. 거리에서 거지 노릇을 하더라도 이것만은 절대로 놓치지 않겠다고 맹세한 신성한 것이지만, 나는 거리로 나가 그것을 전당포에 넣었다. 5파운드 10실링이라는 꽤 많은 돈을 주었다. 예상보다 좀 많았다. 나는 그 길로 골트가 살고 있는 빈민가로 향했다. 백묵 낙서투성이에다 절반은 허물어져 가고 있는 갈색 사암(砂岩)의 건물 마당으로 들어갔다. 그는 와이셔츠 바람으로 창에 기대어 서 있었다.

"자아, 돈을 가져 왔어요."

하고 나는 말했다. 돈을 건네 주니까 그는 손에 받아쥐면서 나를 쳐다보았다. 그 얼굴에 부끄러운 듯한 웃음이 떠올랐다.

"그럼 이걸로 깨끗하게 되는 거야. 좀 들어왔다 가지 그래."

난잡하고 더러운 방을 가리켰다. 해어진 벽지에는 '우애조합'의 증명서 따위와 풋볼 선수, 권투 선수의 사진 등이 핀으로 꽂혀져 있었다.

나는 고개를 흔들어 사양하고 그곳을 떠났다. 금방 날 것 같은 기분이 되었다. 공원길을 절반쯤 왔을 때 흥분하고 있었기 때문에 현미경과 바꾼 돈을 송두리째 골트에게 주어 버린 것을 깨달았다. 그가 요구한 것보다 10실링이나 더 준 것이다. 그렇지만 그까짓 것이 무슨 상관이냐. 자식과는 인연이 끊어진 것이다. 이제는 자유다. 내가 어른이라는 자각이 없었더라면 나는 틀림없이 달리고 뛰고 했을 것이다.

그러나 나도 이제는 점잖게 해야 할 어른인 것이다. 공원길 변두리 가게로 천천히 걸어가 주머니에 남은 잔돈으로 동그란 사과파이를 하나 샀다. 조용하고 맑은 저녁 무렵의 드럼벅 길을 걸으면서 사과파이를 천천히 먹으며 즐거움을 만끽했다. 오늘따라 어쩌면 이렇게 맛있을까! 해가 길어져 가는 것도 얼마나 유쾌한 일인가! 저녁빛은 투명하고 부드러웠다. 개똥지빠귀가 한 마리 밤나무 가지에서 재잘거리고 있었다. 나는 가까이 가서 그 순진한 새에게 소리를 질렀다.

"언젠가는 너한테 보여 줄 거야! 알겠니! 그때까지 기다리고 있는 거야!"

7

리븐포드는 예전에 엄마가 말한 것처럼 연기에 그을은 오래된 시가지였지만 그러나 주위의 숲이나 호수나 포구나 산들은 모두다 아름다웠다.

시내에는 여러 종류의 여행 클럽과 촬영 클럽이 있어 이름뿐인 2실링 정도의 신청금을 내면 즐거운 여행도 할 수 있었다. 케트와 지미가 입회를 권고하고, 할머니까지도 걱정하는 얼굴로 내게 즐거운 여행을 권고했지만 나는 모두 물리쳐 버리고 책을 들고 침대에 드러눕고 말았다. 전에는 자주 바람이 휘몰아치는 높은 바위산의 정상을 내 집같이 뛰어다녔던 나였지만 이제는 몇 달 동안 꼼짝도 하지 않고 있었다. 그러나 휴가날 아침이 되니까 갑자기 다시 옛날의 열정이 울컥 가슴속에 일어나는 것을 느꼈다.

그러나 불행하게도 스코틀랜드에서는 부단히 싸우지 않으면 안되는 것이 있었다. ──그것은 날씨다. 그래서 모처럼 자유롭게 된 이 날도, 옷을 갈아입으며 창밖을 보니까 하늘은 회색으로 변하여 금방이라도 비가 쏟아질 것 같았다. 오늘도 비가 쏟아져 축일 기분을 엉망으로 만들어 버리는 기분 잡치는 하루가 될 것인가 하고 나는 투덜대면서 황급히 역으로 나갔다.

역에 도착하니까 몇 사람의 하이커가 안개에 젖은 플랫폼에 약간은 쓸쓸한 얼굴로 서 있었다. 그 쪽으로 발을 옮기다가 내 심장은 별안간 무섭게 뛰기 시작했다. 알리슨이 벌써 와 있었던 것이다. 튼튼한 방수 외투를 입고, 긴 머리에는 짙은 감색 베레를 쓰고, 레이드 선생과 얘기를 하고 있었다. 알리슨이 있다는 사실만으로 금방 역 전체가 빛나기 시작했다. 가까이 가니까 레이드 선생이 끄덕이며 인사했다.

"걱정하지 마, 샤넌. 나는 같이 가는 게 아니니까."

알리슨은 콧등의 빗방울을 떨어 버리고는 가볍게 웃으며 나한테 물었다.

"이래 가지고는 곤란하지, 로비. 이런 괴상한 날씨여서야 갈 수가 없지 않아?"

"그렇지 않아."

나는 성급히 그 말을 막았다.

나는 어떻게 하든지 가고 싶었다. 사실 우박이 쏟아지든 무엇이 쏟아지든 절대로 가야 한다고 생각하고 있었던 것이다. 레이드 선생이 유쾌한 어조로 동조해 주었기 때문에 나는 안심했다.

"젖는다고 해서 녹아 버리지는 않을 거니까. 다만 배에서는 파도를 뒤집어 쓰지 않도록 주의하는 것이 중요해. 우리 집 청우계로는 오늘 아침은 '온난, 기온 상승'이라고 돼 있었어. 그건 태풍 징조거든."

이 2년 동안에 레이드 선생은 그 독특하던 음산한 면이 거의 없어져 가고 있었다. 어떤 역경에 처하더라도 '울적해 하는 일'이 없어진 이 새로운 변화가 나로서는 몹시 부러운 것이었다.——내 자신은 그런 낙천적인 면이 너무나 부족했다. 선생은 미시즈 키트의 부탁으로 윈톤에 가는 길이었으므로, 우리와 잠시 얘기하다가 그 쪽 차를 타기 위해서 반대쪽 폼으로 걸어가 버렸다. 그러나 헤어질 때 알리슨과 선생 사이에 무엇인가 서로 신호해 알리는 듯한 시선이 교환되는 것을 나는 느꼈다. 그러나 무슨 의미인지 알 수 없었다. 나는 언제나의 버릇대로 두 사람의 차표를 끊으러 황급히 출찰구 쪽으로 가고 있었기 때문에 볼 수가 없었던 것이다.

마침내 알리슨과 나는 애드필란행 열차에 탔다. 애드필란에 도착하여 맥주 통들과 감아 놓은 로프 사이를 빠져 나가 바다에서 부는 신선한 바람이 옆으로 비를 휘몰아쳐 오는 속을 제방까지 달려가서 아든케플로 가는 북영 철도 회사의 외륜선 루시 아슈톤 호에 올라탔다. 우선 배 위를 한 바퀴 돌며 구경한 다음 우리는 갑판실의 구석진 장소를 발견했다. 여기면 비교적 비도 맞지 않을 것 같았다. 이윽고 아래에서 징이 울리자 닻이 올려진 다음 빨간 바깥쪽 바퀴가 돌기 시작하고 배는 진동하면서 암벽을 떠났다.

갑판실 모퉁이를 돌아 정면으로 불어닥치는 물보라를 피하면서 나는 걱정스러운 얼굴로 알리슨을 바라보았다.

"어려우면, 아래로 내려가도 괜찮아."

알리슨의 뺨은 바람과 비를 맞아 빨간 색이었고, 깊숙이 쓴 짙은 감색 베레모 위에는 수정알을 뿌린 듯 물방울들이 반짝반짝 빛나고 있었다.

"오히려 재미있어."

그는 미소 지으며 바람소리를 거슬러 큰소리로 말했다.

"그리고 푸른 하늘로 보이는데, 뭐."

그랬다. 그가 가리키는 데를 보니까 찢어진 구름 사이에 파란 하늘이 조금 보였고, 얼마 가지 않아 구름 사이의 그 파란 틈은 또 나타났다. 그러다가 순식간에 그 두 개의 파란 틈 사이는 하나가 되어 버리더니 확 퍼져 점점 비구름이 멀리 사라지는 것을 둘이는 즐겁게 바라보고 있었다. 그리고 태양이 나타나서 빛나기 시작했다. 이옥고 하늘은 완전히 개고 금방 말라들어가는 갑판에서 김이 오르기 시작했다. 스코틀랜드의 놀랄 만한 날씨의 변화는 오늘을 비길 데 없이 좋은 날씨로 만들어 준 것이다.

"제슨의 청우계는 맞았네!"

나는 기뻐서 어쩔 줄 몰라 했다.

알리슨도 기쁜 듯 동의했다.

"그렇지만 로비, ……제슨이라고 하면 싫어."

그는 잠깐 망설였다.

"우리가 그렇게 부르는 것을 엄마가 아주 싫어해. 정말 이름은 아주 멋있으니까 말이야."

우리는 주홍색 연통이 있는 작은 배의 앞쪽으로 걸어갔다. 배는 지금 맑고 푸른 하늘 아래, 높은 산과 산 사이의 바닷물을 미끄러지듯 거슬러 올라가다간 가끔 작은 선창에 대어서는 햇감자를 싣기도 하고 시장으로 데리고 가는 양을 몇 마리 이끈 농부들을 태우기도 했다. 알리슨과 함께라는 것, 다만 그의 곁에 있는 것만으로도 나는 말할 수 없이 즐거웠다. 난간에 기대어 있자 우리는 배가 동요할 때마다 서로의 몸이 스쳐 오는 것을 피할 수 없었다. 기쁨과 희망, 또한 말할 수 없는 황홀감이 함께 뭉쳐 내 마음에 넘쳐 흘렀다.

배는 한시에 아든케풀에 도착했다. 이 아름다운 장소에서 알리슨과 함께 세 시간이나 지낼 수 있다고 생각하는 것만으로 나는 꿈속에 있는 것 같았다. 이런 곳에서는 멋지게 즐겨야 한다고 생각하고 나는 그를 재촉하여 멀리 높은 지대에 서 있는 큰 호텔로 급히 달렸다. 그것은 작은 마을의, 흰 벽의 시골집이 몇 채 있는 속에서 자랑스럽게 서 있는, 그러나 약간 황폐한 집이었다.

"점심을 먹고 싶은데."

노루뿔이 걸린, 바람이 불어 들어오는 홀에 들어서니까, 나이 들어 보이는 무서운 얼굴의 무뚝뚝한 여급사가 우리 앞에 불쑥 나타났다. 여자는 점심을 하고 싶다는 말을 듣자 대답도 없이 좁다랗고 추워 보이는 식당으로 안내했는데 우리 이외에 손님이 있는 것 같지도 않았다. 주위 벽에는 노루 머리와 소뿔이 주욱 걸려 있고, 진짜 같지는 않은 박제 물고기가 니스 칠한 받침대에서 우리쪽으로 입을 삐죽 열고 있었다. 요리대 위에는 약간의 요리가 뷰페식으로 놓여 있었다. 몹시 질겨 보이는 양고기에, 오래된 감자, 빛깔 나쁜 만두, 흙냄새가 날 것 같은 치즈, 구워 놓은 비스킷 등이다. 흰 수염을 길게 기르고 체크 무늬의 조끼를 입은 고지인(高地人) 주인이 저 안쪽에서 서서 무서운 얼굴로 우리 테이블을 보고 있는 여급사에게 게리크 어(스코틀랜드 고지인이 쓰는 말)로 우리가 별로 괜찮은 손님은 아닐 것 같다고 말하고 있는 것이 보였다. 그러자 여급사가 다가와서,

"아직 시즌이 아니라서, 찬 요리 밖에 안되겠는데요. 일인분 4실링 4펜스씩입니다."

뭔가 괴상하게 기분 나빴으나, 내가 이 뻔뻔스러운 위협에 따르려 하고 있으니까 알리슨이 작은 목소리로 속삭였다.

"정말 여기가 마음에 들어, 로비?"

나는 깜짝 놀라며 얼굴이 새빨개졌다. 그래서 재빨리 싫다는 뜻으로 고개를 저어 보였다.

"나도 싫어."

알리슨은 가만히 일어서더니, 놀란 눈으로 보고 있는 여급사를 향해 말했다.

"우린 생각이 달라졌어요. 점심은 이제 필요 없어요."

여자의 놀라는 모습과 붙잡으려고 뭐라고 지껄여대는 흰 수염 주인의 낭패에는 아랑곳 없이 알리슨은 무척 침착하게 호텔을 나갔다. 나도 그 뒤를 따랐다.

길을 가로 건너가자 알리슨은 외롭게 서 있는 마을 가게로 들어가 늘어 놓은 것들을 자세히 조사해 보고 나서, 점원에게 햄 샌드위치를 만들어 달라고 시켰다. 샌드위치 준비를 하는 동안 알리슨은 가게 안을 여기저기 돌아다니다가 사과를 두 개, 잘 익은 바나나를 몇 개, 초콜렛을 한 개, 그리고 어릴 때 내가 잘 먹던 '철광천'이라는 맛난 소다수를 두 병 샀다. 모두 다해서 2실링 6펜스밖에 되지 않고, 더구나 들기 좋게 모두 하드롱 봉지에 넣어 주었다.

우리는 곧바로 새싹이 돋아나는 낙엽송 사잇길로 해서 산으로 올라갔다. 이미 나뭇가지들은 모두 파아란 새눈이 귀엽게 움터 나오고 있었다. 아든케풀 강을 따라 고사리 등이 우거진 사이를 지나 까치발걸음의 길을 일정한 속도

로 걸어 마침내 황무지 끝 위쪽 빈터로 나왔다.

그곳은 버려진 작은 목초지로, 주위는 가득 고사리로 덮이고 커다란 돌의 방벽이 바람막이 구실을 하고 있었다. 그 풀밭 한가운데로 도랑물이 기세 좋게 흘러, 깨끗한 바윗돌들에 부딪혀 물보라를 날리며 흰 모래땅에 둘러싸인 호박색 못으로 들어가고 있었다. 물가에는 축축한 잔디밭이 있었고, 군생하는 잡초들이 머리를 숙여 냇물 속에 드리워지고, 꽃이파리들이 마치 작은 보트처럼 떠내려 가고 있었다. 주위는 어딘지 비밀스러운 따스한 공기에 싸여 있었다.

둘은 못 가까이 엷고 푸른 머리를 쳐들기 시작하는 고사리밭 사이의 돌벽에 등을 대고 마른풀 위에 앉았다. 우리 뒤에는 산들이 솟아 있고, 저 아래 멀리에는 우리가 타고 온 장난감 같은 배가 정박하고 있는 강 입구의 바닷물이 거울같이 보였다. 태양이 따스하고 밝은 빛을 내리쏟고 있다. 나는 흥분을 누르며, 알리슨이 외투를 벗고 피크닉의 점심을 차리고 있는 동안 소다수 병을 냇물에 담갔다.

샌드위치는 갓 구운 빵에 햄과 버터가 들어 있었는데 그때까지 먹어 본 어떤 것보다도 맛이 있었다. '철광천'이 거품을 뿜으며 목구멍을 내려가니 가슴이 후련했다. 알리슨은 바나나를 전부 나에게 주었다. 둘다 별로 말은 하지 않으면서 식사를 끝냈다. 알리슨은 예의 그 장난스러운 미소를 나한테 보냈다.

"다 헐어빠진 호텔보다 이편이 훨씬 낫지 않아?"

만약 그가 냉정하게 결연한 태도로 나오지 않았더라면, 아직도 우리는 거기에서 혼이 나고 있을 거라고 생각하니 나는 입도 떨어지지 않아 그저 가만히 고개를 끄덕일 수밖에 없었다.

알리슨은 만족스러운 한숨을 쉬고, 베레모를 벗더니 돌담에 기대어 다리를 길게 뻗었다.

"아아, 기분 좋아."

하고 그는 말했다.

"나, 자고 싶어."

건강하고 젊음이 넘치는 그녀는 아름다웠다. 언제나 조금 흐트러진 듯한, 길다란 그 머리가 아무렇게나 풀어져 벌써 그을음 탄 얼굴 위에 자연스럽게 늘어져 있다. 깨끗하고 단정한 얼굴 위에 내려감은 긴 속눈썹이 아름다운 그늘을 지우고 있는데 광대뼈 위에 있는 조그만 점 때문에 그것이 이상한 귀여움을 한층 더해 주고 있었다. 흰 블라우스는 목 있는 데까지 열려 있어서, 쭉 곧은 목이 드러나 보였다. 작은 진주알 같은 땀방울이 콧등에 송송 솟아났다.

어떤 환희와 공포가 또다시 내 몸 안을 달리기 시작했다.

"불편하지 않아, 알리슨."

나는 알리슨 가까이 다가가서 팔을 머리밑으로 넣어 받쳐 주었다.

그는 별로 사양도 하지 않고 여전히 조용히 누워 있었다. 눈은 감은 채로 입술에는 절반 미소가 떠 있다. 조금 있다가 그가 작은 목소리를 냈다.

"로비의 심장이 굉장히 큰소리를 내네. 쿵쿵 울리는 소리가 이 근방 전체에 들릴 것 같아."

솔직하게 내 심정을 말하기에 얼마나 절호의 찬스인가! 그런데 나는 왜 이 찬스를 붙잡지 않는 건가. 그리고 왜, 오 오, 왜 나는 그녀를 이 팔로 껴안지 않는 건가. 아아 이것도 내가 순결을 지나치게 중시하는 때문인 것이다! 나는 너무 단순하고 서툴렀다. 거기에다 커다란 행복감에 밀려서 어떻게 움직일 기분이 나지 않는 것이다. 혀는 굳어지고 감동으로 숨이 막혀서 그대로 그의 머리를 받친 채 뺨과 뺨을 대고 있을 뿐이다. 그러자 그녀의 호흡이 천천히 물결치는 것 같이 느껴지고, 거기에 따라 까만 에나멜 가죽의 밴드가 가느다랗게 삐걱거리고 있었다. 태양은 이 행복한 두 사람을 자비롭게 비쳐 주고 있다. 공기는 부드럽고 따스하고 아래쪽 숲에서는 뻐꾸기의 성가신 울음소리가 메아리 되어 오고, 그녀에게서는 어떤 향기마저 풍겨 오고 있었다.

나는 작은 소리로 속삭였다.

"언젠가 밤에 내가 말하던 게 바로 이거야. 알리슨, 너하고 나 둘이서만 이렇게 언제까지나 있고 싶어. 언제까지나."

"비가 오면 어떡허지?"

"비 따위 문제 아니야."

나는 뜨겁게 대답했다.

"너만, 언제까지……."

나는 거기까지밖에 말을 할 수 없었다. 알리슨은 벌써 눈을 뜨고 조급한 표정으로 나를 옆눈질해 보고 있었다. 그러나 아무 말도 하지 않았다. 이윽고 결심한 듯 그녀는 일어나 앉았다.

"로비! 진지하게 할 얘기가 있어. 난 네 일을 걱정하고 있어. 레이드 선생님도 그래."

그러고 보면 오늘 아침 역에서도 역시 그랬던 것이다. 그녀가 나한테서 떨어져 앉은 것은 슬펐지만, 내가 그의 관심의 표적이 되어 있는 것에는 자랑스러움을 느꼈다.

"우선 첫째로."

그녀는 눈썹을 찌푸리며 얘기를 계속했다.

"우리 모두는 말이야, 지금같이 네가 공장에 묶여 있는 것은 큰 잘못이라고 생각하는 거야. 이미 생물학 같은 건 잊어버렸겠지. 그렇지만 너 알고 있니? 카루소도 직공이 될 뻔했다가 발을 씻었잖어."

"이 봐, 알리슨."

나는 일부러 무관심한 얼굴로 어깨를 움츠렸다.

"지금의 내 직업이 난 마음에 들어."

그녀는 입을 다문 채 물끄러미 앞을 바라보고 있었다. 나는 건방진 소리를 해버린 것일까. 나는 흘깃 그녀의 옆얼굴을 훔쳐 보았다.

"그야 피로하기는 아주 피로해…… 이따금 기계에 손을 다치는 적도 있어 …… 그리고 기침도 자주 하게 되고."

그녀가 놀라 돌아다보는 그 표정에 나는 마음이 아팠다.

그녀는 고개를 저었다.

"로비…… 너는 정말 곤란해."

무엇을 내가 말했다는 것일까. 내 가슴은 갑자기 괴로움으로 꽉 찼다. 그녀는 왜 잔소리를 하면서도 이런 상냥스런 말씨를 쓰는 것일까. 따스하고 나른한 공기는 냇물의 흐르는 소리로 생생해지고 있다. 지금까지 미칠 듯이 고동하고 있던 내 심장은 오므라들고 말았다.

"화났어, 내가 한 말로?"

"아니야, 그렇지 않아요."

그는 자기 감정과 싸우면서 아랫입술을 꼭 깨물었다.

"다만, 로비가 하는 소리를 듣고 있으니까, 우리는 어째서 이렇게 다를까 싶어지는 거야. 나는 아주 실제적이고, 어쩌면 지나치게 빈틈이 없는 편일 거야. 그런데 너는 세상 모르는 공상가고, 앞으로도 줄곧 그럴 거라고 생각해. 레이드 선생님이 리븐포드에서 없어지면 도대체 너는 어떻게 할 참야."

나는 멍해져서 찬찬히 그녀의 얼굴을 보았다.

"레이드 선생님이 없어진다구?"

그녀는 아래로 눈을 돌렸으나 손으로는 풀줄기를 문지르고 있었다.

"잉글랜드쪽으로 전근운동을 하고 계셔요. 사세크스의 호샴에서 가까운 학교래. 지금 학교에는 너무 오래 계셨으니까. 이번 가시는 곳은 작은 학교지만 현대적인 교수법을 쓰고 있대. 그래서 선생님에게도 훨씬 장래성이 있는 셈이지."

"그럼, 레이드 선생님은 전임이 결정됐다는 거야?"

나는 큰소리를 냈다.

"글쎄…… 벌써 결정된 거나 마찬가지라고 생각해. 선생님도 오늘 밤 너한테 말씀하신다고 그러시던데."

나는 뼈 속까지 얼어 붙은 기분이 들었다. 레이드 선생은 가끔 은연중에 그런 기미를 보이기는 했으나 이것은 참으로 뜻하지 않은 벼락 같은 타격이었다. 그리고 어째서 한마디도 말하지 않고 일을 진행시켜 결정해 버린 것일까. 아마 선생은 내 기분을 상하게 하고 싶지 않았기 때문임이 틀림없다. 그렇다 손치더라도 나만 제외되어 버린 느낌을 버릴 수가 없었다. 그런 기분을 내가 말하려고 하기 전에 알리슨은 내 눈을 피하면서 낮은 목소리로 얘기를 계속했다. 그 이야기를 하는 그의 얼굴은 명암이 교차되고 있었다.

"그야, 레이드 선생님이 가버리신다는 말은 너한테 큰 타격인 줄 잘 알고 있어. 친구와 헤어진다는 건 정말 싫은 거니까. 물론 헤어졌다고 하더라도 서로 교제를 계속해 갈 수는 있는 거지만 말이야."

어색한 침묵이 흘렀다.

"사실은 말이야, 로비……."

문득 알리슨이 고개를 들었다.

"엄마하고 나도 여기를 떠나게 됐어."

나는 확실히 안색이 달라졌을 것이 틀림없다. 입술은 떨릴 뿐으로 말이 되어 나오지 않았다.

"어디로?"

그녀는 내쪽으로 몸을 돌리면서 빠르게, 그러나 신중히 말했다.

"내 공부 때문이야. 엄마가 내 공부를 아주 큰일로 여기고, 아무래도 전문가에게 가지 않으면 안된다는 거야. 크람 선생에게는 이제 배울 게 없어졌기 때문이야. 윈톤에는 그분 이상의 사람은 없고 말이야. 그래서 결국, 나, 런던 왕립 음악학교로 가기로 결정했어."

"런던!"

그것은 지구 반대쪽이라고 하는 거나 마찬가지였다. 그리고 그곳은 사세크스와는 아주 가까운 곳이다.

알리슨은 완전히 흥분해서 어찌할 바를 모르도록 침착성을 잃고 있었다.

"너같이 영리하면서도 무슨 일이 자기 주변에 일어나고 있는지 도시 눈치 못채는 사람은 또 없을 거야. 모르고 있는 건 로비뿐이야. 엄마하고 레이드 선생은 결혼하실 거야."

나는 멍청해져서 할 말을 잊었다. 물론 나도 미시즈 키트가 아직도 매력이 넘친다는 것, 그와 레이드 선생이 공통된 취미와 관심을 가지고 있다는 것은 인정하고 있었다. 그러나 나는 기뻐하기는커녕 오히려 오싹해지는 기분이었다.

긴 침묵이 흘렀다.

이윽고 나는 처량한 기분으로 입을 열었다.

"네가 가버리면 이제 나는 아무도 없어."

"나, 영구히 가버리는 게 아니야."

그녀의 목소리는 부드럽고 친절과 애정이 넘쳐 있었다.

"다만, 내 노래를 생각하지 않으면 안되는 거야. 그렇지만 세상 끝으로 가는 건 아니야, 로비. 그리고 말이야. 너 무모한 생각을 일으키면 안돼——. 잊지 말아. 언제나 내일이라는 날이 있다는 것을."

내가 다만 앞쪽만 바라보며 비참한 기분으로 있는 동안 태양은 산 저쪽으로 가라앉기 시작하고 선창가의 배로부터는 둔한 기적이 세 번 울려 곧 출범할 것을 알렸다.

"서둘러야지!"

알리슨이 소리쳤다.

"곧 닻을 올려."

뜻밖에 그녀도 괴로운 얼굴로 거의 애원하는 미소를 나한테 보내면서 손을 내밀어 나를 잡아 일으켰다. 급히 배 있는 곳을 향해 산을 내려가지 않을 수 없었다. 그녀는 아주 단단해 보였지만 역시 나와 마찬가지로 확신을 갖지 못하고 망설이고 괴로워한다는 것을 느낄 수 있었다. 배에서 다시 기적이 울렸다.——이번에는 공장 사이렌 같은 긴 것이었다.

내 휴일은 끝났다. 나는 더욱 우울한 기분이 되어, 고독하게 여러 사람으로부터 잊어버려져 있는 자신을 보았다. 갑자기 암담한 미래가 거대한 벽처럼 앞을 가로막고 있었다.

8

7월 마지막 토요일…….

나는 내 고민에만 마음을 빼앗겨, 오늘이 화훼품평회의 날인 것까지 잊어버리고 있다가 낮에 공장에서 돌아오는 도중에서야 문득 그것을 깨달았다. 그러나 로몬 뷰에 돌아왔을 때 오후에 거기에 갈 기분은 조금도 나지 않았다. 그렇지만 마덕에게는 간다고 약속을 해 놓았기 때문에 두시가 되자 준비하러 내 방으로 갔다. 머리 위에서 들리는 분명하지는 않지만 무언가 무거운 발소리에 나는 한두 번 손을 멈추었다. 그리고 결국 2층으로 올라가 보지 않을 수 없었다.

올라가 보니 세수를 하고 수염까지 손질을 한 할아버지는 거울 앞에서 얼굴이 새빨개진 채 떨리는 손으로 넥타이를 매고 있었다. 옷은 깨끗이 솔질을 하고, 구두도 옛날 전성시대와 꼭 같이 번적번쩍 닦여 있었다. 그리고 목에 꼭 끼이는 풀이 잘 먹은 흰 와이셔츠까지 입고 있었다.

"아 너냐, 로버트."

몸은 비실비실하고 있었으나 말소리는 똑똑했고 눈은 거울에서 떼지 않은 채였다.

할아버지가 외출하려는 것을 보자 나는 더운 날씨인데도 불구하고 오싹 한 기가 느껴지고 입이 잘 열리지 않았다.

"어디 가시려고요?"

"어디 가느냐고?"

넥타이가 잘 매어졌기 때문에 할아버지는 목을 쭉 뽑았다.

"고약한 질문을 하는 녀석이군. 화훼품평회에 가는 거다."

"아직 안돼요, ……외출할 만큼 몸이 낫지 않았다는 걸 아시잖아요."

"이렇게 기분이 좋은 적은 없었다."

"굉장히 더워요, 오늘은. 가만히 쉬고 계세요. 정말 안돼요."

"이번 주간은 줄곧 쉬고 있지 않았나. 쉰다는 게 얼마나 갑갑한 건지 너는 모르는 모양이구나."

"그렇지만 그런 다리로서는……."

나는 최후의 수를 썼다.

"그렇게 절름거려서는 걸을 수가 없잖아요?"

노인은 거울에서 눈을 떼고, 머리만은 조금 흔들리고 있었으나 언제나의 침착한 웃는 얼굴을 나한테로 돌렸다.

"이 봐 로비. 너하고 내가 다른 점은 말이야. 너는 무엇이라도 깨끗이 단념해 버리는 거야. 그렇게 쉽게 항복하면 안된다고 몇 번이나 내가 일러줬니. 설마 너는 가장인 이 내가 마덕을 축하해 줘야 할 이날에 그래 집안에 들어앉아 있어야만 한다고는 생각하지 않을 테지. 그리고 나는 옛날부터 무척 꽃을 좋아했단 말이야. 꽃과 미인, 알겠니?"

스스로 분명하게 그렇게 느끼고 있는 성격을 이렇게 지적당하고 나니 나는 얼굴이 빨개진 채로, 멍하니 할아버지가 저고리를 입고 딱딱한 커프스를 꺼낼 때까지 지켜 보고 있었다. 할아버지는 몇 주간이나 주욱 앓고 있었다. 아직도 한 발을 제대로 움직이지도 못하면서 외출한다고 준비를 하고 있는 것이다. 내가 아무리 수단을 쓴다고 해도 이미 할 수 없는 일이다. 일단 생각을 했다면 끝장을 보지 않고는 물러서지 않는 할아버지니까…….

"됐어!"

할아버지는 겨우 자기 모습에 만족하여 그렇게 말하고 이번에는 스틱을 집어 들었다.

"어디, 부축해 줄 건가, 그렇지 않으면 나보고 혼자 가라고 할 건가."

물론 함께 갈 수밖에 없었다. 오늘 같은 날 그 사람들 틈에 어찌 혼자 보낼 수가 있을 것인가. 나는 할아버지가 난간을 너무나 힘껏 잡으며 발길도 성하지 않은 채 계단을 내려가는 뒤를 따라갔다.

밖으로 나오니까 많은 사람들이, 매꼬 모자의 남자들과 가벼운 복장의 여자들이 품평회가 개최되고 있는 오바른 회관 정원으로 가는 길을 걷고 있었다. 천천히 밀려가는 그 사람 물결 속에 끼어들면서, 이런 혼잡 속에서 할아버지의 별로 소문 좋지 않은 친구나 만나지 않았으면 좋을 텐데, 하고 나는 생각했다. 가까스로 마음을 놓으면서도 할아버지 발길이 염려스러워 나는 손을 잡아드리려고 했다.

그것이 엄청난 실책이었다. 할아버지는 불쑥 화를 내면서 내 손을 거절했다.

"나를 무엇으로 생각하는 거냐, 화석이냐…… 미이라냐?"

그리고 끌리는 다리를 열심히 감추면서 멈추어 서서 옛날처럼 쑥 가슴을 내밀려고 했다.

"한 5년 지나면 혹시 나도 휠체어를 만들어 달라고 할지 모르지. 그렇지만 아직은 어림없다."

도움을 드리려 한 것이 잘못이었다. 할아버지는 자기가 늙었다고 생각하는 것을 무엇보다도 싫어하고, 영원히 살 수 있는 것은 아니라는 사실에는 눈을 꽉 감아 버리고 있었다. 사실 자세도 똑바르고 또 잘 걷고 있는 것이다. 걱정은 되었으나 나도 그 점을 인정하지 않을 수는 없었다. 어느 때보다 모양을 낸 할아버지는 위태로운 발걸음이나 조금 고개가 흔들리는 것은 보여도 어디에 내놓아도 부끄럽지 않은 모습을 하고 있었다. 사실 모자 밑으로 보이는 백발은 상당히 멋있게 사람 눈에 비치는 것이어서——우리가 걸어가니까 모두들 돌아보았고, 할아버지 자신도 자기가 주목의 표적이 되어 있는 것을 알고 한층 몸을 자랑스럽게 버티고 있었다.

"보았지, 로버트?"

할아버지는 아까의 자기 만족을 되찾으며 나를 보고 속삭였다.

"저 왼쪽 숙녀 둘을. 썩 아름다운 여자들이다. 그리고 어쩌면 이렇게 아름다운 햇빛이냐. 이건 결코 놓칠 수 없어."

임시의 회전 나무문이 설치된 회장 입구에 다가오자 할아버지는 여봐라는 듯 일찍이 마덕에게서 받아 두었던 두 장의 초대권을 꺼냈다. 할아버지는 정말 어쩌해 볼 도리가 없었다.

정원 안은 기분이 좋았다. 주(州)에서도 가장 아름답고 큰 정원의 하나로 전시품을 위해서 여섯 개의 홍백색의 큰 텐트가 있었다. 종자와 원예용구 진열을 위해서 친 여러 개의 텐트, 거기에 야외용 식탁 설비 등으로 그 안은 떠들썩했다. 그 곁에는 분수의 주위를 둘러싸고 시의 악단이 조용한 왈츠를 연주하고 있었다. 정연히 깎은 잔디밭과 자욱한 나무숲, 부인들의 드레스의 화려한 움직임, 악사들의 황금빛 제복, 음악과 분수의 속삭임, 품위 있는 조용한 이야기소리, 이 모든 것이 한층 더 할아버지를 젊은 기분으로 만들어 주고 있었다. 그는 빌로드 같은 잔디밭에 발이 묻히도록 서서 콧수멍을 벌름거리고 있었다.

"나는 말이야, 상류사회를 좋아 해, 로버트. 난 상류사회 출신이니 할 수 없는 거야."

할아버지는 몇 사람에게 인사를 했으나 상대방은 이쪽의 얼굴조차 모르는 것 같았다. 그래도 기세가 꺾이기는커녕, 이번에는 콧노래를 흥얼거리며 다리를 절름절름하면서 회장을 돌아다녔다.

"훌륭해, 참으로 훌륭해."

흥분이 조금씩 격해지고 있는 듯했다. 여전히 공손하고 겸손하게는 하고 있었지만 차츰 착각하기 시작하여 모두 자기를 위해서 축하해 주고 있는 것으로 생각하기 시작했다.

"봐! 저기 있는 건 미시즈 버섬리가 아닌가?"

"아니예요, 다른 사람이에요."

할아버지는 자꾸만 사람을 잘못 보고 있었다. 그토록 자만했던 '원시안'도 영구히 망가지고 만 것이다.

"아니 괜찮아. 그렇더라도 미인은 미인야. 나중에 말을 걸어 보아야지. 자, 마덕의 카네이션 있는 데로 데려다 다오. 나는 원래부터 카네이션을 좋아했으니까. 그리고 녀석이 상을 탈는지 어떨는지 보고 싶단 말이야."

나는 안심하고 할아버지를 데리고 갔다. 아까부터 알리슨과 그 어머니가 있는 것을 보았기 때문이다. 어떻게 해서든지 그들을 피하고 싶은 것이 그때의 나의 간절한 소원이었다. 우리는 큰 텐트 속으로 들어갔다. 안에는 여러 가지 꽃들과 온실에서 만든 과일과 고급 야채 등이 가득했다. 스코틀랜드인이 유명한 원예가인 것을 잊어서는 곤란하다. 한 텐트에는 멋있는 향기와 화려한 빛깔의 장미만이 두 줄로 늘어 놓여 있고, 또 한 텐트에는 화훼에 못지않게 섬세한 향기를 뿜는 스위트 피이가 가득 진열되어 있었다. 우리는 탐스러운 복숭아를 담은 바구니에 도취되기도 하고, 파란 리본으로 묶은 멋있는 아스파라가스와 먹음직스러운 마스커트종 포도송이와 터질 듯한 큰 수박 등을 돌아보았다. 할아버지는 모든 것을 다 안다는 태도로 점점 기분이 좋아져서 구경을 하고 있었다. 타는 듯한 텐트 속의 뜨거움에 여느 때보다 그 얼굴은 더욱 빨갛게 되고 있었다. 이렇게 행복해 하는 얼굴을 보니까 나는 아까 불안을 느꼈던 것이 부끄러워지고 할아버지에게서 이런 즐거운 시간을 빼앗지 않아서 좋았다고 생각했다.

둘은 카네이션 전시장까지 왔다. 여기에서 우리는, 진열대 정면에 늘어놓여진 큰 꽃다발을 보려고 호기심과 경의로써 몰려든 많은 사람들 틈에 섞여 있는 케트와 지미, 루크를 보았다. 조금 있으려니까 출품자 전용의 임시로 만든 작은 집에서 마덕이 미스 유잉을 데리고 나왔다. 노인은 이 일가를 만날 수 있어서 더 더욱 만족했다. 그래서 모두들과 악수를 교환하고, 루크의 손까지 잡았으나, 어떻게 된 셈인지 이 아이를 로비라고 부르고 있었다.

그리고 주위의 구경꾼들을 바라보며 모두에게 비밀얘기라도 해준다는 어조로 마덕을 향해 속삭였다.

"전형 결과는 어떠냐. 메달은 우리가 땄니?"

마덕은 계면쩍은 모양으로 전시대쪽을 가리켜 보였다.

"보세요."

중앙에 있는 꽃다발 위에! 화훼 주위에 보라빛을 띤 노란 색깔의 아름답고 진기한 꽃 위에—— 아직 잉크도 채 마르지 않은 금테두리 카드가 걸려 있었다. '후훼출품 최우수상. 바우와 은패. 드럼벅의 다르림풀 레키 원예장 마덕 레키'

"이것은 알렉산더 금패나 맞먹는 거예요."

하고 미스 유잉이 황급히 설명했다.

"정말 기뻐요."

훌륭한 업적이기는 했으나 마덕은 아직 야심이 채워진 것은 아니었다. 그러나 할아버지에게 있어서는 그런 것은 아무래도 좋은 것이었다. 상패는 상패였다. 할아버지의 얼굴은 새빨개져 있었다.

"마덕, 나는 네가 자랑스럽다. 덕분으로 면목이 섰어. 어떠냐? 네 이 훌륭한 꽃을 처음으로 꽂는 특권을 나한테 주지 않으려……."

할아버지는 손을 뻗쳐 꽃다발에서 카네이션을 한 가지 뽑아들더니 줄기를 찢어 슬쩍 자기 단추구멍에 꽂았다.

그것은 참으로 잘 어울리는 것이었다. 마덕은 특별히 기쁜 얼굴은 하지 않고 있었으나 단추구멍에 꽃을 꽂은 것으로써 확실히 할아버지에게는 멋있는 신사의 풍취가 풍겼다. 그리고 벙글벙글하면서 우리를 돌아보더니 곧 진지한 표정으로 돌아갔다.

"상품을 수여하는 데로 안내해다오. 나는 피곤하지는 않지만 말이야. 그러나 거기에 가 앉아서, 우리 집에 상패가 수여될 때까지 기다리도록 하자."

할아버지가 악단 가까운 높은 아카시아 그늘의 잔디밭 위 의자에 케트와 지미랑 같이 기쁘게 앉는 것을 보고 나는 내 책임이 이제 해제된 것같이 느껴져 거기에서 달아날 기회를 붙잡았다. 반 시간쯤 내가 없어도 염려 없겠지 —— 벌써 할아버지는 케트의 아이를 무릎에 올려 앉히고 뭔가 얼르듯 웃는 얼굴을 하며 묻고 있었다.

"로비, 할아버지와 연못에 스케이트 타러 갔던 것을 기억하고 있을 테지?"

나는 잔디밭을 가로질러 가며 루크의 높고 날카로운 대답소리를 들었다.

"스케이트 얘기 같은 건 몰라요, 할아버지. 줄루인(앞에서도 나온 '줄루 전쟁'에서 유명한 아프리카 동남부의 한 종족으로 영국과 싸워 크게 영국을 괴롭혔다) 얘기나 해줘요."

나는 아무런 목적도 없이, 그러나 옆눈으로 주의를 게을리하지 않으며 그들을 좇아 몇 개의 큰 텐트를 돌아다녔다. 레이드 선생은 내주에 남부로 출발한다고 하고, 알리슨과 미시즈 키트도 그 며칠 후 뒤좇아가게 되어 있고——결혼식은 월말에 런던에서 가족끼리만 모여 올릴 예정이라고 한다. 최후로 만난 후 알리슨은 성 안폴 강당에서 성공리에 리사이틀을 마쳤다. 그러나 이 모든 사실들은 묘하게 점점 내 고민을 더하게 했다. 마음에 상처를 입어 몹시 고독해진 나는 친구를 만나는 것도 무서워 피하고 있었으나, 그래도 그들에게 이별의 인사는 하지 않으면 안된다고 생각했다.

"그런 슬픈 얼굴을 하면 안돼요, 로비. 마덕의 성공을 자랑스럽게 생각하지 않으면 안돼요."

미시즈 키트가 레이드 선생과 함께 둘레에 흰 장식이 붙은 넓고 부드러운 밀짚모자를 쓰고 악단 가까이 선 채 옆눈으로 나를 보며 엷은 미소를 보내었다. 지난번 같은 비난스러운 말투도 아니었다.

"제가, 슬픈 얼굴을 하고 있습니까?"

나는 깜짝 놀라며 더듬더듬 대답했다.

"마덕이 받은 건 금패가 아닙니다."

"무리가 아니지."

레이드 선생이 말을 받았다.

"나도 몇 달 동안 창가 빈 상자에다 몰래 호리병 박을 재배하고 있었으니까 말이야."

"이 봐, 로비."

미시즈 키트의 까만 눈이 웃고 있었다.

"너는 정말 훌륭한 사람이야. 그런데 조금만 기운을 낸다면 틀림없이 더 멋있을 거야."

나는 들리지 않을 만한 목소리로 딱딱하게 내 번호를 시도했다.

"인간이란, 자기가 좋아하는 친구와 헤어지려고 할 때 기뻐서 싱글싱글 웃는다는 것은 도저히 할 수 없는 일이에요."

레이드 선생은 고개를 저었다.

"인생이란 아주 괴로운 거야, 로버트. 어떠냐? 딸기 크림이라도 먹지 않을래. 30분쯤 있으면 뷰페에서 알리슨과 만날 수 있을 거야."

"그래, 꼭 와요."

하고 미시즈 키트가 말했다.

"우린, 네 시에는 가 있을 테니까."

"네, 가겠습니다."

두 사람이 훌쩍 나가 버리자 나는 다른 큰 텐트로 들어가 훌륭한 오란다 방풍(뿌리를 식용으로 하는 식품)의 꽃을 오랫동안 들여다보고 있었다. 나는 오란다 방풍은 아주 싫어하므로 실상 이 꽃 따위가 안중에 있을 까닭이 없었다. 다만 이 꽃 앞에 멍하니 서 있는 동안 레이드 선생의 친절한 말투에 포함되어 있는 가벼운 비꼬임이 깨달아져, 내가 남에게 어떻게 보이고 있는가를 문득 알게 된 셈이었다. 아아, 견딜 수 없다! 나는 어쩌면 이런 바보일까! 인생에 대해서는 뭐 하나 아는 게 없고, 그 제1단계조차 알지 못하고 있는 것이다. 나는 꿈의 세계에서만 살고, 내 멋대로의 공상에 희생되어 있었던 것이다. 오오 하느님, 한 가지만 제 소원을 들어 주십시오——내가 그 사람들 앞에서 갑자기 울음을 터뜨리거나 추태를 연출하는 일이 절대로 없도록.

네시 5분 전에 나는 뷰페가 있는 쪽으로 발을 옮겼다. 그랬더니 그때, 할아버지가 쉬고 있던 자리쪽에서 사람들 틈을 비집으면서 나를 보고 열심히 손짓으로 부르고 있는 케트의 모습이 보였다. 그것이 무슨 명령이라도 하는 듯한 강한 표정이어서, 나도 황급히 그 쪽으로 달려갔다.

"할아버지 상태가 나빠."

케트는 숨을 헐떡이며 말했다.

"지미가 의사를 부르러 갔지만, 아까보다도 더 나쁜 것 같애. 입구 사무실로 가서 전화로 차를 불러 주지 않을래?"

할아버지는 친절한 몇 사람에게 둘러싸여, 한 시간 전까지 뽐내며 걷고 있던 잔디밭 위에 누워 있었다. 한 팔을 비틀린 것같이 아래로 꼬부리고, 등을 동그랗게 해서 옆구리를 잡고 있는 것 같은 모습이다. 눈은 가만히 하늘을 바라보고, 입에서는 거센 호흡이 흘러 나오나 이미 몸은 움직일 수가 없었다. 백발은 흐트러져 있었다. 얼굴도, 저 폭풍우의 밤이 지난 뒤 왕위를 쫓겨난 리어왕같이 거치른 슬픈 표정을 하고 있었다. 분명하게는 알 수 없었으나 나는 이것이 뇌출혈이구나 하고 생각했다. 입구의 사무실쪽으로 달려가고 있는데 이제 수상식이 시작되는 모양이었다. 프로그램이 다 끝난 악단은 이제 마지막이라는 투로 영국 국가를 연주했으나 그것이 내 귀에는 무섭게 울려 왔다.

9

일요일, 이미 한밤중이 다가왔다. 이번에야말로 틀림이 없다. 할아버지의 임종이 임박해 오고 있는 것이다. 그러한 공기는 지금 내가 지키고 있는 할아버지의 방에도 잠들어 있는 온 집안에도 아니 바깥 밤의 어둠 속에조차 충만해 있는 것이다. 온종일 집안에서는 대기하고 있는 상태, 적당한 행동을 취하려는 모습이 보였다.——마덕과 지미는 목소리를 낮추어 아래층에서 아빠와 얘기하고 있었다. 케트는 뒷마당에서 공놀이를 하고 있는 아이가 큰소리를 지르는 것을 막고 있었고, 할머니는 조용한 모습으로 과자빵을 한 솥 굽고 있었다. 이것은 '임종 지킴'이라고 불리우는 것이었으나, 노인이 세 번이나 계속 무서운 발작을 일으켜, 의사인 갈브레이스도 분명하게 이제는 그만이라고 말했는데도 불구하고 이래서 '시간을 끌 것'이 틀림없다는 불안과 실망의 기분으로 가족은 모두 침실로 들어가 버린 것이다. 나는 당연한 것처럼 자지 않고 지키겠다고 나선 것인데 여기에는 누구 하나 이의를 제기하는 사람은 없었다. 이것으로 할아버지에 대한 내 애정은 권리로서 인정되었고, 그리고 푹 자고 싶다는 것이 누구나의 소망이었으므로 모두에게 오히려 이것은 다행한 일이었던 것이다.

무서울 정도의 정적이었다. 덧문을 열고 창을 열어 제껴 보았지만 별도 없는 뜨뜻미지근한 밤공기가 더욱 마음을 불안케 했다. 할아버지는 똑바로 누워 있었는데 이미 숨소리도 들리지 않고, 완전히 힘이 빠져 있었으므로 딱 벌린 입으로 간신히 호흡을 하고 있을 뿐이었다. 침실로 들어가기 전에 할머니가 해면으로 뼈가 불쑥 나온, 절반 의식 없는 그 얼굴을 닦고, 흰 머리털을 빗겨 주자 화훼품평회에서 보인 최후의 그 당당한 풍채가 한 순간 희미하게나마 되살아났다. 나이는 할아버지의 육체를 허물어뜨리고 있었으나 그 품위까지는 떨어뜨릴 수 없었던 것이다.

나는 우울한 기분으로 할아버지를 지켜 보고 있었으나 그래도 할아버지는 곤란한 문제를 가장 안이한 방법으로 해결하고 있다고 생각하니까 다행이라는 생각도 들어, 그러는 동안 나도 모르게 명상에 빠져 버리고 말았다.

이것이야말로 일생의 가치가 결정되는 순간인 것이다.——우리 누구나가 직면하지 않으면 안될 이 엄숙한 순간. 얼마나 많은 바보짓, 얼마나 여러 번 잘못을 이 노인은 범해 왔던 것일까! 더욱이 이 노인의 성격의 약점과 완고함을 나 이상 알고 있는 사람은 또 없을 것이다. 그 이유는 저 슬프고도 어리석은 소년이었던 나 자신 속에 이 할아버지로부터 전해 받은 같은 성질을 이미 가벼운 공포를 느끼면서도 분명하게 인정하기 때문이다. 더구나 그러한 개성이 지니는 혼란한 심연을 나는 변호해 왔다. 할아버지와 마찬가지로 기성법률이라는 것에 대하여 이미 나도 내 나름대로의 의문을 품고 있었기 때문이다. 조금이라도 사람의 품위를 높이는 그 덕행들, 즉 비열한 짓을 하지 말라, 친절하라, 사랑을 가지라——따위의 덕행은 백 가지 빠지기 쉬운 죄를 갚고도 남음이 있는 것이 아닐까.

어느새 나는 침대 곁에서 졸고 있었던 모양이다. 할아버지가 무슨 말을 하려는 기미에 문득 눈을 떴다. 몸을 꾸부려 얼굴을 가까이 대자 가까스로 한마디 '스피릿'이라는 말을 들었다(영어의 '스피릿'은 원래 '정신' '영혼' 따위의 뜻이지만, 또 '술'이나 '알콜'과도 같은 뜻임).

그것은 임종의 회개도 아니고 또 성령을 가리킨 것도 아니다. 할아버지는 오랫동안 상용해 온, 지금 절실하게 요구를 느끼고 있는 술을 말한 것이다. 술이 할아버지에게 해로운 것은 알고 있지만, 의사도 시끄럽게 금하지도 않았으므로, 나는 더듬어 내려가서 응접실 식기장의 술을 한 병 꺼냈다. 이것은 운명하셨을 때 장례식에 모인 사람들, 이를테면 메칼라 씨 같은 귀빈들을 위해서 미리 사 두었던 것이다. 나는 그것을 생으로 컵에 조금 따랐다. ——할아버지는 물을 타는 것을 아주 싫어했다. ——할아버지가 자기의 장례식 술을 마시다니, 이것이야말로 기막힌 아이러니라고 생각하며.

할아버지는 위스키임을 알고 고마워했으나 마시기까지는 힘이 들었다. 마시고 나자,

"고기와 술"('무엇보다도 맛있었다'는 뜻)

이라고 중얼거렸다.

이것이 할아버지의 마지막 말이었다.

나는 우연히 들은 이 말속에서 이상한 의미를——그의 인생 철학의 간결하고 명확한 정의를 발견했다.

시계가 세시를 치는 소리에 피로해서 꾸뻑꾸뻑하고 있던 나는 문득 눈을 떴다. 할아버지는 각각(刻刻)으로 약해져 가는 것이 그의 위대한 순간도 임박했음을 보이고 있었다. 그때 갑자기 도어가 열리며 머리수건에 길다란 잠옷 바람의 할머니가 손에 촛불을 들고 들어왔다. 어김 없이 예민한 농부의 본능에 따라 임종을 예감한 두려움을 안고 찾아온 것이다. 이런 경우인데도 할머니는 《성서》의 구절을 소리 높여 읽지도 않았다. 임종이 임박한 할아버지에게

서 흘깃 나한테로 시선을 돌렸다. 내가 의자에서 일어나 창가로 가니 할머니는 가만히 내가 앉았던 그 자리에 앉았다.

여명이 가까워 오고 있었다. 보이지 않는 소음에 이어 새가 날으는 소리들이 들리고 세 그루의 밤나무도 뿌옇게 그 모습을 나타냈다. 할머니의 태도는 훌륭했다. 그도 현재 이 방에 날개치고 있는 죽음의 그림자, 이윽고 자기에게도 찾아 올 것을 역력히 깨닫게 하는 그 검은 그림자를 겁내고는 있었다. 그러나 할머니에게는 증오의 마음은 이미 없었다. 우리 세 사람이 사는 이 작은 세계를 일찍이 지배하고 있던 반목이나 원한은 이제는 아이들 장난처럼 먼 과거의 일이 돼버렸다. 최근 몇 달 동안, 할아버지의 건강상태가 나빠짐에 따라 할머니는 강해졌다. 연민으로서가 아니라 자기 자신의 위치와 의미를 슬프게 자각한 데서부터 할머니는 옛날의 적에게 올바른 애정을 가지게 되었던 것이다.

마침내 다가왔다. 무엇인가가 가만히 사라져 갔다. 혈기왕성한 인간의 죽음은 억압할 수 없는 것과의 싸움이라고 할 수 있는 무서운 것이다. 그러나 이 노인은 완전히 피곤에 지쳐 있었다. 작은 배가 물소리도 내지 않고 살금살금 쉽게 언덕을 떠나가는 것과 같았다. 할머니는 나를 돌아보고 이것으로 좋다는 듯 끄덕이고 일어섰다.

나는 할머니가 벌린 입을 닫아 주고, 동전을 몇 닢——이것도 농부의 풍속이지만——감은 눈 위에 얹는 것을 지켜 보았다. 그리고 참을 수 없는 슬픔으로 이미 굳어져서 움직여지지 않는 얼굴을 응시했다. 할아버지는 밝음과 어두움 어느 쪽인지는 모르지만 이 이상 더 나갈 수 없는 어떤 곳으로 가버렸다. 학대하고 좇아오고 하는 모든 것으로부터——그 중에서도 자기 자신으로부터 피해 사라진 것이다.

할머니로부터 작은 목소리로 주의를 받고 나는 덧문을 열었다. 훤하게 날이 밝아 왔다. 밤나무가 선명하게 그 모습을 나타내고 들판도 어두움이 가시고 동쪽에서부터 사프란 색의 밝은 빛이 비쳐 오기 시작했다. 나는 촛불을 불어 껐다. 그러자 갑자기 언덕 위 농장에서, 마치 꺼진 불꽃을 비웃듯이 장닭이 높다랗게 병사들의 사기를 돋우는 함성 같은 소리를 몇 번씩이나 지르며 울어댔다.

IO

화요일, 우리들은 장례가 끝난 다음 응접실에서 햄과 계란의 가벼운 저녁식사를 하고 있었다. 사치스럽지는 않았지만 장례는 아빠의 재량으로 두 번째로 큰 장의사에 부탁해서 훌륭하게 치러졌다. 아빠는 공손히 손을 비비면서 메칼라 씨를 묘지로부터 모셔 왔다. 할머니는 이 변호사 오른쪽에, 그리고 케트는 왼쪽에 앉았다.

"일은 아주 순조롭게 진행된 것 같습니다만."

하고 아빠는 필요 이상의 경의를 표하면서 메칼라 씨에게 은근히 물었다.

"자, 계란을 더 드십시오. 그렇습니다. 나는 뭐 별로 허영을 부릴 생각은 없었으니까요. 오히려 그 반대로 항상 신분에 맞게라는 것이 제 주장이어서. 그리고 알아주신다면 고맙겠습니다만 어느 의미에서 이것이 고인에게 대한 당연한 처사라고 생각하는 바입니다."

변호사로부터 찬사가 당연히 주어질 것으로 기대하면서 아빠는 입을 다물었다. 그러나 메칼라 씨는 케트에게서 차를 받아들고 냉담한 어조로 말했다.

"오늘의 장례식은 댁의 형편으로서는 적당했겠지요."

아빠는 약간 기분이 언짢은 모양이었다. 메칼라 씨가 아무래도 자기에게 호의를 갖지 않고 있다는 것이 아빠의 고민의 한 가지였다. 그러자 아담이 입을 열었기 때문에 아빠는 얼굴이 밝아졌다.

"이 이상은 누구라도 바랄 수는 없을 거예요."

메칼라 씨는 단단한 어깨를 움츠렸다.

"누구라도 그런 형편에서는 전연 아무 것도 바라지 않을 겁니다."

아빠와 아담은 얼굴을 마주 보고, 이 냉정한 침입자에 대한 암묵의 양해에 대한 동맹을 눈짓했다. 아담은 그날 아침에 도착했는데, 벌써 아빠를 자기 수중에 넣어 버리고는 예의 집문제에 대해서도, 결국은 유치원에 팔릴 것이니까 하고 안심시키고, 묘지에서 돌아오는 마차 안에서는 아빠가 새로 잡은 자본, 곧 아빠 주머니에 들어올 할아버지의 생명보험금을 어디에 '투자'하느냐에 대해서 가만가만 상담을 하고 있을 정도였다.

"어떻습니까, 내가 만든 스콘(과자빵)은, 메칼라 씨?"

할머니가 말했다.

"네, 먹겠습니다."

변호사는 잘 먹으면서 아빠와 아담에게는 냉정한 대신 케트와 노부인에게는 친절하게 얘기를 했다. 그는 열렬한 스코틀랜드 자치론자였으므로, 입장이 같은 할머니하고는 그 점으로도 말이 잘 통했다. 그는 식탁 앞에 꾸부정하게 앉아 있었으나 눈은 상대방을 당황하게 할 만큼 예민하였고 모두를 위력 있게 훑어보고 있었다.

정직하게 말해서 나는 그의 강철 같은 시선을 피하고 있었다. 잔디밭에 금방 파여진 할아버지의 묘혈 앞에서 나는 어린애같은 실수를 저지르고 말았던 것이다. 모두가 관을 내리는 때에 몸이 와들와들 떨려 별안간 엉엉 울어 버렸던 것이다. ……나이가 들었으면서! 그것을 생각할수록 나는 창피함에 고개가 숙여졌다.

"보험금이 얼마인지 정확하게 아십니까?"

아담이 슬쩍 물었다.

"응, 그야 알고 있지."

하고 메칼라 씨는 무관심한 말투로 대답했다. 이 두 사람 사이는 친애의 정 따위는 손톱만큼도 없어 보였다. 한쪽은 수상쩍은 사업에 손을 대는 대도시의 보험가, 한쪽은 작은 도시의 변호사 겸 보험통계가다. 이 메칼라라는 흥미있는 인물은, 벌써 몇 년째, 길거리에서 만나면 언제나 나한테 아는 체하고 인사를 해주었으나── 신중하고 침착한 바위 같은 단단한 인물이므로 회계장부에 반 페니의 속임수를 쓰기보다는 오히려 죽음을 택할 것으로 생각되는 성격이었다. 그러나 정직하다고만 해서는 그를 또 모른다고 해야 한다. 정녕 청렴·정직의 표본이라고나 할까. 어떤 일이라고 하더라도 3부라는 견실한 이익을 넘는 것에 대해서는 반드시 고개를 젓고 그 독특한 이런 문구를 늘어놓는 것이었다.

"몹쓸 거래다. 그건, 몹쓸 거래다."

하고.

아담의 말은 전혀 신용하지 않았다. 자기 사무소를 뛰어 나가, 언제나 남을 밑받침으로 하고 올라간 이 청년이 그의 눈에는 편리주의의 불성실한 사내로밖에 비치지 않았다.

"이자를 가산해서 얼마나 되겠습니까?"

아담은 상관없다는 듯 얘기를 진행시켰다.

"789 파운드 7 실링 3 펜스야…… 정확하게 말해서."

아담이 고개를 갸우뚱하는 한편 아빠는 그 엄청나게 많은 금액에 얼굴빛이 확 변했다. 나는 그때, 이 보험을 무척 싫어해서 자기 앞에서는 입에도 못담

게 하던 할아버지를 생각하지 않을 수 없었다. 아빠가 어지간히 기쁜 듯 이런 소리를 가만히 중얼거렸을 때 할아버지가 없어서 정말 다행이라고 생각했다.

"언제 지불됩니까?"

"금방이라도 좋습니다."

하고 메칼라 씨는 깨끗이 나이프와 포크를 간추려서 접시를 밀쳐 놓았다.

"한잔 더 차를 드십시오, 메칼라 선생."

"아니, 좋습니다. 아주 많이 먹었습니다."

"그럼 술을."

엄격한 금주가인 아빠가 아주 기분 좋게 권하는 것이었다.

"그럼 모처럼이니까."

가득 따라진 컵이 메칼라 씨 앞에 놓여졌을 때 나는 아무도 모르게 방을 나가려고 살그머니 의자에서 일어났다. 그러나 그 무서운 쏘는 듯한 눈이 탐조등처럼 내 위에 빛났다.

"어딜 가는 거니?"

아빠가 선심을 써 주었다.

"얘는 아직 철이 없어서……. 묘지에서도 느끼셨을 줄 압니다만. 나가도 좋아, 오늘만 용서해 준다, 로버트."

"아니, 앉아요."

메칼라 씨는 숨을 한 모금 들이켰다.

"이런 모임 중에서 살짝 빠지는 것은 돌아가신 노인에 대한 예를 어기는 일이 돼요. 만약에라도 네가 이 노인에게 다소라도 애정을 느끼고 있었다면 ── 보아한즉, 그런 걸 가지고 있는 것은 아마 너뿐인 것같은데 ── 적어도 내 얘기가 끝날 때까지 기다려 주는 신중함을가져 주었으면 좋겠다."

나는 쩔쩔매며 다시 본래의 의자에 주저앉았다. 메칼라 씨가 이런 식으로 나한테 말을 한 것은 물론 처음이었다. 그것은 내 마음을 상하게 하는 동시에 굴욕을 주는 것이었다.

"그럼, 하던 얘기를 계속하도록 합시다."

하고 아담이 높은 음성으로 말했다.

"그러면."

메칼라 씨가 안주머니에서 서류를 꺼냈다.

"이것이 보험증서, 제 57430 호, 알렉산더 거어 명의의 양로보험입니다. 그리고 이것이 유언서. 내가 한번 읽겠습니다."

"읽을 필요가 있을까요?"

아담은 변호사의 잘난 척하는 태도에 화를 냈다.

"뭐 때문에 그런 형식적인 짓을 합니까? 나는 당신이 그것을 작성할 때 당신 사무소에 근무했기 때문에 분명히 이 눈으로 보았으니까 다 알고 있습니다."

메칼라 씨는 놀란 듯한 표정을 지어 보였다.

"내가 읽는 것이 우선 순서일 겁니다. 불과 1분이면 끝날 일입니다."

"그러지요."

아빠가 사이에 들어서 중재했다.

메칼라 씨는 안경을 꺼내 쓰고 천천히 폭 있는 목소리로 유언장을 읽어갔다. 짧은 간단한 내용이었다. 할아버지는 일체를 엄마에게, 또 엄마가 사망했을 경우에는 엄마의 유언집행자인 아빠에게 남겨 주었다.

"과연."

아빠는 만족스럽게 숨을 내쉬었다.

"우선 당연하다고 해야 하겠지요. 그럼 이것으로 이제 아무 지장은 없는 셈이지요."

"기다리십시오!"

메칼라 씨는 고함치듯 크게 소리를 지르며 그와 동시에 큰 주먹으로 탁자를 탕 쳤다. 모두가 조용해지니까 서류 위에 상체를 꾸부리면서 일동을 한번 휘 돌아보고, 그때까지 조심성 있게 감추어 두었던 미소를 천천히 지으면서 짙은 눈썹을 찌푸리고 엄숙하게 입을 꽉 다물었다. 그것은 흡사 대단한 비밀을 마침내 사람 앞에 내놓아 이것을 마음껏 즐기려는 자유를 얻은 사람과 같았다.

그의 시선은 또다시 내 위에 떨어졌으며 아주 호의에 찬 것이었다. 그는 입을 열었다.

"이 유언서에는 보충서가 붙어 있습니다. 1910년 7월 20일자에 쓴 친필의 보충서입니다."

아빠의 입에서 비명이 터져 나왔으나 나에게는 아무 것도 들리지 않았다. 나는 얼마나 그날 일을 분명하게 기억하고 있는지! 내가 마샬 시험에 실패하고 가빈이 사고로 죽은 저 무서운 슬픈 날이 아닌가.

메칼라는 한마디 한마디 찌르는 듯 계속했다——그렇다. 한마디 한마디로써 아빠를 찌르는 것이 흡사 그에게는 최대의 즐거움을 주고 있는 것 같았다.

"그날, 그 7월 20일에 덕디 거어('덕디'는 '멋장이'의 뜻)가 내 사무소에 들르셨습니다. 나는 노인을 '덕디'라고 부르고 있었는데, 그 이유는 그토록 실패를 거듭하고, 그토록 불행을 겪으면서도 나는 그가 내 친구였던 일에 긍지를 가지고 있었기 때문입니다. 그는 그때 보험증서를 다시 쓸 수는 없느냐고 나한테 질문했습니다. 우리는 그날 오후 길게 얘기를 했습니다. 그 결과 보험금은 1페니라도, 좋습니다, 1페니라도, 아니 1페니의 우수리까지도 전부 여기에 있는 로버트 샤넌에게 유증하신다는 것을, 그것도 내가 후견으로 윈톤대학 의과 과정을 끝내도록 위탁하신 겁니다."

죽음 같은 침묵이 방안을 점령했다. 나는 얼굴이 창백해지고 목구멍도 심장도 조여드는 것 같은 느낌이었다. 좌절만을 경험해 왔기 때문이었지만——이것도 또 무슨 장난으로, 현기증나는 하늘 높이까지 치켜 올려졌다가 이번에는 한층 잔혹하게 땅바닥에 내리쳐 떨어지는 것이 아닐까.

"그러면 당신은 나를 속일 작정이군요."

아빠는 우는 소리를 냈다.

"그 사람에게 그런 일이 될 수 없어요. 그런 권리는 없습니다."

불쾌한 공기가 다시 방안을 짓눌렀다.

"이 증서에는 모든 권리가 있습니다. 생존 중에는 저당잡힐 수도, 환불받을 수도 없지만, 유증하는 권리는 본인의 자유의사에 맡겨져 있습니다."

아빠는 불쌍한 얼굴을 아담에게 돌렸다.

"정말 그런 거냐?"

"엄마가 받은 다음이 아니라면 달리 방도가 없습니다."

아담은 메칼라 씨를 노려보았다.

"할아버지는 머리가 이상해져 버린 거야."

"2년 전, 이 보충서를 작성할 때는 그렇지 않았네. 지금의 자네와 같이 본 정신이었어."

"나는 그 유언에 반대합니다."

하고 아빠는 묘하게 흥분한 소리를 냈다.

"법정에 가지고 나가 분명하게 하겠습니다."

"하십시오."

메칼라 씨는 웃는 얼굴을 감추었다. 그리고 아담에게서 아빠에게로 위협하는 듯한 시선을 옮겼다.

"좋습니다. 하십시오. 다만 여기에서 약속해 두지만 이쪽은 이쪽대로 당신들과 싸울 테니까. 필요하다면 주 재판소, 혹은 고등 재판소까지 가지고 가서 끝까지 싸운다 이겁니다. 의회에까지 가져 가서도 싸워 보일 겁니다. 이건 당신을 위해서 좋지 않을 테지요, 레키 씨. 그렇게 되면 수도국 일도 이상하게 될 텐데요."

그는 잠깐 사이를 두었으나, 단조로운 직업에 오래 종사하고 있었으므로, 이 좋은 기회에 극적인 사건의 재미를 흠뻑 맛보려는 모양이었다.

"부인은 말입니다. 자기 돈으로 거의 부금을 물면서도 이 보험금을 타려고는 생각지 않았습니다. 노인도——한푼도 여기에 받을 기회는 없었습니다. 그러나 그 돈을 훌륭한 뜻있는 목적에 쓰려고 생각하고 계셨습니다. 그러므로 이것을 그 목적에 충당시키지 못한다면, 단칸 메칼라라는 내 이름의 명예도 떨어지고 말게 됩니다."

오오, 신이여, 그렇다면 진정 사실이라는 말인가…… 할아버지가 생전에 한 마디도 나한테 비치지 않았던 이 눈부신 선물은!

나는 눈을 감은 채 거의 숨도 제대로 쉬지 못하며 얼굴 근육은 굳어진 피부 밑에서 경련을 일으키고 있었다. 문득 케트의 음성이 들리고 그녀가 팔을 내 어깨에 돌리는 것을 느꼈다.

"나, 다른 사람이 어떻게 생각하고 있을지 모르지만…… 내 생각으로는, 이 돈 사용처는 그게 제일 좋지 않을는지…… 그래요, 제일 훌륭하게 사용하는 길이라고 생각해요."

"찬성! 찬성!"

지미가 모두 들으라는 듯 소릴 질렀다.

신경질을 잘 내고 이마에 푸른 줄만 곧잘 세우지만, 역시 케트는 훌륭했다. 그리고 돈은 청결한 것, 더럽지 않다는 것을 느끼게 하는 지미……. 두 사람 사이의 아이는 어릴 때 나처럼 고생하지는 않을 것이라고 나는 마음으로부터 믿고 있었다.

메칼라씨는 둘둘 서류를 말아가지고는 자리를 일어서면서 나에게 말했다.

"내일 열 시에 내 사무소로 와. 그리고 잠깐 요 밖에까지 나하고 같이 나가자. 바람을 쏘이는 것도 나쁘지 않으니까."

나는 정신 없이 그와 함께 밖으로 나갔다. 인간에게는 최후의 최후까지 신경을 긴장시키면 더 이상 참을 수 없게 되는 극점(極點)이 있다.

II

그날 밤 늦게 메칼라 변호사 집에서 작은 도시에 사는 흥분한 호모 사피엔스라는 표유동물, 즉 저 가엾은 온혈 척추동물인 로버트 샤넌은 돌아왔다. 이 괴상한 동물은 지금 18세라는 것과 바로 최근까지 그 꾸부정한 어깨에 그때까지의 세월과 거의 보상받지 못한 사랑과 그 밖에 수없는 불행을 무거운 짐으로 지고 있었지만 아직도 단련이 부족하고 한 사람 몫의 어른으로 되어 있지도 못했다. 그러나 그는 지금 별과 함께 노래하고 있는 광대하고 티하나 없이 맑고 밝은 밤, 그 아래에서 그의 심장도 노래하고 있는 이 밤의 바람도 자는 조용한 아름다움을 의식하면서, 얼굴이 상기되어 무아지경이 되어 미래를 응시하고 있는 것이다.

미래는 웅대하게 그 앞에 펼쳐져 있다. 지금까지 오랫동안 이야기한 그 애교 없는 전형적인 스코틀랜드인 변호사가 이제부터 그의 후견인 겸 상담역, 또 친구로서 행동해 주겠다고 한다. 그는 이미 공장에 갈 필요도 없어졌다. 다음달 새 학기가 시작되면 대학에 들어가 기숙사 생활을 하면서 의학공부에만 매진하는 것이다. 생물학…… 실험 동물학…… 마법 같은 교수 이름만 생각해도 벌써 그의 뺨은 달아 올랐다. 이미 그는 포르마린과 캐나다 발삼의 사람을 취하게 하는 냄새를 맡고 있는 듯했으며 하나하나에 훌륭한 접안렌즈가 붙어 있었던, 그 중의 하나는 내 것이 될 뻔했던 저 투아이스 현미경의 긴 행렬도 눈에 떠올랐다. ——가엾은 스미스 씨는 그런 소리를 했지만, 그 스미스 씨와 다시 만난다는 것도 또한 즐거운 일이었다. 그것을 생각하면 가슴이 뛴다! 그렇다, 운이 좋으면 아마 제1학기에 무스텔스 카니스를 해부하게 될는지도 모른다!

아무튼 학교를 졸업하기까지의 돈은 딱 준비되어 있는 것이다. 할아버지가 남긴 약간의 빚은 20파운드도 채 안되는 것으로, 메칼라 씨가 깨끗이 갚아 준다고 했다. 집에 돌아가서 불쾌한 소리를 듣더라도——여기에서 그의 표정은 굳어졌다. ——상대할 필요는 없다고 메칼라 씨는 말했다. 그는 곧 영원히 로몬 뷰를 떠나는 것이다.

아아 그렇다. 미래는 양양하게 빛나고 있다. 레이드 선생도 알리슨도 가버리겠지만, 그도 날아가려고 하고 있는 것이다. ……그들에게 그도 낙오자로 운명 지워져 있지 않다는 것을 보여 주는 것이다. 알리슨에게 대한 그의 감정도 미묘한 변화를 보인다. 앞으로 열정은 한층 더 엄하게 억제당해야 할 것이다. 아마 위대한 동물학자의 일생에는 여성이 개입할 여지가 없을 것이다 그렇지 않으면 어느 날엔가 오스트리아의 비엔나에서 유명한 프리마돈나가 〈칼멘〉을 노래하고 있을 때, 수수한 차림새의 저명한 의사가 단추구멍에 훈장을 달고 멋있는 콧수염을 기른 모습으로 조용히 특별석으로 들어간다는 따위의 일이 있게 된다면……

아니, 아니, 그런 쓸데없는 공상은 청년기에 흔히 있는 것에 지나지 않고, 그런 것들은 내버려야 한다. 앞으로는 해야 할 일이 있다. ……신중하게, 오오, 영광있는 실험실 일들이.

그러나 최후로, 잠깐 기다려 주기 바란다. 우리의 주인공을 떠나보내기 전에 한 가지만 더 모순된 얘기를 하지 않으면 안되겠다. 그가 교회당 거리를 지나가노라니까 그 오른쪽에 성 엔젤 교회의, 그 경멸하고 있던 시커먼 건물이 솟아 있는 것이 보였다. 이미 그에게 있어서 아무 소용도 없다. 이 밝은 정신의 소유자는 이런 데서 망설이지는 않는다. 용감하게도 그는 로크 신부가 되돌려 세우려고 하는 온갖 설득을 물리쳐 왔다. 어떤 슬픔도 그를 신 앞에 무릎 꿇게 하지 못했다. ……아아, 이제 그도 쉽게 동요되는 위험한 시기는 지나온 것이다. 사실 한 걸음 자칫했으면 자유사상가가 될 뻔했다.

그런데 이 순간 그는 문득 어떤 압도적인 힘에 붙잡혀 뿌리로부터 혼들렸던 것이다. 생각난다──그는 이미 〈종(種)의 기원〉에서부터 루낭의 〈예수전〉에 이르기까지 온갖 것을 읽고, 아담의 갈비뼈 우화를 비웃고, 이름은 잊었지만 기지 풍부한 불란서인 추기경이 말한, 기독교는 매력 있는 신화 위에 안좌하고 있다는 말에 찬의를 표했던 것이다. 더욱이 이것은 그의 내부에 노도같이 밀어닥치는 것, 그의 피와 뼈와, 골수의 골수에 숨어 있는 것이고, 절대로 탈각할 수 없는 것, 죽음의 순간까지 그에게 달라붙어 떨어지지 않는 무엇인 것이다.

작자는 여기에서 최대의 안티 클라이막스에 부딪힌 것이다. 작자는 무엇보다도 진실할 것을 맹세하고 있다. 따라서 장차 이 로버트 샤넌이 몇 차례 무감동과 열광의 사이를 일어섰다가는 또 쓰러질는지 이것을 예언할 자유를 갖고 있지 않다──. 혹은 몇 번 그가 모든 인간들이 어쩔 수 없이 동경하는 '지고의 존재'와의 평화를 소유했다가 또 파괴할는지도 역시 알 수 없다. 다만 현실로서 지금 그는 깊은 정적 속에서, 이 감사의 기도만은 허공 속에 사라지게 하고 싶지 않다고 느꼈다는 것을 말하고 싶은 것이다. 그는 부끄러워하는 얼굴을 하고 교회로 뛰어들어갔다.

　　그러나 작자가 말하는 것은 그가 결코 오랫동안 교회에 머물지 않았다는 것이다. 아마 그는 1페니짜리의 초에 불을 붙일 시간 밖에 없었거나 그렇지 않으면 어두컴컴한 제단 앞에서 무슨 앞뒤 맞지 않는 소리를 중얼거렸을 뿐인지도 모른다. 아니, 어쩌면 그 이상의 일이 있었을는지도 모른다. 그는 교회에서 나오자 하늘에 가득한 별과, 지금 극지의 하늘을 비추기 시작한 북극광에 조금 눈부셔 하며, 아까보다 더욱 가벼운 힘찬 걸음으로 사람의 그림자가 끊어진 거리를 걸어갔다. ✱

〈고독과 순결의 노래〉(*The Green Years*)는 크로닌의 여덟 번째 작품으로 1944년에 발표되었다. 이 작품은 발표되자마자 금방 베스트셀러가 된 역작이다. 원제를 직역하면 '미성년'이라고 되겠지만, 소년기에서 청년기로 옮겨 가는 주인공의 고독하고 순결한 자기 형성의 갈등을 정밀하게 그린 매우 아름다운 글이다.

그리고, 이 작품은 자전적인 색채가 짙어 작품 속에서 '나'로 등장하는 주인공 로버트 샤넌은 거의 작자 자신과 같은 인물이라고 말해지고 있다. 이 작품의 속편으로 보이는 〈청춘의 길〉(*Shannon's Way*, 1948)의 주인공도 똑 같은 로버트 샤넌이지만 그쪽은 픽션 부분이 많은 것 같다. 〈청춘의 길〉은 크로닌의 자전소설 〈인생의 오상에서〉(*Adventures in Two Worlds*, 1952)의 앞부분과 똑 같은 시기를 취급한 이야기로 후자를 자전이라고 한다면 전자는 픽션이라는 것이 된다. 그러나, 어쨌든 〈고독과 순결의 노래〉와 〈청춘의 길〉은 2부작으로 구성된 자전적 소설이라고 보아도 좋을 것이다.

〈고독과 순결의 노래〉는 주인공 로버트 샤넌이 8세 때 부모를 모두 잃고 어머니쪽의 조부모에게 데려가는 곳에서부터 시작하여 대학에 입학하기 전까지의 내면의 성장을 최대의 주제로 한 빌딩스 로망(Building's Roman, 성장소설)이라고 불리는 소설로, 무대도 롯호 로몬드 근처인 스코틀랜드 소도시 리븐포드에 고정되어 있다. 파란만장한 기복도 없고 스릴이나 서스펜스를 가진 사건도 없다. 진부하고 재미없는 소설이라고 말할 수 있지만 그 대신 주인공의 성실한 자기 형성을 좇아가는 진지한 주제의 폭을 굳히는 증조부, 증조모, 조부모, 그리고 친구 가빈 블레어, 레이드 선생 등 각각 이색적인 성격을 가진 주요인물이 크로닌의 다른 작품과는 달리 정성껏 세밀한 필치로 조각하듯이, 부드럽게 그려져 독자의 인상을 지극히 선명하게 만들어 준다.

특히 증조부 던디 거어의 특이한 성격창조는 이 작품에 의한 작자의 커다란 수완으로, 독자로서는 읽을 만한 것이다. 숙명적인 주인공 로버트의 보육을 책임지고 있다고 할 정도로 도움을 준 던디 거어는 술을 마시고 거짓말을 하는, 더구나 무일푼이라는 무엇 하나 도움을 줄 수 있다고 볼 수 없는 노인이지만, 실은 고매하고 순진한 정신을 가진 사람으로, 인간으로서는 어느 것이 최고의 가치인가 하는 중대한 점을 본능적으로 판별하여 실수하지 않는 희귀한 인물인 것이다. 따라서 자기가 짊어진 악덕이나 약점은 어쨌든 로버트를 올바른 인간의 길로 인도하는 참된 교육자로서의 자격을 그는 갖추고 있었던 것이다.

순결을 사랑하는 마음과 함께 고독에 대한 병적인 결함이나 몽상벽을 가진 로버트 샤넌 소년은 무뢰한 증조부의 난폭한 교육에 의해서 점차로 어떤 권위도 두렵지 않은 의연한 한 사람의 남성으로서 성장할 소지를 지녀간다. 또 허영을 억제하고 참된 자기로서 살아가는 방법도 찾아간다. 그것은 로버트 자신이 감수성이 온화하고 지능이 뛰어나며 우수한 자질을 가진 소년이기 때문이겠지만, 그에게 있어서 불우한 환경 속에서 그런 보호자가 없었다면 어떻게 행복을 찾아갈 수 있었을까 하는 것을 설득력 있는 작자의 필치는 흥미 있게 유머까지 섞으면서 충분히 그려내고 있는 것이다.

순결하고, 어느 것에도 굴복하지 않는 고귀한 성격을 지닌 주인공의 친구 가빈도 매력적인 인물로서 아름답게 그려져 있다. 로버트가 가빈과 영원한 우정을 맹세하는 호반의 장면은 음악회에서 돌아와 아름다운 소녀 알리슨과의 담백한 사랑을 나누는 장면과 함께 마음에 오래도록 남는다.

로버트 샤넌은 장학금 시험에 실패하지만 증조부 거어의 유언장의 효력으로 윈톤 대학 의학부로 진학할 수 있게 되는 곳에서 이 소설은 끝나고 있다. 무일푼으로 집안의 군더더기였던 증조부가 막대한 학자금을 가장 사랑하던 소년에게 남기고 죽는다는 의외성은 이 소설의 압권이다.

주인공이 소년기를 보내는 조부모의 집──영국의 가난한 중산계급의 견실하다못해 너무나도 지독한 가정생활이 세밀한 부분까지 리얼리스틱하게 그려져 있어 풍속사적 흥미라는 점만으로도 읽은 후 풍부하고 중후한 여운을 독자에게 가져다 주리라 믿어 의심치 않는다.

고독과 순결의 노래

2011년 5월 15일 인쇄
2011년 5월 20일 발행
2015년 7월 10일 재판발행

지은이 | A. J 크로닌
옮긴이 | 최 봉 식
펴낸이 | 김 용 성
펴낸곳 | **지성문화사**
등 록 | 제5-14호(1976.10.21)
주 소 | 서울 동대문구 신설동 117-8 예일빌딩
전 화 | 02)2236-0654 , 2233-5554
팩 스 | 02)2236-0655 , 2236-2953

정 가 18,000원